GANGSTER
SQUAD
BRIGADA DE ÉLITE

Paul Lieberman es redactor y editor en *Los Angeles Times* y *Atlanta Journal-Constitution*, con más de 25 años de experiencia como periodista. Ha ganado gran cantidad de premios por sus trabajos de periodismo de investigación, incluyendo el prestigioso Robert F. Kennedy Awards Grand Prize. Durante casi una década, Lieberman investigó y realizó más de 300 entrevistas a los protagonistas reales de la historia, como base documental para escribir la novela que ha inspirado la película *Gangster Squad*. Nacido en Nueva York, se graduó en el Williams College y Harvard, donde estudió Derecho y Sociología. En la actualidad, vive en Nueva York con su mujer.

GANGSTER SQUAD
BRIGADA DE ÉLITE

PAUL LIEBERMAN

Traducción de Omar El-Kashef

punto de lectura

Título original: *Gangster Squad*
© 2012, Paul Lieberman
© Traducción: Omar El-Kashef
© De esta edición:
2013, Santillana Ediciones Generales, S.L.
Avenida de los Artesanos, 6. 28760 Tres Cantos. Madrid (España)
Teléfono 91 744 90 60
www.puntodelectura.com

ISBN: 978-84-663-2725-1
Depósito legal: M-485-2013
Impreso en España – Printed in Spain

Imagen de cubierta: cartel de la película
Diseño de cubierta: María Pérez-Aguilera

Primera edición: enero 2013

Impreso por **blackprint**
A CPI COMPANY

Para Heidi.

Índice

TERCERA PARTE
El sargento Jerry Wooters y una noche de muerte
en el Rondelli's

CUARTA PARTE
Justicia

Preludio:
Un estuche de violín bajo la cama

Ha llamado Willie Burns —dijo Connie O'Mara cuando su marido, Jack, volvió a casa.

—¿Qué quería?

—Quiere que vuelvas a la comisaría.

—A la orden.

Era una fresca tarde otoñal en Los Ángeles, por lo que el sargento John J. O'Mara sacó el abrigo del armario y cogió el sombrero de fieltro de ala ancha del perchero, junto a la puerta del apartamento en el que vivían alquilados desde que él regresó de la guerra. Todavía llevaba el revólver en la sobaquera.

Su viejo Plymouth estaba aparcado enfrente de la Iglesia Católica de San Anselmo, cuyo sacerdote ya le había enganchado como ujier, considerando al joven sargento irlandés como el candidato ideal para pasar el cepillo; su intimidante mirada de ojos azules sería más que suficiente.

El apartamento se encontraba a escasos tres kilómetros de la comisaría del departamento de policía en la calle Setenta y siete, lindando con Watts, por lo que durante el trayecto no le dio tiempo suficiente para plantearse por qué el teniente Burns le habría llamado fuera de su turno. O'Mara estaba mal visto en el departamento por trincar a una banda de ladrones donde participaba el hijo de uno de los comandantes de la policía. Los perros más viejos consideraban que lo mejor habría sido hacer desaparecer el archivo del caso. Pero no lo hizo.

Cuando O'Mara llegó a la comisaría, en la sala de informes se encontraban reunidos dieciocho hombres, muchos de ellos enormes, los polis más grandes que había visto jamás. Aquello no era un caso de robo. La mayoría iban ataviados con gabardinas y sombreros, como él. El teniente Willie Burns se había calado el suyo hasta los ojos, al estilo de los chicos malos.

Burns aguardaba en el extremo de la sala. Era un tipo bajo y duro que sabía lo que era recibir un disparo desde el inicio de su carrera como policía y que había servido como oficial de artillería en los Marines. Se hallaba de pie, tras un banco, sobre el cual había una ametralladora Thompson.

—El jefe nos ha ordenado que formemos un grupo especial —explicó Burns mientras desmontaba y volvía a montar el arma con mano relajada.

Así lo llamó entonces, el grupo especial. Más tarde, Burns diría al gran jurado: «Mi objetivo principal consistía en reducir las matanzas de los gánsteres e intentar mantenerlos controlados». En ese momento explicó a los dieciocho presentes los pormenores. Si se unían a él, sus objetivos serían individuos como Benjamin «Bugsy» Siegel, el *playboy* refugiado de la industria del crimen de Nueva York, y Jack Dragna, el importador de plátanos siciliano que se había adueñado discretamente de las apuestas ilegales de Los Ángeles y demás tinglados relacionados. La mayoría de los polis no habían oído hablar nunca de Dragna, el presunto cabecilla de los trapicheos de su ciudad.

A la mayoría sí que les sonaba el siguiente nombre, aunque solo fuese porque Mickey Cohen había matado a un hombre el año anterior, un corredor de apuestas entrado en kilos. Mickey era casi como de la casa. Nacido en Brooklyn como Meyer Harris Cohen, se había mudado al oeste con su madre cuando era un niño y se había criado en el miserable barrio de Boyle Heights. Al principio se pegaba por las esquinas de las calles como vendedor de periódicos, pero lo dejó para dedicarse al combate remunerado, como peso pluma, con su escaso metro sesenta y cinco. Mickey era un tipo pequeño, pero de los que aprenden que un arma te puede hacer más grande. Iba de los combates de boxeo a la organización de partidas de dados, pasando por los asaltos a mano armada, desde Cleveland hasta Chicago, hasta que llamó la atención de la organización de Capone, donde empezaron a referirse a él como «el chico judío». Le animaron a que se llevara sus agallas al oeste, donde podría aprender algo de estilo de la mano del aficionado a los trajes de cachemira Ben Siegel, y quién sabe si a ayudar a Bugsy a poner orden en las barriadas deprimidas de Los Ángeles. Pero Mickey había pasado desapercibido hasta 1945, cuando Maxie Shaman, con sus más de cien kilos, irrumpió en su nada discreto garito de apuestas, ubicado en una tienda de pinturas de Santa Mónica Boulevard. Mickey decía que el gran Maxie se le había echado encima con un arma del 45, la misma que hallaron junto a su cadáver, y que no tuvo más remedio que liquidar al corpulento corredor de apuestas con el diminuto 38 que guardaba bajo el mostrador.

Más tarde, otro corredor, Paulie Gibbons, recibió siete disparos en una calle de Beverly Hills. Los siguientes en caer, en 1946, fueron Bennie «Bola de Carne» Gamson y George Levinson, ambos de Chicago, matanza que generó el titular «LA GUERRA POR LAS APUESTAS DEL HAMPA» que colmó el vaso de los mandamases de Los Ángeles, y la razón por la que el teniente Willie Burns había reunido a dieciocho candidatos, escogidos a dedo, para formar un grupo secreto ese mismo mes de octubre.

—Estas serán vuestras herramientas de trabajo —les dijo Burns mientras exhibía la Tommy* y le encajaba el cargador circular de cincuenta balas.

El trato era el siguiente: si se unían a él, seguirían en la lista de personal de sus respectivas comisarías pero trabajarían desde un par de Ford oxidados. No harían arrestos. Si había que encerrar a alguien, llamarían a Homicidios, Antivicio o Hurtos. Además, también tendrían que estar disponibles para «otros encargos», según el jefe C. B. Horrall lo considerase oportuno. Contarían con dinero, un fondo del servicio secreto para pagar a los soplones que les ayudasen a reunir información sobre tipos como Bugsy, Dragna o Mickey Cohen. Pero nada de despachos. Se reunirían en las esquinas de las calles, en los aparcamientos y en las colinas. De hecho, no existirían.

Burns concedió a los dieciocho una semana para sopesar la oferta y el consejo de un viejo teniente de la calle Setenta y siete, cuando les dijo que una labor como esa podría

---

* Abreviatura de Thompson, en referencia al arma automática característica de la época dorada de los gánsteres (N. del T.).

no solo congraciarles con el jefe, sino incluso convertirlos en auténticos héroes.

—O podríais acabar en San Pedro, pateando la acera sin rumbo. —El sargento O'Mara exhaló bocanadas de humo de su pipa mientras el viejo teniente les advertía—: Hagáis lo que hagáis, no os metáis en líos.

Al cabo de la semana, solo volvieron siete para unirse a Willie Burns, componiendo finalmente una brigada especial de ocho, la Brigada de Élite. Uno era O'Mara, que tuvo que explicarle a su mujer, Connie, lo que contenía en realidad el elegante estuche de violín que, a partir de entonces, guardaría siempre bajo la cama.

El sargento Wooters se unió más tarde. No era ujier de iglesia ni fumaba en pipa. Lo suyo eran los puros y los cigarrillos, que solía llevar colgando despreocupadamente de la comisura de los labios. Gerard «Jerry» Wooters era delgado y anguloso; y ninguna situación angulosa le venía grande. Era hijo de un minero itinerante que había llegado a California en pos de esa vieja fantasía que prometía fortuna rápida, aunque, por lo general, nunca dejó de ser pobre. Jerry intentó evitar la guerra, pero no pudo. Fue derribado en el Pacífico y flotó a la deriva en una balsa. Si los japoneses lo encontraban primero, sería hombre muerto. Y si lo encontraba un buque estadounidense, volvería a casa repleto de medallas. Al regresar a casa con sus medallas, conservó fotos suyas con las simpáticas enfermeras que le ayudaron a recuperarse. Como policía, siempre exhibía la misma actitud desafiante de «que te den» tanto con los delincuentes como con sus superiores. En su primer caso para la Brigada de Élite, dirigió una investigación que cambiaría los paradigmas del método policial en California.

Jerry Wooters y Jack O'Mara no tenían nada en común aparte del rango de sargento y su compartida obsesión por Mickey Cohen.

Más adelante, O'Mara tendió una trampa a Mickey usando sus propias armas para demostrar que era un asesino.

Wooters forjó una alianza con el colega rival de Mickey en los años 50, Jack «El Ejecutor» Whalen, un portento de hombre que se jactaba de no haber necesitado nunca un arma de fuego —sus puños le bastaban— y con sueños de gloria en Hollywood.

Ninguno de los dos le dijo al otro lo que había hecho.

Bien alerta ya una década antes de que el FBI de J. Edgar Hoover admitiera la existencia de la mafia, la Brigada de Élite de Los Ángeles optó por la perspectiva del «todo vale» para hacer la vida imposible a Mickey Cohen y los de su calaña. Sus miembros simulaban tiroteos desde coches en marcha para confundir a sus presas y se las llevaban de paseo hasta Mulholland Drive para mantener charlas que les metiesen el miedo en el cuerpo antes de devolverlas a casa. Se hacían pasar por exterminadores de plagas y técnicos de la compañía telefónica para colocar micrófonos ocultos; al demonio con las órdenes judiciales. Los plantaban donde hiciese falta, ya fuese un televisor o el colchón de una amante. Neutralizaban a algún periodista fisgón y hacían favores bajo manga a Jack Webb, que glorificaba al Departamento de Policía de Los Ángeles en *Dragnet,* su programa televisivo. Se dedicaban a robar armas y agendas de los mafiosos y les dejaban mensajes anónimos, no exactamente dulces, bajo la almohada.

Operaban al filo —investigaciones del gran jurado, denuncias y algún que otro jefe de policía escéptico—, pero sobrevivieron a la década de 1950. Fue entonces cuando uno de sus casos llegó hasta el Tribunal Supremo del Estado y uno de los suyos, Jerry Wooters, se desmadró un poco, propiciando una noche funesta en el Valle, cuando una bala en la frente marcó el final de la Brigada de Élite, y con ella un periodo que marcó la historia de Los Ángeles.

Actuaban en lugares y momentos en los que la verdad no se hallaba a la luz del día, sino entre las sombras, y la justicia no se dispensaba en marmóreos tribunales, sino en las calles. Esa era Los Ángeles, la soleada ciudad de palmeras y hombres que se hacen a sí mismos, la ciudad que se pasó todo un siglo fingiendo que el mal era algo que venía desde muy lejos.

PRIMERA PARTE

Los Whalen se mudan a Los Ángeles

CAPÍTULO 1

La estafa del camino polvoriento

F red Whalen aprendió a estafar a lo largo del Mississippi, el río que divide Estados Unidos, en salones de billar y funciones de corte religioso. Nació en Alton, Illinois, en 1898, río arriba de Saint Louis. De adolescente, ya sabía de qué iban los evangelistas itinerantes que establecían sus puestos de venta en tenderetes, establos y, a veces, incluso en iglesias. Contemplaba a la gente sumirse en un éxtasis divino con sus congregaciones e inmediatamente supo lo que pasaba: eran farsantes, timadores, compinches de los predicadores. El pequeño Freddie apenas si podía ver por encima de los bancos, pero tenía claro que aquellos que se retorcían en los pasillos eran unos farsantes. Así que se dedicó a fastidiarles el negocio… hasta que los predicadores le ofrecieron 5 dólares para mantenerse alejado.

Freddie contaba con otra táctica para los evangelistas que no empleaban presuntos extasiados. Él no necesitaba un libro de coro. Se conocía todas las expresiones habituales, como «¿Has sido lavado en la sangre?», así que no le costaba nada levantarse entre el gentío y cantar a pleno pulmón entre las filas prietas:

¿Están impolutos tus atavíos?
¿Son blancos como la nieve?
¿Has sido lavado en la sangre del cordero?

En ese momento, el evangelista indicaba a todos que se sentaran, ansioso por entrar en materia, y el rebaño no dudaba en hacer lo que le mandaban, a excepción de Freddie. Él se quedaba de pie y repetía: «¿Has sido lavado en la sangre?» y el resto se levantaban de nuevo y se unían a él, cantando desde el primer verso hasta el último. Después, el pastor indicaba una vez más a la gente que se sentara, y Freddie volvía una vez más a su estribillo: «¿Has sido lavado en la sangre?». El negocio con estos era el habitual: cinco pavos para mantenerse lejos.

En cuanto al billar, Freddie era un auténtico prodigio; no había ningún truco en el hecho de que en quinto curso ya era capaz de ganar a cualquiera en Alton. Un viejo lobo, conocido como Tennessee Brown, vio cómo el muchacho irlandés toreaba a no pocos jugadores decentes por un tarro lleno de monedas y rogó a sus padres que le permitiesen enseñar al muchacho. El padre de Freddie trabajaba como guardagujas en Illinois Terminal, pero había crecido en medio de las hambrunas de la patata de Irlanda, y conocía el valor de un poco de dinero extra. Así pues, el pequeño Freddie no tardó en dar exhibiciones con el taco, donde dejaba boquiabierto al personal haciendo saltar las bolas sobre botellas de Coca-Cola. Pero no ganaba la pasta exhibiendo sus habilidades, sino pareciendo muy malo mientras desvalijaba al rival, haciéndole creer que era él quien perdía por sus propios fallos. Freddie dejó la escuela y se echó a la carretera con su taco y su mentor, que le llevó por todos los salones y garitos de billar que bordeaban el río para perfeccionar sus timos. En ocasiones, Tennessee Brown se ofrecía a jugar, pudiendo utilizar él una sola tronera mientras los contrincantes disponían de las otras cinco. Cuando recaudaba lo debido, se permitía un puro de veinticinco centavos y le decía al perdedor: «Apuesto a que ni siquiera eres capaz de ganar a ese chico».

La infancia de Freddie terminó oficialmente cuando su padre enfermó de tuberculosis y se volvió incapaz de librarse de la tos. John Whalen partió sin su familia hacia ese lugar precioso y distante llamado California, famoso por sus curas milagrosas. Pero tuvo que regresar a Alton cuatro semanas después, debido a la nostalgia y con la tos intacta. Freddie tenía catorce años cuando su padre falleció en 1912.

Se mudó a Chicago para poner en práctica todo lo que había aprendido sobre la naturaleza humana como vendedor a domicilio. Era delgado, pero medía más de metro ochenta y parecía todo un hombre con su traje y chaleco gris a juego. Su sonrisa era desmesurada, la típica de un vendedor, y si algunos la encontraban falsa, pues allá ellos; a la mayoría les gustaba cómo iluminaba la habitación. Freddie convenció a dos estudios fotográficos rivales de la Ciudad del Viento para ser su representante. Por un dólar, las familias recibían un vale que podían canjear por un retrato de veinte por veinticinco. Jamás permitió que ninguno de los estudios supiera que vendía para el rival.

Freddie no tardó nada en trabajar un producto mucho más elaborado: una máquina que estampaba cheques. A la gente le asustaba que cualquiera pudiera alterar los cheques que firmaba para aumentar la cuantía, así que ese ingenio, similar a una máquina de escribir, perforaba el papel para componer el número exacto. Giraba el cheque literalmente, dando origen a la expresión. Le resultó fácil convencer a sus clientes de que asumían un gran riesgo si no compraban uno de sus protectores de cheques. Más pronto que tarde, la empresa que fabricaba las máquinas le propuso ir a Nueva York para ampliar allí las ventas. Rehusó por culpa de una chica.

La familia Whalen tiene dos versiones de cómo Freddie conoció a Lillian Wunderlich. La primera es genuinamente americana, dulce, romántica e inocente. En ella se dice que sus labores como vendedor le llevaron de vuelta hasta Saint Louis, donde pernoctaba en una bulliciosa pensión regentada por la madre de Lillian. El clan Wunderlich era vasto, con dieciséis hijos, muchos de ellos criados en la granja familiar de Pacific, Missouri. Puede que por eso los chicos fuesen tan fuertes. Uno de ellos, Augustus, «Gus», era capaz de levantar la silla de madera más pesada de la casa con una sola mano. Pero era la hija mayor la razón por la que Freddie siempre volvía. Nacida en 1899, un año más tarde que él, Lillian solo tenía catorce años cuando salieron por primera vez, acompañados por varios Wunderlich como carabinas, más que dispuestos a mantener vigilado al vendedor aficionado al billar de amplia sonrisa.

Pero la otra versión de cómo se conocieron sugiere que los Wunderlich comprendieron desde el primer momento a quién abrían la puerta de la familia. Al joven Gus también le encantaban los espectáculos religiosos de la ruta del serrín*

---

* Se refiere a un movimiento evangelizador itinerante en Estados Unidos que se caracterizaba por el uso de tiendas de campaña y otros edificios temporales, donde se celebraban sermones y misas. Se llama así porque se solía echar serrín en el suelo para amortiguar el ruido de los pasos (N. del T.).

y asistió a uno que se celebraba en un granero. La noche siguiente arrastró consigo a dos de sus hermanas, diciéndoles a Lillian y a Florence que tenían que ver aquello. Se sentaron en el desván descubierto, mirando hacia abajo mientras el predicador imploraba al gentío:

—Yo sé que hay un pecador ahí fuera, un pecador que bebe, juega y va con mujeres. Y si todos inclinamos la cabeza, esta noche abrazará al Señor. Adelántate, pecador, ¡adelántate!

Entonces, un joven larguirucho, moreno y acicalado, se incorporó de un salto.

—¡Soy yo! —gritó mientras avanzaba de rodillas para recibir la salvación, sollozante.

Se trataba de Fred Whalen, por supuesto, y tras el servicio, Gus llevó a sus hermanas a la parte trasera del granero y les pidió que observaran mientras el predicador y Freddie se estrechaban las manos y algo verde pasaba del hombre del hábito al arrepentido pecador de la noche, que ya no era enemigo de los evangelistas itinerantes.

Lillian Wunderlich se quedó pasmada. Le gustaba presumir de que su abuela había salido a bailar con los hermanos, y ladrones de trenes, Frank y Jesse James, a mediados del siglo XIX. Le atraían ese tipo de hombres, lo llevaba en la sangre. Tenía dieciséis años cuando se casó con Fred. Él, diecisiete. Pasaron su luna de miel en el hotel Mineral Springs de Alton, que vendía las cualidades terapéuticas de las aguas que bullían en su subsuelo, e incluso vendía botellas de tan milagroso portento.

La pareja tuvo primero una hija, Bobie, y luego un hijo, Jack. Décadas después, la familia insistió en que el niño era un bebé enorme, casi cinco kilos al nacer, ¿o eran seis, o siete? Las leyendas familiares varían en este punto. Pero la partida de nacimiento del estado de Missouri no indicaba el peso, sino solamente que Jack Fredrick Whalen había nacido al pasar la medianoche del 11 de mayo de 1921.

Al año siguiente, Fred Whalen dirigió la migración al oeste del clan, compuesto por él mismo, su mujer, sus dos hijos y un puñado de Wunderlich. Se presentó en la pensión con 26 dólares, su taco de billar, sus ropas elegantes y dos coches.

—Todo el mundo quiere ir a California. Haced las maletas, que nos vamos —anunció, y una docena de personas se metió en los coches que aguardaban fuera. Uno era un sedán negro que apenas se mantenía en pie, construido por la Dorris Motor Car Company, de Saint Louis («Construido pensando en la calidad, no en el precio»), que no tardaría en pasar a mejor vida. Pero el otro era un regalo a la vista, un Marmon Touring Car construido por la compañía de Indianápolis, cuyo bólido monoplaza amarillo había ganado la primera carrera de quinientas millas de la ciudad. Ahora Marmon ofrecía a los aficionados al motor «el mejor coche de la mejor clase», con un amplio asiento posterior alejado del conductor, estribos a ambos lados, el primer espejo retrovisor y una rejilla frontal coronada con un ornamento plateado digno del coche de cualquier empresario millonario, que era exactamente lo que Fred quería parecer en los pueblos que fuesen atravesando por el camino.

Se detenían en cualquier zona de descanso polvorienta a las afueras de ninguna parte, y todo el mundo salía a estirar las piernas, salvo Fred, su joven esposa y el poderoso Gus. Una de las tías se encargaba de cuidar del pequeño Jack, que viajaba en una improvisada cuna que colgaron de una cuerda tras el asiento del conductor de uno de los coches. Mientras los demás Wunderlich salían en busca de alguna granja cercana para hacerse con un pollo extraviado, Fred se vestía con su traje de tres piezas y Lillian con su vestido más elegante y un sombrero a juego. Gus se ponía una camisa blanca, un chaleco… y un gorro de chófer. A continuación se dirigían hacia la avenida principal con el imponente Marmon, la pareja detrás y Gus al volante. Fred lo llamaba «muchacho» o «chico». No obstante, Gus era un conductor excelente. Había lidiado con vehículos de granja y reconstruido sus motores desde el día que dejó la escuela, en sexto curso.

En cada pueblo, Gus buscaba la taberna más concurrida y aparcaba delante el Marmon. Cuando salía para levantar la capota, toda una multitud se agolpaba para admirar lo que saltaba a la vista que no era un Ford y a la elegante pareja que iba detrás. Gus solía comprobar el motor, negar con la cabeza y preguntar si alguien sabía dónde podía encontrar herramientas. Entonces se acercaba a Fred y le decía:

—Disculpe, señor, pero llevará tiempo arreglarlo. ¿Por qué no entran en el local y se toman un refresco?

Entonces, Fred cogía a Lillian de la mano y se la llevaba al interior del local. No tardaba alguno de los lugareños en preguntar:

—¿Quiénes son?

Y entonces era cuando Gus informaba de la empresa financiera que dirigía Fred, consorcio, sociedad o las dos cosas. Y, seguidamente, preguntaba si no había mesas de billar en las cercanías.

—Pues claro.

—Pues mi jefe presume de jugar al billar. Bueno, cree que sabe hacerlo.

Gus miraba a ambos lados para asegurarse de que su jefe no estaba por allí y decir con la boca pequeña que, a poco que uno supiera lo que hacía y estuviera sobrio, podría ganarlo sin sudar. Lo único que pedía Gus era que se compartiese parte de lo ganado con el amable chófer que había facilitado la información, un detalle de agradecimiento por haber desvalijado a su jefe. No tardaba en extenderse la noticia de que había en el pueblo un ricachón fácil de desplumar.

Así sufragaron los Whalen y los Wunderlich su expedición al oeste, con las ganancias que Fred arrancaba de todos los paletos del corazón de Estados Unidos.

CAPÍTULO 2

La ciudad donde el mal
siempre viene de fuera

El miedo a que la ciudad se llenara de malhechores se había extendido por Los Ángeles desde antes del cambio de siglo. El creciente sistema de ferrocarriles de la nación no alcanzó la joven ciudad hasta 1876, cuando la Southern Pacific la enlazó desde el norte, el mismo año en que se fundó el puesto de jefe de policía al cargo de seis oficiales. En 1891, Los Ángeles era una comunidad desperdigada de sesenta y cinco mil personas con una fuerza policial de setenta y cinco, contando el ama de llaves, el administrativo, el alguacil y la secretaria. Descontando a los dos hombres que llevaban los furgones policiales tirados por caballos, el jefe John Glass contaba con cuarenta y ocho agentes para controlar casi cien kilómetros cuadrados mientras lidiaban con los problemas del día a día.

—Se juegan algunas (demasiadas) partidas de póquer en las trastiendas de establecimientos de venta de puros y tabernas que están haciendo daño a la juventud de esta ciudad y suponen el medio de vida para una banda de miserables demasiado vagos para trabajar —indicaba el jefe Glass a los vecinos en su informe anual—. Las apuestas de lotería no son fáciles de erradicar, y el número de prestamistas y demás corredores de bienes de segunda mano se ha incrementado.

La buena noticia para Los Ángeles era que el número de prostíbulos se había mantenido estable y que «se ha declarado la guerra a los proxenetas», decía el jefe.

—Creo que ahora hay menos seres viles de esa calaña que en cualquier momento del pasado.

Otra buena noticia era que se habían ahorrado 1.867,10 dólares haciendo que los presidiarios se cocinasen su propia comida, en vez de contratar un restaurante para alimentarlos. Pero el jefe Glass se guardaba una ominosa advertencia para ese poblado azotado por el sol que se jactaba de ser el jardín del Edén de Estados Unidos: «Una causa muy seria de molestias y peligro para los residentes de esta ciudad crece año tras año. Cada invierno se establece aquí un creciente número de rateros, ladrones de cajas fuertes y otros hábiles delincuentes procedentes de las mayores ciudades del este». Si bien se habían producido no pocos arrestos de «delincuentes del este», Glass declaró que había llegado el momento de equipar a sus agentes con algo más que porras de palisandro y cinturones de cuero, así como remediar que tuviesen que comprar sus propias esposas y revólveres. El jefe conminó a la ciudad a que proporcionase a cada agente cada una de esas herramientas, además de «un silbato, una llave para bocas de incendio… y un rifle de repetición de primera clase».

34

Con la llegada del siglo xx, los tiroteos se volvieron habituales entre los vendedores de fruta inmigrantes en Los Ángeles —primeras pistas de que la famosa Mano Negra podía estar en la ciudad— y los indeseados forasteros del este fueron elevados a grado de «gánsteres del este». Después de que George Maisano recibiera tres tiros en la espalda, el 2 de junio de 1906, vivió lo suficiente para decirle a la policía que el pistolero era un compañero vendedor de frutas inmigrante, Joe Ardizzone, el «Hombre de Hierro» del pequeño barrio italiano de la ciudad. Pero Ardizzone «desapareció inmediatamente en la oscuridad», se dijo en esa época. «Es un caso difícil, ya que otros italianos de la colonia local hacen todo lo que está en su mano para ayudar al criminal a escapar y se niegan en redondo a hablar del tema, asegurando que nunca lo han oído mencionar.»

Pocos meses después, un hombre en bicicleta disparó a Joseph Cuccia, padre de tres hijos, mientras conducía su carro por la North Main Street, espantando a los caballos, que arrastraron el carro a lo largo de dos manzanas sin control alguno. Cuando un testigo intentó perseguir al ciclista que se daba a la fuga, el tipo se dio la vuelta con la pistola y dijo:

—Será mejor que nadie me siga.

El siguiente fue el barbero Giovannino Bentivegna, que fue tiroteado a través del escaparate de su establecimiento. Las autoridades dijeron que se encontró una carta en su bolsillo, escrita en siciliano, «que contenía un obsceno dibujo de un payaso y un policía», la típica advertencia de la Mano Negra para los soplones. Fueron los mismos incidentes que asolaron el barrio de Little Italy, en Nueva York, a raíz de la oleada de inmigrantes provenientes del otro lado del Atlántico durante la década de 1890. Pero ¿Los Ángeles? Se sugirió un nuevo nombre para una de las calles que atravesaban su barrio italiano: Shotgun Alley*.

En 1913, el Departamento de Policía de Los Ángeles anunció que iba a contratar a veinticinco nuevos agentes para combatir a lo que ahora se denominaba «matones del este», debido en parte al asalto a mano armada de una joyería de South Broadway. Unos desconocidos abrieron un boquete de sesenta centímetros en el tejado, bajaron con una cuerda, evitaron varias alarmas y se llevaron una bandeja con docenas de anillos de diamantes por valor de 6.000 dólares, el asalto más lucrativo del año. Los ladrones eran profesionales, eso estaba claro, pero las autoridades de Los Ángeles estaban seguras de que era una prueba más de la llegada masiva de nuevos estafadores y criminales: ladrones de porches *(dingbats)*, carteristas *(dips)* y especialistas en cajas fuertes *(pete blowers)*. «Hay mil ladrones de camino a Los Ángeles», declaró la policía a *Los Angeles Times,* añadiendo que la mala noticia procedía directamente de agencias policiales bien informadas. «Los departamentos del este han advertido recientemente de que casi todos los ladrones arrestados han dicho que se irían a Los Ángeles si les soltaban, aparte de que todos los hombres con órdenes de búsqueda a sus espaldas están en la ciudad o de camino».

Como si se quisiera acentuar la advertencia —y acallar cualquier escepticismo—, uno de los veinticinco agentes novatos contratado para repeler la invasión se vio envuelto en un tiroteo con dos pistoleros casi inmediatamente. A días de estrenarse en el puesto, Frank «Lefty» James se convirtió en

---

* Avenida de la escopeta *(N. del T.).*

un héroe de la noche a la mañana al recibir un balazo en el hombro izquierdo mientras mataba a uno de sus asaltantes y hería al otro, que no tardó en confesar a la policía que había llegado a la ciudad tan solo un día antes... desde Buffalo.

Luego, dos ayudantes del sheriff del condado de Los Ángeles protagonizaron una persecución nocturna que acabó en tiroteo en un tramo desierto de West Temple Street. Uno de los pistoleros dejó tras de sí un sombrero con un agujero del calibre 45 y la etiqueta de una tienda de... Chicago.

Todo conducía al escenario de pesadilla: la llegada de Al Capone. No tardó en extenderse el rumor de que el criminal más temido del país había puesto un pie en Los Ángeles, bajo pseudónimo, y que se alojaba en el Biltmore, un nuevo hotel muy ornamentado con una piscina de baldosas azul marino en el sótano. El detective Ed «Trifulcas» Brown dirigió una delegación policial para escoltar ceremoniosamente a Capone y sus guardaespaldas hasta el primer tren con destino a Chicago. Con apenas veintiocho años y un valor de dos millones de dólares merced al negocio del alcohol, Capone se lo tomó de buen humor, diciendo que sus chicos al menos habían tenido tiempo para visitar un estudio cinematográfico.

—He venido con unos amigos para admirar el paisaje —bromeó con sarcasmo—. No entiendo por qué todo el mundo la ha tomado conmigo. Somos turistas, y pensaba que a ustedes les gustaban los turistas. ¿Cuándo han echado de Los Ángeles a alguien con dinero?

Pero estaba claro que la ciudad era un lugar peligroso, incluso para alguien como Capone (alguien le robó una botella de vino de camino a la estación de trenes).

—Ahora ya no beberé —dijo— de aquí a casa.

Así fue como Los Ángeles tuvo su primera experiencia con un criminal que lo fastidió todo (aún quedaba otro por llegar). La ciudad también contó con un segundo policía famoso para vigilar sus límites. Primero fue «Lefty» James y ahora «Trifulcas» Brown. Qué titular más glorioso se ganó Trifulcas. ¡Glorioso, glorioso!

Cara Cortada Al vino a jugar
¡Anda, mira, se tuvo que marchar!

Para entonces, los Whalen se habían establecido en un pequeño apartamento sobre una tienda de bienes no perecederos que abrieron con lo último que había ganado Fred. Llegaron por el desierto, atravesando el viejo camino de Santa Fe, reparando las ruedas inevitablemente desinfladas del Dorris durante el día y acampando de noche en tiendas mientras los coyotes aullaban fuera. No había muchos otros Marmon Touring Car en ese camino que pronto recibiría el nombre de Ruta 66. Pero en 1922 sí abundaban otros inmigrantes del Medio Oeste, que llegaban en su destartalado Modelo T, de camino para abultar la población de Los Ángeles, que sobrepasó a San Francisco, hasta convertirla en la ciudad más grande de California. Cien mil personas recalaban allí cada año, sobre todo desde los estados del centro, aunque ya no atraídas por las fantasías de oro y riquezas del siglo anterior. Si bien algunas seguían un canto de sirena similar, el de la fama en el cine, a la mayoría les bastaba soñar con un nuevo comienzo en «la ciudad donde siempre brilla el sol», citando a Cornelius Vanderbilt Jr., por no mencionar los almuerzos gratuitos con que los promotores inmobiliarios agasajaban a cualquiera que visitara sus nuevas promociones. Con no menos de seiscientas treinta y una subdivisiones de obras el año que los Whalen llegaron, un constructor se disponía a erigir un enorme cartel en las colinas que rezase: «HOLLYWOODLAND», justo encima de sus casas. Otro adornó sus parcelas con imágenes de las casas que se iban a construir colocadas en fachadas falsas, soportadas sobre puntales de madera, que representaban la versión inmobiliaria de los decorados cinematográficos de Hollywood. Otro regalaba un gallo para el patio trasero…, uno podía seguir sintiéndose como un granjero de Iowa. Mientras, un inmigrante del Medio Oeste reconvertía el cementerio en «parque memorial», prescindiendo de todos aquellos morbosos monumentos, sustituidos por bloques de piedra tumbados sobre el suelo, a lo largo de apacibles extensiones de césped, para que los afligidos pudieran hallar paz y esperanza. Herbert L. Eaton, oriundo de Missouri, prometió que su bosque de césped sería «tan distinto de otros cementerios como el sol es distinto de la oscuridad, y la vida eterna de la muerte». ¡En Los Ángeles, el cementerio se convertiría en el «Jardín de Dios»!

Los Whalen pusieron una tienda a poco más de un kilómetro al oeste del centro, alejada de la aglomeración comercial y de aquella intersección considerada como la más transitada de todo el país, pero el desarrollo iba en esa dirección. El hotel Ambassador, con aspecto de castillo, acababa de erigirse en Wilshire Boulevard, con quinientas habitaciones y un club nocturno, el Cocoanut Grove, donde las bailarinas bailaban «bajo el embrujo de las palmeras (artificiales)». Sin embargo, Wilshire seguía sin asfaltar en la otra dirección, conforme se alejaba de la ciudad, atravesando vaquerías y campos de soja en su extensión hasta el océano. Los Whalen se encontraban asimismo a tiro de piedra del Westlake Park, la estampa más repetida de las tarjetas postales que tan de moda estaban, con sus adulteradas escenas pastel representando a damas y caballeros ataviados con sus mejores trajes dominicales, paseando bajo cipreses y palmeras hasta el embarcadero del lago, un mirador coronado por una bandera de Estados Unidos desde donde podía contemplarse a parejas jóvenes remando en sus embarcaciones. Esas estampas idealizadas podían encontrarse junto a la caja registradora de los Whalen, entre las demás mercancías que robaban.

Fred y Lillian fueron detenidos después de la Navidad de 1924 por hurtar tres jerséis de una tienda del otro lado de la ciudad. Fred aguardaba en el coche para huir mientras Lillian homenajeaba su pasado familiar con Jesse James saliendo con las prendas mientras el dependiente estaba ayudando a otros clientes. La policía exhibió más mercancías de los Whalen en la comisaría central: medias, vestidos, prendas íntimas femeninas de seda. Los comerciantes del resto de la ciudad se pasaban por allí y anunciaban qué era suyo. Llegado el momento del juicio, la fiscalía ya contaba con una docena de testigos de sus extendidos hurtos de poca monta.

Cuando le tocó a Fred subirse al estrado, esgrimió su sonrisa de vendedor y juró que todos los sujetadores y saltos de cama eran regalos recibidos en una fiesta de cumpleaños. Pero al jurado le bastaron veinte minutos para hallar a la pareja culpable. Lillian se desmayó tras el anuncio del veredicto y Fred tuvo que pasar una noche en la cárcel, además de sufrir la deshonra de que el periódico local lo llamara «autoproclamado campeón de billar».

Resultó un desagradable comienzo en Los Ángeles, pero al menos nadie les puso el cartel de forasteros. En una ciudad de refugiados e impostores, ser comerciantes, padres de dos criaturas, bastó para cualificar a los Whalen como auténticos angelinos. Hasta les vino bien que los muy idiotas dudaran de la capacidad de Fred con un taco.

Prefería el billar americano continuo, donde había que colar ciento veinticinco bolas; era el torneo definitivo. Pero el dinero estaba en los bares y los garitos donde los paletos disfrutaban con partidas más cortas, como las de Bola Ocho. Un jugador del calibre de Fred era capaz de colar todas las bolas, fuesen rayadas o lisas, en un solo turno, pero no ganaría un centavo si lo hiciera. Borrachos y todo, la mayoría de esos cerebros de mosquito se irían con su dinero ante una demostración de destreza así. Con lo que, en vez de ello, procuraba fallar sus primeros golpes por poco, dejando sus bolas, rayadas o lisas, al borde de los huecos. Y lo más importante: dejaba la bola blanca de tal modo que su adversario nunca tuviese un tiro claro. Tras su turno fallido, Fred solo tenía que colar sus bolas por los pelos, golpes que cualquiera podría ejecutar. Los otros pensarían que era un tipo afortunado, y eso era todo. Al principio podrían empezar apostando centavos, pero los perdedores frustrados no tardaban en subir a dólares enteros, o quizá más, para recuperar pérdidas.

Así operaba Fred Whalen cuando hacía sus rondas por los garitos de billar más lujosos, favorecidos por los beneficiarios de las dos industrias más pujantes de la zona. Los del petróleo tenían mucho dinero en el bolsillo gracias a las reservas encontradas en Signal Hill, cerca de Long Beach, donde un solo pozo daba cuatro mil litros al día. Los tipos de Hollywood también estaban forrados, para 1927 llegaban a gastarse cien millones de dólares al año en la producción de películas.

Pero Fred no desdeñaba tampoco los barrios más bajos, donde el billar era un aspecto básico más de la vida y una prueba de hombría. Una de esas comunidades era la de Boyle Heights, una barriada deprimida al este del río Los Ángeles, poco atractiva por su proximidad a las fábricas y las estaciones de trenes. Ese lugar acogía lo que el resto de la ciudad desechaba —o era marginado por los contratos inmobiliarios—: mexicanos, italianos y, sobre todo, judíos rusos pobres, que generalmente lo habían intentado en Nueva York sin mucha suerte y ahora eran refugiados de segundo ciclo. Boyle Heights era el típico barrio donde sobrevivía el más fuerte, lo que se escenificaba en las partidas nocturnas que se celebraban en el salón de billar de Art Weiner. Atraía a tipos con nombres como Matzie y Dago Frank, que podían sacar el número que deseasen con cualquier par de dados y también presumían de ser unos jugadores de billar de primera. Los muchachos duros de la zona competían para ganarse su favor, y entre ellos estaba un diminuto chico de los periódicos, llamado Meyer Harris Cohen, cuya madre, Fanny, una inmigrante de Kiev, se había traído a sus seis hijos al oeste tras la muerte de su marido, Max. Todos ayudaban en la pequeña tienda de comestibles que abrió la mujer, apilando latas, aunque el más pequeño prefería las calles o el salón de billar, donde a menudo ordenaba las bolas y llevaba el marcador para los peces gordos locales, Matzie y Dago Frank.

—¡Pásame la tiza! —le decían, y eso hacía el muchacho, al que llamaban Mickey para abreviar. Pero no hay forma de saber si el joven Mickey Cohen se cruzó con Fred Whalen cuando este tomaba el pelo a sus ídolos con las bolas y el taco, o si sus miradas se cruzaron en alguna de las mesas de tapete verde del salón de billar de Art Weiner, como lo harían en la sala de un tribunal de Los Ángeles décadas más tarde.

En ocasiones, Fred deseaba pavonearse, se cansaba de contener la mano, por lo que la familia solía viajar por carretera hasta comunidades más pequeñas, reminiscentes de aquellas a las que habían timado a lo largo de su periplo a través del país. Lillian le confeccionó un traje de satén azul claro, con la parte superior al estilo cosaco, y una máscara, y repartían panfletos publicitarios anunciando la exhibición de «La Maravilla Enmascarada». Fred se dedicaba a mostrar los trucos que había aprendido en la niñez, incluido lo de las bolas sobre las botellas de Coca-Cola, además de otros que implicaban parejas de tacos a modo de rampas: la bola blanca subía y bajaba por el circuito y luego chocaba con otras tres o cuatro de color y las colaba en los huecos. También escondía bolas debajo de un pañuelo y las colaba o las hacía desaparecer. Una estimulante honestidad rodeaba las demostraciones, y no solo por la habilidad que desplegaba. Ahora podía decir quién era.

—Os voy a engañar —decía—, pero aunque lo sepáis de antemano, no podréis ver cómo lo hago.

Y entonces hacía desaparecer la bola roja, robándola justo debajo de sus narices.

Claro que no había renunciado a numeritos como el del chófer, ni de lejos. Aquello le encantaba. De hecho, volvería a hacerlo, pero no con Gus interpretando el papel del chófer en la versión de Saint Louis del timo. Fred Whalen pronto pudo permitirse un chófer de verdad, así como un auténtico Stearns-Knight Touring Car, y cómo alcanzó esa cima es algo que no tiene nada que ver con el billar.

CAPÍTULO 3

El joven Jack Whalen
da un paseo en avión

Los polis que deportaron a Al Capone no dieron ninguna alarma cuando un amplio grupo de lugareños (según
se entienden estos en Los Ángeles) celebró un banquete, diez
días antes de la Navidad de 1929, para conmemorar la Liga
italoamericana para el bienestar. Gran parte de aquello era, sin
duda, política de la vieja escuela aplicada a la etnia. Pero el
alcalde, el fiscal del distrito y el sheriff del condado se contaban entre los invitados del Flower Auditorium y aplaudie-
ron generosamente el homenaje a la ópera italiana y al valor
de los italoamericanos en la Gran Guerra, ajenos a que el
programa de la velada identificaba a un tal J. Ardizzone y a
un tal J. I. Dragna como presidente y vicepresidente, respectivamente.

J. Ardizzone era Joe Ardizzone, el Hombre de Hierro
de la Mano Negra durante las guerras de los fruteros, en la

época en la que los tiroteos en marcha se hacían desde bicicletas. Ciertamente había desaparecido en 1906, tras la muerte de un rival, huyendo hasta Louisville, Kentucky, disfrazado de oficial del ejército bajo el nombre de capitán J. D. Fredericks. Pero regresó a California de forma desapercibida un par de años después, se compró un rancho en las colinas que dominaban el valle de San Fernando y se dedicó a los viñedos. Las autoridades aseguraron que no supieron del regreso de Ardizzone hasta 1914, cuando rodearon la propiedad y pasaron sobre dos guardas armados para detenerlo. Pero sus esfuerzos por cargarle el asesinato resultaron fútiles: «caso cerrado, pruebas insuficientes, ningún testigo dispuesto a declarar», resumía un informe de la policía. Unos años más tarde, cuando otro frutero italiano fue asesinado con métodos más modernos a manos de un tirador embarcado en un Buick, Ardizzone llamó al hospital para averiguar dónde habían llevado el cuerpo y se echó a reír cuando le preguntaron quién podría haber hecho tal cosa. Ya estaba bien colocado cuando llegó la Prohibición en 1920, prometiendo enormes beneficios para cualquiera que suministrara licor de graduación a las sedientas masas y se atreviera a usar una escopeta para ampliar su cuota de mercado.

El vicepresidente de Ardizzone durante la velada, J. I. Dragna, era Jack Ignatius Dragna, natural de Corleone, mucho antes de que la ciudad siciliana se hiciera famosa por el personaje cinematográfico Don Corleone. Cuando su nombre apareció por primera vez en los registros policiales, allá por 1914, por extorsión, parecía recién desembarcado en los muelles a juzgar por la foto: un cuello blanco y almidonado le apresaba el pescuezo y un sombrero de bombín lucía ladeado sobre aquella cabeza redonda como una luna. Ahora tenía el aspecto de cualquier empresario de mediana edad, con grandes gafas, traje gris y un pañuelo decorativo en el bolsillo de la chaqueta. Dragna también tenía una explotación de viñedos en las colinas, más de doscientas hectáreas, y poseía un gran barco, el *Santa María*, presuntamente para transportar plátanos desde Centroamérica. Dragna también era dueño de una parte de lo que se conocía como «la mejor embarcación de recreo de la costa».

Él y otros cinco habían adquirido un velero de cinco mástiles construido para servir en la Primera Guerra Mundial, pero que desde entonces se empleaba principalmente para pescar. Remodelaron la cubierta principal para convertirla en un casino con ocho mesas de dados, dieciséis de *blackjack*, cincuenta tragaperras y cuatro ruletas, de las amañadas para evitar que nadie ganase demasiado. Había una pista de baile de madera pulida y un restaurante que prometía «la mejor cena de pescado de California por un dólar». En 1928, el *Monfalcone*, largo como un campo de fútbol, pasó a formar parte de una flota de barcos casino que funcionaban lejos de la costa, en aguas internacionales, lejos de la ley. Barcos-taxi traían y llevaban a los clientes, bien aconsejados de vigilar sus carteras: si desafiaban al azar y ganaban, alguien podía seguirles hasta el coche. El propio Dragna consideró que sería prudente adoptar precauciones. Dos policías cometieron el error de detener su sedán una mañana temprano, recién desembarcado con tres de sus hombres, animando a que uno de ellos les apuntase con una escopeta recortada. Dragna alzó la mano parsimoniosamente, ordenando a su chico que se calmase, y explicó que necesitaban la escopeta, junto con cuatro pistolas y dos navajas, para proteger los beneficios procedentes del *Monfalcone*. Lo que no dijo fue que uno de sus acompañantes era primo del vecino de Chicago más popular en Los

Ángeles: Cara Cortada Al Capone. Más tarde, cuando Dragna solicitó la ciudadanía estadounidense, un juez dijo que no era el momento, pero que podía seguir intentándolo, que parecía proceder de «buena familia».

Fred Whalen no se dejaba engañar por aquellos personajes tan brutales del viejo mundo, los llamados *Moustache Petes**, pues él también disponía de barcos que hacían el trayecto desde la costa, y que por cierto tenían reputación de ser de los más rápidos. Uno, con la cabina de caoba, se llamaba *The Bobie*, por su hija, y estaba propulsado por motores duales Liberty, al igual que algunos aviones, por lo que podía sobrepasar con facilidad la velocidad de las embarcaciones de Dragna y los suyos, así como la de las patrullas de la Guardia Costera. Pero la gran innovación de las embarcaciones de Whalen era una característica que vino de la mano del cuñado de Fred.

Puede que Gus Wunderlich pareciera un idiota con su sonrisa de dientes rotos y una de las cabezas más cuadradas jamás vistas en un ser humano —era literalmente un ladrillo—, pero era un genio con cualquier cosa mecánica, tan bueno como Fred con su taco, y su idea para las lanchas rápidas que transportaban el ron era la siguiente: tras recoger el cargamento del barco nodriza, o de cualquier navío intermediario, empleaba una gruesa cuerda para atar juntos los barriles en la parte de atrás de la lancha. A continuación colocaba el primer barril en el borde posterior, casi en el agua y justo encima del elevador hidráulico que había instalado bajo la cubierta, la clave de su sistema. Si los federales

---

* Nombre que se da a los mafiosos sicilianos que emigraron a Estados Unidos, en edad adulta, a principios de la década de 1900 *(N. del T.)*.

les perseguían, solo tenían que pulsar un botón, y la parte delantera de la cubierta se elevaría, haciendo descender la trasera, de modo que el primer barril caería al agua y arrastraría a los demás al mar. El ingenio demostró su utilidad tras la recogida de un gran cargamento de whisky, cuando unos doscientos barriles les lastraron lo suficiente como para que una lancha guardacostas les alcanzara a pesar de sus motores Liberty. Fred tuvo que pulsar el botón y hundir la carga en el océano. Cual fue su sorpresa cuando los barriles permanecieron flotando en la superficie. Al parecer, no iban llenos del todo, cosa del proveedor del barco nodriza. No obstante, haber sido timado fue su salvación, ya que los barriles a la deriva formaron un campo de minas que rasgó la panza de la lancha perseguidora hasta dejarla varada.

Cuando las autoridades apodaron al patriarca de los Whalen como «Freddie el Ladrón», su familia estuvo en total desacuerdo. Ellos lo llamaban «El Tira Millas», porque ahí es donde estaría, a millas de distancia, cuando el ventilador empezara a esparcir la mierda. Pero nada era tan sencillo en el negocio del contrabando. Como autónomo e irlandés, Freddie intentaba por todos los medios mantenerse alejado de italianos como Dragna y Tony «El Sombrero» Cornero (Stralla originalmente), quien, a la edad de veinticinco años, tenía un Cadillac con chófer, fruto de la amplia red de camiones de transporte de ron que había logrado amasar y el control de los barcos nodriza, incluida una goleta maderera capaz de transportar siete mil cajas entre Canadá y México. Pero incluso Cornero y su hermano podían sufrir secuestros, cuando no eran ellos los que los ejercían sobre sus rivales. Podían ocurrir en el mar o durante los desembarcos nocturnos en calas remotas, cuando las lanchas detenían sus motores y el whisky era traspasado a botes más ligeros que remaban hacia playas donde la autoridad se mostraba más amistosa por un buen precio. El peligro acechaba tras cada paso, si bien una descripción contemporánea podría rayar con lo melodramático:

Repiqueteo de ametralladora en la niebla. Lóbregas luces de los camiones que esperan. Voces amortiguadas en la playa y ruidos de motores de barco tosiendo que trae el viento. Sonido de cerraduras de coche y las barcas disparando a los inconfundibles ladrones… Hombres duros, a veces desesperados y dispuestos a matar.

Freddie Whalen solo se permitió asociarse una vez en el negocio del contrabando, en México, con Percy Hussong, cuya familia poseía una popular cantina en Ensenada, la taberna donde más tarde se aseguraría que se inventó el margarita. Los Hussong tenían un arreglo perfecto con un barco nodriza, recibiendo el whisky a cambio de esquifes repletos de frutas y verduras, además de algo de dinero. Cuando los Hussong ponían rumbo de vuelta a la costa, la marina mexicana solo les disparaba sobre las cabezas; los marineros no estaban dispuestos a poner en peligro la oportunidad de tomarse unos chupitos la noche siguiente. No pasó lo mismo cuando la banda de Whalen-Wunderlich se vio tiroteada mientras se acercaba a la orilla una noche sin luna. No tenían la impresión de que los tiradores sobre los acantilados tuvieran la intención de fallar.

La otra relación de negocios significativa de Freddy por aquel entonces era un poli de Santa Mónica, la comunidad playera con una noria en el embarcadero. El teniente Thomas Carr era el Sherlock Holmes de la policía local. Contaba con un kit de maquillaje profesional y todo tipo de disfraces para hacerse pasar por cualquier cosa, desde un marinero tatuado hasta un *dandy* inglés, a fin de poder entrar sin llamar la atención en los bares costeros y escuchar los rumores relacionados con los contrabandistas. Los periódicos lo llamaban «El hombre de las mil caras», por el actor de cine mudo Lon Chaney, que se transformaba en el Fantasma de la Ópera o el Jorobado de Notre Dame. El destacado teniente Carr también era un tirador de categoría olímpica, y más desde que el supuesto tirador de primera y sheriff de Twin Falls, Idaho, llegó a Los Ángeles con su pistola de puño nacarado y una chaqueta de piel de ante, asegurando que era el ganador de una competición de tiro en el Club Frontier, de Idaho. Tras formalizar el desafío, clavaron un as de picas en un poste del campo de tiro de la policía para ver quién acertaba más veces en el punto negro apenas visible… Y el policía playero de California se comió al sheriff del Salvaje Oeste con sombrero de vaquero y todo.

Carr se ganó cierta fama a base de episodios como ese, pero cuando los periodistas se iban y guardaba su sombrero de derbi inglés en el armario, no era más que otro tipo que disfrutaba con algunas copas que echarse al gaznate y algunos billetes extra que gastarse. Freddie Whalen lo mantenía satisfecho en ambos campos y le servía en bandeja a algún que otro contrabandista de segunda que arrestar. Contar con un poli de su lado era más seguro para lidiar con la competencia que secuestrar sus envíos o reventarles la tapa de los sesos.

En cuanto a la policía de Los Ángeles, eran de chiste. Cuando Freddie llegó a la ciudad, su jefe era un tipo de aspecto distinguido que respondía al nombre de Louis D. Oaks, que no tardó en ser pillado en su coche oficial con una botella medio llena y una mujer medio desnuda que no era su esposa, lo que provocó que esta denunciara (en los papeles del divorcio) que el hombre era víctima del intoxicante licor y una bailarina de revista. Un par de años después, la jefatura fue ocupada por un tejano, James «Dos Pistolas» Davis, un orgulloso recolector de algodón en tiempos y casi tan hábil con la pistola como el teniente Carr, de Santa Mónica. A pesar de que Davis disfrutaba de masajes y sesiones de manicura diarios, pronto formó una brigada de pistoleros (la Gun Squad) dirigida por Lefty James, el policía ascendido a héroe, herido en sus días de novato de 1913. Davis también tenía la boca tan grande como Texas.

—Esa panda de violentos y contrabandistas de ron van a aprender que el asesinato y jugar con las armas están en las antípodas de sus intereses —dijo—. Los quiero muertos, nada de vivos, y reprenderé a cualquier agente que muestre el mínimo resquicio de compasión hacia esos criminales.

Duras palabras, sin duda, pero cuando la Depresión cayó a peso sobre la Prohibición, los líderes de Los Ángeles parecieron preocuparse menos por los contrabandistas de ron que por vagabundos que llegaban a la ciudad. Los nuevos grupos operativos hacían redadas masivas contra estos infelices y les daban a elegir: la cárcel o el primer tren al este; la trena o cualquier punto entre Yuma, Arizona, y más allá. Al final, el Departamento de Policía de Los Ángeles dispersó a sus agentes hacia las fronteras del estado para repeler las hordas de vagabundos, aplicando lo que se dio a conocer como el *Bum Blockade**. Los comunistas, así como otros radicales,

---

* Bloqueo de vagabundos (*N. del T.*).

51

distrajeron los esfuerzos policiales y la Red Squad (Brigada Roja) no tardó en competir con la Gun Squad por la pista central del circo, escenificando su parte al capturar al escritor sensacionalista Upton Sinclair en un mitin de presuntos subversivos.

Mientras tanto, la policía nunca fue capaz de paliar la violencia relacionada con el tráfico de licor ilegal, que finalmente se volvió contra su principal practicante. El antiguo brazo fuerte de la Mano Negra, Joe Ardizzone, sobrevivió a un intenso tiroteo y se esfumó tras abandonar su viñedo a las seis y media de la mañana para encontrarse con un primo que acababa de llegar de Italia. Su esposa tuvo que esperar años a que lo declararan oficialmente fallecido, plazo que no fue necesario para el vicepresidente J. I. Dragna, el candidato inmediato a la sucesión.

El notable Fred Whalen se las arregló para atravesar ese período virtualmente ileso. Una de sus lanchas se había estrellado contra las rocas y uno de sus cargueros adornados de caoba se hundió por una vía de agua. Pero la peor parte fue quemarse bajo el sol de la playa de la isla de San Clemente antes de que un apestoso ballenero los rescatara a él y a Gus. Las autoridades nunca averiguaron qué métodos empleaban para transportar su whisky por tierra, empleando camiones decorados exactamente igual que los que se usaban en la cadena de supermercados Mayfair Markets, granates con frutas y verduras pintadas a los lados. Para la venta directa, Fred adquirió una tintorería situada en los bajos de un hotel y que había cerrado recientemente. Daba a un callejón trasero, por donde invitaba a los clientes a que pasasen con el coche hasta una ventana por la que recibían su brebaje ilegal en un paquete envuelto con papel de periódico. No resultó sorprendente que algunos residentes locales acabaran llevando allí de verdad la ropa para limpiar, así que Freddie tuvo que contratar a alguien que gestionara otro local para dicha tarea. No tardaron en contar con tres lugares donde realizaban la actividad legal y, además, distribuían la bebida. Cuando las lavanderías con servicio a automóviles se volvieron habituales pasados los años, el clan Whalen se preguntó si su establecimiento de los bajos del hotel habría sido el primero.

Freddie declaró solemnemente su actividad como empresario de tintorerías cuando, en 1930, un empleado del censo llamó a su casa de Alvarado Street, hogar que compartía con su mujer, Lillian, y sus hijos: Bobie, que tenía trece años entonces, y Jack, con ocho. Pero no eran muchos los propietarios de lavanderías que podían permitirse llevar a sus familias a paseos dominicales en automóviles Stearns-Knight, un modelo lujoso que dejaba a su viejo Marmon a la altura del betún. Ese sí que era un coche digno de un ejecutivo. Gus Wunderlich también se aplicó la fachada de las lavanderías cuando el empleado del censo le hizo una visita en su casa, declarándose «sastre» del establecimiento. Pero su hermano menor se divirtió mucho cuando le tocó y declaró que la profesión de su hermano era «aviador». En 1928, las carreras aéreas nacionales habían llegado hasta Mines Field, que más adelante se convertiría en el Aeropuerto Internacional de Los Ángeles. Sin embargo, en esos días aún era una amalgama de pistas que atravesaban campos de maíz, cebada y alubias. Doscientos mil espectadores conducían atravesando las granjas para presenciar las exhibiciones de lo último en aviación militar, así como carreras sorteando pilones, que aglutinaban a lo mejor de los aviadores, incluido Charles Lindbergh, un año después de que cruzara en solitario el Atlántico. El espectáculo no estaba exento de riesgo. John J. Williams, uno de los «Tres Mosqueteros» de las Fuerzas Aéreas, perdió la vida durante un vuelo de prácticas. Eso no impidió que la fiebre por volar picase a más de uno en Los Ángeles, hasta el punto de que los más afortunados compraron sus propios aviones. El de Fred Whalen era un Alexander Eaglerock de dos plazas, un biplano de un solo motor que hacía las delicias de los exhibidores, que acudían a las zonas rurales y ofrecían a los boquiabiertos lugareños vuelos de diez minutos por cincuenta centavos.

El biplano no era lo bastante grande ni sólido para transportar demasiada bebida, sino más bien otro juguete de exhibición para el patriarca del clan Whalen. Freddie recibió una lección del vendedor antes de invitar a Gus para unirse a él en su vuelo inaugural, mientras toda la familia les rodeaba admirando el nuevo capricho. Pero hubo alguien que se quiso sumar, Jack, el hijo pequeño de Freddie. Su madre lanzó una mirada cargada cuando el crío exclamó:

—¡Yo también quiero ir!

Sin embargo, Freddie puso su sonrisa de vendedor e invitó al muchacho a que les acompañase. Apenas había espacio en la diminuta cabina del piloto para el jovenzuelo y su tío Gus, pero Fred despegó como todo un profesional y guió el aparato por el paso de Sepúlveda, sobre los huertos del valle de San Fernando.

Su destino era un nuevo aeródromo en Van Nuys; tras dibujar varios bucles sobre el valle, aterrizarían, se tomarían un respiro y regresarían a casa. El problema era que Fred no dominaba el altímetro. El biplano aterrizó con demasiada fuerza sobre la nueva pista y rebotó hacia el aire. Entonces Fred volvió a intentarlo, y otra vez calculó mal, saliendo despedido una vez más antes de volver a ser lanzado al aire. En ese momento Gus empezó a sentir pánico. Tras el segundo intento fallido de aterrizaje, comenzó a gesticular como un loco desde el asiento del copiloto, como si quisiera saltar, mientras Fred le invitaba a ponerse en su sitio e intentarlo él mismo. Los dos gritaban como chiflados, incapaces de oírse sobre el ruido del motor. Quizá Feddie Whalen hubiera creído siempre que su astucia y su sonrisa le colocaban por encima de todos los peligros, pero en ese momento estaba convencido de que se estrellarían y morirían todos.

A la tercera fue la vencida. No tocó muy limpiamente la pista, pero las ruedas se mantuvieron pegadas al firme y aterrizaron con seguridad. Solo entonces se dio cuenta Fred de que una única persona en el avión no se había dejado llevar por el pánico. Su hijo pequeño había permanecido en calma, incluso gozoso, durante todo aquel trance. Gus dijo que el crío había aullado de alegría una de las veces que casi se estrellaron. Freddie Whalen no cabía en sí del orgullo; relató a todo el mundo lo valiente que había sido su hijo, aquel niño que crecería para convertirse en Jack el Ejecutor.

Así que una lección que debieron haber aprendido es que la astucia y la sonrisa de Freddie no eran una garantía absoluta contra el peligro. Y otra, que no había que tocarle las narices a quien no se debe; eso también podía matarle a uno. Gus Wunderlich lo aprendió de primera mano en el episodio que dio con sus huesos en la cárcel.

Gus podría culpar a su máquina de helados de su insensata decisión de convertirse en un pirata moderno. Tras años de emplear su ingenio para la mecánica en favorecer la causa de Freddie y su ron, inventó un aparato que elaboraba postres helados. Pero, con el levantamiento de la Prohibición a finales de 1933, no resultó fácil encontrar el dinero para patentar y comercializar su invento, así que Gus optó por medios alternativos de recaudación.

Otro miembro de su banda de contrabandistas apareció con la alocada idea de robar uno de los barcos casino. Ya se habían producido un par de misteriosos incendios en los barcos de recreo, así como un par de asesinatos. Una de las víctimas resultó no ser el crupier que se creía, sino un tipo del este de Saint Louis que empleaba la actividad del barco casino como tapadera para traficar con joyas robadas. Y eso ya era multitud en el negocio de los barcos. Sin embargo, el antiguo contrabandista de ron Harry Allen Sherwood tenía un contacto a bordo, un excocinero del *Monte Carlo,* que estaba convencido de que un puñado de piratas modernos podrían sacar una buena tajada del barco. El *Monte Carlo* había sido un feo buque cisterna durante la década que transportó petróleo, y seguía siendo un asco después de que los nuevos dueños construyeran una estructura del tamaño de un almacén en la cubierta, con techo curvo, a modo de casino. Pero de noche solo se veían las luces titilantes. En un solo sábado, hasta 1.736 clientes cogían barcas taxi por veinticinco centavos para ir y venir del barco casino, donde la zona de restaurante contaba con manteles de lino y un letrero sobre las mesas de dados que prometía: «Estos dados son perfectos al 100%».

La banda de seis hombres dio su golpe tras el bullicioso fin de semana del 4 de julio de 1935, cuando se suponía que la caja fuerte del barco estaba llena. Varios de los piratas salieron en una lancha rápida gris de catorce metros, la *Zeitgeiste,* mientras que otros partieron de la orilla en un pesquero de madera robado, el *Nolia.* Escogieron una noche neblinosa para que nadie los viese reunirse en alta mar, donde todos se juntaron en el pesquero. A las tres y media de la madrugada, los últimos clientes habían abandonado el *Monte Carlo* y la cubierta principal se quedó a oscuras. Los piratas se habían cubierto el rostro con medias, llevaban guantes y dos sacos llenos de esposas, grilletes y cadenas. Deslizaron el pesquero junto al barco casino y escalaron, todos ellos armados.

Los piratas sorprendieron a la tripulación del *Monte Carlo* en la cocina mientras echaban una partida de póquer. Las víctimas del robo dirían más tarde que alguien les gritó: «Todo el mundo al suelo», seguido de: «Haced lo que se os diga y nadie saldrá herido». La banda les hizo vaciar la caja y entregar baratijas de diverso pelo: collares, anillos y relojes por valor de 10.000 dólares de apostadores que se habían quedado sin efectivo y estaban desesperados por seguir en la partida. Uno de ellos había empeñado un solitario de diamantes engarzado en una montura de platino por valor de 1.000 dólares. Solo le ofrecieron 50 por él y los cogió. El anillo formó parte del botín, junto con sacos de billetes enrollados y dólares de plata, para un total de 22.000 dólares. Uno de los piratas dijo a las víctimas encadenadas: «Tranquilos, chicos. Nos vemos en la iglesia».

Se llevaron dos sacos de botín a bordo de su pesquero robado y se alejaron del *Monte Carlo* y de lo que parecía el robo perfecto. «Un barco no deja rastro», dijo el detective local de mayor rango al que le fue asignado el caso: el inspector de Long Beach, Owen Murphy.

Pero sus fantasías de una vida fácil fueron truncadas por uno de los errores más antiguos del oficio: los gastos sospechosos. Uno de los piratas era Frank Dudley, un veterano de los presidios, recién salido de San Quintín con la condicional. Creía que había que aprovechar plenamente los interludios de libertad, así que se las dio de tipo importante en un bar del centro, regalando a la camarera el cambio de un billete de cinco y otro de diez a un par de mujeres de dudosa reputación que se sentaron a su lado. «Hay más de donde ha salido esto», se pavoneó, momento en el que dos detectives de paisano sentados a una mesa cercana consideraron que ya sabían bastante. Dudley solo pidió que le dejasen ver a su novia, una pelirroja, antes de añadir: «¿Habéis oído hablar del *Monte Carlo?*».

Enseguida condujo a los agentes al sur, donde la banda se había reunido para dividir el botín, una caseta enfilada entre dos cercos de cipreses en la 116 Este. Los asaltantes se encontraron a Gus Wunderlich dentro, con su hermano pequeño George y un revólver del 38 cargado y envuelto en un paño bajo la mesa del comedor, otro bajo la almohada y un 45 en un tocador. Pero a los agentes les llevó un buen rato encontrar la cámara oculta. Tuvieron que conectar dos cables virtualmente invisibles en el zócalo del dormitorio, lo que provocó un chirrido en el armario. El suelo de cemento de deslizó como parte de un sistema de contrapesos perfecto, para delatar una cámara inferior con una barra y varios barriles, reminiscencias de los días de gloria de la Prohibición. Los policías se encontraron el botín en una pata hueca de la cama de Gus, que estaba llena de alhajas, incluido un delator solitario de diamantes engarzado en montura de platino.

Los juicios federales por saqueo y piratería no son muy habituales. Augustus «Gus» Wunderlich juró en el suyo que estaba en el cine la noche del robo, pero fue incapaz de describir la película que había visto, ya que, según dijo, se durmió durante la proyección. Le cayeron ocho años por conspiración y fue enviado a la penitenciaría federal, justo después de un sospechoso por esclavitud y de un asesino.

Hubo cierto consuelo para la familia. Los federales que seguían el caso nunca hallaron pruebas que incriminaran a George Wunderlich, el alevín del clan de contrabandistas. Y a Gus le fue mejor que al hombre que le metió en ese embolado. Harry Allen Sherwood también fue condenado a pasar una temporada en una prisión federal, pero no vivió demasiado tras cumplir la condena. Acabó en un hospital con una bala en la columna, una forma de justicia para una vida criminal de alto riesgo que los tribunales no contemplaron… y un recordatorio de que las calles de Los Ángeles podían ser tan peligrosas como sus aguas.

SEGUNDA PARTE

El sargento Jack O'Mara
tiende una trampa a Mickey

CAPÍTULO 4

Orientarse en un callejón

S e suponía que Los Ángeles se habría limpiado y transformado llegada la Segunda Guerra Mundial, y que se habrían borrado sus escándalos del pasado cuando las hordas de heroicos soldados volvieran a casa y saliesen a raudales de los barcos atracados en el puerto, listos para un nuevo comienzo en sus vidas. Se suponía que la ciudad había tocado fondo antes de la guerra. Tampoco era pecar del optimismo de *Pollyanna,* o un acicate para la Cámara de Comercio, creer que solo se podía ir a mejor tras el funesto día del 14 de enero de 1938.

Fue el día que el investigador privado Harry Raymond se metió en su coche, giró la llave y estalló una bomba de pólvora colocada bajo el capó. Raymond sobrevivió milagrosamente a los ciento cincuenta fragmentos que los médicos tuvieron que arrancarle del cuerpo, pero la fuerza de la explosión fue más allá de su cuerpo. Como exjefe de la policía de San Diego, había contribuido a desenmascarar a los criminales locales en nombre del improbable reformador cívico de la ciudad, Clifford Clinton. Este poseía dos cafeterías que ofrecían comidas sencillas a bajo precio para las masas, y a menudo sin coste alguno para los pobres, ya que se «pagaba la voluntad». Así despachó diez mil almuerzos gratuitos un verano, durante la Depresión. Como hijo de dos capitanes del Ejército de Salvación, Clinton era toda un alma caritativa que se quedó aturdido tras cumplir como gran jurado, labor que le permitió atisbar lo que se acumulaba bajo la moqueta. Fundó personalmente CIVIC, o Comisión de Ciudadanos Independientes para la Investigación del Vicio, con el ánimo de poner al descubierto los problemas concretos que pudrían los intestinos de la ciudad: Los Ángeles era el hogar de mil ochocientos corredores de apuestas, seiscientos burdeles, doscientos garitos de apuestas y veintitrés mil tragaperras, todo ello funcionando bajo las narices del alcalde Frank Shaw.

Shaw había llegado al cargo con el eslogan «Echemos a los parásitos», pero era un secreto a voces que su propio hermano era uno de los mayores chupones de Los Ángeles. Joe Shaw no había sido elegido para ningún cargo pero utilizaba el sillón del alcalde como plataforma de recaudación de sobornos de hasta 1.000 dólares por parte de policías que ansiaban ascensos y de mucho más por parte de los señores del crimen que deseaban cierta inmunidad. El caso más ultrajante era el del antiguo capitán de Antivicio del Departamento de Policía de Los Ángeles, Guy McAfee, de Kansas, que, durante sus días de servicio, se dedicaba presuntamente a avisar a los delincuentes de las redadas, llamándolos por teléfono y silbando al auricular. Figurándose que ser un rey de las apuestas era más rentable que el oficio de policía, McAfee se casó con una dama, antaño aspirante a actriz, y dirigió el célebre Clover Club, en el Sunset Strip, donde las mesas de *blackjack* y las ruletas podían plegarse y esconderse, por si las moscas.

Cuando la bienintencionada comisión de Clifford Clinton empezó a remover el tema de los garitos de apuestas y los burdeles, los Shaw y sus amigos dieron al cruzado justo lo que quería: una investigación. Los inspectores de la ciudad acosaron sus cafeterías so pretexto de proteger la salud pública. Cuando una bomba estalló en la casa de Clinton, destrozando la cocina, lo acusaron de atentar contra sí mismo con fines publicitarios. «Ahora sí que no pienso parar», se dice que respondió Clinton. Así fue cómo Harry Raymond, su investigador privado, vio cómo estallaba el capó de su coche al intentar arrancarlo.

James «Dos Pistolas» Davis, que disfrutaba de su segundo mandato como jefe de la policía de Los Ángeles, estaba de viaje por México cuando la bomba explotó. Recibió una llamada de su Unidad Especial de Inteligencia con las noticias. El capitán Earle Kynette le ofreció al jefe una teoría sobre quién podría estar interesado en mandar al sabueso privado al otro barrio. «Dije que tenía tantos enemigos en los bajos fondos que probablemente la amenaza proviniese de Las Vegas». Desafortunadamente para el capitán Kynette, las pruebas apuntaban más cerca de casa, a su propia brigada. Él y seis de sus hombres habían alquilado una casa frente a la de Raymond por 50 dólares al mes para vigilarlo, seguirlo y, con el tiempo, silenciarlo. Todos se acogieron a la Quinta Enmienda cuando fueron puestos ante el gran jurado por el atentado, pero Kynette tenía una coartada: estaba en su casa, cuidándose un problema de los ojos mientras su mujer y sus cuñados jugaban a las cartas en el piso de abajo. «Me puse una compresa de ácido bórico y me metí en la cama», adujo. Más costó explicar la presencia de un cable detonador en su garaje. Kynette fue condenado por intento de homicidio y acabó en San Quintín.

—El departamento estaba podrido —lo resumió Max Solomon, que sabía muy bien de las podredumbres de Los Ángeles tras ejercer como abogado defensor para muchos de sus personajes más duros de la época, y por muchos años venideros—. Ya sabes, en Chicago los gánsteres pagaban a la policía, pero eran ellos quienes hacían su propio trabajo. En Los Ángeles la policía eran los gánsteres.

Al menos la ciudad había tocado fondo —no se podía caer más bajo que aquel día—, y ya podía iniciar su ascenso.

—¡Esta justicia es una parodia! —gritó el capitán Earle Kynette, pero ya estaba entre rejas.

El jefe «Dos Pistolas» Davis se vio obligado a dimitir. El alcalde Frank Shaw fue reprobado, el primer alcalde de una gran ciudad de Estados Unidos en abandonar el cargo de esa forma, y en su lugar la ciudad escogió a un reformista más convincente, nada menos que un juez: Fletcher E. Bowron. El nuevo alcalde enarbolaba la bandera de la sobriedad, nada de fuegos artificiales. Era un hombre de trajes grises, zapatos negros, gafas de montura al aire y un afecto por el polvoriento Los Ángeles de su infancia, el anterior a los coches («carros de traqueteo», los llamaba) y el desorden. Los sinvergüenzas no iban a arruinar la ciudad que él atesoraba en su memoria. Despidió a más de doscientos mandos y agentes de la policía; degradados, jubilados o trasladados, incluida la cabeza visible de otro borrón en el expediente de la ciudad: la Red Squad.

El pasado era el pasado y, al fin, el futuro estaba al alcance de la mano, aunque bajo la sombra de la guerra.

La que había sido la trigésimo sexta ciudad más importante del país con el cambio de siglo, ascendió hasta el quinto lugar tras el estallido de las hostilidades en Europa y Extremo Oriente. Pronto se pusieron en marcha seis fábricas de aviones a menos de quince kilómetros del centro, así como los grandes astilleros en las instalaciones de los puertos del condado de Los Ángeles. Con buena parte de la población masculina llamada a filas, incluidos 983 miembros de los departamentos de policía y de bomberos de la ciudad, había que encontrar y reclutar personal nuevo. Una década después de que el Departamento de Policía de Los Ángeles sirviese como punta de lanza del *Bum Blockade* para mantener alejados de California a los inmigrantes, incluso los habitantes de Oklahoma del Dust Bowl fueron bienvenidos con los brazos semiabiertos. En octubre de 1943, la zona contaba con 569.000 nuevos residentes, y un año después la reactivación de la industria solamente requirió de 230.000 trabajadores para mantener a todo gas de nueve a cinco las gigantescas plantas, como la de Lokheed, en Burbank, y la de Douglas en Santa Mónica. Más del 40% de los trabajadores eran mujeres cuyos pañuelos en la cabeza se convirtieron en un icono casi tan reconocible para el esfuerzo bélico como el casco de los soldados destinados en ultramar. Ganando sesenta centavos por hora como mínimo, las madres que trabajaban en las cadenas de ensamblaje podían dejar a sus hijos pequeños en una de las 244 guarderías y centros de cuidado especializado creados por el Consejo Nacional de la Producción Aeronáutica de Guerra. Asimismo, las mujeres solteras podían pasar de sus turnos como remachadoras a anfitrionas voluntarias de baile en la Hollywood Canteen de la USO*, ideada por las estrellas del cine John Garfield y Bette Davis para elevar el espíritu de los soldados antes de embarcarse. El gremio del cine también cumplía su parte patriótica vendiendo bonos de guerra en la carretera, sumándose a la imagen positiva que Los Ángeles estaba proyectando al mundo.

El inevitable estallido urbanístico recordó al frenesí inmobiliario que se había producido en los años 20, cuando la gente del Medio Oeste empezó a llegar a la ciudad. Especialmente al finalizar la guerra, amplias extensiones de campos de cultivo y granjas fueron sacrificadas a lo largo de los valles de San Gabriel y San Fernando para edificar casas de dos y hasta tres dormitorios, asequibles por apenas 150 dólares sobre plano. El fondo de todo era que Los Ángeles rebosaba con casi un millón de nuevos habitantes que poco o nada sospechaban acerca del sórdido pasado de la ciudad. Entre ellos había incontables veteranos ansiosos por formar sus familias y perseguir el Sueño Americano en una ciudad que prometía eso precisamente.

Hubo algunos problemas, por supuesto, como la revuelta de los *Zoot Suit***. Los recién llegados en la última ola migratoria no eran todos granjeros de tez pálida (o jugadores de billar) de Illinois o Missouri. También habían llegado decenas de miles de negros de Alabama y Georgia, para quienes

---

* Asociación de Servicios Unidos, una organización pro-soldado estadounidense (*N. del T.*).

** Así se conoce el estilo de vestir de una creciente minoría de jóvenes latinos inmigrados a Los Ángeles durante la Segunda Guerra Mundial que, por sus llamativos complementos y formas, dieron lugar a una serie de disturbios racistas (*N. del T.*).

resultó más complicada la integración, así como mexicanos y otros latinos, algunos de los cuales decidieron no pasar desapercibidos. Los adolescentes mexicanos de Estados Unidos empezaron a vestir llamativas chaquetas alargadas, con hombreras exageradas, con pantalones plisados subidos hasta la cintura; un estilo que pretendía atraer las miradas, potenciado por la exhibición de cadenas de llaveros colgantes, sombreros de ala muy ancha y pelo alisado estilo cola de pato. No llegó a aclararse cómo se iniciaron sus roces con los marineros blancos que se iban, o quién empezó a pegar, pero las cosas se desmadraron cuando un puñado de marinos se subieron en veintinueve taxis en busca de estos *zoot suiters*. Al llegar la policía para resolver el problema, obviamente se puso del lado de los uniformados, y no de los otros.

Cuando el alcalde Bowron acudió a la radio para hablar del tema, dijo que la mayor crítica que había oído fue que la policía no fue lo bastante brutal, permitiendo que esos *zoot suiters* «corriesen salvajemente y agrediesen despiadadamente a los soldados». A juicio de su alcalde, la ciudad siempre estaba en el centro del huracán, hiciese lo que hiciese.

—Qué saltará la próxima semana o el mes que viene, ni yo puedo saberlo —dijo—, pero la zona de Hollywood siempre es terreno abonado para algún que otro escándalo doméstico picante, y los casos de divorcio entre las estrellas de cine nutren titulares desde Maine hasta Florida.

Como cualquier político, siempre buscaba el lado positivo, subrayando el hecho de cómo la región había producido una décima parte de los bienes de guerra de los Estados Unidos, así como la mayor parte del petróleo consumido por las fuerzas armadas destacadas en el Pacífico. Lo más milagroso, sin embargo, era cómo su ciudad había transformado a las fuerzas policiales a lo largo de esos mismos años en los que contribuía a la salvación del mundo.

—Ya va siendo hora de que Los Ángeles reciba la reputación que se merece, la de una gran ciudad moderna que no deja de progresar —declaró el alcalde Bowron a los radio oyentes—. La nación debería saber esto acerca de nuestro departamento de policía: aplica la ley. Las apuestas y el vicio generalizados son cosa del pasado en Los Ángeles; no compensan. Es la gran ciudad más limpia de Estados Unidos.

Pero pronto su gran ciudad más limpia de Estados Unidos tendría que dar explicaciones por la aparición de los cuerpos acribillados de unos tipos llamados Maxie, Paulie, Georgie y Bola de Carne.

La «tienda de pinturas» del 8109 de Beverly Boulevard no era tal cosa, como tampoco Maxie Shaman, con sus ciento trece kilos, era el «empresario» que decía ser, aunque así también lo describiera su familia después de que entrara allí dando tumbos, el 15 de mayo de 1945, y fuera liquidado de un disparo por Mickey Cohen, el propietario. Shaman y sus dos hermanos eran reconocidos corredores de apuestas, y no costaba imaginar que en el establecimiento de Mickey también se apostaba a los caballos, al margen de lo que pusiera en el cartel. La tienda era un lamentable local cuadrado de una planta, ubicado en una parcela de superficie desigual y cubierta de hojarasca, poco apropiado para servir de publicidad a un producto que supuestamente se utilizaba para embellecer los hogares. Kon-Kre-Kota, «La pintura maravillosa», era lo que podía leerse en un cartel y a los lados de la tienda, refiriéndose a una capa de cemento que no se descascarillaba, se picaba, se filtraba o se quemaba. «Dura muchos años más», prometía el cartel, y además Kon-Kre-Kota estaba hecho «a prueba de parásitos» (las ratas no podían atravesarlo). Al otro lado de la puerta enmallada incluso había algunas muestras de pintura, o lo que quiera que fuese. Pero, más allá, había una trastienda con tres teléfonos y una ventanilla de pagos, junto con papeles borrador donde se apuntaban los nombres de los caballos que se retiraban de varios circuitos, así como las probabilidades de los que seguían en carrera. También había un escritorio con un revólver del 38 en el cajón, que era donde Mickey aguardaba sentado esa tarde, bien avisado de quién se dirigía hacia allí en ese momento.

El meollo del asunto se inició en otro de los establecimientos de Mickey, una cafetería en North La Brea. Allí también había dos realidades, o niveles: la planta baja, donde se servía café y comida como en cualquier restaurante, y la de arriba, dedicada al juego de alto nivel, las apuestas deportivas y donde los corredores se reunían, ajustaban las cuentas y comparaban anotaciones con sus colegas. Mickey pidió cinco mil fichas una vez que allí se celebró la maratón de póquer, ocasión en la que los profanos podían aprender lo que pasaba si se jugaba con una baraja marcada, por sutilmente que fuera. Si eras de confianza y te pasabas por allí, podían decirte: «Tenemos dados, ruleta y todo lo demás».

La zona de apuestas estaba decorada con fotografías de los ídolos del boxeo de Mickey, esos enjutos tipos duros que habían logrado grandes hazañas. Eran luchadores como Bud Taylor, el campeón de los pesos gallo, conocido como «El Terror de Terre Haute», que había matado a dos hombres a puñetazos, o Jackie Fields, un judío de Chicago, llamado realmente Jacob Finkelstein, bicampeón del peso welter. El propio

Mickey estaba orgulloso de haber ganado el peso mosca, con su metro sesenta, cuando vivía en la zona rusa de Boyle Heights. Se trataba del campeonato de vendedores de periódicos en la Legión Americana, pocos años después de su paso por el salón de billar de Art Weiner. No tardó en mudarse al este para convertirse en un profesional, primero a Cleveland, donde vivía un hermano suyo, y luego pasando una temporada en Chicago y Nueva York mientras ponía la vista en otros negocios. Era un adolescente flacucho, pero entraba en el ring como un gladiador con apenas una toalla al hombro, la bata y unos pantalones que exhibían la estrella de David. Si bien dio suficientes muestras de talento como para que alguien se lo imaginara emparejado con algún campeón futuro, ese negocio no le deparaba ninguna grandeza: oficialmente había perdido nueve de los últimos diez combates. No pasaba nada. En esos días se pavoneaba por los locales nocturnos de la ciudad como si alguna vez hubiera ostentado un cinturón.

En la disputa en su club social de La Brea, la noche anterior, estaba implicado Joe, el hermano de Max Shaman, que había faltado al respeto del altar de fotografías de boxeadores de Mickey. La versión de Joe era que se disponía a marcharse cuando Mickey y unos compinches intentaron atropellarlo con un coche.

—Me acorralaron en un aparcamiento vacío y me dieron una paliza —dijo.

Pero los relatos de acontecimientos que desembocan en un tiroteo son como las leyendas familiares: los detalles van variando según los cuentas. Al principio Mickey dijo que era Joe quien estaba importunando a otros clientes y se puso violento, «hasta que intentó estamparme una silla encima». Solo más tarde se pensaría dos veces quién fue el que esgrimió la pieza de mobiliario. De acuerdo con el relato de Mickey, Hooky Rothman, su mano derecha, advirtió a Joe por las buenas.

—O te comportas aquí dentro o te vas a la puta calle.

Pero Joe no estaba por la labor de cooperar.

—Así que Hooky le rompió una silla en la cabeza y le sacó a rastras del local, le dio una paliza, ya sabes, le dio lo suyo, un buen repaso.

Ese relato tenía más sentido, porque fue Joe quien necesitó los seis puntos en la cabellera.

A la mañana siguiente, los otros dos hermanos Shaman, Izzy y el gran Maxie, fueron a saldar las cuentas. Hicieron dos paradas en el club social de Mickey en La Brea, luego se dirigieron a la pista de carreras de Santa Anita y preguntaron por él allí. Para entonces ya no era ningún secreto que buscaban bronca, y por qué.

Optaron finalmente por la tienda de pinturas en Beverly, donde Izzy se quedó en el coche mientras Maxie, de veintiocho años, entraba. Izzy oyó el primer disparo, corrió hacia la puerta y recibió la advertencia de no entrar.

—A continuación escuché tres o cuatro disparos más, así que corrí de vuelta al coche y cogí una pistola, volví a la tienda pero no encontré a nadie más que mi hermano muerto.

Mickey insistió en que Maxie desenfundó primero, así que reaccionó y «le disparé con una pipa que guardaba en un cajón». Mickey no vio ninguna necesidad en quedarse allí para ver si Maxie, tendido en el suelo, seguía respirando.

—No me paré a preguntar «qué, ¿sigues vivo?», cuando yo mismo le había pegado un tiro.

Mickey tenía treinta y un años y ya no era ningún peso mosca. Había crecido unos centímetros respecto a la talla que figuraba en las fichas de sus días de vendedor de periódicos, aunque bien podrían haber sido las alzas de sus zapatos. Ya se le empezaba a describir como gordinflón, de cara redonda, acentuada por una nariz moldeada por sus días de ring y una boca artificiosamente pequeña y redondeada, perpetuamente fruncida, torcida, en su clásica mueca de «me acabo de comer un limón». A Mickey también lo llamaban «el moreno», pero nada había que pudiera hacer al respecto. Sus espesas cejas negras crecían como la mala hierba, y por mucho que se afeitara nada más levantarse, la cara se le ensombrecía tan pronto se vestía y salía por la puerta. Claro que tardaba más que cualquiera en prepararse, habida cuenta de la hora larga que se pasaba frotándose en la ducha antes de perfumarse. También se lavaba las manos docenas de veces al día. Mickey se burlaba ante cualquier alusión a que su obsesión era como la de la dama enloquecida de Shakespeare que no dejaba de ver algo en su piel y decía: «¡Fuera, maldita mancha, fuera te digo!», cuando realmente era la mácula de su culpa por haber matado a alguien. Y una mierda. Mickey era sencillamente un tipo compulsivo. Le tenía más miedo a los microbios que a las balas.

Finalmente se presentó en la comisaría de la policía con su abogado y les contó cómo el seboso corredor Maxie Shaman había ido a verle con un 45, el mismo que encontraron junto a su cadáver. Los detectives sabían que cualquiera podría haber situado cuidadosamente el arma junto al cuerpo, pero no había ningún testigo para contradecir el argumento de la defensa propia.

—Era él o yo —dijo Mickey—. Y le cedí el honor.

El capitán de Homicidios, Thad Brown, intentó persuadir a la opinión pública de que el tiroteo en la tienda de pinturas nada tenía que ver con las apuestas. Solo se trataba de una disputa personal entre dos seres despreciables que más valía olvidar.

Al menos a Maxie le dispararon puertas adentro. A Paulie Gibbons le pasó lo mismo el 2 de mayo de 1946, pero en plena calle, mientras regresaba del club de cartas a las tres menos veinte de la madrugada. Paulie solo llevaba 1,92 dólares en el bolsillo —no había sido su mejor noche en el tapete—, pero su reloj y anillo de oro, con sus iniciales en diamantes y zafiros, seguían en su sitio. Todo indicaba que el robo no había sido el móvil del pistolero. El asesino había permanecido esperando dentro de un Oldsmobile aparcado en un callejón a que Paulie volviese a su apartamento, en Wilshire Boulevard, Beverly Hills. Los vecinos le oyeron gritar: «¡No, no!» antes de escuchar los primeros disparos. Uno miró por la ventana al tiempo que Paulie añadía: «¡Por favor, no me mates!» antes de que le descerrajaran otros dos tiros en la cabeza. El pistolero se montó de nuevo en el Olds y se marchó tranquilamente.

A sus cuarenta y cinco años, Gibbons contaba a sus espaldas con un expediente de treinta detenciones desde 1919 y era famoso por su lentitud en pagar las apuestas cuando frecuentaba ese tipo de garitos en busca de algún afortunado al que robar. Dicho en la jerga de sus colegas, era «un tipo parlanchín con mucha fachada, pero poco saldo en la trastienda». Un informe policial lo describía con tono más clínico como «un reconocido jugador, corredor de apuestas, proxeneta, matón, etc.» y especulaba que había sido asesinado por «evadir un pago o no cumplir un trato con algún asociado». En otras palabras: la poli no tenía ni idea. Realizaron interrogatorios: el propietario de una licorería al que Gibbons debía dinero; un organizador de carreras de perros; el dueño de una cafetería de Central Avenue; un promotor de boxeo de Long Beach; el encargado de guardarropía de un club nocturno; y Mickey Cohen, dueño del club social de La Brea. Mickey dijo que nunca había oído hablar de aquel hombre, lo cual chirriaba, ya que Paulie había sido arrestado en una redada en su casa y todavía llevaba encima su carné de socio del club social de La Brea.

Los últimos sospechosos en ser interrogados y puestos en libertad fueron dos figuras del juego procedentes de Chicago: Georgie Levinson y Benny «Bola de Carne» Gamson, que supuestamente habían entrado en el negocio del mercado negro del nylon con Paulie. No pasó mucho tiempo antes de que ellos también fuesen liquidados.

Bola de Carne, un corredor de apuestas y un tramposo a las cartas de cara redonda, había sido tiroteado semanas antes que Paulie. Su coche recibió cinco impactos, aunque él negó que los agujeros de uno de los costados o la luna posterior reventada se debieran a fuego de armas. También rechazó la protección policial, argumentando que seguramente era un acto vandálico. Pero es muy probable que Gamson tuviera la intuición de que era un objetivo, ya que se había ido a vivir lejos de su familia, con Levinson, que nunca había estado en la ciudad y a quien los registros de la policía describían como «un pistolero de Chicago». Las autoridades estaban convencidas de que la pareja se había hecho enemigos al intentar apretar a corredores no afiliados de la zona de Los Ángeles para que trabajasen para ellos. La esposa de Bola de Carne y su hija de tres años vivían al otro lado de la ciudad, mientras que Levinson y su mujer y dos hijos, niño y niña, lo hacían en el mismo edificio que el fallecido Paulie Gibbons. Los dos hombres se escondían en un apartamento de Beverly Boulevard, apenas decorado con una radio portátil, botellas de whisky vacías y vasos altos. Esta vez, los vecinos no declararon haber oído gritos de advertencia o sonidos amortiguados, lo que sugería que Bola de Carne y Georgie abrieron la puerta a alguien a quien conocían, a eso de la una y media de la madrugada del 3 de octubre. No obstante, el asesino debió de ir al grano enseguida, ya que Georgie cayó allí mismo, con impactos en el hombro, la espalda y la cabeza. No le dio tiempo para coger el Mauser automático que escondía bajo las sábanas, el Colt del 38 del armario o cualquiera de las dos escopetas recortadas que guardaba en una maleta. Bola de Carne recibió cinco impactos en el estómago, pero se las arregló para escabullirse mientras el pistolero le disparaba otras dos veces por el pasillo. Aferrándose las heridas, consiguió llegar hasta la salida y descender por una pendiente de césped justo cuando un coche patrulla pasaba por allí, transportando a un ciudadano ebrio a la comisaría. Los agentes llegaron hasta él justo cuando murió.

Algunos años después, cuando las autoridades ampliaron sus averiguaciones, un informe criminal del estado relacionaría los asesinatos de Paule, Georgie y Bola de Carne, diciendo que «sus muertes suponían la desaparición automática de tres obstáculos en los planes de Cohen para erigir un imperio del juego». Pero, por aquel entonces, solo contaban con titulares: «SE TEME UN ESTALLIDO VIOLENTO DE LOS BAJOS FONDOS», «LOS BAJOS FONDOS ECHAN HUMO», «LOS GÁNSTERES SE DECLARAN UNA GUERRA POR EL JUEGO».

El alcalde Bowron dijo:

—Tenemos que deshacernos de esos gánsteres.

Lo primero que se le pasó al alcalde por la cabeza fue traer policías de Nueva York, más versados en crímenes de ese tipo. Alguien propuso recuperar al viejo «Lefty» James, viva reencarnación del pasado. Pero el jefe de policía de Los Ángeles tenía otra idea. Clemence B. Horrall era toda una rareza en el cuerpo, al contar con una licenciatura universitaria y el pedigrí del Salvaje Oeste. Tras estudiar ganadería en la Universidad Estatal de Washington, se mudó a Montana para trabajar en la versión ganadera de una caja de ahorros, desplazándose a lomos de un caballo para investigar si los granjeros contaban realmente con todas las cabezas de ganado que aseguraban a modo de aval. Vigilar a gente tan tosca era lo más parecido a una labor policial, y así precisamente lo describió C. B. Horrall cuando, por culpa de una congelación en los dedos de los pies, regresó a la más cálida Los Ángeles, en cuyo departamento de policía empezó a trabajar a partir de 1923. Incluso entonces se mantuvo fiel a sus raíces, adquiriendo un terreno de dos hectáreas en el Valle para criar cerdos, pollos, caballos y vacas que su mujer ordeñaba cada mañana. Horrall ascendió a jefe en 1941, no mucho antes de lo de Pearl Harbor, y se puso un catre en el despacho para no tener que dejarlo en caso de que la ciudad fuese atacada. La idea no resultó ser nada descabellada después de que se colara un submarino japonés en el canal de Santa Bárbara y disparara algunos proyectiles hacia la costa. Pero Horrall ya no era ningún muchacho. Había servido como teniente en la Primera Guerra Mundial y tenía problemas de corazón. Se rumoreaba que utilizaba el catre para echarse la siesta en horas de trabajo, contando con un sargento de confianza al otro lado de la puerta que lo despertaría si aparecía alguien importante. Incluso flirteó con la idea de recompensar a su portero nombrándolo jefe de su nueva unidad especial, hasta que su adjunto, Joe Reed, le convenció de que olvidara tal locura. No necesitaban a un oficinista. Lo que necesitaban era un poli de la calle, como ese sargento pequeño y duro de la comisaría de la calle Setenta y siete, Willie Burns.

Burns era otro de los que habían participado en la gran migración del Medio Oeste, procedente de Minnesota, donde trabajaba de leñador escalando hasta la copa de los árboles cuando era adolescente. Imaginando que cualquier profesión debía de ser más segura que esa, viajó al oeste, entró en la policía y recibió un disparo… a manos de malintencionados forasteros. Los hermanos Starr, de Detroit, habían atracado una docena de tiendas de comestibles y estaciones de servicio en su primer mes en Los Ángeles, antes de que Burns se enfrentara a ellos fuera de la Western States Grocery, en la calle San Pedro, y se llevara un tiro en el hombro. Cuatro años después, era uno de los oficiales del cuerpo que fueron dispersados para proteger las fronteras de California de los paletos de Oklahoma y más allá, a los que la Depresión azuzaba y puso en busca de un trabajo como recolectores de fruta que nunca existió. «Matones y ladrones», así se refería el jefe de policía a los temporeros. Los vagabundos le respondieron con una canción:

Antes bebería agua sucia
Dormiría en un tronco hueco
Que quedarme en California
Tratado como un sucio puerco.

Burns no comulgaba necesariamente con el *Bum Blockade*, sino que más bien era un buen soldado que cumplía las órdenes. Pero gozaba de unas habilidades que desmentían su corta estatura (uno setenta). Había servido en los Marines como oficial de artillería —por eso sabía de ametralladoras y conocía la Browning automática— y había ganado el título de boxeo del peso welter en las competiciones de la Flota del Pacífico. En un departamento reputado por sus matones indisciplinados, él representaba todo lo contrario. Sus pies eran ligeros y sus puños rápidos y precisos, como demostró cuando era sargento de guardia y sus agentes trajeron a un sospechoso que se resistía. Sin mediar palabra, atinó al tipo en la mandíbula, despidiéndolo hasta el otro extremo de la recepción sobre el suelo de madera lustrada. Y solo entonces preguntó:

—Vale, ¿qué ha hecho este capullo?

Así era Willie Burns en el trabajo. Fuera de él, vivía en una pequeña casa cercana a la comisaría. Unos ochenta metros cuadrados, donde su esposa y él se dedicaban en cuerpo y alma al cuidado de una hija enferma de polio. Estaba al borde de la promoción de sargento a teniente cuando el jefe Horrall y Joe Reed lo llamaron y le preguntaron si había oído hablar de su «grupo especial».

Otro equipo se acababa de formar en Los Ángeles, de fútbol esta vez: los Rams, y ese era el modelo de Burns. Un buen equipo de fútbol americano empieza con la primera línea, con los gigantes. Así pues, en lo más alto de su lista de candidatos, Burns invitó a sus misteriosas reuniones fuera de horas laborales a James Douglas «Jumbo» Kennard, oriundo de Grand View, Texas. Jumbo medía casi dos metros, pesaba más de cien kilos y era hijo de un alguacil de pueblo que se las arreglaba para mantener la paz luciendo una placa de latón y atavíos de vaquero. Jumbo había salido de Texas a los dieciséis para buscar trabajo como perforador en un campo petrolífero de Oklahoma, donde alguien le sacó una foto con el mono, en la que aparecía tan alto como los pozos de extracción. Allí pasó la mayor parte de la Depresión, antes de partir hacia Los Ángeles, donde trabajó fugazmente en una planta de ensamblaje de automóviles, trayendo y llevando carburadores y baterías. Poco después descubrió el Departamento de Policía de Los Ángeles. Tenía los dedos tan largos y fuertes que podía aferrar a los sospechosos más indisciplinados y elevarlos sobre la silla. Portaba también un intimidante revólver de seis pulgadas (cualquier cosa de menor tamaño hubiese parecido un juguete en sus manos). Willie Burns se regodeó cuando Jumbo Kennard resultó ser uno de los siete que regresaron tras la primera reunión y dijo:

—Me apunto.

Benny Williams también se apuntó. Era uno de esos de la vieja escuela, nacido en el cambio de siglo, cojo y con los ojos rodeados de patas de gallo. Pero habría sido un jugador de fútbol de los buenos, si el deporte hubiese estado mejor pagado en los tiempos en que se usaban cascos de cuero. Tras criarse en Indiana, Benny se apuntó a uno de los primeros equipos, donde uno jugaba en defensa, en ataque, o donde hiciera falta por unos pocos dólares. Demostró tanta habilidad al chutar, particularmente, que recibió una carta de George Halas en 1921, invitándole a jugar en los Chicago Bears, cuando el equipo estaba a punto de sumarse a una nueva competición llamada National Football League*. Pero Benny ya había caído bajo el embrujo del sur de California, desde que

---

* Liga nacional de fútbol americano, la NFL, que perdura hasta nuestros días *(N. del T.)*.

el ejército lo envió allí para formarse en reconocimiento desde globo, durante la Primera Guerra Mundial. Así se convirtió en agente de policía, y no en un «oso» de Chicago, y el jefe le destinó a la brigada antialcohol durante la Prohibición. Pronto supo lo que era recibir un disparo, como Burns; era algo que les pasaba a muchos policías en aquella época. En el caso de Benny, él y su compañero estaban forcejeando con un proxeneta que consiguió quitarle la pistola al otro. Benny resultó herido en la rodilla, pero el agente Vern Brindley falleció. Cuando, en el hospital, recibió la noticia, fue la única vez que su mujer lo vio llorar.

—Tenía dos hijos, como nosotros —dijo Benny.

Como si no hubiese nacido con fuerza suficiente, Benny ganó músculo trabajando en la construcción, ofreciéndose como otros agentes que, en sus ratos libres, ayudaban a construir el Club atlético y de tiro de la policía de Los Ángeles, mejor conocido como la Academia de Policía. Cuando forcejeaba con sospechosos, su marca distintiva era una patada en el trasero que les mandaba volando. Cuando se te da bien chutar, se te da bien chutar.

La especialidad de Archie Case eran los golpes en la nuca. Archie era un ser de ciento trece kilos y uno ochenta y tres, y se ganó su reputación en la comunidad negra antaño conocida como Mud Town, rebautizada más tarde como Watts, zona que pasó a formar parte de la ciudad en 1926. Para un patrullero de a pie no era cosa fácil llevar a comisaría a un sospechoso. Para solicitar un furgón había que encontrar un cajetín Gamewell, del tamaño de una alarma de incendios, que se abría y revelaba un teléfono conectado directamente con la comisaría correspondiente. Un día, Archie notó que el sospechoso estaba muy inquieto, deseando escapar. Archie le advirtió:

—Si te da por salir por patas, te pegaré un tiro en el culo.

El tipo lo intentó, claro, y Archie hizo justamente lo que le había prometido. De vuelta al teléfono Gamewell, comentó al oficial de guardia de la comisaría:

—Ya no hace falta un transporte, mejor mandad una ambulancia.

Desde entonces, Archie fue conocido como «El alcalde de Watts».

Ese fue el principio de la brigada de Willie Burns, el músculo. Jerry Thomas y Con Keeler también eran tipos enormes, los dos por encima del metro ochenta, pero lo suyo no era la intimidación física. Algunos apodaban a Thomas «el Profesor» por su memoria fotográfica. Podía pasarse horas en un bar y, a la salida, recitar de memoria todos los nombres y direcciones que hubiera oído, al pie de la letra. Keeler era un granjero pelirrojo de Iowa que había regresado de la guerra con una placa de hierro en la pierna, volviéndolo inútil para la mayor parte de labores policiales. Salvo si lo que necesitabas era forzar una cerradura. O poner micrófonos.

Pero los chicos más fuertes y los especialistas no valían nada sin unos astutos *quarterbacks**, y el propio Burns era uno de ellos. El otro era Jack O'Mara, el de mandíbula cuadrada, el ujier de iglesia capaz de dejarte K.O. si le hinchabas las narices. Como condición para unirse, Jack insistió en que Burns invitara a su compañero de la Setenta y siete, Dick Hedrick. Eso completó la brigada inicial, los ocho integrantes

---

* En fútbol americano, el *quarterback* es el jugador clave (el cerebro) que, tras la primera línea de contención, dirige el juego y decide cómo y a quién pasar la pelota para que las líneas avancen *(N. del T.)*.

originales. Otros se unirían más adelante, incluido el granuja del sargento Jerry Wooters, pero estos fueron los pioneros.

El reto consistía en conseguir que todos trabajasen juntos, los de los puños y los de las ideas. Era el momento de los carteristas.

El jefe C. B. Horrall convino en que neutralizar a los rateros que acosaban a los soldados que regresaban por los muelles podría ser un buen entrenamiento. Se trataba de un capítulo inconcluso entre las celebraciones de posguerra en Los Ángeles, y ponía de los nervios tanto a militares como a civiles. Los agotados veteranos pasaban una noche en la ciudad antes de subirse a los trenes que les llevarían a casa, a menudo pernoctando en los cines del centro por diez centavos. Las salas empezaron a permanecer abiertas las veinticuatro horas para coincidir con los horarios de las fábricas de material militar durante la guerra. Así, los obreros podían irse a ver una película a cualquier hora, cuandoquiera que acabase su turno. A partir de ahora, los héroes de América podrían hacer lo mismo. Las enormes salas de cine que jalonaban Broadway exhibían los últimos estrenos, pero las más pequeñas de Maine eran más baratas, en un distrito donde había algunas tiendas de tatuajes y teatros cómicos. ¿Y si esas salas reponían viejos títulos? La mayoría de los veteranos solo querían echarse una cabezada. El problema era que estaban tan acostumbrados a ir zarandeados sobre camiones o barcos, que su sueño era muy profundo y eran presa fácil para los carteristas, por mucho que los pantalones de un marino tuviesen trece botones. El carterista solía dejarse caer junto a cualquiera que fuese solo y le daba un codazo para asegurarse que estuviera como un tronco. Entonces le liberaba de su cartera, bolsa o nómina, llegando incluso a cortar con una navaja si era necesario. Normalmente, el ladrón contaba con un compañero que recorría el pasillo al que el otro entregaba discretamente lo «recaudado». Si había alguna prueba, así desaparecía.

Este era el plan: Keeler y Thomas, u O'Mara y Hedrick, se sentaban en los cuartos de proyección con prismáticos, vigilando a cualquier sospechoso que se colocase cerca de un veterano. Cuando tenían indicios de que se había producido un robo, hacían una señal con la mano a Archie o a Benny, que aguardaban en las salidas. Nadie pasaba de allí, ni hablar. Pero pillarlos era la parte fácil. La realidad era que ningún veterano estaba por la labor de quedarse a testificar contra un ratero, ninguno. Las vistas del tribunal se programaban a dos o tres días, pero tras años de ausencia, lo que deseaban los soldados era volver a casa lo antes posible.

Así es como la brigada empezó a valerse de los servicios de Winston Alley y James Douglas «Jumbo» Kennard. Entiéndase, fuera del trabajo Jumbo era un tipo normal y tranquilo. En casa, lo que más le gustaba era sentarse en su sillón favorito y ponerse a comer helado de chocolate. Tras la muerte de su padre, Jumbo y su mujer se trajeron a su hermana pequeña y la tuvieron sometida a una vigilancia extrema, hasta el punto de revisarle las orejas antes de salir para comprobar que no estuvieran sucias. El propio Jumbo era muy escrupuloso con su peinado y siempre lucía su impecable chaqueta de solapa ancha perfectamente abrochada. Fuera del trabajo era un símbolo de civilización, pero dentro… se volvía loco. Resultaba natural para el hijo de un alguacil de Texas exhibir su arma de seis pulgadas y relatar con rimbombancia lo que habría que hacer con esos indeseables en un apartado callejón junto a las vías, en forma de L, en plena noche. Según el guión, O'Mara tenía que rogar a Jumbo que no disparase, porque «todavía están investigando el cadáver de la semana pasada», y Jumbo daba la espalda al joven ratero para debatir el tema, sin dejar de agitar la gigantesca arma mientras gritaba:

—¡Voy a matar a ese hijo de perra!

Llegado ese momento, O'Mara susurraba al oído del aterrorizado ladronzuelo:

—Será mejor que te largues de aquí… ¡ya!

Y así, el pobre diablo salía corriendo por el callejón, doblaba la esquina y se perdía en la oscuridad sin que los policías se molestaran en perseguirlo. Simplemente esperaban el golpe, ya que, al doblar la esquina, había una cadena que cruzaba el callejón a la altura de las rodillas. Uno tras otro, los carteristas de Main Street iban estrellando su cara contra el pavimento, hasta que se cansaron de la rutina y se desplazaron a un puente que cruzaba las vías; allí, Jumbo los colgaba sobre el vacío, agarrándolos de los pies… y, al final, el jefe C.B. Horrall decía:

—¡Es suficiente!

Puede que más de uno no volviera a levantarse.

Dos noches más tarde se pasaron por los bares del puerto, donde atracaban los barcos. En algunos locales, las chicas drogaban las bebidas de los soldados y los marinos que regresaban del frente y los conducían a un callejón trasero, donde sus novios desvalijaban a sus aturdidas víctimas. Entonces, llevaban a cabo la misma rutina, con la salvedad de que Jumbo colgaba a los ladrones desde el borde del muelle.

En un garito, donde creían que el dueño estaba implicado, entraron, sacaron la caja registradora y anunciaron:

—¡El negocio ha cerrado! ¡Todos fuera!

A lo que el tipo repuso:

—No puedes hacer eso.

En esa ocasión Willie Burns estaba allí y dijo:

—Ya, pues mala suerte… Dile a tu abogado que nos llame.

Pero no dejó ninguna tarjeta de visita.

El jefe C. B. Horrall dijo «¡Suficiente!» una vez más, y esa fue la definitiva. Ya no quedaban casi rateros ni en los cines ni en los bares.

La recién creada Brigada de Élite de Los Ángeles estaba lista para encargarse de los gánsteres.

CAPÍTULO 5

Las excursiones de O'Mara
a Mulholland

Su primera misión auténtica: los visitantes que causaban problemas en los restaurantes y clubes nocturnos de Hollywood, «matones de Rhode Island», en palabras de O'Mara, «lo que llamamos pura caspa». Esos matones —eran de Detroit, en realidad, una reminiscencia de la antigua Banda Púrpura— exigían un porcentaje de los beneficios de establecimientos como el Brown Derby, frecuentado por los columnistas de medios sensacionalistas, y el Mocambo, donde el delgaducho cantante de banda Frank Sinatra había comenzado su carrera en solitario pocos años atrás. Allí, la labor policial presentaba los mismos problemas que con los veteranos víctimas de los rateros: los propietarios de los clubes no querían ir a juicio, en su caso por temor a lo que pudiera pasarle a sus familias.

—¿Y qué van a hacer? —preguntó el sargento O'Mara.

Los gerentes de los clubes ni siquiera deseaban denunciar el problema, no se atrevían; un par de corredores habían presenciado un episodio y extendido discretamente la noticia. Todo lo que tuvo que hacer la brigada fue dispersarse en parejas por todos los puntos calientes de Hollywood y aguardar. Jumbo y su compañero presenciaron uno de los golpes mientras se tomaban unas copas camuflados entre los clientes. Justo delante de ellos, como salidos de un tebeo de género —juraron que fue así de descarado—, llegaron dos tipos y uno de ellos dijo:

—Hemos venido a buscar el dinero de la protección.

—¿Protección de qué? —preguntó el barman.

—De esto —dijo el segundo, un tipo de Detroit, antes de propinarle un puñetazo.

A continuación metió la mano en la caja, sacó el dinero y los dos se largaron, no sin antes despedirse:

—Hasta la semana que viene.

Los dueños de los garitos no testificaban. Como dijo O'Mara: «¿Y qué van a hacer? ¿Dejarlo así o actuar?». Él tenía en mente actuar.

John J. O'Mara también era un inmigrante. ¿Y quién no? No estaba seguro de cómo su familia había ido desde Irlanda hasta Portland, Oregón, pero allí había nacido en 1917 y pasado sus primeros años. Luego llegó el invierno de 1919-20, en el que cayó un metro de nieve sobre el río Hood en un día, seguido por «el deshielo plateado» de 1922, en el que la lluvia atravesaba una capa de aire helado que la transformaba en un bombardeo de proyectiles, listos para matar, como balas caídas del cielo.

—Mi padre solía decir: «Allá vamos, California, donde las calles están pavimentadas con oro».

Su padre metió a sus siete hijos en un Modelo T y se sumaron a la gran ola migratoria, llegando a Los Ángeles el mismo año que los Whalen, con la diferencia de que O'Mara venía desde el norte.

El padre de Jack encontró trabajo en una compañía eléctrica, convencido de que la paga semanal era la base de la supervivencia. También le dio para comprar una pequeña casa de dos habitaciones en un barrio obrero del sur de Los Ángeles. En la parte de atrás, construyó otra habitación para los tres chicos. Sus hijos fueron a la escuela parroquial de la Iglesia de la Natividad, que tenía cuatro aulas atestadas de estudiantes de octavo y enseñaba que el cielo y el infierno eran lugares reales, no abstracciones. El bien y el mal existían, y era muy fina la línea que los separaba. Puede que esa línea fuesen las peleas, y los muchachos se peleaban mucho, razón por la cual Jack se rompió la nariz. Era un chico flacucho de pelo negro y penetrantes ojos turquesa que la familia ostentaba como testimonio de la pureza de su sangre irlandesa; vamos, que era fácil confundirlo con un recién desembarcado. Pero esos mismos fieros ojos azules tenían la capacidad de ver a través de las personas, de intimidarlas, mucho antes de que él se diese cuenta de ello.

Llegados los años de instituto, las chicas O'Mara fueron a la institución parroquial de Santa Inés, mientras que los chicos se apuntaron al público de Artes Manuales, conocido por sus talleres de imprenta, mecánica de automóviles y herrería, así como por sus equipos de fútbol y carreras. Si bien el cuello y las nudosas manos de Jack ya daban pistas de su fuerza, medía uno setenta y cinco, tenía el pecho hundido y fue relegado a las carreras campo a través y de medias distancias, como la media milla, donde la pura determinación podía llevarte lejos; bueno, él corría a pleno pulmón hasta desfallecer. Su vida social funcionaba alrededor de una fraternidad ilegal, dirigida por Frank Bruce, un muchacho de Memphis, Tennessee, destinado a convertirse en un millonario de la industria aeroespacial. Se denominaban los *Delta Tau Sigma*, tenían alquilado el sótano de una casa en Hermosa Beach con el espacio justo para que los ocho se pusieran los bañadores, salieran corriendo al agua o se dejaran caer en el suelo. También celebraban combates de boxeo. Allí fue donde Jack descubrió que podría noquear a chicos más grandes.

—Les sorprendía —contaba.

Se apuntaron a un equipo semiprofesional de la Asociación Municipal de Fútbol, que celebraba partidos donde hasta diez mil espectadores asistían y pagaban la voluntad cuando se les pasaba el sombrero, generalmente veinticinco centavos. La liga menor enfrentó a los San Pedro Longshoremen y a otro que iba todo de negro, los Ross Snyder Bulldogs. Con sus sesenta kilos, O'Mara les dijo a sus compañeros de equipo que le diesen la pelota, que podría pasar por encima de ellos. Y la *Delta Tau Sigma* ganó la liga en 1939, puede comprobarse.

Pero la actividad más popular de la hermandad era salir a ligar por Catalina Island. Los chicos ahorraron para comprar billetes de 3,95 dólares que incluían el trayecto en el gran vapor blanco y una noche en «villas» que en realidad eran poco más que tiendas. De día, pescaban con lanza con una campana de inmersión improvisada a partir de una caldera, bombeando el aire manualmente mediante una manguera de jardín de dieciocho metros. Su principal destino, no obstante, era el famoso casino de la isla. No era de esos donde uno juega, sino donde uno baila. El inmenso salón de baile modernista de Avalon Harbor atraía a las grandes bandas de Glenn Miller y Harry James, así como a hordas de jóvenes damas ansiosas por relajar tensiones bailando.

Connie Peagel tenía dieciséis años cuando lo deslumbró desde el otro extremo del salón. Ella era una chica de Santa Inés, como sus hermanas, morena, con felinos ojos color avellana, a juego con su tez y curvas por doquier. También era una vivaz bailarina, una entusiasta de la música swing, aunque excesivamente protegida (no conduciría un coche en su vida). Lo que ella percibió en él era igual de profundo.

—Era el chico más flacucho, canijo y duro de todos. Tenía músculos.

Más de setenta años después, una de sus hijas resumió el encuentro entre chicos y chicas de aquella época de esta manera:

Tú te casaste con una mujer por sus largas piernas y grandes pechos, y porque era guapa y divertida, y querías llevártela al huerto. Y tú te casaste con un hombre porque era guapo, porque sabría mantenerte y querías salir de tu casa. No fue un pensamiento profundo o una especial angustia existencial lo que seleccionó a esta pareja, ¿verdad?

Antes de la boda, Connie se fue con su madre y su hermana a mirar vestidos en I. Magnin y se probó uno que bien podría haber llevado la elegante actriz Myrna Loy, con varias capas de seda y puntillas. Luego se fueron a casa y se pusieron con la Singer de un pedal para confeccionar una réplica perfecta. Connie escribía un pequeño diario fotográfico que narraba «Nuestro periplo nupcial» y «Nuestra luna de miel», en el que anotaba debidamente cómo Jack y ella tomaron el tortuoso camino hasta las montañas de San Bernardino, un viaje espeluznante aunque divertido.

Hemos llegado a Big Bear alrededor de las siete de la tarde. Hemos encontrado una bonita cabaña y luego nos hemos ido a cenar, y vaya cena… Hemos comprado botellas de ron, Coca-Colas y hemos vuelto a la cabaña. Nos hemos tomado unas copas, ¡y a dormir!

Al despertarse a la mañana siguiente, nevaba. Un día más tarde, tuvieron que salir con la ayuda de una pala.

Él le dijo que quería ser policía la noche que se conocieron. Ya había dejado el instituto y se buscaba la vida en trabajos eventuales en la compañía de gas y como mozo descargando los trenes de mercancías que llegaban de noche desde San Francisco. Durante la Depresión, había que aceptar cualquier trabajo que se presentase. Estaba pensando solicitar una plaza en el FBI, pero era Los Ángeles quien necesitaba a gente tras los anteriores escándalos. Con tantos despidos y jubilaciones, la nueva administración Bowron estaba más que dispuesta a abrir sus puertas a sangre nueva. La futura Connie O'Mara dijo que aquello le parecía estupendo, y lo atiborró de plátanos y helados para asegurarse de que llegaba al peso mínimo exigido. John J. O'Mara ingresó en la Academia de Policía el 3 de septiembre de 1940 y formó parte de la generación que supuestamente debería forjar un nuevo Departamento de Policía de Los Ángeles. Por supuesto, de forma absurda siguió desafiando al recluta más rápido de la Academia a una carrera, incapaz de comprender por qué nunca conseguía ganar a Tom Bradley, antigua estrella de las carreras en UCLA, y preparado ya para convertirse en uno de los apenas cien agentes negros de la policía y, más adelante, el primer alcalde negro de Los Ángeles.

Estuvo regulando el tráfico y patrullando antes de la guerra, y solo recibieron una queja de él: la de un borracho a quien sacó a rastras de su coche. Una vez recibió una llamada. Su hermano pequeño había sido arrestado por haber montado un alboroto en un bar, así que cedió su pistola y pidió que le dejaran estar a solas con Paul en su celda. Los nudillos le dolieron durante días después de aquello. Disparó su arma una vez, cuando pilló a un ladrón intentando colarse en el apartamento de dos señoras mayores. El tipo le lanzó un tajo de navaja y salió corriendo. Intentó escalar una verja, pero Jack le atinó en el trasero, igual que Archie con el tipo de Watts. En aquellos días nadie preguntaba por qué disparabas a un tipo que salía huyendo, sino que te felicitaban por la buena puntería.

Tras lo de Pearl Harbor, el servicio de Guardacostas buscaba policías, pensando que serían de ayuda para proteger puertos e instalaciones vitales. Pero a todos les hicieron pruebas de aptitud, y a O'Mara lo destinaron a una unidad de criptografía en las Islas Aleutianas, cuya misión era interceptar las comunicaciones japonesas y descifrar su código. ¿Quién iba a decir que era un tipo listo? Aquel trabajo discreto a veces le llevaba a la desolada Isla de Adak, pero dos veces consiguió que Connie fuese a verle allí y alquiló una pequeña habitación en la casa de algún conocido del continente, todo en contra de las normas; incluso entonces estaba dispuesto a romper las reglas por una buena causa.

Cuando se licenció, era un fumador de pipa de setenta y cinco kilos y aspecto de Spencer Tracy, justo el tipo que Willie Burns quería para su brigada secreta, la que iba a proteger Los Ángeles de los malvados invasores.

O'Mara y Jerry Thomas, el Profesor, estaban una noche en uno de los locales nocturnos, cuando Jumbo y su compañero atraparon a los dos matones de Detroit. Thomas era un as para ese tipo de misiones porque era capaz de reproducir cada palabra pronunciada por los sospechosos sin la necesidad de tomar apuntes. Todo el mundo pensaba que le daba a la lengua sin más, pero en realidad lo grababa todo en su mente.

—¿Adónde los llevamos? —preguntó Jumbo cuando dos equipos de la Brigada de Élite se reunieron para decidir el destino de las piezas que se acababan de cobrar esa noche.

—Al desierto, ¿por qué no? —propuso Thomas—. Los llevamos hasta allí y los abandonamos.

—¿El ayuntamiento no te parece buen sitio? —preguntó Jumbo. Había salas vacías en el sótano que podían usar de noche sin que nadie les molestase.

—No, nos los llevamos arriba —dijo O'Mara. Dicho y hecho.

Había unas vistas maravillosas desde Mulholland Drive, la serpenteante carretera que coronaba las colinas y dividía Los Ángeles, así que ¿por qué no mostrárselas a los matones que estaban acosando los garitos de Hollywood? Era un trayecto ascendente de cinco minutos desde el Sunset Strip. Nadie decía una palabra y todos, polis y matones, iban apiñados en el coche.

No era la primera vez que algún policía de Los Ángeles se llevaba hasta allí a algún sospechoso. O'Mara no fue el primero en sugerirlo. Pero el nuevo método exigía un nuevo enfoque.

Me gustaría enfatizar el hecho de que no estábamos en Nueva York, ni en Chicago, ni en Cleveland. Esto es Los Ángeles, y no estamos dispuestos a aguantar a esta escoria para que luego se corra la voz entre vuestra gente, allí en el este. Y hemos aprendido algunas cosas de ellos, ya sabes a lo que me refiero, allá, en las colinas de Hollywood, junto a Coldwater Canyon, en cualquier parte de la zona. Las noches son muy oscuras en ese sitio, ideal para hablar de hombre a hombre.

A O'Mara le gustaba la oscuridad de las colinas, con la ciudad titilando en la distancia, para escenificar su postura. En la oscuridad. Le gustaba conducir en la oscuridad, llevar al tipo a casa, ponerle la pistola en la oreja. No planificaba el discurso, simplemente le salía.

¿Quieres estornudar?

Y esa se volvió su firma personal, la pistola en la oreja y alguna frase sugerente.

¿Sientes que vas a estornudar? ¿Un… auténtico… y fuerte… estornudo?

CAPÍTULO 6

Mickey asciende, Bugsy desciende (dos metros bajo tierra)

Los periódicos se referían a Benny Siegel como «un deportista de Hollywood», o cualquier otra tontería del estilo, cuando se le veía del brazo de otra aspirante a actriz o de su viejo amigo George Raft, el fino bailarín de cabaret reconvertido en tipo duro del cine. Los Ángeles era el patio de recreo de Bugsy, que había crecido en el Lower East Side de Manhattan en el marco de una alianza de italianos y judíos, incluidos Lucky Luciano y Meyer Lansky, siendo este quien finalmente le dio la versión mafiosa de todo discurso enardecedor: «Vete al oeste, jovencito».

Nadie sabe a ciencia cierta cuándo llegó realmente, si en el 34, el 35, el 36 o el 37, pero desde luego que no vino para esconderse. Se le podía encontrar en el Sunset Strip o apostando entre multitudes en la pista de carreras de Santa Anita, haciendo señales a otros apostadores mientras apuntaba la lista de ganadores y perdedores en un cuadernillo negro. También se le podía encontrar reunido en la sauna del Athletic Club de Hollywood o luciéndose en Hillcrest, el club de golf judío entre cuyos miembros se contaban los hermanos Marx, Milton Berle y muchas de las vacas sagradas de los estudios. Eso podría explicar por qué estaban tan dispuestos a tratar con él cuando se dedicó una temporada al sindicato de los extras, fiándole la paz laboral a cambio de un precio.

Mickey Cohen destacó sucintamente las cualidades que admiraba en aquel hombre: «dinero, ropa y estilo». Cuando se trataba de atraer las miradas, allí estaba Bugsy, con el oportunamente apellidado Joe Adonis y Frank Costello, el jefe mafioso de Nueva York que tan cómodamente se relacionaba con los poderosos del mundo. En opinión de Mickey, el estilo de Bugsy, con sus trajes de cachemira, estaba en las antípodas de los viejos *Moustache Petes,* que a menudo vestían como mendigos. No se refería necesariamente a Jack Dragna, que no vestía mal. Pero Dragna pecaba de «apatía», decía Mickey, y esa era la principal razón por la que la organización prescindió de Bugsy primero y de él después. Puede que Dragna hubiese estado trabajando en Los Ángeles desde 1914, pero era «incapaz de arreglar ciertos asuntos de forma satisfactoria para ciertas personas en el este». Como es de imaginar, eso dio lugar a ciertas tensiones. Los principales lazos de Bugsy estaban en Nueva York, mientras que los de Dragna estaban en Chicago. Además estaba el asunto entre los italianos y los judíos. Puede que una alianza de ese tipo hubiera tenido sentido en el Lower East Side, pero no todos los sicilianos estaban dispuestos a dejarse pisar el terreno por esa gente.

—Que le follen a Dragna —fue, básicamente, la respuesta de Bugsy al respecto.

Afortunadamente, había mucho dinero por hacer en el nuevo negocio. Como si se pretendiera hacer un regalo especial a los estafadores, el parque de Santa Anita abrió el día de Navidad, casi un año justo después de que el fin de la Prohibición cortara de raíz su principal fuente de ingresos. Las carreras satisfacían la demanda de apuestas legales en la pista e ilegales fuera de ella. También proporcionaban un método más sencillo para que Bugsy y los suyos se beneficiaran de una parte de lo que sacaban los corredores con un simple teletipo. Los teletipos aportaban la información esencial: condiciones de la pista, de los *jockeys*, etcétera, así como los resultados, que se remitían a los clientes en teleimpresores similares a los de los telégrafos o mediante distribuidores regionales, que imprimían los datos en un listado sin el cual ni los apostadores ni los corredores podían vivir. Un distribuidor local presumía de formar parte de un circuito que «circunda los Estados Unidos». Se le preguntó si no habría tenido un lapsus y hubiera querido decir en realidad que *circunvenía* las leyes de los Estados Unidos.

—Como si los circuncida, me importa una mierda cómo lo llaméis —resolvió el hombre—. De costa a costa.

La principal prioridad de Bugsy en la costa oeste era ampliar la red de teletipos transamericanos de la mafia, e hizo maravillas en Nevada, donde el juego era legal. Obtuvo el monopolio en muchas casas de apuestas, recaudando una estimación de 25.000 dólares al mes. Aun sin ser el marido más fiel del mundo, consiguió construir una casa de mil cien metros cuadrados para él, su mujer y sus dos hijas en el exclusivo barrio de Los Ángeles Holmby Hills, y apuntó a sus hijas a un colegio privado y a una escuela de hípica. La mansión contaba con un bar flanqueado por tragaperras, una amplia piscina y más tocadores que habitaciones tienen la mayoría de las casas. Bugsy no era solo la imagen de la opulencia, era la propia opulencia.

Su referencia en el cuaderno de objetivos de la Brigada de Élite, que llevaba Con Keeler, rezaba así: «Siegel, Benjamin». Junto al nombre también aparecían altura, peso, dirección, apodos, escondites, tipo de coche, número de matrícula, etcétera. Keeler usaba un bolígrafo de punta fina que empleaba con letra precisa y comprimida, ya que el cuadernillo era tan fino que cabía disimuladamente en el bolsillo de pecho. Los expedientes normales no eran una opción disponible cuando no se tenía despacho y no se existía.

—Maldita letra la tuya —le dijo una vez el teniente Burns—. No soy capaz de leer esto.

El cuadernillo pronto se llenó con docenas de nombres, pero el de Bugsy era de especial interés porque encarnaba las visiones más catastrofistas de las autoridades de la ciudad. La brigada recibió la lección del jefe adjunto Joe Reed, quien, con su barriga y su calva, se jactaba de parecerse al líder británico Winston Churchill. Reed los reunió fuera de las horas de trabajo en el ayuntamiento para hablar de… Nueva York. Les advirtió de que personalidades del hampa de ese estado empezaban a sudar por culpa del gobernador Tom Dewey, que se había distinguido como fiscal y luchador contra el crimen organizado, codo con codo con Eliot Ness, el agente del Departamento del Tesoro.

—Creedme, empezarán a buscar tierras fértiles —dijo Reed—. Vienen hacia aquí.

Pudiera sonar a paranoia, pero una figura de la multinacional del crimen ya había seguido esos pasos, con consecuencias funestas. George Harry Schachter, alias «Big Greenie», había huido al oeste para salvar el pellejo tras dejar caer a sus socios la estúpida idea de que podría colaborar con las autoridades si no aumentaba su tajada. ¿Hasta qué punto Big Greenie era tonto? Le metieron cinco disparos en la cabeza y el cuello, tras aparcar su Ford descapotable frente a una pensión de Hollywood. Cuando la policía arrestó a Bugsy como sospechoso del asesinato, este pidió a los detectives que le escoltaban al calabozo que le prestasen un peine y una corbata.

—Soy Ben Siegel, y no pienso parecer un capullo —dijo.

El caso se quedó en agua de borrajas cuando un testigo clave de Nueva York se tiró al vacío desde la ventana de un hotel, pero al menos, después de aquello, se adoptó una perspectiva mucho menos ingenua de Bugsy en Los Ángeles. Ahora aparecía en las columnas de los periódicos como «un personaje que estuvo bajo el foco de la policía de Nueva York», o incluso como «un hombre que se abría paso a base de fanfarronear sobre sus contactos». La parte más dura para Bugsy fue tener que darse de baja, con una bota pisándole la oreja, del club de campo de Hillcrest.

—Echaba de menos el golf —diría.

Mickey se encogía de hombros cuando alguien sugería que era el recadero y matón descerebrado de Bugsy. Durante sus primeros años en Los Ángeles presumía de seguir siendo el mismo joven que no necesitaba el permiso de nadie para atracar casas de apuestas, clubes nocturnos y, una vez incluso, los garitos de apuestas de Dragna. Asimismo, «Benny intentaba infundirme un poco de clase», decía Mickey, y ciertamente estudió el estilo de vida y de vestir de Nueva York. Pero sí que seguía los pasos de Bugsy en evitar el alcohol; merecía la pena para mantener la cabeza despejada cuando trabajaba, como cuando había que mandar un mensaje al operador de teletipo de una carrera. Mickey esgrimió una característica coreografía verbal cuando, más tarde, le preguntaron por una visita que él y Joe Sica hicieron al poco colaborador rival de Bugsy.

P: ¿Fue condenado por dar una paliza a Russell Brophy?

Cohen: No, señor.

P: Empecemos desde el principio. Russell Brophy regentaba un servicio de teletipos en Los Ángeles, ¿es así?

Cohen: Es así.

P: ¿Ofrecía servicios de teletipo a los corredores?

Cohen: Sí.

P: Usted y Joe Sica entraron en su establecimiento y le propinaron una paliza, ¿es así?

Cohen: Sí, algo pasó allí...

P: ¿Quién les contrató para darle la paliza?

Cohen: Nadie.

P: ¿Dónde se produjo el asalto?

Cohen: No hubo ningún asalto, en serio. Solo fue un arreglo.

P: Los dos lo golpearon...

Cohen: Sé que le pegué. Pero no tengo ni idea de quién más lo hizo...

P: Al parecer, el tribunal consideró que los dos lo hicieron. Se les condenó a pagar una multa de 100 y 200 dólares respectivamente.

Cohen: Entonces eso es que yo le pegué menos.

Bugsy Siegel era, sin duda, un mentor excepcional para Mickey Cohen. Bugsy mantuvo la clase hasta el final, cuando lo metieron en un ataúd de bronce de 5.000 dólares forrado de seda y candelabros en cada extremo.

La Brigada de Élite no tuvo mucho tiempo para componer su expediente de Bugsy. A menudo estaba en Las Vegas, dirigiendo la construcción del hotel-casino Flamingo, que supuestamente transformaría la ciudad de Nevada. Bugsy iba mucho por allí porque el proyecto de sus sueños iba muy atrasado y se había pasado del presupuesto, atenazado por un diseño mal planificado que daba a cada habitación su propia línea de alcantarillado y creaba una suite en el ático con una viga en medio, de modo que cualquiera tenía que agacharse para evitarse un chichón. Cuando Bugsy estaba en California, se las arreglaba para permanecer fuera de la jurisdicción de la brigada, en la mansión de Beverly Hills que su amante, Virginia Hill, había alquilado. Si bien se la solía describir como una heredera de la industria petrolífera, amante de las fiestas, ella difícilmente encajaba en el prototipo de belleza sureña, ya que había empleado parte de su dinero en sufragar a un prominente corredor de apuestas de Chicago, optando a la correspondiente parte de sus ganancias. La columnista de *Los Angeles Mirror*, Florabel Muir, se encontraba en un salón de belleza cuando entregaron un paquete a nombre de Virginia Hill con diez billetes de 1.000 dólares dentro. «Era una de esas chicas frívolas», escribió Florabel, añadiendo: «Conocía a todos los chicos».

La mañana del 20 de junio de 1947, Bugsy voló de regreso de Las Vegas haciendo una parada en su barbero antes de reunirse con su abogado. Puede que también hubiese hecho una visita a Mickey, si bien este dijo que fue el día anterior cuando Bugsy le preguntó «si tenía armamento», a lo que Mickey repuso: «Tengo lo que quieras». Esa noche, Bugsy y su amigo Allen Smiley decidieron probar un nuevo restaurante en Santa Mónica, el Jacks-at-the-Beach, y pidieron trucha. A la salida, Bugsy compró la primera edición de *Los Angeles Times* antes de volver a la mansión Moorish, donde se sentó en un extremo del sofá del salón, blanco, adornado con un patrón de flores. Por alguna razón las cortinas de la ventana estaban descorridas, permitiendo una clara panorámica para cualquiera que estuviese mirando desde fuera. Las balas procedían de una carabina militar del calibre 30. Cuando la columnista Florabel Miur oyó la noticia, corrió hacia allí y descubrió que «el perfume procedente de los racimos de jazmines del exterior impregnaba la habitación, colándose por los agujeros que habían dejado las mortales balas. El ejemplar de *Los Angeles Times* yacía cruzado sobre sus rodillas, y en él habían escrito: "Buenas noches. Sueña en paz con los saludos de Jack." Fracciones ensangrentadas de su cerebro reventado manchaban parcialmente el titular a ocho columnas sobre otro tiroteo de consecuencias fatales en la zona más pobre de Los Ángeles». Florabel lo puso con palabras bonitas, pero la competencia, el *Herald-Express,* se llevó la mejor foto: un cuerpo en un frío depósito de cadáveres con un pie asomando de la sábana, a cuyo dedo gordo habían puesto una etiqueta en la que se leía «Bugsy Siegel».

Jack O'Mara y Willie Burns fueron corriendo a la comisaría de policía de Beverly Hills para hacerse cargo de la investigación, pero la profusión de agencias de la ley en el condado de Los Ángeles podía frustrar a cualquiera, incluidos los mafiosos. A finales de 1940, cuarenta y seis agencias distintas patrullaban diversas zonas de los extensos diez mil kilómetros cuadrados del condado. El problema de los mafiosos era saber a quién sobornar; un agente podía ofrecerte protección a un lado de la calle, pero no al otro. Para los policías honrados, el problema era en quién confiar. La Brigada de Élite no compartía información con ninguna agencia, aunque tenían en buena consideración a la policía de Beverly Hills. Así que los dos ofrecieron sus servicios a su jefe, sombreros en mano. El jefe Clinton H. Anderson dijo:

—No necesitamos ninguna ayuda.

Y O'Mara recordó que «le dije que se fuera a la mierda; como era su caso, que se lo comiese él solo».

Y eso fue precisamente lo que hicieron los policías de Beverly Hills. O'Mara observó la investigación desde un segundo plano y elaboró su propia teoría. No apostó por la teoría convencional de que los peces gordos de la mafia estaban hasta las narices del exceso de Bugsy con el Flamingo, en el que también ellos habían invertido. Tampoco creía que Dragna estuviera detrás. Desde la trastienda de la investigación, O'Mara mantuvo vigilado al hermano de Virginia Hill, Chick, que vivía en el piso de arriba de la mansión y bien podría haber oído cómo Bugsy, famoso por su propensión a los ataques de ira, los ejercía con su hermana. Su hermano era también un veterano de la guerra, sabía cómo se usaba una carabina. Pero hallar la verdad era un juego mental en el que no se podía ganar; estaban ante un asesinato que nunca resolverían, el asesinato de salón que había creado una vacante en la jerarquía del crimen organizado, tal como esta se conocía, en Los Ángeles.

—Siguiendo las instrucciones de la gente del este, enseguida tomé el lugar de Benny —diría Mickey más tarde—. Para ser sincero, su muerte no me vino nada mal.

CAPÍTULO 7

El amago de tiroteo en marcha

A veces cinco hombres se amontonaban en uno de sus destartalados Fords de los años 40 para salir a realizar una emboscada de la Brigada de Élite, muchos de ellos fumando puros, y al final del día sus trajes olían tan mal que sus mujeres tenían que tenderlos fuera durante la noche. Connie O'Mara sostenía la gabardina de su marido con la punta de los dedos de una mano mientras, con la otra, se hacía pinza en la nariz. Los propios coches eran patéticos; iban ya por su tercer o cuarto motor, y llevaban encima más de trescientos mil kilómetros. Las alfombrillas habían desaparecido y se veían agujeros en el suelo por donde verter fluido en el cilindro principal. Si pasabas por un charco, tenías que poner el pie encima para que el agua no se colase dentro. Si detrás iban tres hombres y el coche pasaba por un bache, la cabeza del de en medio siempre se daba con el techo. Así era hasta que se hicieron con un tercer coche para poder dividirse en equipos más ágiles.

Antes de que instalasen radios en los coches, se reunían en la esquina acordada la noche anterior. Entonces, Burns repartía quién seguía a quién ese día. Con la radio, siguió dándoles instrucciones de modo que solo ellos pudieran entenderlas. «Nos vemos a dos manzanas al este y una al sur de la reunión de anoche.»

Las Tommies eran geniales —intimidaban a cualquiera—, pero también un incordio. No podían dejarlas en cualquier parte por temor a que se las robasen, ni siquiera en el maletero del coche. Si tenían que entrar en un establecimiento o una casa para interrogar a alguien, tenían que llevarse el arma y dejarla en alguna parte donde pudieran mantenerla vigilada. Los cargadores circulares de cincuenta proyectiles abundaban, pero eran otra molestia, ya que no eran fáciles de esconder bajo los abrigos. La mayoría de ellos optaron por cargadores de veinte balas que podían transportar mejor en los bolsillos. En aquella época no había equipos SWAT, ni entrenamiento especial o chalecos antibalas ligeros. Los estuches de las Tommies eran auténticas bellezas, de noventa centímetros de largo y treinta de ancho y profundos, cada cual con su asidera. De verdad podían pasar por estuches de violín.

En el seno del Departamento de Policía de Los Ángeles circulaban rumores sobre lo que hacía la sombría nueva brigada, y la mayoría apuntaban hacia ella como espías internos, cazadores de cabezas, y no sin razones. El jefe les hizo seguir discretamente a una serie de agentes sospechosos, incluido uno que decía ser de la Oficina del Fiscal General con la excusa de sacudir a una empresa de tragaperras de la costa en busca de sobornos. Pero sus acciones no fueron nada sutiles cuando un veterano agente les confió en secreto que un barbero de la calle Seis que se dedicaba a la colecta de apuestas le había hecho una oferta descarada.

—¿Por qué no le echáis un vistazo? —instruyó el jefe Horrall a Willie Burns—. Quitad a ese maldito bastardo de la circulación.

Así que la brigada fue en procesión a su establecimiento y lo echó abajo, estrellando las sillas, rompiendo los espejos y arrancando de cuajo los estantes. Lo hicieron en cuestión de minutos, sin apenas decir una palabra, mientras Jumbo sujetaba al barbero entre sus enormes brazos, obligándolo a mirar. A continuación enjabonaron la cabeza del individuo y se la afeitaron con sus propias cuchillas, un toque final que se les ocurrió en ese momento.

Las cosas no fueron tan fáciles cuando O'Mara tuvo que seguir a un reconocido miembro del Departamento del Sheriff del condado de Los Ángeles. Se trataba de Al Guasti, el capitán de Antivicio y protector de la operación de apuestas clandestinas más obvia de la zona de Los Ángeles. Guarantee Finance tenía una serie de fachadas empresariales como excusa para los setenta y cuatro teléfonos que aparecían en sus libros de cuentas; una empresa que supuestamente vendía revistas, otra de préstamos, otra con servicio despertador… Incluso había algunos teléfonos a nombre de Stone's Service Station. Guarantee Finance contaba también con una rama de recaudación, la excusa para tener ciento dieciocho «agentes» en las calles. Cuando los ingenuos se acercaban a pedir un préstamo, se les decía que lo lamentaban, que se habían quedado sin dinero. Guarantee Finance operaba desde el otro lado de las ventanas ahumadas de un edificio de dos plantas en East

Florence Avenue, en una zona no incorporada del condado, el territorio del sheriff. Pero los peces gordos del Departamento de Policía de Los Ángeles tenían razones para estar interesados en tamaño ultraje allende los límites de la ciudad: habían recibido rumores de que uno de sus sargentos podría estar ayudando a Guarantee Finance a recolectar el dinero. Así que mandaron a un contingente de paisano para comprobarlo, colándose por el tragaluz hasta el desván superior, donde un gerente supervisaba a una docena de telefonistas en medio de anaqueles con marcadores de apuestas. La policía de Los Ángeles no tenía autoridad formal para realizar arrestos, pero destrozaron los registros de apuestas, arruinando un día de trabajo. Cuando casi habían terminado, irrumpió un ayudante del sheriff, creyendo que formaban parte del personal habitual de apuestas.

—Qué, estamos que echamos humo, ¿eh? —dijo.

Poco después, el capitán Guasti entró como un vendaval en el centro del Departamento de Policía de Los Ángeles, en el ayuntamiento, y entregó una carta a Reed que decía básicamente: «MANTENEOS ALEJADOS. ESO ES NUESTRO». Así que Reed pidió a la Brigada de Élite que siguiera a ese tipo, y de ello se encargaron O'Mara y su compañero.

Siguieron los pasos del capitán Al Guasti durante una hora a través de una tortuosa ruta que culminó en Schwab's, el bar de Sunset donde se decía que se descubrían las estrellas en ciernes. Guasti se sentó a la barra. Ellos también, a una distancia adecuada. El otro les saludó con la mano y les dijo:

—Sabéis, amigos, seríais igual de discretos si me siguieseis por delante de mis pasos. Adelante, que yo os sigo.

Era evidente que a la brigada le vendría bien alguien que hablase italiano, por lo que O'Mara sugirió a un joven agente del departamento que había conocido durante la guerra: Lindo «Jaco» Giacopuzzi, un antiguo lateral de fútbol americano de cien kilos, acostumbrado a cargar con las latas de leche de la lechería de su familia inmigrante; el padre de Jaco no aprendió más de diez palabras de inglés en toda la vida. Jaco era un matón de temperamento suelto que un día albergó la esperanza de convertirse en bombero, pero que se examinó primero para la Academia de Policía porque le apetecía practicar antes en otro servicio civil. Para él no era más que un trabajo, no una cruzada. Se encontraba de uniforme en un coche patrulla de la División de Hollywood cuando O'Mara y Burns le abordaron para venderle las maravillas de pertenecer a la Brigada de Élite.

—Oh, sí, suena muy bien —fue la respuesta de Jaco.

Afrontémoslo: cada noche de viernes teníamos que acudir a los combates en el Hollywood Legion Stadium. Y cada noche de martes a los del Olympic Auditorium, porque allí es donde se reúnen todos esos matones. Luego había que ir a los partidos de fútbol. Solo teníamos que entrar (nunca comprábamos entrada ni nada) y ver quién estaba allí con quién. Eso hacíamos.

Qué demonios, quería participar. A veces incluso había que llevarse el coche camuflado a casa. Jaco tenía algunos caballos en el Valle, y los demás muchachos juraron haber encontrado heno en el asiento de atrás cuando se lo llevó él. «Me encanta esta brigada», dijo.

Le encontraron un compañero a Jaco en otra de sus misiones «de oficio», como la del barbero corredor de apuestas.

Unos matones de West L. A. estaban causando problemas a los vecinos y a los agentes de a pie durante sus reuniones en una colina. El jefe adjunto Joe Reed indicó a la brigada:

—Bajadles un poco los humos.

Así que volvieron a ponerse el mono de destrozar cosas. Pero en esta ocasión la caravana hizo una primera parada en la comisaría local de la policía para reforzarse con un par de hombres más antes de atacar la colina y patear los traseros de los alborotadores, dejándolos desparramados como muñecos en el suelo. Willie Burns quedó impresionado por unos de esos agentes de West L. A., un tipo casi tan grande como Jumbo, su especialista tejano en repartir estopa. Jerry Greeley parecía un poco mentecato con su peinado con raya al medio, pero había sido comandante de la Armada durante la guerra. Reunía dos condiciones excepcionales: asustaba por su tamaño y, encima, era listo. Al demonio con su corte de pelo. Lo invitaron a unas copas y le explicaron todo el rollo de las noches en los combates y esas cosas.

Las operaciones secretas acaban saliendo a la luz. La brigada apareció en los titulares por primera vez el 15 de noviembre de 1947. Se decía que una unidad del Departamento de Policía de Los Ángeles había detenido a seis tipos del Medio Oeste que iban en limusina a la altura de Wilshire. Los seis, todos ellos italianos, eran sospechosos de robo, aunque no había pruebas de que hubieran cometido crimen alguno en Los Ángeles. Se invitó a los fotógrafos a que retratasen a los seis sentados en un banco de la comisaría de Wilshire, las cabezas gachas, antes de ser escoltados a la frontera del estado. Entre ellos había un promotor de combates de Cleveland, vestido con un traje azul, al que encontraron diecinueve billetes de 100 dólares en la cartera; un presunto vendedor de tejados de Detroit que aseguraba haberse ido al oeste por «cuestiones de salud» y uno que decía ser camionero y admitió haber cumplido seis años y medio por un asesinato «que nunca cometió». A veces, la discreción tenía que irse al garete porque la ciudadanía necesitaba saber que algo se estaba haciendo para combatir eso que un informe del estado pronto llamaría «invasión de indeseables». En *Los Angeles Times* podía leerse: «Dirigida por el teniente William Burns y el sargento J. J. O'Mara, esta brigada ha arrestado a seis individuos en una limusina con matrícula de Nueva York que circulaba por Wilshire Boulevard y Burnside Avenue. El registro del caro vehículo ha demostrado que su propietario es un exconvicto de Nueva York».

El propietario era identificado, en otro artículo, como Edward «Eddie» Herbert, pero el reportero debió de oír mal, porque no era Eddie. *Neddie* Herbert era el bufón doméstico, y correo de confianza entre costa y costa, de cierto exboxeador. Neddie era el mejor especialista en armas de Mickey, reputado por ser capaz de volver a montar una ametralladora como cualquier Marine, o como el propio Willie Burns. Pero Neddie no estaba en el Cadillac negro del 47 al que pararon en Wilshire, solo se encontraban esos seis tipos del Medio Oeste. Los miembros de la brigada, intencionadamente, no dieron a los primeros tres tiempo suficiente para hacer las maletas, por lo que las fotos de los periódicos les mostraron con unos desordenados enseres en las manos antes de que los condujesen fuera del estado. En esta misión, las imágenes tenían una importancia que no se enseñaba en la Academia de Policía.

La última edición de cinco centavos del *Daily News* envió justamente el mensaje que deseaban los padres de la ciudad:

«Tres sombríos personajes del este han abandonado hoy la ciudad en un convincente destierro diseñado para desembarazar a Los Ángeles de la creciente amenaza del crimen organizado». El cuarto visitante tuvo que hacer las maletas al día siguiente. «Los Ángeles no quiere a gentuza como vosotros», declaró el jefe adjunto Reed. Willie Burns también fue citado cuando uno de los matones se quejó de que alguien, encima, les había puesto una multa de aparcamiento.

—Dadme la multa, chicos —dijo Burns—, que yo lo arreglo.

Por supuesto, en ese momento nadie sabía lo que pasaría con los dos forasteros que pudieron quedarse a condición de portarse bien. Uno, el que decía ser un vendedor de coches usados, era James Fratianno, de Ohio y en libertad condicional. Se convertiría en uno de los asesinos más temidos de la mafia en Los Ángeles, el infame «Jimmy el Comadreja». El otro era James Regace, quien, años más tarde, se alzaría en la jefatura de la mafia local, más conocido entonces por su nombre real: Dominic Brooklier. Durante la exhibición, Fratianno se ocultó la cara cuando los fotógrafos se acercaron. Dejó que la policía lo fotografiase como otro bufón superado por las circunstancias. «Conozco a los otros exconvictos», lo citan. «Los conocí en un club nocturno de la ciudad.» Regace admitió haber pasado nueve años a la sombra por robo, pero recalcó que tenía un trabajo legítimo en la ciudad, en una tienda de ropa de Santa Monica Boulevard, propiedad de su amigo Mickey Cohen.

La anotación inicial en el cuaderno de Keeler sobre «Cohen, Mickey» indicaba que conducía un «Cad. 46 Sed. Neg. Brill. 3T9 364». Pero, a finales de 1947, Mickey encabezaba una caravana de tres Caddies que recorría la ciudad para frecuentar clubes nocturnos junto a sus hombres; montaban un buen espectáculo. Ya no funcionaban desde una triste tienda de pinturas, habían abierto una tienda de ropa. Allí vendían trajes de importación, corbatas de seda y chaquetas de esmoquin, un inventario mucho más apropiado para un hombre de su estatus. Mickey se enorgullecía de haberse educado en las calles y lo ostentaba con particular forma de hablar. «En la vida he pisado una escuela», decía. Pero había sabido evolucionar hasta convertirse en un entusiasta de los calcetines French Isle y los sombreros Panama de 275 dólares, permitiéndose ocasionales variaciones respecto al sombrero de fieltro de rigor. Asombraba contemplar su primera foto policial, tras su regreso a Los Ángeles como adulto, tomada en 1933, que le mostraba con el botón superior de la camisa desabrochado, la corbata aflojada y con una tosca chaqueta de lana, arrugada y desgastada. Ahora, «Mick» era todo un pavo real, con sus tonos pastel y su anillo en el meñique. Sus chicos llegaron a decir que el bigotudo Adolphe Menjou, el elegante actor que interpretaba a ricos ejecutivos en las películas, ya no era el hombre mejor vestido de la ciudad. Su banda era una mezcla de judíos que llevaban años trabajando con él, como Hooky y Neddie, e italianos, como Regace, Jimmy el Comadreja y, sobre todo, los hermanos Sica, a quienes Mickey conocía «desde que éramos niños haciendo trastadas». En definitiva, había muchos candidatos a vendedor en la tienda de ropa.

Aquella mercería fue el terreno de pruebas natural para los recién llegados a la Brigada de Élite, Greeley y Giacopuzzi. Cuando la pareja cogió sus Tommies, demostró que comprendía las reglas del juego: es decir, que no había ninguna si se trataba de incomodar a gente como Mickey Cohen. Encomendada la misión de vigilar la nueva tienda, Greeley y Giacopuzzi imaginaban que los chicos de Mickey se preguntarían si eran polis o compañeros de bajos fondos y, por qué no, si de Chicago. Según Jaco:

Antes de ir allí, quitamos las matrículas de nuestro coche de incógnito y nos fuimos al Parque Móvil de Hollywood, donde encontramos en la basura unas matrículas de Illinois y se las pusimos. Después condujimos y aparcamos a una manzana de la tienda de Mickey. Yo iba en el asiento del conductor y Greeley en el del copiloto. Llevábamos puestas nuestras gabardinas y los sombreros y nos quedamos en el coche. No sabían quiénes éramos y, cada dos por tres, mandaban a un tipo que se nos acercaba para echarnos un vistazo. Nosotros nos subíamos el cuello del abrigo y nos bajábamos el sombrero. A eso de las cinco o seis, llegó la hora de marcharnos. Cuando lo hicimos, conducía yo hacia la tienda de Mickey y, al llegar, todos los hombres que había dentro salieron a la acera para mirar... Y, a medida que pasábamos, viré bruscamente y Greeley se asomó por la ventanilla con la Tommy. Deberías haberlos visto tirándose al suelo. Todos ellos. Había uno que era muy gordo e intentó meterse debajo de un coche, pero no pudo, ya te imaginas. Al final, apreté el acelerador y nos largamos.

Fue toda una batallita que compartir con el resto de la brigada, el amago de tiroteo en marcha, al menos hasta que las escopetas de doble cañón empezaron a disparar de verdad. Pero, antes de que los tiros resonaran en el Sunset Strip, Jack O'Mara se reuniría con el hombre cuyo futuro se entrelazaría con el de Mickey y el suyo de forma que ni siquiera él podía imaginar.

CAPÍTULO 8

O'Mara conoce a los Whalen

Se lo dijeron a O'Mara cuando llegó para el turno de noche del 16 de abril de 1948: «Freddie el Ladrón» Whalen había sido secuestrado por tres hombres de Fresno que decían que les había birlado, a ellos y a un amigo corredor de apuestas, 2.900 dólares. Freddie Whalen estaba paseando cerca de su casa de Hollywood con su nieto de veinte meses (el hijo de su hija Bobie) cuando los tres se le echaron encima, lo esposaron, lo metieron en la parte de atrás de un coche y salieron a toda prisa, dejando al pequeño solo en la acera. Los familiares presenciaron el secuestro y emprendieron la persecución del coche. Luego llamaron a la comisaría de Hollywood, que extendió el aviso que sirvió para detener a los secuestradores en Burbank. Habían amenazado con llevarse a Freddie en un avión y arrojarlo en pleno vuelo si no les devolvía el dinero que les había robado bajo el nombre de «doctor Harry Moore».

El gran público aún no sabía quién era Fred Whalen, salvo que uno fuese un gran aficionado al billar, conocedor de sus exhibiciones o su desafío al gran Ralph Greenleaf, una década atrás. Pero Freddie el Ladrón era una leyenda entre los detectives de Juego y estafas, que lo consideraban el rufián más listo que Los Ángeles había visto en muchos años, y puede que nunca, descontando al tipo que timó a media ciudad con una reserva de petróleo ficticia en los años 20. Aquella vez, C. C. Julian escapó del país y se suicidó; Freddie Whalen seguía en circulación, acumulando una estafa sobre otra. Cuando muchos contrabandistas de licor se vieron con el agua al cuello al acabar la Prohibición, él optó por comprar alcohol barato de taberna para revenderlo como exclusivo Johnny Walker en botellas que daban el pego. Pero la estafa que nos ocupa, la que impulsó a tres tipos de Fresno a tirarlo desde un avión en marcha, era harina de otro costal; puro ingenio.

Freddie solía acudir a un hospital haciéndose pasar por un médico de visita, con la bata blanca y el estetoscopio alrededor del cuello. Lo primero que hacía era regalar un ramo de increíbles rosas a la recepcionista y encargada de la centralita, presentándose como el doctor tal o cual; Harry Moore, en el caso de Fresno. Argumentaba que llevaba un par de semanas visitando a uno o dos enfermos como favor a alguno de sus «colegas» del hospital, que estaba de vacaciones. Lo siguiente era acabar la explicación con esa desproporcionada sonrisa suya, y decir:

—Espero una llamada, querida, y si me avisas estaría en deuda contigo.

Luego extendía el rumor por todo el hospital de que le apasionaban los caballos, y que si alguien sabía dónde podría colocar una apuesta. Así conseguía ponerse en contacto con el corredor local en menos que canta un gallo y colocaba algunas apuestas, para empezar, a perdedores seguros. Después, proponía algo al corredor: ¿y si él, el doctor Moore, se dedicaba a recoger las apuestas de la gente del hospital? Menuda oferta; ¡un simpático médico dispuesto a servirte en bandeja las apuestas! ¡Y de compañeros médicos, enfermeras y pacientes! ¿Qué corredor podría resistirse? Pocos, aunque algunos podían ser diligentes y llamar al hospital para comprobar que era quien decía ser.

—Oh, el doctor Moore —decía entonces la recepcionista—, deje que le avise.

A media mañana, el doctor Moore, feliz aficionado a los caballos, organizaba un encuentro con el corredor o su hombre de confianza en un motel cercano para pasarle las apuestas del hospital (apuntadas en fichas) justo antes de que diesen comienzo las carreras en la costa este. Freddie le ofrecía una copa y le contaba algunos chistes para matar el tiempo. Su presa no tenía forma de saber que uno o dos socios del otro (a veces sus cuñados, los Wunderlich) se encontraban en la habitación contigua, recibiendo los resultados de las carreras por teléfono a medida que se disputaban. Utilizaban un fino alambre curvado para introducir nuevas fichas por debajo de la puerta con nuevas apuestas, con la diferencia de que todas ellas eran ganadoras, a menudo por grandes sumas. Habían modificado el mobiliario de la habitación de Freddie, de modo que el escritorio quedase frente a la puerta, entre las habitaciones, bloqueando la línea visual de la víctima de las tarjetas que le estaban deslizando por debajo con el alambre mientras se sentaba al escritorio. Siendo un profesional con las manos, gracias a su experiencia con el billar, Freddie deslizaba sin esfuerzo las nuevas tarjetas en la bolsa que daría al corredor, una a una. La víctima no tenía motivos para sospechar que estaba siendo objeto de una estafa (el presunto médico había estado con él desde antes de que empezasen las carreras). Era el truco con el que, uno tras otro, dejó secos a muchos corredores en comunidades alrededor de California y más allá.

—Papá nunca pasó de quinto curso —diría su hija—, pero no lo necesitaba.

Esta vez, Freddie se había superado a sí mismo al convencer a un corredor de Merced que podía obtener las apuestas de tres hospitales de Fresno. El corredor llamó a varios socios para subirse al carro y enseguida perdieron 2.900 dólares por culpa de unas apuestas aparentemente afortunadas. Ahí es donde el trío estafado sospechó del buen doctor y empezó a seguirlo. Así, todo condujo a que decidieran ayudarle en la empresa de saltar de un avión privado sin paracaídas, despegando desde el aeropuerto de Burbank. Sin embargo, tras raptar a Freddie en una calle de Hollywood y golpearle un poco, este les propuso una forma de devolverles el dinero: los dos anillos de diamantes de su mujer, de diez y cinco quilates respectivamente, por un valor mínimo de 12.000 dólares. El trío mordió el anzuelo y llamaron a Lillian desde una cabina pública para pedirle que llevase las alhajas a toda prisa a un bar de Burbank. La que apareció fue la policía.

O'Mara esperaba averiguar, para empezar, quién estaba detrás del corredor estafado. Los tres que raptaron a Freddie no parecían muy importantes en la cadena trófica del juego. Uno decía ser un exfontanero; otro, jugador de póquer *stud**

***

*Modalidad de póquer en la que cada jugador recibe una de las cartas boca abajo y las demás boca arriba *(N. del T.)*.

y el otro albañil. Pero todos los corredores tenían a alguien por encima como Mickey, si no por el servicio del teletipo, por la protección, ya fuese de sus propios matones, de las autoridades (sobornables)… o de los estafadores. Tenía sentido contar con alguien detrás que pudiera propinar el necesario castigo físico a los que se atrevieran a estafarte. Un informe estatal arrojaba que Mickey contaba en su red con quinientos corredores de apuestas, muchos de ellos por vía telefónica. No cabía duda de que Dragna tenía a mucha gente pagándole. Así que O'Mara se pasó por la casa de Hollywood de Whalen a probar suerte.

Ahora Freddie vivía en un apartamento con jardín de Lodi Street, enfrente del Hollywood Studio Club, la pensión, con tintes de hermandad femenina, donde vivían las chicas de la industria del entretenimiento, o quienes esperaban despuntar en ella. Una aspirante de veintiún años, llamada Joan Cory, salía del club justo cuando Freddie paseaba con su nieto y presenció el secuestro.

—Parecía la escena de una película —declaró la morena actriz.

Otra de las jóvenes aspirantes que vivían allí ese año era la antigua operaria de fábrica de municiones Norma Jeane Baker, que posó desnuda por primera vez para ganar 50 dólares.

—Iba atrasada con el pago del alquiler —explicó la muchacha que acabaría siendo más conocida como Marilyn Monroe.

Freddie Whalen dejó entrar a O'Mara sin problema, como si no tuviese nada que ocultar. Ambos hablaron relajadamente, que por algo eran irlandeses. Solo estaba presente otra persona, Jack, el hijo de Fred, aunque O'Mara jamás hubiese pensado que eran parientes. Whalen padre era de constitución mediana y vestía una camisa blanca de manga corta. Parecía increíblemente relajado para ser alguien que había estado a punto de ser arrojado de un avión en marcha; tenía mucha confianza en su astucia. Su hijo, por el contrario, era puro físico. La mano de O'Mara desapareció cuando estrechó el enorme mitón de Jack Whalen. Las fotos repartidas por el salón mostraban a un joven Whalen de uniforme; Freddie presumía orgulloso de que su hijo había sido piloto durante la guerra. El chico daba todo el aspecto, brioso, como se dice, con un denso cabello negro. Parecía el hermano malo de Robert Michum, solo que más ancho y fuerte. Uno de sus apretones de manos bastaba para desconcertar a cualquiera.

Pero Jack Whalen hablaba poco. Se limitaba a dar vueltas con expresión sombría, hasta que su padre finalmente dijo que no, que no sabía mucho de los tres que habían intentado matarle y que no tenía la menor intención de testificar en su contra.

O'Mara no discutió. Entendía el código de silencio de los ladrones. Además, Freddie difícilmente podía permitirse subir al estrado y explicar lo que estaba haciendo en un hospital de Fresno, disfrazado con una bata blanca y un estetoscopio. Se despidieron con un acuerdo: si algún visitante indeseado volvía a intentar algo parecido, Freddie se lo haría saber a su nuevo amigo de la Brigada de Élite. Freddie no tendría que preocuparse por ir al tribunal. El sargento J. J. O'Mara se los llevaría a las colinas para mantener una conversación.

CAPÍTULO 9

Un micrófono en el televisor de Mickey

F inalmente asignaron una oficina a la Brigada de Élite, aunque fuese un cuchitril en la antigua comisaría central, que aún estaba equipada con establos que se remontaban al siglo XIX y una pequeña rotonda donde los viejos carros giraban para volver a salir. Cuando les autorizaron tener una secretaria, la seleccionaron con mucho cuidado. Sally Scott contaba con la más alta autorización de seguridad durante la guerra, cuando trabajaba para la Armada, en Washington. Ayudó a Keeler a transferir los datos de sus cuadernillos de bolsillo a unas tarjetas de 13x18. Recogía las suscripciones a los periódicos para recortar cualquier noticia relacionada con los mafiosos y almacenarla en un armario junto a la escupidera. Seguían recibiendo la paga como si desempeñasen sus antiguos trabajos, pero ahora tenían un lugar donde estar, bien equipado, con perchero cerca de la puerta y todo.

Su mayor recompensa fue saber que cada vez estaban más cerca de Mickey; el micrófono en su casa lo dejaba cada vez más claro. Al día siguiente de su jaleo con la limusina en Wilshire, oyeron que Neddie Herbert, su mano derecha, decía:

—No podemos vernos en el Mocambo, temo que vayan a por mí.

A las tres y media de la madrugada, Neddie entró corriendo en el dormitorio de Mickey para ponerle al día:

—Han pillado a otro, por el amor de Dios. Lo dejo. Quiero vivir y llegar a abuelo.

—No pueden obligar a nadie a dejar la ciudad —insistió Mickey—. Es inconstitucional.

Más adelante se le oyó farfullar que algunos agentes del departamento estaban acosando a los clientes de su mercería, en ocasiones ensuciándoles la ropa nueva con tiza roja.

—Por el amor de Dios, algunos de esos tipos se habían comprado trajes de 200 dólares —se quejó Mickey—. Es ridículo; van a por cualquiera al que ven salir de la tienda.

Se oyó a otro de sus muchachos preguntarse si Willie Burns no estaría haciendo méritos para convertirse en el nuevo alcalde de Hollywood.

Así, la Brigada de Élite podía disfrutar fastidiando a Mickey, pero no adjudicarse el mérito cuando las cosas salían bien o la culpa cuando salían mal. El micrófono lo había plantado un equipo de Antivicio cuando la brigada todavía se estaba formando, justo en la época en la que las fortunas que estaba reuniendo Mickey le permitieron comprar y reformar la casa granja de Brentwood, un lujoso suburbio que creía fuera de los límites de Los Ángeles. Pero no; Brentwood formaba parte de la ciudad, y los detectives de Antivicio se disfrazaron de obreros de la construcción en un día lluvioso, cuando los de verdad desaparecían, calándose cascos de seguridad y botas reforzadas, desplazándose despreocupadamente por toda la casa. Escondieron el micrófono entre la chimenea y el baúl de madera del salón de Mickey y luego pasaron un cable por el jardín hasta el puesto de escucha. El micrófono estuvo preparado cuando Mickey y Lavonne Cohen se mudaron al 513 de Moreno Avenue con su perro *Tuffy,* un Boston terrier.

Habría sido un golpe maravilloso, de no ser por un error: la contratación del experto en electrónica. Russ Mason fue quien puso en marcha los micrófonos, y esperaba que también lo contratasen para las labores de escucha. Cuando vio que no era así, tendió en secreto una segunda línea hacia su propio puesto de escucha, como antelación de la publicación de ciento veintiséis páginas de notas relatando las conversaciones que se produjeron en la casa de Mickey.

Pero ese escándalo llegaría más tarde. Durante un año, desde el 13 de abril de 1947, hasta el 28 de abril de 1948, el micrófono proporcionó a un grupo de agentes del departamento una buena idea de los planes que tramaba Mickey.

Y no eran pocas cosas, ya fuese amañando un combate de boxeo benéfico, lamentando que «Necesitaríamos una escopeta para eso», o presumiendo de un viejo amigo en Cleveland que se había gastado 120.000 dólares en una propiedad y se había «dado a lo convencional: criadas, mayordomos, cocineros, chóferes». El año de conversaciones también dejó claro cuál era el principal negocio de Mickey, mayoritariamente en la vecina ciudad de Burbank y en partes no incorporadas del condado, el territorio del sheriff. Es posible que antaño el Departamento de Policía de Los Ángeles fuese un lugar lógico para que los extorsionadores se aseguraran la protección para el juego, pero eso ya no era así. En Burbank, Mickey construyó un casino al completo en la granja de ganado de Dincara, pasados los estudios de la Warner Bros. De vez en cuando, sus chicos y él montaban a caballo completamente ataviados como vaqueros, y establecieron su primera mesa de dados en un cobertizo utilizado por los mozos de cuadra. No tardaron en subir a cuatro mesas, cinco de *blackjack*, tres de *chemin de fer* y también máquinas tragaperras. Los jugadores bebían y comían gratis (pavo y jamón), servido todo por criados filipinos. Mickey alucinaba con todo el personal de los estudios que acudía allí, «había tipos disfrazados de indio, o de vaquero, o chicas vestidas de bailarinas. Venían directamente desde el set de rodaje».

Uno de los colegas de Mickey intentó cuantificar el valor del casino. «Si el garito podía funcionar durante noventa días, valdría sus buenos quinientos de los grandes.» Tenían que estar pendientes de las ocasionales redadas del fiscal del distrito del contado de Los Ángeles, pero no de la policía de Burbank. Su jefe, un tal Elmer Adams, se ganaba 8.500 dólares al año y se pudo comprar un yate de diecisiete metros a tocateja. Una vez, Adams recibió 100 dólares de un corredor en un sobre mientras asistía a un programa de entrenamiento del FBI a las afueras de Washington D. C. Le encantaban los trajes de la mercería de Mickey, así como las cenas en su casa.

Pero la policía de Los Ángeles no podía presumir sin atragantarse con el cómico nivel de corrupción en Burbank y el territorio del condado. Un capitán retirado del departamento, Jack Dineen, regentaba el casino-rancho de Mickey. Y este se quejaba de la cantidad de polis de Los Ángeles que no dejaban de acosarle para comprar entradas para su espectáculo anual, un evento para recabar fondos con la exhibición de un talento profesional, como el cantante y bailarín Sammy Davis Jr., que le había costado 1.600 dólares en malditas entradas.

Los Ángeles tenía un gánster de pura cepa entre manos. El Mickey Cohen que había revelado el micrófono iba más allá del típico pavo que presumía de procesión de Cadillacs por la ciudad. Pero no resultaba fácil colgarle el mochuelo, porque tan pronto alardeaba de tener libros de contabilidad en cinco hipódromos que generaban entre 8.000 y 15.000 dólares, como luego precisaba: «No he apostado a los caballos en cuatro años… Hooky deja Cleveland esta noche. Me va a traer 45.000 dólares para que pueda terminar esta casa». Un visitante que tranquilizaba era Allen Smiley, el hombre del otro extremo del sofá la noche en que Bugsy fue asesinado. Smiley se maravillaba ante cómo Mickey se volvía a levantar después de cada revés y cada dolor de cabeza.

—Algunos hombres nacen para criar úlceras —le dijo Smiley— y otros para darlas. —Todos los presentes sabían cuál de los dos era Mickey.

Afortunadamente para Lavonne Cohen. Esperaba a Mickey hasta que llegaba a casa a las tres de la mañana, ponía café y tarta para sus chicos y les entretenía mostrándoles todos los trucos que *Tuffy* había aprendido. También estaba entrenando a sus pájaros para que aprendiesen a hablar. La mesa de centro de mármol de los Cohen siempre estaba decorada con un jarrón lleno de flores y tenía dos docenas de frascos de cristal aromáticos en el tocador con espejo de su salita. ¿Y qué si le reñía por gastarse 300 dólares al mes en teléfono cuando estaba arreglando apuestas con ese tipo de

Florida? «Esa mujer te cocina en tres idiomas», presumía Mickey: «judío, italiano e irlandés».

Se habían conocido en 1940, en una fiesta celebrada en el Band Box de Billy Gray, un club que atraía a un buen puñado de comediantes del distrito de Fairfax. Esta era una zona poblada por los judíos que se mudaban desde Boyle Heights. Pero Lavonne no formaba parte de la tribu; era una católica irlandesa de veintitrés años que cuidaba en extremo su melena pelirroja, trabajaba como profesora de baile en los estudios, tenía licencia de piloto y jugaba al golf. Parecía cualquier cosa menos la muñeca de un gánster, indicador de que Mickey se reinventaba en otros aspectos también. Era una dama «de los pies a la cabeza», constataba Mickey. «Te la puedes llevar a cualquier parte.» Eso no quería decir que se la llevara siempre a la ciudad, por supuesto, ya que ese tipo de matrimonios siempre funcionan de la misma manera: ella podía servirse libremente del dinero guardado en el tocador, pero de ninguna manera iba a preguntar por las otras mujeres que podrían haber compartido a su marido alguna que otra noche.

La Brigada de Élite solía tener un coche aparcado frente a la casa de Cohen por aquel entonces. Mickey sospechaba lógicamente de cualquier poli. «¿Quién te sigue?», solía preguntar, pero, por lo general, se tomaba muy bien el tema de la vigilancia. Una vez, Lavonne mandó llevar una tarta de chocolate a los vigilantes del coche camuflado. Un día caluroso, la fiel criada de los Cohen, Willa, salió a preguntarles si deseaban una cerveza. Qué demonios, pues claro.

Pero Willie Burns, Jack O'Mara y el resto solo supieron del micrófono de Antivicio al mismo tiempo que el resto del público, cuando estalló el escándalo; así eran las guerras territoriales y las tensiones dentro del departamento. Al parecer, el propio Mickey sospechaba que algo se cocía, ya que se le oyó advertir a sus interlocutores:

—Estos teléfonos están pinchados, así que ten cuidado.

A veces, subía el volumen de la radio al máximo cuando mantenía una conversación. Más tarde diría:

—Siempre supe que los polis tenían un micro en casa. Yo les ponía buena música, nada que no fuera el mejor Bach o Beethoven.

Su jardinero descubrió el cable exterior cuando excavaba para cambiar los postes de la valla. Entonces Mickey mandó a su propio experto en electrónica, un tal J. Arthur Vaus, de ciento treinta y ocho kilos, barrer toda la propiedad. Este empleó un detector de metales y un sensor de corriente para descubrir el micrófono del baúl. Aun así, Mickey no lo delató hasta que *Los Angeles Times* y el *San Francisco Chronicle* publicaron numerosas páginas de presuntas transcripciones bajo titulares como: LOS GRANDES NEGOCIOS DE COHEN O LA POLICÍA SENTADA SOBRE UNA PILA DE INFORMACIÓN.

Si bien las propias palabras de Mickey llamaron la atención, también lo hizo el hecho de que la policía las hubiese estado escuchando todo el tiempo y no hiciera nada, al menos en apariencia. Un fiscal del condado airado dijo que nadie le había informado acerca de las escuchas y, por lo tanto, no había tenido la oportunidad de establecer una posible causa criminal derivada de aquellas. El titular que alimentó fue: FISCAL DEL DISTRITO ESTALLA ANTE EL ENCUBRIMIENTO DE COHEN POR PARTE DE LA POLICÍA. Para el concejal de la ciudad, Ernest Debs, aquello marcaba un retorno a los viejos tiempos de Los Ángeles, cuando las brigadas de Antivicio se incautaban de la mercancía de los criminales para revenderla.

—Seguro que han utilizado la información para desplumar a Mickey Cohen —dijo.

Un gran jurado convocó a cada oficial de Antivicio que hubiera estado implicado en el tema de las escuchas por los rumores que circulaban de que las transcripciones se estaban vendiendo por el Sunset Strip (¡con 2.500 dólares tenías acceso a los secretos íntimos de Mickey Cohen!). Fue toda una pesadilla para el Departamento de Policía de Los Ángeles.

Por suerte, no costó determinar cómo se habían filtrado las escuchas. Las «transcripciones» no eran tales, sino notas que un investigador privado había tomado a hurtadillas tras ser tratado sin el debido respeto por los chicos de Antivicio. Cuando Russ Mason tuvo que dar cuenta de todo, recurrió a la típica excusa de colegial de que «el perro se me ha comido los deberes». Dijo que un misterioso incendio había destruido el cobertizo de su jardín trasero, que era donde guardaba todos los documentos. El investigador privado se aferró a esa historia al menos durante quince minutos, antes de romperse y confesar. La lección era la siguiente: nunca confíes tu trabajo sucio a un extraño.

Ese era el motivo por el cual la Brigada de Élite tenía a su propio experto en micrófonos.

«Dicen que todos los nativos de California vienen de Iowa», observaba el sentenciado protagonista de la película *Perdición*, de 1944. Con Keeler era la viva encarnación de eso, lo más parecido que tenía la Brigada de Élite a un angelino de pura sangre. Sus abuelos, «Góticos estadounidenses», habían llegado desde Iowa en un carromato Conestoga en el siglo XIX. Contribuyeron a establecer los cultivos de alfalfa y de algodón de fibra larga en el valle californiano de Palo Verde, hasta que las inundaciones del río Colorado se llevaron todas las granjas por delante. Aún no existía la presa de Hoover para controlar las crecidas. La familia se desplazó a Los Ángeles y el padre de Con se convirtió en fabricante de armarios y carpintero. Tenía buena mano. El pelirrojo Con también lo era, desde niño, construyendo radios de onda corta en su habitación y trasteando con cualquier tipo de maquinaria electrónica que pudiera encontrarse.

Era un chico escuálido, de uno ochenta y tres de altura, cuando pasó a formar parte del Departamento de Policía de Los Ángeles, justo antes de la guerra. Cuando recibieron los resultados de sus pruebas físicas en la Academia, el instructor apenas podía creer su puntuación en las pinzas de agarre y le hizo repetir el ejercicio.

—¿Cómo te has ganado la vida? —le preguntó el instructor.

—Bueno, era mecánico —dijo Con, y el otro asintió.

—Eso lo explica.

Aunaba la fuerza de un joven granjero de Iowa a la moralidad masona, sin ocultar su desdén por los más veteranos que habían aceptado «propinas» durante años. Para Keeler, el mayor cumplido que se le podía hacer a un hombre o a un policía era decirle: «Es decente», cosa que no podía decirse de los más veteranos. Ganando un sueldo de novato de 170 dólares, su primer destino fue Tráfico, a pesar de que los rumores de sus otras habilidades ya se habían extendido. Pero le llamó el Tío Sam, y Keeler se alistó en las Fuerzas Aéreas sin ambiciones de convertirse en un as del pilotaje; lo único que quería era la oportunidad de poner las manos en el motor de los bombarderos B-24 que se encontraban en pleno desarrollo. Estaba a punto de embarcarse a ultramar, hacia Europa, cuando recibió una lección casi fatal sobre política burocrática.

Estábamos a punto de embarcar en el tren hacia Nueva York cuando me llamaron del servicio médico. Me dijeron que tenía unas hemorroides que no tenía. Pero alguien debió de marcarlo en mi expediente cuando me hicieron la revisión. Un médico te revisa y un soldado somnoliento toma los apuntes, y el mío se equivocó. Conocía a un capitán y fui a verle. Me preguntó si no tenía algún dedo del pie infectado con el que pudieran justificarse, «ya sabes que los oficiales no se equivocan». Así que me metieron de todos modos en ese quirófano, toqueteando por todas partes, inyección espinal incluida. Tuvieron que echar a dos carpinteros que estaban lijando el suelo. Parecía que hubiera niebla en esa habitación. Y, claro, era un quirófano, pero estaba lleno de gérmenes de todo tipo... Tuvieron que quemarme con nitratos de plata cuatro o cinco veces, y así pasé a convertirme en una baja.

Con Keeler pasó meses en el hospital, y cuando la fiebre llegó a lo más alto, le trasladaron al Cuarto Oscuro, donde dejaban morir los casos perdidos.

—Les timé —dijo, pero la tragedia de los errores médicos lo dejó cojo y con la necesidad de usar un refuerzo de hierro en la pierna. No se quejó; era un patriota hasta la médula, pero fue un milagro que sobreviviese a la guerra y otro que el departamento lo readmitiera, con atribuciones limitadas, hasta que Willie Burns le llamó una noche.

Keeler no podía correr como O'Mara y los demás, pero podía confeccionar micrófonos a partir de teléfonos y otras piezas sueltas. También conocía a un selecto grupo de ingenieros electrónicos y de sonido que estaban trabajando en nuevas tecnologías de escucha, incluidos algunos de la Inteligencia Naval y la Oficina de Servicios Estratégicos (OSS), la predecesora de la CIA. Estaban desarrollando sistemas para espionaje en el extranjero que no podían permitirse cables delatores. Aquello fue crucial, ya que cables eran precisamente lo que Mickey y los suyos, suspicaces, tanto buscaban ahora.

La Brigada de Élite volvería a las escuchas, por mucho que los de Antivicio la hubiesen cagado.

Con el nuevo sistema, un pequeño micrófono estaba conectado a un transmisor que enviaba una señal aérea, recogida por un receptor situado a un par de manzanas de distancia, como una emisión de radio normal. La mayor desventaja era que había que esconder seis baterías con el transmisor para mantenerlo encendido, y esas baterías se consumían; había que sustituirlas constantemente. Pero el primer desafío era plantar el aparato.

Cuando lo intentaron, la casa de Mickey se había convertido en una fortaleza con guardias a todas horas equipados con focos dirigidos y una puerta frontal de acceso acorazada con ojo de buey. ¿La solución? Montar una distracción. La brigada esperó a una noche que Mickey y Lavonne salieron por ahí. Entonces, Jumbo y el rotundo Archie Case empezaron a excavar en un terreno aledaño, haciendo el máximo ruido que podían. Como era de esperar, los guardias de Mickey se acercaron para comprobar el origen de tanto jaleo. Eso le dio espacio a Keeler para colarse por el jardín hasta la casa situada detrás de la de Mickey, trepar por una verja y deslizarse por el naranjal posterior. Se había forrado los zapatos de arpillera para no hacer ruido y había rociado sus prendas con amoníaco para repeler a los perros. Mickey ahora tenía dos: el consentido *Tuffy* y *Mike,* un bóxer.

Había un espacio inferior de acceso, pero la madera estaba repleta de astillas. Keeler las esquivó como pudo, apartó las telarañas y se abrió paso hasta la enorme cisterna de agua caliente que permitía a Mickey lavarse las manos innumerables veces al día. Mientras los guardias de Mickey vigilaban a los excavadores, apuntando con sus linternas hacia la zona de matorrales, Keeler maniobraba en el respiradero cerrado bajo la zona privada de la casa de Mickey. La cerradura resultó sorprendentemente fácil de forzar. Keeler se coló donde Mickey podía dormir alejado de su mujer o mantener reuniones nada apropiadas para el florido salón de Lavonne. Keeler ocultó el micrófono en un armario de cedro, donde Mickey guardaba docenas de pares de zapatos, disimulando en uno de sus compartimientos los sesenta centímetros de cable que lo conectaban al transmisor y las baterías, bajo la casa. Las baterías solo durarían diez días, como mucho, momento en el que Keeler tendría que volver a colarse para reemplazarlas. Pero ese problema era para la semana que viene.

Volvió a abrirse paso entre las telarañas, hasta llegar a la seguridad del bloque aledaño. La patrulla había descubierto que uno de sus residentes era un médico que había servido en los servicios secretos británicos durante la guerra. Tras romper el hielo con la típica charla entre veteranos, el inglés accedió a dejarles usar su garaje como puesto de escucha, e incluso a instalar una pequeña antena en el tejado.

Encorvados alrededor de un audífono, Keeler y varios más pronto pudieron escuchar los ladridos de *Tuffy* y *Mike*. Luego oyeron los chistes de los que habían acompañado a Mickey a cenar, que acababan de volver a casa. Media docena de personas acompañaban al matrimonio Cohen, incluida Florabel Muir, la columnista del *Mirror* que había llegado la primera al escenario de la muerte de Bugsy y que, desde entonces, había dedicado muchos artículos a su sucesor. No dejaba de decirle a Lavonne lo bonita que tenía la casa. Era un parloteo banal y poco revelador, pero el micrófono funcionaba perfectamente, al menos hasta que algo nuevo se presentó en la casa de Mickey poniendo toda la operación en peligro.

En una época en la que apenas diez millones de estadounidenses tenían televisor, Mickey no podía conformarse con nada que no fuese lo último, a la venta en los grandes almacenes de W. & J. Sloane. Encastrado en un armario de caoba, tenía cuarenta y cinco tubos que garantizaban la mejor recepción. El problema era que la recepción dejaba bastante que desear. El micrófono registró sus quejas sobre lo mal que se veía el Canal 2. Escuchando desde el garaje del médico inglés, la brigada se imaginó lo que estaba pasando: la transmisión interfería con la baja frecuencia del Canal 2. Seguro que Mickey no tardaría en darse cuenta también. A primera hora de la mañana puso a W. & J. Sloane a caer de un burro.

—¡Llévate esta basura de aquí o manda a alguien para que la repare!

La tienda dijo que mandaría a un técnico.

A partir de ahí, O'Mara cogió el toro por los cuernos. Menos mal que las baterías del micrófono oculto estaban a punto de agotarse, lo que desactivaría la fuente de interferencias. ¿Y por qué no interceptar la furgoneta del técnico de camino a la casa de Mickey e intentar matar dos pájaros de un tiro?

Lo seguimos durante seis manzanas, lo paramos y charlamos con él. Le convencí para que nos echara una mano.

Estaba muerto de miedo, pero accedió. «Me gustaría que te llevases a un compañero», le dije.

El técnico llevaría consigo a uno de la Brigada de Élite disfrazado como él. ¿Mickey quería un servicio? Pues tendría a dos tíos toqueteando la parte de atrás de su televisor de caoba. Una vez allí, instalaron otro micrófono, «justo en el maldito televisor», empleando una frecuencia que (rezaron) no interfiriese con el Canal 2.

—Vale, ya funciona, gracias, chicos —dijo un encantado Mickey, dándoles una propina de 50 dólares para que se la repartieran.

—Es usted muy amable, señor Cohen —repuso el falso técnico—. Mire, vendré una vez a la semana para realizar las labores de mantenimiento personalmente. Los televisores modernos nunca dejan de dar problemas.

Mickey pensó que sus generosas propinas eran las que motivaron al técnico a mostrarse tan solícito. De ninguna manera se imaginaba que había que cambiar cada semana ciertas baterías. Vale, el caso es que no se oía demasiado cuando el televisor estaba encendido, y casi siempre lo estaba. Mickey y su mujer invitaban a sus amigos cada dos por tres para admirar su maravilloso aparato de cuarenta y cinco tubos.

Con todo, O'Mara estaba convencido de que su misión podía medirse por las pequeñas victorias. Y, sin duda, era toda una victoria poder contar, medio siglo después, un cuento que acababa así: «… y así es como Mickey Cohen contribuyó a su propio espionaje».

CAPÍTULO 10

El año que Los Ángeles pasó en la cuneta

E l fiasco de la Brigada de Élite estuvo relacionado con el asesinato de la Dalia Negra y dio pie al año en que Los Ángeles y su departamento de policía fueron arrastrados en una espiral interminable hasta un estercolero. Así se borraron, de un plumazo, todo el optimismo y las estampas positivas de años previos. Por aquel entonces, Mickey Cohen estaba metido en casi todo, acelerando ese descenso incluso mientras se veía obligado a esquivar balas, y no siempre con éxito. Pero antes se produjo la cascada de desastres de la Dalia, que nunca llegó a salpicarle.

—He de irme —anunció O'Mara a su mujer, el 28 de diciembre de 1948, tres días después de Navidad y dos antes del cumpleaños de esta.

—¿Cuándo volverás? —preguntó Connie.

—No lo sé.

O'Mara no quería decirle en qué caso estaba trabajando de forma encubierta: el asesinato de Elizabeth Short, la muchacha de veintidós años cuyo cuerpo desnudo fue hallado en una parcela desierta, cortado quirúrgicamente en dos, drenado de toda su sangre y mutilado. Si bien el cadáver fue descubierto el 15 de enero de 1947, casi dos años antes, su irresolución no dejó de suponer un quebradero de cabeza para la ciudad. La Dalia a menudo era descrita como una aspirante a actriz que consiguió meterse en el circuito de las fiestas de Los Ángeles, pero que había pasado buena parte de su tiempo en California merodeando bases militares en busca de un novio o un marido. Había abandonado el instituto en una pequeña ciudad a las afueras de Boston y disimulaba sus maltrechos dientes con cera; otra alma perdida a la que se había negado tanto un final feliz en la Ciudad de los Ángeles como la justicia.

Ahora, el psiquiatra del departamento estaba convencido de que tenía entre manos una pista viable. Pero no quería compartirla con los detectives de Homicidios que no habían dejado de meter la pata con el caso desde el principio, y aún tenían que vigilar a la caterva de chiflados que habían atraído, cincuenta de los cuales habían confesado ser los asesinos de la morena de embelesador apodo. El doctor J. Paul de River creía que su sospechoso estaba perfectamente cuerdo. Había estado intercambiando correspondencia con un hombre de Florida que había leído acerca del crimen en las revistas de detectives y se confesaba fascinado por la «psicopatía». El hombre sabía muchas cosas sobre el desmembramiento, demasiadas en opinión del doctor. Además, vivía en California cuando se produjo el hecho, trabajando como recepcionista de un motel. El jefe C. B. Horrall se dejó convencer. Su ayudante, Joe Reed, sugirió utilizar la brigada, y un sargento en particular. O'Mara podía ir olvidándose de Mickey Cohen por una temporada.

Su misión era hacerse pasar por el chófer del psiquiatra, tras convencer a Leslie Dillon, de veintisiete años, que viniese desde Florida con la promesa de que podría trabajar como ayudante del doctor. O'Mara llevó a los dos hasta un remoto campamento turístico y se quedó en la habitación contigua, con la puerta medio abierta y la pistola lista, mientras los otros discutían acerca de mantener relaciones sexuales con un cadáver y de cómo desangrarlo. Mientras, otros miembros de la brigada examinaban cientos de páginas del historial de un hombre que, en palabras del jefe Horrall, «es el mejor sospechoso que nunca hemos tenido». O'Mara vio la llegada de 1949 en ese alojamiento, mientras el psiquiatra seguía animando a Leslie Dillon para que explicase cómo una pintura de la Virgen le recordaba a la Dalia.

El doctor le estaba preguntando sobre la Nochebuena y yo me encontraba en la habitación de al lado, a oscuras. Sé que suena un poco estúpido, pero el otro tipo tenía una expresión terrible, como si fuese a echarse encima de él.

Pero el antiguo recepcionista no lo hizo. Así que lo llevaron hasta un terreno vacío en Leimert Park.

—¿Recuerdas que aquí fue donde encontraron el cuerpo? —le preguntaron.

—¿Qué cuerpo?

—Ya sabes qué cuerpo.

Tras una semana de aquello, se dejaron de rodeos y detuvieron oficialmente al tal Dillon. La ley exigía que lo fichasen enseguida, pero no lo hicieron; lo mantuvieron en el hotel Strand, en el centro, donde el teniente Willie Burns reanudó el interrogatorio y amenazó al sospechoso con enviarlo directamente a la cámara de gas por lo que había hecho.

Los integrantes de la brigada nunca supieron cómo Dillon coló una nota pidiendo ayuda por la ventana mientras era custodiado por dos hombres, pero lo hizo. Utilizó una postal del primer bucólico campamento turístico para escribir apresuradamente un mensaje pidiendo que algún abogado le rescatase de los enloquecidos investigadores de la Dalia. La nota fue encontrada en un canalón cercano al hotel por un repartidor de *Los Angeles Herald-Express*. La extraña postal llegó a las manos de Agness Underwood, la editora jefe del periódico, que enseguida llamó a la central de policía para averiguar qué demonios era todo aquello antes de disparar con los titulares.

O'Mara y los demás entraron en pánico cuando fueron citados ante un gran jurado para explicar lo que había pasado con el enfermo sexual de Florida.

—¡Demonios, lo secuestramos! —exclamó Giacopuzzi, que fue uno de los que custodiaron a Dillon en el hotel. Ahora el hombre estaba en libertad y de camino al este, saboreando ya una demanda judicial, exigiendo 100.000 dólares por cada agente responsable de su «difamación a nivel nacional por culpa de unos agentes incompetentes».

—Casi llegaron a convencerme de que estaba loco —explicó Dillon antes de reunirse con su mujer e hija pequeña—. Que posiblemente había matado a la Dalia y que me había olvidado.

Podían encajar la demanda, pero ¿acaso no eran ellos los locos por seguir creyendo que podía ser culpable? O'Mara estaba en esa onda cuando dijo al gran jurado:

Ese tipo era inhumano... A mi entender, es un individuo como nunca los había visto antes, y probablemente nunca veré, creo yo. Era... Su expresión facial y su temperamento cambiaban cada dos por tres, de repente... Había algo en él, algo que alerta los instintos de cualquiera de que algo pasa. En otras palabras, te eriza los pelos de la nuca.

Uno de los integrantes del gran jurado preguntó:

—¿No era el hombre alguien de aspecto frágil, de hombros caídos y gafas?

Era otro juego mental que nunca ganarían. O'Mara repuso:

—Esos recuerdos pueden jugar muy malas pasadas.

Algunos lo llamaron el período de las balas y el chantaje en «Las guerras del Sunset Strip», pero en una guerra las balas suelen ir en ambos sentidos; nunca es un único bando el que dispara (o golpea) mientras el otro se agacha, desaparece y muere.

El derramamiento de sangre ya se veía venir el verano anterior, el 18 de agosto de 1948, cuando un hombre con un sombrero de paja color crema disparó con una escopeta hacia la nueva tienda que Mickey estaba abriendo en el Sunset Strip, mudando su actividad desde aquella donde la Brigada de Élite había montado el amago de tiroteo desde un coche. El de la escopeta no iba de farol. Los proyectiles del doble cañón mataron a Hooky Rothman, el esbirro de confianza de Mickey que había destrozado una silla sobre uno de los hermanos Shaman en 1945. Muchos creyeron que todo había sido orquestado por el propio Mickey, a juzgar por lo conveniente de su necesidad de entrar en el servicio momentos antes del tiroteo. No todo el mundo entendía su compulsión por lavarse las manos después de hacer una llamada, a pesar de la de gérmenes que pueda llegar a tener el auricular de un teléfono. En su amplio escritorio curvo había tres teléfonos, demasiados para un humilde encargado de tienda, debajo de un retrato del fallecido presidente Franklin Delano Roosevelt.

El nuevo establecimiento de Mickey, llamado «Michael's Exclusive Haberdashery», estaba en un edificio de dos plantas, en una pendiente del 8804 de Sunset. La planta superior lindaba con una concurrida avenida para atraer a los clientes en busca de trajes y gabardinas importadas, así como abrigos de pelo de camello, expuestos en escaparates abovedados con paredes de nogal. En el piso inferior estaba la oficina, donde Mickey se reunía con sus chicos por las noches para gestionar el auténtico negocio. Salían y entraban por una puerta separada que daba a una calle lateral, Palm Avenue, la misma ruta que emplearon el tirador y sus socios. La carnicería habría sido mayor de no ser por Jimmy Rist. Muchos de los hombres de Mickey no eran mucho más grandes que él, sino pequeños fanfarrones, pero Rist era todo un peso pesado, con sus ciento treinta y cuatro kilos. Se las arregló para agarrar el cañón de una de las escopetas y forcejear, a pesar de haber sido herido en la oreja derecha. Los asaltantes huyeron antes de saber que el cadáver de la acera no era Mickey; él estaba tirado en el suelo del aseo, bloqueando la puerta con un pie.

—Parecía que se había desatado una guerra —dijo Mickey, de ahí que el titular de «Las guerras del Sunset Strip» tuviera sentido, aunque Mickey lo llamaba «La batalla por el Sunset Strip».

Su viaje al lavabo bastó para que la policía lo detuviese, al menos brevemente, como sospechoso. Poco se dijo del hombre que abandonó la tienda de ropa poco antes del tiroteo. Aladena «Jimmy el Comadreja» Fratianno había ido con su mujer, Jewel, y su hija para recoger las entradas del musical que arrasaba en Boradway: *Annie Get Your Gun*, y que se estaba representando en el Philarmonic Auditorium. Mickey presumía de poder agenciarse todas las entradas que quisiera, gratis, y Jimmy el Comadreja le tomó la palabra. Esa fue su coartada por haber ido; estaba deseando ver el musical en el que la gran Mary Martin interpretaba a Annie Oakley cantando *You Can't Get a Man With a Gun*.

Jimmy Fratianno había nacido en Italia, mudándose a Cleveland cuando no era más que un niño, donde recibió el apodo por salir corriendo de un chico del barrio tras estamparle un tomate en la cara. Acababa de salir de la cárcel por robo a mano armada cuando puso rumbo al oeste, explicaría más adelante, porque «no tenían a nadie que se encargase de matar a la gente».

Al tiempo que el Comadreja asistía a los desayunos dominicales de Mickey, donde comían rosquillas, también mantenía relaciones con Johnny Rosselli, desde siempre el correo entre Chicago y Jack Dragna. Al cabo de las semanas del asunto de la limusina en Wilshire Boulevard, donde él y otros cinco acabaron detenidos, Fratianno fue citado por Rosselli en una bodega de vino al sur de la ciudad, donde le esperaban un revólver y un cuchillo encima de una larga mesa de madera. En medio de la atmósfera de uvas fermentadas, Jack Dragna presidió personalmente la ceremonia en la que se le hizo un corte en el dedo para verter un poco de sangre, se pronunciaron algunas palabras en siciliano y todos se besaron en la mejilla. Esa incorporación no figuraría nunca en las páginas de Sociedad. Nadie, ni siquiera Mickey y los suyos, sabía que Fratianno había dado a sus otros amigos una señal en cuanto salió de la tienda de ropa. Y si los hombres de Mickey reconocieron al tipo del sombrero color crema que reventó la cara de Hooky, no lo dijeron.

—Tenía una pistola y un sombrero, es todo lo que sé —declaró uno durante la investigación.

Pero Mickey estaba convencido de que el atentado estaba relacionado con cómo había ascendido él tras la caída de Bugsy.

—La gente como Jack Dragna seguía sintiendo que su prestigio había sido vulnerado —comentaría más tarde. Para él todo se reducía a eso: el reconocimiento, incluso a pesar de que Dragna, de la vieja escuela, no tuviese el mínimo interés en la publicidad. No podían estar más en contra en ese sentido. Habían pasado dos décadas desde que el emigrante de Corleone a Los Ángeles prestó su nombre al banquete italoamericano de la ciudad, y había aprendido las excelencias de permanecer en la sombra, cuanto más mejor. El despacho de Dragna se encontraba en una habitación cuadrada de paredes de cemento, en la trastienda de una pequeña tienda de comestibles, no en una llamativa tienda de ropa que vendía ligueros para regalo y chaquetas de esmoquin en el famoso Sunset Strip, un lugar donde los restaurantes y los clubes nocturnos encendían focos apuntados al cielo cada noche. Mickey acudió a esas luces atraído como una polilla.

Pero ese no era el único atractivo del Strip para alguien metido en el negocio de la extorsión. Esa extensión del opulento

Westside era como una isla en medio de Los Ángeles, ya que estaba en medio de la ciudad, si bien constituía un territorio del condado no incorporado en aquella. Era el dominio de los más tolerantes agentes del sheriff (a cambio de una tajada) hacia el juego y otros placeres de pago. Sobre el papel, el Strip no estaba bajo la jurisdicción de la policía de Los Ángeles. Pero solo sobre el papel.

Un mes después del tiroteo en la tienda, un coche de la Brigada de Élite pasó, como quien no quiere la cosa, por un club de Sunset, justo cuando Mike Howard, el gerente de la tienda de Mickey, estaba saliendo. Se llevó a cabo el procedimiento habitual desde el coche: salir, vaciar los bolsillos, las manos sobre el capó, más separadas... Pero eso también se podía hacer en la acera. Cuando el imponente dúo de la Brigada de Élite, compuesto por Giacopuzzi y Greeley, cachearon al gerente de la tienda, encontraron un revólver del 38 corto para el que carecía de licencia. El anteriormente llamado Meyer Horowitz era el más antiguo del equipo de Mickey y, a sus cincuenta y cuatro años, todo un veterano del negocio de la ropa, todo un experto en trapos. Mickey no estaba dispuesto a dejarlo pudrirse en una celda durante treinta días.

—Deberían estar buscando a los asesinos de Hooky en vez de acosarnos —se quejó Mickey—. Nos están tumbando como a patos de feria. No podemos protegernos a nosotros mismos. Y él no es ningún exconvicto; se arruinó, como puede ocurrirle a cualquier ciudadano de clase alta.

Al mes siguiente, el teniente Willie Burns se presentó en la tienda de ropa y le dio el mismo trato a Mickey, esta vez por su implicación en la paliza a un jugador de cartas. Mickey llevaba 3.011,20 dólares en los bolsillos cuando Burns le mandó vaciarlos, manteniéndose firme en la creencia de infancia de que siempre había que llevar un fajo impresionante. Mickey dijo que su madre le dio una vez una paliza cuando, a los doce años, había colgado unos pantalones suyos en una silla y de ellos cayeron entre 300 y 400 dólares. La mujer se pensó que había robado un banco. Seguía siendo aficionado a los fajos de billetes altos, pero exigía que estuviesen como nuevos. Juraba que los camareros le devolvían el cambio deliberadamente con los billetes más sucios que podían encontrar, a sabiendas de que los dejaría como propina antes que llenarse los bolsillos de porquería. Así se jugaba en el Sunset Strip.

La mejor forma de evitar el chantaje es no dar excusas a quien pudiera realizarlo en tu contra. La columnista Florabel Muir lo veía como la industria en auge más peligrosa de la ciudad, ahora que los nuevos métodos para intervenir teléfonos y colocar micrófonos empezaban a estar disponibles para particulares de dudosa ética. Era una salida natural de los trapos sucios de los ricos y famosos hacia los tabloides sensacionalistas, quienes ofrecerían mantener la discreción a cambio de una suma. «Si algún hombre importante cometía el error de hablar con demasiada libertad de su amante al teléfono —comentaba Florabel—, se exponía a encontrarse a un agente en la puerta trasera con una grabación y exigencias de pago». Pero el juego del chantaje también podía llevarse a cabo en las altas esferas, con todo un departamento de policía o una ciudad, si cometían la torpeza de poner la excusa en bandeja al adversario equivocado. En Los Ángeles, esa parecía la misión principal de algunos detectives de Antivicio, unos ciento cincuenta de los cuatro mil trescientos agentes del Departamento de Policía de Los Ángeles.

El sargento Elmer V. Jackson había sido condecorado por su demostración de valor cuando un joven, armado con una ametralladora, se acercó a la ventanilla del conductor de su coche aparcado y dijo:

—Esto es un atraco, dame todo lo que tengas.

Jackson fingió que iba a sacarse la billetera, pero lo que sacó fue su revólver y mató de un disparo a Roy «Canijo» Lewis, de veintitrés años, cuya ametralladora resultó ser una pieza robada de la armería de San Francisco. Fue un acto de heroísmo de libro, salvo por la pequeña mancha que suponía la pelirroja sentada junto al sargento Jackson en su coche. No era ninguna empleada de Antivicio, como se la describió en el informe policial. Era la *madame* más importante de Hollywood. Una mentira así podía guardarse durante meses, un año a lo sumo, pero no para siempre. La relación entre el sargento de Antivicio y *madame* Brenda Allen brillaría en uno de los carteles publicitarios del Sunset Strip cuando Mickey iniciara su cruzada contra el Departamento de Policía de Los Ángeles, en 1949.

Lo que lo desencadenó fue un incidente que no difería mucho de los métodos de la Brigada de Élite. Ese 15 de enero, un grupo de policías de Antivicio de Los Ángeles, incluido el heroico sargento Jackson, seguían a un par de Cadillacs que salían de la tienda de Mickey y los detuvieron en territorio del sheriff. Arrestaron a uno de los conductores, Harold «Happy» Meltzer, por llevar un arma sin licencia junto al asiento del copiloto. Happy, oriundo de Nueva Jersey, tenía veintiséis entradas en su historial delictivo. Llevaba la joyería adyacente a la tienda de ropa de Mickey y, sin duda, era uno de sus chicos. Desde el calabozo de la comisaría, se quejó de que le habían colocado la pistola, pero tampoco hizo un mundo de ello, bromeando sobre que, además de dedicarse a vender relojes, era «una especie de jugador profesional, aunque no demasiado bueno». Mickey no estaba para bromas; no con un muerto, cargos por tenencia de armas contra dos de sus hombres y una ciudad que se le echaba encima incluso cuando intentaba hacer las cosas por las buenas, ayudando, por una vez, a una pobre viuda.

Era el caso de Alfred Pearson, técnico de la tienda de radios Sky Pilot. Pearson se había convertido en una figura muy mal vista en la ciudad por promover el desahucio de la anciana de sesenta y tres años Elsie Philips, por una factura impagada de 8,95 dólares. Un iracundo capitán del departamento de policía, asignado a la Comisión Policial de la ciudad, inició un litigio con el avaricioso (y litigante) técnico y designó a un abogado para defender a la pobre anciana. Al día siguiente, el matón más bestia de Mickey, Jimmy Rist, y varios más hicieron una visita a la tienda de radios, haciéndose pasar por reporteros de una revista ansiosos por conocer la versión del operario. «Cuando Pearson invitó a los cuatro desconocidos a la trastienda…, sin previo aviso, lo apalearon con pistolas, palos, barras de hierro y otros objetos contundentes», resumiría el auto del tribunal, olvidándose solamente de la fusta que también usaron. «Rompieron el brazo de Pearson y le propinaron cortes en la cara en cinco sitios. Arrancaron teléfonos de las paredes y… huyeron en un automóvil que estaba aparcado en doble fila, frente a la tienda.»

El acto de justicia callejera habría salido bien si los agresores no hubiesen realizado un cambio de sentido por lugar indebido. Un coche patrulla con dos agentes novatos vio la infracción de tráfico e inició la persecución. Pidieron refuerzos mientras los dos coches aceleraban y, por las ventanillas del de los sospechosos, caían todo tipo de herramientas incriminatorias. Puede que un capitán de la policía iniciase una campaña de apoyo a la viuda Phillips, pero la ferocidad de la paliza obligó a las autoridades a presentar cargos por asalto y conspiración contra Mickey y sus hombres, que no tardaron en recibir el apodo de «Blanca Nieves y los siete enanitos», al considerarse a Mickey todo un símbolo de pureza. Aun así, le costó una buena suma: 50.000 dólares de fianza para unos, 25.000 para otros y 100.000 para él mismo. Puede que Mickey no hubiera acabado la escuela, pero tras aquello formuló una pregunta muy inteligente: «¿Por qué a nadie se le ocurrió pagar la maldita factura de la radio?».

Hervía de ira cuando su colega de la joyería, «Happy» Meltzer, fue juzgado el 5 de mayo de 1949 por violar la ley estatal de posesión de armas en su Cadillac. Mickey llegó al palacio de justicia con un arma secreta: J. Arthur Vaus, el experto en electrónica de ciento treinta y ocho kilos que le ayudó a encontrar el micrófono que los de Antivicio le habían colocado. Ese día, Vaus llevaba una máquina grabadora que colocó ceremoniosamente en la mesa de la defensa antes de sentarse junto a Mickey en la primera fila de asientos de la sala.

Lanzaron su ataque justo al abrirse el turno de alegatos del abogado defensor que Mickey había puesto a disposición de Happy: Sam Rummel. Alegó que el caso de la pistola en el Cadillac formaba parte de una operación de dieciocho meses en la que la Unidad Central Administrativa de Antivicio del Departamento de Policía de Los Ángeles intentaba perjudicar al estimado señor Cohen. ¿Por qué habían arrestado a su empleado, y no a Mickey? Rummel se respondió a sí mismo: «No querían matar a la gallina que esperaban que pusiese el huevo de oro».

En los días siguientes, el abogado y el propio Mickey acusaron al sargento E. V. Jackson y a su jefe, el teniente Rudy Wellport, de intentar sacarle 20.000 dólares en sobornos a cambio de un parón en el constante acoso al que se estaba viendo sometido. Pero ¿por qué iba a parar con ellos? Mickey declaró que algunos de los pagos que exigían se entendían como... ¡«contribuciones políticas» para el alcalde Bowron! Acusar al antiguo jurista de traje gris, que usaba sus discursos para impulsar una imagen limpia y próspera de Los Ángeles suponía todo un salto cualitativo. En aquel momento, Bowron estaba en la carrera por la reelección, adherido aún a su discurso de la cautela contra la insidiosa influencia de «los gánsteres del este y los extorsionadores de altos vuelos». Pero el alcalde reformista de sesenta y un años aparecía según el relato de Mickey como un hipócrita más, tan truhán como cualquiera. Estaba dispuesto a llevar a todo el mundo hasta su nivel. Esos policías eran, además, unos gorrones. Mickey relató las veces que se dejaban invitar en lugares como el Brown Derby o el Slapsy Maxie's, el club nocturno de Wilshire Boulevard, fundado por Maxie Rosenbloom. Este era el corpulento boxeador que tan a menudo había interpretado a borrachos en peleas de películas de Hollywood.

Y esos solo eran los entrantes, antes del plato principal que Mickey estaba cocinando, la munición explosiva que se había guardado en la manga: detalles de cómo la *madame* pelirroja había estado untando a los mismos polis corruptos. Mickey afirmó tener grabaciones que lo demostraban, realizadas en su *casa de felicidad de la colina*, sobre el Sunset Strip, ¿dónde si no? Esa era la razón por la que su acompañante había traído la grabadora.

—Cuando el jurado oiga esto —dijo Mickey—, cerrará este caso de un buen golpe.

Finalmente, el juez pidió que parase, que ya era suficiente. «Happy» Meltzer estaba siendo juzgado por posesión de un arma que aseguraba que le habían endosado. Ese era el tema que debía ocupar al jurado, no si alguien pedía sobornos (o contribuciones para el alcalde), o si una *madame* y un sargento se veían a escondidas entre horas. Pero había volado tanto barro que alguien tenía que acusar recibo. Ciertamente, más de uno merecía pasar un mal rato. Cuando el sargento adjunto de Antivicio fue interrogado en el estrado, admitió que había dejado que Mickey le pagase almuerzos y copas, tanto a él como a su teniente.

—*¿Ha cenado alguna vez con Mickey Cohen?*
—*Oh, no, nunca he compartido mesa con él.*
—*Cuando usted y Wellpott comieron en Dave's Blue Room con sus amigos, ¿pagó usted la cuenta?*
—*No, no sé quién lo hizo.*
—*¿Ha comido alguna vez en el Piccadilly?*
—*Sí, en compañía de otras personas.*
—*¿Pagó usted la cuenta?*
—*No, no sé quién lo hizo.*
—*¿Y qué me dice de House of Murphy?*
—*Bueno, eh…, sí. Estuve allí con otro agente y una amiga. Cohen y su grupo estaban en otra mesa… Cuando pedí la cuenta, me dijeron que Cohen la había pagado.*

Tras aquello, el lío del jurado fue inevitable. En el espíritu de esa época, los doce hombres y mujeres no supieron decidir quién decía la verdad, si es que alguien lo hacía, en aquella ciudad que, con prisa y sin pausa, se precipitaba hacia el vacío.

La investigación del gran jurado fue de libro, especialmente en cuanto a si la relación entre los agentes de Antivicio y la *madame* había sido investigada adecuadamente por los mandos policiales tras saberse que había estado en el coche del sargento la misma noche que este disparó a un ladrón apodado Canijo. Resultó que no. El jefe Horrall solo pudo esgrimir una pobre excusa para no llegar hasta el fondo del asunto: estaba demasiado ocupado con sus deberes ceremoniales y sus reuniones con organizaciones cívicas. Era cierto que el jefe, de nariz bulbosa, se echaba más siestas que nunca en el catre de su despacho mientras su ayudante, Joe Reed, llevaba el Departamento de Policía de Los Ángeles. Pero no dejó de ser una estampa triste el día que un ojeroso jefe Horrall salió de la sala del gran jurado y se colocó la cartera del revés en el bolsillo de la chaqueta, para mostrar la placa y, con ello, que seguía al mando. El alcalde Bowron parecía más animado cuando fue convocado ante el gran jurado, recién reelegido en el cargo. Por alguna razón, los votantes no se habían dejado impresionar por la afirmación de Mickey Cohen de que era un corrupto.

Presumiblemente, uno de los testigos estrella iba a ser la *madame* Brenda Allen, cuyo nombre real era Marie Mitchell. Muy maquillada, la pelirroja de treinta y seis años habló con un ligero acento sureño mientras admitía, ante el gran jurado, que pagaba al sargento Elmer V. Jackson 50 dólares a la semana, por chica, pero que pagaba más todavía a un agente de Antivicio de Hollywood tras pillarlo en su propio coche, aparcado junto a su establecimiento, con unos auriculares puestos. Se quejó de más policías a los que dejaba entrar gratis, mientras sus verdaderos clientes retozaban con sus chicas. ¿El motivo de la queja? Eran unos gorrones que se comían las mejores guindas de su pastel.

Enseguida, la *madame* de Hollywood se convirtió en otra celebridad de Los Ángeles. Condenada más de veinte veces por actos inmorales a lo largo de su vida, dijo que las estimaciones de que tenía ciento catorce chicas a su cargo eran exageradas. Pero cuando el juez Joseph Call echó un vistazo a su abultada agenda de clientes, no se tragó que lo suyo fuese un mero menudeo.

—Aquí hay nombres de personalidades importantes del teatro y el cine, así como ejecutivos en puestos responsables de numerosas empresas —dijo el juez mientras sopesaba la agenda. Por supuesto, eso dio alas al abogado de la *madame*, Max Solomon, quien, en lo sucesivo, amenazaría a los fiscales, jueces y colegas abogados con una copia de su versión de la libreta negra.

—Su nombre está ahí y demuestra que ha sido un chico malo —les diría.

Tampoco es que hubieran pasado tantos años desde que el alcalde lanzara su elocuente discurso radiofónico: «Las apuestas y el vicio generalizados son cosa del pasado en Los Ángeles; no compensan. Es la gran ciudad más limpia de Estados Unidos».

La Brigada de Élite no era inmune a todos los escándalos de aquel sórdido año. Les acusaba el segundo policía más importante de Antivicio, al que la propia *madame* había acusado de aceptar sobornos. Por aquel entonces, el sargento Charles Stoker, afincado en Hollywood, pero apartado del cuerpo, se desmelenó con su propia batería de alegaciones ante el gran jurado primero, *Los Angeles Daily News* después («EXPUESTA UNA TRAMA DE CORRUPCIÓN DEL DEPARTAMENTO DE ANTIVICIO QUE PODRÍA SALPICAR AL RESTO DE LA POLICÍA») y, finalmente, en un libro repleto de historias asombrosas de policías corruptos en el Departamento de Policía de Los Ángeles, una pasmosa historia de conspiraciones en cada esquina. ¿Sabía la opinión pública cuáles eran los auténticos motivos del alcalde Bowron para tapar el asunto del juego ilegal en Los Ángeles? Desde luego, no se debía a sus honradas reformas, sino a que… ¡el alcalde estaba recibiendo sobornos desde Nevada por valor de 250.000 dólares, de modo que los jugadores tendrían que irse hasta allí! ¿Y Mickey? La policía de Los Ángeles necesitaba un chivo expiatorio. «Será Mickey Cohen», sentenciaría Stoker.

En cuanto a la Brigada de Élite, «Desafío a que cualquiera revise los registros y me muestre una sola orden del teniente Willie Burns pidiendo el arresto de un gánster importante en la que el sujeto en cuestión fuese condenado», retó. «Es bien sabido que los agentes al mando del teniente Burns eran clientes habituales del bar de cócteles de Cohen en Santa Monica Boulevard, donde se pasaban las horas en un cuarto bebiéndose su whisky… ¿Por qué el alcalde Fletcher E. Bowron no deja de balar acerca de la constante amenaza de los gánsteres del este? Si esos gánsteres vienen aquí, ya no habría espacio para los polis corruptos… ¡Tendrían que emigrar al este!».

La Brigada de Élite conocía demasiado bien a ese tal Stoker. Una vez, cuando uno de los equipos estaba buscando corredores para ver si se los ganaban como soplones, Stoker se enteró y les dio una buena pista sobre unos matones escondidos en el Valle. Willie Burns ordenó a Con Keeler y a su compañero que fuesen allí con sus Tommies. Al final, para frustración de Keeler:

Es invierno, hace mucho frío. Se suponía que se estaba llevando a cabo un importante negocio de juego ilegal. Hemos llegado a esta dirección y hemos vigilado el lugar, hasta que una señora ha salido al porche trasero y ha tendido unos pañales. No hay coches, ni actividad. Así que hemos vuelto a la comisaría de Hollywood y nos hemos encontrado con Burns. Así que este le pregunta a Stoker: «¿Cuál era la dirección?». Stoker no se acordaba de la dirección que él mismo había facilitado. Intentaba mantenernos ocupados fuera de Hollywood. Burns estaba deseando darle un puñetazo, pero yo dije: «Oye, amigo, si nos vuelves a mandar a una caza de patos, iré a Hollywood Boulevard y les daré una paliza a algunos de tus corredores diciendo que es de tu parte. ¿Lo has pillado?».

De acuerdo con la vara de medir que usaba Con Keeler con el mundo, el sargento Charles Stoker era un poli legal. Sin embargo, de acuerdo con la caótica escala de valores de Los Ángeles de 1949, los parloteos, como el suyo y el de Mickey, eran objeto de titulares.

En medio de la tormenta de escándalos, Keeler recibió el encargo de visitar a Big Jim Vaus, el experto privado en micrófonos al que ahora Mickey tenía en nómina. Vaus nunca reprodujo sus grabaciones ante el gran jurado; justo cuando se suponía que tenía que hacerlo, dijo que le habían robado seis bobinas del maletero de su coche. Más tarde, diría que estaban enterradas en su jardín. Si 1949 fue el año en el que una inmensa carpa de circo cubrió toda la ciudad, el obeso experto en micrófonos tenía reservado su momento en la pista central. Como hijo de un pastor, Vaus empezaba a tener dudas sobre vender su alma a…, bueno, ser el chivo expiatorio de alguien era un mal ajeno. La epifanía sobrevino a Vaus durante su visita a una carpa de verdad, una parte de la catedral de lona del sensacional joven evangelista Billy Graham. Allí, Big Jim Vaus volvió a encontrar su senda hacia Jesucristo y dedicó el resto de su vida a arrepentirse; y puede que un día a salvar el alma de un hombre al que la mafia de Chicago llamaba «el pequeño judío». Antes, el experto en escuchas de Mickey admitió haber mentido acerca del contenido de sus grabaciones y fue a la cárcel por perjurio.

Pero el arrepentimiento del experto en escuchas llegó demasiado tarde para el jefe C. B. Horrall. En palabras de Florabel Muir: «El gran jurado del condado se equipó con picos y palas y se puso a excavar en busca de los trapos sucios de muchos hombres con placa, desde el jefe para abajo». Convertido en una figura notoria, el jefe lo mandó todo al cuerno y, el 28 de junio de 1949, se retiró para atender los cerdos y las vacas de sus dos hectáreas en el Valle. Mickey Cohen podía al fin cacarear que había derribado al policía más importante de la ciudad, y eso hacía cuando no estaba esquivando balas (que también volvería a hacerlo). Y eso que solo había pasado medio año.

El tiroteo al coche de Mickey habría acabado siendo de dominio público tarde o temprano, pero O'Mara reconoció que el mérito de que lo fuera casi inmediatamente puede adjudicarse al Fondo del Servicio Secreto. Desde los primeros días de la brigada, el fondo era una de sus herramientas más valiosas, junto con las Tommies. Tenían 25.000 dólares a su disposición para pagar a informadores (solía hacer falta algo más que el encanto de un irlandés para que la gente se pusiera a cantar). Poco después de la bufonada del juicio a Happy Meltzer, Jack O'Mara recibió un soplo de uno de sus informadores.

Fue uno de esos casos curiosos: un tipo jugaba al béisbol en el Valle y conocía a uno que conocía a otro que trabajaba en un taller donde recibieron un Cadillac al que le habían volado el parabrisas. Fui a echar un vistazo y resultó ser el coche de Mickey. En aquella época, su hombre de confianza, Neddie Herbert, vivía en un apartamento de la zona. Mickey dejó allí su coche y cogió el de Neddie Herbert. Luego intercambiaron las matrículas. Pero el del taller era el coche de Mickey, acribillado a balazos en el parabrisas y una de las ventanillas. Nunca dio parte de ello, y cuando se lo pusimos delante, lo negó todo, ¿sabes?

Más adelante, pasados los años, Mickey no negaría el asunto. De hecho, se mostraría muy orgulloso de haber sabido mantener la sangre fría en pleno tiroteo. Justo cuando giraba hacia el sendero de acceso de Brentwood, unos pistoleros empezaron a dispararle desde el otro lado de la calle. Se agachó bajo el nivel de la ventanilla y pisó a fondo el acelerador, saliendo marcha atrás del sendero para huir por las calles virtualmente a ciegas. «En cuanto supe lo que estaba pasando, me eché al suelo y conduje ese maldito coche… atravesando Wilshire sin asomarme y con una sola mano. Eso es más de un kilómetro… Con todas las balas que silbaban alrededor, solo resulté herido con los cristales rotos.» Cuando Mickey regresó finalmente a casa, ensangrentado y desaliñado, saludó a sus pasmados invitados, incluido el actor George Raft, amigo de infancia de Bugsy. Mickey comentó que les dijo:

—Que nadie se preocupe por lo que ha pasado. Vamos a sentarnos a cenar.

Y eso hicieron, incluida una tarta de manzana hecha especialmente para el tipo duro de las películas, el señor Raft.

Pero si a uno le disparan continuamente no siempre van a fallar. Cualquier duda sobre si Mickey era un objetivo perseguido se evaporó el 20 de julio, cuando le hirieron en el hombro fuera de la cafetería Sherry's, en Sunset. Eran las cuatro menos cuarto de la madrugada. Los disparos de recortada efectuados desde el otro lado de la calle hirieron a Neddie Herbert, el tipo que había sido grabado en las primeras escuchas verbalizando sus intenciones de llegar a abuelo. No llegó. Neddie cayó bajo la marquesina del garito de Sunset, a escasos metros de su chófer, que esperaba en la acera. El tiroteo también envió a dos mujeres al hospital. Dalonne «Dee» David fue descrita en un periódico escuetamente como «una rubia», aunque en otros la información se amplió a «extra de cine». También podría haber muerto como «la heredera del tendedero», ya que su padre tenía una fábrica en Burbank donde se fabricaban. Alguien señaló la tragedia de que una chica llamada a la fama en el cine acabase siendo célebre, pero en la sección de sucesos. La otra mujer herida era Florabel Muir, que fue alcanzada en una nalga. La intrépida columnista afirmó que se había acercado a Mickey para obtener un reportaje sobre «si alguien intentaba matarlo».

La última anotación de la lista de heridos era el agente de la Oficina del Fiscal General Estatal, Harry Cooper, que llegó a gritar «¡Me han dado!» al recibir dos disparos en el abdomen. Era un exluchador, y daba la talla, concretamente unos treinta centímetros más que Mickey. El agente vestía una chaqueta cruzada y zapatos bicolores, como los de Mickey. Era un chiste verlos pasear por la calle, saliendo del Café Continental, perfectamente conjuntados, aunque solo fuese en la ropa. El fiscal general de California, Fred Howser, se apresuró a explicar que había ordenado al enorme agente guardar las espaldas de Mickey porque todo ciudadano merecía protección cuando su vida era amenazada…, así como para desalentar a la policía de seguir acosando a Mickey. Sin embargo, todo el Strip estaba plagado de agentes del sheriff, como de costumbre, y en el Sherry's también había un sargento del Departamento de Policía de Los Ángeles, concretamente de la Oficina de Detectives, dirigida por Thad Brown. Seguía furioso con la Brigada de Élite por haberse entrometido en asuntos de Homicidios con el caso de la Dalia Negra. Su represalia fue nombrar a algunos de sus hombres para formar su propia brigada especial, una especie de «donde las dan, las toman» dedicado a Willie Burns. Había una competencia feroz para meterse en los asuntos de Mickey Cohen.

La noche infernal de Mickey empezó con una cena en compañía de Artie Samish, un representante de lobby calvo y aficionado a mascar puros. Su educación no pasaba de séptimo curso y era la cabeza visible en los intereses del ferrocarril, las carreras y el alcohol. Presumiendo de que podía saber si un político necesitaba una patata asada, una chica o dinero, el tipo de ciento treinta y seis kilos controlaba un oscuro fondo de 153.000 dólares promovido por el Instituto Cervecero de California que perseguía que el gobernador admitiera que «en materias que conciernen a sus clientes, Artie tiene incuestionablemente más poder». Tras cenar con el bien financiado traficante de influencias, Mickey encabezó su séquito hacia el Continental, del cual poseía una parte, y después al Sherry's. Ese local estaba regentado por un expolicía de Nueva York, Barney Ruditsky, que cerraba el aparcamiento y la calle cada vez que Mickey se dejaba caer, lo que equivalía, más o menos, a cada noche. Aquella ocasión, Mickey bromeó con varios periodistas sobre el olor de las gardenias en su jardín y sobre *Annie Get Your Gun,* que se acababa de estrenar en un nuevo lugar: el Greek Theater, al aire libre. Preguntado por Ed Meager, de *Los Angeles Times,* si era reticente a salir a la calle, Mickey repuso:

—No, mientras vosotros estéis cerca.

Pero el hombre del *Times* se marchó con su fotógrafo antes de la hora de cierre, a las tres y media de la mañana, dejando a Florabel como el único escudo mediático cuando el grupo salió a la calle.

El propietario del club, Ruditsky, oyó siete disparos de escopeta realizados desde el otro lado de la calle, cerca de un edificio propiedad del cantante Bing Crosby.

—Creo que era una escopeta de pistón del 12 —declaró Ruditsky— y la disparaban bastante bien.

Jack O'Mara se encontraba entre la marabunta de investigadores que pronto se pusieron a buscar armas arrojadas y otras pruebas. Concluyó que, ciertamente, los pistoleros habían aguardado al otro lado de Sunset, junto al edificio de Bing, al pie de una escalinata de cemento que conducía a una parcela vacía. Dejaron café y dulces en la posición desde la que gozaban de una perspectiva perfecta de cualquiera que saliese del Sherry's a la bien iluminada zona de acceso. Uno de los disparos de escopeta dio de lleno en el hombro derecho de Mickey, pero este no cayó.

—No quería ensuciarme el traje —se mofó.

Para O'Mara y los demás, no era el mejor momento para ser policía. La habían cagado con el asunto de la Dalia y ahora la gente daba conciertos de escopeta en pleno Sunset. Estaban bastante seguros de quién andaba detrás, el discreto señor Dragna, pero ¿cuántas probabilidades había de que los sicilianos, uno de los cuales se apodaba «el Comadreja», soltasen prenda? Mientras, el sargento adjunto de Hollywood, caído en desgracia, iba por ahí llamándoles matones y cosas peores. El sargento Charles Stoker tenía su propia teoría sobre los autores de la emboscada en el Sherry's: «miembros del Departamento de Policía de Los Ángeles cuya motivación era sellar los labios de Cohen».

Pero Mickey estaba mejor informado.

—Son criminales locales —dijo cuando pudo declarar en el hospital Queen of Angels, ataviado con su pijama azul y zapatillas de andar por casa—. He hablado con Nueva York, Chicago y Cleveland regularmente y no me han llegado rumores de problemas. Soy un tipo bastante bien informado.

Entonces no cabía ninguna duda: él era el GÁNSTER de Los Ángeles. Posaba en casa para las revistas de tirada nacional, exhibiendo su armario lleno de trajes y su cama en miniatura para *Tuffy;* qué importaba que un titular de *Life* rezara: «PROBLEMAS EN LOS ÁNGELES». Había iniciado su fortuna vendiendo periódicos desde los seis años y seguía vendiéndolos. Uno de los principales intelectuales de California, Carey

McWilliams, concedió a Mickey el honor de un análisis, si bien comparándolo con el Gran Gatsby de Fitzgerald. «Ha intentado adquirir los aires y modales de un caballero en el esfuerzo de borrar los recuerdos de los sórdidos días anteriores a que adquiriera su actual eminencia», escribió McWilliams. «De hecho, si existiera alguna prueba de que Cohen supiera leer, podría sospecharse que ha moldeado su carrera conscientemente siguiendo el modelo de Gatsby.»

La versión de uno de tantos periódicos no fue tan intelectual o irónica, si bien consultó a un doctor para interpretar la escritura de Mickey. El doctor Joseph Ranald señaló a los dedos cortos y rechonchos de Mickey y dijo: «El tipo de mano es predominantemente elemental y pertenece a la más simple y menos cultivada de las personas».

El 29 de julio de 1949, el alcalde Bowron volvió a la radio para dirigirse a la ciudad. El día anterior, el gran jurado había incriminado a Jackson y Wellpott, de Antivicio, así como a tres de las figuras más prominentes del departamento, entre quienes estaban el ya jubilado jefe Horrall y el jefe adjunto Reed. Se les acusaba de perjurio (el gran jurado simplemente no se tragó sus explicaciones sobre la *madame* de Hollywood y la brigada de Estupefacientes). Casi tan pronto como se presentaron las actas de acusación, Mickey se recochineó:

—Apuesto a que esos policías lamentan haber puesto un solo pie fuera de la ciudad.

—Eso tiene el típico tufo de los bajos fondos, el que antepone la represalia —replicó el alcalde Bowron en su discurso a la ciudad—. Bueno, Mickey, nunca le he conocido. Usted nunca ha recibido un solo dólar de mi mano, ni yo un solo traje u otro regalo de su presunta tienda de ropa. Y eso nunca va a pasar.

Bowron argumentaría que las acusaciones afectaron a cinco hombres entre los centenares que componían el departamento, y también pronosticaría (con acierto) que los casos contra ellos se derrumbarían, dado que dependían de los testimonios de una proxeneta, un delirante exagente de Antivicio y un experto en escuchas que acababa de hallar a Dios. Pero eso sonaba a evasiva ante un público que no podía ser criticado por relegar a la policía de Los Ángeles a la altura de los cínicos matones del sheriff, o acaso a la sombra del propio departamento de los oscuros años 30. Una década de limpieza de imagen para volver al punto de partida.

La revista *Look* escribió para los lectores de toda la nación:

> *Las correrías de Cohen suponen una abrumadora prueba de que en California demasiados agentes del orden han cruzado la línea y se han convertido en cómplices de pingües beneficios del juego, la extorsión, el narcotráfico, el negocio de las tragaperras, así como la prostitución, el robo y los asesinatos que suelen aflorar a su sombra… El desagradable pero indiscutible hecho es que las agencias del orden de California, de la primera a la última, de dentro afuera, han demostrado ser peores que inútiles a la hora de proteger el estado contra la gran ola de crimen que ha arreciado desde el final de la guerra. Por culpa de sus luchas internas, de vender protección, de flirtear con reconocidos y confesos criminales, han promovido el crecimiento del mayor imperio de la extorsión al oeste del Mississippi.*

Tal vez fueran Dragna y sus hombres quienes disparaban las armas, pero Mickey Cohen estaba haciendo mucho
más daño a la ciudad. El alcalde Bowron se permitió usar un
poco de retórica del Salvaje Oeste, al dirigirse directamente
al personaje por la radio:

—Le advierto claramente —dijo—: no nos ha intimi-
dado ni a mí, ni al Departamento de Policía de Los Ángeles.
Y vamos a por usted.

CAPÍTULO 11

La corona de flores

Quinientas personas asistieron al funeral de Neddie Herbert, en Nueva York, presidido por un ataúd adornado con una corona de gardenias, con forma de herradura, que alguien había enviado desde Los Ángeles.

El teniente Burns vivía en Gardena, una pequeña ciudad al sur del condado de Los Ángeles, erigida sobre lo que un día fueron unos fresales. Cuando su mujer recibió una corona de flores en casa, la brigada sabía que el remitente era el mismo que la de Nueva York: Mickey Cohen.

Tras dos décadas en la policía, Burns se enorgullecía de haberse comprado una pequeña casa (ochenta metros cuadrados) en un terreno de algo más de cuatrocientos metros cuadrados. Tenía tres dormitorios y un baño para él y su mujer; su hijo Richard, que soñaba con convertirse en bombero, y su hija Patty, la adolescente con polio y artritis reumatoide. Las enfermedades le costaron el uso de una mano y buena parte de una pierna, pero le gustaba pintar y dibujar, y gozaba de talento en ambas disciplinas. Sus padres se habían propuesto criarla como a una niña normal, y eso hicieron.

La mujer de Willie vio la furgoneta de reparto y pudieron rastrear al florista. Dijo que un muchacho entró de la calle y le ofreció dinero para que enviara la corona a una dirección de Gardena. Pensaban que alguien había pagado al chico 10 dólares para que hiciera un envío a alguien a quien no conocía de nada.

Burns llamó a Mickey y le emplazó a llevar su trasero ya mismo al Hollywood Plaza Hotel, cerca de Hollywood con Vine. Burns se llevó a O'Mara, Keeler, Jumbo y otro tipo duro y dijo:

—Voy a sacarle los huevos por la puta nariz.

Cogieron sus Tommies y salieron en un coche, tan apretados como en la primera época.

La brigada se había equipado desde el primer día con la Thompson, pero nunca las había disparado contra nadie. Keeler fue el que más cerca había estado, una vez que Matty, el hermano menor de Al Capone se presentó en el Biltmore, el mismo hotel donde, dos décadas atrás, Roughhouse Brown diera boleto a Capone. Mientras O'Mara y otro sargento vigilaban el vestíbulo, Keeler forzó la cerradura de la suite de la undécima planta con Archie Case a su lado. Keeler recordaría más adelante lo cerca que habían estado:

Subimos a la habitación en busca de armas y todo eso. Lo registramos todo y lugo Arch y yo nos quedamos arriba, esperando a que volviesen los otros. Llevaba mi Tommy encima y permanecí en la pequeña cocina, encarando la puerta, en la penumbra. Uno de nosotros oyó una llave. Archie estaba en el salón con su 38, y cuando el tipo entró, Archie dijo: «Adelante, hermano; pasad, chicos; somos agentes de policía». El que iba detrás entró con la mano metida en el bolsillo. Podría ser un arma. Le dije que sacase la mano del bolsillo. Cuando lo hizo, madre, parecía un 38 lo que llevaba encima, créeme. Empecé a disparar en modo automático. No sé cómo no se descargó. Supongo que paré justo antes de que lo hiciera. Estaba vivo, como lo digo. Nunca me expliqué cómo pude no matarlo. El tipo dio un paso atrás y dijo: «¡Solo buscaba un puro!». Archie le dijo que podía hacerlo. Me señaló, pero cuando llevas una Tommy no te dicen nada. Se llevó los dedos al bolsillo y sacó un puro. Lo sostuvo para mostrármelo y cedió. Respetan mucho a las Tommies, créeme.

Jack O'Mara tuvo que cambiar de sitio su Tommy cuando finalmente tuvieron a su hija. Cuando volvió del servicio, alquilaron una casa con jardín en Leimert Park, cerca de donde vivía la hermana de Connie, frente a la iglesia. Eran tiempos difíciles por razones ajenas al trabajo: los abortos de Connie. La esposa amante de la diversión y los calcetines cortos, a menudo se acostaba llorando hasta dormirse, sufriendo por los bebés perdidos, uno tras otro. Era una buena católica, así que, ¿por qué la estaba castigando Dios? Hicieron falta siete duros años para que el embarazo no acabase en aborto, y cuando Dios bendijo a la pareja con la pequeña Maureen, iniciaron su camino en pos del Sueño Americano. Podrían haber formado parte de las hordas de familias que mostraba la revista *Life* saliendo de los centros urbanos en busca de un nuevo comienzo en las casas de muñecas de los barrios residenciales. Su vivienda de tres dormitorios, estilo rancho, en Pedley Drive (Alhambra) se encontraba entre las quinientas que se construyeron encima de lo que un día fue un club de campo y terreno de polo. Las calles aledañas recibieron sus nombres, Pine Valley y Siwanoy, por los clubes de golf pijos del este, de los que ninguno de los nuevos residentes había oído hablar. Tan pronto como afloraron las casas, una iglesia católica también lo hizo, y Jack recuperó la función de ujier mayor, siendo el mejor candidato al que confiar las recaudaciones dominicales.

Connie estaba viviendo un sueño con su condición de ama de casa y madre, encantada de planchar los calzoncillos bóxer de su marido policía mientras *Spooky,* el gato negro, le hacía compañía. Confeccionaba mermelada casera de melocotón, albaricoque y ciruelas que crecían en el valle de San Gabriel, desde donde podían verse las cumbres nevadas cuando más abajo la temperatura era de 26 grados. Cuando la Navidad estaba próxima, hacía naranjas chinas azucaradas, tartas de frutas al estilo alemán y galletas, así como montones de gominolas, pan de higo y Papá Noeles de azúcar. Entregaba cajas llenas a los curas y las monjas, y se reservaba algunas también para los miembros de la antigua fraternidad de Jack, cuyos miembros les visitaban todos los años. Se agobió en las fiestas que su marido tuvo que trabajar de incógnito en el caso de la Dalia, época en la que no pudo llamarla durante días. El regreso a casa fue enormemente lacrimógeno cuando Connie cogió en brazos a su bebé y la arrulló con *My Heart Belongs to Daddy*,* la canción de Cole Porter que siempre cantaba ella.

---

* *Mi corazón es de papá (N. del T.).*

El problema era el arma guardada en el estuche de violín. Cuando la pequeña Maureen fue lo bastante mayor para gatear, más de una vez desapareció de la vista de sus padres, colándose rápidamente en su habitación. Un par de veces se escondió bajo la cama y se puso a jugar con el estuche.

—Saca eso de ahí —le dijo Connie, y Jack obedeció, guardando el estuche en uno de los estantes del armario.

Al igual que los otros, O'Mara practicaba con la Tommy en el campo de tiro de la Academia, en Elysian Park. La gente creía que las amplias instalaciones de la Academia estaban gestionadas por la administración del Departamento de Policía de Los Ángeles, pero no era así. Había sido construida por los integrantes rasos del departamento y el Athletic Revolver Club para las competiciones de tiro de los Juegos Olímpicos de 1932 en un empinado parque de más de doscientas treinta hectáreas, cerca del centro. Agentes voluntarios reorganizaron una parte de la ciudad olímpica para convertirla en un club y añadieron un jardín ornamental con piedras y una cascada. Más adelante se añadió una piscina para dejar a los críos mientras los mayores se reunían con sus amigos a tomar café en el campo de tiro. Hasta los expertos en otras armas hallaban la Thompson difícil de controlar. John Olsen, uno de los miembros más recientes de la brigada, era un ávido cazador que aseguraba poder acertar a un conejo a la carrera con una escopeta y volarle la cabeza para no echar a perder el resto de la carne. Pero sostenía la Tommy con demasiada rigidez y se le iba cada vez que la disparaba. «Hemos aprendido que, si la coges con más soltura, puede ser más precisa. Si la agarras con demasiada fuerza, se te acaba yendo por encima de la cabeza.»

Fue todo un alivio contar en la brigada con un nuevo miembro que les pudiese enseñar cómo usar las herramientas del oficio. Hablamos de Dick Williams. Era hijo de Benny Williams, el jugador de fútbol americano del casco de cuero que, en la década de 1930, había ayudado a erigir la Academia durante sus días de libranza. Benny se estaba haciendo viejo y perdió el control cuando, durante su turno, oyó una alerta de que su hijo estaba recibiendo disparos mientras realizaba una persecución a pie. Benny fue corriendo al lugar y ayudó a esposar al pistolero derribado. Entonces aulló: «¡VAMOS A MATAR A ESTE HIJO DE PERRA!». Y así podría haber sido, de no haber sido por que llegaron sus compañeros. La buena noticia era que tenían al sustituto listo cuando Benny se jubiló. Su hijo ingresó en el departamento recién cumplido su servicio de élite en el ejército como Ranger en el Pacífico. Dick Williams y sus compañeros avanzaron tras las líneas enemigas en Filipinas antes de llevarse a cabo el desembarco masivo de las tropas del general MacArthur. Williams, de un metro noventa y uno de altura, se dedicó más adelante a entrenar francotiradores de la infantería de Marina en la jungla, incluido el futuro y larguirucho actor Lee Marvin. Así que el hijo de Benny Williams era un experto con Tommies y muchas más armas.

—No hablaba mucho de ello, pero su profesión era matar gente —dijo el gran Lindo Giacopuzzi—. Oh, sí, sabía cuidar de sí mismo. Podía romperte el cuello en un segundo. Williams era muy capaz.

Dick Williams fue el cuarto hombre al que Willie Burns pidió que le acompañara al Hotel Plaza para hablar con Mickey Cohen acerca de la corona de flores. Nadie se mete con la familia de un poli.

Solían guardar las Tommies en el maletero cuando cogían los coches. Esta vez, O'Mara llevaba la suya bajo la gabardina mientras se dirigían a Hollywood. Mickey estaba esperando en la acera, con pose de «¿Es a mí?» desde su Cadillac azul con neumáticos blancos, aparcado al borde de la carretera. Sus hombres vigilaban la escena desde los otros Cadillacs.

Burns se acercó a Mickey y le dijo, cara a cara:

—¿Alguna vez te he mentido?

—No, teniente.

—Bien, pues te voy a decir una cosa. Sé qué aspecto tenéis todos. Sé cómo son vuestros coches. Si alguna vez veo alguno pasando cerca de la casa de cualquiera de nuestros agentes, iré a por ti…

—Caray, cómo voy a saber adónde van mis chicos…

—… y vas a tener un accidente muy serio.

Dicho eso, O'Mara y Keeler levantaron las gabardinas con las Tommies que portaban debajo, sacando apenas la punta del cañón. Los dos pesos pesados de la brigada, Jumbo Kennard y Dick Williams, los flanquearon.

—Eso sería asesinato —dijo Mickey.

—No, te equivocas. Como tú dices, sería defensa propia.

Mickey pilló el mensaje. La gente nunca comprendería cómo era tan distinto cuando estaba solo con ellos, fuera de los focos.

De vuelta a la oficina, O'Mara se fue a casa a toda prisa fingiendo que se había olvidado de algo. Quería comprobar si Connie había recibido una corona de flores o visto pasar Cadillacs por su calle. O'Mara no podía hablar por los demás, pero ese fue el momento en el que su trabajo cambió para él, el momento en que Mickey se convirtió en su obsesión. Era como en sus viejos tiempos de boxeo tras la residencia estudiantil o sus carreras en la Academia: eras tú y tu adversario en un intento de determinar quién era el mejor. Solo que ahora había algo más en juego. Se consagró a demostrar que Mickey Cohen, ese fanfarrón jactancioso, era un asesino.

Willie Burns no estaría a su lado. Para iniciar la recuperación tras el escándalo de Antivicio y la dimisión del jefe Horrall, el alcalde convenció a William A. Worton, un pulcro exgeneral del Cuerpo de Marines, que volviese de su retiro en la costa californiana y aceptase el cargo de jefe interino. El mandato del general Worton pretendía ser un acicate de cambios en el Departamento de Policía de Los Ángeles, y rápidos.

Una década antes, era noticia que el nuevo jefe se hubiera graduado en la universidad. Este hombre, Worton, tenía diplomas de las facultades de Derecho de Harvard y la Universidad de Boston, y esas eran las credenciales menos impresionantes. Se había enrolado en los Marines una semana antes de que Estados Unidos entrara en la Primera Guerra Mundial y luchó en el Frente Occidental, en Francia, donde lo hirieron y rociaron de gas. A mediados de la década de 1930, mientras las autoridades de Los Ángeles planeaban el bochornoso *Bum Blockade* de las fronteras de California, Worton volvía a arriesgar el pellejo, actuando de incógnito en la interpretación de un exmarine que quería comenzar una nueva vida como empresario en Shanghái. En realidad, intentaba reclutar espías contra Japón, una misión secreta que le había encomendado la Oficina de Inteligencia Naval. Worton llevaba tres pasaportes y conoció a muchos de sus contactos en bares. Según un relato oral de la operación de Shanghái, no se hacía ninguna ilusión de por qué le ayudaban; casi siempre era una cuestión de dinero. «Era gente siempre receptiva a ganarse un dólar», dijo Worton de uno de sus primeros reclutas. La imagen que daban las películas del espionaje le provocaban risa, y su asesoramiento podría emplearse igualmente a muchas misiones policiales. «Estas tareas no son gloriosas. Es un oficio solitario, frustrante y peligroso.»

Durante la Segunda Guerra Mundial, ya como general del Cuerpo de Marines, Worton se limitó a ayudar en labores de mando del Tercer Cuerpo Anfibio en la Batalla de Okinawa, colaborando más adelante en la ocupación del norte de China. Podría decirse que su aceptación del puesto de interino en Los Ángeles era una especie de gesto caritativo. Al cabo de un tiempo en la ciudad, acabaría diciendo: «No se puede confiar en nadie de este departamento».

Pero había una brigada que deseaba tener cerca. Quizá fuese porque el propio Worton había trabajado en una desagradecida operación encubierta, o porque considerase que cualquier grupo tildado de enemigo de Mickey Cohen era bueno, pero el caso es que decidió que debía jugar en el mismo campo que la Brigada de Élite. Pero quería a su cabeza alguien como él mismo, de perfil más operativo. El capitán Lynn White había sido capitán de corbeta en la Armada y era todo un prodigio en el Departamento de Policía de Los Ángeles, dirigiendo equipos de narcóticos en su carrera por convertirse en subcomisario, antes de cumplir los cuarenta. Worton planteó que la brigada, como en las operaciones militares, necesitaba adoptar un enfoque más serio en los aspectos de inteligencia en su misión. Había llegado el momento de incorporar a un administrador que no estuviese tan ansioso por figurar en la primera línea de una cuadrilla que colgaba boca abajo a los delincuentes desde una colina. El 7 de octubre de 1949, el teniente Willie Burns fue reasignado a labores de uniforme como comandante de vigilancia en la División Universitaria.

El general Worton colocó al capitán Lynn White y a los hombres en el despacho adyacente al suyo, en la primera planta del ayuntamiento. El general del Cuerpo de Marines insistió en un nuevo juego, uno menos tosco. Los miembros originales podían seguir utilizando el apelativo de Brigada de Élite, claro estaba, y eso harían. Pero, sobre el papel, de momento, harían tareas de Inteligencia Administrativa.

Tres años antes habían dado sus primeros pasos desde dos destartalados coches para pasar a un cuartucho en una comisaría con aparcamiento para coches de caballos. Ahora estaban en el centro del poder con ventanas que daban a un patio. Era perfecto. De noche, podrían salir por la ventana y cruzar una extensión de cemento hasta Spring Street; podrían entrar y salir del ayuntamiento sin ser vistos, como si fuesen invisibles. O'Mara dijo:

Adorábamos al viejo Lynn White, era un policía extraordinario, así que al principio nos comportamos. Pero, a la tercera reunión con él y el nuevo jefe, nos dijimos: «¡Qué demonios!». Alguien se agenció la gabardina del viejo Lynn y la secretaria hizo el resto con aguja e hilo; no llevó más de diez minutos. Luego, durante la reunión, alguien tomó la gabardina, le enseñó al general la etiqueta debajo del cuello y este preguntó: «¿Qué es esto?». Lynn White cogió la prenda, la miró y soltó: «¿Qué demonios...?». Verás, ponía «michael's», por la tienda de Mickey Cohen, ¿lo pillas?

Alguien tuvo que estropearlo echándose a reír a los diez segundos, pero conseguimos quedarnos con él, aunque fuese un momento.

CAPÍTULO 12

Florabel al rescate

Ahora tenían que hacer algo con la problemática mujer que se atrevió a preguntar: «¿Y a qué se dedica una Brigada de Élite?».

Florabel Muir era una hija del Salvaje Oeste. Había nacido en Rock Springs, un pueblo minero de Wyoming, en 1889, donde presenció un tiroteo cuando aún iba agarrada a las faldas de su madre. «Tomaba pólvora con la papilla», se refería a ello con humor. Tras conseguir su primer empleo como periodista en un periódico de Salt Lake City, pidió que le dejasen asistir a una ejecución, a pesar de que la legislación solo se lo permitía a los testigos del caso. «No es ninguna dama, es una reportera», sentenció el fiscal general de Utah. Como periodista especializada en criminalidad, despuntó en 1928 al ser capaz de llevar de Sing Sing al *Daily News* el carrete que un colega había empleado en una cámara atada a su pierna para sacar una instantánea de la asesina Ruth Snyder en la silla eléctrica. La «Mujer Araña» se había echado un amante pusilánime para matar a su marido y cobrar el dinero del seguro, argumento que inspiró la película de 1948 *Perdición,* en la que Barbara Stanwick seduce a Fred MacMurray para hacer el trabajo. La auténtica Ruth Snyder se convirtió en la primera mujer enviada a la silla eléctrica, otorgando la fama inmediata a la fotografía que Florabel ayudó a sacar de Sing Sing.

En el momento en que se mudó a la otra costa, era el epítome de la periodista curtida, que se nutría de una mezcla de escándalos hollywoodienses y cotilleos de la mafia mientras se burlaba, demasiado a menudo, del Departamento de Policía de Los Ángeles. Cuando en sus columnas diarias no los denominaba «Polis *à la Keystone**», le encantaba burlarse de sus persecuciones de aquellos crímenes de poca monta que provocaban titulares sobredimensionados.

Si Mickey Cohen está quebrantando las leyes, ¿por qué no detenerlo y acusarle de tales violaciones en vez de destaparlo todo a los cuatro vientos?

Los Ángeles es la tercera ciudad más grande del país y ya va siendo hora de que el departamento de policía madure en la misma medida. La opinión pública cada vez tiene menos confianza en los chicos de las placas cuando cada arresto es un nuevo dislate.

---

* En referencia a los *Keystone Cops* (los polis de Keystone), una serie de comedia muda, producida entre 1912 y 1917, protagonizada por un grupo de policías especialmente cómicos e incompetentes *(N. del T.).*

Me da la sensación de que están usando a Mickey como cabeza de turco. Podría aguarles la fiesta con tan solo desaparecer. Eso les dejaría sin nadie a quien echar las culpas.

Cháchara y más cháchara. Florabel Muir, a sus sesenta y un años, no iba a cometer un crimen o a ayudar a Mickey a robar a nadie pistola en mano, eso lo sabían. Y un poco de burla no estaba mal; ellos mismos se servían de ella. Pero Los Ángeles tenía enredos que iban más allá de una guerra de perdigones. Mickey atacaba con palabras y Florabel, a ojos de la policía, era su aliada. Y si bien aquello estaba muy lejos de las preocupaciones de un agente de a pie como O'Mara, que lo único que quería era echar el guante a ese tipo, a los padres de la ciudad también les importaba la imagen. Alguien, en un escalafón más alto que ellos, siempre decía: «Esto no pinta bien».

Así fue después de su funesto intento de demostrar que el obseso sexual de Miami había matado a la Dalia Negra.

Alguien salió de la reciente debacle de la Dalia Negra con algún tipo de recompensa. Willie Burns, de la Brigada de Élite de la policía de Los Ángeles, viajó a Miami para entrevistarse con la mujer de Leslie Dillon, considerado sospechoso antes de que Burns llegase a Miami. Probablemente el viaje de Willie a la costa Atlántica no sea una absoluta pérdida de dinero para los contribuyentes. A lo mejor se topa con algún gánster con intención de venir a California.

Al plantear la pregunta «¿A qué se dedica una Brigada de Élite?», Florabel se respondió en su improvisada tribuna diaria:

Al parecer, consagran parte de su tiempo a seguir a Mickey. Pero no parecen querer impedirle hacer lo que sea que haga que tan poco les gusta. Él sigue a lo suyo, y ellos siguen acosándolo...

Las Brigadas de Élite al estilo del juego de policías y ladrones no son la mejor forma de combatir el crimen organizado.

La gota que colmó el vaso llegó con la emboscada del Sherry's, cuando la columnista del *Mirror* consideró adecuado repetir la teoría que el propio Mickey había desacreditado: que la policía de Los Ángeles estaba detrás de todo. El departamento. Ellos.

El aspecto más desafortunado de todo este asunto es que mucha gente se ha hecho la idea inamovible de que fue la propia policía la que abrió fuego contra Mickey. Son varias las personas que me han hecho llegar esta impresión.

Sería inconcebible para cualquier persona en sus cabales que los agentes de policía pudieran rebajarse a disparar a un grupo de personas solo para acabar con un hombre que no les cae bien.

Así era Florabel. Cháchara. Nunca paraba.

Nadie habría imaginado que sería la misma que ayudaría a salvar a la brigada cuando, en 1950, fue designado el nuevo jefe permanente del Departamento de Policía de Los Ángeles. Se trataba de otro hijo del Salvaje Oeste, del hombre que revolucionaría el método policial en Estados Unidos.

Ningún jefe de policía tuvo jamás un lugar de nacimiento con el nombre más apropiado que William H. Parker. Nació en Lead City*, Dakota del Sur, y se crió en Deadwood, en el seno de una familia arraigada en la ley de la frontera y un férreo código moral. Su abuelo había sido un coronel de la guerra civil (en el bando de la Unión) que se fue a las Colinas Negras, donde lideró una milicia minera, luchó contra los burdeles y se convirtió en fiscal del distrito y congresista de los Estados Unidos, antes de morir de cirrosis, la enfermedad de los bebedores. Su nieto ganó un premio de oratoria en el instituto, pero dio sus primeros pasos en la vida, a la edad adolescente, como un humilde botones y detective a tiempo parcial en un hotel de Deadwood, antes de que su madre anunciase que se mudaban, sin su padre, a Los Ángeles. Los Parker llegaron en 1922, el mismo año que los Whalen vinieron al oeste desde Saint Louis y los O'Mara desde Portland, y se asentaron cerca de Westlake Park. Mientras Fred y Lillian Whalen equipaban su tienda con ropa interior robada a la competencia, el joven Bill Parker pasó por varios trabajos, como acomodador de cines y conductor de taxi, antes de enrolarse en una escuela de abogacía local. Era la época en la que no se exigía una licenciatura universitaria para ejercer. Aun así, seguía necesitando dinero, por lo que solicitó su ingreso en el Departamento de Policía de Los Ángeles e ingresó en 1927, lo que le permitió conocer lo peor del departamento de primera mano. Aprendió lo necesaria que era para los policías una fuerte base moral para resistirse a las tentaciones que afrontaban, así como para las instituciones que castigaban a los que no lo hacían, al menos hasta que Dios dispensase el Juicio Final. «La Historia de la

---

* «Lead» significa plomo, pero tiene una connotación de liderazgo, según acepciones *(N. del T.)*.

policía no es un cuento de hadas», admitió una vez. «No inspira confianza.»

La carrera de Parker se vio interrumpida únicamente por los veintiséis meses que pasó en ultramar, durante la Segunda Guerra Mundial. Fue herido en Normandía y desarrolló un plan de prisiones para los alemanes capturados durante la invasión aliada. También ayudó a establecer departamentos de policía de postguerra en Múnich y Fráncfort, y recibió la *Croix de Guerre* del Gobierno francés por su participación en la liberación de París. Era un hombre de equipo en todos los sentidos y ostentó puestos de mando de vuelta a su país, en la Liga de Protección Policial y de Incendios, la Legión Americana y, más tarde, en los Boy Scouts. Aunque pareciese demasiado perfecto, no lo era; heredó la propensión del abuelo a la bebida y, con ella, el apodo: «Whisky Bill». Se encontraba en su segundo matrimonio cuando se convirtió en jefe de la policía, con cuarenta y cinco años y sin hijos. Al igual que Mickey Cohen y su mujer, los Parker eran aficionados a los perros.

Tras el ascenso, Parker acudió a la radio, el 9 de agosto de 1950, y habló sin tapujos del desafío moral que afrontaba la comunidad y su propio departamento: «Hay hombres malvados con corazones malignos que se sustentan a costa de la sociedad. Hay hombres que carecen de control sobre sus fuertes pasiones… A fin de dominar y reprimir esas fuerzas malignas se creó la policía… A veces, los hombres malvados evitan los mecanismos de detección del proceso de selección y se abren camino hasta el cuerpo de policía. Sus actos malignos, cuando son descubiertos, arrojan una sombra de descrédito sobre el colectivo».

El jefe William H. Parker se convirtió así en el mayor exponente de Asuntos Internos, de controlar a los tuyos con mayor vehemencia que a la propia ciudad. Se acabaron los policías de a pie cogiendo manzanas sin pagar por ellas en la tienda de alimentos de la esquina; se acabaron las cenas gratuitas en Sunset; se acabaron los agentes de Antivicio disfrutando de los servicios de una proxeneta local. Y quién sabe si no se acababa también la Brigada de Élite.

Jack O'Mara fumaba su pipa mientras estudiaba atentamente el teletipo. En ese momento, apareció su nuevo jefe. Otros estaban redactando informes sobre a qué delincuentes habían visto tomándose una copa con quién la noche anterior. Visto desde fuera, era como si recibiesen un sueldo por pasarse el día sentados. Con Keeler ya había trabajado a las órdenes de Parker antes de la guerra, y advirtió al equipo: «Es un hombre muy abrupto. Creedme, si os salís de la línea marcada, os correrá a palos». En ese momento, O'Mara vio que Parker los miraba como preguntándose qué estaban haciendo esos imbéciles en su despacho. ¿Qué hacían allí con Tommies? O'Mara le oyó murmurar: «Qué demonios...», y, enseguida, el comandante le advirtió:

—No tiene ni idea de lo que estáis haciendo. Os va a quitar de en medio, chicos.

Así, Parker puso a la unidad bajo el mando de uno de sus ayudantes de mayor confianza, el alto e impasible capitán James Hamilton, a quien le mandó preparar las órdenes de traslado para los hombres, designando a unos cuantos a Tráfico, a Investigación de Accidentes. La perspectiva era muy desalentadora para O'Mara, que se había unido al departamento cuando era un joven demasiado beligerante con el sueño de, algún día, convertirse en jefe. Había llevado a criminales hasta las colinas, dejado sola a su esposa en Navidad para hacerse pasar por el chófer de un psiquiatra loco y metido las manos hasta el fondo en todos los trabajos sucios de la Brigada de Élite. Y ahora le iban a premiar destinándole a investigar a los que se saltaban las señales. Al menos tendría algo de tiempo antes de que su carrera se fuese por el sumidero. Pensó que podría utilizarlo para hacer una última visita a Mickey.

O'Mara vio la puerta abierta cuando averiguó que uno de los guardias de Mickey tenía una orden de arresto dictada en su contra. O'Mara «animó» al guarda para que lo dejara y que convenciese a Mickey de contratar a un «colega» en su lugar. El «colega» era Neal Hawkins, cuyo perfil era sobradamente atractivo para el habitante más célebre de Brentwood. Hawkins era un chico duro de Brooklyn que se había ido a Los Ángeles cuando el ejército le mandó a buscar reclutas al campus de la UCLA para defender el territorio nacional de los ataques aéreos japoneses. Tras aquello, recibió entrenamiento en artillería y demoliciones y fue enviado al norte de África e Italia con un pelotón que debía desestabilizar el enemigo volando infraestructuras, como puentes. Después de la guerra, Hawkins regresó a casa como civil y encontró trabajo como administrativo y vigilante armado en una licorería de Santa Mónica que también se dedicaba a actividades paralelas (muchas de las cuales suscitarían el interés de Mickey en Hawkins). Pero también era el informador de cierto policía. Gracias al Fondo del Servicio Secreto uno se podía ganar muchos amigos.

El nuevo guarda de Mickey se ganaba parte de su sueldo durante el verano de 1950 haciendo la ronda por la propiedad de Mickey cada hora, investigando cualquier ruido y abriendo la puerta principal para que cualquier visitante con malas intenciones lo pillase a él en vez de a Mickey. Hawkins se ganaba el resto de la paga alertando al sargento O'Mara sobre las entradas y salidas de la casa. Informó cumplidamente de una conversación que había oído en la que Mickey planeaba un viaje a Texas con un acompañante: curiosamente el marido de Florabel Muir, Denny Morrison, un antiguo copista y publicista cinematográfico. Más adelante, Mickey insistiría en que había contratado a Morrison simplemente para pulir sus formas verbales, para ayudarle a evolucionar enseñándole una palabra o una frase nueva cada día. Una vez, Mickey exhibió sus nuevos conocimientos permitiendo que su guardaespaldas, Johnny Stompanato, ganase una partida de cartas para poder decir: «*Noblesse oblige*». Cuando Johnny le preguntó que qué era eso, Mickey respondió: «Algo que un paleto como tú no comprendería».

Para Jack O'Mara, el hecho de que Mickey hubiera contratado al marido de Florabel era la confirmación de que ella era algo más que su aliada. Era su vocera a sueldo. No obstante, aunque lo normal era que sus dentelladas fuesen dirigidas principalmente contra el departamento de policía, Mickey no se libraba de algún mordisco puntual. Al día siguiente de que atentaran contra ellos a la salida del Sherry's, ella escribió: «Me gustaría decirle a Mickey: "Déjalo todo, chico. Permite que todos esos que quieren arrebatarte tu irreal dominio se lo queden. Recoge tus ganancias y piérdete por los caminos secundarios de la vida"». Pero el hecho de que Florabel cuestionara ocasionalmente la inteligencia de Mickey difícilmente explicaba por qué su marido se iba a Texas con él, y mucho menos otro detalle del viaje: cuando O'Mara los siguió hasta el aeropuerto, descubrió que habían reservado billetes para Denny Morrison y Denny Morrison Jr.

O'Mara volvió rápidamente a la oficina del ayuntamiento y dejó una nota pidiendo al sargento del turno de mañana que pusiera un cable a los Rangers de Texas, informando de que Mickey se dirigía hacía allí con un nombre falso. Luego se fue a su casa, a acostarse, sin saber si los Rangers harían lo que esperaba. Y sí que lo hicieron. Los policías de Texas trataron la llegada de Mickey como si Bonny y Clyde regresasen de entre los muertos. Los Rangers, dirigidos por el capitán Manuel «Lobo Solitario» Gonzaullas, perdieron a Mickey en Odessa, donde fue recibido por un prominente jugador de Texas. Recuperaron su pista cuando el chófer de su anfitrión llevó a Mickey a Wichita Falls, cerca de la frontera del Río Rojo con Oklahoma. Cuando los Rangers asaltaron su habitación del Kemp Hotel a las tres de la madrugada, Mickey protestó, argumentando que estaba en un viaje de negocios legítimo con un empresario del petróleo para el arriendo de tres pozos. Los Rangers le dijeron que se olvidase. Tenía que hacer las maletas, lo mismo que su compañero de viaje. Mickey lo identificó como su agente publicitario.

En Los Ángeles, el editor del *Mirror*, Virgil Pinkley, recibió una llamada en plena noche preguntándole por qué el marido de su columnista estrella tenía tratos con Mickey Cohen. Cuando el editor llamó a Florabel, esta negó que su marido estuviera en Texas. Dijo:

—Está durmiendo a mi lado… ¿Quieres que te lo pase?

Entonces fue Jack O'Mara quien vio interrumpido su sueño por el timbre del teléfono. El teniente le advertía de que su trasero estaba en la cuerda floja.

Estaban dispuestos a colgarme hasta que me secara. Estaban pasando mil cosas en el corazón de Texas, y Pinkley va y le pregunta a Florabel Muir que dónde está su marido.

Está aquí.

Imagino que Pinkley diría: «Me fío de tu palabra». Y, ¿sabes?, Pinkley echó mano del jefe Parker y le preguntó qué demonios estábamos haciendo con su gente. Siguiendo la cadena, el siguiente en tener que salir de la cama fui yo.

«¿De qué demonios me estás hablando?», pregunté.

«¿Es que no lo sabes?», protestó el teniente. «La mierda está empezando a salpicar a todo el mundo. Pinkley está incordiando a Parker.»

«Escucha», dije, «conozco a esos malnacidos y los vi subirse al avión. Dile a Parker que eso es exactamente lo que ha pasado.»

Nadie pudo dudar del relato de O'Mara cuando los Rangers de Texas escoltaron a Mickey y su pequeño cortejo al vuelo de regreso a casa; ni cuando hicieron una parada en El Paso, donde le tomaron las huellas, le hicieron las fotos del expediente y de todo, menos exhibirlo en un corral. El gobernador del Estado acudió al acto y dijo:

—Si estás pensando en venirte a Texas, piénsatelo más. Y si ya estás en Texas, lárgate.

Florabel intentó hacerse la indiferente sobre el porqué de la presencia de su marido con Mickey en Texas; diría que era una misión secreta para buscar a uno de los chicos de Mickey, que se había desvanecido tras el atentado de Sunset. David Ogul, de metro sesenta y tres, y otro de los «Siete Enanitos» habían desaparecido un mes atrás sin dejar rastro, más allá de unas llaves de coche halladas en un desagüe pluvial. Las desapariciones le salían caras a Mickey (se enfrentaba a un decomiso de 50.000 y 25.000 dólares respectivamente por las fianzas depositadas) pero no vio la necesidad de fingir que los estaba buscando en los campos petrolíferos del norte de Texas. «Están muertos», dijo.

Una aglomeración esperaba en el aeropuerto de Los Ángeles cuando el vuelo de American Airlines, procedente de El Paso, aterrizó allí el 31 de agosto de 1950. Mickey fue el último en salir del avión, ataviado con un traje gris y un sombrero de ala ancha, pero sin corbata y pidiendo a gritos un afeitado.

—¿A qué se debe esta recepción? —preguntó con sarcasmo antes de ofrecer una observación sobre la vida en Texas—: Bueno, la comida no estaba mal.

Pero *Los Angeles Times* reparó en que alguien más salía del avión. Era uno de los primeros pasajeros que pasaron por la puerta y desapareció rápidamente entre el gentío. «Denny Morrison, el compañero del notorio viaje de Mickey, no dio muestras de pertenecer a la misma comitiva.»

Lo único que contaba para el sargento Jack O'Mara era la experiencia del jefe Bill Parker, que llevaba menos de un mes en el puesto: primero, el jefe recibió una efusiva llamada de agradecimiento del jefe de los Rangers de Texas. Luego llegó la disculpa del editor del periódico que se había dedicado a apalear al departamento gratuitamente. Parker tuvo que asistir al funeral de un agente a la mañana siguiente, pero uno de los miembros de la brigada le vio meterse en su coche con uno de sus ayudantes de mayor confianza, el capitán Hamilton, para hablar de trabajo en pleno cementerio.

Ya no iban a suprimir la brigada que, en 1946, había empezado con ocho hombres que celebraban sus reuniones en las esquinas de las calles. El jefe William Parker y el capitán James Hamilton, no obstante, la renombraron: la División de Inteligencia. Les ordenaron que guardasen las Tommies en un armario y los volvieron a trasladar… hasta el otro lado del pasillo.

Pero, bajo su vigilancia, la brigada aumentaría hasta los cincuenta investigadores, decididos, como Jack O'Mara, a acabar con Mickey Cohen.

CAPÍTULO 13

Cincuenta y ocho fiambres y una boda

A los periodistas no les costó encontrar un apodo para los dos delincuentes de Kansas City asesinados la noche del 6 de agosto de 1951: «Los Dos Tonys». Anthony Brancato y Anthony Trombino recibieron disparos en la nuca y fueron abandonados en su coche, en una calle de Hollywood. La foto del suceso estaba a la altura de los años 20: los dos cadáveres en los asientos delanteros del sedán con las cabezas hacia atrás, los rostros ensangrentados y agujeros de bala en el parabrisas.

El día anterior al asesinato doble, los mandos del Departamento de Policía de Los Ángeles decidieron crear una lista de todos los asesinatos relacionados con la mafia a lo largo del siglo XX. Se titulaba *Gangland Killings, Los Angeles Area, 1900-1951**. El informe se remontaba a cuando los fruteros

---

* Asesinatos de bandas, área de Los Ángeles, 1900-1951 *(N. del T.)*.

luchaban entre sí por el territorio del centro y la Mano Negra se enfrentó a ellos para llevarse parte del negocio. Joe Ardizzone, como era de esperar, era la estrella de los primeros años como el primer pistolero identificado en relación a un asesinato, en 1906, hasta ser absuelto «por falta de pruebas y testigos dispuestos a testificar». Pero podía figurar en la lista con otra calidad, la de víctima, cuando desapareció del mapa tras abandonar sus viñedos de Sunland en 1931. Nadie sabía a ciencia cierta a cuántas personas había matado el Hombre de Hierro durante su carrera de veinticinco años.

El informe del departamento concluía que los primeros asesinatos estaban relacionados con «el elemento italiano…, ya con propósitos de intimidación, extorsión, venganza o envidia», mientras que la segunda fase, a lo largo de la Prohibición, estaba eminentemente orientada a los beneficios. «La oportunidad de traficar con licor dio a este tipo de personas la oportunidad de ganar dinero rápidamente en grandes cantidades.» La tercera fase de asesinatos respondía a una motivación muy obvia: el fin de la Prohibición y el auge del juego ilegal. Pero el estudio identificaba otra tendencia simultánea; la apuesta de cierto grupo para hacerse con una porción importante de la tarta que se llevaban extorsionadores del estado como Guy McAfee, el antiguo capitán de Antivicio. El informe no se pudo resistir a cierta narrativa hiperventilada a la hora de describir la nueva fuerza que empezaba a tomar forma en la vieja guardia de Los Ángeles: «McAfee rehusó y se dice que preguntó que quién demonios era Jack Dragna. ¡Pues lo descubrió! Ladrones armados se llevaron la contabilidad y los corredores fueron acosados… ¡En nada de tiempo, los italianos ya estaban dentro!». Pero lo más curioso era que el informe hablaba de estos nuevos poderes como «los líderes de la mafia».

Décadas más tarde, gracias a unos cuantos arrepentidos y el propio cine, la opinión pública estadounidense estaría vacunada contra esa referencia. Pero la mafia era un concepto controvertido en 1951. Ya en 1928, dos docenas de personalidades del crimen siciliano habían sido descubiertas en una reunión celebrada en Cleveland: Joe Profaci, de Nueva York, insistió en que se encontraba allí por el negocio del aceite de oliva, por mucho que Cleveland no contase con ninguna industria relacionada. Pero, aun así, hasta el oficial de policía más competente del país seguía permaneciendo escéptico ante cualquier mención de la mafia o del crimen organizado en general. Había muchos desesperados por ahí, así como círculos criminales, por supuesto, y sus agentes contribuían a la lucha contra esos Enemigos Públicos. Sin embargo, el FBI de J. Edgar Hoover desestimó cualquier noción de sindicato nacional del crimen, tildándola de camelo.

El Departamento de Policía de Los Ángeles no estaba de acuerdo con ese enfoque, y cuando el senador de los Estados Unidos Estes Kefauver decidió investigar los negocios del crimen organizado en el país, se fio de sus archivos. El cuadernillo negro de Con Keeler había evolucionado entonces hasta convertirse en elaborados diagramas de flujos, con triángulos y líneas que conectaban cada figura sospechosa de pertenecer al crimen organizado con otra docena más. La comisión del senador de Tennessee identificó a un grupo de testigos que compartían el escepticismo de Hoover acerca de la mafia. Los presuntos líderes y soldados de la sombría organización criminal secundaban al 100% al director del FBI. «Era virtualmente unánime su completa ignorancia sobre tal grupo.»

El informe interno del departamento, *Gangland Killings*, reflejaba su propia conexión del aceite de oliva: el cadáver de un contrabandista de licor hallado sobre seis bidones de aquella sustancia en 1927. «Tiroteado en plena calle» era la circunstancia que más se repetía a lo largo de las cinco décadas de derramamiento de sangre relativo al crimen organizado, con la única excepción de «un cuerpo encontrado en un depósito de agua». En cuanto a las armas, las cortas eran las favoritas con respecto a las escopetas, los instrumentos contundentes y los garrotes («estrangulados»). Entre las motivaciones, la venganza era más habitual que el robo violento. Una víctima conducía un Willus-Knight y la otra un Cadillac púrpura. Se dio por muerto a su propietario cuando este desapareció, y más tarde encontraron en su coche restos de tierra del pozo petrolífero del condado de Riverside. El pozo recibía el nombre de «cementerio de bandas», complementando al «Shotgun Alley» del centro.

Pero se daba una perturbadora constante a lo largo de la primera mitad del siglo XX: la facilidad con la que se salía airoso de un asesinato en Los Ángeles. El estudio reflejaba cincuenta y ocho asesinatos de bandas en ese período. ¿Adivinamos el número de condenas? Una.

Se dieron algunos casos de justicia callejera, en los que los sospechosos de haber participado en las matanzas eran abatidos por sus mismos medios. Pero la única condena emanada de un tribunal se produjo a cuenta del asesinato, en 1937, de George «Les» Bruneman, que se las daba del amo del juego en el sur de California; ni Bugsy Siegel ni Jack Dragna. Bruneman ya había sido herido en una emboscada y se estaba recuperando en el hospital Queen of Angels cuando invitó a una enfermera a almorzar en el café The Roost. Allí irrumpieron dos hombres y terminaron el trabajo, disparando catorce veces a la víctima y matando, de paso, al camarero que salió tras ellos. Dos años después, un informador contó a las autoridades que uno de los asesinos era Pete Pianezzi, que había cumplido condena por el robo a un banco. Pianezzi expresó su asombro cuando fue arrestado y nueve de los once testigos del asesinato fueron incapaces de identificarlo. Sin embargo, la mujer del propietario de la cafetería declaró haber visto perfectamente a los dos asesinos. «Llevaban armas de gran calibre en cada mano. Uno de ellos me hipnotizó con sus fríos y acerados ojos; nunca los olvidaré.» El fiscal preguntó:

—¿Ve esos mismos ojos hoy en esta sala?

Y ella repuso:

—Sí, son los de ese hombre.

Y eso bastó para que las autoridades se apuntasen la única condena en cincuenta y un años.

¿Y qué si Pianezzi era el hombre equivocado, abocado a la exoneración, una víctima clásica de las poco fiables identificaciones oculares? Esa arruga tardaría años en alisarse. Seguía entre rejas cuando el Departamento de Policía de Los Ángeles elaboró el informe del medio siglo de matanzas, permitiendo enarbolar su caso como el único éxito entre páginas de estudios plagadas de términos como: «sin pistas», «dos desconocidos» o «detenido y posteriormente puesto en libertad». Y así seguía, una y otra vez, con una banda y la otra, acabando en «sin procesamiento» o, en el caso más optimista, «sin procesamiento hasta la fecha». El asesinato en una barbería, la nochevieja de 1907, de Giovannino Bentivegna, cuyo cuerpo fue hallado con una caricatura de un payaso y un policía, aún aparecía en el informe, cuarenta y cuatro años después, como «sin procesamiento hasta la fecha».

Desde los días de la Mano Negra en adelante, nadie movió un dedo ante el intimidatorio código de silencio del mundo del crimen organizado, o la frecuente ausencia de testigos. Eso ocurría con el primer caso reflejado en el informe encargado por el jefe Parker: el asesinato de Sam Rummel, el abogado de Mickey Cohen que había ayudado a exponer los escándalos de 1949. Cayó en una emboscada mientras recorría la distancia entre su coche y su casa de Laurel Canyon, a la una de la madrugada del 11 de diciembre de 1950. La única pista era la recortada Remington que habían dejado apoyada en el árbol, y cuyo robo había sido denunciado en 1913, alimentando la lista de los «sin procesamiento».

No fue complicado hallar un móvil o a un sospechoso en la masacre de los Dos Tonys, en 1951. Los veteranos pistoleros de Kansas City acababan de suscitar las iras de los jefes de los bajos fondos al robar la caja del viejo palacio de Bugsy en Las Vegas, el Flamingo. También fingían ser, a veces, recaudadores de Mickey o Dragna (cuando no lo eran), una práctica que les hizo ganarse la «desaprobación de ciertas personas», indicaría un informe de la policía. Vamos, que se lo buscaron ellos solos.

Horas antes de dar su último aliento, habían sido vistos en una reunión con Jimmy Fratianno en el apartamento de un actor que llevaba apuestas en los estudios. Esa noche, Trombino estaba a punto de encenderse un puro en el asiento delantero de su Oldsmobile, con Brancato a su lado, cuando dos hombres, que estaban escondidos en los asientos posteriores, les descerrajaron siete u ocho disparos, desparramándoles los sesos. Una agenda de teléfonos hallada en el coche contenía un mensaje bíblico apuntado en la cubierta: «Jesús viene de camino, ¿estás listo para reunirte con Él?». El escenario del crimen volvía a ser un lugar demasiado público, en North Ogden Drive, muy cerca de Hollywood Boulevard.

Nadie tuvo que decirle a la policía de la ciudad de quién sospechar primero. La muerte seguía muy de cerca los pasos de Jimmy el Comadreja. No era solo cómo había salido de la mercería de Mickey justo antes de que Hooky Rothman fuese acribillado. Fratianno también se había citado para cenar con uno de los matones de Mickey la noche que desapareció. Hablamos de Frank Niccoli. Cuando Jimmy el Comadreja empezó a hablar de esas cosas, mucho más tarde en su vida, dijo que habían usado el viejo truco de la cuerda con Frankie: una cuerda atada al cuello y dos hombres tirando de ambos lados. También dijo que no era una escena agradable: «El hijo de perra se orinó en mi alfombra nueva». Pero costaba mucho ganarse la vida únicamente como asesino, así que Fratianno viajó a San Diego y se metió en la venta de zumos de naranja a los bares; ya se sabe: págame como si te vendiera mucho zumo, o te arrepentirás. Lo curioso era que actuaba como una verdadera comadreja cuando la brigada lo acosaba. Al pateador tejano de la brigada, Jumbo Kennard, a menudo le asignaban a Fratianno, y siempre surtía efecto cuando agarraba a alguien de la cabeza con su descomunal mano y lo levantaba. Fratianno lloraba:

—¡No me pegues! ¡No me pegues! ¡Tengo pelotas de ping-pong en los pulmones!

Y no era mentira. Los médicos le habían puesto esas pelotas ahí para mantener los pulmones hinchados tras una peligrosa infección.

Como era de esperar, Fratianno tenía una coartada para la noche en que liquidaron a los Dos Tonys: estaba cenando en Smoke House, Burbank, con Nicola «Nick» Licata, y pasó el resto de la noche en una fiesta celebrada en el propio local de este, el Five O'Clock Club. Licata era un antiguo contrabandista de licor de Detroit de aspecto venerable que, de la mafia de Los Ángeles, solo respondía ante Jack Dragna. Corroboró obedientemente la coartada de Fratianno, como otros once al poco de producirse la matanza. Todo el mundo secundaba la coartada del Comadreja. La policía intentó que una empleada del Schwab's declarase que uno de los pitillos encontrados en la escena del crimen coincidía con la marca favorita de Fratianno, pero ella dijo que no, que esa era muy barata, a tres cigarrillos el dólar. Jimmy el comadreja era más de puros de ochenta centavos. Una de las camareras del Five O'Clock Club se quejó de que dos detectives del Departamento de Policía de Los Ángeles la quemaron con cigarrillos para que admitiese que Fratianno no había estado en la fiesta. Pero no se arrugó y también confirmó la coartada. El doble asesinato de los Dos Tonys estaba destinado a convertirse en otro «sin procesamiento hasta la fecha» más.

En un trabajo como el de O'Mara, lo que hay que hacer es conformarse con todas las victorias que uno pueda conseguir. Por eso se ofreció voluntario para ayudar con la investigación de los Dos Tonys, en concreto con la implicación en esta de Licata. No esperaba milagros (un jefe mafioso nunca delata a sus pistoleros leales), pero lo intentaría de todos modos, cualquier cosa menos quedarse quieto. «Dije que ya conocía a Nick, pero que iría de todos modos.»

O'Mara había trabado conocimiento con el número dos de la mafia local a base de mucho charlar en su club, incluso aceptando el quinto whisky de la mano de aquel pulcro siciliano que exhibía un pañuelo cuidadosamente doblado en el bolsillo de pecho de su chaqueta. Aceptar una copa iba en contra de la naturaleza de O'Mara, pero sintió que no podía rechazar ese regalo. Esa noche, la idea era fingir que eran colegas y mantener a Licata ocupado el tiempo suficiente para que Keeler colocara un par de micrófonos en su casa de Overland Avenue, en el barrio de Palms, en dirección al aeropuerto.

Cuando O'Mara se presentó en la casa después de lo de los Dos Tonys, Nick Licata le recibió con un «¿Cómo te va?» pronunciado con su inglés plagado de acento, antes de empezar el interrogatorio.

—*¿Posees armas?*
—*Sí, O'Mara, tengo armas.*
—*¿Escopetas?*
—*Sí, escopetas.*
—*Las guardas para protegerte, ¿verdad?*
—*Sí, para protegerme...*

O'Mara y su compañero cargaron las escopetas en el maletero y aguardaron mientras Licata cogía su gabardina, todo en plan muy amistoso.

Tras el golpe de los Dos Tonys, todos los sospechosos y testigos de coartada fueron citados en el centro de interrogatorios secreto del departamento, en la tercera planta del hotel Ambassador, lejos de las comisarías donde la prensa estaría revoloteando como aves carroñeras. El interrogatorio lo llevaron a cabo personas de rango superior al de O'Mara. El capitán Hamilton se guardó el privilegio de interrogar a Jimmy el Comadreja. Pero, al día siguiente, O'Mara recibió una llamada de Carlo, el hijo de veinte años de Licata, quejándose de que la familia había sido incapaz de encontrar a su padre.

—¿Puedo ir a ver a mi padre? —pidió, y O'Mara lo arregló, sin abandonar su papel de «mejor amigo», porque más adelante...

Más adelante, O'Mara volvió a presentarse en la casa de Licata como parte de otra redada de sospechosos por un crimen que nunca sería resuelto. Para entonces, él ya era como de la familia, el poli amable. Así que Licata, padre, le pidió otro favor con su pesado acento.

—Verá, señor O'Mara, mi mujer me está preparando un rico pollo para cenar. Antes de ir al centro...

Y O'Mara le respondió:

—Eh, Nick, cena tranquilo. No tengo prisa. ¿Te importa que use tu teléfono?

El teléfono tenía un cordón muy largo, de quince metros o más, para que Licata pudiera llevárselo a su despacho privado. Pero O'Mara se lo llevó a la cocina. Se puso a registrar en busca de cualquier cosa que pudiera robar. Así es como se topó con los papeles de la boda. El hijo de Licata se había casado con la hija de Black Bill Tocco, un jefe de la mafia de Detroit que vivía en la opulencia de Grosse Pointe, Michigan, en una mansión equipada con una piscina de veinticinco metros. El año anterior, el hijo de Tocco se había casado con la hija de Joe Profaci, de Nueva York. Estaba tejiendo una red de costa a costa con esas uniones familiares. Siguiendo la etiqueta de rigor, la familia de la novia era la que mandaba las invitaciones, pero en este caso los Licata también lo habían hecho, avisando personalmente a su círculo de amigos de tan glorioso evento. Todas las respuestas, las felicitaciones y las flores con tarjetas llegaron a la casa de Overland Avenue, donde Jack O'Mara estaba dando a Nick Licata todo el tiempo del mundo para que saboreara el pollo de su mujer.

Entré en la cocina con el teléfono y me puse a rebuscar en los cajones, ya sabes, mientras lo vigilaba por la ventana. Encontré las invitaciones de la boda y me las metí en el bolsillo de la gabardina, ya sabes. Iba cargado con todas esas respuestas, vamos, toda la condenada mafia del país ahí dentro. Lo cierto es que, técnicamente, cometí un hurto. A fin de cuentas, lo que está prohibido es colarse en la casa para robar. Yo prefería pensar que estaba poniendo orden...

Llámese hurto, o higiene doméstica, tanto daba. O'Mara no iba a discutir. Otras agencias policiales tuvieron que acampar en el exterior del recinto de la boda, en Detroit, con cámaras y prismáticos para identificar a los centenares de invitados que iban y venían en limusinas. En Los Ángeles, la Brigada de Élite no tuvo que depender de fotos borrosas para rellenar las fichas que ahora ocupaban diez armarios a lo largo de una pared del ayuntamiento.

Las pequeñas victorias, esa era su realidad. Y del mismo modo llegaron finalmente hasta Dragna, colocando un micrófono en el colchón de su amante.

CAPÍTULO 14

Un micrófono en la cama

Desde el principio, tratar con Jack Ignatius Dragna fue todo lo contrario a hacerlo con Mickey. Una vez, se quejó a Jimmy el Comadreja de que costaba mucho matar a Mickey porque siempre estaba rodeado de polis y periodistas. A Dragna no le gustaba ninguno de los dos colectivos. Mantener una gélida distancia era la norma cuando la Brigada de Élite se apostaba frente a su almacén de plátanos, o en el Victory Market, donde celebraba reuniones en un cuarto trasero de paredes de cemento.

Había una destartalada pensión frente a su almacén, en el extremo sur del centro de la ciudad, junto a Central Avenue, de modo que la brigada alquiló una habitación de la primera planta, desde cuya ventana apuntaba su cámara de ocho milímetros. Grababan a todo el que iba y venía de la Latin Import & Export Co. de Dragna, y de algo sirvió, ya que identificaron a los hermanos Sica y algunos otros italianos que llevaban mucho tiempo con Mickey, pero que ahora se «habían pasado al otro bando», concluyeron. Pero las imágenes de poco servían sin sonido, y tampoco es que pudieran oír mucho, ni siquiera después de que Keeler interviniera un poste de teléfonos cerca del almacén. Colocó un micrófono en un agujero practicado en el poste, cerca de donde Dragna y su gente se ponía para hablar mientras paseaba. Cualquier conversación se veía ahogada, no obstante, por el sonido del tráfico. Las únicas pruebas incriminatorias que poseían en sus películas mudas eran de policías que llegaban con las manos vacías y salían con plátanos a brazos llenos. Dragna los transportaba hasta Los Ángeles. Los policías que se servían gratuitamente fueron sorprendidos con duros sermones, pero solo cuando las filmaciones ocultas se interrumpieron.

Les fue un poco mejor en el mercado donde Dragna tenía su oficina fortificada. Tenían un guarda que patrullaba todas las noches y dejaba pocas oportunidades de colarse y poner un micrófono, ya ni hablemos de esconderlo. Pero ¿por qué no intentarlo? Con Keeler era el que se colaría dentro, como de costumbre, mientras que Dick Williams dirigía el equipo de apoyo que vigilaba al guarda desde los coches escondidos. Pero cuando Keeler hacía operaciones de infiltración, siempre quería tener cerca al Ranger del ejército de un metro noventa, el mismo que podía romperle el cuello a cualquiera, llegada la necesidad.

Dick Williams siempre era mi mano derecha cuando me metía en embolados como esos. Teníamos a un equipo emboscado en la parte frontal, era toda la cobertura que nos podíamos permitir. Para llegar al despacho de Jack Dragna, tuvimos que atravesar todo el Victory Market, forzar dos cerraduras y, además, sortear al guarda nocturno que se pasaba cada veinte minutos y lo comprobaba todo. Tuvimos que mantenerlo vigilado y aprovechar entre ronda y ronda: entrar y abrir la puerta de esa sala de cemento, donde celebraban sus reuniones. Allí tenían una gran caja fuerte, pero las cajas no son lo mío, nada podía hacer al respecto. De haber sabido lo que contenía, ya habría imaginado una forma de robarlo.

Nunca sale nada perfecto, pero conseguimos entrar y logré plantar el micrófono y ocultarlo lo mejor que supe. Estuvo un par de semanas antes de que lo descubrieran. Joe Sica salió con el micrófono y el cable colgando, mirando a un lado y a otro de la calle, antes de estrellarlo contra el bordillo. No sé... Siguió mirándome, teníamos una emboscada lista, y estrelló esa cosa contra el bordillo.

Ahí nos pillaron. Pero después de aquello lo intentamos con un poco de psicología. Teníamos a un equipo siguiendo a Dragna: Unland y Roberson, se les daba bien seguir. Se estaba volviendo loco porque, cada vez que se paraba a hablar con alguien en una esquina, nuestro coche se paraba en la acera de enfrente con los dos agentes dentro. Para ahondar más en su desdicha, les entregué unos auriculares. No teníamos micrófonos, pero les dije: «La próxima vez que lo veáis en la calle hablando con alguien, ponéoslos. Cuando os mire, agacharos un poco, como si quisierais esconderos». Lo hicieron un día y, demonios, Dragna fue hacia ellos gritando como un loco. Quienquiera que fuese su interlocutor, estaba convencido de que los estábamos escuchando con nuestros auriculares.

Los dos agentes de la brigada que seguían a Dragna no habían oído hablar nunca de él cuando se ofrecieron voluntarios desde la División Central. William R. «Billy Dick» Unland y H. E. «Robbie» Roberson componían la mejor pareja de patrulleros en un territorio que incluía Pershing Square y su hotel Baltimore cuando su teniente fue trasladado a la brigada. «Llévenos con usted», le pidió Unland, y eso hizo. Pero cuando se les dijo que su misión era Dragna, solo se les ocurrió pensar en *Dragnet,* el programa de radio que había empezado a emitirse en la televisión en 1949, protagonizado por el poco conocido actor Jack Webb. Interpretaba al férreo detective del Departamento de Policía de Los Ángeles Joe Friday, que siempre hablaba con tono seco y rostro impasible, aunque vivía con su madre. Pronto Unland se dio cuenta de que su tarea no tenía nada que ver con una novela radiada. «Vamos a por los *dagos**.»

Unland había servido en la Armada durante la campaña del Pacífico. Desembarcó en las Filipinas desde una LCT, una lancha de desembarco, como la que Dragna reconvirtió para transportar sus plátanos. Cuando Bill Parker pasó a ser jefe, en 1949, estimó que 3.000 de los 4.493 nuevos agentes del Departamento de Policía de Los Ángeles habían ingresado en el cuerpo tras la guerra. Unland era uno de ellos. Vivía en la misma zona residencial que Jack O'Mara y, cuando se unió a la División de Inteligencia, se le pidió que llevase en coche a un sargento a la oficina.

—Pues lo recogí, como me mandaron. Yo era joven en aquella época y cuando Jack O'Mara salió del edificio,

---

* Término ofensivo para referirse a una persona italiana *(N. del T.).*

gabardina en mano y fumando pipa, creo, recuerdo que me pareció increíblemente mayor.

O'Mara tenía treinta y dos años.

Aquel novato tenía muchas cosas que aprender. No pasaría mucho tiempo antes de que él y su compañero recibiesen la orden de interrogar a Dragna en su casa de Leimert Park, cerca de donde había sido encontrado el cuerpo de la Dalia Negra. El jefe de la mafia local los mandó a paseo: «Largo de mi porche». Cuando volvieron a la oficina e informaron al teniente Grover «Army» Armstrong de lo que había pasado, este dijo: «Si a vosotros no os importa que un espagueti como ese os mande a la mierda, por mí, bien». Pillaron la indirecta. En lo sucesivo, incordiaron a Dragna como los demás habían hecho con Mickey, obligándole a vaciarse los bolsillos cinco veces al día. También lo seguían hasta su barbería favorita, en el hotel Beverly Wilshire, sentándose tranquilamente mientras al otro le cortaban el pelo y le hacían la manicura. Cuando el barbero les indicaba que eran los siguientes, decían: «No hemos venido a cortarnos el pelo. Hemos venido siguiendo a ese capullo».

Alguna que otra vez, la brigada envió a su italiano de primera generación, Lindo «Jaco» Giacopuzzi a la casa de Dragna con la esperanza de que él o alguno de sus hombres dijeran algo significativo en su propio idioma, inconscientes de que Jaco también lo hablaba. La estratagema nunca funcionó, y el recuerdo más vívido de las visitas de Jaco sería ver a la mujer de Dragna en el dormitorio, planchando pacientemente sus maravillosas camisas antes de doblarlas cuidadosamente y colocarlas sobre la cama. Frances Dragna era una señora tranquila y agradable. Jaco se preguntaba: «Si averiguase que su marido tenía una amante, ¿seguiría planchándole las camisas?».

La revista *Life* nunca recibió una invitación para acudir a la casa de Jack Dragna para hacer fotos a sus camisas o a la camita de su perro, si es que tenía una. Salvo con las mujeres, Dragna siempre se mostraba cauto hasta el extremo, lo que se reflejaba en su inocuo historial delictivo, desde sus fugaces visitas a la prisión, treinta y cinco años atrás (siete detenciones, ninguna condena). Iba ganando la guerra en sus dos frentes: contra Mickey y contra la brigada, hasta las explosivas primeras semanas de 1950.

Afortunadamente para Mickey, se encontraba en el ala común de su casa de Brentwood a primera hora de la mañana del 6 de febrero, cuando saltó la alarma exterior. Salió de la cama y se acercó a una de las ventanas que daban a la parte delantera, desde donde detectó el acre olor de algo quemándose. Volvió al dormitorio de Lavonne, cerca de su tocador con espejo y el vestidor donde guardaba sus abrigos de piel. La bomba había estallado a las cuatro y cuarto de la mañana, dejando un agujero de tres metros en el dormitorio donde Mickey solía dormir, destruyendo cuarenta de sus trajes y proyectando sus zapatillas de andar por casa hasta el jardín. El daño habría sido infinitamente mayor de no ser por la gruesa caja fuerte de cemento escondida en el suelo, que disipó buena parte de la onda expansiva y, probablemente, salvó la vida de los Cohen y su criada. Al poco tiempo, Mickey se encontró rodeado de gente en medio del desastre, ataviado con su pijama de seda con las iniciales bordadas, declarando ante un grupo de personas que acudieron raudas a la escena, incluida Florabel Muir, lo aliviado que estaba al haber visto salir a *Tuffy* ileso de su camita. Añadió con sarcasmo: «Bueno, no creo que vaya a poder alquilar ya esta habitación».

No obstante, el atentado con la bomba no debió de pillarlo del todo por sorpresa. Meses antes, Mickey había descubierto cartuchos de dinamita envueltos bajo su casa. Habían encendido la mecha, pero afortunadamente esta se había apagado sola. Intentó construir una valla alrededor de la expuesta propiedad, pero, al parecer, la normativa urbanística limitaba la altura a apenas un metro. Encargó un Cadillac con paneles de fibra de vidrio a prueba de balas en las puertas y parabrisas de ocho centímetros de grosor, pero las autoridades también cuestionaron la legalidad de su coche acorazado personalizado, valorado en 16.000 dólares. Ahora los titulares decían: «EXPLOSIÓN EN LA CASA DE MICKEY COHEN», un episodio más que ayudaría a explicar su clásico intercambio cuando la Comisión Estatal sobre el Crimen Organizado del senador Estes Kefauver le citó a testificar.

Pregunta: Y se ha visto envuelto por la violencia, ¿es eso cierto?

Cohen: ¿A qué se refiere con que estoy envuelto en violencia? ¿A qué se refiere con eso? No he asesinado a nadie. Al contrario, soy yo quien ha recibido todos los disparos. ¿Insinúa que estoy rodeado de violencia porque no dejan de dispararme? ¿Es eso? ¿Y qué quiere que yo le haga?

Presidente: Un momento, señor Cohen. Digámoslo de otra manera...

Cohen: La gente me está disparando y va y me pregunta si estoy rodeado de violencia.

A sus vecinos no les importaba realmente quién disparaba a quién, o quién ponía las bombas. Una chica, que dormía en una casa frente a la de Cohen, casi murió de un corte en la garganta provocado por un cristal proyectado. Un padre de la zona dijo: «Nuestros hijos no pueden montar en bicicleta o patinar por estas calles. Hoy son las bombas, pero mañana podrían ser las ametralladoras». Cuando Mickey supo que algunos residentes de Brentwood empezaban a presionar para que se mudase, les escribió una carta abierta, redactada con la ayuda (o totalmente) de un amigo escritor. Decía:

En la mañana del lunes, una bomba estalló en mi casa. Si bien este ultraje ha supuesto una gran amenaza para mi esposa y mis vecinos, y me ha privado de la sensación de seguridad e intimidad a las que todo hombre tiene derecho cuando pone un pie en su casa, no me ha dolido tanto como la acción hoy emprendida por algunos de mis vecinos... intentando expulsarme de la comunidad... Daba por hecho que si no podía esperar una tregua por parte de la bestia demente que ha atentado contra mi vida, menos aún debía esperar agravio de parte de mis vecinos, a quienes no he molestado de forma alguna... En palabras de algunos de los perspicaces personajes que han escrito sobre mí, he de decirles que se han dejado llevar e influir por actos reprobables. Dejemos de ser víctimas, todos. Soy jugador y comisario de apuestas; ni más, ni menos. No soy ningún mafioso, ningún pistolero o delincuente. Dejo esas bufonadas para el señor George Raft y el señor Humphrey Bogart, que viven de eso, o a algunos otros actores locales (malos actores) que cumplen condena por ello...

Muy atentamente,

su vecino,

Mickey Cohen.

Una semana después de los fuegos artificiales en Moreno Avenue, miembros de la brigada se desplegaron para atosigar al círculo íntimo de Jack Dragna. No había forma de encontrar al patriarca familiar, pero acorralaron a otros seis, incluido su hijo, su hermano y dos sobrinos, y los detuvieron como sospechosos de conspiración para cometer asesinato y presuntos instigadores del atentado con bomba. No fue, sin embargo, la redada lo que reventó el esfuerzo de décadas por mantenerse en la sombra de Dragna. Ese mismo día, el 13 de febrero, una comisión designada por el gobernador Earl Warren, publicó su esperado informe sobre el crimen organizado en California. El titular era: «GUERRA DE BANDAS ENTRE COHEN Y DRAGNA, IMPUTADO POR LA COMISIÓN DE ACTOS DELICTIVOS», y no era precisamente a Mickey Cohen, el fanfarrón del Sunset Strip, a quien se tildaba de «el Capone de Los Ángeles». La comisión, dirigida por el almirante retirado William H. Standley, adujo que tal descripción de la figura de Dragna había salido de boca del fallecido James Ragan, que dirigía la predominante red de apuestas hípicas continentales hasta que fue abatido a tiros en Chicago (para ser envenenado después en el hospital) por la mafia de Capone. Resaltando esa referencia, las autoridades de Los Ángeles revelaron que el registro de la casa de Dragna descubrió cheques que demostraban que recibía 500 dólares a la semana de un servicio de noticias de carreras en Chicago. Hasta ese momento, la mayoría de los angelinos no había oído hablar de Dragna. Ahora se les decía que ese hombre tenía una agenda con «la flor y nata de la mafia».

Hubo una persona que acudió rápidamente en su defensa: el hombre que había sufrido el atentado. «Es uno de mis mejores amigos», declaró Mickey. «Puede que se haya metido en el mundillo de las apuestas alguna vez, pero ya tiene cincuenta y cinco o sesenta años, es un anciano y se ha jubilado. Ahora se dedica al negocio de la manufacturación, y no molesta a nadie.»

Pero cuando, finalmente, Dragna salió a la luz, estaba hecho una furia. Si bien no temía ser procesado por el atentado (aquí volvía a intervenir el código de silencio), ya estaba hasta las narices del acoso del departamento de policía. Dragna incluso habló en público, tan enfadado estaba. Tenía una sencilla explicación para lo de sus pagos semanales de las carreras: se dedicaba a escribir artículos al respecto. «¿Qué es lo que quieren de mí esos polis? Me siguen a todas partes… No hago más que ocuparme de mis asuntos. ¿Por qué no hacen ellos lo mismo?»

Luego hizo que su hijo denunciara a la brigada. Frank Paul Dragna tenía veintiséis años y era un veterano condecorado de la Segunda Guerra Mundial, en la que había perdido un ojo sirviendo a su país. También era un universitario, alumno de la Universidad del Sur de California. Era lo más alejado de un *Moustache Pete* y, por ende, el mejor demandante por la detención de seis miembros de la familia Dragna durante casi tres días, mientras se les investigaba por el atentado de la casa de Mickey. La demanda del joven planteaba el arresto ilegal y un intento de «humillar y avergonzar al demandante» manteniéndolo encerrado en una celda de aislamiento hasta las tres de la madrugada, mientras los periodistas y los fotógrafos eran convocados para retratarlo a nivel nacional como un mafioso relacionado con un arsenal de escopetas, rifles y pistolas. Frank Dragna también se quejaba de que los policías no le permitieron comunicarse con su abogado…, ni con su madre. La demanda exigía una indemnización de 350.000 dólares por parte del capitán Lynn White y diez agentes anónimos, dos de los cuales fueron identificados inmediatamente como Unland y Roberson, los dos que acosaban a su padre.

Se trataba de una contraofensiva perfectamente comprensible contra los agentes, y nadie podría haber culpado a los Dragna por no saber anticipar cómo iba a reaccionar la brigada, yendo a por su patriarca, el Al Capone de Los Ángeles, por cómo disfrutaba con una mujer.

Por lo general, solían ignorar los pecadillos sexuales, dejándolos para las revistas sensacionalistas. Los equipos de vigilancia de la brigada, apostados frente a la casa de Mickey en Brentwood, a veces observaban a su remilgada esposa salir pocos minutos después de que lo hiciera uno de sus hombres, Sam Farkas. No decían nada a Mickey, del mismo modo que no le decían nada a Lavonne sobre las mujeres con las que salía a cenar su marido. Lo mismo pasaba con Jack Dragna. O'Mara recibió una vez el soplo de que se veía con una empleada de *Los Angeles Times,* y era verdad: Dragna la recogía en la entrada del periódico y conducían hasta un motel. Algunos colegas opinaban que O'Mara tendría que haber alertado a Antivicio y detenido a la pareja, pero ¿por qué?, ¿«solo para avergonzarlos»? Los hombres no dejaban de ser hombres, y se les iba un poco la mano al trasero ajeno. Pero Dragna tenía otra novia que trabajaba para el sindicato de tintorerías, donde la mafia tenía las manos metidas. Si una lavandería no se apuntaba, los hombres de Dragna mandaban trajes con piezas tintadas cosidas en su interior para arruinar el resto de las prendas. Extorsiones como esas formaban parte de las preocupaciones habituales de la policía, y no los líos extramatrimoniales con una secretaria pelirroja. Pero ese tipo estaba intentando sacarles 350.000 dólares, y no en total, sino a cada uno. Así que, al demonio con ellos.

La muchacha, de veintitrés años, tenía un apartamento en Wilshire Boulevard, cerca del hotel Ambassador y el Perino's, el restaurante favorito de Dragna. Allí se la llevó a cenar la noche que la brigada le puso el micrófono. El elegante establecimiento tenía una entrada de mármol que conducía hasta un comedor abovedado, donde los camareros llevaban guantes blancos y las servilletas eran de lino irlandés, para que los comensales no acabasen con la ropa llena de hilos. Se suponía que iba a ser una cena larga, que a Keeler le daría tiempo suficiente para colocar el micrófono en el apartamento de la joven amante. Lo acompañó Billy Dick Unland (que estaba asignado a Dragna), pero una operación de ese calibre requería de más personal. Otros dos estaban vigilando el restaurante, incluido Jerry el Profesor Thomas, y otros dos permanecían frente al apartamento en un coche camuflado. Si Dragna y la chica volvían antes de tiempo, el gigante Jumbo Kennard saldría del coche torpemente, asegurándose de que el jefe criminal lo viese. A buen seguro, Dragna aceleraría para desaparecer, lo que daría más tiempo al equipo del apartamento.

Antes siquiera de que Keeler terminara de forzar la cerradura del apartamento, notó que el sudor se derramaba bajo la línea del sombrero de su joven compañero, el oficial Unland. Eso le recordó por qué prefería hacer esos trabajos solo. Se había entrenado para notar el olor de otra persona antes de meterse en una habitación oscura. No se ponía colonia o desodorante que pudiera alertar al residente de que había habido alguien allí. Buscaba cajones o puertas que se hubieran dejado abiertos previamente para dejarlos exactamente como los había encontrado, una vez terminado el trabajo. Keeler era todo un profesional, pero los demás sudaban igual en un apartamento donde pudiera haber un perro ladrando como en uno donde un siciliano pudiera salir a recibirte con una pistola.

La cama de la secretaria tenía un amplio cabecero acolchado que representaba un destello solar. Keeler practicó un agujero en la parte de atrás para colocar su diminuto micrófono directamente en el centro del sol. Extendió el fino cable por la pared, tras la cama, y lo tendió por la línea del teléfono hasta el sótano. Allí fue donde situaron el puesto de escucha durante dos meses, en una pequeña habitación que se convirtió en el hogar de Unland y otros compañeros, inclinados sobre un cuaderno de anotaciones mientras escuchaban por los auriculares.

Les llegaban conversaciones ocasionales sobre la actividad mafiosa, incluidos planes para un nuevo casino en Las Vegas. Pero no fue eso lo que usaron contra el anciano de sesenta años. El material provino de otros usos de la habitación. Si no podían trincarlo por ordenar ataques contra Mickey y los suyos, ¿por qué no por actos de lascivia y vagancia? Demostrarlo tampoco sería fácil, ya que Simone Scozzari, socio íntimo de Dragna, a menudo iba allí con su propia joven novia, a disfrutar de entretenimientos demasiado limpios. Billy Dick Unland al final tuvo que hacer algo para acabar con aquella sana actividad.

Entramos y Con colocó el micrófono en un cabecero acolchado, tendiendo el cable por la línea telefónica hasta el sótano, donde establecimos el puesto de grabación y escucha. En aquella época no teníamos grabadoras de cinta, sino magnéticas.

En fin, que nos quedamos allí, sentados a la escucha en el sótano. Solíamos pulirnos los zapatos con saliva mientras escuchábamos hasta dejarlos brillantes, al estilo de los Marines de la Armada, como si nos estuviésemos preparando para una inspección. Mi compañero y yo estábamos escuchando una noche a Dragna y a Simone Scozzari, que solían pasarse toda la noche allí jugando a la canasta con las chicas. Toda la noche. Nos volvimos locos. La partida era, oh, demonios... Al final no pudimos más y apagamos el interruptor del sótano y las malditas luces para que dejasen de jugar y se fuesen a la cama. Perversiones sexuales. Por eso queríamos que dejasen las malditas cartas.

Hubo algún que otro juego sexual con una botella de Coca-Cola, pero lo que ellos querían documentar realmente era el sexo más allá de la postura del misionero, lo que llamaban «Amor a la francesa». En los años siguientes, el público lo vería representado habitualmente en las pantallas de sus televisores, pero entonces la copulación oral era una práctica que iba en contra del artículo 288a del Código Penal de California, suficiente para sacarle los colores a un jurado de 1951, tal como lo recordó Keeler.

Ella dijo: «Cuanto más la trago, mejor la siento». Unos minutos después se le oyó decir a él desde el baño: «¿Dónde está el enjuague bucal, cielo?», a lo que ella repuso: «Oh, no hay», añadiendo a continuación: «Tranquilo, que no te va a pasar nada».

Dragna fue detenido ese 10 de abril, a su regreso de Las Vegas. Sus abogados podían argumentar hasta la saciedad que la policía no tenía orden judicial para entrar en la casa y poner el micrófono (¿y cuándo la tenían?). El 2 de junio, Dragna fue hallado culpable de tres delitos morales que se sustanciaron en treinta días en la cárcel del condado, cortesía del juez Vernon Hunt. Pero ese no era el quid. El cómo y el dónde le colocaron el micrófono le costó el respeto de la mafia; ese caso podía desgastar sobremanera la imagen del gánster mas importante de la ciudad o, si no, del más conocido. Pero lo mejor de todo era que un crimen de esa índole podría significar su billete de vuelta a Italia.

Dragna seguía luchando contra la deportación cuando murió de un infarto, pocos años más tarde. Una criada descubrió su cuerpo en un motel de Sunset Boulevard, donde se había registrado con nombre falso. Llevaba un pijama rosa, con 986,71 dólares y dos piezas dentales postizas. En su equipaje encontraron una estatuilla de Jesucristo. También salió en las noticias que la demanda interpuesta por su hijo había sido archivada; otra pequeña victoria para la policía, en medio de cincuenta y ocho crímenes sin resolver.

CAPÍTULO 15

El turno de Mickey

Durante años, el alcalde de Los Ángeles, Fletcher Bowron, había estado ejerciendo presión sobre las autoridades federales y el presidente Truman para que emplearan con los gánsteres de su ciudad la misma estrategia legal que llevó a Al Capone a la cárcel por mantener un alto tren de vida mientras declaraba unos ingresos más bien modestos. Todos, a ambos lados de la ley, sabían por qué Capone había acabado en la cárcel en 1932. Uno de los momentos más memorables de las audiencias contra el crimen organizado, encabezadas por el senador Kefauver, de Tennessee, se produjo cuando a Frank Costello, una de las figuras más importantes de la mafia, se le preguntó: «¿Qué ha hecho usted por su país?». Con la voz ronca que forjan las calles de Nueva York, Costello repuso con vehemencia: «¡Pagar mis impuestos!».

Mickey Cohen era muy consciente de que el fisco tenía una lupa puesta en sus finanzas cuando la Comisión Especial para la Investigación del Crimen Organizado en el Comercio Interestatal trajo su espectáculo ambulante, que ya había pasado por catorce ciudades, a Los Ángeles, en noviembre de 1950. Tenía derecho a acogerse a la Quinta Enmienda y rehusar responder a cualquier pregunta, o seguir el ejemplo de algunos colegas suyos de Las Vegas y abandonar la ciudad. Pero las reglas básicas de los testigos citados a declarar le proporcionaban una cierta inmunidad (lo que dijera allí no podría ser utilizado en su contra más adelante), de modo que Mickey siguió adelante y afrontó las preguntas de la comisión, así como las cámaras de televisión, y alegó que era pobre. Explicó que dependía de la amabilidad de los amigos y sus generosos préstamos para sobrevivir. Incluso llegó a vaciarse los bolsillos delante del presidente, Rudolph Halley, para demostrarlo.

Cohen: Me he pasado los últimos cuatro años de tribunal en tribunal y siendo acosado por el Departamento de Policía de Los Ángeles, cuya única misión parece la de arruinarme…

Halley: Bien, ¿ha recibido este año préstamos por 60.000 dólares? ¿Dice que pagó 25.000 dólares por la fianza del hombre que desapareció? ¿Cómo se gastó los otros 35.000 dólares?

Cohen: Viviendo, y además tenía una criada de color.

Halley: ¿Qué más?

Cohen: Gastos en abogados, problemas.

Halley: ¿Ya no le queda nada?

Cohen: Nada, salvo lo que llevo en el bolsillo.

Halley: ¿No tiene ninguna posesión aparte de lo que lleva en el bolsillo?

Cohen: Así es.

Halley: ¿Y qué lleva en su bolsillo?
Cohen: Entre 200 y 300 dólares; unos 285. Sí, 285.
Halley: ¿Ese es todo el dinero que le queda en el mundo?
Cohen: En realidad son 286.
Halley: ¿Cómo espera vivir de ahora en adelante?
Cohen: Puedo obtener dinero.
Halley: ¿Prestado?
Cohen: Sí.

Era verdad que Mickey había recibido un golpe importante cuando desaparecieron sus dos hombres y tuvo que pagar 75.000 dólares en fianzas por que estos apalearan al técnico de radio avaricioso. Si bien Mickey estaba seguro de que estaban muertos y enterrados, y no saltándose la libertad bajo fianza, él era responsable. Y por eso tuvo que cerrar la mercería en Sunset: necesitaba dinero rápido. J. W. Fetterman, su subastador-liquidador, anunció la liquidación del negocio con consecuente estilo: «Mickey Cohen, otrora emprendedor, notifica por la presente a los ciudadanos de Los Ángeles y alrededores su intención de asumir el papel del buen San Nicolás, también conocido como Santa Claus».

Después colocaron carteles que anunciaban: «MICKEY COHEN ABANDONA» y «LIQUIDAMOS HASTA LOS CIMIENTOS», colocando un apropiado foco, como los de Hollywood, para resaltar el gran acontecimiento. Mickey en persona recibió a la mezcla de curiosos y clientes genuinos que acudían para interesarse por las rebajas de entre el 50 y el 75% en prendas masculinas que alcanzaban los 200 dólares, 15 los cinturones y 50 los gemelos. Un hombre de limitada inteligencia robó un sombrero de 50 dólares durante la liquidación, pero fue apresado por un dependiente cuando lo intentó otra vez al poco tiempo.

La tienda cerró sus puertas cuando la comisión estatal emitió su informe, señalando la guerra de bandas entre Dragna y Cohen y estimando que quinientos corredores pagaban a Mickey un porcentaje. Mickey había contribuido a mermar el liderazgo del Departamento de Policía de Los Ángeles y provocado que el mismo alcalde acudiese a la radio para decir eso de «Vamos a por usted». Justo al año, el senador Kefauver presentó una valoración muy distinta a la estatal, que dibujaba a Mickey como un monstruoso extorsionador. Mientras el senador de Tennessee mostraba su desconcierto ante las conclusiones del Estado («El crimen y la corrupción en California tenían un sabor especial; exótico, demasiado maduro y algo enfermizo»), se alineó con los que tildaban a Mickey como «un cero a la izquierda» o «un tábano en el trasero de la decencia humana», como si lo peor que pudieras hacerle fuese atacar su imagen.

El Mickey de Kefauver era un «despreciable delincuente de tres al cuarto» que vivía en una «oscura y sucia ciénaga» y resultaba cómico. Escribió: «Cohen, esa figura simiesca de cabello en franca retirada y barriga en plena expansión, se presentó ante nosotros embutido en un traje con gabardina de exagerada longitud, sobredimensionadas hombreras y un sombrero de ala ridículamente ancha.» Puede que la alusión al sombrero fuese injusta, habida cuenta de que la crítica provenía de un político que a menudo hacía campaña con un sombrero de piel de mapache al estilo Davy Crockett. De todos modos, Mickey no testificó con el sombrero puesto; vestía un traje oscuro, camisa blanca y un elegante alfiler de corbata con las iniciales «MC» cuando declaró ante el micrófono del edificio federal de Los Ángeles. Y Kefauver debió valorar, al menos, el menosprecio que

Mickey mostró hacia sí mismo en un punto concreto: su carrera como boxeador.

Como muchas cosas en él, resulta difícil determinar la verdad acerca de su rendimiento en el ring. Su expediente se mezcló con el de otro Mickey Cohen de la misma época, pero en otra categoría de peso y de Denver. Puede que Mickey hubiera presumido un poco al sugerir que su carrera pugilística en Cleveland a menudo lo había convertido en el centro de atención. «Así es», dijo a la comisión, «treinta y dos combates importantes». La biblia de este deporte, la revista *The Ring*, arrojaba que solo había participado en dieciocho combates profesionales: seis victorias, once derrotas y un empate. Pero como la revista no recogía los combates extraoficiales, el Gobierno no pudo acusar a Mickey de perjurio a ese respecto. Al ser preguntado ante las cámaras de televisión: «¿Era usted bueno?», Mickey dijo toda la verdad: «No demasiado».

Fue condenado por evasión de impuestos a los pocos días de que Dragna fuese detenido por cargos contra la moralidad. Un gran jurado federal reunió pruebas que demostraban que Mickey había pagado 49.329 dólares en reformas y mobiliario de su casa de Brentwood. Se había gastado 800 dólares en zapatos en un año (a 50 el par) y 600 en propinas de una sola vez. Dejaron que intentase explicar cómo conseguía mantener su tren de vida con 300.000 dólares en préstamos, y no un salario, por parte de corredores y otros particulares. «Si va contra la ley pedir prestada la pasta», farfulló Mickey, «entonces soy culpable».

El proceso se basaba en lo que Hacienda llamaba «el método de gasto», que calcula la riqueza neta de un contribuyente al principio de un período y sus niveles de gasto a lo largo del mismo. Si sus ingresos declarados no cubren el total, más le vale tener una buena explicación. Se estableció que la riqueza neta de Mickey era solo de 3.110,82 dólares poco antes del 1 de enero de 1946, y que sus ingresos durante los tres años siguientes habían sido de 72.777,52 dólares. Sin embargo, el Gobierno pudo documentar 345.933,53 dólares en gastos para finales de 1948, lo que dejaba un desfase ciertamente notable. Si bien muchos de los gastos contabilizados procedían de operaciones obvias (la adquisición de su casa, por ejemplo), la Brigada de Élite contribuyó al contar el dinero en metálico que llevaba Mickey encima cada vez que le hacían una redada, o accediendo a los restaurantes en los que acababa de comer para comprobar cuánto se gastaba cada vez.

Entre ellos, los investigadores de Hacienda y el espionaje de la brigada de Antivicio a la que Mickey había atacado (y dado de comer gratis), el Gobierno pudo demostrar que había pagado 150 dólares a una escuela de entrenamiento canino y 111 al veterinario de sus mascotas. Otros 549 en un año habían ido a un servicio de lavandería y 85 al mes para el jardinero Sam Miyotta, sin contar las plantas. Lavonne Cohen se quejaba con razón de las facturas telefónicas; en un solo año, Mickey realizó 411 llamadas de larga distancia a Boston y 318 a West Palm Beach poniendo apuestas. La fiscalía podía demostrar que había pagado 3.964 dólares por un Cadillac nuevo, cinco días antes de la Navidad de 1947, y 5.220 por otro, descapotable, dos días después de las fiestas. Mickey y su mujer se gastaron en un año 280 dólares en pedicura; 3.551 en ropa de cama y lencería; 7.472 en un sastre de Beverly Hills; 4.300 en camisas y pijamas con las iniciales grabadas y 7.076 en corbatas y calcetines. Mickey era adicto a estrenar calcetines; nunca tocaba el suelo con los pies descalzos, y la capa protectora entre su piel y el sucio mundo debía ser prístina.

Mickey nunca supo cómo el Gobierno pudo reunir algunas de las pruebas en su contra. Se cuidaba de no recibir correos sensibles en su domicilio. Si sus contactos no mandaban los mensajes con un correo de confianza, como Neddie Herbert, debían enviar sus cartas y paquetes con nombres falsos a una serie de bares y restaurantes, donde él los recogía periódicamente. En el patio trasero de la casa, Mickey tenía un incinerador para quemar personalmente documentación delicada tras leerla. Pero, cuando volvía dentro, uno de sus guardas de seguridad rebuscaba entre las llamas… y salvaba lo que podía, pasando los restos al que le pagaba, quien, a su vez, lo entregaba a sus jefes, y estos a los Federales. Ese guarda de seguridad valía mucho más que los 25 dólares semanales que Jack O'Mara le pagaba. «Es mi chico, Neal Hawkins», decía O'Mara.

A pesar de conseguir engañarlo, O'Mara nunca subestimó a Mickey, como habían hecho otros. Mickey invitaba a ello, por supuesto, todas esas veces que había desempeñado el papel de bufón. Pero un día O'Mara lo siguió sin premeditarlo tras pasar una aburrida hora vigilando el exterior del despacho de su abogado. Tras reunirse allí, Mickey no se fue a casa para tomarse su habitual ducha caliente de hora y media antes de salir por la noche. En vez de ello, puso rumbo al sur, hacia el aeropuerto, conduciendo él mismo su Caddy azul. Se detuvo poco antes del Aeropuerto Internacional de Los Ángeles, en el campo petrolífero de Athens.

¿Que si me imaginaba lo que lo llevó allí? Llegó con el coche y aparcó. Poco después llegó otro coche y aparcó a su lado. Los estaba observando con unos prismáticos desde la distancia y vi que intercambiaban algo y se reían durante diez o quince minutos. ¿Qué estaba pasando? Decidí seguir al otro coche por Figueroa y apunté su matrícula para comprobarlo. No lo reconocía; era de fuera, ya sabes. Consulté al Departamento de Tránsito y me salieron algunas referencias, pero nada que me sonase, porque yo conocía a casi todos los matones y conocidos de Mickey. Entonces consulté el registro de votantes. Consulté a Joe Dokes. Trabajaba en el IRS*. «Por Dios, ¿qué demonios estaba pasando?», me dije. Mickey reuniéndose en un campo petrolífero desierto con un tipo del IRS. Acudí a Hamilton y le conté lo que había pasado. «¡Jesús!», dijo, y se puso en contacto con el IRS. Resultaba que el tipo era el jefe de inspectores para casos de fraude y que se iba a jubilar en una semana.

No quise meterme más porque no me apetecía aparecer en ninguna de esas jodidas listas del IRS. El tipo a punto de jubilarse y, mientras, haciendo negocios, ya sabes, negocios con Mickey. Pasaba de meterme, no era asunto mío. Que el capitán lo cogiese desde ahí y lidiase con el IRS. Ellos sabrían lo que hacían. No quería meter las narices más de lo necesario. Solo era una pista más, pura labor policial.

El capitán Hamilton nunca le dijo lo que había pasado y O'Mara no se hizo ninguna idea; dejaron que el agente se desvaneciera con su pensión. Pero cuando el senador Estes Kefauver llevó sus vistas a Los Ángeles, uno de los testigos

---

* El Servicio de recaudación de impuestos de Estados Unidos *(N. del T.)*.

citados era del IRS, había investigado a Bugsy Siegel y a Tony Cornero, el rey de los barcos casino, y acababa de jubilarse justo antes de iniciar tratos con… el contable de Mickey. El exagente del IRS, Donald O. Bircher testificó que trabajaba como asesor fiscal particular cuando el «Señor Cohen» solicitó reunirse con él en el campamento petrolífero para consultarle la adquisición de una parcela sin urbanizar en las cercanías. «Paseamos mientras hablábamos, durante cinco minutos… Y, entonces, me preguntó: "¿Sabe si hay algo disponible por la zona?". Y yo respondí: "No, no lo sé". Eso fue todo.» Una conversación perfectamente inocua en una tarde agradable, ya se sabe.

O'Mara no estaba presente para oír ese testimonio de la Comisión Kefauver, pero no se perdería otra sesión celebrada en el edificio federal, siete meses después. El 18 de junio de 1951, se reunió con otros miembros de la brigada para realizar juntos el fugaz paseo por Spring Street que separaba el ayuntamiento del palacio de justicia de diecisiete pisos, donde Mickey Cohen testificaría en su propia defensa, intentando evitar así la prisión por no hacer frente a sus obligaciones fiscales por la cantidad de 156.123 dólares. Mickey vestía un traje azul marino con gabardina, camisa blanca y corbata a juego con el traje, fijada con su alfiler «MC». Sus zapatos eran blancos y negros, el estilo favorito de los gánsteres y los golfistas. Llevaba una bolsa de papel marrón que contenía lo esencial para su vida. «Los servicios de este sitio no tienen ni jabón, ni toallas, así que he traído las mías», explicó. A continuación, la fastidió con la primera respuesta, cuando su propio abogado, Leo Silverstein, le preguntó cuál era su nombre.

—Meyer Michael Cohen.
—¿No es Meyer Harris Cohen?
—Oh, sí, Meyer Harris Cohen.

Corregido en acta, Mickey dijo al jurado que había nacido en Brooklyn, pero que se crió, huérfano, en Los Ángeles. Sus faltas injustificadas y las peleas precipitaron su prematuro abandono de la escuela en tercero, antes de dedicarse a la venta de periódicos en la Séptima con Spring. La parte importante era que, si bien estuvo una temporada «relacionado con el negocio del juego», en palabras de su abogado, no era un corredor de apuestas, sino que regentaba una «oficina de apuestas» a nivel ejecutivo. «Mis últimas operaciones en relación con el juego tuvieron lugar hace tres años», añadió en una confesión a medias. «Oh, claro que habré hecho una o dos apuestas desde entonces.»

Mickey también entretuvo a los miembros del jurado con una anécdota íntima acerca de su flirteo con el negocio de las prendas de vestir, describiendo un negocio paralelo que realizó con sus trajes de 250 dólares: «Tenía un acuerdo con ciertas personas a las que les gustaban, pero no se los podían permitir. Me pagaban 100 dólares por el traje después de que yo lo usara unas cinco o seis veces», dijo Mickey. «Pero ahora los uso durante más tiempo.» Las risas le dieron un poco más de tiempo antes del duro momento en el que tuvo que explicar lo de sus 300.000 dólares en préstamos, sin papeles de por medio, y que nunca devolvió.

Resultó que uno de los préstamos era de verdad: un adelanto de 35.000 dólares, a interés cero, del presidente del Hollywood State Bank, la misma persona que dejó de dirigir la entidad en cuanto la transacción se hizo pública. «Supongo que le caía bien», se justificó Mickey. Tras aquello, Mickey citó a dos hombres que estaban muertos y no podían testificar lo contrario. Bugsy Siegel y Hooky Rothman le habían prestado 25.000 y 15.000 dólares respectivamente, aseguraba. Pero otra supuesta fuente de 25.000 dólares le jugó una mala pasada: Arthur Seltzer, un fabricante neoyorkino de bolsas de cuero que casualmente era el yerno de su contable, Mike Howard. Seltzer no vio ningún problema en ayudar al jefe de su suegro hasta que los fiscales le recordaron las consecuencias del perjurio. Ernest Tolin, fiscal de los Estados Unidos, indicó al neoyorkino que compartiese con el jurado una conversación que había mantenido con Mickey.

—*Me preguntó si podía apuntar en mis libros que le había prestado 25.000 dólares... No pensé que fuese nada malo y le dije que sí.*
—*¿Y le prestó realmente esos 25.000 dólares?*
—*No.*
—*¿Le prestó alguna cantidad de dinero?*
—*Nunca le presté ninguna cantidad de dinero.*

Durante los alegatos finales, el abogado de Mickey sugirió que la vida anterior de su cliente podría explicar su confusión acerca de sus finanzas. «Es posible que las peleas le hayan afectado, ¿quién sabe?». A eso lo llamaban la «Defensa del K. O.».

Poco antes de que se conociera el veredicto, uno de los periódicos financieros de Hollywood contenía el anuncio de la venta de la casa de Mickey. La casa de Brentwood, con la camita para el perro y el tocador con espejo, había aparecido en las revistas *Life* y *Look,* y fue tasada en la Comisión Estatal sobre el Crimen Organizado en 200.000 dólares. El precio real que se pedía por ella era de 47.500 dólares. Mientras tanto, su contenido se convirtió en el foco de atracción de LA SUBASTA MÁS INTERESANTE DEL AÑO, así bautizada en un panfleto de la casa de subastas de Marvin H. Newman. Diez mil personas se presentaron en sus salas de exhibiciones de Wilshire Boulevard para presenciar «el completo y lujoso mobiliario de la casa de Brentwood de las importantes figuras nacionales, el señor y la señora Cohen». Los objetos ofrecidos en subasta iban desde la colección de armas de fuego antiguas de Mickey, hasta la camita de *Tuffy,* que conjuntaba con la suya propia. También se subastaba una reminiscencia de la mercería del Sunset Strip: las puertas blindadas, reforzadas con ciento cuarenta kilos de acero. Su Cadillac, igualmente acorazado, y que el estado de California nunca le dejó usar, ya se había vendido por 12.000 dólares a la Asociación de Automoción de Texas, que tenía intención de exhibirlo.

—¡Señor, es usted el orgulloso propietario de la colcha de Mickey Cohen! —declaró el subastador Newman una de las siete noches que hicieron falta para vender todos los bienes domésticos. El centro de entretenimiento que a Mickey le había costado 2.700 dólares se vendió por 1.150, mientras que su nueva cama y la cómoda por 600. Alguien pagó 1.100 dólares por el piano Steinway, mientras que el conjunto francés de comedor, hecho de madera de frutal, salió por 900 dólares. ¿Y la camita del perro? 35 dólares.

—Teníais que haber visto a *Tuffy* cuando se llevaron su camita. No le gustó nada —dijo Mickey—. La ropa de esa cama se cambiaba todos los días, como la mía.

Las siete mujeres y los cinco hombres que componían el jurado tuvieron que soportar el testimonio de cien testigos, pero solo deliberaron durante cuatro horas, antes de volver el 20 de junio para declarar a Mickey culpable de tres cargos por evasión de impuestos y uno por fraude contable.

La ejecución de la sentencia se programó para el 9 de julio, y Jack O'Mara no se la pensaba perder. Mientras el jefe, los capitanes y los tenientes de la policía recibían cartas de agradecimiento de la ciudad, los anónimos soldados de a pie salían a emborracharse para celebrar lo que, por fin, parecía algo más que una victoria menor; así funcionaba ese mundo. Unos cuantos acudieron antes al juzgado para presenciar el dictado de la sentencia de Mickey a cinco años en una prisión federal y 10.000 dólares de multa. Lo que no se esperaban era el discurso que el juez de distrito de los Estados Unidos, Benjamin Harrison, les dedicó. Al parecer, se encontraban entre las causas de la mala fortuna de Mickey.

—Esta comunidad ha de asumir su parte en la responsabilidad de sus actuales apuros —dijo el juez—. Nunca hubo un esfuerzo serio por parte de la policía local para detenerle. Si hubiesen cumplido con su deber, no estaría usted ahora aquí, sino haciendo algún otro tipo de trabajo…

¿Y Mickey? Donde el senador Kefauver no veía más que a un despreciable delincuente de poca monta, el juez federal veía a «un niño problemático fruto de la mala suerte del crisol de Los Ángeles… Un individuo muy atractivo, al menos un buen vendedor capaz de venderse a sí mismo muy bien. Creo que el bien aún anida en su interior. No es tan malo como lo han pintado. Quizá alguno más de nosotros nos dedicaríamos también al juego si hubiésemos sido tan afortunados como usted».

Antes de que se lo llevasen para cambiarle el traje por el mono carcelario, Mickey entregó a su mujer su sombrero de fieltro gris perla, el anillo del dedo meñique y su ligero fajo de billetes nuevos, apenas 50 dólares, sin contar el de 2 dólares guardado en su billetera. Esperaba que le dejasen conservarlo durante el encarcelamiento. Sumados los intereses y las multas, le debía a la administración medio millón de dólares, así que estaba mucho peor que cuando vendía periódicos por dos centavos en las esquinas. Abrazó a Lavonne y le dijo que se tranquilizase. No pasaba nada, lo volvería a intentar con la apelación.

—Aunque, ahora mismo lo que tengo es hambre —dijo Mickey.

CAPÍTULO 16

La trampa

En la primavera de 1949, mientras los escándalos de Antivicio y la violencia recorrían el Sunset Strip, el Congreso de Padres y Maestros de California (PTA) se reunió en Los Ángeles para debatir la responsabilidad social (o la falta de esta) en las películas de gánsteres. En realidad, la preocupación no era nada nuevo. Las historias de gánsteres habían sido un clásico desde la época del cine mudo en adelante, y tales refunfuños llevaron a Hollywood a adoptar, en 1930, el Código Hays, que obligaba, entre otras cosas, a que las películas «nunca... mostrarán simpatía por el crimen, en contra de la ley y la justicia». El código implicaba que James Cagney y Edward G. Robinson tenían que llevarse su merecido al final de los tiroteos que proliferaron durante esa década. Un crítico, que adoraba el género, dijo que «la historia del hombre contra la sociedad, el villano perseguido y castigado, el gánster como figura general, seguía siendo material cinematográfico de primera… Cuando se hace bien, no hay otro que lo bata en suspense, emoción en piel ajena y, al final, condescendiente satisfacción (¡Allá voy yo, por la gracia de Dios!) de contemplar la reivindicación de la justicia».

Pero la película de 1945 *Dillinger* había suscitado airadas protestas y un boicot por parte de grupos religiosos y feministas, a pesar de que al pequeño personaje le pasaba como a los ladrones de bancos de la Depresión: sufría una emboscada a manos de agentes federales en un cine a las afueras de Chicago, donde acababa de ver *El enemigo número uno*. Quienes protestaban se preocupaban de que los impresionables adolescentes se dejasen extasiar por esos personajes caracterizados por sus carreras vertiginosas de la pobreza a la riqueza y su desafío a las autoridades, a pesar de sus brutales formas de morir. La intensidad en la interpretación del actor que encarnaba a Dillinger tampoco ayudaba. Lawrence Tierney era un chico malo de Hollywood en la vida real, conocido jugador y bebedor del Strip. La columnista Louella Parsons declaró que el país ya había alcanzado su límite de películas sobre gánsteres. «Ya hemos madurado», escribió, y al parecer uno de los magnates de Hollywood estaba de acuerdo. El estudio de Samuel Goldwin había producido películas similares en el pasado, pero pensaba que esa tendencia perpetuaría una desafortunada imagen de la nación que acababa de ganar la Segunda Guerra Mundial. «Cualquier soldado recién regresado del frente les dirá que muchos de nuestros aliados a lo largo de los mares aún creen que el gánster es una figura habitual en las calles de Estados Unidos», dijo. En 1947, Goldwin se unió a otros productores y distribuidores en una votación para dejar de exhibir veinticinco títulos, incluidos *Dillinger*,

Me, Gangster, They Made Me a Killer y *Una de tantas*. En cuanto a la Asociación de Padres y Maestros, siempre había reclamado historias sobre personas «más decentes», y volvió a hacerlo en 1949.

Pero para la última reunión de la organización en la década de 1940, algo más perturbador se estaba dando en las pantallas. En algunas películas no era norma que al final ganase la virtud, si es que había alguna. Incluso algunos *westerns* ya no eran relatos morales del bueno contra el malo. Ellos también habían optado por «enfoques gansteriles», se lamentaba la PTA. Un crítico francés había bautizado este nuevo género como *Film Noir* en 1946, el mismo año en que se formó la brigada, cuando una acumulación de películas estadounidenses finalmente llegó al París de la postguerra. Se distinguía por el estilo, el blanco y negro, los interiores oscuros, las calles lluviosas con farolas solitarias y personajes proyectando sombras alargadas que parecían representar su parte más oscura. Esas películas presentaban una visión del mundo que no era, ni mucho menos, en blanco y negro. Reinaba la paranoia. Y todo el mundo mentía, incluso las mujeres. Ya no eran inocentes conciliadoras, sino personas maquinadoras, *femmes fatales*. Es más, los instrumentos oficiales de la sociedad (la policía y los fiscales) eran tan retorcidos como los propios criminales o directamente irrelevantes. Si alguien atrapaba a los malos, no era gracias a los de las placas, sino al duro trabajo de un detective privado, a menudo un policía caído en desgracia. Y, si las primeras producciones sobre gánsteres estuvieron ambientadas en Nueva York o en Chicago, los últimos relatos del género negro optaban cada vez más por Los Ángeles, la ciudad del sol, las palmeras y la autorrealización; la ciudad que siempre quiso creer que todo mal venía de fuera. En ese mundo, la verdad no se hallaba bajo el sol, sino entre las sombras. La justicia no se dispensaba en marmóreos juzgados, sino en calles y callejones.

Jack O'Mara nunca se tragó la visión *noir* del mundo. Su labor como policía siempre se desenvolvía en los extremos, en episodios que culminaban en tinieblas, no en claridad. Pero, a medida que envejecía, pensaba que el bien y el mal eran obvios de por sí. Había sido criado para creer en el cielo y el infierno y sabía hacia cuál de los dos le encaminaban sus pasos. No esperaba encontrarse con Mickey Cohen en la misma comunidad.

En cuanto a las películas, para O'Mara un ejemplo de calidad era *Oklahoma,* el musical con canciones que pedían a gritos ser cantadas bajo la ducha. Rodgers y Hammerstein habían estrenado un nuevo musical, *South Pacific,* que también tenía buenas canciones, sobre todo *Some Enchanted Evening*, donde dos extraños se conocen desde extremos opuestos de una sala muy concurrida, igual que él conoció a Connie. Vaya si cantaba bajo la ducha. Y si su mujer y su hija cantaban otro de los éxitos del día: «¿[cuánto cuesta] Ese perrito del escaparate?», quién era él para no satisfacerlas. Los O'Mara bautizaron a su perro con el nombre de *Trouble**.

Muchas de las cosas que se escribían sobre Los Ángeles no eran mucho mejores que la oscuridad propia del género negro. Durante décadas, muchos autores habían competido por ver quién retrataba lo artificial y vacía que era la ciudad con la mayor ocurrencia. «Debería entenderse que Los Ángeles

---

* Problemas *(N. del T.)*.

no es una mera ciudad», escribió Morrow Mayo. «Al contrario, es, y lo ha venido siendo desde 1888, un producto de consumo, algo susceptible de ser publicitado y vendido a los habitantes de los Estados Unidos, como los coches, los cigarrillos y la pasta de dientes.» Mayo, oriundo de Kentucky, y tras seis años en Los Ángeles, decidió que «es una ciudad artificial inflada como un globo gracias a un aliento forzado, atiborrada de una humanidad rural igual que se atiborra al ganso con maíz…, la metrópoli del sol respira y se esfuerza, suda y se le ponen ojos saltones, como a una joven boa constrictor intentando tragarse una cabra».

Otros dirían que Los Ángeles fue construida sobre un crimen descomunal, el robo del agua del valle Owens, y que siempre pasaban cosas horribles en el interior de las casas de estuco rosa. «Los Ángeles tiene un lado resplandeciente», escribió el inmigrante esloveno Louis Adamic. «Pero, para verlo hace falta un buen ojo… A pesar del sol brillante y las brisas oceánicas, es un mal sitio, lleno de personas mayores que se mueren, hijos de viejos pioneros agotados, víctimas de Estados Unidos.» Su amigo, Carey McWilliams, que había llegado desde Colorado en la oleada de 1922, tenía una perspectiva única de la titilante ciudad que se veía por las noches desde Mulholland Drive, adonde Jack O'Mara se llevaba a los visitantes no deseados; los kilómetros de luces eran «joyas descansando sobre el pecho de una ramera».

Raymond Chandler creó a un gran detective, Marlowe, pero podía estar describiendo los secos vientos que soplaban por el valle de San Gabriel y a continuación llenando de malos pensamientos la cabeza de una buena esposa. «Era uno de esos vientos de Santa Ana, tórridos y secos, que se colaban por los pasos de montaña, revolviendo el pelo, poniendo de los nervios y haciendo que la piel picase. En noches así, todas las fiestas con alcohol de por medio acaban en pelea. Las mansas esposas sienten el filo del cuchillo de trinchar mientras estudian el cuello de sus maridos...» Luego Nathaniel West surgió con su *Como plaga de langosta,* que trataba de los soñadores de Hollywood que aliviaban su aburrimiento con prensa basura y películas que «les alimentaban a base de linchamientos, asesinatos, crímenes sexuales, explosiones, desastres, nidos de amor, fuegos, milagros, revoluciones y guerra. Esta dieta diaria los volvía sofisticados. El sol es una broma. Las naranjas no pueden excitar sus ahítos paladares. Nada puede ser lo bastante violento como para tensar sus mentes y cuerpos remolones. Les han engañado y traicionado. Han sido esclavizados y salvados para nada».

Jack O'Mara comprendió que hombres como esos eran profundos pensadores. Pero tenía dos preguntas para ellos: «¿Qué tiene que ver toda esa desolación con cómo vive uno su propia vida?» y «¿Alguna vez vais de pesca?».

Todo el mundo en la brigada iba a pescar. En ocasiones, algunos de ellos se iban juntos, sin las mujeres, en busca de presas de las profundidades, en aguas mexicanas. Pero más a menudo viajaban hasta Sierra Nevada para pescar piezas más pequeñas, generalmente truchas arco iris. Con Keeler iba tan a menudo que lo nombraron director de caza y pesca. Archie Case era el encargado de mantener los aparejos. O'Mara llevaba a su extensa familia a excursiones por el lago June o el lago Sabrina, a más de dos mil metros, donde dormían en catres y refugios, y asustaba a sus sobrinos con historias de monstruos que acechaban en los retretes exteriores. O'Mara también practicaba la pesca allí durante los meses de invierno, donde la sabiduría popular decía que la única forma de capturar una trucha era empezar antes de que saliese el sol y practicar un agujero en el hielo. Hizo el experimento y resultó que no, que se podían capturar a todas horas. Incluso llegó a mandar a una revista de actividades al aire libre un artículo titulado *La trucha de las nueve en punto* para desmontar el mito de la trucha de antes del amanecer. En eso sí que merecía la pena devanarse los sesos, y no en perder el tiempo explorando el alma de Los Ángeles.

Lo que estaba claro era que ningún lumbreras tenía que decirle a él, o a ningún otro miembro de la Brigada de Élite, que pasaban cosas malas tras las paredes de estuco rosa, o que muchas chicas llegaban a Hollywood con una idea en mente y acababan haciendo de todo menos eso. Pero esto es lo que hacían cuando se topaban con un proxeneta que se dedicaba a explotar a una menor: se lo llevaban a las colinas para que contemplase las puñeteras joyas dispuestas sobre el pecho de la ramera. O'Mara le metía el cañón de su pistola en la oreja e iniciaba su discurso rutinario sobre el estornudo, hasta que Jumbo insistía en que le dejase a él. Nadie desempeñaba el papel del poli enloquecido que estaba deseando matarte como Jumbo. Al igual que con los carteristas que acechaban a los pobres soldados que regresaban del frente de la Segunda Guerra Mundial, no le costó nada cogerle el truco a los chulos; la hermana pequeña a la que cuidaba en su casa, Betty, tenía la misma edad que las pobres chicas que esa escoria condenaba a hacer las calles. Entonces Jumbo empezaba exhibiendo su hierro de seis pulgadas, gritando hijo de puta esto, hijo de puta lo otro, y llevaba al chulo hasta lo alto de Runyon Canyon. La única manera de que la aterrada víctima pudiera escapar era colina abajo. Y eso hacía, pero al cabo de unos pocos pasos, trastabillaba, se escurría y caía, rebotando todo el camino por la falda de la colina. Se golpeaba contra las rocas y se rasgaba con los arbustos espinosos, que reducían a andrajos sus elegantes prendas de proxeneta hasta morderle la piel. Para cuando llegaba a Hollywood, lo único que quedaba de él era un desastre ensangrentado y medio desnudo deseoso de llamar a alguno de sus colegas para pedirle un par de cientos de dólares porque «me voy de esta ciudad de locos». Los rumores sobre esa noche se extendieron por el departamento hasta convertirse en una de tantas leyendas urbanas que nadie sabía si se habían originado en un episodio real o no. Pero su origen era muy real. Con el tiempo, alguien describió su propia versión en una película, sin tener la menor idea de que un poli de verdad, llamado Jumbo, había conducido a un auténtico proxeneta montaña arriba para dejarlo caer.

Jumbo fue el primero de ellos en morir. Al finalizar la jornada, el 1 de marzo de 1952, el portentoso tejano hizo lo que la mayoría de las noches: tomarse unas copas con su compañero Dick Williams, el antiguo Ranger del ejército. Jumbo dejó a Williams en su casa, en Westchester, y se encaminó hacia su propia casa bajo una copiosa lluvia. A un kilómetro de allí, en Western Avenue, su coche camuflado perdió el control y se estampó contra un autobús. Naturalmente, se preguntaron si otro coche pudo haber forzado el accidente, pero Jumbo nunca pudo hablar mientras estuvo postrado en la cama, constantemente rodeado de todos los que iban a verle. James Douglas Kennard tenía treinta y nueve años y dejaba a una mujer, madre de un hijo de siete años, y dos hermanas.

El siguiente de los integrantes originales en morir fue Jerry Thomas, el tipo tranquilo de la memoria fotográfica, que había inaugurado los archivos de la brigada recordando perfectamente los nombres y las direcciones mencionados en las conversaciones de bar. El Profesor estaba casado con una enfermera y ambos tuvieron problemas para lidiar con la presión de un trabajo que implicaba emboscadas de quince horas. «¿Cuándo volverás?» «No lo sé.» Todos los matrimonios soportaban esa presión. La primera secretaria de la brigada, Sally Scott, tuvo que entregar un día ciertos documentos en la casa de Con Keeler, en el Valle. La mujer de Con le preguntó si podía decirle a qué se dedicaba su marido, a lo que Sally respondió: «Créame, usted no desea saberlo». Otro de los integrantes de la brigada, Jerry Greeley, ya se había divorciado para casarse de nuevo con una secretaria del departamento, así que no era de extrañar que las esposas tuviesen la mosca detrás de la oreja constantemente. Jerry Thomas desarrolló úlceras por los problemas de la vida, y empezó a aparecer en el trabajo con un zapato marrón y otro negro. Finalmente, lo pusieron a contestar las llamadas, sin más, y, un día, se fue a casa, se sentó en el sofá Davenport y se pegó un tiro en la cabeza con su revólver de servicio.

El duro de Willie Burns, quien una vez recibió un balazo por el departamento, no apreció ser apartado de la brigada que él mismo había dirigido para volver a la vida del agente de uniforme. En cuanto hubo una vacante para jefe de policía en la pequeña ciudad de Maywood, Willie se presentó y obtuvo el trabajo. Duró tres semanas al mando de dieciocho agentes encargados de patrullar apenas un kilómetro cuadrado. «Un día, estaba sentado y, de repente, me di cuenta de lo aburrido que estaba», dijo. Volvió a su puesto de teniente y comandante de turno en el Departamento de Policía de Los Ángeles. Entonces el cielo llamó a las puertas: le ofrecieron un puesto de jefe en una de las gloriosas antiguas ciudades misione-ras de la costa californiana: San Luis Obispo. Daba igual que la paga fuese de 495 dólares al mes, jamás imaginó que la vida pudiera ser tan generosa. Pero apenas tuvo tiempo de dejar su marca allí, porque le diagnosticaron un cáncer inoperable. «Vete a casa», le recomendaron los médicos, y allí fue donde murió, en una pequeña casa de Gardena, donde su mujer ya había recibido una corona de flores antes de tiempo. Willie Burns solo tenía cincuenta y cuatro años.

El 13 de febrero de 1952, Mickey Cohen fue al fin trasladado a Tacoma, Washington, a la antigua penitenciaría federal de la isla de McNeil. Ya estaba preparado para el cambio y se había cansado de las cárceles de Los Ángeles mientras persistía en su apelación. No lo había pasado mal bajo la custodia del sheriff, pero, de repente, lo habían trasladado a la cárcel de Lincoln Heights, controlada por el Departamento de Policía de Los Ángeles, donde lo había pasado muy mal. A través de su abogado, dijo: «Temía por mi vida. Estaba rodeado de po-licías, y los policías son mis peores enemigos. Tenía más bar-ba que un castor. No dejaban que me afeitase en cuatro días; no me permitían hacer ejercicio y dejaron de traerme la prensa. A mi mujer, Lavonne, solo le permitían visitas de cuarenta minutos. Teníamos que hablar mediante auriculares. No me daban ropa limpia… La comida era horrible. Ni siquiera de-jaban bañarse». Los policías consideraban que esa sería la peor parte del encarcelamiento para Mickey: la negación de sus baños de burbujas.

Habían pasado más de cinco años desde la formación de la Brigada de Élite, que había hecho de la calle su oficina.

Tenía un nuevo nombre, políticamente más correcto, su sede en el corazón del gobierno local y muchos más efectivos. Un domingo, durante un picnic de la brigada en el Lincoln Park, Con Keeler hizo que todos los presentes se sentaran en un banco o permanecieran en pie tras él, junto a una valla, para tomar la única foto jamás sacada al grupo. Fue en el año 48, o 49, y en ese momento contaban con dieciséis hombres, los quince de la foto y Keeler, que fue quien la sacó. La imagen mostraba a O'Mara sosteniendo su pipa con la mano derecha, vestido con un traje ligero y una corbata ancha que no le llegaba hasta el cinturón. Casi todos llevaban corbata, aunque estuviesen en un picnic. Comieron salchichas y alubias, y luego O'Mara animó a unos cuantos a quitarse la chaqueta y echar un partido de fútbol americano, fútbol de toque, para poder colarse entre los gigantes sin que estos pudieran placarle. Al menos esas eran las reglas. Al día siguiente, lunes, la mitad no pudieron cubrir sus turnos. Ahora, algunos ya estaban muertos.

Nunca existían garantías en la labor policial, ni en la vida, pero O'Mara esperaba seguir estando vivo, y en la brigada, cuando Mickey saliera de prisión. Quería ver si otra de sus pequeñas victorias había merecido la pena. En aquello también estuvo implicado Neal Hawkins, el oportuno topo de O'Mara en la casa de Mickey.

Sabía que tenía armas allí, y Neal había servido en el ejército, siendo lo más parecido a un armero del ejército. Le pregunté si podía acceder a ellas, le dije que me gustaría echarles un vistazo. Y Neal Hawkins engañó a Mickey. Le contó que se las llevaría al desierto, las probaría en el campo de tiro, las lubricaría y se aseguraría de que funcionaban. Pues resulta que Mickey tenía siete, ninguna registrada a su nombre. Sus números de serie no valían una mierda, no conducían a nada, las había sacado de la calle.

Con las armas, fuimos al campo de tiro de West L. A., a ver a Pay Pinker, un famoso especialista en balística del departamento de policía, y a Russell Camp, del laboratorio. Disparamos las armas, tomando muestras balísticas de cada una, y les saqué las placas de la culata para hacer una copia de las iniciales que tenían debajo, inconsciente de que nadie se daría cuenta aunque volviese a quitarle las placas. A continuación redacté un informe especial para Hamilton y el capitán lo guardó en la caja fuerte (teníamos una para el material de más alto secreto, que el capitán guardaba allí junto a las balas).

Imaginé que algún día podrían recuperarse de algún cuerpo. Le dije que tenía esas armas y que algún día iba a usarlas.

En el departamento, solo el jefe Parker, el capitán Hamilton y un par más sabían lo de la trampa que Jack O'Mara había tendido a Mickey Cohen. Mientras Mickey estaba en prisión, uno de sus lacayos le guardó las armas. Pero, nada más salir, lo primero que haría sería recuperarlas, con la diferencia de que ahora tenían la posibilidad de relacionarlas con él. Quizá el juez tuviese razón, y Mickey no fuese más que un ejemplo de infancia desafortunada en Los Ángeles, un atractivo vendedor cuyo principal infortunio fue que se había vendido demasiado bien a sí mismo como el mayor gánster de la ciudad. «No es tan malo como le han pintado», dijo el juez.

O a lo mejor era un asesino. Bien era verdad que, en los últimos tiempos, la diana había sido él, pero antes de eso había liquidado a un corredor rival de Los Ángeles y puede que a otros tres, y a saber cómo se había ganado los galones en sus días mozos, en Cleveland y Chicago. Era otro juego mental, y la trampa de O'Mara era una apuesta arriesgada. Pero si Mickey salía y recuperaba esas armas, si tan solo usaba una de ellas para matar a alguien, la policía de Los Ángeles al fin podría resolver un asesinato de bandas tras un siglo de fracasos, y meter a Mickey entre rejas definitivamente. Una apuesta arriesgada, sin duda, que dependía de demasiados factores imprevisibles. Pero algunas apuestas arriesgadas merecen la pena.

El sargento Jack O'Mara solo tuvo que esperar diez años.

TERCERA PARTE

El sargento Jerry Wooters y una noche de muerte en el Rondelli's

CAPÍTULO 17

Jerry conoce a Jack

El sargento Jerry Wooters conoció a Jack Whalen en el hotel Mark Twain de Hollywood, donde el hombretón exigió que los dos miembros de la Brigada de Élite le enseñaran sus placas.

La descripción de Whalen es como las historias familiares o la explicación de un tiroteo: difiere según quién te lo cuente. En función de a quién le preguntases, medía entre un metro ochenta y cinco y uno noventa y tres, y pesaba entre los cien y los ciento trece kilos. Pero todos los que le habían estrechado la mano coincidían en que eran las más grandes que jamás habían visto, o sentido. No mucho tiempo antes, un sargento del departamento fuera de servicio había cometido el error de reírse de él en un bar, y Whalen hizo lo que hacen muchos hombres en bares y en otros sitios: zurrarle. No era todavía como tiempo después, cuando, si le ponías una mano encima a un poli, te metían en la cárcel, sin preguntas ni respuestas. En aquella época, se esperaba de un policía que supiese comportarse, y si no podía, peor para él. Se trataba de un sargento de uniforme veterano que se estaba tomando unas copas en la calle Siete, donde tuvo sus problemas con Whalen, problemas que decidieron llevarse al aparcamiento. El sargento no pudo recordar mucho cuando fue interrogado en el hospital y se jubiló al poco tiempo. Poco podían hacer sus colegas, pero el rumor del incidente se extendió por todo el departamento, y el 14 de abril de 1952, nueve meses después de que Mickey Cohen fuese condenado a prisión, la División de Inteligencia puso a Jack Whalen bajo vigilancia por «intimidación física».

Pocos meses después, un delgado instructor de baile, llamado Jon Anton, salía de una oficina de correos cuando tres hombres se enfrentaron a él para quitarle los 15 dólares que le debía a un corredor. Por lo visto, Anton había apostado 5 dólares a un caballo por quedar entre los tres primeros puestos. No fue el caso, y Anton seguía sin pagar a Roger Matthews. El corredor se encontraba entre los tres que lo abordaron para reclamar el pago, y consigo se llevó a Jack Whalen para ayudar en las negociaciones. En primer lugar, el hombretón empujó a Jon Anton contra las ventanas de la oficina de correos y le registró los bolsillos en busca de dinero. Anton intentó llegar hasta una cabina telefónica o llamar a la policía, pero Whalen le recomendó educadamente que no lo hiciera.

—Te mataré —le advirtió—. Te pillaré en un callejón sin testigos.

También le avisaron, de forma igualmente educada, de que tenía que dejar el dinero en el vestíbulo del cercano hotel Mark Twain, donde Whalen tenía su improvisada oficina y la centralita recogía cumplidamente sus llamadas. Anton cometió el error de argumentar que no debía tanto dinero, que solo había apostado 2 dólares, y ahí se acabó la conversación. El primer puñetazo le dio entre los ojos, según el informe policial, y a continuación le llovió una manta de ganchos de derecha e izquierda como para provocarle lesiones internas y escupir sangre por la boca, además de «un incisivo partido, un cardenal en la espinilla izquierda, chichones en la parte derecha de la cabeza, la nariz hinchada y el rostro "espantosamente vapuleado"». Parecía un poco excesivo para recaudar 15 dólares, pero en algunos negocios, según el mismo informe, es necesario «enviar un mensaje al resto de la clientela».

Más tarde, el sargento Jerry Wooters y su compañero recibieron una llamada de radio desde el hotel Mark Twain. Alguien estaba dando problemas a otros dos miembros de la brigada, exigiéndoles que demostrasen que eran policías.

Permitidme que os diga cómo conocí a Jack. Estaba con los dos agentes en el hotel, los dos de Inteligencia, de nuestra oficina. Ellos se encontraban sentados en el vestíbulo y el otro en un rincón. Tenía buen aspecto, iba bien vestido. No parecía ningún matón, ningún capullo.

Vale, pues Whalen estaba en su rincón y los dos polis allí también, ambos bastante grandes. También venía mi compañero, más canijo, así que pregunté: «¿Cuál es el maldito problema?», y ellos respondieron: «Jack Whalen... Lo queríamos detener, pero no colabora». Ellos eran policías y yo sargento. Por eso me llamaron. Pero me parecía increíble que esos capullos lo dejaran estar sentado tranquilamente. Yo hubiese sacado mi cachiporra y le hubiese dado una manta de palos.

Así que dije: «¿Y por qué no colabora?».

«No llevamos la placa encima.»

Vale, no llevábamos placa; solo un carné de identificación. Pesaba demasiado. Supongo que estábamos siguiendo la moda del FBI. Las placas se acababan saliendo del bolsillo. Resulta que Whalen se había pasado por allí para recoger unos pagos o pagar a alguien por algo cuando lo pillaron. Se identificaron como agentes de policía y le pidieron que los acompañase. «Que os follen, ¿dónde están las placas?», respondió el otro. Claro, no las llevaban.

No sabían qué hacer. A mí me importaba una mierda quién fuese Whalen. No era más que otro corredor. Dije: «Oh, mierda». Me acerqué a él con mis setenta y cuatro kilos y le dije: «Whalen, sé que eres un tipo duro, un buen luchador. Estás en buena forma. Fornido y grande».

«¿Y tu placa?», dijo él.

«Tengo una, pero no te la voy a enseñar, capullo.» Por supuesto, no la llevaba, así que añadí: «He oído hablar de tu reputación y te voy a decir una cosa: vas a salir de este vestíbulo. A lo mejor puedes con dos de nosotros, pero no podrás con los cuatro, porque nos vamos a echar encima de ti a la vez. Así que, ¿lo hacemos por las buenas o por las malas?».

Va y me dice: «¿Cómo te llamas, imbécil?».

Le dije mi nombre.

«Oh, qué tal, Jerry, he oído hablar de ti.»

Jerry Wooters pensó que Jack Whalen no era más que un machito con una sonrisa más digna de una estrella de cine que de un delincuente de los bajos fondos. Pero así es como el policía renegado conoció al gánster renegado e iniciaron una amistad de por vida, o tanto como durase una vida en Los Ángeles de los años 50 para alguien apodado el Ejecutor.

CAPÍTULO 18

Cómo Jack Whalen se convirtió en «el Ejecutor»

La tentación sería decir que vio una posibilidad cuando Mickey Cohen fue a prisión y la aprovechó. Pero Jack Whalen apuntaba a una vida en el crimen desde mucho antes, arruinando los planes que tenía para él su padre, el famoso Freddie el Ladrón, de elevarse por encima del oficio familiar. El patriarca de los Whalen se culpaba, en parte, a sí mismo. Por su culpa, Jack no duró mucho como cadete del Instituto Militar Black-Foxe, la academia de élite privada que lo convertiría en uno de los pilares de la respetable Los Ángeles.

Fred Whalen nunca había sido un padre convencional, hasta ahí ninguna sorpresa. Desde su más tierna edad, el jugador de billar reconvertido en contrabandista de licor había enseñado a sus hijos cómo sobrevivir en este mundo, al modo Whalen. A la hora de la cena, muchos padres enseñan a sus hijos a «comerse la verdura». Pero, en su casa, no. Fred jugaba a acechar los platos de sus hijos con su tenedor y robarles su comida favorita: las patatas, la tarta y cosas así. Era su manera de enseñarles que siempre había alguien que deseaba lo que ellos tenían y que más valía protegerlo o anticiparse. Si los niños no querían beberse la leche, metía un cuarto de dólar en el fondo del vaso; una lección de cómo el dinero puede conseguir que la gente haga cosas que, de otro modo, no haría. También jugaba a las cartas con ellos…, haciendo trampas. Intentaba que resultase evidente al sacar varios ases del fondo de la baraja. Quería que le gritasen: «¡Te he visto!». Su hija, al menos, siempre lo hacía.

Bobie era rubia desde muy pequeña, y Jack moreno. La hija de los Whalen era el ojito derecho de su padre; saltaba a sus brazos para que la llevase, mientras mamá lo hacía con el pequeño Jack. Este se parecía más a los Wunderlich, achaparrados y sin la misma astucia. «Cada uno ha salido a un lado de la familia», diría su hija al crecer.

Cuando Jack cumplió los once años, su padre le mandó a Black-Foxe, una escuela fundada por un adinerado constructor y dos antiguos comandantes de la Primera Guerra Mundial: Earle Foxe y Harry Black. Alto y rubio, oficial en cada aspecto, el comandante Earle Foxe había sido un actor de cierto éxito en el cine mudo, antes de la guerra, y había aparecido en alguna película sonora. Él era una de las razones por las que las estrellas del cine se sentían cómodas enviando a sus hijos a la academia militar. Entre sus alumnos se contaban los hijos de los gigantes del cine mudo Charlie Chaplin y Buster Keaton, y, más tarde, Edward G. Robinson, que acababa de hacer un papel como matón de origen humilde y final opulento en *Hampa dorada,* de Warner Bros., pronunciando en su lecho de muerte la frase: «Madre misericordiosa,

¿es este el final de Rico?». La estrella infantil Shirley Temple también fue de visita a la escuela durante la estancia de Jack Whalen (su hermano era cadete). E igualmente estaba allí el nieto del propietario de *Seabiscuit,* el caballo.

Black-Foxe estaba diseñada para ser una isla de rectitud moral en una ciudad terriblemente depravada en la década de 1930. Era la época del alcalde Frank Shaw y los dos mil seiscientos corredores de apuestas, los burdeles y los garitos de apuestas. Algunas de esas lacras florecían a escasas manzanas de donde los hijos de los afortunados aprendían a marchar en uniforme, con la espalda recta, y practicaban sus dotes de oratoria. Esta era una cualidad que el comandante Earle Foxe consideraba esencial para los futuros líderes de la sociedad, como el muchacho Whalen. El campus principal de la escuela se hallaba a la sombra de los estudios de Hollywood, pero tenía otro en el Valle para los deportes y los establos. Entrenado por un excapitán de la Real Policía Montada del Canadá, el equipo de polo se enfrentaba a equipos de Berkeley, Stanford y otras instituciones similares. Con apenas formación ecuestre, Jack Whalen marcó un gol en su primera temporada, algo notable en un cadete de cara aniñada que aún no había alcanzado la edad adolescente. El hijo de Freddie el Ladrón tenía un talento natural para el polo. Era un portento físico en todos los sentidos, convirtiéndose en capitán del equipo de gimnasia junior y destacando también en el pentatlón, que incluía salto de altura, lanzamiento de peso y carrera de cincuenta metros.

En cuanto al aspecto académico, Black-Foxe ofrecía una formación preuniversitaria plena, además de entrenamiento militar en múltiples facetas, desde tácticas de caballería hasta aviación, entrenando con un avión excedente de la Segunda

Guerra Mundial. Whalen hijo empezó con ventaja en el apartado de aviación, pues eran pocos los cadetes, incluso allí, cuyos padres poseyeran un biplano. Pero Jack no era inmune a la nostalgia del hogar, como el resto de compañeros. Guardaba las cartas de su madre bajo la almohada; le encantaba el familiar olor de su perfume en ellas. Y él le contestaba con una letra preciosista, dibujando círculos sobre las íes en vez de puntuarlas.

Los veteranos decían que no había antecedentes de que un cadete se convirtiese en comandante de su clase durante su primer año. Una foto conmemorativa de 1933 mostraba a Jack con uniforme blanco, cinturón de cuero y banda pectoral. Lucía tres medallas sobre el corazón y una espada ceremonial en la cadera. Un purista podría criticar que su sombrero de oficial estaba ligeramente torcido hacia la derecha, o que sus manos no estaban en la posición clásica de firmes. O puede que, tan solo una vez que sabemos en quién se convertiría, nuestro ojo se centre en las manos de Jack Whalen y sus puños cerrados.

Los veteranos de Black-Foxe aseguran que la forma en que su padre podía permitirse pagar la matrícula (que no era precisamente gracias a la lavandería en seco) habría bastado para expulsarlo de la escuela. El pasado como contrabandista de ron de Fred Whalen se hizo público solo tras el levantamiento de la Prohibición, en un reportaje de *Los Angeles Times* que trataba de los osados traficantes que introducían whisky en una California supuestamente seca. Allí estaba él, apodado el «Loco Irlandés», junto con colegas del oficio, como Tony «Sombrero» Cornero. Fred fue uno de los pocos que nunca acabó en prisión por eso concretamente. Pero cuando las autoridades sí le echaron el guante... Bueno, eso también alimentó las razones por las que Black-Foxe no podía permitir la continuidad de su hijo.

Más tarde, Freddie aseguraría que las autoridades nuca lo pescaron en ninguna de sus estafas, al menos no tras el malentendido de la lencería en la tienda, que él zanjaba como agua pasada. Pero lo cierto es que fue detenido después de la Prohibición, cuando empezó a revender alcohol barato de taberna por exquisito Johnny Walker. El concepto no estaba mal: compras litros del brebaje más barato del mercado, un Brunswick o un Royal Clan, por ejemplo, y lo viertes en botellas de la C&O Bottle and Cork Supply. Una vez terminado el proceso, las botellas pasaban por auténticos Johnny Walkers de etiqueta negra y se vendían por cajas a los médicos de Long Beach, los artistas de cine de Hollywood o incluso a algún que otro cura. Pero para que la operación fuese verdaderamente rentable, necesitaba una red; ¿por qué no cubrir Watts? Así que contrató a seis personas para explotar el negocio mediante franquicias desde garajes alquilados. Sus socios eran gente como Leo Chapman, James Woods... y George Wunderlich.

El clan Whalen estaba convencido de que el cuñado más joven fue quien se arrugó y se chivó a las autoridades ante la presión de verse padeciendo las consecuencias de un problema que nada tenía que ver con aquello, al parecer algo relacionado con una joven. Fuese cual fuese el motivo, los federales supieron del timo del whisky que Freddie el Ladrón había manejado tan magistralmente durante dos años. Y Freddie salió tan airoso como pudo cuando se vio acusado de «compraventa y transporte de licor intoxicante en contenedores sin estar al día de sus obligaciones fiscales». La culpabilidad negociada implicaba pasar menos de seis meses en la cercana prisión de Terminal Island, donde su mujer y sus hijos podrían visitarlo para hacer picnics en sus terrenos mientras disfrutaba de sus primeras vacaciones auténticas en toda su vida.

—Tenía una bola —dijo su hija—. Jugaba al billar, ¿sabe?

Cuando Freddie cumplió la sentencia, convenció a importantes funcionarios para que no pusieran condiciones a su salida en libertad, habida cuenta de su completa reforma y acceso a un prometedor nuevo campo: la venta de porcelana importada. Y, o bien el presidente para la evaluación de la libertad condicional, Thaddeus Davis, era un verdadero creyente, o bien salió del caso un poco más rico que antes. Escribió acerca de Freddie: «Debido al hecho de que su actual empleo probablemente implicará viajes a Sudamérica y que sus vínculos familiares son extremadamente fuertes, concluimos que no sería de mayor utilidad práctica seguir supervisando este caso».

Freddie pudo deshacerse de la condena, pero su hijo fue a escuelas públicas, entre niños normales. La parte del fútbol, al menos, fue sencilla. Jack tuvo una adolescencia precoz, hasta el punto de que no podía llevar pijamas normales. «Con tan solo doblar el brazo los rompía», decía su hermana. «Y lo mismo con las piernas.»

A los dieciséis años, Jack y unos amigos cogieron un Chevy del 36, «condujeron al menos mil kilómetros y volvieron en un estado deplorable», rezaba el informe de la policía. Fred Whalen dio a su hijo un bofetón cuando lo soltaron. Puede que tan solo fuese una representación de cara a la policía, pero la hermana de Jack aseguraba que las fricciones entre padre e hijo eran genuinas. Freddie estaba furioso porque su hijo la hubiera fastidiado de esa manera. O quizá estaba defraudado porque lo hubiesen atrapado tan fácilmente. Otro día, Jack estaba conduciendo su descapotable con su hermana, que tenía el pelo rubio platino y hacía algunos trabajos como modelo; una chica guapa, en definitiva. Cuando un hombre demostró su apreciación de tales cualidades desde otro coche, Jack se cruzó bruscamente en su camino.

—Bueno, mi hermano lo sacó a rastras del coche y le dio una paliza. Dijo que nadie debería hablar así de ninguna mujer.

Cuando Freddie vio que a su hijo le iban las peleas, decidió curarle el hábito («es un negocio muy sucio») con la ayuda de un boxeador local que, en 1939, entrenaba para el evento más importante de ese deporte, un combate con Joe Louis, el campeón de los pesos pesados. A sus treinta y seis años, Jack Roper era mayor para el circuito profesional, y trabajaba como electricista en los estudios, donde también interpretaba pequeños papeles como «portero de discoteca», «gánster de restaurante», «ratón de bares» y elementos similares. Más tarde, Roper aparecería como el boxeador al que John Wayne mata a puñetazos en *El hombre tranquilo,* provocando su desesperada huida a Irlanda, jurando que nunca más volvería a luchar. Pero en la vida real Roper había sobrevivido a más de cien combates y, si bien había perdido unos cuantos (treinta y nueve), gozaba de una poderosa zurda que le había permitido firmar nueve K. O. en primer asalto, suficientes para permitirle acceder al primer campeonato de pesos pesados en Los Ángeles desde hacía treinta años. Cuando Roper estableció su centro de entrenamiento en un rancho al norte de la ciudad, Fred Whalen le ofreció a su hijo como improvisado *sparring* o, lo que es lo mismo, carne de cañón. Gracias a sus talentos persuasivos, Fred le dijo al entrenador del peso pesado: «Tú deja que tu chico luche tres asaltos con él y le dé una paliza a mi hijo. Quiero que se le quiten las ganas de esto».

En el primer asalto, el boxeador y el musculoso adolescente hicieron lo habitual en este tipo de peleas: bailar y tantearse con los guantes. Pero, en el segundo asalto, Roper, con ochenta y ocho kilos, hizo lo que se le pedía y tumbó al más joven. Jack Whalen se levantó, se sacudió el mareo y se puso duro, como se dice, con la derecha. «Un solo puñetazo», recordaba su hermana, «uno», y el aspirante al título de los pesos pesados no pudo volver a levantarse; y así continuó la leyenda de la familia Whalen.

Ese 17 de abril, una multitud de treinta mil personas, incluida la flor y nata de la industria del cine, llenó el Wrigley Field de Los Ángeles, un estadio de béisbol de la liga menor. Algunos espectadores intentaron disfrutar del espectáculo escalando la tapia de la parte de atrás del estadio, solo para que los de seguridad les rociasen con las mangueras de incendios. Pero la noche no deparó un gran espectáculo en el ring cubierto para la ocasión: Jack Roper dio un buen golpe de zurda a Joe Louis antes de que el campeón le respondiera con una combinación en una esquina y lo noqueara a los dos minutos y veinte segundos del primer asalto, la sexta defensa del título del «Bombardero Marrón» y su tercer K. O. en primer asalto. Aparte de la paga, el único consuelo para el aspirante local fue haber durado más que el alemán Max Schmeling, quien, el año anterior, había sido tumbado por Louis en dos minutos y cuatro segundos. Se vendió como el triunfo de Estados Unidos contra la incipiente amenaza de Hitler.

La guerra y la boda supusieron para Jack Whalen un nuevo comienzo. A pesar de su choque con la ley durante los años de juventud, fue admitido como piloto en prácticas, se licenció como teniente y fue enviado al College of Idaho para asistir a un curso intensivo de matemáticas, física, historia, geografía, lengua inglesa, primeros auxilios y regulación civil aérea, como preludio a su condición de piloto. Pero antes de irse, dio un golpe que superó cualquier plan que su padre jamás hubiera ideado. Jack se casó con la hija de una de las familias más antiguas de Los Ángeles, los Sabichi, cuyas raíces allí se remontaban a cuando la zona pertenecía a los españoles. Era un clan que encarnaba la mítica fusión entre las culturas inglesa y española (así como la sangre) que dio lugar a la incipiente ciudad mucho antes de la llegada de los trenes y la desagradable horda del siglo xx.

Igual que el Viejo Sur fue reescrito en *Lo que el viento se llevó*, el sur de California tuvo su versión romántica con obras como *Ramona* o *El Zorro*. Pero en la medida en que tal mundo existiese, contaba con sus auténticos Adán y Eva. William Wolfskill nació en Boonesborough, Kentucky, en la época de Daniel Boone, por lo que estaba plenamente impregnado del espíritu de los pioneros. Wolfskill se unió a una partida de montañeses en dirección a las tierras salvajes del oeste para cazar pieles de mapache. En 1831 había llegado lo más lejos posible, asentándose al borde del Pacífico, donde plantó vides, naranjos y limoneros («en ese pequeño poblado español anidado en las colinas»). Allí conoció a Doña Magdalena Lugo, que formaba parte de la familia española (de Lugo, concretamente) que poseía una considerable extensión de tierras en la costa, en Santa Bárbara. Se casaron (o fusionaron sus negocios) en 1841, siete años antes de la guerra entre Estados

Unidos y México que anexionó California a la Unión, para que se postulase como nuevo estado en 1850.

Pero el desarrollo de Los Ángeles requirió de otra fusión, la de la hija de la pareja (Magdalena) con un comerciante de formación inglesa (además de abogado): Francisco Sabichi. Frank Sabichi había trabajado durante años en el concejo de la ciudad, incluido un breve período como presidente de este, y contribuyó a llevar agua al árido enclave. Era consejero de la Southern Pacific mientras donaba las cinco hectáreas que se convirtieron en los terrenos donde se erigió la estación central. También era una institución en las versiones del oeste de la Mayflower Society, contribuyendo a la fundación de la Sociedad de Pioneros del Sur de California, además de desempeñar la labor de administrador principal de los Hijos del Dorado Oeste en 1900, año de su muerte. Si podía considerarse que Los Ángeles tuviera una alta sociedad, Frank Sabichi era su encarnación. Se hubiera revuelto en su panteón familiar del cementerio de Calvary si hubiese sabido que su nieta se iba a casar con uno de los grandes cabezas de chorlito del clan Whalen.

Katherine «Kay» Sabichi pasó sus primeros años en la mansión victoriana familiar de veintisiete habitaciones, en South Figueroa. Tenía ocho dormitorios y un ascensor que conducía a la sala de baile de la tercera planta, que albergaba el piano más antiguo de Los Ángeles; un instrumento fabricado en Nueva York, enviado por barco a través del Cabo de Hornos y transportado tierra adentro a lomos de dieciocho indios. La abuela Magdalena Sabichi contaba historias de la plácida vida en la hacienda cuando se podía acoger a los viajeros ocasionales y hábiles jinetes realizaban exhibiciones de hípica sobre elaboradas sillas de montar. «La agitación de los tiempos modernos ha barrido para siempre la maravillosa belleza y tranquilidad del pasado», solía decir la abuela. «A menudo anhelo huir del rugido y el artificio moderno, pero es imposible, pues las doradas arenas del pasado han corrido para siempre.»

Cuando alcanzó la edad suficiente, Kay acudió a una escuela privada, donde «te enseñan a ser una dama», explicaba, «así como buenos modales». Pero la joven Sabichi no era precisamente un modelo ejemplar. Con una larga melena negra que atestiguaba su herencia española, le gustaba salir con gente del cine y consiguió algún papel en dos películas, una con Marlene Dietrich y *Madame X*, en la que a una esposa adúltera se le advertía: «La vida no es un cuento». Las columnas de chismes la relacionaban con uno de los primeros vaqueros del cine, Hoot Gibson, que le doblaba en edad e iba ya por el tercer matrimonio. Jack Whalen no era un jinete tan hábil como la estrella del *western*, pero sí jactanciosamente seguro de sí mismo y mucho más atractivo que el pasado Hoot Gibson. Jack se declaró a Kay Sabichi con un anillo de compromiso de diamante que había robado del baúl de cedro de su hermana.

Los novios mintieron acerca de sus respectivas edades en el certificado de matrimonio. Kay declaró tener veintiséis años, cuando en realidad había pasado de los veintiocho. Jack dijo que tenía veinticuatro, cuando solo tenía veintiuno. Era, como poco, siete años más joven que la novia de sangre azul que tomó como esposa el 27 de enero de 1943, con una recepción en el Club de oficiales Aces del hotel Hollywood Roosevelt. Para el padre de la acomodada novia, la diferencia de edad entre ella y su nuevo yerno, de padre jugador de billar, era motivo de preocupación, y no el único. Louis Sabichi solo tenía un brazo, debido a un accidente de circulación, pero conducía un Pierce-Arrow y disfrutaba con su estatus de heredero privilegiado en ese diminuto círculo de angelinos. Se negó a conocer al excontrabandista Fred Whalen. «Se cree que nos queremos aprovechar de él», diría el novio más tarde.

Jack Whalen pasó el servicio militar con el expediente tan limpio como pudo: una pelea. Destinado en el aeródromo militar de Waco, Texas, resolvió sus diferencias con un oficial superior del que sospechaba que flirteaba, y puede que algo más, con su mujer. Si bien había culminado su entrenamiento de combate demasiado tarde para entrar en la guerra, sabía pilotar bombarderos B-25 y B-29. Al final de la guerra, se sirvió de uno de ellos para llevar a su mujer, su hija recién nacida y sus muebles de regreso a casa, en Los Ángeles. Allí empezó ofreciendo sus servicios como piloto de vuelos chárter para los estudios de cine y como entrenador de caballos para las películas en un pequeño rancho de Encino, en el Valle. También contrató a un prometedor fotógrafo especializado en retratar *pin-ups,* para hacerse un portafolio que le facilitara su carrera como actor.

En la foto salía ataviado como un vaquero, apoyado en un Cadillac descapotable del 47, con un anillo en el meñique derecho y un delgado puro entre los dedos. Sonreía, y llevaba en la cabeza un sombrero blanco. Se veía que tenía en mente papeles de chico bueno. Otra de las fotos pretendía resaltar su atractivo sexual, recostado contra la seca corteza de una densa higuera. El Caddy, por supuesto, estaba de fondo. El aspirante a estrella también había escogido nombre artístico: Jack O'Hara. Al menos eso dijo que era, un nombre artístico, cuando la policía halló en su cartera dos conjuntos de documentos identificativos.

Su sueño hollywoodiense iba en serio, como el de todo el mundo. Pero, a pesar de sus flirteos con el buen camino y los proyectos que nunca llegaron a buen puerto (siempre había una excusa), Jack Whalen estaba dominado por la misma adicción que dirigía los pasos de su padre: la emoción elemental, y consustancial al crimen, de engañar a los demás, ya fueran capullos (en el caso de su padre) o débiles (en el suyo propio). Si el padre era como el capote a la corrida de toros (ahora me ves, ahora no), el hijo era el toro que cargaba. No me digas que tienes poco dinero; dámelo directamente.

Sus primeras detenciones se debieron a crímenes banales, como el allanamiento, y pasaron rápidamente a asalto y extorsión, la «intimidación física» a la que se refería la División de Inteligencia al incluirlo en su lista de vigilancia. La marca característica de Jack el Ejecutor era ser tan duro que nunca necesitaba una pistola. Le encantaba que la gente le diese la menor excusa para partirles la cara. Para algunos trabajos contaba con ayudantes y administrativos que contabilizaban las ganancias; no era una mera colecta de apuestas. Pero, en la mayoría de los casos, el equipo estaba formado por él y sus puños, tal como descubrió, de primera mano, el estafador de las carreras de caballos Michael Rizzo.

Rizzo no era Freddie el Ladrón, pero tenía una estafa que llevaba años funcionando bien. Como antiguo entrenador de caballos, les contaba a los apostadores más ingenuos que podía amañar una carrera si ellos ponían el dinero para los *jockeys*. A continuación presentaba a la víctima a un *jockey* (o un socio que se hiciera pasar por tal). Un falso jinete llegó a quemarse el dedo gordo con una cerilla para hacerse la típica ampolla de los jinetes profesionales. En ese golpe, le sacaron 4.000 dólares a un magnate del petróleo retirado. Un día, Jack Whalen, alias Jack O'Hara, se presentó en el apartamento de Mike Rizzo.

Se me acercó muy amistosamente, me estrechó la mano y se sentó a un extremo de la mesa. Yo estaba sentado en el sofá... Me preguntó: «¿Cómo te va?», y la conversación fue cordial. Al cabo de unos minutos añadió: «Te vienes conmigo».

Y yo le pregunté: «¿Contigo, para qué?».

«Hagas lo que hagas, y me importa un bledo lo que sea, ahora será conmigo.»

Me reí... Pensé que estaba de broma. Lo siguiente que sé es que me golpeó en un ojo (tengo una cicatriz que lo demuestra), en la boca y en la cara en general, sin darme tiempo a levantarme del sofá. No dejaba de golpearme e insultarme.

«Sucio hijo de perra... Que esto te sirva de lección.»

«Está bien», dije.

«Dame dinero.»

«No tengo dinero.»

Entonces me dijo que reuniera 300 dólares, que regresaría a por ellos. Antes de irse registró todos los cajones y la casa en busca de dinero... «Volveré por los 300 dólares.»

Como la mayoría de personas en su situación, el estafador Mike Rizzo no se atrevió a llamar a la policía para denunciar lo que había hecho Jack Whalen/O'Hara; no quería que le diesen otra paliza, o algo peor. Lo que llama la atención es que el delgaducho instructor de baile, Jon Anton, reducido a pulpa en el hotel Mark Twain por tres apuestas hípicas de 5 dólares, sí que acudió a la policía. A pesar de la amenaza de llevarlo a un callejón oscuro, Anton colaboró en todo lo posible con las autoridades y firmó todos los documentos que le pusieron delante.

Cuando el apostador de 15 dólares accedió a testificar, el capitán Hamilton ordenó a Con Keeler y a Dick Williams, el ex-Ranger de un metro noventa y uno, que detuvieran a Jack el Ejecutor. Solo tenían que pasar por la oficina del fiscal del distrito para preparar los papeles. Hablaron con un joven ayudante del fiscal adjunto que les dijo que sería rutinario, sin problemas, recordó Keeler. El problema era que no habían contado con la influencia de su padre.

Todo era perfecto. Un buen caso. Buenos testigos. Solo faltaba la aprobación del fiscal. El ayudante volvió a los pocos minutos y nos dijo: «Hay orden de suspensión. El fiscal adjunto dice que no lo va a firmar».

«¿Qué es una orden de suspensión?»

«Pues, no lo sé.»

Fuimos por el pasillo, lleno de puertas cerradas. Se estaba celebrando una reunión y Williams y yo irrumpimos sin llamar.

«¿Quiénes son ustedes?», preguntó el fiscal del distrito.

Me identifiqué. «Quiero saber en qué parte del Código Penal dice que esto se puede echar atrás.» Supongo que mi comportamiento no fue modélico precisamente. Pidió que le disculparan, nos acompañó fuera, se dio la vuelta y nos dijo: «He leído el expediente» y nos pusimos a caminar por el pasillo.

«El Freddie Whalen de los bajos fondos al parecer cuenta con una orden de suspensión de la oficina del fiscal del distrito; esto lo demuestra, ¿no es así?», le dije.

Perdió la cabeza y mandó los papeles por los aires y se fue con paso vehemente por el pasillo. Recogimos los papeles y volvimos a la oficina. Le dije al capitán que igual había metido la pata. A los diez minutos, volvió a llamarnos para decirnos que había recibido una llamada de la oficina del fiscal del distrito y que nuestras órdenes estaban esperándonos allí. Lo dijo con media sonrisa. Williams y yo las recogimos y fuimos a por Jack Whalen. Como era de esperar, hacía tiempo que se había largado. Resultó que estaba pasando tres semanas en Palm Springs.

Cuando Jack Whalen volvió de su oportuna escapada al desierto, se entregó en el juzgado para negociar por la minucia de la colecta de 15 dólares. Su mujer, Kay, entregó una carta manuscrita solicitando para él la libertad condicional en el peor de los casos, ya que tenía que mantener una familia que ahora incluía a un segundo hijo. «No tengo ninguna vocación», declaró la antigua debutante. «Verá, solo asistí a escuelas femeninas durante la juventud… y mis buenos modales no bastan para ganar dinero.» Siguió hablando de su marido: «Ojalá pudiera verle a través de mis ojos: su amor por los niños, los perros, los caballos, el sol y los picnics con la familia, los domingos en Griffith Park… Son tantas las cosas normales que lo hacen un hombre bueno».

En su propia carta rogatoria, Jack Whalen insinuaba la relación entre los Whalen y los Sabichi, que no había funcionado exactamente como a él le habría gustado. «El padre de mi esposa goza de una posición económica bastante acomodada», explicaba el Ejecutor, pero «nunca nos ha ayudado a mi esposa y a mí desde que nos casamos». Es más, el suspicaz Louis Sabichi seguía sin haber hablado nunca con el padre de Jack hasta esa semana. Freddie el Ladrón consiguió que pareciese un encuentro casual con su adinerado familiar que se empeñaba en no actuar como tal. «Mi padre me informa de que, en la tarde de anteayer… tuvo ocasión de conocer a mi suegro en un restaurante que los dos frecuentan… Me han dicho que la reunión y subsiguiente conversación no fue exactamente amistosa.»

El avezado Fred Whalen nunca dejaría de intentar ayudar a su hijo, de que le dieran la condicional de alguna manera, si no conseguía persuadirle en contra de sus locuras.

Pero Jack Whalen seguía sin comprender por qué la policía le estaba propinando un trato que anteriormente se reservaba para Mickey Cohen o Jack Dragna. «En mi opinión… se trata de un caso de persecución», escribió. «Conozco personalmente a más de veinticinco agentes del Departamento de Inteligencia con los que me he encontrado en diversas ocasiones, generalmente para interrogarme.» Llegado el juicio, desarrolló su línea de pensamiento: «Todos estos agentes me han dicho, en un momento u otro, que necesitaban a alguien a quien cargarle el muerto, y que yo era tan bueno como cualquiera». No mencionó que uno de esos agentes, como mínimo, era ahora amigo suyo.

CAPÍTULO 19

La carrera de un dólar

Puede que Jack Whalen no exagerase cuando dijo que había oído hablar de Jerry Wooters, pues el sargento de la Brigada de Élite tenía una cierta facilidad para ganarse menciones en los periódicos. En sus primeros meses en el Departamento de Policía de Los Ángeles, una redada chapucera en un garito de apuestas ilegales le hizo ganarse el titular: «MASCOTA FIEL PONE AL DESCUBIERTO EL TRASERO DE UN OFICIAL», y desde entonces siempre estaba pasando algo alrededor del policía que exudaba la misma suficiencia tanto hacia los delincuentes como hacia sus superiores.

Al igual que casi todo el mundo, salvo los Sabichi y su gente, no era un angelino de pura cepa. Gerard Wooters nació en Filadelfia en 1917, de unos padres con denominación bíblica (se llamaban Mary y Joseph). Su madre murió al poco de nacer él y su padre llevó a Jerry y a sus otros dos hijos

hacia el oeste en 1922 (de nuevo ese año) persiguiendo el sueño de encontrar oro en México. Jerry Wooters estableció su
familia en Los Ángeles y se embarcó en la peligrosa aventu-
ra más tarde escenificada en la película de Humphrey Bogart
El tesoro de Sierra Madre, recorriendo el sur y sus colinas en
busca de un golpe de suerte. Jerry era el pequeño de la familia, así que su hermano y su hermana (nueve y once años
mayores respectivamente) cuidaron de él mientras su padre
se consumía en un modo de vida a caballo entre el triunfo
y la ruina. Jerry podía volver a casa y encontrarse un flaman-
te coche nuevo o todas las posesiones de la familia desparra-
madas en la calle, sin rastro alguno de sus patines. Lloraba
desconsoladamente cuando no los encontraba. Cuando sus
hermanos fueron lo suficientemente mayores para cuidarse
solos, Jerry pasó una temporada en un orfanato de Woodland
Hills, al final del Valle. Era un muchacho solitario que aprendió a ver el mundo con cinismo desde la más tierna edad y
que se juró, como Escarlata O'Hara, no volver a pasar hambre en la vida.

Mientras su padre trabajaba en una mina de Baja, una
vez les pidió a sus hijos que llevasen la paga en un viejo Modelo T. Jerry acabó chocando por detrás con una furgoneta
llena de mejicanos y, con tan solo doce años, tuvo que sobornar a alguien para evitar acabar encerrado en una prisión
local, un encuentro que no se prestaba a exaltar la imagen
de la policía. Un par de años más tarde, fue detenido por
vender bolsas de naranjas, a dólar la unidad, desde una camioneta y llevado a la cárcel de Lincoln Heights, donde un viejo sargento recriminó al agente que le había detenido: «No
podemos meter a críos en esta maldita cárcel». Jerry insistía
en que el mismo viejo sargento seguía de servicio allí cuando,

ya convertido en policía, encerraba a alguien. «Has vuelto, ¿eh?», solía decir el anciano.

Si Jack O'Mara siempre había soñado con una carrera en la policía, Jerry más bien se tropezó con ella. Al acabar el instituto, tuvo varios trabajos, como taxista, como guía turístico por las casas de los famosos o llevando focos en los estudios de la Twentieth Century Fox o la Paramount, donde su hermano trabajaba como electricista. En 1941 también empezó a asistir a clases de Inglés e iniciación al Derecho.

Acudía al City College de Los Ángeles. Me divertía perdiendo el tiempo. Había un chaval en clase, se llamaba Elliot. Ambos teníamos trabajos a media jornada. Fue justo antes de que echaran al alcalde Shaw y muchos policías acabasen en la calle o jubilados. Necesitaban cubrir unas doscientas cincuenta vacantes. Me dijo que la policía estaba haciendo exámenes y que podíamos apuntarnos. Costaba un dólar. Al final él no se apuntó, pero yo sí, y no me fue mal.

El 10 de abril de 1941, por el precio de una bolsa de naranjas, Jerry Wooters también pasó a formar parte de la generación de policías que estaba llamada a cambiar el departamento, salvo por que fue reclutado para una unidad que no había dejado del todo atrás la escandalosa década de 1930.

Lo pasé fatal en la Academia. Las pistolas me daban un miedo de muerte. Siempre tenía detrás a algún sargento para asegurarse que aprobaba. La noche después de la graduación, celebramos una gran fiesta y un sargento al que no conocía me abordó. «¿Te han destinado ya a alguna parte?», preguntó. «No», le dije, y así es como ingresé en la brigada de Antivicio. Supongo que no tenía mucho aspecto de policía.

La central de Antivicio estaba buscando caras nuevas, que no fuesen reconocibles, para misiones encubiertas relacionadas con delitos sexuales: «prostitución, homosexualidad, degeneración moral», tal como lo describió. Una de las últimas perversiones era la copulación interracial, especificada por un contrariado Charles Stoker, agente de Antivicio que entró en el cuerpo un año después que Wooters. «En los confines de Los Ángeles hay innumerables sitios conocidos en la jerga policial como "tugurios de negros y morenos" donde blancos y negros mantienen relaciones homosexuales, para fumar marihuana o cualquier otra depravación... Sus propietarios, negros por lo general, adquieren o alquilan amplias casas habitualmente ubicadas en zonas residenciales exclusivas, donde mujeres blancas acomodadas emprenden relaciones pecaminosas con hombres de color.» Las velas eran la única fuente de luz en esos establecimientos donde los abrigos de visón y zorro plateado de los ricos se cambiaban por atavíos de personajes de *Las mil y una noches*, con pantalones de seda abombados, blusas bordadas y turbantes para la cabeza.

Pero antes de que soltasen a Jerry Wooters en esos pozos de pecado, le hicieron una prueba en un salón de masajes convencional con trampa: el propietario era un policía al que habían avisado que se pasaría un agente novato pidiendo un servicio extra. «Entré allí con la masajista y me dio una buena. Luego supe que ese policía tenía entre seis y ocho salones de masajes.» Jerry no salió mejor parado en la redada de «La mascota fiel...», donde veinte personas estaban jugando a las cartas en una fiesta celebrada en honor a Ruth Beyer, según el relato periodístico: «La fidelidad de *Fido*, un fox terrier blanco, provocó un momento embarazoso para el sargento

Jerry Wooters en el día de ayer, permitiendo que varias personas huyeran de una redada ejecutada por la brigada de Antivicio... Tan pronto como Wooters se dirigió hacia la señora Beyer, su perro *Fido* saltó y dio un generoso bocado en el trasero del agente. Durante el alboroto, la mayoría de los presentes huyeron».

Jerry aguantó bien los inevitables chistes, ya que no le resultó complicado cogerle el truco a Antivicio. Lo único que tenías que hacer era realizar unos cuantos arrestos a proxenetas y corredores insignificantes o, preferiblemente, muchas detenciones en cada turno de noche. «Entrabas a las cuatro y salías a la calle. En unas cuatro horas tenías a todo el mundo arrestado y la tarea hecha», decía. «Era un gran trabajo.»

Durante medio siglo, sus colegas culminarían historias sobre él con un «Así es Jerry», generalmente tras relatar una estafa fallida. Así fue cuando intentó ingeniárselas para evitar ser alistado si Estados Unidos entraba en la guerra. El 4 de septiembre de 1941, cinco meses después de incorporarse al Departamento de Policía de Los Ángeles, indicó que su oficio era el de fotógrafo en una solicitud de alistamiento en la unidad fotográfica de la Reserva Naval, con base en el estudio de la Fox. Si el país entraba en guerra, en el peor de los casos la pasaría realizando películas formativas, sin salir del verde y maravilloso césped de casa. Esa era la idea que tenía Wooters de unirse a la Reserva.

Entonces Antivicio lo envió de paisano a un hotel situado encima de un bar gay de Hill Street, donde debía sentarse a tomarse una copa hasta que alguno le entrase. Jerry y el sospechoso subirían a una de las habitaciones, que estaría vigilada por los agentes de apoyo a través de una mirilla mientras masticaban chicle, y entrarían en acción en cuanto el compañero hiciese un movimiento. La suerte quiso que uno de los primeros sospechosos que cayeron en manos de Jerry fuera el sobrino nieto de un juez de apelación.

Tras la detención, de pronto a dos detectives les entraron muchas ganas de hablar conmigo en el aparcamiento. «Eh, ¿crees que podríamos hacer algo por el chico?» Me abordaron dos parejas de detectives en dos ocasiones distintas. «¿Puedes hacer algo?» Y yo les contesté: «Creo que no». Entonces, de la noche a la mañana, recibo la llamada de que me reclutan para el servicio activo. La maldita guerra ni siquiera había empezado, pero, de repente, ¡pum!, recibo órdenes de presentarme ese mismo lunes.

Hacía tiempo que se había ido cuando el caso de la mirilla llegó a los tribunales, pero tuvo noticias de cómo el jurado halló todo tipo de deficiencias en su informe de arresto. El papel de la pared del hotel, que él describió como rosa, ahora era verde y la puerta era sólida y uniforme, sin mirillas de ninguna clase. «Fue mi primer escarnio público», dijo Jerry Wooters, que no se pasaría la guerra haciendo películas formativas en el verde césped de casa.

«Demonios, hermana, aquí me siento como un alma en pena... Me siento muy solo en este frente de bahía», escribió en noviembre de 1941 desde la base naval de los Estados Unidos en Alameda, a las afueras de San Francisco. «Aquí tienen algunos libros de fotografía. A lo mejor debería echarles un vistazo.» El jefe de su modesta sección no tardó en comprobar que había mentido en cuanto a su experiencia como fotógrafo; las primeras fotos que tomó salieron veladas y, una de las veces, se olvidó de colocar el carrete en la máquina. Jerry le contó a su hermana mayor, Margaret, que el estómago le dolía endemoniadamente después de cada comida. «Creo que es de los nervios. La tensión de fingir que sabes algo que no sabes... La Armada tiene un laboratorio precioso, todo lo que un profesional de la fotografía podría desear. Vaya golosina sería si me interesase lo más mínimo.»

Con su hermana hablaba como no lo hacía con nadie. La idolatraba. Con el auge de la guerra, Margaret Wooters consiguió un trabajo en Washington D. C., donde conoció y se casó con un inmigrante macedonio llamado Stoyan Christowe. Este trabajaba en la Inteligencia militar de los Estados Unidos, pero también había escrito un libro que relataba su experiencia como emigrante. *This is My Country** se había convertido en una de las lecturas favoritas del presidente Roosevelt. Su hermana se estaba introduciendo en una clase social totalmente diferente, y eso preocupaba a Jerry, volviéndolo más consciente de lo que no tenía. «¿Cómo te va... con dinero y buena salud? ¿Eres feliz?», preguntaba. «¿Te van las cosas bien, quiero decir, mejor que antes de casarte?» En cuanto a él, confesó que ni siquiera salir con los compañeros para tomarse unas copas le levantaba el ánimo desde que fuera reclutado para el servicio activo, por un tercio de su paga como policía. «Me doy cuenta de que nunca me he sentido satisfecho, así que ignoro por qué debería ser diferente ahora», escribió. «Si en dieciocho meses sigo aquí, me voy a sentir muy mal... Dios, cómo me gustaría verte.»

---

* *Este es mi país (N. del T.).*

La buena noticia era que a las chicas les encantaba cómo le quedaba el uniforme. Jerry se hizo muchas fotos con otras tantas mujeres a lo largo de su período de servicio. En una de ellas aparecía con varias, mientras una morena le rodeaba el cuello con su brazo. Otra fue tomada a través de una ventana, mostrándolo con una vulgar rubia, con la cabeza inclinada mientras la miraba a los ojos. Otra era de una rubia con la cabeza echada hacia atrás, aparentemente presa de la risa por algo que él había dicho mientras estaban sentados a una mesa repleta de marineros de uniforme y cien botellas de cerveza vacías tras ellos. En otra de las instantáneas aparecía en la pista de baile, mejilla contra mejilla. Medía algo menos de un metro ochenta y tres y era larguirucho. Todo en él era enjuto, incluida su cara aguileña, que se estrechaba notablemente a la altura de la barbilla. No era especialmente guapo, pero su elástica boca formaba una sonrisa enconada y casual, como si nada le importara demasiado, como si pasara de todo. A lo mejor era esa la actitud que las volvía locas.

Ellas también le escribían cartas. En una de ellas le habían dibujado una caricatura de él con un pequeño bigote que se había dejado. Una mujer se daba a conocer como «Tu cosita dulce y fiel» y hablaba «del amor desperdiciado». Una de ellas sugería que entrenasen palomas para intercambiarse mensajes y se mostraba preocupada por lo que estuviera haciendo: «¡Deja a esa enfermera! ¡Es una buena chica!», «¿Sigues fumando esos puros apestosos?», «¿Sigues usando pantalones anchos? ¿Sigues teniendo pecas en la espalda?». Esa misma mujer también le preguntaba: «¿Quién te recuerda estos días a tu hermana? Si no me falla la memoria, una vez me dijiste que yo te la recordaba; una frase asquerosa que muchos chicos están dispuestos a usar».

Sus propias cartas a su hermana cambiaron tras el ataque a Pearl Harbor y la irrupción de la guerra con mayúsculas. La tranquilizó: «A pesar de formar parte de las fuerzas armadas, mi trabajo es el más seguro que se me puede ocurrir. Quiero salir de esta guerra de una pieza, y creer que así será. Mi deseo es hacer todo lo posible por mi país, pero... algunos veteranos aseguran que volveremos muy pocos». Lo que más le asustaba era lo diferente que era la guerra con respecto al trabajo de policía, que enfrentaba a un hombre contra otro. En la guerra podías ser tú contra una bomba de mil kilos. «No tengas miedo», le dijo a su hermana.

Más tarde, exageraría un poco el relato de cómo pasó un tiempo a la deriva cuando su avión fue derribado en Guadalcanal; en ocasiones lo estiraba hasta los cinco días. En realidad, según los archivos militares, la tripulación del B-17 pasó dos días perdida en el océano, o treinta y ocho horas, para ser exactos. Unos veloces cazas japoneses les habían detectado mientras Jerry tomaba fotos de reconocimiento de las posiciones enemigas por debajo de ellos, apuntando con su aparatosa cámara por el compartimento lateral abierto del avión. Tampoco mencionó que sus aviones fueron derribados dos veces, tal como indican los registros, durante sus doscientas setenta horas de vuelo en combate para la primera unidad fotográfica de la marina. En el confuso episodio que les dejó a la deriva, uno de los tripulantes se había roto la espalda y no dejaba de llorar mientras esperaban a ver si un barco japonés los encontraba primero y acababa con ellos. Jerry tenía la única pistola, y cuando el piloto se la pidió, le respondió: «Por encima de mi cadáver». Al menos, no estaba herido.

Obtuvo su Corazón Púrpura a raíz de un vuelo, el mes anterior, en el que un proyectil enemigo mató al artillero lateral que estaba a su lado, impactándole debajo de la barbilla. «Me cagué encima de miedo», resumió así su estancia en ultramar. En la mención de su medalla de las fuerzas aéreas, ponía: «... en numerosos vuelos sobre territorio enemigo, Wooters obtuvo valiosas fotografías de reconocimiento, muchas de ellas tomadas mientras se encontraba bajo fuego de aviones enemigos y baterías antiaéreas».

Cada vez que escapaban por los pelos, al final de cada misión, Wooters se echaba a vomitar y volvía a sentir los dolores estomacales. Le dijeron que podía tratarse de una consecuencia de la ictericia y la malaria que había contraído en las islas. Tampoco ayudaba que, mientras dormía en la tienda, sintiera de repente una fuerte presión en el pecho (de los cangrejos de tierra que se subían a él). Los malditos cangrejos le asustaban tanto o más que los cazas Zero japoneses. Cuando siguió quejándose de sus dolores, los médicos pensaron que se trataba de un caso de psicosis, hasta que posteriores análisis determinaron que era una úlcera.

Se lo tomó todo a broma cuando le dieron la baja médica y volvió al país, haciendo una parada en la comisaría central de la policía de Los Ángeles. Su visita dio lugar al titular: «SOLDADO CONDECORADO HERIDO VUELVE A CASA DE LA GUERRA DEL PACÍFICO». El artículo decía que Jerry había dado a otro de los tripulantes del avión derribado una probabilidad de dos a uno de que serían encontrados por un barco amigo. «Un par de horas después aposté a que uno de nuestros destructores nos rescataría de la balsa. Destaparon los cañones pensando que podíamos ser japoneses, pero les gritamos identificándonos y nos subieron a bordo», dijo. «Gané 30 dólares.»

Cuando se reincorporó definitivamente al departamento, preguntó qué podía hacer. Le respondieron que lo que quisiera. Optó por la unidad Antivicio que trabajaba a escala global en la ciudad, la sección administrativa, dirigida por el hombre que le había reclutado en la Academia, el ahora teniente Rudy Wellpott. Una vez ascendido a sargento, Wooters fue asignado a la opaca división de Newton, donde lidiaban con los grandes del juego ilegal. Pero también dirigía redadas a pequeños clubes de juego, adonde se llevaba a los agentes de apoyo más grandes y la gabardina más larga. Una vez se subió a una mesa de juego llena de dinero y preguntó a los jugadores: «¿Alguien quiere reclamar su dinero?». Nadie quiso, por supuesto, eso habría sido como admitir su culpabilidad, por lo que se lo quedó todo, usando la gabardina como una saca. Dicen que, de esa manera, agasajaba a todos los chicos de Antivicio con largas noches de bebidas. En otra redada, dio una patada a lo que creía que era una puerta de madera que resultó ser de cristal pintado de negro, y se cortó el tendón de Aquiles. En una operación se le asignó controlar el puesto de escucha, situado en un motel, de un micrófono que Antivicio había colocado en la casa de Mickey Cohen en Brentwood, junto al baúl de madera. Jerry tenía los auriculares puestos la noche en que Bugsy Siegel fue abatido al otro lado de la ciudad. Pensasen lo que pensasen los demás, «Mickey no tenía nada que ver con ello», dijo. «Hubo un barullo en su casa, pero nada que se saliese de la rutina.»

Los dos mentores de Jerry en Antivicio eran los mismos que estarían en el centro del escándalo que envolvería la ciudad en 1949, los acusados de tener tratos con la *madame* de

Hollywood. Pero, como en la guerra, él era un superviviente. «Inculparon al comandante y al sargento de servicio diurno. Yo era el sargento de servicio nocturno», resumió. «A mí no me inculparon. Me trasladaron.»

El 11 de julio de 1949 volvió a ser un agente de uniforme, patrullando a pie por la zona de Wilshire. Eso estaba haciendo, recorriendo su ruta habitual, cuando se topó con la fiesta de Navidad de la Brigada de Élite.

El objeto principal de la fiesta de Navidad era agradecer a los ciudadanos que habían ayudado en secreto a la brigada a lo largo del año. Uno de los invitados era el investigador jefe para la compañía telefónica, que les ayudó a conseguir un camión de la empresa para que nadie sospechara de ellos mientras rondaban los postes telefónicos. También invitaron a los que les ayudaron a montar una discográfica falsa como tapadera para arrendar líneas telefónicas con las que transmitir las señales de los micrófonos que tenían colocados por toda la ciudad. Pero nadie había invitado al sargento Jerry Wooters, un pobre degradado de la infame unidad de Antivicio sobre el que corrían todo tipo de rumores. El sargento Con Keeler, la encarnación de la decencia dentro de la brigada, había oído decir que su hermano mayor era un corredor de apuestas y que por eso le habían asignado el tema de las apuestas. Keeler fue el que descubrió a Jerry en una trastienda metido en un asunto turbio, desposeyendo a los invitados de su dinero.

Teníamos una fiesta en Figueroa Street, en un hotel, todo con invitaciones, y fui a la parte de atrás de una de las grandes habitaciones, donde estaban echando unas partidas a los dados. Era ilegal. Solo eché un vistazo, ¿vale? Bueno, algunos estaban jugando en el suelo. Pero había también un sargento de uniforme, con gorra y todo, sentado en el suelo con los demás. Yo cerré la puerta y me alejé. Era el sargento Wooters.

Había invitados nuestros, como los de las compañías de la luz y el agua, que habían colaborado con nosotros. Nuestra fiesta de Navidad no era para nosotros, sino para nuestros contactos, pero no los de los bajos fondos. Y, demonios, allí estaba Wooters, con el uniforme puesto y sus galones de sargento, jugando a los dados con la gente. Es una jodienda, ya me entiendes, que un agente de uniforme, especialmente un supervisor, un sargento, esté jugando a los dados, cosa que es ilegal...

Hay que imaginarse la cara de sorpresa que pondría cuando supo que Jerry se uniría a su brigada.

Era cosa del jefe, el capitán Hamilton. Formaba parte del comité disciplinario que tomaba las decisiones sobre los policías descarriados, incluido (un rato después de su fiesta) el caso de un agente de Antivicio acusado de disfrutar de la compañía de prostitutas que conocía en las redadas. El agente acusado se llevó a Wooters como una especie de abogado defensor, y Jerry esgrimió un rebuscado argumento en su defensa, pura mierda, sin mover un músculo de la cara. El comité no se lo tragó, pero después Jerry se acercó a Hamilton y le preguntó si necesitaba un buen sargento.

Y, en efecto, así era. Con Mickey Cohen entre rejas y Jack Dragna contra las cuerdas, el jefe vio una puerta abierta para poder asestar un golpe definitivo al juego ilegal en Los Ángeles. Hamilton necesitaba a un hombre que conociese los entresijos del juego y pudiese pensar por su cuenta (lidiar con informadores que requiriesen de un toque de intimidación).

Hamilton le dijo que vería lo que podía hacer. Jerry esperó y, al no saber nada del asunto, fue a ver a Richard Simon, el jefe adjunto del Departamento de Policía de Los Ángeles a cargo de la administración.

Estaba deseando quitarme de encima ese maldito uniforme. Me preguntó que cuál era mi problema.

«Tengo una oferta para trabajar en Inteligencia, solicitada por el capitán, pero alguien de aquí está frenando el trámite.»

«No he oído nada», me contestó.

«Me están apartando», le dije.

«Oh, sí, he sido yo», dijo. «Tengo entendido que tiene tratos con los corredores de apuestas.»

«¿Lo ha investigado?»

«Sí.»

«¿Y qué ha descubierto?»

«Nada.»

Cogió el teléfono y llamó a Hamilton.

«¿Sigues interesado en Wooters?»

Así es como la brigada incorporó al policía que dirigió la investigación que cambió los principios del método policial en California.

CAPÍTULO 20
Un sermón del juzgado

C omo recién llegado, Jerry Wooters sentía la descon-
fianza de los más veteranos de la brigada. Se solían
reunir en rincones, hablando en voz baja, y se tapaban los
papeles cuando él pasaba cerca. Tampoco socializaban mucho
con él, ya que todos estaban casados y con hijos, mientras
que él era aún soltero, conocido por invitar a azafatas a fiestas que celebraba en su dúplex de Elysian Park; las esposas
no verían bien que sus maridos congeniasen con jóvenes azafatas. Los otros ya eran padrinos de los hijos de sus compañeros, se pasaban la ropa de los bebés para los más pequeños
que iban naciendo y se iban a excursiones de pesca juntos.
Jerry había pasado demasiado tiempo sin tocar el agua.

Desde su punto de vista, resultaba difícil entender la mís-
tica de los hombres que habían forjado la Brigada de Élite.
Había oído contar lo que Jack O'Mara solía hacer con los

malos en las colinas, pero le costaba creérselo. Con su chaqueta de *tweed* y la pipa, el hombre parecía más un erudito que un camorrista. De hecho, O'Mara era uno de los miembros de la brigada que se beneficiaban de la G. I. Bill* para asistir a clases universitarias durante el tiempo libre. La Universidad del Sur de California tenía un programa hecho a medida para policías y otros funcionarios en el que ofrecía clases en las oficinas del centro entre el turno de día y el de noche. Muchos de los padres de familia tenían otros trabajos, que desempeñaban en sus horas libres del departamento, para ayudar a pagarse sus bungalós de la periferia. O'Mara y un par de colegas que vivían en el valle de San Gabriel habían empezado a trabajar a media jornada en el servicio de seguridad del Santa Anita Park, el hipódromo que servía para mantener ocupados a todos los corredores de apuestas. Wooters se preguntaba si O'Mara y los demás estaban más preocupados en sacarse el diploma y llenar sus cuentas corrientes, con un ojo puesto en el futuro, que en atrapar a todos los aspirantes a gánster que se disputaban un trozo del viejo terruño de Mickey Cohen.

Pero si los miembros más veteranos de la brigada, como O'Mara, parecían más fríos y poco comunicativos, los más jóvenes, los que se sumaron al departamento al cabo de la guerra, no podían resistirse a los encantos de Jerry. Era como si les dijera: «Subid conmigo y disfrutad del viaje», y la verdad es que lo hacían. Les invitaba a ver películas a última hora de la noche en la Academia; sobras de Antivicio no aptas para menores. Al día siguiente se ofrecía para tomar entrañables fotos familiares. A fin de cuentas, era un profesional de la cámara, ¿no?

---

* Ley aprobada en EE.UU. en 1944 que proporcionaba a los soldados desmovilizados de la Segunda Guerra Mundial un mecanismo de reinserción en el mundo laboral mediante programas especiales de reciclaje y formación técnica *(N. del T.)*.

Uno de los que accedieron a ello fue su primer compañero de la brigada, Jack Horrall, el hijo del viejo jefe C. B. Horrall. Jack se había criado entre los murmullos llenos de secretos de las reuniones celebradas en su casa, cuando su padre reunía allí a su mano derecha, Joe Reed, y a otros dignos de su confianza, lejos de los ojos indiscretos de la oficina. Horrall hijo ingresó en la policía en 1947, tras servir en la Armada como ayudante de artillería en Okinawa. Sintió la urgencia por unirse a la brigada que luchaba contra la mafia cuando Mickey Cohen avivó el escándalo que forzó la retirada de su padre. El viejo estaba totalmente entregado a ello. «Me regaló dos cuadernillos negros con las hojas sueltas y nada más que fotos de las figuras del crimen organizado.» Ahora, Horrall hijo tenía como compañero a un veterano de la Armada que le ofrecía sus servicios para fotografiar a sus bebés.

A Jerry eso se le daba bien. Un día vino a mi casa, en el Valle, y tomó algunas fotos de mi primer hijo mientras mi mujer cocinaba un pastel de carne para cenar. Y cómo era Jerry, que dijo: «Dios, no quiero comer eso; ¿de verdad te comes esa basura?». Mi mujer estaba en la cocina, pero lo oyó, y respondió: «Pues no te lo comas». Apartó la mirada y se lo comió. Yo adoraba a Jerry. Era único en su especie.

Por supuesto, cuando Jerry se puso serio con una dulce y joven azafata de la TWA, Jean Louise Jettie se llamaba, y hablaron de matrimonio, Horrall se la llevó aparte. «Le dije: "Jeanie, ¿estás segura de que sabes lo que estás haciendo?".»

Mientras la cortejaba, Jerry invitaba a los demás chicos a la casa que ella compartía con un grupo de azafatas en una sinuosa calle de Hollywood Hills, un lugar idílico rodeado de buganvillas en flor. El dúplex alquilado de Jerry se encontraba cerca de la Academia de Policía, y allí también invitaba a sus amigos, sobre todo en los días de paga, en los que les decía: «Venga, venga, pásate», para poder jugarse las pagas al póquer; ¿y qué si les espiaba las cartas? Billy Dick Unland, que trabajaba en Dragna y los demás italianos, empezó a incomodarse con esas fiestas, cuando Jerry les ofrecía, a él y a su compañero, botellas de licor o un reloj suelto (que nadie sabía cómo había obtenido), como si estuviese a punto de pedirles un favor. Unland no era capaz de entender lo que hacía Jerry en Inteligencia, donde había que tener la paciencia de seguir a ciertas personas, día a día, y tantear fuentes para obtener información que pudieran ser de ayuda a largo plazo. Jerry había desembarcado con la mentalidad de un jugador de Antivicio, tramando juegos difíciles de comprender mientras estaba deseando detener a alguien. Jerry lo admitió: «Es todo observación», definió lo que Billy Dick y los demás hacían. «A mí lo que me gusta es enchironar a la gente. Me aburre seguirles sin obtener nada.»

Su primera misión fue Charles Cahan, un tío duro al que le gustaba ser el centro de la fiesta que, con su hermano Joe, había venido desde ninguna parte para convertirse en una de las mayores figuras de la escena del juego, justo cuando la policía de Los Ángeles pensaba que tenía a los corredores acorralados. Las autoridades locales habían intentado aplicar varias tácticas desde el apogeo de los teletipos de carreras, que habían supuesto los medios principales (además del puro músculo) para que Bugsy, Mickey y Dragna obtuviesen el control total de un amplio número de corredores de apuestas.

Los teletipos se volvieron tan esenciales para ellos como el teleimpresor para los corredores de bolsa, y la Comisión sobre el Crimen Organizado de California vio en ellos el instrumento que elevaba un estorbo local a problema nacional, regido por «derramamiento de sangre, violencia, intimidación, sobornos y corrupción». Las autoridades se apresuraron a prohibir estos métodos en todo el estado en 1948, y el siguiente mes de febrero, el Noveno Tribunal Superior de Apelaciones afirmó que Western Union tendría que dejar de proporcionar líneas alquiladas a la predominante Continental Press. Incluso entonces, el Departamento de Policía de Los Ángeles sospechaba que un operador local, Los Angeles Journalists Publishing Company, seguía ofreciendo a los corredores paquetes de 2.500 dólares mensuales que incluían fianzas, ayuda legal y un conjunto de información procedente de un centro con veinticinco teléfonos.

La siguiente maniobra legal se llevó a cabo a escala nacional, colada en la legislación fiscal federal que aumentaba notablemente el gravamen de los paquetes de cigarrillos en un centavo, hasta los ocho. Con entrada en vigor el 1 de noviembre de 1951, el Gobierno Federal requirió que todos los corredores de apuestas adquiriesen timbres fiscales por valor de 50 dólares, los fijasen en sus lugares de actividad y pagasen al Tesoro el 10% del volumen bruto gestionado, o sea, todo el beneficio, si no más. Alguien que vivía en un mundo de fantasía calculó que la medida podría recaudar 407 millones de dólares a escala nacional. En realidad, resultó inaplicable en muchos casos y de dudosa legalidad, pero los seis corredores de Los Ángeles registraron sus timbres de 50 dólares y la política causó una gran confusión monetaria. En ese momento, la policía detectó la aparición de un grupo de tipos duros, pero cautivadores, de trayectoria ascendente, como Jack el Ejecutor, Lloyd «Sailor Jack» Woods (un consumado buscavidas del golf a ratos) y Chuck Cahan, que se convirtió en el objetivo principal del miembro más reciente de la División de Inteligencia, el sargento Jerry Wooters.

Los federales acababan de aprobar una ley que obligaba a los corredores a comprar un timbre y no creo que supieran qué demonios estaban haciendo. Pero consiguieron meterles el miedo a todos ellos porque ahora no sabían si comprarlo o no. Porque, si lo hacían, los federales se les echarían encima para quitarles las ganancias, ¿sabes? Así que hubo un revuelo en la ciudad y todo el mundo dejó de apostar a los caballos. Cahan no era más que un crío que trabajaba en una gasolinera, grande y duro, eso sí, que había hecho algunos recados para un corredor. Los demás dejaron de trabajar y este explotó como una bomba. Tenía seis locales, y puede que lo mejor hubiera sido que se mantuviera agazapado, pero de repente era el gran gánster, con su Cadillac descapotable, su ático de dos plantas, rodeado de mujeres elegantes y con una gran reputación. El jefe Parker dijo: «Quiero a este hijo de perra entre rejas, y me da igual a qué precio». Esa fue mi primera misión. Entré por la puerta y trabajé veinte horas al día durante seis meses.

Por ser justos con su reputación, Jerry hizo todo lo posible para ahorrarse todo ese trabajo. Primero intentó un atajo, uno extremo, inspirado en el método primitivo de la Brigada de Élite. Su joven compañero, Jack Horrall, escuchó asombrado cómo Jerry telefoneaba al opulento corredor y fingía ser un matón enfadado de mucho más arriba en la cadena trófica.

—Maldito hijo de puta, bola de grasa, si no dejas tranquilo nuestro negocio, te voy a matar —gritó Jerry al teléfono, y la voz al otro lado respondió:

—¿Quién es? ¿Quién habla?

—Si quieres saberlo, ven a verme —respondió Jerry.

—Está bien —declaró el otro, que no era precisamente lo que Jerry se esperaba. Al parecer, había utilizado ese truco en sus años en Antivicio y la reacción había sido que colgasen o la que realmente esperaba: que el capullo se fuese corriendo de la ciudad. Nadie había aceptado nunca su oferta.

Nadie había accedido nunca a verse conmigo. Solo pude decir: «Vale», y tomar prestado el coche del jefe; tiene un gran Oldsmobile antiguo. Le puse matrículas nuevas. Me llevé a dos muchachos italianos de la oficina y les di gabardinas y sombreros. Aparcamos en Sunset Boulevard, detrás de un restaurante. Les cité a las nueve. Dije a los chicos que se sentasen sobre el guardabarros del sedán. Y llegaron los otros. Se detuvieron en la calle, miraron en el aparcamiento y se largaron.

En resumen, el atajo de Wooters no funcionó. Cahan no fue a ninguna parte y ahí empezó la verdadera investigación. Le cedieron un equipo para ayudar en el trabajo menos agradable, empezando por seguir al corredor. Pero alguien en la posición de Cahan difícilmente visitaba personalmente los locales de apuestas (muchas veces, los que trabajaban allí ni siquiera conocían a su verdadero jefe). Tenían dos tipos de teléfonos, unos solo para recibir llamadas de apostantes, corredores o franquicias, como algunos barberos. Otro teléfono se dejaba aparte solamente para la trastienda; a él llamaría el corredor regularmente para ser informado del estado de las apuestas, momento en el cual el empleado destruiría las pruebas, ya fuese un papel o un apunte en una pizarra, fácil de borrar. Pero todos los locales requerían acceso a la línea de la mañana, antes de que empezasen las carreras, para saber las probabilidades preliminares de los caballos que seguían en carrera. Como antiguo agente de Antivicio, Wooters tenía fuentes que podían indicarle dónde se imprimían los boletos, quién los recogía y dónde los entregaba. Descubrió que los Cahan trabajaban desde una serie de casas alquiladas que se mantenían como residencias normales, sobre todo en las plantas bajas, pero con teléfonos suplementarios en las superiores. Había llegado el momento de las detenciones.

Con Keeler había reclutado a otro «experto en electrónica», Beauford «Bert» Phelps, que gozaba de un pedigrí poco habitual en el Departamento de Policía de Los Ángeles: su padre fue el primer piloto del departamento, con la salvedad de que nunca tuvo que volar. El padre de Phelps había nacido en Minnesota y sirvió en la Primera Guerra Mundial como teniente. Poseía una granja en Oregón antes de mudarse a Los Ángeles y trabajar en los grandes almacenes May Company como pulidor de pianos. Además, también sabía pilotar aviones, y el departamento necesitaba a alguien con esas cualidades para las emergencias que pudieran surgir en el valle de Owens, o en cualquier parte a lo largo de los más de doscientos kilómetros de acueducto que suministraba agua a la ciudad. El problema era que el departamento no tenía ningún avión, de modo que el padre de Phelps tuvo que conformarse con una motocicleta y se ganó la fama, no por volar, sino por su excelente puntería.

—¿Para qué sirve eso, papá?

—Bueno…

«Bueno», que su padre había matado a sospechosos en el 32, el 34 y el 35, una vez en un tiroteo contra unos ladrones que emplearon un túnel subterráneo para acceder al Bank of America, y tenía cuatro muescas en el revólver para demostrarlo. La figura del padre de Phelps servía como recordatorio de cómo funcionaba la progresión de las generaciones dentro de la policía; cada nueva generación podía echar la mirada atrás a las anteriores y preguntar: «¿Cómo salieron airosos de esa?».

Su hijo también quería convertirse en piloto para participar en la Segunda Guerra Mundial, pero el ejército andaba sobrado y al final acabó ejerciendo como operador de radio en un B-25 convertido en el centro de mando móvil del general. Phelps medía un metro ochenta y ocho y pesaba cien kilos, pero tenía cara aniñada y no imponía demasiado físicamente (no era ningún Jumbo Kennard). Sin embargo era muy inteligente y aportó una nueva generación de pericias. Si Keeler trasteaba con piezas sueltas, Phelps era capaz de hacerse con una caja de alarma de incendios y convertirla en un dispositivo capaz de detectar todos los números de teléfono marcados desde las terminales del corredor. Phelps también demostró, en el caso Cahan, que era capaz de reaccionar muy bien sobre la marcha, lo que demostró en el episodio de los cereales de desayuno.

Fue en una de las trastiendas, una de esas que nadie conocía. Es curioso, porque teníamos que entrar y no podíamos abrir la puerta o echarla abajo a patadas. Rodeamos el patio. Yo siempre llevo encima una bolsa de herramientas, así que saqué mi cuña y forcé una de las ventanas. Era una de esas de cristal a la antigua, y justo cuando la estábamos abriendo, golpeó algo que estuvo a punto de caer al suelo. Eran las dos de la madrugada y pude cogerlo por los pelos; habría provocado tanto ruido que se habría oído a un kilómetro. Entramos y subimos por las escaleras. Jerry estaba recabando pruebas, de las que allí había en abundancia. Queríamos colocar un micrófono permanente porque no sabíamos si íbamos a poder colarnos otra vez. Buscamos por allí y el otro investigador que me acompañaba dijo: «¿Y detrás del papel de la pared?». El papel era un estampado de flores.

Saqué la navaja e hice un corte alrededor de una de las flores, llevándome también el yeso de detrás, hice un agujero en la pared y coloqué el micrófono junto con el cable, que salía por el otro lado. Raspé el papel con la navaja para que pasara el aire y pudiéramos oír lo que ocurría. Iba a colocar el papel —la flor— en su sitio cuando me di cuenta de que no llevaba pegamento en la bolsa, ni siquiera cinta adhesiva. Se nos ocurrió una idea brillante y nos pusimos a buscar en todos los armarios de la cocina, en el piso de abajo. Encontramos unos cereales Wheaties. Los echamos en un cuenco, los mezclamos con agua y elaboramos una pasta. Nos la llevamos arriba y aplicamos una fina capa por el borde antes de colocar de nuevo el papel, fina y suavemente. Pudimos volver a las semanas y el micrófono seguía ahí, maravillosamente disimulado.

Nadie repararía en el cable que habían empalmado a la línea telefónica de la casa hasta el poste más cercano, y de ahí al puesto de escucha. Además de la furgoneta camuflada, contaban con uniformes de la compañía telefónica para poder merodear por los postes sin levantar sospechas, incluso a plena hora del día, aunque tampoco era buena idea cuando los vigilantes estaban bien armados. Por eso, lo mejor era hacer el trabajo por la noche. Keeler tenía unas etiquetas rojas que colgaba en sus conexiones al poste y que indicaban que solo un supervisor podía meter mano. También tenían afilados tacos para trepar por los postes, cosa que hacían tanto Keeler como Phelps. Pero Keeler ya estaba cansado de lidiar con las astillas y Phelps era demasiado corpulento para batir ningún récord de escalada. Por suerte, la brigada también había reclutado a Roger Otis, que antes había trabajado como encargado de mantenimiento de líneas en la compañía telefónica y era capaz de coronar los postes como un mono.

Pero camuflarse como trabajadores de la compañía telefónica era demasiado predecible. Su treta de las termitas era mucho más ingeniosa. La emplearon en una casa alquilada por un contable de apuestas hípicas en Los Ángeles Oeste. Así lo recordaba Phelps:

Descubrimos quién era el propietario de la casa gracias a los registros legales. El individuo vivía en San Diego. Un par de investigadores fueron allí y hablaron con él. Antes de hacerlo, revisaron su expediente para asegurarse de que estaba limpio. Y lo estaba; era un ciudadano de lo más normal. Hablaron con él sobre la situación a condición de que mantuviese silencio sobre lo que íbamos a hacer y bajo la advertencia, he de añadir, de que, si se iba de la lengua, podría acabar implicado en el delito que se estaba llevando a cabo. Así, el sargento Keeler y yo acudimos a una empresa de exterminación de termitas que él conocía. Estuvimos un día entero para aprender cómo funcionaban las inspecciones, cómo rellenar los formularios y todo eso; unos formularios de 23x28. Nos prestaron un par de uniformes. También tomamos prestado un camión y llamamos a la puerta. Salió a abrir un matón. Le dijimos que se trataba de una inspección de termitas. Le enseñamos las identificaciones y demás. Vio que íbamos debidamente uniformados y con el camión oficial. Hizo una llamada de teléfono y volvió para darnos permiso. Nos metimos bajo la casa, haciendo todo tipos de ruidos para que creyesen que estábamos inspeccionando los cimientos, pero lo que en realidad hacíamos eran agujeros para colocar micrófonos.

No sé cómo supo Keeler dónde estaba la oficina. Hizo un agujero a través del suelo, dio con la alfombra, la rajó y puso ahí el micrófono. Mientras, yo hacía que miraba y rellenaba los formularios indicando dónde podría haber termitas. Al terminar, volvimos a la puerta y dijimos al tipo que habíamos encontrado termitas, le mostramos el formulario donde se especificaban las ubicaciones y le ofrecimos un presupuesto que podía remitir al propietario. Dimos un paso atrás, le dimos las gracias y nos fuimos. Creo que eran unos 700 u 800 dólares. No mucho. No queríamos que se alarmase. Queríamos darle un respiro.

Charles Cahan y otros quince fueron detenidos en redadas llevadas a cabo en nueve lugares distintos, en abril de 1953. Jerry Wooters firmó la denuncia penal, pero siguiendo la tradición de la brigada, fueron otros los que se llevaron las medallas, un destacamento de Antivicio compuesto por veinticinco agentes. Cahan y su hermano sonrieron a las cámaras cuando a estas se les permitió documentar la desarticulación de una red de apuestas que movía al día 20.000 dólares. «¡Soy inocente de cualquier delito!», anunció Chuck Cahan.

Más tarde, durante el juicio, los policías mostraron su pragmatismo en cuanto a lo de no molestarse en pedir órdenes de registro durante la larga investigación. ¿Y cuándo se usaban? También lo hicieron en cuanto a cómo entraban en las casas. «Forcé la entrada principal», testificó uno en el turno de preguntas de la parte contraria. «La abrí de una patada.» En otros sitios, la puerta no cedió siquiera.

—Intentamos derribarla, sí, señor.
—¿Cómo, de una patada…, con el pie?
—Sí, de una patada.
—Y entonces fue cuando prefirió romper una ventana para entrar, ¿es así?
—Eso hicimos.

¿Cuál era el problema? Vale, sí, habían hecho algo llamado «allanamiento de morada», pero ¿cuándo se les aplicaba eso a ellos?

En cuanto a los micrófonos, creían contar con el amparo jurídico de una ley estatal de 1941 inspirada en la nueva tecnología del «dictógrafo»; sistemas que, en esencia, capturaban y amplificaban el sonido natural de una habitación; un pequeño paso más allá de escuchar a través del conducto de ventilación, ¿no? El Código Penal sancionaba a cualquier particular que instalase un dispositivo similar, sin consentimiento del propietario, en «cualquier casa, estancia, apartamento, bloque de viviendas, despacho, establecimiento comercial, almacén, tienda, molino, granero, establo u otro edificio, tienda, contenedor, vagón de tren, vehículo, mina o cualquier porción subterránea de los mismos», lo cual abarcaba casi todos los supuestos. Pero había una excepción para cualquier agente de policía que obrase en cumplimiento del deber: podía usar dispositivos de ese tipo cuando «se hallare expresamente autorizado para ello por la dirección administrativa correspondiente, el departamento o el fiscal del distrito».

¿Y qué si Keeler y sus compañeros no contaban siempre con esa autorización? Si una noche colocaban un micrófono, el jefe firmaba la autorización al día, o a la semana siguiente, cambiando la fecha si hacía falta. «Nadie prestaba demasiada atención a esas cosas», decía Keeler. «Así colábamos muchas cosas.»

La intervención de teléfonos planteaba más problemas; en California se consideraba delito aunque lo practicase la policía. Esta ejercía presión para que se admitiesen las escuchas telefónicas, pero al parecer un poderoso político había declarado una cruzada en contra de ellas al saber que su mujer, que sospechaba de una infidelidad con la secretaria, había intervenido su teléfono. El político insistió en que se siguiera considerando delito para cualquiera, por lo que Keeler y los demás tenían que andarse con mucho cuidado cuando jugaban con los teléfonos. Si bien el jefe de investigadores de la compañía telefónica colaboraba con ellos, uno de sus subalternos, apodado «Red», siempre intentó pillarlos con las manos en la masa. Una vez, casi le dispararon cuando irrumpió en el sótano de un apartamento donde estaban enganchando cables al cajetín telefónico. Solo era una toma de tierra, juró Keeler, «pero no paró de tocar las narices». Los abogados de Jack Dragna intentaron demostrar que se había intervenido su teléfono en la causa que encarceló al jefe de la mafia por cargos contra la moralidad; alegaban que Keeler y Billy Dick Unland habían ido más allá de colocar un micrófono en el cabecero de la cama de su amante. La amiga de Dragna se dio cuenta una vez del fino cable que enganchaba con su teléfono y llamó a su casero para que lo viese. Sin embargo, más adelante, cuando volvieron, el cable había desaparecido. Qué cosas pasan.

La verdad de lo que hizo la brigada se encontraba en un manual de operaciones de 20x25, cuidadosamente guardado en la caja fuerte del ayuntamiento. El registro gris contenía los principios básicos de la vigilancia: domicilio, tipo de servicio, dónde se escondía el aparato, dónde se encontraba el puesto de escucha. «Lo tenía todo», dijo Phelps. Solo el jefe Parker, el capitán Hamilton y unos cuantos más (además de los especialistas en micrófonos) conocían la combinación de la caja que protegía sus secretos.

La *realpolitik* de sus tiempos se hizo más intensa cuando el largo mandato del alcalde Fletcher Bowron llegó a su fin. Fue derrotado por el congresista C. Norris Poulson, natural de Oregón que había llegado a Los Ángeles en 1923, Había estudiado en la escuela nocturna y, tres décadas más tarde, se había presentado a la alcaldía como un fanático anticomunista. Cuando Poulson tomó posesión, el 1 de julio de 1953, pidió al jefe Parker y a sus especialistas en micrófonos que examinasen su despacho en el ayuntamiento. Con Keeler y Bert Phelps fueron los encargados de hacerlo.

Phelps: Hicimos muchos trabajos para el Ayuntamiento. Cada vez que oían un ruido al teléfono llamaban a «los de Inteligencia». Tenían mucho miedo de que alguien les espiase. Nunca encontré nada, salvo una vez, cuando Poulson vino a sustituir a Bowron. Connie y yo teníamos que comprobar el despacho del alcalde, así que pusimos el sitio patas arriba y nos encontramos con una sorpresa en el teléfono de Bowron, en

su escritorio, oculto en la madera. Había un micrófono, un dis-
positivo de conexión y, por lo visto, llevaba mucho tiempo
colocado. Parecía bastante viejo. Lo quitamos de allí.

Keeler: En el despacho del alcalde había dos capas de
pared, la normal y otra falsa, decorativa. Entre las dos pasa-
ban los cables. ¿Cuándo lo hicieron? A saber. Tenía que re-
montarse bastante, a la época de Shaw, que supuestamente lo
habría cableado hasta una habitación del otro lado del pasi-
llo y tenía a alguien grabando las conversaciones. Pero nadie
quería hablar del tema. No compensa destapar esas cosas
cuando estás en el gobierno local. El micrófono en el despacho
del alcalde... Es posible que alguien lo pusiera, pero nadie
pondría la mano en el fuego sobre quién. En fin, que traba-
jábamos en un terreno de grises, muchos grises.

Jerry Wooters advirtió a la fiscalía que protestase cuando
los abogados de Chuck Cahan empezaron a ponerse pesados con un micrófono en particular escondido bajo el tocador. Estaba en una de las casas de dos plantas alquiladas,
incluidas en la red de apuestas, con su propia entrada desde
el sendero de acceso. La habitación en cuestión tenía un tocador, pero también dos teléfonos y un montón de papeles
que nada tenían que ver con una noche de placentero sueño. En el juicio, Jerry insistió al fiscal del distrito que «tienen
que entender que no es un dormitorio, por lo que difícilmente se puede violar el dormitorio de nadie». «Por el amor
de Dios, ¿quién lleva aquí el caso?», replicó el fiscal. A fin de
cuentas, no se diferenciaba mucho de lo que llevaban años
haciendo.

Tenían también un as en la manga con las normas que durante tanto tiempo habían regido el procesamiento criminal en California: aunque la policía hubiese actuado de manera ilegal, las pruebas recabadas no podían excluirse del juicio. El sistema federal ya contaba con una regla, por así decirlo, de exclusiones. Pero a nivel estatal, si sacas petróleo, da igual cómo, puedes usarlo. En el caso Cahan, había barriles y barriles de petróleo. Jack Horrall, el hijo del jefe, preparó una relación muy detallada de las malditas pruebas halladas en cada casa. A la vista de todo, seis de los acusados se declararon culpables. Cuando los demás fueron juzgados por un juez, sin jurado, todos, excepto uno, fueron condenados, incluido Chuck Cahan, por conspiración para lucrarse con apuestas hípicas. No dejaba de ser un caso de juego ilegal, y Cahan solo fue condenado a pasar noventa días en la cárcel del condado, a pagar una multa de 2.000 dólares y estar cinco años en libertad condicional. Aun así, apeló, alegando que los policías habían vulnerado las garantías de la Cuarta Enmienda contra los registros y las incautaciones ilegales. El Tribunal Superior del Estado no podía estar más de acuerdo.

Las apelaciones iban despacio, por lo que, hasta el 27 de abril de 1955, el Tribunal Superior de California no condenó la «flagrante violación de la Constitución de los Estados Unidos (Cuarta y Decimocuarta Enmiendas), de la Constitución de California y de los estatutos estatales y federales». El tribunal puso nombres al atropello (empezando por el sargento Gerard Wooters, a pesar de equivocarse con su nombre de pila y el apellido de Bert Phelps), mientras atacaba lo que había venido siendo el procedimiento habitual del Departamento de Policía de Los Ángeles.

Gerald Wooters, oficial perteneciente a la unidad de inteligencia de dicho departamento ha testificado que, tras obtener el permiso del jefe de la policía para llevar a cabo la instalación de micrófonos en dos lugares ocupados por los acusados, este, el sargento Keeler y el agente Phillips... accedieron a una «casa a través de una de las ventanas laterales de la planta baja» y que «ordenó a los agentes la colocación de un dispositivo de escucha debajo de una cómoda». Otro agente se encargaba de hacer las grabaciones y transcribir las conversaciones transmitidas por los dispositivos hasta un equipo receptor instalado en un garaje cercano... Tales métodos de obtención de pruebas han sido censurados mordazmente por el Tribunal Supremo de los Estados Unidos: «Que esos agentes de la ley allanaran una morada, colocaran secretamente el dispositivo, incluso en un dormitorio, y escucharan las conversaciones de sus ocupantes durante más de un mes sería del todo increíble de no ser por su propia admisión de los hechos. Pocas son las medidas policiales llegadas a nuestro conocimiento que hayan violado tan flagrante, deliberada y persistentemente el principio fundamental declarado en la Cuarta Enmienda...».

Las pruebas obtenidas gracias a los micrófonos no fueron las únicas recabadas inconstitucionalmente y recogidas en el juicio para objeción de los acusados. Por lo tanto, sin temor al castigo criminal o cualquier otra medida disciplinaria, los agentes de la ley, que han jurado proteger la Constitución de los Estados Unidos y la Constitución de California, admiten francamente sus actos flagrantes y deliberados en violación de las normas promulgadas de acuerdo con aquellas. Es obvio y evidente, a tenor de su testimonio, que consideran sus actos como meramente consustanciales a sus deberes ordinarios, por los que la ciudad los ha contratado y les paga.

Así que a la brigada le cayó una reprimenda desde las altas esferas y California adoptó la Regla Exclusionista, que establecía que todas las pruebas obtenidas ilegalmente no podrían usarse ya en un tribunal. El mensaje estaba claro, recordó Bert Phelps, uno de los agentes sancionados en plena transición hacia un mundo que ya no era tan tolerante con las prácticas del pasado.

—Desde ese momento, ya no pudimos hacerlo —dijo—. Supuestamente.

CAPÍTULO 21

Un favor para el señor Dragnet

E l jefe de policía, William H. Parker se puso hecho una furia a raíz de la decisión Cahan. Su apasionamiento resultó sorprendente habida cuenta de que, hasta cierto punto, era previsible que los tribunales prefiriesen que la policía contase con la aprobación de un juez (como una orden de registro) antes de irrumpir en la casa de nadie. Como abogado, Parker sabía que el Tribunal Supremo de los Estados Unidos presionaba a los Estados inexorablemente en ese sentido, que solo era cuestión de tiempo que todos ellos aprobasen una Regla Exclusionista. Es más, fue uno de los primeros en argumentar que eran necesarios mecanismos para contrarrestar el abuso de policías díscolos, los que proyectaban una mala imagen del resto del colectivo. Simplemente pensaba que la liberación de los sospechosos no era la mejor forma de desalentar la mala conducta policial. «La conclusión, casi positiva, que debemos obtener del caso Cahan es que las actividades de la policía son una amenaza para la sociedad mayor que las actividades de los criminales», dijo Parker en uno de los numerosos debates previos a la aprobación de la norma. «Esto, incluso como mera insinuación, es aterrador.»

Parker creía que Estados Unidos estaba amenazado desde muchos frentes: el comunismo ateo, el crimen organizado y la degeneración de la sociedad en conjunto, la pérdida general de valores. Lo que se libraba era una gigantesca batalla por el futuro de la nación. La Guerra Fría se intensificaba cuando tomó posesión del cargo y, en un año, las autoridades de Los Ángeles prepararon a la ciudad para un eventual bombardeo nuclear. Dos mil bomberos acudieron a Los Ángeles en trescientos veinticinco vehículos para repartir seiscientos mil ejemplares de un folleto titulado *Survival Under Atomic Attack**. Parker advirtió a un subcomité del legislativo estatal que la decisión Cahan era un contratiempo que llegaba a afectar a la guerra internacional:

Uno de los objetivos básicos del partido comunista, como saben ustedes, es llevar a la policía de los Estados Unidos a un estado de temor. Y si la policía cae en ese temor, ¡que Dios ayude a los habitantes de este país! Este es el resultado que, durante tanto tiempo, han ansiado los dirigentes del Kremlin. La revolución sangrienta, el largo sueño del Comintern, no puede llevarse a cabo si enfrente hay una policía resuelta.

Tan pronto como se pronunció el fallo del Tribunal Supremo de California, el jefe también predijo que las tasas de

---

* Supervivencia durante un ataque nuclear *(N. del T.)*.

crimen aumentarían. Al cabo de los meses, estaba indicando con un puntero en un enorme gráfico cómo los robos en general habían aumentado un 31,7%, y los de coches un 30,9%. «Desgraciadamente, mi profecía del aumento de las tasas de criminalidad se ha hecho realidad», declaró ante el club de mujeres más prominente de la ciudad. El fallo no solo había sido un regalo para los comunistas, sino para los «miembros de los bajos fondos que se aprovechan de los ciudadanos respetuosos con la ley», y no eran pocos. En un artículo de una revista de Derecho, Parker calculaba que seis millones de estadounidenses se ganaban la vida mediante alguna actividad delictiva.

Obviamente, la policía no juega a «policías y ladrones» para entretenimiento de la sociedad… Se trata de un ejército de criminales sin ley contra la propia sociedad… Los criminales más peligrosos son profesionales; personas que no quieren trabajar productivamente, gente que se ríe de los que sí lo hacen, a los que ellos tildan de «primos» o «bobos».

Parker criticaba a los jueces, que tan alejados de las calles estaban, de poner trabas a la labor policial, que era la encargada de enfrentarse a los criminales en ese terreno. «A menudo es un negocio sucio, muy sucio, debido a la retorcida naturaleza de los criminales a los que han de enfrentarse… Solo puede desempeñar esa responsabilidad en la medida que la sociedad la apoye… El efecto de esta decisión ha sido catastrófico en lo referido a la eficiencia de la labor policial».

Sí, ciertamente, el jefe William Parker estaba furioso por lo que habían hecho los tribunales. Y tenía un destacado aliado en ese aspecto: el señor Dragnet.

Jack Webb era de allí, nació en Santa Mónica y se crió en una familia mal avenida. El padre había dejado a su madre y esta se había visto forzada a alquilar habitaciones de la casa durante la Depresión. Webb pasó fugazmente por el City College de Los Ángeles y se alistó en el ejército con la esperanza, compartida con muchos, de convertirse en piloto. Pero no pudo ser, porque obtuvo una dispensa por tener que mantener a su madre y su abuela, y se mudó a San Francisco para hacer carrera como actor radiofónico, escritor y productor. Webb se convirtió en la grave voz de los protagonistas de dos novelas detectivescas: *Pat Novak for Hire* y *Johnny Madero, Pier 23*. Ambos espacios estaban llenos de diálogos *pulp* y trilladas metáforas del género negro («La calle estaba tan desierta como una botella de cerveza caliente.» «Me sentía tan seguro como un cocodrilo en una fábrica de bolsos.»), así como detectives privados que resolvían casos en contra de los deseos de unos detectives de Homicidios inútiles.

Webb empezó a ver a la policía con otros ojos cuando obtuvo un papel secundario en una película de 1948: *Orden: caza sin cuartel,* sobre un experto en electrónica que roba material y mata a un agente fuera de servicio para no ser descubierto. La película se basaba en un caso verídico del Departamento de Policía de Los Ángeles, contó con el asesoramiento de agentes reales e incluso usó nombres de policías de verdad para algunos de sus personajes. También se resistió a los habituales extremos en lo que a la figura del policía se refería, ya fuese el agente solitario contra el mundo o el pies planos inútil, en favor de un relato sobre los tortuosos procedimientos empleados por profesionales poco valorados.

Webb lo veía como «un grupo de hombres que intentan mejorar sus vidas en contra de todo pronóstico».

Al año siguiente, en 1949, se aproximó a la jerarquía policial (el entonces jefe Horrall y Joe Reed) con la propuesta de una novela radiofónica basada en casos reales del departamento. Webb debió de dar en el clavo, porque Horrall le dijo que iba por muy buen camino para mostrar el arduo día a día de la labor policial. Oportunamente, el FBI de J. Edgar Hoover ya había demostrado el potencial de la radio para las relaciones públicas, permitiendo el uso de casos cerrados en espacios como *Gang Busters* y *This is Your FBI,* si bien eran más melodramáticos de lo que Webb tenía en mente, con muchos tiroteos. Webb aún no había cumplido los treinta cuando *Dragnet* llegó a la radio, en 1949, con su característico aviso previo: «La historia que está a punto de escuchar es verídica. Solo se han cambiado los nombres para proteger a los inocentes». Se decía a los oyentes que el espacio había sido creado «en colaboración con el Departamento de Policía de Los Ángeles» y contó con una devota audiencia los viernes por la noche.

Cuando Webb decidió llevar su programa al aún joven medio televisivo, gozaba de un currículum cinematográfico más que impresionante: un papel intermedio en el aclamado film de Billy Wilder *El crepúsculo de los dioses,* interpretando a Artie Green, un buen chico que trabaja como ayudante de dirección que pierde a la chica a manos de su amigo, el malparado William Holden. Pero Webb no iba a estar a la sombra de ningún chico glamuroso en la versión televisiva de *Dragnet.* El departamento tenía una nueva sociedad de cerebros en 1951, compuesta por el jefe Parker y el capitán Hamilton, y les aseguró que tendrían ocasión de revisar cada guión para asegurarse de que el sargento Joe Friday no dejaba de ser el abnegado detective de Robos conocedor y respetuoso de las reglas. Su personaje tampoco volvería la cabeza por una bonita falda. El recto sargento aún vivía en casa de su madre; estaba casado con su trabajo y su compañero. La serie transmitiría asimismo beneficios tangibles al departamento: 25 dólares semanales para los asesores técnicos y contribuciones para construir aulas en la Academia de Policía y el Fondo de Viudas y Huérfanos. *Dragnet* se estrenó en la pequeña pantalla el 16 de diciembre de 1951, con Webb anunciando: «Esta es la ciudad; ciento dieciséis kilómetros cuadrados... Dos millones de personas. En mi trabajo tengo ocasión de conocerlas a todas. Soy policía».

Cualquier duda que pudiera albergar el jefe Parker debió de desaparecer cuando leyó la reseña de un crítico de Nueva York que aseguraba que, antes de *Dragnet,* todo lo que sabía de la policía de Los Ángeles era que «no resolvió muy bien el caso de la Dalia Negra». Ahora, semana tras semana, treinta millones de casas encendían sus televisores para ver una relación de amor con el departamento, promocionada como «el drama documental de un crimen real investigado y resuelto por los hombres que velan, incansables, por la seguridad de su casa, su familia y su vida». Webb no pasó por alto la posibilidad de un agente díscolo; un episodio antológico trataba de uno que robaba un abrigo de pieles para una amante escondida en su apartamento. Pero el sargento Friday le daba un discurso que evocaba los mismos temas del airado mensaje radiofónico del alcalde Bowron, allá por 1949, y el propio discurso inaugural del jefe Parker.

Métase esto en la cabeza, señor: es un mal policía. ¿Quiere saber lo que eso significa? Que esta noche estará en todos los titulares..., todo el mundo sabrá de usted. Un mal policía. Los que son como usted provocan grandes titulares. Nadie leerá sobre los otros cuatro mil quinientos agentes. Los chicos que se dejaron los pies patrullando ayer..., los chicos de Tráfico en sus motocicletas, los hombres de Investigación y Desarrollo o los del laboratorio criminológico, o el que detuvo a dos ladrones anoche... Podrían apilarse cien años de buenos policías y detectives, hombres con honor, cerebro y agallas, y usted ha echado por tierra lo mejor de ellos. La gente que lea los periódicos omitirá el hecho de que le hemos atrapado, de que hemos lavado nuestros propios trapos sucios y hemos aclarado el asunto. Omitirán todas las cosas buenas; hasta el último de los buenos policías de este país. Pero le recordarán a usted, porque usted es un mal policía.

Cuando *TV Guide* surgió como publicación de tirada nacional en 1953, su primera portada estaba dedicada a Lucille Ball. En la segunda salía Jack Webb, cuyos policías de «Solo los hechos, señora» eran una de las dos maneras de vender a la nación la nueva y reluciente imagen del Departamento de Policía de Los Ángeles a lo largo de la década de 1950. La otra era el propio jefe Parker, con su estilo paramilitar y sus invocaciones al renacimiento espiritual de la nación. No pasó mucho antes de que a Parker solo le quedara un rival como simbólico agente de la ley de mandíbula cuadrada en los Estados Unidos: J. Edgar Hoover, del FBI.

Era inevitable, pues, que el jefe, y mayor fan, estuviese ansioso por ver *Dragnet* elevada a la gran pantalla. Cuando eso ocurrió finalmente, en 1954, Jack Webb ambientó la historia en la División de Inteligencia, también conocida como la Brigada de Élite, y su moraleja dejó un poco de lado a los malos policías para centrarse en los peligros de conceder a los criminales todos los derechos.

Con Keeler estaba asombrado por la cantidad de personal técnico cinematográfico que llenaba sus oficinas.

Webb era un tipo muy agradable, muy gracioso. Pero, al igual que el resto, era alguien de Hollywood con amigos y todo eso, algunos de los cuales no habrían sido de nuestra aprobación. Así que salimos un par de veces para hablar con él y aconsejarle. Pero era un perfeccionista, perfeccionista de verdad. Mandó gente a nuestras oficinas, entre seis y ocho tipos, y lo fotografiaron todo. Otros llevaban cinta de medir y midieron todos los espacios, las paredes, los cristales. Eran como un puñado de hormigas. Mientras, otros se dedicaban a hacer bocetos de todo. Cuando construyeron el set en los estudios, me llamaron como asesor técnico para dar mi visto bueno. Webb me dijo: «Bueno, ¿qué te parece?». Miré aquello, entré en el set... Incluso habían puesto un transmisor de radio. Era un decorado, pero me sentí como si entrase en la oficina.

Hasta habían colocado una escupidera para la versión cinematográfica de *Dragnet*.

El principal asesor técnico (pagado) de la película era el capitán James Hamilton, el jefe de la unidad en la vida real y principal protagonista de la película, interpretado por el actor de voz rasgada Richard Boone. Tres años después, Boone se convertiría en una estrella de la televisión, como el paladín pistolero culto de la serie del oeste *Have Gun, Will Travel*, en la que decía frases a menudo escritas por un antiguo sargento del Departamento de Policía de Los Ángeles. Ese policía, anormalmente creativo, Gene Roddenberry, sería el creador de la serie *Star Trek* y no basaría su estoico señor Spock sino en el jefe William Parker. Pero, en 1954, Boone se convirtió en la opción perfecta para interpretar al mejor amigo del jefe, por su porte alto y autoritario, rostro arrugado y auténtica herencia pionera. Las raíces del actor se remontaban a Daniel Boone, mientras que las del capitán Hamilton a antepasados que habitaron el territorio que el propio Boone colonizó: Kentucky. Al igual que los antepasados de Con Keeler, los de Hamilton llegaron al oeste en una carreta cubierta (los relatos familiares sugerían que su padre podría haber nacido allí mismo, en 1865, de camino al fértil valle californiano de San Joaquín). Casi un siglo más tarde, el capitán con pedigrí de colono se convirtió en una prominente figura pública mientras superaba constantemente pruebas personales: durísimas migrañas que, a veces, le dejaban paralizado en su despacho, junto al de Parker. No obstante, siempre estaba allí para departir en privado con el jefe a primera hora de la mañana. Tenían un tipo de relación que solo los afortunados hallan una vez en la vida; se confiaban la vida y la carrera mutuamente, así como la combinación de la caja fuerte que contenía los secretos del departamento. También compartían la creencia de que la nación no era ni remotamente consciente de la amenaza que suponía el crimen organizado.

Hamilton se pasó meses ayudando a Webb a encontrar la historia de mafiosos adecuada entre los archivos de la brigada. Más tarde sugirieron que el caso real era de mediados de los 40, pero el argumento se parecía sospechosamente a un caso de 1951 que aún seguía coleando: el asesinato de los dos Tonys, en el que el código de silencio de los bajos fondos permitió a Jimmy Fratianno permanecer en libertad. Jimmy el Comadreja insistió más tarde que llegó a ver su nombre en la portada de un guión sobre el escritorio de Hamilton, una de tantas veces que la brigada lo arrestó para interrogarlo. Fratianno preguntó que si iban a hacer una película, y el capitán le replicó: «Puede». El Comadreja afirmó que le dijo a Hamilton que nunca lo volverían a meter en prisión por ese crimen o cualquier otro, «la única manera de enchironarme será apañando pruebas… Y, si lo hacéis, tanto Parker como tú sufriréis unas muertes miserables». La versión de los policías era muy diferente: dijeron que Fratianno se mostraba muy dócil cada vez que le honraban con su acoso, igual que Mickey, Dragna y algunos más. Dicho acoso sirvió para frustrar sus planes de montar un negocio de venta de zumo de naranja a bares en San Diego (cómprame o lo pasarás mal), y finalmente lo cogieron amenazando al presidente de una compañía de petróleo para sacarle el 2% de los beneficios. Fratianno dijo que todo era un apaño para atraparle (según él, un primo tercero suyo, imitándole la voz, había sido quien había realizado la llamada), pero volvió a la cárcel por extorsión en la misma época en que la versión cinematográfica de *Dragnet* se estrenó en las salas, en septiembre de 1954.

El argumento ponía al sargento Friday intentando resolver el asesinato de un pez pequeño de la mafia con la ayuda de un par de soplones, algún micrófono y moralinas acerca de un sistema judicial injusto. Al principio, solo un exconvicto de segunda muere en un tiroteo. Su pecado: no entregar a sus superiores una tajada de sus beneficios derivados de la recolección de deudas de juego; es un renegado avaricioso, como los dos Tonys. El matón que se ve ordenando el asesinato, un personaje llamado Max Troy, tiene que comer alimentos para bebé porque tiene mal el estómago, un guiño al pulmón enfermo de Fratianno con las pelotas de ping-pong dentro.

El ficticio Max Troy no tenía a la policía en demasiada estima. «Os pago los salarios», le recuerda al sargento Friday cuando intentan interrogarlo. «¿Cuánto os pagan para llevar esa placa, unos cuarenta la hora?»

«Esta placa vale 464 dólares al mes… 1,82 la hora», le responde Friday. «Así que, señor, mejor se acomoda en esa silla, porque ahora mismo me voy a ganar veinte pavos.»

Pero el duro héroe se ve frustrado cuando cuatro gánsteres se presentan ante el gran jurado esgrimiendo sus derechos de la Quinta Enmienda («Me niego a testificar…») en un trozo de papel que se entrega al gran jurado. El sargento de Webb posee registros telefónicos que demuestran un sospechoso patrón de llamadas entre ellos, pero admite que no puede estar seguro de lo que se dijeron porque la ley (por desgracia) no permite a la policía realizar escuchas.

—¿Se refiere a escuchar las conversaciones telefónicas privadas? —pregunta una pasmada integrante del gran jurado, evidentemente una liberal de la ACLU*—. Eso es una invasión de la intimidad. ¿Cómo sabríamos que la policía no se pondría a escuchar cualquier conversación indiscriminadamente?

—Sabríamos quién planea un asesinato —sentencia Friday.

El fiscal ha de admitir que no tienen suficientes pruebas y que hay que soltarlos.

—¿Por qué funciona la ley siempre a favor de los culpables? —inquiere Friday.

—Porque los inocentes no la necesitan —responde el fiscal del distrito.

---

* *American Civil Liberties Union* (Unión Americana por las Libertades Civiles) *(N. del T.).*

Sensacionalismo aparte, la película proporcionó a la audiencia una perspectiva más realista de las redadas («ponga las manos sobre el capó...») y de los seguimientos en corto que realizaban cuando el capitán Hamilton les decía «acostadlos por la noche y levantadlos por la mañana». Pero la versión cinematográfica de *Dragnet* sufrió de una esquizofrenia de estilos, mezclando el oscurantismo del cine negro y sus sardónicas disgresiones con la seriedad de cara de póquer de Webb y su insistencia de que este asesinato mafioso han de resolverlo los chicos buenos que reciben una paga, aunque escasa, para resolver crímenes. Cuando uno de los micrófonos registra la conspiración de unos mafiosos para matar a su propio asesino, el sargento Friday usa la grabación para persuadir a la esposa de dicho asesino para que les lleve hasta una pieza clave del arma del crimen: el trozo de cañón recortado de la propia escopeta. Cuando Friday le presenta la nueva prueba al fiscal del distrito, este dice: «¡Los has pillado!», y el oportuno estruendo de un trueno remarca el momento. Pero cuando van a buscar sus gabardinas para detener al jefe mafioso, Max Troy, han de desviarse al hospital (All Saints) porque la enfermedad de este era real: acaba de morir de cáncer de estómago.

—Lo lamento, ¿eran amigos del señor Troy? —pregunta un joven residente.

—No, señor, apenas lo conocíamos.

De pie bajo la lluvia, en la calle, Friday suelta un trozo de papel que cae sobre el suelo mojado: el trozo de papel en el que el mafioso había escrito su acogida a la Quinta Enmienda. Mientras los policías se alejan, abrochándose las gabardinas, la lluvia se lleva el papel, borrando el nombre del matón.

La brigada al completo fue invitada al estreno de la Warner Bros., y la mayoría de ellos acudieron. Con Keeler, la encarnación de la decencia, atrajo no pocas miradas al acudir con una de sus informadoras, que parecía sospechosamente una mujer de la noche (estaba premiándola por haberle dado algunas pistas buenas, explicó más tarde). Al igual que otros policías entre el público, Keeler era uno de los personajes con un papel pequeño en la película. «Keeler, ¿Stevens y tú cubrís la parte de atrás?», pregunta el sargento Friday en una de las escenas. «Vale, Joe», responde el actor que interpreta a Keeler. El gran Jerry Greeley también tuvo una mención, como Billy Dick Unland.

Su nuevo experto en micrófonos no fue menos, en la escena crucial donde el sargento Friday quiere reproducir una de las grabaciones para la mujer del asesino. Pregunta: «¿Puede acercarse Phelps con un equipo de reproducción?». El auténtico Bert Phelps recibió su recompensa, como casi todos, pero también le dejó incómodo, pues conocía los entresijos de la verdadera historia, la razón por la que Jack Webb le recompensaba.

Hay que decir que Webb se había casado con la despampanante Julie London antes de convertirse en estrella de la televisión. Contrajeron matrimonio en Las Vegas, en 1947, cuando él aún estaba abriéndose paso en la radio y ella era una *pin-up* de veintiún años y actriz en ciernes, aún por descubrir como sensual talento de voz que vendería un millón de copias de *Cry Me a River*. Ese era su futuro, pero en 1953 era, ante todo, una madre llena de glamour que cuidaba de sus hijos en su casa de Encino. Pero el matrimonio tenía unas bases endebles, como declararía London más tarde en el juzgado, durante el divorcio, donde el abogado dijo literalmente: «Vaya a los hechos, señora». Entonces ella les describió cómo Webb encendía el televisor al volver a casa como si ella no existiese. También se quejaba de que su marido le hablaba como si fuese una niña de tres años. «Me repetía diez veces algunas cosas que ya había entendido», dijo. La estrella de *Dragnet* finalmente se había roto.

«El pasado mes de abril, mi marido se fue al trabajo diciendo que volvería para la cena. Luego llamó y dijo que no… Fue la última vez que lo vi en seis semanas», testificó London, luciendo un pañuelo de gasa rosa en la vista del tribunal, celebrada en noviembre de 1953. Webb regresó a casa al cabo de esas semanas, pero «dijo que no estaba seguro del matrimonio, que quería pensárselo», prosiguió. «Pasados dos meses, me pidió el divorcio… Dijo que su carrera no le dejaba tiempo para el matrimonio.» Pero sí que le dejaba tiempo para la actriz Dorothy Towne, que había interpretado un pequeño papel en uno de los episodios de *Dragnet*. Olvidó mencionarle ese detalle a su mujer.

A Jack Webb lo pillaron como a muchos en Hollywood, enfrascado en un feo divorcio y preocupado por cómo su esposa despechada podría reclamarle sus bienes. Por eso llamó a su amigo y asesor técnico, el capitán James Hamilton, para pedirle un consejo técnico de índole diferente. Julie London y los niños aún vivían en la casa de Encino y Webb quería que un detective privado la vigilase con escuchas. Se preguntaba si Hamilton podría pasarse por allí con uno de sus expertos en micrófonos para echarle una mano. El encargado fue Bert Phelps.

El capitán me pidió que le acompañase a la casa de Jack Webb. Estaba pasando Ventura Boulevard, en Encino. Su mujer y él se estaban peleando en todos los frentes, un divorcio turbulento. Cuando llegamos, un detective privado nos estaba esperando y quería que colocásemos micrófonos en las habitaciones a instancias de Jack Webb. ¿Por qué me llevaba el capitán para resolver un asunto privado? Me sentía muy incómodo. Bueno, el caso es que me pidieron mi opinión y se la di: «Haré lo que el capitán me pida». Más tarde consiguió lo que quería. Jack Webb y el capitán eran muy amigos; se cubrían mutuamente las espaldas.

A pesar de todo lo que hicieron, la ayuda prestada a Jack Webb fue mínima, y al parecer de poco rendimiento. La sensual Julia London obtuvo 150.000 dólares en metálico y otros tantos en acciones de Dragnet Productions. Además, consiguió una pensión de manutención de 21.000 dólares anuales, garantizados por un seguro de vida de 150.000 a nombre de Webb. Pero Phelps seguía incómodo. Si bien las fronteras siempre eran difusas en un mundo como el suyo, aquello iba más allá de espiar una red de juego ilegal; las figuras públicas del departamento estaban ayudando a una estrella de Hollywood a espiar a su propia mujer. A lo mejor sí sabían lo que estaban haciendo.

Webb les echó otro capote cuando el Tribunal Superior utilizó el caso Cahan para proclamar que las fuerzas de la ley ya no podían emplear pruebas obtenidas ilegalmente. Primero, produjo un episodio de *Dragnet* titulado *The Big Ruling**, en el que el sargento Friday y su compañero reciben

---

* *La gran resolución (N. del T.).*

el soplo de que un cargamento de heroína está de camino y buscan a un camello de la zona. Encuentran las drogas (junto con unos jerséis robados), pero, al no tener orden judicial, no pueden usar las pruebas y tienen que dejar al camello en libertad. El personaje de Jack Webb sermonea a Estados Unidos en respuesta a la pregunta: «¿Quién sale beneficiado?». La sociedad no, desde luego.

Webb también se unió al jefe Parker en la comparecencia ante el Subcomité Judiciario de la Asamblea Estatal para solicitar a los legisladores que desatasen las manos de la policía. ¿La herramienta de persuasión del actor? Su película, en la que se pone de manifiesto la temeridad de conceder a los criminales tantos derechos.

CAPÍTULO 22

Mickey sale a la calle

E l sargento Jerry Wooters estaba en uno de los tres coches del Departamento de Policía de Los Ángeles que esperaban en el aeropuerto, el 10 de octubre de 1955, el regreso de Mickey Cohen a casa tras su estancia en la cárcel. Gracias a la rebaja de cuatrocientos ochenta días por buen comportamiento, Mickey había cumplido su condena por evasión de impuestos en la penitenciaría federal McNeil, de Washington, en mucho menos que el máximo establecido. En Los Ángeles lo recibieron su mujer, Lavonne, y *Mike,* su bóxer. El otro perro, *Tuffy,* el terrier de los trucos al que se oía ladrar en la grabación de Antivicio, había muerto. A pesar de todo, *Mike* recibió a su amo meneando la cola. Se especuló mucho acerca de qué iba a hacer Mickey en su nuevo comienzo, pero nadie se imaginaba que se dedicaría al negocio de los viveros. Vendería y alquilaría plantas, reales y falsas (de plástico) y, más adelante, regentaría una heladería. Una comisión estatal calculó una vez que llegó a mandar sobre quinientos corredores de apuestas. Pero la estética y los dulces eran los exponentes del nuevo Mickey, o eso juraba.

Mickey Cohen habló de la desolación y la violencia de la vida en la cárcel, donde un guardia podía golpear a través de los barrotes a un interno mexicano con la linterna por no haber sabido comprender lo que se le decía en inglés. En otra ocasión, Mickey dijo que se encontró en una celda a un preso agonizando en medio de un charco de sangre; el tipo se había introducido una bombilla por el trasero y esta se había roto. La mayoría de las historias carcelarias de Mickey trataban sobre cómo había sabido sacarle partido al sistema: obtuvo un trabajo en el economato de ropa que le permitió ganarse el favor de los guardias por entregarles uniformes nuevos cada mes, en vez de cada año. Engordó a base de sándwiches de ternera que le preparaba el chef chino del comedor de oficiales, en compensación por ciertos favores que le hizo, años atrás, en el barrio chino de Los Ángeles. Consiguió que le asignaran el control de los envíos del Pacífico con material excedente de la guerra, desde naipes hasta colonia, pidiendo a gritos que alguien los robara. Se agenció una docena de toallas para su celda, junto con todo un ajuar que guardaba bajo el catre, pero lo más importante es que consiguió acceso a la ducha cercana al dispensario de ropa, de modo que no estaba limitado a las dos duchas semanales. «De lo contrario, probablemente habría perdido los papeles», afirmó Mickey. Es posible que tuviera que agradecer a Gus Wunderlich por el agua caliente que preservó su cordura, ya que allí había sido enviado este, años

314

antes, por asaltar el barco casino, y allí también empleó su natural pericia mecánica para arreglar antiguas calderas.

El deseo de Mickey era salir de la prisión de Washington de forma discreta. Mala suerte. El plan era que los oficiales de prisión lo escoltasen hasta el barco que salía de la isla a las cuatro de la mañana, de modo que pudiera llegar al pueblo continental de Steilacoom antes del amanecer. Allí lo estaría esperando su hermano, Harry, que habría llegado desde Chicago para el gran día mientras Lavonne esperaba en Los Ángeles. Pero la primera filtración, al parecer, surgió del modo que tuvo ella de conseguirle ropa nueva y adecuada. El editor de *Los Angeles Examiner*, Jim Richardson, la convenció para que permitiese que un reportero fuese el encargado de llevar la ropa. Eso quería decir que su hermano no era el único que estaba esperando a Mickey a la salida de la prisión en una lluviosa madrugada. Cuando Mickey atravesó la pasarela, no había rastro del presunto comité de bienvenida que debía estar esperándolo. Su hermano, Harry Cohen, y dos acompañantes, estaban un poco más lejos, a cubierto de la lluvia en una cafetería. Viendo que los únicos que le estaban esperando eran los periodistas, Mickey salió corriendo, con su gabardina, pero sin sombrero, hacia el Cadillac azul del 54 de su hermano. Al darse cuenta de que había perdido el barco, literalmente, Harry corrió tras él junto al enjambre de periodistas.

—¿Dónde demonios os habíais metido? —recriminó Mickey a los suyos.

Tenían programada para él una sesión de peluquería y manicura en un hotel de Seattle para quitarse de encima el aire de la cárcel, pero las autoridades desaconsejaron cualquier parada local. Mickey sugirió ir entonces a Portland; allí conocía a un empresario de las tragaperras. De camino allí, el empapado cuarteto hizo una parada en un restaurante para desayunar y celebrar la liberación con dobles raciones de zumo de naranja, tortitas y tres huevos. Dejaron una propina de 20 dólares. Aún debía medio millón en impuestos atrasados y sanciones, pero algunas costumbres son difíciles de superar, y él no era el único. La policía de Portland detuvo a Mickey y su séquito al poco de inscribirse en un hotel local. Los metieron en un vuelo de la Western Air Lines que aterrizó a las once y siete de la noche en Los Ángeles, donde otra multitud de periodistas aguardaba junto a los tres coches de policía, Lavonne y *Mike,* el bóxer.

Mickey había soñado con la idea de abrir un restaurante en Wilshire's Miracle Mile o en Beverly Hills, olvidando que su libertad condicional federal le prohibía acercarse a cualquier lugar donde se sirviese alcohol. De modo que la restauración no sería su nuevo comienzo, aunque el concejal local, Gordon Hahn, no pensaba arriesgarse lo más mínimo: presentó una moción para solicitar al Estado la denegación de la licencia para la venta de bebidas alcohólicas si llegaba a solicitarla. «Si quiere vender conos de helado, estupendo», dijo Hahn. Cerrada la puerta de la restauración, los rumores apuntaron al regreso de Mickey al negocio de la ropa, pero en Las Vegas, dando otra oportunidad al petróleo, o yéndose hasta Alaska, en busca de oro.

El agente federal jefe de la condicional en Los Ángeles, Cal Meador, solicitó al departamento que dejase a Mickey en paz y que le diese una segunda oportunidad. Estaba convencido de que Mickey era el candidato ideal para disuadir a los jóvenes delincuentes de sus actividades. Pero el jefe Parker no compartía esa perspectiva sobre el recién liberado Mickey, resaltando que «el ejército alemán no fue voluntariamente a contarle sus planes a los Aliados». Es fácil adivinar que no se tragaba la teoría del reinsertado, y más cuando Mickey fue detenido en Palm Springs, el 11 de febrero de 1956, por no haberse registrado como exconvicto. Fue una infracción leve que apenas le costó a Mickey 75 dólares, pero las autoridades tenían mucha curiosidad por saber qué hacía en un complejo hotelero del desierto reunido con George Bieber, el abogado de Chicago que una vez fue representante de Bugs Moran. Cuatro días después, Mickey abrió Michael's Tropical Plants en Los Ángeles, cerca de un invernadero situado en South Vermont Avenue, al norte del centro. Mickey explicó que una pareja de hermanos le habían escrito, mientras estaba en prisión, sugiriéndole que se uniera a ellos en el negocio. En el peor de los casos, la publicidad se le daba bien; Associated Press le hizo una foto con un delantal verde y unas tijeras de césped mientras explicaba cómo se había convertido en un trabajador normal de nueve a seis, dando carpetazo, por así decirlo, a su libertino pasado.

Me costaba entre 200 y 300 dólares al día salir a la calle pagándolo yo todo. En las cenas se me iban un par de cientos todas las noches.

Mira si estaba loco: repasando mi ropa tras salir de la cárcel, tenía seiscientos pares de calcetines, entre 5 y 7,50 dólares el par, todos con sus etiquetas puestas, sin estrenar...

Otro día recibí una llamada de un colega muy influyente en los círculos del juego. «¿Cómo va el negocio de las flores?», me pregunta.

Le dije que no eran flores, sino plantas, pero no supo ver la diferencia.

«Mira», me dijo, «¿para qué demonios pierdes el tiempo con esas cosas?».

A continuación me hizo una propuesta , pero yo no estaba interesado.

«Oye», me dice, «¿cuál es el truco? ¿Te vas a dedicar a esto hasta que se termine lo de la condicional?».

Eso es lo que todo el mundo cree.

Pero el sargento Wooters no pensaba así.

En 1956, Wooters ya no era compañero de Jack Horrall, el hijo del antiguo jefe. Le asignaron a Bert Phelps, el mago de la electrónica cuyo padre policía tenía cuatro muescas en el revólver. Bert fue una bendición del cielo. Durante la misión de vigilar a un corredor del que se sospechaba que podría volver a las andadas con Mickey, alquilaron un apartamento encima de una pizzería al otro lado de la calle. El corredor abría el negocio a las seis de la mañana y tenía ocho teléfonos o más, lo que producía no pocas conversaciones que monitorizar. Un viernes, Bert dijo: «Tengo una idea», y, durante el fin de semana, se inventó un aparato que registraba todos los números marcados desde cada teléfono (y puede que también lo que se decía), «de modo que no tuvimos que trabajar demasiado durante los seis meses que siguieron», presumía Jerry. Pudo haber exagerado un poco el tiempo que se ahorraron, pero por algo la CIA intentaba contratar sin descanso a Bert Phelps.

Tras la apertura de la tienda de plantas tropicales de Mickey, Jerry y su inteligente compañero aparcaron el coche en la acera de enfrente del invernadero que se había convertido en la oficina de Mickey, desempeñando el mismo papel que sus tiendas de pinturas y de ropa en años anteriores. Jerry enseguida se olió la estafa de Mickey: él y sus hombres «alquilaban» filodendros de plástico de la misma manera que Jimmy el Comadreja suministraba zumo de naranja a los bares.

Era un vivero falso. Llegaba y te decía que necesitabas plantas artificiales, a 1.000 dólares al mes, o que te tendrías que atener a las consecuencias, ya sabes. De esa manera no era complicado establecer cuántos establecimientos pagaban a Mickey Cohen. El local en cuestión estaba plagado de sus plantas. Algunos hacían lo mismo con la mantelería, y otros con las bebidas. Él lo hacía con las plantas. Pero había un momento en el que el vivero se quedaba más vulnerable: la media hora que pasaba entre la salida del administrativo y la llegada de los guardaespaldas. Pues bien, en cuanto se diese la vuelta para tirarse un pedo, nosotros entraríamos. No le dije una palabra. Simplemente me presenté. El capitán Hamilton dijo: «El jefe ha dicho que os mantengáis alejados de Cohen. Si le pasa cualquier cosa a ese hijo de perra, vosotros cargaréis con las culpas».

En ocasiones, los jefes sabían de lo que estaban hablando.

Lavonne Cohen presentó la solicitud de divorcio un mes después de la inauguración del negocio de las plantas. Dijo que ambos habían cambiado desde su encarcelamiento y que seguramente no había una mujer entre un millón que hubiese pasado por un matrimonio como el suyo. Había vivido en una casa de ensueño, rodeada de todos los lujos que una mujer podría desear. Dijo que tenía abrigos de visón y vestidores llenos de ropa maravillosa. Dijo que las joyas le llegaban hasta el cuello y que disfrutaba de un Cadillac nuevo todos los años. Ahora todo eso había desaparecido; el dinero, las joyas, la ropa, los coches…

Y Mickey dijo también que Lavonne se casó con un chico duro de los bajos fondos, vivaracho y colorido, pero que cuando volvió de la cárcel se encontró con algo bastante diferente. Y añadió: «¿Quién querría casarse con un tipo como yo, siempre lavándome las manos y atufando el sitio con colonia? Nadie podría soportarlo más que Lavonne».

Y por eso se separaron; bueno, por eso y por la actriz con la que Mickey se estaba viendo.

Todo ese embrollo divertía mucho a los policías que, durante años, habían observado cómo Mickey iba de una aspirante a actriz a otra. Pero también se habían percatado de la nueva rutina de Lavonne, que siempre salía de casa veinte minutos después de que lo hiciera uno de los hombres de su marido: Sam Farkas. Cuando ella se volvió a casar, pasado el tiempo, Sam resultó ser el afortunado segundo marido. Pero, por el momento, Lavonne vivía en un apartamento del oeste de Los Ángeles (habían vendido la antigua casa tiempo atrás por los problemas con el fisco y habían subastado todos sus bienes).

En cuanto a Mickey, el guionista Ben Hecht le encontró un pequeño apartamento, pero suficiente para lo esencial. Fuera había aparcado un Caddy nuevo, y dentro «treinta trajes inmaculados apretados en el armario, todos en tono oscuro; veinticinco batas japonesas, chinas y persas de seda y treinta y cinco pares de brillantes zapatos perfectamente dispuestos al lado, en el suelo». Eso era lo esencial.

Hecht, que había ganado el primer Premio de la Academia al mejor guión original por la muy apropiada *La ley del hampa,* y también había escrito *Scarface, el terror del hampa,* la película en la que Paum Muni, un judío, interpretaba a un novelesco Al Capone, conoció a Mickey durante la década anterior, en sus primeros años de pavoneo. El coautor de *Un gran reportaje* se había dejado persuadir para pronunciar un breve discurso en una colecta de fondos que organizaba Mickey en Slapsy Maxie's para el Irgún, el grupo armado clandestino judío que luchaba por la fundación del Estado de Israel. En sus memorias, *A Child of the Century,* Hecht recordaba el día que llegó allí, se encontró con todas esas caras estropeadas y preguntó a Mike Howard, la mano derecha de Mickey, que quiénes eran.

El señor Howard, nada contento de tener que estar al cargo de todo, repuso: «No tienes que preocuparte. Todo el mundo sabe cuánto donar exactamente para la causa de los héroes judíos. Y puedes estar seguro de que no habrá ningún estafador». Me dirigí a mil corredores, exboxeadores, jugadores, jockeys, revendedores y todo tipo de personajes más o menos vinculados a los bajos fondos...

Hecht encontró al Mickey de después de la prisión en su diminuto apartamento, recién salido de la ducha, echándose polvos de talco. Estaba desnudo, salvo por los calcetines verdes, sujetos con una banda elástica castaña. Mickey le aseguró que era un hombre diferente de aquel chico judío y temperamental que había empezado sus negocios sucios en Cleveland y viajó entre Chicago y Los Ángeles de robo en robo.

—¿Qué te ha cambiado? —preguntó Hecht.

—Ya no soy tan temperamental como antes.

La primera confrontación entre Jerry Wooters y Mickey Cohen se produjo detrás del enorme hotel Ambassador, en Wilshire. Jerry había seguido hasta allí a un matón. Le estaba dando la habitual tabarra cuando, de repente, el tipo abrió mucho los ojos al ver algo. A partir de ahí, todo se desmadró.

Me encontraba detrás del hotel Ambassador hablando con un recaudador de Las Vegas, achuchándolo un poco, pero no tenía nada. Estaba yo junto al guardabarros cuando el otro vio algo detrás de mí. Se trataba de Mickey y otro hombre más bajo, Ruffy Goldberg. Iban juntos, por supuesto, en un Cadillac. Mickey acababa de salir de la cárcel. Cuando me di la vuelta, se detuvo y dio marcha atrás.

«Acércate y dame la mano», dijo.

«No estrecho la mano de ningún jodido macarra», le respondí.

«Puto cabrón, vi tu foto en los periódicos cuando estaba en la cárcel. Esa nena con la que ibas era la que me chupaba la polla», espetó él.

«Tengo entendido que tenías el culito más bonito de la cárcel; al parecer todo el mundo lo ha probado», solté.

De repente salió del coche como una exhalación y yo desenfundé mi 38. Por desgracia, no intentó nada.

Estaba cabreado; odiaba a ese tío. Es de los que siempre amenaza con un arma o se pone a dar palizas. Ya sabes, lo que hay que hacer es pillarle en el momento, liquidarlo y se acabaron los problemas.

No eran precisamente desconocidos. Como sargento de Antivicio durante los años de postguerra, Jerry había orquestado las redadas contra los corredores al servicio de Mickey durante su ascenso al poder. Mickey, a su vez, había alimentado el escándalo que acabó con la unidad de Antivicio y degradó a Jerry a patrullero de uniforme. Había muchas cuentas pendientes entre los dos, muchos insultos en la recámara. Y, sí, era posible que Mickey hubiese visto a Jerry Wooters en el periódico con una chica durante su estancia en la cárcel, lo que daba a entender que Mickey estaba al corriente de lo que pasaba en casa. Cuando el hasta entonces soltero Wooters se casó por fin, la noticia llegó a los periódicos, con un nutrido relato de cómo había conocido a la azafata de la TWA que sería su novia, durante un vuelo en el que escoltaba a un preso del este. Sus colegas de la central se rieron con esa historia y de cómo Jerry se había quitado un par de años de encima para ser solo un decenio mayor que la dulce y sonriente Jean Jettie, de veinticuatro años.

Pero si alguien pensaba que a Jerry le interesaba darle bombo a su encuentro con Mickey detrás del Ambassador, ya podía ir olvidándolo. Mickey presentó una queja ante las autoridades federales, pidiendo que se investigase a un policía que le había amenazado con un revólver del 38 y parecía muy decidido a matarlo. Jerry Wooters se vio en la tesitura de tener que explicar por qué se le acusaba de violar los derechos civiles del criminal más célebre de Los Ángeles.

Tengo la esposa perfecta. Nunca se ha entrometido en mis cosas, nunca. Pero a veces, cuando te metes en esta mierda, y ella se pone un poco nerviosa... Un día, volví a casa de trabajar. Habíamos invitado a su familia para cenar. Por Dios, dos de sus sobrinos son pastores. En el porche trasero había un maldito periódico con un artículo titulado: «Policía asesino acecha a Mickey Cohen». Y ese era yo, el poli asesino.

CAPÍTULO 23

«Es duro»

El sargento Jack O'Mara se había mantenido ocupado mientras Mickey Cohen estaba en la cárcel. Uno de los primeros informes de la Comisión Estatal sobre el Crimen Organizado había empleado el término «Invasión de indeseables», y los mayores indeseables no habían cejado en su empeño de poner pie en el sur de California. O puede que solo fuesen turistas con 12.000 dólares para propinas.

Sus colegas estaban convencidos de que O'Mara tenía un sexto sentido para detectarlos, aunque él decía que era más cosa de suerte y buenos (y bien pagados) informadores. Curiosamente, se ganó la reputación a raíz de la desafortunada investigación de la Dalia Negra, cuando se hizo pasar por el chófer del loquero. Durante sus días de incógnito enredado en el caso, estuvo a punto de ser arrestado una noche, en un motel al norte de la Interestatal 5. La policía local estaba buscando a los delincuentes que habían robado en una oficina de desempleo de San Francisco y consideró que O'Mara actuaba sospechosamente. Y tanto, pues estaba intentando alejarse a escondidas para llamar a Connie.

Un par de semanas después, de regreso a Los Ángeles, estaba fumando su pipa, estudiando los teletipos, cuando recibió una llamada de un detective de un hotel del centro, un tipo al que untaba para que le diese soplos. Le habló de «tres hombres sospechosos». O'Mara fue hasta allí con Keeler y Archie Case y gritó: «¡Ese es uno de ellos!», cuando divisó a un individuo que abandonaba el hotel. O'Mara frenó en seco y salió corriendo en pos del individuo, que se escondió rápidamente en un bar. En el interior, los policías se encontraron con una fila de hombres que se estaban tomando unas copas, de los cuales solo uno tenía el vaso lleno, recién vertido el brebaje. Keeler levantó tres dedos y el gran Archie sacudió al tercer hombre contra la barra. En efecto, se trataba de uno de los ladrones de la oficina de desempleo. Al otro lo cazaron en el hotel. Asombroso. Aquello casi había compensado la torpeza de la Dalia.

Año y medio después de que Mickey fuese encerrado, O'Mara volvió a acertar (o tuvo suerte), cuando uno de sus compañeros de hermandad del instituto le entregó, prácticamente en bandeja, a Leo «Labios» Moceri, el asesino a sueldo fugitivo que las autoridades de Toledo, Ohio, llevaban veinte años buscando. Como miembro de la Banda Púrpura, Moceri estaba en la lista de los más buscados del FBI cuando fue sorprendido en Los Ángeles, metiendo unas monedas en un teléfono público. Dos investigadores de la compañía telefónica se encontraban vigilando una cabina en un mercado agrícola cercano a Vine, una semana antes de Acción de Gracias, cuando detectaron a un hombre de mediana edad metiendo cuatro arandelas de tamaño de un cuarto de dólar y dos centavos falsos para hacer una llamada de larga distancia.

El sujeto que se estaba ahorrando uno con veinte llevaba una identificación según la cual su nombre era «John Baker» y vivía en un domicilio que correspondía a una granja de pollos abandonada. También llevaba 1.800 dólares en la cartera, junto con un justificante de depósito bancario por valor de 10.000 dólares. Cuando los investigadores de la compañía telefónica le pidieron cuentas, les sacó un par de billetes de cien dólares y les preguntó:

—¿Si os doy uno a cada uno, creéis que podréis olvidarlo?

Rechazaron el soborno y el otro se echó a correr. Robert Skibel le puso la zancadilla y le advirtió que si se le ocurría hacer otro movimiento le arrancaría la cabeza.

Skibel había sido extremo en el equipo de fútbol americano semiprofesional formado por muchachos trabajadores del Instituto de las Artes. O'Mara fue su veterano en la hermandad, el que le hacía las novatadas. «Menuda coincidencia», dijo Skibel, que hizo dos llamadas esa noche: la primera a la comisaría más cercana del Departamento de Policía de Los Ángeles, la División de Hollywood, para que le mandaran inmediatamente un coche patrulla; y la segunda a su compañero de hermandad, que se dedicó a seguir a «John Baker» cuando los detectives lo soltaron con una citación judicial por hurto menor. A Jack O'Mara, no le parecía ningún «John Baker».

Dije: «Ese tipo es un maldito siciliano. Se está quedando con nosotros. Vamos a detenerlo, a ver quién es ese hijo de perra». Se me acercó un compañero y me dijo: «Bingo, O'Mara». Resultó ser un asesino a sueldo de la mafia buscado por siete asesinatos. Llamé a Hamilton a su casa y le dije: «Hola, capitán, tengo a un viejo amigo esperando en tu despacho para hablar contigo. Se llama Leo Moceri».

Sabes, estos tipos siempre llevan un pequeño ratero dentro. Había otro, un gran promotor de combates de boxeo, que robaba revistas de un kiosco del aeropuerto internacional; robaba revistas. Consiguen abrirse paso hasta la cima, llevando billetes de 200 y 300 dólares, pero no pueden dejar de robar.

Cómo dio O'Mara con la pista del jefe mafioso de Gary, Indiana, fue más fortuito. Cuando el padre de Connie se puso enfermo, se mudó durante varios meses con su familia a Sierra Madre, un pintoresco pueblo, justo en las estribaciones de San Gabriel. Al otro lado de la calle había una gran propiedad de la que habían despejado los matorrales hasta metro y medio de la casa y levantado una tapia con una verja de hierro en la parte delantera. Por ahí entraban y salían grandes coches con matrículas de otros Estados, y de ellos salían hombres de traje negro y corbata, nada que ver con el estilo habitual de la zona. Los vecinos decían que el propietario había pagado la casa en metálico. «Es un gran tipo, ya sabe.»

O'Mara empezó a espiar con prismáticos por la ventana para apuntar las matrículas de los coches; ¿qué otra cosa podía hacer? Resultó que los visitantes iban a ver a Anthony Pinelli, el dueño del juego y otros negocios de Gary, dependiente de la organización de Capone. La única diferencia es que ahora trabajaba más lejos de su jefe, tras invertir sus beneficios en ocho propiedades del sur de California, incluido un motel cerca del Hollywood Bowl, que dirigía su hijo. El motel servía como alojamiento temporal para los socios mayores de Pinelli, procedentes del Medio Oeste. Pero un día se le ocurrió ir en persona al aeropuerto para recibir a un distinguido trío encabezado por Tony Accardo, uno de los nombres más importantes de la primera página del fino cuaderno negro que Con Keeler empezó a rellenar durante los primeros días de la Brigada de Élite.

Contaban los rumores del mundillo que «Accardo, Anthony; también conocido como Batters, Joe» podría ser uno de los asesinos de la infame Masacre de San Valentín, ocurrida en Chicago en 1929, y que permitió a Al Capone afianzar su dominio sobre los bajos fondos de esa ciudad. Tras el encarcelamiento y la muerte de Capone, Accardo ascendió con un estilo completamente opuesto: evitó con suma diligencia cualquier escándalo o publicidad mientras se convertía en el segundo mafioso más poderoso del país, después de Frank Costello. En esta ocasión, Accardo había volado hasta Los Ángeles con su médico particular, el doctor E. J. Chesrow, supuesto administrador del hospital general del condado de Cook, y con un guardaespaldas que respondía al nombre de Michael Mancuso. El hombre se inscribió como vendedor de coches, pero se parecía mucho a Sam Giancana, quien, en menos de diez años, y tras el retiro de Accardo, se haría con el control del negocio al estilo de Capone, con cierta afinidad hacia el escándalo y la publicidad. Así sería hasta el día en que fuera asesinado de un disparo en su casa de Chicago.

La llegada de Accardo a Los Ángeles no podía compararse con la de Capone, un cuarto de siglo atrás, pero se le acercaba bastante. O'Mara contribuyó a crear un amplio equipo operativo del Departamento de Policía de Los Ángeles para vigilar al de Chicago y su séquito y ver adónde iban. La respuesta: el Perino's, el mismo restaurante italiano de Wilshire donde Jack Dragna había llevado a su amante. Las autoridades policiales dieron a entender, más adelante, que los agentes metieron a todos en el primer avión a Chicago sin darles tiempo ni a decir esta boca es mía. Pero, en realidad, Accardo y sus compañeros tomaron el avión que ya tenían reservado, saliendo a la una y media de la madrugada hacia Las Vegas. Sin embargo, el departamento del jefe Parker obtuvo una vez más la publicidad que ansiaba («ANTIGUO JEFE DE LA BANDA DE CAPONE RECIBE UN FRÍO RECIBIMIENTO EN LOS ÁNGELES») y O'Mara, otra de sus pequeñas victorias, además de la oportunidad de demostrar el procedimiento operativo estándar de la brigada para con el amistoso Tony Accardo, antes de que su avión despegara. El jefe llevaba encima 7.000 dólares; Sam Giancana otros 5.000 y el buen doctor 250.

Entonces lo registré y encontré todo ese dinero en uno de sus bolsillos. Accardo, nunca olvidaré sus palabras: «Eh, muchacho, sírvete. Solo llevo esto suelto». Y eran billetes de cien. No los había de otro tipo; unos doce de los grandes, una enorme cantidad de dinero. Y añadió: «Eh, que es para propinas».

Averiguamos que se dirigían hacia Las Vegas. Les dejamos ir, libres, y, por supuesto, también vino la prensa. Tomaron todas las fotos que quisieron y tiraron el sombrero de Pinelli. Estaba muy cabreado; creía que había fastidiado el negocio de Tony Accardo y que su organización estaría muy enfadada con él. No teníamos nada contra ellos..., demonios, lo único que queríamos era calentarlos un poco y darles

*publicidad. Daba buen ejemplo, ya sabes, para los matones
que decidieran venir.*

*Sam Giancana, oh, sí, ese sí que me miró mientras estaba
vaciando los bolsillos de Tony, zarandeándolo sin miramientos,
ya sabes, yo no estaba siendo muy amable. Sam no me quitaba ojo. Sus ojos de serpiente centelleaban. Chico, qué ojos
más azules tenía. Eran como el hielo. Nunca los olvidaré.
Jamás me había mirado nadie de esa forma. Si alguien podía
matar, ese era él.*

Cuando la mujer de O'Mara, Connie, le oyó hablar de
los ojos de asesino de Sam Giancana, meneó la cabeza y dijo:
«Entonces son como los tuyos».

Cuando la sobrina de Connie O'Mara anunció que estaba com-
prometida con un policía, Connie no intentó persuadirla de
lo contrario, pero sí le dijo: «Se van y nunca sabes lo que están
haciendo. Es duro».

Los últimos años habían sido duros para ella, no solo
porque Jack se pasara las noches complicando la vida a gente como Tony Accardo y los días con otro empleo o estudiando (seguía beneficiándose de la G. I. Bill para licenciarse en
la USC). Las lágrimas nocturnas de Connie seguían teniendo
que ver con una serie de abortos. Había esperado siete años
para concebir a su primera hija y dio por sentado que no
tendrían que esperar tanto para el segundo. Pero, tras el nacimiento de Maureen, otros siete años llegaron y se fueron
sin el menor atisbo de embarazo. En Navidad, le regalaba
a su hija muñecas, cunitas y sillitas; para ella, ser madre lo
era todo. Todavía cocinaba galletas para los curas y las monjas.

Jack era el ujier principal de la iglesia. Se ocupaban de sus padres enfermos. Jack luchaba contra el mal en Los Ángeles. Simplemente no era justo.

Connie era una persona tan casera como inquieta, y su familia la llamaba «Lucy», por la chistosa comediante televisiva, pero nunca llegó a encajar muy bien en los moldes de la esposa de un policía. Durante las fiestas o las barbacoas con otras parejas de la brigada, a veces bebía tanto como los hombres, que era mucho. Jack se había hecho muy amigo de Jerry Greeley, el corpulento veterano de la Armada que se había divorciado de su primera mujer y se había casado con una secretaria del departamento. Greeley no era buen bebedor; le daba por gritar y alterarse. Su nueva mujer lo aguantó hasta que se quedó embarazada y, en una de las fiestas, se fue disparada tras una escena alimentada por el exceso de alcohol.

—Si va a ser así, no podré hacerlo —dijo.

Greeley dejó de beber durante el ultimátum y aguantó sobrio varios años. Pero a Connie O'Mara le gustaban los vodkas y los vermuts con hielo, y ella también se alteraba bastante. Una vez, Jack le dio un golpecito y le dijo: «Vámonos, jefa», agarrándola por el codo. Ella le apartó de un manotazo.

Un especialista que la examinó dijo que quizá una intervención correctiva ayudaría a que volviese a quedarse embarazada, pero que no se podía asegurar.

Jack O'Mara se sorprendió preguntándose si tenía sentido invertir tantos recursos para pillar a Mickey a esas alturas. Había visto una foto suya con la podadora, contando chistes como un cómico. No se tragaba sus bufonadas, pero aun así… Todos esos otros personajes seguían llamando a la puerta de la ciudad; los Moceri, Pinelli, Accardo y compañía. Auténticos asesinos y matones de la vieja escuela con organizaciones a sus espaldas…

El capitán Hamilton le preguntó si quería ir al aeropuerto para recibir a Mickey a su regreso de la cárcel, y O'Mara dijo: «Me encantaría, capitán». Pero pasó algo y tuvo que irse a casa. O'Mara llamó entonces al capitán y le dijo: «Estoy seguro de que podrás mandar a otro de los muchachos».

Connie se quedó embarazada casi inmediatamente después de la operación que supuestamente contaba con tan pocas probabilidades de éxito. Ansiaban un niño para hacer la pareja, y ya tenían el nombre preparado: Michael. Pero cuando Dios los bendijo con otra niña, la llamaron como a la sobrina que llevó el cesto de flores durante su boda: Martha Ann, «Marti». Connie escribió en su libro de bebé:

Nuestro angelito más pequeño nació el 23 de febrero de 1955, aproximadamente a las ocho y veinte de la tarde. Pesó tres kilos. Su primer día en casa fue toda una lección para todos. Tras seis horas sin que se despertase o quisiera comer, estaba bastante segura de que algo iba mal. Llamé al hospital y me aseguraron que todo estaba en orden, que la dejase dormir… Se despertó hambrienta a las diez horas.

Para entonces, los O'Mara se habían mudado a El Monte, un poco más lejos de la ciudad en el valle de San Gabriel. Su nueva casa tenía solo dos dormitorios; las niñas tendrían que compartir el rosa. Pero había una cabaña en la parte de atrás para los padres de Connie, que se fueron con ellos. Tenían un amplio jardín lleno de árboles frutales: melocotoneros, albaricoqueros, limoneros, mandarinos, naranjos chinos y ciruelos de Santa Rosa. Connie podría volverse loca haciendo mermelada. También plantó matas de lilas, como las que recordaba de su infancia en Minnesota, si bien su jardinero le advirtió que el clima del sur de California era demasiado cálido para ellas. El jardinero había sido internado durante la guerra por su ascendencia japonesa y se encargaba de los frutales con un salacot en la cabeza, un contrapunto cómico respecto al sombrero de fieltro de Jack. La vida volvía a sonreírles. Peggy Lee incluso había editado una nueva versión de la canción favorita de Connie, así que volvió a cantar, ahora con dos niñas pequeñas de la mano.

> *But my heart belongs to Daddy,*
> *Yes, my heart belongs to Daddy.*

CAPÍTULO 24

Palabrotas %$#@ e insultos

El segundo enfrentamiento entre Wooters y Cohen tuvo lugar en una sala de espera de la oficina del fiscal del distrito, pero fue consecuencia de un incidente producido en Schwab's, el local donde se descubrían las *starlets* del cine. El 18 de diciembre de 1956, Mickey entró en aquella farmacia de Sunset Boulevard para recaudar una deuda de 500 dólares. Los testigos dijeron que escupió a Harry Maltin, le golpeó en la cara y le dio una patada en la ingle. Mickey iba a marcharse, pero se dio la vuelta y le dijo al gerente que le jodiesen. No parecía ningún debate sobre el alquiler de plantas artificiales de plástico.

Jerry y su compañero estaban en el coche camuflado, parados en una esquina, cuando recibieron el aviso por radio, pero llegaron demasiado tarde para coger a Mickey con las manos sucias. Sí consiguieron varios testigos, incluida una mujer que estaba en la caja y una camarera. Pero el testigo que contaba de verdad, el maltrecho Harry Maltin, no quería saber nada de ellos. Por mucho que Wooters intentara que firmase una denuncia, el otro se cerró en banda. Cuando Maltin volvió a su casa para recuperarse, recibió una misteriosa llamada. Era una voz airada y anónima que decía hablar en nombre de Mickey. ¿Y quién se presentó en la casa al cabo de menos de una hora? El sargento Wooters y su compañero de rostro aniñado, el agente Phelps, preguntando si había recibido alguna llamada amenazadora de parte de Mickey que le hubiese hecho cambiar de opinión acerca de presentar una denuncia. «¿Qué llamada?», respondió el hombre. Bueno, en todo juego se gana y se pierde.

El fiscal del distrito citó a todos los implicados ante el gran jurado, nueve días después. Se solicitaba la toma en consideración para emitir un acta de acusación por asalto criminal en el Schwab's, así como cargos por conspiración en contra de Mickey (un intento de amañar un combate de boxeo). El mismo día del incidente en el Schwab's, el peso welter Dick Goldstein tenía que enfrentarse al defensor del título y héroe angelino de ascendencia mexicana, Art «Chico de Oro» Aragón, en San Antonio, Texas. El evento se suspendió, no obstante, cuando Goldstein comunicó a las autoridades un extraño intento de convencerle de que se dejase ganar.

Según el relato del peso welter, Aragón se le acercó directamente en medio de un escenario orquestado para la pelea, más acorde con la lucha libre profesional: Chico de Oro (calzón y bata dorados) le propuso tirarse en el segundo asalto, pero levantarse heroicamente a la cuenta de ocho, para emprender un furioso contraataque en el siguiente. Luego, debería bajar la guardia para que pudiera tumbarlo definitivamente. Además,

«Aragón me pidió que no le diese mucho en la cara, porque era Navidad y no quería llevar tiritas en los ojos». Goldstein dijo que le ofrecieron 500 dólares por caerse la primera vez y luego otros 800, además de los gastos del hotel. La policía y la fiscalía de Los Ángeles sospechaban que todo se urdió en Los Ángeles, porque Mickey y Aragón eran amigos allí. El Chico de Oro era un personaje carismático dentro y fuera del ring. Siempre llenaba el Grand Olympic Auditorium con sus combates al tiempo que nutría las columnas sensacionalistas por ir acompañado de las actrices más despampanantes, incluida Mamie Van Doren y Jayne Mansfield.

Dos días después de Navidad, todos ellos estaban ante el gran jurado relatando sus versiones de lo ocurrido. Aragón ya se había burlado de lo absurda que resultaba la mera sugerencia de tener que pagar a Dick Goldstein por amañar una pelea. «Cualquiera podría hacerle morder la lona en cualquier momento», dijo el Chico de Oro. Fuera del despacho del fiscal del distrito, Mick iba por el mismo derrotero: «Nadie apostaría un centavo por Goldstein». En cuanto a su encuentro con el gerente del Schwab's, Mickey se hizo el inocente. «Simplemente entré y le pedí mi dinero, eso es todo.» Pero sus gracietas desaparecieron radicalmente tan pronto como vio al sargento Jerry Wooters en la sala de espera. El rostro de Mickey se puso tenso.

—¡Eres el hijo de perra que quiere matarme! —chilló—. Pienso ir a la oficina de la División de Inteligencia para que me dispares allí mismo.

—Oh, luchas como una mujer —dijo Wooters—. Con la boca.

Mickey le dedicó alguna palabrota más y se ajustó los pantalones, como para remeterse la camisa, o puede que bajárselos. Ellis «Itchy» Mandel, un tipo bajito que acompañaba siempre a Mickey como su guardaespaldas, hizo un amago contra el compañero de Wooters, Bert Phelps, que había sugerido que alguien corría el riesgo de salir volando por la ventana. Una tarde más entre amigos.

La nota positiva para Mickey fue que el gerente del Schwab's seguía sin querer soltar prenda. Sin el maldito testimonio de la víctima, el gran jurado no pudo culparlo de la paliza. La mala fue que el encuentro con Wooters en el juzgado le dio a este alguna idea: si no podían coger a Mickey por agresión o extorsión con su alquiler de plantas, o siquiera por volver al juego (también lo sospechaban), ¿por qué no por injurias? Injurias delante de señoras, para ser más precisos; las secretarias del fiscal del distrito, sentadas en la sala de espera, lo habían oído. ¿Y por qué no añadir los insultos proferidos ante las damas presentes en el Schwab's? De hecho, el departamento había intentado una táctica similar contra Mickey años atrás, cuando insultó a un par de policías en su casa de Brentwood. Pero los transeúntes en aquella ocasión habían sido unos cuantos reporteros, una casta baja conocida por proferir palabras soeces con el café de la mañana. Esta vez, Mickey había expuesto a mujeres respetables a sus impertinencias. Eran casos completamente distintos, ¿no?

El 28 de diciembre, un día después de la vista ante el gran jurado, el capitán Hamilton anunció que Mickey había sido detenido en su vivero por dos delitos de alteración de la paz basados en una queja firmada por el sargento Wooters. Pero cuando Mickey volvió al juzgado, en febrero de 1957, por su presunta alteración de la paz, su abogado consiguió que lo que se juzgase fuese otra cosa. «Este no es un caso de "el pueblo contra Cohen", sino de "Wooters contra Cohen"», dijo.

El jurado escuchó tres días de testimonios acerca de unos cuantos epítetos, mayoritariamente referidos a la ascendencia canina de alguien. Una de las secretarias del fiscal del distrito insistió en que había tenido problemas para dormir tras verse expuesta a esas palabrotas, pero Rexford Eagan, el abogado de Mickey, argumentó que todo el mundo había oído (o utilizado) ese lenguaje alguna vez. Luego pasó a la ofensiva, centrándose en la «cruzada» del Departamento de Policía de Los Ángeles contra Mickey desde su salida de prisión. Y el principal testigo de la defensa en esa línea no fue otro que Jerry Wooters. Llamado a declarar el último día del juicio, admitió haber desenfundado su revólver del 38 ante Mickey, detrás del Ambassador.

Si Mickey había hecho algo sospechoso ese día, ¿por qué no había procedido al registro de su coche? «Llevaba una chaqueta nueva y no me la quería manchar.»

¿Era consciente de que el oficial de la condicional había solicitado a la policía que dejasen en paz a Mickey? «Al parecer piensa que el señor Cohen es una persona maravillosa.»

En los alegatos finales, el abogado de Mickey indicó al jurado que el policía que había instigado la causa tenía una piel muy fina y una cabeza muy dura.

—Si el señor Cohen es declarado culpable —dijo Rexford Eagan—, esto supondrá una licencia de caza, de acoso, para el señor Wooters.

El jurado solo necesitó dos horas para decidir que no era un caso tan grave como para devolver a la celebridad criminal de la ciudad a una celda. No culpable en ambos cargos.

Mickey estrechó la mano del presidente del jurado y dijo:

—Intentaré dignificar este veredicto.

Luego se fue a la televisión para restregarlo al mundo.

CAPÍTULO 25

Palabrotas %$#@ que salen caras

Mickey insistía periódicamente en que no quería ser el centro de atención. «Me siento mejor cuando disfruto del anonimato», le dijo a Florabel Muir en algún momento del tumultuoso año de 1949. «¿Adónde va un tipo como yo compartiendo titulares con el alcalde de esta gran ciudad? No tiene ningún sentido, ¿verdad?» Mickey empleó el mismo argumentario ante la Comisión Kefauver, explicando a los senadores que eran otros los que impulsaban su perversa fama, sobre todo un departamento de policía ansioso por distraer la atención de sus propios trapos sucios.

Halley: ¿Qué es lo que intentan encubrir?
Cohen: No sé lo que quieren encubrir. Cada vez que surge algo y quieren salir en los periódicos, yo soy su mejor excusa. Lo único que tienen que hacer es endilgarme algo.

Halley: No creo que deba andarse por las ramas. Creo que, como ciudadano, si cree que se está cometiendo una ilegalidad, debe denunciarlo.

Cohen: Soy el mayor ejemplar de periódico de esta ciudad y me han usado para todo tipo de propósitos. El 90% de la gente de esta ciudad se lo puede corroborar.

Senador Tobey: En una sesión de una comisión del senado acerca de comercio interestatal, compareció otro caballero de la misma profesión. Se llamaba Frank Costello. Empecé a interrogarle y, con toda pomposidad, se sacudió el pecho y dijo: «Soy carne de titular. Cada vez que hablo, los periódicos lo llevan a portada». Eso tiene un nombre: egotismo.

Cohen: Eso me ocurre a mí, y no tiene nada que ver con el egotismo. Puedo escupir en una acera y apareceré en los titulares.

Tobey: No añadiré nada más por el momento.

Cohen: Son los hechos.

Algunos avispados convinieron con Mickey en que no toda la culpa era suya, habida cuenta de que no emitía precisamente comunicados de prensa durante su escalada en la pirámide del crimen organizado de Los Ángeles. Los editores más emprendedores (y los de Florabel) lo buscaban activamente, reconociendo que la novedad de los gánsteres de verdad en Los Ángeles suponía buenas ventas y alimentaba los temores paranoicos de la ciudad. Era la teoría de Frankenstein, según la cual Mickey era una creación, un monstruo al que se había insuflado vida casi de la nada y que había resultado casi imposible de matar cuando se escapó del castillo. Era una teoría provocadora, la de un Mickey a lo Gatsby, sobre la que bien valía meditar.

Pero es posible que los valedores de la teoría de Franken-tein nunca viesen la propaganda de la revista *Ring* en el año 1931. Además de cubrir las noticias más importantes del cir-cuito, la biblia del boxeo publicaba columnas mensuales des-de las intimidades de ese deporte. La columna «Cleveland Chatter» era obra de «Parson» Tom McGinty, quien, en enero de ese año, incluyó esta joyita en su página:

Mickey Cohen, peso mosca local, me ha llamado por teléfono, agradeciéndome que escribiera sobre él en Ring. *Este joven parece todo un hallazgo. Está listo para luchas contra cualquier peso mosca de primera... Sin duda es un pe-queño luchador con mucha clase.*

¡A sus diecisiete años, Mickey Cohen era el que, des-de el otro lado del teléfono, dictaba la columna! Un cuarto de siglo después, ya no podía evitarlo; era tan adicto a la atención mediática como a sus abrasadoras duchas de hora y media. Puede que la explicación no se encontrase en la literatura o las películas de terror, sino en su infancia, en el hecho de ser el más joven de seis hermanos, ansioso por recibir atenciones. ¿Cuál era la diferencia? Tony Accardo, de Chicago, podía ir y venir de Los Ángeles con una sonrisa y un encogimiento de hombros y resistirse a la tentación de provocar a los policías que le estaban escoltando. El prudente compromiso de evitar los focos no le fue nada mal al «Pez Gordo»; más adelante vol-vería a California sin apenas resistencia, pasando los inviernos de sus últimos años en un campo de golf de Palm Springs, tras haber pasado una sola noche, de toda su carrera como mafioso, en la cárcel. Pero Mickey no era así; no cuando se dejó rodear de admiradores después de que le dispararan en el Strip, y tampoco en 1957, cuando firmó para ser el cuarto invitado en un programa de tertulias estrenado el 28 de abril en la ABC.

El conductor del programa era Mike Wallace, expresentador de un concurso de preguntas, adicto al tabaco, que había causado sensación con entrevistas improvisadas para el canal local de Nueva York. Su nuevo espacio, *The Mike Wallace Interview* se emitía en directo, lo que significaba que los espectadores presenciarían irremediablemente todo lo que Mickey quisiera soltar por su boca, una perfecta receta para el desastre, si es que alguna vez la hubo.

La resonante voz de Mike Wallace hacía de él el candidato ideal para leer anuncios en casi cualquier medio, y al principio aceptó cualquier trabajo que le surgiese. Tras servir en la Armada durante la Segunda Guerra Mundial, prestó su voz a una serie de dramas radiofónicos, antes de dar el salto a la televisión, donde hizo anuncios y presentó varios concursos de rabiosa actualidad. En su haber contaba *The Big Surprise*, en el que los concursantes podían llegar a ganar 100.000 dólares respondiendo a preguntas de temas escogidos. Era el intento de la NBC de combatir la estrella de la CBS: *The $64.000 Question*, en el que la bella doctora Joyce Brothers se había convertido en una celebridad nacional al demostrar sus conocimientos sobre el boxeo. En *The Big Surprise*, un concursante de doce años se llevó el gran premio respondiendo a preguntas sobre el mercado de valores. Chúpate esa, doctora Joyce.

Afortunadamente, Wallace escapó del carnaval de concursos antes de que se expusiera que estaban tan amañados (casi) como un combate del Chico de Oro. Halló su nicho presentando boletines informativos en Nueva York, y luego en *Night Beat*, donde realizaba entrevistas entre las once y las doce de la noche, cuatro noches a la semana. Wallace también había hecho sus pinitos como actor (interpretando a un teniente en una de las primeras series de televisión, *Stand By for Crime*) y supo llevar esas cualidades al programa de entrevistas, llegando a usar su cigarrillo como un instrumento más del *atrezzo*, sosteniéndolo entre el dedo corazón y el índice, succionando y exhalando humo para obtener un efecto dramático. Pero su genialidad estribaba en evitar toda sonriente amabilidad; estaba dispuesto a preguntar a sus invitados por cosas mucho más allá de sus mascotas o la última película que habían visto. Era como una serpiente enroscada, siempre lista para lanzarse y picar. Seis meses después de estrenar el programa de tertulias en Nueva York, se le abrieron las puertas para hacer lo mismo, pero a escala nacional. *The Mike Wallace Interview* solo contaría con su presencia y la de un invitado durante una media hora larga, todas las noches de domingo.

Como el programa se emitía desde Nueva York, el equipo de Wallace no tenía que ir muy lejos para encontrar a un gánster si lo que quería era fichar uno. La Comisión Kefauver había señalado a Nueva York y Chicago como los dos mayores centros del crimen organizado. Ambas ciudades contaban con una amplia comunidad italiana concentrada en ciertos barrios que sirvieron como campo de cultivo para las redes criminales que, con el tiempo, acabarían controlando la construcción, los transportes y los muelles. Un señor del juego de Nueva York podía contar con sesenta soldados a su mando. Este, a su vez, respondía ante Frank Costello, cuya influencia fue mermada por un suceso en tiempos de guerra que implicó al fiscal de Brooklyn; el mismo que había ayudado a desarticular Murder Inc., la antigua banda de Bugsy, y había condenado a la silla de Sing Sing a Louis «Lepke» Buchalter. En Nueva York, algunos sí que habían pagado por los asesinatos de la mafia.

Pero el informe Kefauver describía cómo William O'Dwyer, que pronto sería elegido alcalde, tuvo que colaborar desinteresadamente en combatir la red de extorsionadores que estaba encareciendo las piezas de los aviones que compraba el ejército. «Según el embajador O'Dwyer, cuando era oficial del ejército en las Fuerzas Aéreas, en 1942, con órdenes de "mantener limpio el aeródromo de Wright", consideró necesario obtener cierta información de Frank Costello. A pesar de la imaginable reticencia del antiguo fiscal en el caso de Murder Inc. por tener que ir a la casa de Costello, O'Dwyer ni siquiera consideró convocar a Costello a las oficinas de la Fuerza Aérea; fue directamente a su casa.»

Denominaron a Costello el «primer ministro de los bajos fondos de Estados Unidos» y este podría haber sido el invitado estrella de un programa de televisión: a la ABC la invitación le habría salido prácticamente gratis, ya que su apartamento estaba a solo dos manzanas, en Central Park West. Por supuesto, a falta de citación oficial, un jefe de la mafia como él se mofaría de cualquier invitación a sentarse durante media hora con una cámara apuntándole a la cara. En cualquier caso, Frank Costello tenía otras cosas en mente al tiempo que se estrenaba el programa de la ABC. El 2 de mayo, un rival llamado Vinny «Barbilla» Gigante le tendió una emboscada en el vestíbulo de su elegante edificio de apartamentos y le apuntó a la cabeza con un revólver del 38 mientras le decía: «Esto es para ti, Frank». La bala no acertó, pero alguien como Frank Costello no tenía la menor intención de enfrentarse a un presentador de televisión ansioso por tenderle otro tipo de emboscada.

Recién obtenido el triunfo en los tribunales por el uso de lenguaje soez delante de señoras, el podador de Los Ángeles, Mickey Cohen, pidió a la ABC que le mandase una limusina al aeropuerto cuando tomó un avión para participar en el programa del 19 de mayo de 1957. Al Ramrus, el joven documentalista y guionista de Mike Wallace, fue el encargado de recibir al invitado y llevarlo al hotel Hamphire House, consciente de que no sería Frank Costello el que se bajaría del avión procedente de la otra costa, aunque esperaba una mínima similitud con James Cagney.

Tenía veintisiete años y hacía menos de un año era reportero de asuntos criminales en Hamilton, Ontario. Allí una buena historia era un atraco en una gasolinera. Pero ahora estaba en Nueva York. Mike Wallace y el productor, Ted Yates, me dijeron que íbamos a entrevistar a Mickey Cohen. Era una persona animada, sensacionalista, controvertida e ideal para el programa de Mike Wallace. Me dijeron que debía reunirme con él en el aeropuerto de Idlewild, con una limusina, porque quería llegar así a la ciudad. Pasé el viaje sentado detrás, imaginando cómo iba a salir aquello. ¿Acaso corría peligro de que me liquidase? También me dijeron que viajaba de incógnito, por lo que debía aprenderme una clave secreta para identificarme cuando lo abordase. La clave era «Señor Dunn». La ensayé hasta la saciedad, «Señor Dunn, Señor Dunn, Señor Dunn» durante el trayecto hasta el aeropuerto. Reconocí a Mickey por las fotografías de las noticias. Dije: «Señor Dunn,

soy Al Ramrus». Y él me respondió: «¿Qué Dunn? Soy Cohen».
No estaba al tanto de la clave secreta.

Mickey era bajito, más bien achaparrado, con sobrepeso,
de cara redonda y daba toda la sensación de que estaba en
muy mala forma. En una pelea callejera, salvo que te diese
una patada en la entrepierna o te arrancase la nariz nada más
empezar, no tendría la menor posibilidad, a pesar de su reputación. Mickey Cohen no irradiaba el carisma de un Cagney
o un Bogart. Era un tipo más bien convencional, gris. Me recordó al concepto de «La banalidad del mal» de Hannah Arendt.
Por todo lo que pude ver, era un tipo absolutamente banal.
Le acompañaba otro hombre, quizá un socio o un recadero. En
el trayecto de vuelta a Nueva York, hablé del tiempo y de la
ciudad. Fue bastante raro. Llegamos al hotel de Central Park
South y subimos a las habitaciones que habíamos reservado
para ambos. Eran dos dormitorios y un cuarto de baño compartido. Mickey echó un vistazo al cuarto de baño y dijo: «No, no
pienso quedarme aquí». Él quería un cuarto de baño para él
solo. Tuve que bajar a recepción y buscar alternativas.

Mickey no quiso hablar entonces. Me invitó a una fiesta
que celebraba en el hotel, que supongo sería una reunión fra-
ternal con los mafiosos de Nueva York y Nueva Jersey, unos
quince tipos y un puñado de chicas despampanantes. Pero lo
extraño era que la atmósfera no era precisamente romántica
o sensual. Me recordó a algo que el guionista Ben Hecht me
dijo, que el sexo no es lo que más interesa a los mafiosos. Les
obsesionaba más el dinero, el poder, las conspiraciones y la
supervivencia.

Intenté hacerle la entrevista previa, preparar el programa, en medio de su ruidosa fiesta. Fue muy difícil. ¿Cómo te
sientas con ese hombre para hablar de su vida y sus crímenes,

su conciencia o lo que sea, mientras estás rodeado por sus colegas mafiosos? No vi muchas drogas o alcohol. Lo que más abundaba era tarta de queso con piña o cerezas de Lindy's. La tarta de queso estaba buenísima. Mickey me dejó muy claro, sin embargo, que deseaba atacar públicamente al jefe Parker Hamilton. No me cabía la menor duda de que eso es lo que haría durante el programa. Su principal motivación era atacar a la policía. Eso debería haber encendido todas mis alarmas mentales. Puede que fuese por la emoción de hallarme ante un mafioso o la controversia de los titulares que obtendría, pero no me pareció mal en ese momento. Y cuando se lo dije a Ted y a Mike, a ellos tampoco. No puedo dar una mejor explicación de por qué no dijimos que era imposible, que había que detenerle.

Tan pronto como se encendieron los focos del estudio, lo hizo también el invitado. El tipo banal del aeropuerto y de la suite del hotel se transformó en Mickey Cohen, el gánster; o exgánster, ya que reiteró a la nación que ahora se dedicaba al limpio negocio de los viveros, por mucho que Wallace no le diese pie a hablar de sus arreglos florales. «Lo que queríamos de él eran historias de los viejos tiempos», dijo el presentador. Mickey afirmó que hubo una vez en que ganaba 600.000 dólares diarios en apuestas, pero ni un centavo por la prostitución o el narcotráfico. Eso le dio una buena oportunidad para abrir fuego al presentador, que dijo:

Wallace: Se ha dedicado a las apuestas, ha traficado con alcohol. Pero lo más importante: ha quebrantado uno de los mandamientos: ha matado, Mickey. ¿Cómo puede enorgullecerse

de no haber flirteado con la prostitución o los narcóticos cuan-
do ha asesinado a un hombre, al menos, y quién sabe si a más?
¿Cuántos más, Mickey?

    Cohen: No he matado a nadie que no se lo mereciese.

    Wallace: ¿Y eso quién lo decide?

    Cohen: Nuestro modo de vida. Y, lo cierto, es que, en
todas esas muertes, lo que usted llama asesinatos, no tuve más
alternativa. Era mi vida o la suya.

Si lo hubieran dejado ahí, ambas partes se hubieran vuelto a casa felices. Wallace había conseguido un invitado que
hablase de sus asesinatos (¡!) y Mickey había obtenido una
cita digna de su obituario: «No he matado a nadie... que no
se lo mereciese». Si bien solo se le podía achacar una muerte
por disparo, había conseguido ascenderse a (posible) asesino
en masa, al tiempo que no revelaba nada específico. Una apuesta ganadora, como dirían más tarde. Pero Wallace tuvo que
presionarlo en otra dirección. «Bien, Mick, sin dar nombres,
¿hasta dónde tienes que sobornar a la policía para que te dejen
llevar en paz tus negocios de apuestas?»

    ¿Sin dar nombres? Acababan de regalar a Mickey un me-
gáfono que abarcaba el país, de costa a costa, para ajustar cuentas.

    —Tengo un jefe de policía en Los Ángeles que ha re-
sultado ser un sádico degenerado.

    Cuando Wallace enlazó las palabras «aparentemente res-
petable» con el nombre del jefe Parker, Mickey no pudo con-
tenerse más:

Le voy a dar muchas excusas para demandarme por difa-
mación. No es más que un... ladrón reformado elevado a jefe
de policía... Ese hombre es tan políticamente deshonesto como

el peor ladrón que acepte sobornos… Es un reconocido alcohó-
lico. Es repugnante. Es un degenerado. En otras palabras, es
un sádico degenerado de la peor calaña.

Parker no era la única diana. Cuando Mickey dijo: «Tiene un subalterno igualito que él», Wallace siguió presionan-
do, hasta en tres ocasiones, para que dijese abiertamente de
quién se trataba, y Mickey le dio el gusto: «Es el capitán James
Hamilton, y probablemente sea más degenerado que Parker».
De paso, invocó a dos enemigos del pasado: el jefe Horrall y el
alcalde Bowron, que había dejado el cargo en 1953. Era la misma estrategia que empleó en 1949, llevándose a todos por el
sumidero con él.

Mike Wallace estaba todavía a años de convertirse en el
gran veterano de las entrevistas y cara visible de *60 Minutes*,
pero conocía las nociones básicas de la calumnia. Una cosa
era llamar a la División de Inteligencia «la Brigada de los Idiotas» (era hasta gracioso), y otra referirse a gente concreta como
facinerosos degenerados. La espiral de Wallace le llevó, sin
embargo, más lejos cuando volvió al jefe Parker y dijo: «Bueno, Mickey, puede decirse que usted es tan ladrón reformado
como él. ¿No es un caso de riñas entre la sartén y el cazo?».
Hacia el final de la entrevista, Wallace tuvo que recordar a su
audiencia que los puntos de vista expresados por Mickey eran
de su exclusiva responsabilidad. Tras los gabinetes de crisis
celebrados al cabo de la entrevista, Wallace y su productor se
apresuraron hasta la suite de su invitado, en Central Park
South, donde se lo encontraron saliendo de la ducha, cubierto tan solo por una toalla y muy poco pudor. Mickey les dijo
que no debían preocuparse por Bill Parker; sabía demasiadas
cosas del jefe. «Nunca impondrá una demanda.»

Pero habían invitado al «señor Dunn» y habían hecho el bobo. Si bien el programa se emitía en directo, no cubría la costa oeste, donde estaba previsto que se viese a la misma hora de su respectiva franja horaria, o sea, varias horas más tarde. Permitieron que el venenoso diálogo se emitiera allí de todos modos, mientras ofrecían a Parker y Hamilton tiempo para responder. No era eso lo que los dos hombres querían.

La ABC emitió una disculpa formal al día siguiente, y el domingo siguiente el jefe de la emisora volvió a antena para desmarcarse de los improperios de Mickey, pero era demasiado tarde. El Departamento de Policía de Los Ángeles presentó una demanda contra Wallace y su invitado, la emisora y los patrocinadores del programa. Cuando amainó la polvareda legal, ellos también se habían quedado más tranquilos, el jefe Parker con una indemnización de 45.975,09 dólares más en el bolsillo, lo suficiente como para comprar la casa de Mickey en Brentwood, y el capitán Hamilton con otra de 22.978,55, ambas procedentes de los bolsillos de los demandados. Mickey no tenía posesiones a su nombre y se quedó fuera del reparto de responsabilidades. «Cualquier reacción de esos melifluos en relación con el programa de televisión —dijo— no me afecta en nada».

Pero la emisión del programa le salió cara en otros aspectos para Wallace y su equipo creativo. Habían perdido parte de la cualidad que les había llevado al escenario nacional, su fanfarronería. Les costó varios años recuperar la esencia, además de la reputación, según el documentalista Al Ramrus, que ocupaba el escalafón más bajo del tótem:

Para alguien como yo, que creció con las películas de James Cagney, Cohen fue una decepción: mayor, pasado de kilos, soso, nada atractivo y gris, salvo cuando hablaba del crimen. Un especimen insípido, nada que ver con Cagney. Claro que Hollywood no hace películas sobre los «auténticos» gánsteres porque no tendrían ninguna audiencia. Cuando Cagney iba a la silla en Ángeles con caras sucias, podías sentir empatía, incluso simpatía y admiración. Si hubiese sido Mickey Cohen el que acabó en la silla, se hubiese visto más como una buena obra.

Si bien Cohen se desenvolvía bien en el espectáculo, uno no podía dejar de sentirse sucio por otorgar a una criatura tan hueca tiempo en televisión. Tenía un estilo a lo Damon Runyon. Era un judío de Nueva York, y puede que se esforzara mucho por parecerse a Cagney. Cuando las cámaras se encendían, lo quería parecer más. Actuaba como Mickey Cohen, el gánster, sí, claramente. «No maté a nadie que no se lo mereciese.» Muy efectista. Suena a frase ingeniosa de película, ¿verdad?

Creo que quería interpretarse a sí mismo lo mejor posible. Un gánster de segunda, ¡menuda cosa! ¿Quién va a prestar atención a un tipo así? ¿Por qué iba Billy Graham, por ejemplo, a querer que se convirtiese al cristianismo y apareciese en un mitin, solo por su cara bonita?

Dos días después del desastre en el programa de Mike Wallace, Mickey fue una de las diecisiete mil quinientas personas que llenaron el Madison Square Garden de Nueva York en la cruzada favorable al creciente movimiento de evangelización de Estados Unidos. Billy Graham y los suyos esperaban que Mickey se adelantase por el pasillo y aceptara a Jesús en su corazón, pero tuvieron que conformarse con que estuviese allí para que todo el mundo lo viese, inmaculado en su traje oscuro, camisa blanca y corbata de tonos ligeros. Tenía las manos entrelazadas ante sí, dando la impresión de que escuchaba atentamente las prédicas del carismático Graham. «Si os lo proponéis, mañana por la mañana, cuando os despertéis y afrontéis la misma vida de siempre, descubriréis que tenéis un nuevo poder para decir "no" a la tentación. Y tendréis un nuevo poder para vivir la vida en Cristo.» Billy Graham también advirtió de que Nueva York sería una de las primeras ciudades en ser exterminadas por una bomba atómica.

Mickey llevaba años aprovechándose del predicador de Carolina del Norte y su rebaño. Se había presentado a Graham y sus devotos a través de su antiguo experto en micrófonos Jim Vaus, que había visto la luz en un sermón itinerante y había ido a prisión tras admitir su perjurio en beneficio de Mickey. Vaus se adelantó, presentando su salvación como testimonio de las cruzadas de Graham y la intención de salvar también el alma de Mickey, admitiendo el empuje que eso podría dar a la causa. El gánster judío sería la celebridad de celebridades en ser convertida, eclipsando incluso a la estrella de la radio Stuart Hamblen, que abandonó su vida de pecado y carreras hípicas para unirse a ellos en su ruta del serrín.

Ya en 1949, Vaus llevó a Graham, que por aquel entonces tenía treinta años, a casa de Mickey para tomar un chocolate caliente con galletas. En 1951, mientras Mickey aguardaba el enjuiciamiento por evasión de impuestos, le invitaron a unirse a un espectáculo religioso dirigido por Graham, coincidiendo con más de cien personalidades locales, y celebrado en la mansión de un empresario de Los Ángeles. El evento debía ser privado pero, como era de esperar, no fue así. «¿Es que el pobre hombre no puede encontrar a Dios sin que lo acosen los periódicos?», preguntó Jane Russell, que pasaría a la fama cuando Howard Hughes sugirió que se pusiera un sujetador de acero en *El fuera de la ley*. Había allí otra actriz con tirón sexual, Virginia Mayo, junto a los íntegros Dennis Morgan, Roy Rogers y Dale Evans, todos dispuestos a escuchar a Graham hablar sobre cómo convertirse en cristiano. «Mickey Cohen estaba allí por casualidad», comentaría el evangelista.

Los dos hombres parecían entenderse a la perfección, para beneficio mutuo. Mickey diría en público que «Billy no estaba intentando convertirme», o «¿Cómo va a convertirme, si soy un buen judío?» o «Si necesito ayuda espiritual, iré a ver a mi rabino». Entonces, Billy afirmaba en público: «Miles de personas rezan sin cesar para que Mickey abrace la religión» o «Deseo… no, cambie eso… Rezo por la conversión al cristianismo del señor Cohen. Mi única preocupación es que este hombre abrace a Dios. Después de todo, Jesús visitó a Zaqueo de Jericó, que era un recaudador de impuestos de dudosa reputación».

A Mickey todo aquello le parecía bien; Billy Graham podía decir todo lo que quisiera sobre él. Pero empezó a ser rentable cuando salió de la cárcel y necesitaba dinero. El ahora reverendo Vaus prestó algo de dinero personalmente a Mickey y le presentó a un empresario de Downey, California, que quería compartir su testimonio con el antiguo vendedor de ropa. El hombre era huérfano desde que su padre mató a su madre. «Cuando acepté a Cristo en mi corazón, desaparecieron todas mis lágrimas», le dijo a Mickey. «Si aceptas estas palabras, tus problemas cesarán.»

Mickey lloró ante el triste relato y dijo que meditaría la conversión, pero que sería difícil por la presión financiera que estaba padeciendo. Cuando el empresario le ofreció un préstamo de 1.500 dólares, Mickey dijo que no era suficiente. Al final le sacó 6.000 dólares.

En el caso del ejecutivo de taller gráfico, y evangelista, W. C. «Bill» Jones, Mickey fue un paso más allá, sacándole 4.500 dólares. Antaño un bebedor y jugador que frecuentaba a personas como el propio Mickey, Jones dijo que se reunieron en un restaurante de Sunset Boulevard y luego se fueron al apartamento de Mickey, donde «rezamos juntos durante veinte minutos, y nos arrodillamos, y él volvió su vida hacia Cristo en mi presencia».

Tras presenciar la conversión en privado, Jones urgió a Mickey para que lo anunciase en el Madison Square Garden. La conversión de un pecador como él daría todo un empujón a la cruzada de Graham en el centro mediático de la nación. Semanas antes del espectáculo circense en Nueva York, le pagó el desplazamiento hasta allí para hablar personalmente con Graham y leer la Biblia juntos. Mickey ocupó esta vez una suite del Waldorf, cargando a su benefactor una factura de 507 dólares. Mickey dijo más tarde que estaban dispuestos a pagarle 10.000 dólares si proclamaba su conversión al Señor en el Garden.

Así que puede que su estancia en Nueva York le saliese cara a la ABC y a Mike Wallace, pero fue todo un chollo para Mickey Cohen, y le ayudó a ponerse en pie más rápidamente. Pero eso fue todo lo que hizo la noche de la cruzada en el Garden: quedarse de pie. Si eso enfadó a los idiotas que esperaban más por su dinero (la conversión de un pequeño judío), bueno, pues que les diesen por saco. Llevaba un mezuzá dorado colgando de la cadena del reloj que se balanceaba en su muñeca.

La policía de Los Ángeles dio a Mickey su propia fiesta de bienvenida tras su estancia en la televisión, donde llamó degenerado a su jefe: una patrulla lo detuvo por un delito varios escalones por debajo del asesinato. Mickey había detenido su Cadillac con el semáforo en verde para bajarse y comprar el periódico en un quiosco y, sin duda, leer algo sobre sí mismo. ¿Su delito? Obstaculizar el tráfico.

CAPÍTULO 26

Jack Whalen intenta un *scamus*

N adie fingía comprender a Jerry Wooters, pero sus compañeros obtuvieron una pista cuando conocieron a su hermano mayor. Jim Wooters era un loco de mierda, de hecho, estaba literalmente loco por la mierda de murciélago. Su hermano era el técnico de estudio del que se rumoreaba que había hecho alguna que otra apuesta en el pasado. Jerry dijo a uno de sus compañeros que eran habladurías, Jim no era un corredor, aunque «puede que hubiese hecho algo antes de la guerra». En años posteriores, su hermano diseñó un plan para enriquecerse rápidamente que, él insistía, no tenía nada que ver con el juego, para entretenimiento de Bert Phelps, el genio de los micrófonos.

Su mérito era que tenía un montón de estiércol de murciélago guardado. Tenía toneladas y toneladas almacenadas en alguna parte. Siempre decía que iba a embolsarse un millón de dólares con su venta. Sí, fertilizante. Y así durante años y años. La última vez que vi a Jim le dije: «¿Aún tienes todo ese estiercol? Claro, tío, vas a sacar una pasta».

Algunos compañeros pensaban que no tenía sentido que Jerry Wooters fuese policía (¿qué pensaba el departamento?), y mucho menos en una de sus misiones más sensibles. Es, sin embargo, justo reconocer que sus dos compañeros de la década de 1950 lo consideraban el mejor patrullero a pie de calle que jamás habían conocido. Hasta en una brigada de élite podías acabar emparejado con un veterano de la vieja escuela cuya idea del trabajo en la calle se limitaba a detenerse en el escaparate de una tienda de televisores para ver un combate de boxeo. Eso fue lo que le pasó a Billy Dick Unland cuando se unió a la brigada y lo metieron en un coche con Archie Case, el superviviente de Watts. Archie era fan de Gorgeous George, entre otros luchadores de lucha libre, y siempre andaba buscando una tienda de productos electrónicos para ver los combates. Finalmente, Unland acudió a Jack O'Mara, su sargento supervisor, en busca de consejo. Este le dijo:

—Tienes que ser tú el que mande.

Así eran las relaciones entre compañeros policías. Uno solía ser el que recibía y el otro el que daba, el líder que a veces tenía que echarse un poco atrás. Jerry Wooters era de los segundos, fuese quien fuese su compañero. Te tenía toda la noche en el Strip, pisando los pies de Mickey de club en club (vale, y también disfrutando de alguna copa en el local). Pero no solo se dedicaba a ir a por Mickey. Más que cualquier otro miembro de la brigada, organizaba las redadas contra los corredores que daban el menor indicio de volver a las andadas. Era como si Jerry aún gozase de línea directa con los bajos fondos; y así era, gracias a una particular fuente. «Dios, durante varios años pensaron que yo era el mejor detective de la ciudad», dijo. «Mientras tuvieses a Jack de tu parte, tendrías el mundo.»

Tal como Wooters lo veía, había tres bandas en la ciudad: los italianos, por supuesto, entre quienes estaban un par de Dragna, los Licata y Jimmy el Comadreja cuando salió de la cárcel; los judíos, o sea Mickey con un montón de corredores y sus correspondientes lacayos; y una banda «de la casa» de un solo hombre, un irlandés que colocaba y recolectaba apuestas y sacudía a quien se le pusiera por delante, ya fuese un estafador, un médico abortista u otro corredor. Quien no le pagaba las deudas a Jack Whalen, podía encontrarse con la ley siguiéndole los pasos. «Yo me enteraba cada vez que alguien no quería pagar», era como Wooters describía su delicado acuerdo. «Nunca hablé del tema de Whalen con demasiada gente.»

Seguro que él no soltaba prenda a sus jefes de lo suyo con Whalen, ni de cómo trabajaba a escondidas con un agente de Antivicio; el capitán Hamilton y los demás jamás comprenderían los métodos habituales de ese departamento. El compañero secreto de Jerry era el veterano detective Pete Stafford, que vivía a un paseo de donde él lo hacía en Arcadia, al norte del pueblo de O'Mara. Jerry y Jean Wooters se habían mudado allí al casarse, cuando su dúplex de soltero, junto a la Academia de Policía, dejó de ser el lugar más apropiado para criar una familia. Su vecino Stafford era una mala bestia que ni bebía, ni fumaba y que, en sus ratos libres, ayudaba a la asociación de jóvenes cristianos YMCA a espantar pervertidos del centro a cambio de poder utilizar su gimnasio, donde hacía ejercicio a las cuatro de la madrugada, levantando pesas de ciento ochenta kilos. Stafford se había convertido en todo un experto en las crecientes apuestas en el fútbol y otros deportes, en contraste con los caballos, pero sus métodos no tenían nada que ver con lo que enseñaban en la Academia. Solía decirles a los corredores: «Quiero saber cómo funciona esto un poco mejor, deja que me encargue de los teléfonos». Se dedicaba a atender los teléfonos, cruzando los dedos para que sus compañeros de Antivicio no irrumpiesen y destapasen sus heterodoxos métodos de investigación.

Stafford también decía directamente de otros corredores: «Cuando los conoces bien, te da por hacerles favores». Si su hija era detenida por conducir ebria, les facilitaba el acceso a un abogado que pudiera minimizar el caso a mera embriaguez en vez de un código 502, conducción bajo los efectos del alcohol. Ese era su apaño, hoy por ti, mañana por mí, y a veces era un pasito que te hacía ascender en la pirámide. Así que, cuando Jerry daba con una pista de Jack el Ejecutor Whalen, a menudo llamaba a Pete Stafford, el levantador de pesas que facilitaba las cosas del oficio.

Me llamaba por teléfono y me decía que quedáramos en Inteligencia, pero entrando por la puerta de atrás, en un cuarto apartado, porque no quería que los chicos nos viesen allí. Son envidias de policía, ya te digo. Y algunos tenían envidia de Jerry porque siempre tenía más información. En cualquier caso, quien más y quien menos, todos conocíamos a los corredores. Jerry Wooters y yo los conocíamos más que los demás. Ya sabes lo que quiero decir.

Se le daba muy bien sonsacar información de la gente, y con los corredores lo hacía como nadie. A veces me daba información y decía: «Averigua de qué va esto, si de caballos o deportes». Por ahí empezaba. Otras veces decía: «Eh, detén a alguien por esto». Y eso hacía yo. Al final me llamaba y me preguntaba: «Vale, Pete, ¿cuál es el eslabón débil del caso?». Y yo: «En la búsqueda y captura, ahí es donde falla...».

A partir de ahí, Jerry ponía al corredor una temporada a la sombra, le obligaba a colaborar y le ofrecía una salida amistosa. Podían pasar muchas cosas cuando los restantes corredores estaban demasiado implicados con los italianos o simplemente no querían hacer negocios con Jack el Ejecutor Whalen. No tenía reparos en repartir un poco de cera. Stafford explicaba:

Verás, Jerry solía hablarme de Whalen. «Ese irlandés los tiene bien puestos, Pete.» A lo que yo contestaba: «Como nosotros». Y él: «Pero no se le puede calmar así como así. No se le puede decir que se olvide del aire de gallito y tío duro». No quería conocerlo porque era demasiado temperamental. Yo siempre intentaba quedarme atrás. Nunca se sabía quién le podía estar siguiendo.

Whalen siempre echaba mano de su pobreza cuando acababa ante un juez. Siempre decía que su mujer y sus hijos se morirían de hambre si dejaba de vender utensilios de cocina de aluminio, no iba a servir tras la barra de la taberna de su hermana o faltaba a su trabajo en la gasolinera. Bien era verdad que se había deshecho del avión chárter con el que solía hacer pasadas rasantes bajo el puente de Oakland Bay, pero seguía viviendo demasiado bien para ser un dependiente de gasolina que ganaba 277 dólares al mes, como él solía describirse. Sin embargo, a mediados de la década de 1950, cambió el rancho en el que solía entrenar caballos por una casa con una piscina en la parte de atrás. Había también una casita junto a la piscina, con espacio suficiente para exhibir películas y celebrar reuniones familiares. A veces, los niños del clan Whalen-Wunderlich se juntaban para dormir en aquella casita y Jack el Ejecutor jugaba con ellos a que era un monstruo, torciendo el gesto, lanzando gruñidos y amenazando con encerrar a los pequeños en una mazmorra… antes de arroparlos en la cama. Preparaba los ponis de los picnics matutinos de los domingos en el parque Griffith y agasajaba a todo el mundo con excursiones por las colinas desde el establo donde los alquilaban, debajo del letrero de Hollywood.

En apariencia, una parte del clan había enderezado el rumbo para entonces; los hermanos Wunderlich daban toda la impresión de haber aprendido de sus tiempos en los tribunales o la cárcel que la diversión (y la rentabilidad) del crimen no merecía la pena. Gus Wunderlich jamás dejaría de contar anécdotas de sus correrías pasadas ni de inventar cachivaches, ya fuese un chisme eléctrico que asaba perritos calientes o el proverbial ingenio de movimiento infinito. Pero Gus aplicaba ahora su genio mecánico al negocio de la irrigación: construyó un aparato con forma de grúa en la plataforma de su camioneta Dodge del 51 y hacía la ronda por granjas y ranchos, ayudando a reparar las bombas que traían el agua. Su hermano pequeño George, que se había identificado como piloto en el censo de 1930, a modo de broma, se había convertido en florista, con un vivero de plantas de verdad, no de plástico. Tenía una tienda en el centro y varias hectáreas en Torrance, donde cultivaba unos preciosos narcisos y lirios cala. La parte Whalen del clan nunca dejó de creer que George había contado a los federales sus planes con el whisky después de la Prohibición, pero la herida se había cerrado; a él también lo invitaban a las reuniones junto a la piscina de Jack Whalen o al verdadero centro de operaciones de las actividades familiares.

La «Gran Casa Blanca» estaba colgada de una colina, en el majestuoso barrio de Los Feliz, debajo del observatorio del parque Griffith, y se parecía a su homóloga de Washington, incluido el pórtico de columnas curvo. La casa era de la hermana mayor de Jack, Bobie, ahora Bobie von Hurst, tras unos cuantos intentos de feliz matrimonio y un único éxito con un antiguo coronel del ejército. La que fuera modelo de melena color platino en sus primeros años de juventud, había seguido la filosofía de Elizabeth Taylor: cortejar cuando le sobreviniera la lujuria, lo cual ocurría a menudo. «En mis tiempos no se podía tontear», explicaba. «Te casabas. Yo les daba un año. La primera vez que me casé, si no conseguían dejarme embarazada en un año, los dejaba y lo intentaba con otro. Era lo único que quería. Dejé pasar algunas cosas buenas. Clark Gable...»

Bueno, había una historia con el señor Gable, un club nocturno y ella con un abrigo de pieles con poca ropa debajo. Pero tras media docena de matrimonios de «usar y tirar», se quedó con el supercuadriculado coronel Derek von Hurst, quien, tras un período de servicio, se convirtió en ingeniero aeronáutico y ejecutivo mientras seguía realizando inspecciones al estilo militar a las literas de los críos en la Gran Casa Blanca.

El padre de Bobie, Freddie el Ladrón, aún vivía en un apartamento de Hollywood, pero a todo el mundo le daba la impresión de que la casa era suya. Tenía una mesa de billar profesional Brunswick en el sótano, con altos taburetes de bar tapizados alrededor para deleite de los espectadores. También organizaba fastuosas fiestas en la casa, donde se servía pavo y jamón en rodajas, a las cuales invitaba siempre a llegar antes a ciertas personas, entre las que estaban sus amigos de la policía. Los jugadores de billar y demás venían más tarde. Su hijo Jack también usaba la casa grande, en cuyo sótano guardaba sus cintas de bobinas. Como cualquier corredor de apuestas que se preciara, contaba con varios bares y establecimientos por la ciudad donde se depositaban. Podían llamar para remitir sus informes rápidos a números que él les proporcionaba, vinculados en su caso con apartamentos vacíos en los que no había ni muebles; solo teléfonos. Si rastreaban las llamadas, las autoridades darían con esas direcciones absurdas mientras que las llamadas se remitían a sus grabadoras en la Gran Casa Blanca.

Bobie a veces ayudaba a su hermano con las apuestas, cuando se trataba de pagar a los ganadores y recoger los beneficios de los perdedores. Huelga decir que Jack se encargaba de los que dudaban a la hora de pagar. Pero ¿cuántos policías sospecharían de una madre de mediana edad que vuelve a su casa de hacer los recados con sus tres criaturas desde la escuela parroquial? Su hijo John era uno de los pasajeros.

Ella nos recogía en la escuela de monjas a las tres de la tarde y nos íbamos en un coche lleno de… Bueno, usábamos esas bolsas de papel marrones para llevar el almuerzo, y estaba lleno de ellas, donde envolvía los pagos con sus nombres correspondientes. Recorríamos varios bares y gasolineras, desde donde salía la gente para entregar a mi madre bolsas iguales. Otras veces era ella la que pagaba. A veces no volvíamos a casa hasta después de anochecer. Nos quedábamos en el asiento de atrás, y allí hacíamos los deberes.

John von Hurst era un Whalen, solo que sin el apellido. Como hijo mayor de Bobie (Whalen) von Hurst, era también sobrino de Jack Whalen y nieto de Freddie el Ladrón. También era el crío que se llevaron a dar un paseo cuando Freddie fue secuestrado en pleno Hollywood, años atrás. A mediados de la década de 1950, vivía con su madre en la Gran Casa Blanca. Aún no era ni un adolescente cuando sonó el teléfono. Era una conferencia del abuelo Fred, bastante nervioso. El patriarca de los Whalen había vuelto al este con unos viejos amigos para realizar su timo favorito: fingir que era un médico de hospital ansioso por organizar apuestas a los caballos. Pero esta vez Freddie lo había intentado con corredores con contactos realmente buenos, y algo debía de haber salido mal. Llamaba pidiendo la ayuda de Jack, y rápido; el mismo hijo al que tanto había desaprobado. Así lo explicaba John:

Él y un par de mis «tíos honorarios», estaban desplumando a unos corredores. Les sacaban entre 3.000 y 4.000 dólares y solían tardar tres o cuatro días en darse cuenta de que se la habían jugado. El abuelo solía marchar hacia el siguiente pueblo para repetir la jugada. Pero esta vez, en Nueva York, supongo que se entrometería en las operaciones de las «familias» y dos matones se presentaron en el motel y le amenazaron. Bueno, pues el abuelo llamó a la casa de California y metimos a mi tío Jack en uno de esos Constellations cuatrimotores de la TWA hacia Nueva York.

Jack Whalen consiguió llegar hasta Freddie antes de que los esbirros de la costa este volviesen. Pudo darles la bienvenida con su propia medicina, amenazas incluidas, después de lo cual tuvieron que regresar con su jefe, que sugirió un trato con Freddie el Ladrón y su imponente hijo.

Nos dijo: «Vamos a hacerlo de este modo: dejas en paz mi red de apuestas y yo te doy el nombre de mis competidores para que les times a ellos. Nos repartiremos las ganancias a medias». Y mi tío se limitó a decir: «No, nos quedaremos con todo el dinero, pero joderemos a esos tíos para vosotros. No os molestarán». Y el otro respondió: «Vale, me interesa que esa gente esté fuera del negocio». Y eso hicieron, sacarlos.

Según las leyendas familiares de los Whalen, así fue como Freddie el Ladrón empezó a ponerse la bata blanca y el estetoscopio a cuenta de la mafia de Nueva York y golpeó a los corredores que no colaboraban con ella. Pero el desenlace fue distinto cuando su hijo Jack intentó hacer lo mismo, por su cuenta, en casa. El clan Whalen había adoptado para entonces un nombre para el golpe favorito de Freddie: el *scamus*.

Jerry Wooters se rindió en su intento de averiguar por qué Jack Whalen no optaba por el camino de la honradez. Se oían historias en las que apaleaba a la gente, si bien era más que capaz de actuar con amabilidad y civismo en cualquier momento.

La mujer de Jerry creía que iban a salir con un compañero del departamento cuando este le dijo que iban a cenar con un amigo. Pero su acompañante resultó ser Whalen, que se trajo consigo a su propia esposa, Kay. Jean Wooters pensó entonces que Whalen era un actor, porque no paraba de decir que los *westerns* de la televisión necesitaban vaqueros que supiesen montar de verdad, que pareciesen ser uno con la silla. Por otra parte, habría sido un actor muy creíble, con ese aspecto oscuro y duro, y esa actitud atractiva. Whalen se incorporó cuando Jean y Kay se excusaron para ir al servicio. Mientras tanto, se metió dos chupitos de whisky. Cuando ellas volvieron, volvió a incorporarse para acomodar a Jean en la silla.

Jerry había escogido un asador cerca de donde vivían él y Jean (padres ahora de dos hijos), en Arcadia, una zona residencial. El pueblo estaba lejos del Strip, o siquiera del Valle, lugares donde alguien habría podido reconocer a Whalen y donde la policía podría andar al acecho. Escogieron una mesa del rincón más alejado, por si las moscas. Jack contó una interesante historia sobre cómo conoció al condecorado soldado de la Segunda Guerra Mundial, Audie Murphy, que ahora ejercía como actor de cine, y cómo le iba a ayudar a encontrar papeles. La anteriormente conocida como Katherine Sabichi compartió, a su vez, el relato del viejo piano familiar, que hubo que transportar, rodeando Sudamérica.

«Me lo he pasado en grande», dijo Jerry de esa noche, aunque tuvo que dar algunas explicaciones cuando su mujer vio una fotografía en el periódico.

Le preguntó:

—¿No es este el tipo con el que cenamos?

Jack estaba convencido de que podía hacer un *scamus,* la gran estafa ideada por su padre, y en el propio Los Ángeles. Un informe de la policía explicaba el episodio así: «La presunta víctima, Ted Hersk, había recibido la noticia de que había un médico que trabajaba en el hospital Queen of Angels que buscaba organizar algunas apuestas para los empleados.

Le presentaron al acusado..., ataviado con bata blanca y asegurando que era médico de dicho hospital. La víctima sospechó e informó al sargento Gerard, de la comisaría de Bunco, que aconsejó a la víctima seguirle el juego».

El corredor dejó que el inusualmente musculoso médico le pasase un puñado de apostantes, algunos de los cuales fueron lo bastante sagaces como para ganar cerca de 1.000 dólares. El afortunado médico dijo que esperaría en su coche, aparcado en la esquina entre Bellevue y Waterloo; allí el corredor podría pagarle. Tan pronto como Hersk se subió al asiento del copiloto para culminar la transacción, el policía uniformado de Bunco apareció de repente por la ventanilla para practicar la detención, y el doctor Jack Whalen hizo lo que mejor sabía. «El acusado se apeó del coche y golpeó al sargento Gerard en un lado de la cara, derribándolo sobre la acera, donde su cabeza golpeó el bordillo, quedando sin sentido... El agente fue conducido al hospital de Georgia Street.»

Así eran los policías, siempre excusándose en que el bordillo los había noqueado, y no el puño de Jack el Ejecutor. En su propia defensa, Whalen declaró que el agente olía a alcohol, llevaba la ropa descuidada e iba armado. ¿Qué se suponía que debía hacer? Su madre, Lillian, habló en su defensa también, explicando a un funcionario del juzgado que «tuvo una infancia tranquila y que a ella le parecía que no le caía bien a alguien, ya que los suspicaces agentes de Inteligencia siempre se lo están llevando para interrogarlo».

Afortunadamente para Whalen, el caso se pareció mucho a su anterior K. O. de un agente; aún se esperaba de un poli que fuese bueno con los puños para que el caso no acabase en causa federal, si es que se podía escoger el menor de dos males. De acuerdo con sus propios cálculos, Jack Whalen había sido detenido una cuarentena de veces, pero suponía que podría negociar una condena mínima de unas semanas con condicional por el tema del hospital. Puede que hubiese dejado inconsciente a un policía, pero solo lo acusaron de «resistirse a un agente del orden público en el ejercicio de su deber». La mala noticia era que había intentado imitar la estafa de su padre y había fracasado.

CAPÍTULO 27
Más dinero para Mickey

ill Peterson era un incipiente trompetista de banda y estudiante de UCLA cuando leyó *Adiós, muñeca*, de Raymond Chandler y se enamoró del personaje ficticio Philip Marlowe, que merodeaba por las sórdidas cloacas de la ciudad mientras resolvía algunos asesinatos. Peterson admiraba el cinismo del detective privado (nadie era capaz de impresionarlo lo más mínimo), y empezó a mirar a la gente con esos mismos ojos cuando empezó con sus giras en calidad de trompetista acompañante por los clubes que jalonaban Central Avenue y el Sunset Strip. ¿Los tipos glamurosos que atraían tantas miradas? Eran «tipos famosos que se emborrachaban», eso es todo. Luego vino alguien diferente al Crescendo, el club de jazz de Gene Norman, en el que actuaban músicos del estilo de Duke Ellington y Louis Armstrong, así como mordaces comediantes, como Mort Sahl y Lenny Bruce. Esa noche, en nómina había una cantante que era puro fuego.

Peterson reparó primero en los dos hombres fornidos con sombreros de ala ancha y trajes oscuros que estaban recibiendo un trato exquisito por parte del *maître* mientras pasaban rozando a la chica de guardarropía, vestida de lamé dorado. La pareja no se quitó los sombreros al abrirse paso hasta una de las mesas más adelantadas para el espectáculo. A continuación dijeron a la joven cantante que tenía que esperar, y el pianista susurró:

—Me parece que algún pez gordo llega tarde.

Al final llegó, con pinta de esos que pellizcan un billete de cien de un generoso fajo para que las bebidas no dejen de llegar a su grupo, aunque él personalmente no bebía (le gustaban más los helados y las pastas). En el escenario, el grupo de la cantante empezó y terminó, y tan pronto como los aplausos se hubieron extinguido, Peterson se dirigió hacia el servicio de caballeros para aliviarse. El pez gordo también se levantó, junto con uno de los hombres del sombrero...

Oh, Dios, ¿y ahora qué? No podía entretenerme, tenía que irme. Pasé rápidamente junto a José, el pequeño asistente mexicano, y di gracias a Dios por que todos los urinarios estuviesen libres. Me acerqué a uno y me bajé la cremallera justo cuando entraba uno de los tipos grandes de sombrero. Me observó, comprobó el resto de la estancia, hizo un gesto con el dedo gordo a José y espetó: «¡Tú, fuera!».

José esboza una sonrisa nerviosa y sale por patas. A continuación, el señor Ala Ancha hace un gesto con la cabeza a alguien junto a la puerta. ¡Y ahí estaba Mickey Cohen! Había visto su foto en los periódicos, pero en persona es más grande y fornido de lo que pensaba. Tenía sombra de barba, pero se la había cubierto ligeramente con polvos de talco.

También llevaba el sombrero calado y, para mi absoluto pánico, se colocó en el urinario de al lado. Solo éramos tres allí: Mickey Cohen, su guardaespaldas, el señor Ala Ancha, y yo. Ya me imaginaba los titulares del Times *del día siguiente:*

MÚSICO DE HOLLYWOOD ASESINADO EN LOS RETRETES DE UN CLUB NOCTURNO.
¡PROBABLE CRIMEN RELACIONADO CON BANDAS!

¡Lo peor de todo es que no me salía ni una gota! ¡Estaba demasiado asustado! Mickey, en cambio, muy tranquilo. Terminó, se metió la mano en el abrigo, sin prisas, muy relajado. Oh, Dios… Apreté los dientes y miré alrededor frenéticamente. ¿Qué haría Philip Marlowe? Volví a mirar con horrible fascinación mientras Mickey sacaba la mano del bolsillo muy lentamente. Ahora sabía lo que sentía Marlowe cuando estaban a punto de sacarle un arma. Pero, en vez de una automática de acero azulado, ¡saca un bote de polvos de talco Johnson's! Con la otra mano se abrió un poco los pantalones por la cintura y vertió un poco de polvo, montando una nube blanca. Noté el olor. A continuación pasó el bote al señor Ala Ancha, que echó un poco más en las manos de Mickey y este se aplicó un poco en la cara. Se dio la vuelta, se lavó las manos como si fuese un cirujano, cogió la toalla que le facilitó Ala Ancha y se las secó. Arrojó la toalla, me miró y dijo: «Ahora puedes decir que has orinado al lado de Mickey Cohen. Tranquilízate, hijo».

Mickey tenía más cosas que vender aparte de su alma. Su fama tenía que valer algo, ¿no? No podía salir por Los Ángeles sin que le abordara una multitud en busca de un autógrafo, y solo unos pocos valientes eran capaces de pedírselo. Mientras estaba en la penitenciaría, Ben Hecht, el coanfitrión de la colecta para Israel, pero lo más importante, también ganador de dos Oscars al mejor guión y coautor de *Primera plana*, le había escrito acerca de la posibilidad de escribir un libro. De hecho, mientras Mickey estuvo fuera, Hecht le dio un cameo en sus propias memorias, *A Child of the Century*, haciéndolo aparecer brevemente a modo de interludio cómico, ¿y qué? Hecht tenía la idea de escribir un libro y a la mente de Mickey le encantaba la idea. En el verano de 1957, facilitó al viejo periodista de Chicago sus propias sugerencias para un manuscrito sobre su vida, con su particular jerga como principal seña de identidad. «Ha debido de hacerlo él personalmente», dijo Hecht. «Nadie usa las palabras como lo hace Mickey.»

Hecht vio una oportunidad para adentrarse en la mente de un gánster; «contemplar con tanta profundidad como pueda la desordenada mente de otro ser humano». Pero también le permitiría explorar la cultura de los bajos fondos que había atisbado fugazmente durante el apogeo de los Capone. Sería algo con mucha acción, pero también ciertas connotaciones sociológicas. Hecht apuntó en sus notas:

Los bajos fondos no representan ningún área geográfica. Su rastro se extiende por barrios bajos, refinados hoteles, ostentosas mansiones y edificios de oficinas, así como cafeterías, teatros y santuarios del Gobierno.

La marca del ciudadano de los bajos fondos es su no ciudadanía. Ha de ser un enemigo de la sociedad y ejecutar sus leyes y pretensiones con desprecio. Tal punto de vista no puede fingirse más que el propio salvajismo.

Mickey no era más que un triste hombrecillo hasta que llegó a Los Ángeles. Su vida social consistía eminentemente en demostrar que podía quitarse de encima a cualquier enemigo. No era avaricioso, ni tenía sentido de la organización.

La corrupción de las autoridades (el soborno de sus sirvientes, grandes y pequeños) es el prerrequisito de lo que Mickey llama «el escalón más alto» de la sociedad... Imperios del ferrocarril, el petróleo y la fabricación se han erigido en la República con la ayuda de astutos sobornos.

El anhelo de una sociedad respetable, por una opinión favorable de nuestros mejores, es un deseo confuso de cambio mágico en uno mismo.

El exhibicionismo es un asunto raro. La invisibilidad es la norma social.

Ben Hecht tenía mucho que decir sobre los bajos fondos, y los altos. Aun así, el proyecto lo intranquilizaba; algunos de sus puntos de vista no coincidían con los de Mickey. Desde una perspectiva puramente práctica, Hecht no podía imaginarse correteando detrás del otro con su libreta de apuntes. A sus sesenta, sentía nostalgia de sus días en el periódico, pero ya había pasado el umbral del reportero de campo. Pero Hecht visitó a continuación el nuevo apartamento de Mickey y presenció la rutina del talco personalmente, oyendo cómo golpeaba las paredes del baño con un bote de producto para desapelmazarlo tras su tercer baño terapéutico del día. Era imposible no dejarse intrigar a la vista de un Mickey saliendo del baño desnudo, salvo por el sombrero y los calcetines ajustados con las gomas, para *faire la toilette* y transformar su torso combado por la gracia del lino grabado con sus iniciales y una pulcra gabardina. Hecht estaba invitado a presenciar sus citas diarias con su nuevo séquito, incluido el diminuto Itchy, así como algunos de sus viejos compañeros de los días del robo a mano armada, como los hermanos Sica, con los que revivía los días en los que «conquistaron» Los Ángeles. Así, Hecht se vino arriba con la tentación de escribir la historia de Mickey Cohen, aunque no fuese lo mismo que presenciar los momentos íntimos de Al Capone con Frank Nitti.

Hecht tenía preocupaciones más acuciantes que ser una mosca en la pared para ese grupo. Por mucho que admirase la habilidad innata de Mickey para corromper, no quería convertirse en el portavoz de un criminal. Le preocupaba parecerse al típico abogado defensor que cita extenuantes circunstancias para explicar los robos y la sed de sangre de su cliente. Sentía que el público admiraba a los matones en la ficción, pero los despreciaba en la vida real. Y, mientras se maravillaban al contemplar al criminal en su apogeo, se animaban más ante su decadencia, sobre todo si la caída era tan dramática como la del joven Cagney, cuando era enrollado como una momia y arrojado boca abajo desde su propia casa en *El enemigo público,* o, mejor aún, en *Al rojo vivo,* cuando se asoma en lo alto de la refinería de petróleo y grita: «Lo conseguí, madre, ¡en la cima del mundo!». Esta película se rodó pocos años antes en una de las refinerías que suministraba a Los Ángeles.

A diferencia de aquello, la reforma de un gánster era un aburrimiento, y eso era lo que Ben Hecht temía estar presenciando en Mickey: el epílogo de su reforma, al tigre desdentado hablando con nostalgia de sus cacerías de antaño. Era verdad que los detalles sobre el funcionamiento de los bajos fondos surgían cuando Mickey recordaba algunos episodios físicamente violentos de sus días en Chicago y Cleveland, como cuando «levantaba» a la gente durante los asaltos a las casas de apuestas. Explicaba que eso significaba que les alineaban contra la pared, con las manos levantadas. Pero por mucho que ofreciese la versión gánster para picar la carne, Mickey insistía en que ya no era el joven judío alocado de otros tiempos. Los años en la isla McNeil le habían hecho madurar y sensibilizarse. «No me he reformado, que yo sepa», le dijo a Hecht, «pero empecé a pensar con una mente que, en un principio, no era la mía».

Ahí estaba el problema de Hecht: el nuevo Mickey. Hasta los gánsteres de mayor alcurnia perdían fuelle cuando cambiaban las calles por las suites de hotel. Se diferenciaban muy poco de cualquier magnate honrado o aburrido propietario de fábrica contando sus ganancias. Escribió: «Las probabilidades son de tres a uno a que, si no le detiene una bala primero, Mickey Cohen acabará siendo un rotario*».

No compartió ninguna de esas preocupaciones con Mickey, cuyo razonamiento era mucho más elemental: ¿cómo no iba a ser el libro un éxito de ventas? Cien mil polis, al menos, estarían deseando saber lo que pensaba. Mickey también argumentaba que por qué no ir también a por la verdadera máquina de hacer dinero: la versión cinematográfica de la historia de Mickey Cohen. Este no se molestó en decirle a su colaborador, y ganador de Oscar, Ben Hecht, que se iba a poner manos a la obra lo antes posible; vender la idea de una película que no existía de puerta en puerta, hasta dar con el primero que la comprase... Salvo que les pediría prestado

---

* Líderes de empresas comerciales o profesionales, que, desde el punto de vista de esta organización, proporcionan servicio humanitario, alientan altos niveles de ética en todas las vocaciones y ayudan a crear buena voluntad y paz en el mundo *(N. del T.)*.

el dinero para cumplir sus obligaciones con el fisco. Pura genialidad, ¿no?

Un tipo en el negocio de los electrodomésticos le adelantó 25.000 dólares, lo mismo que un fabricante retirado. Obtuvo 7.500 dólares de un comerciante de *jukebox*, y otros tantos de una empresaria de Los Ángeles. Mickey firmó un contrato con la empresaria de fabricación de máquinas de venta, Aubrey Stembler, que le garantizaba un reembolso de 15.000 dólares con un 6% de interés si no se producía ningún libro o película en el espacio de un año; una colecta afortunada. Mickey les aseguró a todos que la película reportaría diez millones brutos, y su inversor más pequeño, el agente Lou Irwin, estaba convencido de que podría rivalizar con películas sobre Capone o Baby Face Nelson. Pero Irwin fue lo bastante inteligente como para aportar únicamente 1.000 dólares del dinero que usaba para repartir entre actores necesitados para que tuviesen con qué tirar el fin de semana. No tan frugal (o avispado) fue un psiquiatra de Los Ángeles que, al igual que Hecht, estaba deseando escarbar en el pasado de Mickey, en «su forma de comportarse, lo que le motiva». El loquero le adelantó 25.000 dólares y se le prometió un interés del 10%. «Me impresionó mucho el señor Cohen. Es una persona educada y muy agradable», dijo el doctor. «A cambio de mis esfuerzos, se comprometió a someterse a un estudio psiquiátrico, pero es un hombre muy, muy ocupado, ya sabe.» Por desgracia, Mickey nunca tuvo tiempo para probar su diván. Pero el dinero se lo quedó.

La relaciones públicas, Elinor Churchin, pensó que podría ser ella quien escribiera la biografía de Mickey, o ayudar a adaptar libro y película. Así que dio con un método novedoso de meterse en el asunto: compró el negocio de las plantas, por 17.000 dólares, a los hermanos que habían atraído originalmente a Mickey, pero descubrió que, de alguna manera, la empresa perdía dinero. La relaciones públicas nunca llegó a escribir la biografía, y seis meses después cedió el vivero a la hermana de Mickey, Lillian Weiner.

Puede que Mickey Cohen no le dijera a Ben Hecht lo que tenía entre manos, pero sí informó puntualmente a Hacienda. En marzo de 1958, se reunió con el agente Guy McGowen y le propuso un trato. Tal como el hombre de Hacienda lo detallaría más tarde, el Tío Sam se quedaría con los primeros 50.000 dólares de los beneficios del libro y la película biográficos de Mickey, «Cohen se quedaría con los siguientes 50.000, menos, por supuesto, los impuestos correspondientes, y todas las ganancias futuras se entregarían al Gobierno». Mickey advirtió al agente de que no se alarmara si daba la impresión de que volvía a una vida de derroches; era una apariencia necesaria que beneficiaría a todos.

«He de mantener una fachada. Mi único recurso es la película», explicó Mickey. «Si redujese mi tren de vida, mermaría mi reputación, y si quisiera pasar desapercibido, no tendría sentido hacer una película.»

«Nadie puede esperar que Mickey Cohen vaya por la vida como un holgazán de 3 dólares al día.»

Pero si vas a vender la historia de tu vida, lo que nunca harás será regalarla. En el verano de 1958, Mickey acordó permitir al escritor del *Sunday Evening Post,* Dean Jennings, ser su nueva mosca en la pared y presenciar la misma rutina de ducha y polvos de talco que había conocido Ben Hecht, así como sus noches con sus colegas y una nueva incorporación al equipo: un bulldog llamado *Mickey Cohen Jr.* El perro tenía su propio juego de platos de plástico rosa y blanco, un sillón extra ancho turquesa y una correa de cuero rojo. Fred Sica tenía el honor de pasearlo.

En su recorrido de cuatro semanas consecutivas, *Mickey Cohen: la vida privada de un mafioso,* estaba plagado de trivialidades sobre el nuevo apartamento de Mickey en el oeste de Los Ángeles: la puerta con tres cerrojos y mirilla; las docenas de pares de zapatos, colocados bajo el colgador con los pantalones y las chaquetas que le seguía haciendo a medida Al Pignola, de Beverly Hills; la colcha de terciopelo bordada con sus iniciales; el bar con una fuente encastrada que dispensaba cerveza de raíz, Coca-Cola, soda y agua, y, en un estante superior, diversos vinos y licores para los invitados, cada una de las botellas iluminada por una luz azulada durante la noche; las cortinas blancas que se corrían y descorrían pulsando un botón, gracias a un motor eléctrico; los tres televisores, dos en blanco y negro y uno en color, toda una novedad entonces; la chimenea (a estrenar), decorada con ladrillos negros con acabado en satén; la librería de nogal con volúmenes decorativos en tapa dura que nunca leía; el material de oficina azul claro personalizado con «DEL ESCRITORIO DE MICKEY COHEN»; la pitillera de cuero rojo fabricada en Italia y la placa plateada con su nombre grabado, regalo de Mike Wallace por la entrevista plagada de difamaciones; y no menos de seis teléfonos en diversas tonalidades, todo un sistema de comunicaciones para alguien que ahora se dedicaba al negocio de los *sundae* y los *banana-split*. Había vendido el vivero a unos inversores japoneses y su trastienda, tan esencial para Mickey, se mudó al otro lado de la ciudad, hasta la heladería Carousel, supuestamente propiedad de su hermana.

Un día, Mickey recibió una llamada en el apartamento de parte de Helen Phillips, esposa de su fiador judicial de toda la vida.

—¿Qué haces esta noche? —le preguntó.

—Nada.

—¿Nada? Bueno, pues me vendría bien que me hicieses el favor de liquidar a un par de personas.

Ese era el concepto que se tenía de Mickey, el inofensivo exgánster que bromeaba sobre los días en que su mujer, Lavonne, se quejaba de que no se comiera la tortilla española y él respondía: «Cielo, ¿es esa manera de hablar con el matón número uno de Los Ángeles?». O cuando le decía al editor local del *Examiner*, Jim Richardson, que la gente de Los Ángeles debería arrodillarse y dar gracias a Dios por la existencia de Mickey Cohen, porque, de no ser por él, los «espaguetis» tendrían la ciudad postrada a sus pies.

La narrativa convenía en que el único bien de Mickey ahora era su propia vida, y él se mostraba asombrosamente cándido en cuanto a sus intentos de venderla al mejor postor, detallando con suma naturalidad los «préstamos» que había reunido para repartir los dividendos de la película y el libro prometidos, los 10.000 dólares de por aquí y los 25.000 de por allí que le permitían poner gasolina de alto rendimiento a su Cadillac de techo de acero reforzado y financiar sus largas noches de juerga en las que no permitía a nadie pagar la cuenta. El autor, Jennings, lo resumía así: «Hace todo lo que puede para reunir un par de miles de dólares libres de impuestos».

Así, Mickey hacía dos cosas a la vez: burlarse de Hacienda y garantizar que el gran Ben Hecht rebajara su perfil público, lejos de presentarlo en un relato épico. Hecht no tenía la menor idea de que Mickey estaba jugando a varias bandas o reuniendo un puñado de inocentes para invertir en un bien inexistente. Llamó a Mickey para aclarar las cosas: «Le dije a Cohen lo que había oído. No admitió ni afirmó nada, pero quien calla otorga». Hecht también se puso en contacto con algunos productores a los que conocía para preguntarles sobre el potencial de la película de Mickey Cohen. «Ninguno parecía potencialmente interesado», dijo.

La serie del *Saturday Evening Post* concluyó que Mickey y Los Ángeles eran como los dos extremos de una pesa, pegados el uno al otro. En la revista, los artículos estaban adornados con fotos de Mickey en la ciudad, cenando con una bailarina de club, delante de su Caddy, visitando al artista Sammy Davis Jr., mirando con ceño fruncido desde debajo de su sombrero de fieltro, lavándose las manos (por supuesto) y en el sillón de una barbería mientras le mimaban abrillantándole los zapatos y levantaba a su perro, *Mickey Jr.* para saludar. También había una inevitable instantánea de su antiguo guardaespaldas, Johnny Stompanato, con la actriz Lana Turner, en cuya casa Stompanato había sido apuñalado hasta la muerte meses antes.

La serie de cuatro semanas de artículos del *Saturday Evening Post* solo mostró una foto de policías: una pobre imagen del jefe William Parker, sentado en su despacho con el capitán James Hamilton y mirando por encima de su hombro mientras uno de sus soldados rasos permanecía en el extremo más alejado del escritorio. El tercer hombre era muy delgado, resultaba anguloso en su traje oscuro y llevaba para la ocasión el pelo tan corto como el de su jefe. Ahora había docenas de investigadores en la División de Inteligencia, y el que salía con los jefes nunca fue identificado en el pie. Sin embargo, el sargento Jerry Wooters fue descrito al país como el que había criado úlceras por adoptar el papel del «insaciable Javert particular de Mickey Cohen».

A Jerry le parecía divertido el esfuerzo que Mickey estaba realizando para retratarse como el lastimero exmafioso desdentado y cómo había camelado a su agente de la condicional, el payaso que había organizado las charlas de Mickey relativas al giro que había dado su vida en nombre de Voluntarios de América, la organización dedicada a alcanzar y ayudar a los más necesitados. No debía de ver al Mickey que él sí vio en su enfrentamiento con el abogado Paul Caruso. Porque ese Mickey se parecía mucho al antiguo.

Caruso era un abogado tierno, recién salido de los Marines y como loco por encontrar clientes cuando Mickey, recién salido de la cárcel, le contrató para encargarse de varios asuntos civiles. Mickey solía ir a casa de Caruso y comportarse como un perfecto caballero con su mujer y sus hijos. Cuando los iracundos policías de Los Ángeles lo acusaron por atentar contra la moral, Caruso no se lo creyó; el Mickey que él conocía no toleraría una sola palabra malsonante, «era un huésped de ensueño». Pero justo cuando Mickey estaba a punto de salir en la televisión con Mike Wallace, Caruso consideró que era el momento de recoger los honorarios que se le debían como abogado, que ascendían a 7.900 dólares para entonces. Mickey dijo que no. Caruso le debía a él, de hecho, 1.000 dólares que había dejado, como fianza, en el despacho del abogado. Caruso argumentó que tenía familia y necesitaba cobrar lo que se le adeudaba.

Le decía a la gente que no me debía ningún dinero. Yo era un ex-Marine joven y estúpido. Le dije que había nacido como un delincuente de poca monta y que moriría igual.

«Si eres hombre, ven a por él», me dijo.

Entonces su hermana, Lillian Weiner, tenía un invernadero. Entró y dijo: «Necesitas plantas por aquí». Fui allí y tenía a dos de sus hombres de pie, a ambos lados de su escritorio. En menos de treinta segundos me estaba apuntando con un revólver del 38. Menos mal que su hermana llegó en ese momento.

Mickey se quedó perplejo cuando Caruso tomó a su hermana y la usó como escudo humano mientras salía para escaparse en su coche. Pero cuando el abogado llegó a casa, recibió una llamada, de uno de los matones de Mickey. «El bajito está enfadado contigo. Quiere 1.000 pavos.»

Fue entonces cuando Caruso se puso en contacto con el capitán Hamilton y este mandó a cinco de sus hombres, en medio de la noche. Keeler, el experto en micrófonos, se encontraba entre ellos, como también Dick Williams, el letal experto en lucha en la jungla. Pero el que le tranquilizó fue Jerry Wooters. Jerry había estado en su casa antes, con su compañero Phelps, tanteándolo e intentando que se volviera contra su cliente. Caruso tenía un bar en casa y Jerry se sirvió una cerveza mientras decía:

—Verás, te vienes a dar un paseo con nosotros.

«Me dijeron que me estaban tomando el pelo como a un idiota y tenían razón. Intentaron que se la jugase a Mickey. Era demasiado tonto y estaba demasiado impresionado por Mickey como para saber que en realidad estaban velando por mi seguridad.»

Después de que Mickey apuntara al abogado con un 38, Jerry nunca le echó en cara que ellos habían tenido razón al avisarle. Lo único que vio Paul Caruso esa noche fue a un policía taciturno de pie, recto, como Gary Cooper, con el arma lista por si Mickey y sus hombres se presentaban para materializar sus amenazas. Los policías permanecieron allí durante casi una semana, por si acaso, y Caruso decidió que si alguien hubiese hecho algo a la mínima excusa que le hubiera dado Mickey, ese era Jerry.

CAPÍTULO 28

Monedas y un pepino

Jerry Wooters comentaba a veces que sus tratos con el Ejecutor (intercambio de favores e información) no se parecían mucho a los de cualquier policía con su informador. «En este mundo nada es gratis», decía. «Hay que dar para recibir.» Pero eso no zanjaba los murmullos en el departamento, sobre todo después de que Bert Phelps notara que un coche les seguía.

Gozaban de una sana paranoia (vigilar las propias espaldas parecía una costumbre bastante prudente), y advirtieron que un sedán mantenía una distancia constante con respecto a ellos. Jerry hizo un par de giros para asegurarse de que les seguía, y sus sospechas se confirmaron, hasta que dieron con un semáforo en rojo. Cuando se puso en verde, Jerry se quedó parado, obligando al sedán sospechoso a emprender la marcha. En ese momento, intercambiaron papeles, y él se puso a seguir al otro coche, colocándose finalmente en su costado e indicándole que parase en el arcén.

En vez de ello, el hijo de perra intentó escapar. No conduzco mal, así que lo alcancé y le corté el camino, forzándolo a frenar contra el bordillo. Salí corriendo hacia la puerta del conductor y vi que intentaba coger algo de debajo del salpicadero. Le metí mi 38 en la oreja. El caso es que solo iba a apagar la radio.

Pero no era de esas radios en las que se ponía música.

Le quitamos el carné de identidad. Busqué un teléfono y llamé a la oficina. «Acabamos de pillar a un tipo del FBI.» Hamilton lo comprobó y me dijo: «Demonios, llevan siguiéndoos desde hace una semana». Ahí fue cuando se me quedó cara de tonto.

Los jefes le dijeron que no se preocupase, que ellos se encargarían. Casi les dio la risa floja, de hecho. Dijeron que el seguimiento solo demostraba lo desesperado que estaba J. Edgar Hoover por abochornar al Departamento de Policía de Los Ángeles; ese año se había propuesto sacarle los colores a la brigada y al trabajo del jefe William Parker.

No era ningún secreto que Hoover y Parker eran enconados rivales en su competencia por encarnar el parangón de la virtud nacional en la aplicación de la ley. Esa enemistad se manifestaba en cosas pequeñas. Jack Webb seguía usando la frase «Soy un poli» en la introducción de la mayor campaña publicitaria de la policía de Los Ángeles, *Dragnet,* mientras duró la serie frente a los *westerns* y la comedia bufa de

Lucille Ball, durante los años 50. Pero la frase fue eliminada cuando Hoover escribió en un boletín del FBI: «Aborrezco la palabra "poli". El uso de este término es especialmente deplorable (una denigración burlona típica de los bajos fondos) cuando se emplea descuidada y desdeñosamente por parte de individuos… respetuosos de la ley». Mientras tanto, los ayudantes del departamento del sheriff del condado de Los Ángeles eran admitidos con carácter rutinario en los programas de entrenamiento de la Academia del FBI, al tiempo que a los candidatos del departamento de policía se les decía que quizá tendrían que esperar un decenio. «Supongo que somos un país extranjero enemigo», decía el jefe Parker.

Existía una diferencia sustancial entre esos dos hombres y sus respectivas instituciones en cuanto al crimen organizado. Mientras que Hoover erigía la reputación del FBI cazando ladrones de bancos, como Dillinger o Pretty Boy Floyd, negó durante décadas la existencia de cualquier red criminal a escala nacional, y mucho menos la mafia. «Patrañas», fue su famosa respuesta, denigrando cualquier referencia a una «coalición de estafadores» dominante. Dirigido por la Brigada de Élite, ahora transformada en Inteligencia, el Departamento de Policía de Los Ángeles había trabajado durante una década para documentar tal empresa criminal. En 1946, cuando uno no habría reconocido a un mafioso si este llamara a su puerta, Willie Burns y Con Keeler habían sido pioneros simplemente al crear un archivo donde recogían a los indeseables de la ciudad y trazar los vínculos entre ellos y sus socios por todo el país. En esa época, componer expedientes a base de noticias sobre los criminales era toda una novedad. Al principio del mandato de Parker, este pronunció un discurso en Chicago ante la National Automatic Merchandising Assosiation, detallando su filosofía de una «invasión desde dentro» de Estados Unidos sostenida en tres patas. En su lista, la mafia, a la que se refirió como «el más ominoso de todos los cárteles criminales», era una amenaza digna de ser considerada tan seria como el comunismo. «Cuesta creer que exista la mafia», dijo Parker a los principales representantes de la industria de las máquinas expendedoras, que no eran precisamente ingenuos. «¡Sin embargo, existe, y los componentes de su círculo más íntimo controlan el crimen organizado en este país!»

En una velada referencia a «ya saben quién», Parker dijo: «Siempre se ha repetido que la policía es, ante todo, una responsabilidad local y que, aunque los criminales se organicen desde un punto de vista nacional, la mayoría de sus actos criminales violan leyes de carácter local». Pues bien, haría su trabajo localmente y se llevaría el mérito. Parker citó orgullosamente a un columnista que escribió: «Solo he conocido a una organización local que haya reconocido el peligro de la actual situación. Los Ángeles cuenta con la única agencia policial diseñada para combatir a la mafia y sus redes colaterales». Solo habían pasado unos cuantos años desde que Los Ángeles y su departamento de policía se vieran envueltos en el escándalo y fueran objeto de las mofas de las revistas de tirada nacional por culpa de un pequeño evasor de impuestos cuya única virtud era lavarse las manos. No obstante, el jefe Parker estaba dispuesto a resucitar un término tomado de los primeros y pujantes días de la ciudad del sol, cuando las hordas del Medio Oeste llegaban en furgones cargados con los sueños de una nueva vida. «Hoy, Los Ángeles es considerada por las autoridades como un "punto inmaculado" en medio de la negra estampa del crimen organizado de este país», dijo Parker, y nadie iba a manchar ese punto inmaculado si él podía impedirlo; ni J. Edgar Hoover, ni un gánster presumido ni un policía díscolo.

Frustrado por la obstinada ceguera del FBI, Parker y su fiel segundo, el capitán Hamilton, propiciaron, en 1956, la Unidad Policial de Inteligencia (LEIU), una coalición de veintiséis agencias locales y estatales comprometidas a compartir información confidencial sobre los bajos fondos, excluyendo explícitamente a las agencias federales. Obviamente, Hoover consideró la coalición como un bofetón en la cara del FBI, así como un desafío a su poder, y buscó en su seno miembros que ejerciesen como espías. Un agente de campo de San Francisco escribió una anotación sobre «los discretos y ponderados pasos para "atar las alas" de Hamilton y su grupo... Sus órdenes proceden del jefe Parker, que podría ser descrito como el símbolo del "creador de tronos" frustrado en la labor policial».

Pero el fisgoneo también funcionaba en dirección inversa. Cuando el veterano agente del FBI Julian Blodgett fue reclutado para dirigir una unidad de inteligencia en la oficina del fiscal del distrito del condado de Los Ángeles, obtuvo un gélido recibimiento por parte de su homólogo del departamento de policía de la ciudad, y no tardó en notar que un coche camuflado lo seguía a todas partes. Solo cuando le llegó el informe de que «canta más alto en el coro de la iglesia», decidió Blodgett forjar una relación laboral con el capitán James Hamilton y su equipo.

Si bien resulta concebible que Hoover simplemente estaba desencaminado al negar la dimensión de la mafia, Billy Dick Unland estaba convencido de que esta debía de tener algún trato sucio con el FBI. ¿Por qué otra razón iba su director a empeñarse en esa actitud de no ver ningún mal y permitir que solo las fuerzas locales penetrasen en el formidable muro de silencio de los bajos fondos, la *omertà*? Hoover se había mostrado abiertamente desdeñoso con las vistas televisadas del senador Kefauver, en 1950 y 1951, que ponían el foco sobre el crimen organizado, rechazando siquiera proteger a los testigos. Y, mientras tanto, el senador de Tennessee encima lanzaba buenas palabras hacia la ayuda que recibía del Departamento de Policía de Los Ángeles, entre otros. La misma dinámica fue evidente en 1957, cuando otro senador sureño, John McClellan, de Arkansas, inició una investigación sobre extorsiones sindicales con la ayuda de un joven y agresivo abogado de plantilla: Robert F. Kennedy. El material más explosivo de esa comisión se centraba en el sindicato de camioneros, con sede en Chicago, pero Kennedy también removió la costa oeste, donde el capitán Hamilton ofreció sus voluminosos archivos, que incluían carpetas de un caso, en relación con un organizador de un sindicato de mecánicos de jukebox, que dejó boquiabierto a Kennedy.

El desafortunado Hal Sherry había viajado de Los Ángeles a San Diego y se había inscrito en el hotel US Grant, adonde había sido invitado por dos italianos que entrarían al 50% en cualquier negocio sindical de la zona. Sherry dijo que el sindicato nunca hacía negocios de ese tipo y fue consiguientemente castigado por ello. Hasta ahí, ninguna sorpresa. Pero un detalle memorable hizo plantearse a más de uno si el episodio no fue una fábula, como la leyenda de que Jumbo Kennard tiró a un proxeneta colina abajo en Hollywood Hills. Este, no obstante, también fue real al 100%; así lo describió Hamilton al grupo de representantes del Gobierno de California:

Le hicieron algunas cosas durante la paliza. Acudió a su propio médico en Pasadena para un tratamiento, donde se comprobaron las extrañas cosas que le hicieron...

P: ¿Es cierto que el médico retiró un pepino del cuerpo de ese hombre?

R: Así es. Le retiró un pepino del recto.

P: ¿Cómo era de grande el pepino?

R: Si mal no recuerdo, era un pepino de tamaño mediano.

Esa particular vista en San Diego dejó claro que J. Edgar Hoover no era el único en hallar conveniente la negación. Representantes del departamento de policía de esa ciudad y del sheriff del condado testificaron que no conocían ninguna red de juego ilegal, prostitución o crimen organizado a gran escala en la zona, un punto de vista que se ganó el entusiasta apoyo del hombre de Jack Dragna en el lugar: Anthony «Papa Tony» Mirabile. Papa Tony, al parecer, tenía una participación en la mitad de los bares y los clubes de San Diego, en uno de los cuales trabajaba el hijo del angelino Nick Licata. Pero le perturbó el hecho de que nadie se tragase que nunca hubiera oído la famosa palabra que empezaba por M; era como si no le creyeran cuando asegurase que alguien estaba vivo o muerto. «Por Dios Bendito, ¿qué tiene que hacer un hombre para que le crean?», inquirió. «¿Traer a un muerto para saber que lo está?»

Papa Tony sí recordaba haber oído vagamente algo de la Mano Negra cuando era pequeño («Sabía más de manos sucias»), pero nada de la mafia. Sí que había oído hablar del Ku Klux Klan; de los Caballeros de Colón; de la Legión Americana y la Asociación de Veteranos de Guerras Extranjeras. Dijo: «Cuando celebran una convención, se ponen esa gorra roja con esa cosa larga».

El chiste se hizo más complicado de mantener tras el 14 de noviembre de 1957, cuando agentes estatales interrumpieron una barbacoa en la casa solariega de Joseph «Joe el Barbero» Barbara, en el pueblo de Apalachin, al norte del estado de Nueva York, de doscientos setenta y siete habitantes. Para un distribuidor de refrescos Canada Dry, Barbara tenía un montón de amigos con coches buenos (Lincolns, Imperials y Cadillacs) y domicilios remotos, desde Brooklyn hasta Cleveland, pasando por La Habana y Los Ángeles. La representación de chusma de la costa incluía a dos de los aproximadamente sesenta sicilianos que intentaron huir cuando la policía local irrumpió en la reunión. Nueve de ellos estaban relacionados con el negocio de las tragaperras.

Uno de los asistentes de Los Ángeles era el abogado Frank DeSimone, que había recogido el testigo del fallecido importador de plátanos, Frank Dragna. Diez días antes de la reunión en el remoto pueblo de Nueva York, había hecho una llamada de cortesía a Jimmy el Comadreja, que seguía cumpliendo sentencia por extorsión en la prisión de Soledad. El otro representante de Los Ángeles era Simone Scozzari, el viejo compañero de Dragna en las partidas nocturnas de canasta que, formalmente, seguía siendo únicamente propietario del quiosco de caramelos y tabaco del Venetian Athletic Club, en North Broadway, «un nombre muy rimbombante para una operación tan pequeña», según palabras del capitán Hamilton, a quien le hacía gracia oír que Scozzari tenía 10.000 dólares encima cuando fue detenido en un bloqueo de carretera a las afueras de Apalachin. «Bueno, seguro que esos 10.000 dólares no han salido de un quiosco de golosinas.

Haría falta mucho, mucho tiempo ahorrando y viviendo a base de aire para acumular tal cantidad gracias a ese negocio.»

El carbón de la barbacoa de Apalachin apenas se había enfriado cuando el FBI de J. Edgar Hoover recibió una furibunda visita en su cuartel general de Washington. Robert Kennedy, aún en la Comisión del senador McClellan, exigía ver los registros de la oficina sobre docenas de hombres detenidos en medio de ninguna parte, una lista que incluía a Paul Castellano, Carlo Gambino, Joe Profaci y Vito Genovese. El FBI no tenía nada, o poco más (casi todo recortes de periódicos) sobre cuarenta de ellos. Un reprendido J. Edgar Hoover no tardaría en anunciar un importante programa contra ese tipo de matones.

Al día siguiente, dos de sus agentes de Los Ángeles se dirigieron a las oficinas de la División de Inteligencia del departamento de policía pidiendo consultar los archivos. Entraron en el santuario de la Brigada de Élite con sus sombreros de fieltro en la mano.

Para los hombres que trabajaban allí a diario, algunos desde hacía más de diez años, aquello no representaba solamente una pequeña victoria. Era una de las grandes. La victoria no consistía en bajarle los humos al FBI, sino en la ratificación de una parte de su misión. El jefe Parker casi había disuelto la brigada porque no comprendía por qué sus hombres se quedaban sentados escribiendo informes sobre quién había sido visto bebiendo whisky con quién a las dos de la madrugada. Ahora quedaba claro que también era importante saber quién jugaba a canasta con quién; una prueba más que señalaba hacia un problema que de repente parecía más importante de lo que nadie había imaginado. Iban a empezar a trabajar enseguida para ayudar a los federales a deportar al jugador

de canasta y gerente de quiosco de tabaco, Simone Scozzari…
Ya era historia. Pero aún quedaban muchos asuntos pendientes en casa, y otros de los que ocuparse.

Cuando Robert Kennedy llegó a Los Ángeles en otra misión de búsqueda de hechos, el capitán Hamilton llamó a uno de sus investigadores para hacerle una oferta confidencial de pruebas. Con Keeler había pasado de los cuarenta y era ya veterano de más trabajos clandestinos de los que era capaz de recordar. La prueba que le había tocado le parecía emocionante: una caja de zapatos llena de cheques. Estaba seguro de que sería del interés de un equipo del Senado compuesto por tres jóvenes abogados que trabajaban para Kennedy. Este preguntó:

—*Sargento, ¿de dónde ha sacado esto?*
—*Eh, señor, ¿no podría decir que lo hemos encontrado en la calle, sin más?*
—*No, no podemos decir eso.*
—*Entonces, señor, no sabría decirle dónde lo hemos encontrado.*
—*¿De quiénes son?*
—*¿De quién quiere que sean?*

Kennedy omitió con estilo el episodio de la caja de zapatos cuando escribió acerca de sus experiencias para la investigación del Senado. Pero su relato, «El enemigo interno», una variación del discurso de la «invasión desde dentro» que Parker había pronunciado algunos años antes, incluía otro delicado bocado de su estancia en la costa, además del episodio del pepino. Kennedy informó: «Una importante empresa de máquinas expendedoras ha pagado a Mickey Cohen 10.000 dólares simplemente para que permaneciese "neutral" en una batalla por la colocación de máquinas en Los Ángeles».

«Yo quería evitar a toda costa que Mickey y los suyos se infiltrasen en nuestra industria», explicó George Seedman, que hizo el pago a Mickey y a su paseador de perros, Fred Sica. El único detalle en el aire era si habían ofrecido a Mickey más de 50.000 dólares para «apagarle las luces» a un vendedor de puros.

A eso Mickey respondió: «Yo no sé nada de electricidad».

CAPÍTULO 29

Un anillo para la estríper

El sargento Jerry Wooters elaboró una teoría acerca de Mickey y todas esas mujeres: no pasaba nada. Los amigos de Mickey se reían, jurando que Mickey tenía una nota muy alta en lo carnal y que había ciertas cosas que le gustaba que le hicieran, como a cualquier hombre. Pero Jerry decidió que la fobia de Mickey por los gérmenes debía de suponer todo un obstáculo. «Creo que se pasaba la vida en el baño, lavándose las manos. Hablé con las chicas con las que iba y me dijeron que siempre estaba mirando por la ventana y que nunca hacía nada con ellas.»

Lo más importante, por supuesto, era si Mickey era un gánster mujeriego de verdad, o solo fachada; si todo era un teatrillo, especialmente ahora, que iniciaba una supuesta nueva vida.

Liz Renay era la primera de tres estríperes que se convirtieron en sus sombras durante los últimos años de la década de 1950, y era todo un fichaje, una consumada exhibicionista. También tenía mucho que enseñar; tenía setenta y seis centímetros de pecho a los trece años, cuando ya entretenía a los soldados en la zona de Phoenix como contribución al esfuerzo de la guerra en calidad de animadora. Tenía veinticuatro años, con dos matrimonios a la espalda y dos hijos, cuando una productora cinematográfica llegó a la ciudad de Arizona en busca de extras para una turba de linchamiento. Un fotógrafo de *Life* estaba cubriendo el evento de qué pasa en una ciudad lejos de Hollywood cuando tiene ocasión de probar de primera mano su espíritu circense. Su objetivo quedó embobado por una particular extra pelirroja que recibiría 25 dólares, y que había sido bautizada al nacer como Pearl Dobbins. Así obtuvo un reportaje de cinco páginas en la revista, *El gran momento de Pearl,* donde se mencionaba que había sido nombrada Miss Polvo de Estrellas de Arizona por un fabricante de sujetadores, aunque omitió los detalles de la talla 85D, razón por la cual el fabricante podría haberse interesado en ella. Cuando el gran momento de Pearl resultó ser una escena multitudinaria en la que aparecía en pantalla durante menos de un segundo, *Life* lo celebró como su «primera y única oportunidad de aparecer en una película». Qué equivocados estaban.

La siguiente parada de Liz Renay fue Nueva York, donde exhibió sus atributos más abiertamente como bailarina exótica y llamó la atención de Tony «Cappy» Coppola, el regordete chófer y guardaespaldas de Robert Anastasia, de Murder Inc. Se convirtió en la típica putita de gánster, rebozada en visón y diamantes, acompañante de un dulce papaíto cuyo único afán era hacer realidad todos sus sueños. Tras mencionar cuáles eran sus ambiciones, su mafioso amigo le dijo: «Pues vamos a llamar a Mick*».

Años más tarde, cuando Liz salió a contar su brillante carrera, siete matrimonios y muchos más coqueteos en sus memorias, *My First 2.000 Men*, recordó cuando llegó a Los Ángeles y concertó un estratégico encuentro con Mickey en la habitación de hotel de ella, recién salida de la ducha y ataviada solo con un vestido de tubo al que solo le faltaba subirle la cremallera. Él nunca había sido un galán precisamente, y a esas alturas estaba pasado de peso y la calva empezaba a hacer mella. Sin embargo, ella se dio cuenta de la perfecta manicura de sus suaves manos y, por supuesto, de la calidad de su ropa. Después, él la llevó a alguna parte en su Eldorado y ella detectó un zapato de tacón alto colocado en lo alto del asiento trasero. Se preguntó si era un obsequio para ella, para impresionarla.

Todos conocían las reglas (no le entrarás a la chica de un gánster), pero él preguntó: «¿Qué crees que pensarían tus amigos de Nueva York si tú y yo decidiésemos jugar a los novios?». Eso significaba que la llamaría «cielo», pero que le dirían a todo el mundo que solo eran amigos, hasta más adelante, cuando ella insistiera en que él no tenía las manos tan quietas.

Lo mejor era que él tenía contactos (podía presentarle a gente de la industria y, a diferencia de la mayoría de aspirantes, ella poseía buenos activos: una belleza de pelo cobrizo y, además, una buena personalidad). No tardó en conseguir

---

* En referencia a Mickey Mantle, jugador de béisbol estadounidense que encarna el Sueño Americano (*N. del T.*).

una tarjeta del Gremio de Actores de Televisión, un contrato con la Warner Bros. Y una breve aparición en el concurso de Groucho Marx, *You Bet Your Life*. Habló con Cecil B. De-Mille sobre aparecer en una de sus películas épicas sobre la Biblia, como Ester, la virgen de harén que se convierte en reina. También iba a interpretar a la novia de rojo en una película sobre Dillinger, el ladrón de bancos, que ya era algo.

Probablemente hubiera ocurrido todo eso, de no ser por el asesinato, en la barbería de Nueva York, de Albert Anastasia. Cuando las autoridades la citaron para interrogarla sobre el caído líder de Murder Inc. y su gente, hallaron 5.500 dólares en cheques cancelados en su bolso… a nombre de Mickey Cohen. Liz dijo que simplemente le estaba haciendo un favor; alguien ingresaba dinero en su cuenta y ella extendía los cheques como «préstamo personal». «Me limitaba a permitirle usar mi banco», explicó. Llevó un tiempo que su papel en el movimiento de dinero y sus fallidos intentos de explicarlo dieran con sus huesos en una cárcel federal. Antes de aquello, dio con esos mismos huesos y los de Mickey otra vez en la revista *Life*, mostrándolo a las cuatro de la madrugada en su heladería, disfrutando de enormes *sundaes* cubiertos de crema batida y cerezas.

Candy Barr fue la siguiente. El cantante Gary Crosby le habló a Mickey sobre la estríper, cuyo nombre auténtico era Juanita Dale Slusher. La tejana era la bailarina mejor pagada del club Largo, de Chuck Landis, con unas medidas similares a las de Renay. Mickey la había visto actuar, pero nunca la había conocido ni oído hablar de su crisis: la policía de Dallas había encontrado una pequeña cantidad de marihuana en una botella de Alka-Seltzer escondida en su sujetador, y en el día de San Valentín de 1958, un juez la sentenció a quince años. Crosby se preguntaba si Mickey podría echar una mano a la estríper y le conminó a llamar a su mánager, Joe DeCarlo. Mickey se sentía ultrajado, recordaba DeCarlo.

No podía creer que le fuesen a caer quince años por tener menos de veintiocho gramos de marihuana. Entonces le conté la historia y empezó a buscar abogados para defenderla, designando a Walter Winchell. Luego dijo: «Estás haciendo todo esto para ella, ¿es que no vas a ir a verla?». A su vez, le dije a Candy: «Tienes que conocer a este tipo». Desde ese día estuvieron juntos. Él nunca la había visto.

Antes de verse por primera vez, Candy recibió una orquídea en una copa de champán con una nota: «No te preocupes, muñeca, tienes un amigo». Mickey pagó la fianza de 15.000 dólares en Texas, la tarifa de 75 dólares diarios de un detective privado para dedicarse a su caso y contrató a tres abogados para que llevasen la apelación, incluido el célebre Melvin Belli. El mánager, DeCarlo, juró que la relación era genuina. Para él estaba claro a tenor del comportamiento infantil de ambos cuando Mickey se puso a hablar con alguna de las otras bailarinas para ponerla celosa y a ella le dio un ataque en el (des)vestuario. «Jugaban a unos juegos estúpidos. No sé nada del amor. Él decía que la quería. ¿Quién sabe?»

El día que el Tribunal Supremo rechazó la apelación de Juanita Dale Slusher, alias Candy Barr, Mickey anunció su compromiso. Compartió la feliz noticia en una fiesta de promoción de su nueva asociación con un maravilloso restaurante italiano de Ventura Boulevard, en Sherman Oaks.

Estaba en el valle de San Fernando, la densa red de ciudades dormitorio que coronaban las colinas desde el epicentro de la vida nocturna en el Westside. La idea era que si Mickey desplazaba sus festines nocturnos, los demás le seguirían, en este caso hasta su nuevo lugar predilecto: el Rondelli's.

Sin embargo, nunca llegó a casarse con la adorable Candy. La bailarina se casó en Las Vegas antes de irse a cumplir su sentencia a Texas, pero no con él; su peluquero de Beverly Hills se llevó los honores, su mano y todo lo que ello acarreaba. «Cuando sigues al corazón en vez de la mente», dijo Mickey, «acabas cayendo en una trampa».

Y el asunto de su boda con Miss Beverly Hills también fue pura fachada, una mentira. «Pura mierda», dijo Joe DeCarlo, que igualmente representaba a esa estrella. Era otra de las artistas del Largo y una auténtica reina de la belleza, ostentando el título de Miss Marines, entre otros, aunque se la conocía mejor por la corona de Beverly Hills cuando empezó a hacer bailes exóticos a la edad de diecisiete años. Mickey la consideraba una de sus propiedades más bonitas y le encantaba especialmente su aire de estatua. Pero ella también estaba casada, y felizmente, con su novio de la juventud: Bill Powers (otro peluquero). Ese detalle no se tuvo en cuenta cuando Mickey anunció su compromiso y deslizó un diamante de doce quilates en el dedo de Miss Beverly Hills. «Es una auténtica dama, con unos conceptos y una moralidad vital de gran altura», dijo Mickey. Y era verdad en la vida real de Beverly Powers, que solo se quitaba la ropa para darse un baño y perseguiría la meta de convertirse en pastora.

Se había comprometido con Candy Barr, que también era bailarina. No obstante, cuando ella fue a prisión, debió de ser Joe quien me abordó: «¿Qué te parecería dejarte ver por ahí con Mickey Cohen? Te aseguro que no pasaría nada». Y así dio comienzo su farsa publicitaria. Candy Barr desapareció y me pidieron que yo ocupara su sitio, lo que me puso de los nervios. No sé de dónde sacó Mickey el anillo de compromiso, pero era enorme, con un diamante gigantesco. Y en eso consistía toda la imagen publicitaria: ir mostrando por ahí el dedo con ese inmenso diamante, ya sabe.

Ni más ni menos que Meyer Lansky advirtió una vez del peligro de las revistas de glamour: atraían la atención sobre ti, como cuando sale tu nombre en los periódicos. Bueno, pues a la mierda con eso. La policía estaba vigilando cada uno de los movimientos de Mickey de todos modos, ahora con la estríper número tres a su lado durante un espectáculo nocturno en la ciudad.

Me reunía con él y sus protegidos, así como con un montón de aspirantes a estrella; toda la gente con la que salía por Beverly Hills y Hollywood. Normalmente había quince o veinte personas a una mesa. Rara vez había menos, como ocho o diez a cada lado de la mesa. Él siempre presidía, cómo no, porque para eso era su fiesta. Yo solía sentarme a su izquierda. No había ninguna vez que saliésemos que la gente no se le acercase con temor reverente, y no llegaba a comprenderlo. No esperaban al postre; podían levantarse cuando estaba a punto de dar un bocado y no veías la menor expresión de mal humor en su cara. Siempre se comportaba como un caballero. Se levantaba. Era cortés con la gente. Tenía una enfermedad *por la que se lavaba las manos cada vez que tocaba cualquier cosa (durante una comida podía dejarnos cuatro o cinco veces para ir al servicio). Pero nunca se negaba a estrechar la mano de nadie. Se sentaba cortésmente y esperaba a que se fueran antes de levantarse, y eso me emocionó.*

Incluso llegaron a pensar lo mismo de mí. Me preguntaban si yo era alguien y yo respondía: «En realidad, no».

Beverly Powers no llevó el gigantesco anillo durante mucho tiempo antes de que Joe DeCarlo le dijera que se había acabado, que Mickey lo necesitaba de vuelta. Pero lo había llevado puesto hasta entonces, incluso cuando iba al supermercado y llevaba la compra hasta el apartamento que habían alquilado ella y su marido en Sherman Oaks. Jamás reparó en los hombres que la observaban desde un sedán camuflado desde el otro lado de la calle u ocultos entre los matorrales. Jamás escuchó el chasquido de su cámara con lente de aumento mientras tomaba instantáneas de su dedo con el brillante anillo de doce quilates, adquirido por alguien que aseguraba ganarse la vida con un vivero y una heladería desde su salida de prisión.

CAPÍTULO 30

«Dobla las rodillas y échate a rodar»

Para el compañero de Jerry Wooters, aquellos años fueron como vivir una película, y no un bodrio de los de Jack Webb. Para Bert Phelps, Jerry Wooters era la encarnación de Humphrey Bogart, el héroe desafiante curtido a fuego. Phelps disfrutaba con su asiento en primera fila cuando Jerry y Mickey empezaban a insultarse. Una vez, fueron tan lejos en su pulso de insultos y palabrotas, que no pudo evitar echarse a reír, a pesar de la queja federal contra el «poli asesino». A Phelps también le pareció interesante la persecución del FBI, o quienquiera que fuese el de la radio de doble banda del coche que les seguía. No menos divertido le resultaba cuando su compañero le llevaba a las esquinas de las calles para reunirse con Jack Whalen, aunque al principio no pudo evitar el escepticismo, cuando Jerry le aseguró que no era ningún zoquete, que había pilotado bombarderos durante la guerra. Una vez se pararon a almorzar y Phelps supo que Whalen había estado destinado en uno de los mismos aeródromos que él, y de verdad conocía los secretos de un B-25 y un B-29. Whalen había sido un aviador de verdad al servicio de su país y ahora era un matón. Asombroso.

Un día se encontraban en el juzgado mientras Max Solomon, el veterano abogado defensor, estaba defendiendo a varias prostitutas. El viejo Max era un surtidor de anécdotas de cuando representó a Bugsy Siegel y a los reyes de las apuestas del «Sindicato», en la época de la corrupta Administración Shaw, y luego a la *madame* de Hollywood con su caja de cartas diciendo quién en la ciudad era un mal polvo. Cada vez que veía a Jerry, excavaba en busca de alguno de los casos de sus días en Antivicio, concretamente uno en el que el testimonio crucial de la acusación provino de una mujer llamada Gaybreast*. El viejo Max preguntó: «¿Qué tal tu testigo, la "Pechos Felices"?». En fin, que ese día Max Solomon estaba intentando exonerar a los clientes de las prostitutas, uno tras otro, y Bert Phelps dijo: «Vaya, Max… Demonios, yo mismo podría hacer eso».

—Bueno, ¿y por qué no lo intentas? Ve a la facultad de Derecho.

—¿En serio?

—Claro, puedes hacerlo.

Así fue como Bert Phelps, el genio de los micrófonos, tuvo la genial idea de apuntarse a la facultad de Derecho en su tiempo libre, inspirado no solo por el jefe William Parker, que había hecho lo mismo décadas atrás, sino por un abogado de la mafia.

---

* Combina las palabras «gay», que significa alegre o feliz, y «breast», que significa pecho, de ahí el posterior juego de palabras *(N. del T.)*.

Bert Phelps se deleitaba con cada instante de su loco viaje con Jerry Wooters, justo hasta la noche en que se cayó de un poste telefónico.

Era casi noche cerrada y se encontraba a quince metros de altura, en un callejón junto al establecimiento de un corredor de apuestas en Vermont. Wooters, que estaba en el suelo, pensó haber visto una sombra espiándolos.

—Eh, Bert —le dijo en susurros llenos de apremio. Phelps se volvió para mirar y se giró de nuevo para agarrarse al poste. Más tarde quizá se preguntarían si aquello fue el presagio de lo que estaba por venir, pero fue un accidente, nada más. Los clavos de los zapatos de Phelps se escurrieron, eso fue todo, y cayó al vacío. Ni presagios, ni nada, solo un accidente, diría Phelps.

Érase una vez, en un lugar muy, muy lejano, encontramos a ese italiano, un tipo que trabajaba para Mickey. Así que me subí a ese poste con un aparato que transmitiría las llamadas telefónicas de ambas partes de la conversación, además de darnos los números marcados. Era un aparato muy bonito. Subí para colocarlo y funcionó de maravilla. Pero algo le pasó, no sabemos el qué, quizá la lluvia. Jerry y yo decidimos volver para echarle un vistazo, bajarlo y repararlo. Alrededor de las dos o tres de la madrugada, escalé por el poste hasta la cima para mirar. De repente oí a Jerry decirme: «¡Eh, Bert!».

«¿Qué pasa?», le pregunté. Apuntó a una zona, miré y solo vi una figura indefinida. Creí que el hijo de perra iba a dispararme. Me di la vuelta rápidamente en el poste para agarrarme,

pero no di con él. Me caí dando un grito. Desde lo alto del pos-
te, todo un trecho.

Recuerdo la caída, nunca la olvidaré, derecho al suelo,
evocando mi entrenamiento como paracaidista: «Dobla las
rodillas y échate a rodar. Dobla las rodillas y échate a rodar».
Y eso hice. Saqué la cabeza y rodé. Me di con el cemento del
suelo. Dios, perdí la consciencia.

«¡Levanta! ¡Vámonos, Bert!», gritó Jerry.

No podía hacerlo, así que Jerry insistió: «Levanta, levan-
ta, ¡vamos!». No podía. Le oía, pero dije: «No puedo respirar».

«Levanta.»

«Llama a una ambulancia.»

Jerry le dijo que la radio del coche no funcionaría en el
callejón; tuvo que llevar el Chevy camuflado hasta la calle
ancha. Lo hizo, dejando a Bert tirado y desprotegido en el
suelo, rezando para que ningún otro vehículo doblase por
el callejón y lo atropellara. Pero cuando Jerry se alejó, no usó
la radio del coche. Encontró un teléfono y llamó a la oficina.
El sargento Jack O'Mara estaba de turno de noche. Tenía una
pregunta.

«Espera un momento. ¿Está en el callejón?»

«Sí, está tirado en el callejón. Lo sacaré a la calle.»

«¡Ni lo toques!»

«Bueno, no quiero cagar la operación.»

«¡A la mierda con la operación, no lo toques!»

O'Mara llamó a la ambulancia y dijo a los sanitarios que
fuesen a toda prisa, pero sin luces ni sirenas. Cuando llegaron, Jerry había vuelto con el Chevy camuflado al callejón,

cruzándolo para que nadie atropellara a Bert. Se había roto brazos, piernas, pies y espalda. Tenían que llevarlo al hospital lo más pronto posible. Pero antes de que se marchara la ambulancia, uno de los sanitarios le preguntó a Jerry: «¿Por qué no llamó desde la radio del coche?».

El Humphrey Bogart de la División de Inteligencia se limitó a encogerse de hombros. No iba a explicarle a ese imbécil que no quería que nadie supiera lo que estaban haciendo allí, a esas horas, en ese callejón, en ese poste.

Jack Whalen volvía a estar metido en problemas por otro intento de estafa. En esta tenía un socio, Lloyd «Marinero Jack» Woods, un tipo duro con pistola. Una vez disparó contra el corredor Charles Cahan por una disputa fuera de un bar de Santa Mónica Boulevard. Al parecer estaban tonteando con una chica llamada Dixie, pero quién sabe.

El objetivo de su estafa era un jugador de Hollywood llamado Don Giovanni, como el de la ópera, que quería meterse en el negocio de las apuestas. Los dos tipos duros (Jack Whalen y Marinero Jack) le dijeron que no había problema, que había sitio para un corredor más en el Valle. Incluso se encargarían de redirigirle algunas apuestas para echar a andar, de parte de los empleados de la fábrica de la General Motors. Y eso hicieron.

Lo que el corredor neófito no sabía era que algunas de sus apuestas acababan de saldarse. No era una charada tan ingeniosa como la de Freddie el Ladrón en los hospitales, pero casi funcionó. Al final de la primera jornada de Don Giovanni como corredor, había perdido 4.000 dólares. Cuando argumentó que no tenía tanto dinero, Jack Whalen y Marinero Jack Woods le quitaron todo lo que llevaba encima, unos 500 dólares.

Por desgracia, Don Giovanni no había sido instruido en la etiqueta del mundillo (como el delgado profesor de baile que, años atrás, había recurrido a las autoridades en busca de ayuda). La víctima de operístico nombre presentó una denuncia que ningún detective, por amistoso que fuese, podría desestimar. El 31 de julio de 1959, Jack Whalen y su colega, Marinero Jack, fueron sentenciados a entre uno y diez años de prisión por hurto y estafa. Si bien Whalen podía seguir libre mientras siguiese apelando, y el proceso probablemente se prolongaría durante un año, la inmediata indignidad fue verse descrito, en el momento del fallo, como «un actor con estilo propio».

Bert Phelps pasó dos meses y medio en una habitación de hospital, mirando al techo, contando sus pequeños agujeros. Luego metieron su cuerpo en una jaula metálica para acelerar su curación. Sus compañeros de la brigada hicieron procesiones para consolarle, incluido el capitán Hamilton, aunque no el jefe Parker, ese hijo de perra tan malhumorado como inteligente. «Es probable que el jefe pensara: "maldito capullo, te has dejado pillar", y quisiera finiquitarme con una pensión. Y una mierda, yo quería trabajar.»

Pero Phelps no estaba listo para volver al Chevy camuflado cuando su compañero recibió una llamada de Jack Whalen pidiéndole un favor. El Ejecutor se las habría arreglado normalmente solo, dejando atrás un cuerpo maltrecho, pero la ley le estaba pisando los talones. Así que llamó a Jerry Wooters.

Verás, Mickey tenía una banda. Los otros tenían una banda. Y Whalen era Whalen. Tenía un corredor al sur, al que otros pagaban por protección. Otro tipo salió de San Quintín, un mexicano enorme, imagino, de más de dos metros, y que estaba fuerte por transportar ladrillos en la cárcel. Iba por ahí diciendo que era Jack Whalen y que iba recaudando la pasta del corredor. Así que Jack me llamó. Le dije: «¿Dónde es la reunión?». Y él: «En un restaurante, a las ocho de la mañana». Bert estaba en el hospital y yo no quería exponer a Whalen a ninguno de los demás compañeros de la oficina. Así que me fui solo.

No es complicado. Te presentas y exhibes la placa. Quizá también le enseñas la funda sobaquera al necio que se hace pasar por Jack Whalen. Le dejas preguntándose si estás allí de servicio o si no eres un amigo ayudando a un amigo. «Nunca había tenido ningún problema», dijo Jerry.

A veces se preguntaba qué sabían, o sospechaban, los jefes. Había estado tentado de pensar que nada podía ocurrirle después de sobrevivir a los disparos enemigos en el Pacífico. Pero la úlcera que le surgió a raíz de ese episodio nunca desapareció. «Mis ardores», la llamaba, y volvía a jugarle una mala pasada. Pero tampoco es que fuera ningún presagio.

El sargento Keeler averiguó lo que sabían los jefes. El moralizador experto en micrófonos encarnaba la mayor contradicción de la brigada. Siempre hablaba de la necesidad de encarnar la decencia pero, muchas veces, su trabajo le llevaba al lado contrario. Cuando Anthony Pinelly adquirió su motel, Keeler forzó la cerradura de una de las habitaciones y dejó un naipe en la almohada, un as de picas, solo para ponerle nervioso. Utilizaba una pequeña cámara de espía Minox para copiar contratos sindicales de la industria del cine que encontraba en la casa de Johnny Roselli, el *consigliere* de Dragna.

También forzó la entrada en la casa de Johnny Stompanato, para rebuscar datos en sus agendas y armas en los cajones, y acabó atrapado en el cuarto de baño. Por lo visto, los vigilantes de la brigada en la calle no habían reparado en el regreso de Johnny Stomp porque venía en el coche de una mujer, y no en su descapotable. Cuando Keeler oyó que entraban por la puerta, se metió corriendo en la bañera y corrió la cortina… Al poco, la mujer entró para usar la taza del wáter. Se imaginó que ella lo descubriría y se echaría a gritar, alertando a Johnny, que entraría armado. Keeler lo tenía todo en mente. Saldría de la bañera tranquilamente y diría: «Solo pasaba por aquí, Johnny…», pero la mujer tiró de la cadena y salió sin descubrir su presencia. No tardó en volver a marcharse con el gran sinvergüenza italiano. Keeler descubrió más tarde un revólver en el armario, se lo llevó rápidamente al campo de tiro de la policía para hacer una prueba de balística y volvió a forzar la entrada en la casa para dejarlo donde lo había encontrado, debajo de la misma ropa interior.

Un día, Keeler fue a ver a unos delincuentes de poca monta de San Francisco que se alojaban en un hotel de Hollywood Boulevard, y siguió su habitual procedimiento. Cuando abandonaron su suite, de noche, se coló dentro, sin orden de registro (a la mierda con el caso Cahan, solo estaba de pesca). Pero se encontró con docenas de cámaras nuevas, el claro botín de recientes robos en tiendas locales. El problema era que no tenía base legal para estar ahí. Así pues, la noche siguiente se quedó vigilando en el vestíbulo a que los otros saliesen con unas bolsas de lavandería blancas y las metiesen en la parte de atrás de un Cadillac blanco. Keeler llamó a la comisaría del oeste de Los Ángeles y le pusieron con un coche patrulla. Los jóvenes agentes parecían muy ingenuos cuando les describió el Cadillac. Uno de ellos preguntó: «¿Y cómo vamos a detenerlo, legalmente quiero decir?».

Keeler tuvo que deletreárselo: «Nadie se para ante el *Stop* del bulevar; siguen adelante y lo pasan, sin detenerse, a cosa de un kilómetro por hora. Ahí tenéis la excusa legal para pararlos. Y ya que los vais a abordar por el lado del conductor, apuntad el foco de la linterna a la parte de atrás y veréis las bolsas. Lo más seguro es que os digan que es ropa sucia, pero podréis ver las formas de lo que parecen latas. Ahí está la causa probable».

«Vale, vale, genial.»

Los jóvenes patrulleros hicieron lo que les dijeron, parando a los ladrones con la excusa de tráfico y deteniéndolos por las cámaras robadas. A continuación volvieron a llamar al que les había dado el soplo.

—¿Cuándo volverás a la comisaría? —Daban por sentado que quería llevarse el mérito por la detención. Seguían sin comprenderlo. Con Keeler no existía.

—No voy a ir. Ninguno de nuestros agentes va a ir. Me parece que habéis hecho un trabajo cojonudo por vuestra cuenta. Enhorabuena.

—Vale, genial. Gracias.

A la mañana siguiente, Keeler condujo hasta la oficina. En esa época la brigada ya no estaba asentada en el ayuntamiento. El Departamento de Policía de Los Ángeles al fin tenía su propio cuartel general, una manzana más al este, un monolito gris blanquecino de ocho pisos al que todo el mundo llamaba la Casa de Cristal. Keeler estacionó en el aparcamiento subterráneo del edificio, entró en el ascensor y pulsó el botón de la séptima planta. Pero antes de que se cerrase la puerta, entraron otros dos hombres, el jefe Parker y Daryl F. Gates, su protegido y chófer habitual. Keeler empezó a sudar, pero logró decir:

—Hola, jefe.

La puerta se cerró y el ascensor empezó a subir. Nadie dijo nada, hasta que la puerta se abrió en la sexta planta, la del jefe. Justo al salir, el formidable William H. Parker se dio la vuelta y dijo:

—Buen trabajo el de anoche, sargento.

El jefe Parker lo sabía. Lo sabía todo. Sus jefes lo sabían todo.

Sin previo aviso, Jack Whalen ofreció a Jerry Wooters un regalo.

—Te he comprado un perro —le anunció.

Los perros; una de las cosas que Whalen tenía en común con Mickey. A Mickey le gustaban los bóxers y los bulls, las razas achaparradas y fuertes. Whalen prefería los pastores alemanes y los gran danés, los perros grandes. Pero Jerry Wooters no quería saber nada de ningún chucho, y no solo porque uno, una vez, le mordiera el trasero cuando era un novato. Le dijo a Whalen:

—Se te mueren y luego lo pasas mal.

—No, no, este te gustará.

—Que no, Jack, no quiero un puto perro.

—Que te lo digo yo, Jerry, coge el perro… Estás jodiendo a la gente equivocada.

—¿Que yo qué…?

—Confía en mí, el perro te alertará si alguien te acecha desde los setos o en tu coche…

—Venga ya…

—No, escucha, hablo en serio, un día de estos vas a abrir el garaje y vas a saltar por los aires.

—¿Y dónde recojo al perro?

La nueva mascota de Wooters se llamaba *Thor,* por el dios nórdico del trueno.

CAPÍTULO 31

«No jodas a ese pequeño judío»

Jack Whalen y Mickey Cohen tenían otra cosa en común, aparte de los perros. Si mirabas fotos suyas sentados a una mesa abarrotada de algún club del Sunset Strip, zambullidos en frivolidad, probablemente serían los únicos con el ceño fruncido. Jack podía forzar una sonrisa si sabía que una cámara le estaba apuntando, pero a veces se olvidaba y las comisuras de los labios se le vencían hacia abajo. Mickey, por otra parte, casi siempre tenía ese aspecto.

La hermana mayor de Whalen se inventó una fábula para explicar la enemistad entre los dos hombres, hacia finales de 1959, algo que iba más allá de la natural tensión entre dos competidores del negocio de las apuestas. Desde la perspectiva de su Gran Casa Blanca, Bobie von Hurst decidió que su (gran) hermano pequeño había enfadado al (pequeño y) desequilibrado fanfarrón al acudir al rescate de los jóvenes vendedores de periódicos callejeros. Mickey, claro está, había sido uno de ellos en Boyle Heights, a los seis años, haciendo lo que sus hermanos mayores le habían dicho, que era estarse sentado sobre una pila de *Los Angeles Records* de dos centavos. Según sus propios cálculos, tenía ocho años cuando los buscavidas locales empezaron a pagarle unos centavos (incluido el jugador de billar Dago Frank) para que les llevara sus boletos hípicos. No era sorprendente que los críos que vendían periódicos en las esquinas contribuyesen a la recreación de las apuestas. Lo que sí costaba creer, como le pasaba a Bobie von Hurst, era que el crecidito Mickey exigiese una tajada a los que ahora vendían los periódicos mientras sacaba el dinero a crédulos evangelistas e inversores para una película basada en su propia vida. Tal como Bobie explicaba:

Todos los muchachos que vendían los periódicos en las esquinas de Hollywood Boulevard corrían apuestas, pequeñas apuestas. Mickey Cohen iba allí y les decía que se las tenían que ceder a él, y a mi hermano eso no le gustaba. No creía que Mickey Cohen estuviese en su derecho. Ahí fue cuando se metió en problemas con él. Pasaron muchas cosas cuando Mickey Cohen empezó a acosar a los muchachos que corrían las apuestas. Amenazó a Mickey con que echaría a patadas a cualquier recaudador que mandase por la zona. Jack solo quería cuidar de los chicos. Y Mickey Cohen se lavaba las manos cada veinte minutos. Lo que no entiendo es qué quería limpiarles a esos pobres.

A la hermana de Jack Whalen tampoco le caía muy bien Mickey Cohen.

El policía encubierto Quintín Villanueva oyó una historia diferente, y tenía asiento de primera fila. Lo que oyó que pasaba en el Strip era que Jack el Ejecutor Whalen, en un encuentro, había dado con la veta que a Mickey le había llevado dos décadas forjarse en Los Ángeles. No eran el miedo o la riqueza, esas parecían más bien virtudes de la costa este, sino la estatura, el aspecto.

Solo seis miembros de la brigada sabían lo que Villanueva estaba haciendo para la División de Inteligencia en 1959, o que siquiera formase parte de ella. Era un veterano de una unidad blindada de Marines en la guerra de Corea que había cometido el error de iniciar su carrera como policía en su ciudad natal de Newark, Nueva Jersey. Su recompensa por acabar por delante de todos los compañeros de reclutamiento fue un destino que incluía la visita a veintitrés bares para recoger sobres llenos de dinero para compartir con los mandos. Cuando Villanueva tuvo la mala uva de cuestionar su papel de matón con placa, le sacaron de las calles y lo pusieron detrás de un escritorio. Un amigo juez le dijo dónde podría encontrar un departamento de gran ciudad honesto, así que cruzó el país en avión en un fin de semana, pagándolo de su propio bolsillo, para someterse al examen de acceso para el Departamento de Policía de Los Ángeles. La fervorosa imagen del agente que vive con su madre proyectada por *Dragnet* podía resultar artificial, y lo era, incluso a ojos de los policías, pero la fuerza moral del jefe William Parker estaba transformando el significado de la profesión policial en Estados Unidos. Villanueva ingresó en el cuerpo y recibió un destino de prueba que aprovechaba el hecho de que nadie conocía su cara en la ciudad: lo usaron como señuelo en Narcóticos. Cuando terminó, el supervisor del departamento le dijo que tenía que ir a una casa a las seis en punto y le dio una dirección de West Covina. Era la casa del capitán James Hamilton.

Hamilton le estaba esperando con dos de sus sargentos y dos tenientes de Inteligencia, un intimidante comité de recibimiento para un agente a prueba. Le expusieron cuál sería su siguiente misión, si decidía aceptarla, aunque, en realidad, no tenía opción de rechazarla: tenía que infiltrarse en un grupo de forasteros que se habían mudado a los apartamentos Halifax, en Hollywood, y que tenían cierta propensión a los atracos. No les importaba entrar en un restaurante pistola en mano y poner a todo el mundo contra la pared, como en las películas, algo parecido a lo que Mickey había hecho en sus días mozos para reivindicarse en Cleveland y Chicago. En el grupo había un tal Michael Rizzitello, un famoso asociado de los Gallo, en Nueva York, un perfil lo bastante importante como para seguir los pasos. El agente Villanueva recibió la identidad de un joven de Jersey con antecedentes y su propio apartamento en Hollywood, de modo que pudiera invitar a sus nuevos amigos para echar partidas de póquer (y copas gratis), antes de excusarse y volver a sus quehaceres («Ya nos veremos, chicos») para que los otros se sintiesen lo bastante libres para hablar de sus cosas…, siempre a tiro de los micrófonos. Los había ocultado, en el salón y los dormitorios, un veterano del departamento al que el novato no conocía mucho, un hombre llamado Keeler. Villanueva solía frecuentar los garitos favoritos de la banda y las cafeterías a las que se desplazaban cuando cerraban los primeros, para tomar el desayuno, charlar en voz baja o jugar a las cartas. A menudo, el propio Mickey y su séquito solían ocupar las mesas cercanas en el Gaiety y el Carolina Pines, poniendo el broche a sus propias largas noches en la ciudad.

Cuando Villanueva empezó a ser uno más de la «Banda de Halifax», le sorprendió el grado de tendencia a delinquir hasta en las cosas más nimias; robaban incluso cucuruchos de helado si se les presentaba la ocasión. Otra cosa que le llamó la atención: «Siempre rendían cuentas a Mickey. Si robaban algo muy valioso o bonito, se lo obsequiaban enseguida a Mickey». Mickey había salido de la cárcel interpretando al cándido exdelincuente que se escandalizaba ante la mera mención de algo malo, pero esta banda lo trataba como el amo del cotarro, alguien a quien pagar un tributo.

En aquellos meses de 1959, Mickey también recibía un trato muy distinto por parte de otro personaje del Strip, alguien que se comportaba como si Mickey le debiese dinero. Villanueva estaba dispuesto a apostar a que un corredor había llevado apuestas con Mickey que este ni siquiera se había molestado en colocar, quedándose el dinero directamente. Cuando las cuentas se pusieron a favor del corredor, Mickey le dijo que se fuese a paseo. Así que el corredor metió en la partida a un tercer jugador, experto en resolver disputas de ese estilo sin excederse en la conversación, ya fuese por una apuesta hípica de 15 dólares o por alguien que hubiese aparecido en el mismo *Saturday Evening Post* y apareciese posando en una heladería en la revista *Life,* compartiendo mesa con una estríper mientras se tomaba un *sundae* con vainilla y chocolate, cubierto de cereza.

En la calle se decía que Mickey le debía a Whalen una pasta considerable. Whalen se enfrentó a él en el Crescendo

una noche, delante de las cohortes del otro, registrándole li-
teralmente los bolsillos en busca de su dinero.

El principal sargento de enlace de Villanueva, dentro
de la brigada, Gene James, añadió un detalle acerca del encuentro del que se susurraba en ciertos círculos a lo largo del
Strip. Jack Whalen había levantado a Mickey por las sola-
pas de su chaqueta y lo había tirado encima de la barra antes
de registrarle los bolsillos, dando lugar a una breve e ingeniosa réplica.

—*Esta vez has ido demasiado lejos.*
—*Me sigues debiendo…*
—*Demasiado lejos, demasiado lejos.*

La familia Whalen sostenía una fecha específica de ese encuentro, pero lo situaba en un lugar distinto y con otro trasfondo: el 18 de octubre de 1959, en el Formosa Café, justo
al lado del estudio de Sam Goldwin. Jack estaba en el bar con
un amigo llamado Hickman, que quería colocar una apuesta
en la trastienda. Era domingo, con seis partidos de la NFL
programados, incluido el del equipo local, los Rams, contra
los Green Bay Packers. Hickman tenía 30 dólares propios
y había pedido prestados otros 20 a Jack, para la cifra redonda de 50 dólares. Hickman fue a la trastienda, donde Mickey
y otros dos hombres estaban en plena faena. Otro conocido de la familia contaba:

Hickman regresó a la barra y le contó a Whalen lo de la
apuesta y las probabilidades entre los equipos, y que le habían

dado seis puntos. Whalen dijo: «Ve y que te devuelvan el dine-
ro, te han robado, puedes sacar más puntos que esos». Hickman
estaba asustado y titubeó. Whalen fue entonces a la trastienda
y obligó a Cohen a sacarse el dinero del bolsillo y dejarlo so-
bre la mesa. Whalen cogió 50 dólares del fajo de Cohen y dijo
que recuperara el resto, antes de soltarle un bofetón, llamán-
dolo: «Ladrón». Cohen le gritó: «¡No debiste hacer eso!». Wha-
len volvió a la barra y entregó los 50 dólares a Hickman.

Mickey no descartó todas esas historias y las tildó de boba-
das, rumores callejeros sin importancia... ¿Cómo iba a creer
nadie que había dejado que alguien le pusiera las manos encima, o en su dinero? Fue su amigo del alma Fred Sica, explicaría más tarde Mickey, quien fue acosado por ese «masto-
donte bastardo, cabrón y aprovechado». Más concretamente:
«Montó el numerito delante de todo el mundo de mi local. No
respetaba a nadie. Todo el mundo sabía lo depravado y chulo que es ese bastardo de Jack, llamado el Ejecutor, Whalen».
    ¿Acaso no habían advertido al cabrón de Whalen?
    «No jodas a ese pequeño judío.»

CAPÍTULO 32

Una llamada a la cárcel

Los dos hijos pequeños de Jerry Wooters estaban cabalgando a lomos de *Thor*, el gran danés, en el patio trasero de la casa familiar de Arcadia, cuando el capitán Hamilton le convocó para decirle que estaba fuera de la brigada. Lo iban a trasladar al turno de cuatro de la tarde a medianoche en la cárcel de Lincoln Heights, otra vez de uniforme, en una labor que quedaba un poco más abajo de que la de agente de tráfico.

—Sabes que llevo muchos años en esto. ¿Qué demonios está pasando?

—El traslado será vigente a partir de mañana.

—Creo que merezco…

—Mañana.

Wooters dijo que recurrió a todos los que conocía en busca de una explicación, pero nunca la consiguió, como tampoco oyó una palabra de su relación con Whalen. «Supongo que estaba en la lista negra de alguien.»

Pero otro miembro de la brigada sabía lo que había decantado la decisión tras años de susurros. El sargento que era la encarnación de la decencia lo sabía. Con Keeler lo sabía. Un agente de la unidad, relativamente reciente, había solicitado de repente otro destino tras trabajar en el caso de un corredor de apuestas. No dijo por qué quería el traslado, siguiendo un código que se aplicaba igual entre los policías que entre los delincuentes. Pero su compañero confió a Keeler que Jerry Wooters había sacado de quicio al nuevo con una proposición: sugirió que detuviesen al corredor y que luego le ofreciesen una salida. A Keeler eso le sonaba a chantaje en toda regla.

Era un corredor de Wilshire Boulevard, tenía una tienda allí, una mercería, algo de ropa. Uno de nuestros agentes lo abordó y se convirtió en un informador, uno de los buenos, por lo que no lo detuvimos por las apuestas ilegales. Jerry Wooters había trabajado en Antivicio, por lo que estaba bien informado sobre los corredores y todo lo que les rodea, razón por la que estaba en la división. Así que acudió al agente que tenía en el bolsillo al informador e intentó llegar a un acuerdo con él: si encontraban algo con lo que detenerlo, Wooters le daría un susto y luego lo soltaría. En otras palabras, quería sacarle algo, detenerlo y sacudirle un poco a ver qué caía. La verdad es que desconozco los detalles. Pero el agente se lo contó a su compañero y, no sé por qué (siempre he sido una especie de padre confesor, o algo), el compañero va y me lo cuenta. Encontré al agente y me lo llevé a mi laboratorio. Quería el traslado. «¿Qué quieres decir?», le pregunté.

«No quiero formar parte de esto.»

Lo hablamos un rato. Le dije que por respeto al resto debía delatar lo ocurrido. «Eh, son tus amigos los que dejas atrás, ¿los vas a dejar colgados?» Bueno, al final lo convencí para hablarlo con el capitán.

Fui a ver a Hamilton y le dije que teníamos un problema. «¿Ah, sí?»

Le dije que uno de los nuestros había propuesto una cosa a otro de los nuestros. Vaya, cómo se puso el capitán.

«¿De quién se trata?», inquirió.

«Wooters.»

El capitán me miró mientras sacudía la cabeza. No le sorprendió nada. Se quedó sentado, pensativo... Asintió ligeramente. A la mañana siguiente, Wooters estaba trabajando en la cárcel, y Bert a la siguiente...

Esa fue la parte más dura para todos los que sabían del asunto: la forma en que trasladaron también a Bert Phelps, el hijo del primer piloto del Departamento de Policía de Los Ángeles, el que había demostrado ser un genio de los micrófonos y que podría haber puesto su genio al servicio de la CIA por el triple de la paga. Bert había entregado su cuerpo a la causa, literalmente, al romperse la espalda; y había preferido volver al trabajo antes que aceptar la invalidez. Pero nada de todo aquello podía salvarle del departamento de policía de Parker, que no admitía excusas, que consideraba a un compañero responsable del otro, pasase lo que pasase. «Bert debía de conocer algunas de las cosas que Wooters hacía», razonaba Con Keeler. «Siempre le dije: "Bert, no eres ningún estúpido".»

Phelps podía pasarse el día argumentando que no sabía nada y que podría ser que Jerry solo quisiera apretar un poco al corredor para pillar a un pez más gordo, como Mickey. Pero nadie comprendía los locos métodos de los chicos de Antivicio. No entendían el concepto «Jerry es así». Cuando el capitán Hamilton lo convocó, Phelps dijo: «Mierda, capitán, llevo aquí años y lo he dado todo». De nada sirvió. A él también le cayó el puesto de carcelero, en su caso en los calabozos de la central del Departamento de Policía de Los Ángeles, de medianoche hasta las ocho; el turno del cementerio. Todo se hizo muy sutilmente, sin formalidades ni vistas disciplinarias, y ambos conservaron sus rangos de sargento. No habría ningún borrón en sus expedientes. El mundo exterior no tenía por qué saber nada. Keeler incluso llegó a decirle a Phelps que el nuevo destino podía ser una bendición, con un horario normal. «¿Por qué no acabas Derecho y te gradúas?»

¿Una bendición? ¿El turno de medianoche a ocho en una cárcel? Phelps podía volver a casa por la mañana y «cenar», echarse una breve siesta y luego estudiar un poco antes de las clases de Derecho, que iban de las seis a las nueve y media de la tarde. Luego podía conducir de vuelta a la central para su siguiente turno del cementerio en el purgatorio. ¿Una bendición? Le iba a llevar un tiempo sobreponerse a la rabia que le producían esos «beatos de mierda» que nunca habían dudado en echar mano de su talento para «misiones especiales». Esta noche te vas a Yuma. «Sí, señor.» Esta noche te vas a San Diego a colocar micros en este sitio. «Sí, señor.» Esta noche vas a repasar el despacho del jefe en busca de micros. «Sí, señor.» Esta noche ve a ayudar a un pez gordo cornudo a espiar a su errada esposa. «Sí, señor.»

Ahora tocaba «Esta noche te vas a la puta cárcel» y ya puedes estar agradecido. Al menos cabía imaginar que, algún día, olvidarían y perdonarían a Bert, cuyo único crimen había sido ser compañero de alguien. No ocurría lo mismo con Jerry Wooters. Apenas un año antes, había sido el único agente de a pie retratado con los jefes en un artículo nacional sobre Mickey Cohen en el *Saturday Evening Post*, descrito ahí como el particular Javert del pequeño mafioso. Ahora costaba mucho imaginarlo escapando de la cárcel de Lincoln Heights, regresando de donde una vez fue arrojado de niño por robar bolsas de naranjas de un dólar. Jerry Wooters había hecho un viaje a ninguna parte y en tiempo récord.

Wooters llevaba uno o dos meses en su exilio de la cárcel cuando recibió la llamada de una familiar voz: Jack Whalen. El hombretón seguía en libertad bajo fianza, mientras mantenía la apelación por sus cargos de robo y estafa de 500 dólares a cuenta del corredor amateur Don Giovanni. Era miércoles, 2 de diciembre de 1959. Whalen no sonaba especialmente agitado.

—Eh, creo que estoy en un buen aprieto, ¿puedes echarme una mano?

—¿Qué?

—Bueno, he tenido un numerito con el maldito Mickey.

—¿Dónde?

—El Rondelli's, en el Valle.

—Jack, ahora voy de uniforme. Estoy de servicio. No puedo salir y aparecer en el Valle así como así. Sabes que puedo hacer muchas cosas, pero esa no. Veré si puedo conseguir que alguien te eche una mano.

Wooters llamó a su antigua brigada, donde un par de tipos aún podrían prestarle oídos si tenía un soplo que darles.

Llamé a uno que creía que era mi amigo; no exactamente un amigo, sino un conocido, uno que era teniente. Le llamé y le dije: «Oye, si os pasáis por el Rondelli's esta noche a eso de las once, creo que encontraréis a Mickey y a Whalen, entre otros peces interesantes. Y me apuesto algo a que también habrá armas».

Y el otro me dijo: «Oh, vale, muchas gracias».

A continuación llamé a Whalen. Tenía reputación de no llevar nunca un arma encima, él siempre tiraba de puños, les quitaba la tontería a hostias. «No se te ocurra llevar armas encima.»

La advertencia era una especie de insulto para el orgullo de Jack Whalen, ¡como si él necesitase algo más que sus puños! Pero Jerry Wooters transmitió el mensaje: no la líes. Y Jack el Ejecutor no llevó ningún arma encima la última noche de su vida.

CAPÍTULO 33

Una noche de muerte en el Valle

El problema de Jack Whalen no era directamente con Mickey, sino con un par de sus hombres, y tenía que ver con asuntos familiares del mundillo: quién estafaba a quién y quién iba a bajarse de la burra antes.

El origen de la disputa se remontaba a las redadas de Antivicio en cinco locales de Al Levitt, el 21 de noviembre de 1959. Levitt era un corredor de apuestas deportivas que operaba en el Valle y del que se sospechaba que manejaba hasta 50.000 dólares en un día bueno. Las redadas eran moneda común en el negocio, y los que lo trabajaban apenas sufrían penas de cárcel, si es que llegaban a catarla. Lo malo era si los policías se metían en la trastienda y se incautaban de los boletos de apuestas. Si el rumor se extendía demasiado, algunos jugadores avispados podrían decir que habían apostado a ganador y exigir sus ganancias. ¿Cómo demostrar lo contrario?

De ese modo, un par de jugadores empezaron a reclamar 390 dólares que, según ellos, habían ganado en partidos de fútbol universitario, justo después de las redadas de la policía en los locales de Levitt. La pareja había apostado bajo el nombre clave «George para Ram».

Cuando se les preguntó en un entorno oficial, como por ejemplo un tribunal, George Piscitelle, alias George Perry, y Sam LoCigno, alias Sam Lombardo, se declaraban desempleados (gerente de bar en paro en el caso de Perry, y barman y vendedor callejero sin trabajo en el de LoCigno). Sin embargo, ambos vivían bien para tratarse de gente sin un sueldo; no les faltaban Cadillacs nuevos. «No creo que nadie pueda ganar a los caballos», decía LoCigno, «pero yo tuve esa suerte».

Sammy LoCigno había crecido en Cleveland mientras Mickey seguía allí, intentando dar el salto del boxeo a una vida mejor, y luego se vino al oeste, en 1944, tras ser desestimado en el servicio militar por una enfermedad nerviosa causada, al parecer, por la exposición a aguas no salubres. De vez en cuando organizaba partidas de juegos de azar, pero tras quince años en la ciudad solo tenía una condena en su expediente; cinco días por exceso de velocidad. A los treinta y nueve años, parecía ser algo más que un «corredor de segunda, lacayo y recadero de Mickey Cohen», tal como lo describía su agente de la condicional.

Ahora, el recadero Sam LoCigno y su amigo George Piscitelle querían rascar 390 dólares a Levitt, que acababa de ver sus locales asaltados por la policía. La pareja recuperó 140 dólares de sus presuntas ganancias antes de que el corredor se lo pensara dos veces y (desgraciadamente para ellos) hallara pruebas que corroborasen sus sospechas.

En condiciones normales, su jugada habría colado suavemente, pero no habían contado con los métodos de la sección de Antivicio de la policía de Los Ángeles. Uno de los sargentos al mando de la operación contra Levitt no llevó directamente los boletos de apuestas a la sala de pruebas. Las guardó en su taquilla; decía que quería estudiarlos antes de redactar su informe. Y quién iba a llamar a su puerta después, sino un veterano abogado especializado en representar a muchos corredores. Este dijo: «Oye, estamos teniendo problemas con algunos que han declarado ganar una gran suma y Al no se lo traga...». Habitualmente, lo normal es decirle al abogado de un corredor que se vaya a la mierda, pero ese siempre se había mostrado cooperativo, un poco en plan yo te doy y tú me das. ¿Qué mal iba a hacer?

Según los boletos, había dos apostadores en partidos de fútbol universitario que se hacían llamar «George para Ram», y ambos eran perdedores. Los tontos de ellos habían apostado 220 dólares en la universidad de los chicos listos, la Northwestern, que soñaba con llegar a la Rose Bowl si ganaba a los de Illinois, pero perdieron 28 a 0. Al Levitt, libre bajo fianza y no precisamente en el mejor de sus humores, hizo sus propios cálculos y decidió que no debía nada a esos estafadores, sino que eran ellos quienes le debían 910 dólares. El jefe de administrativos de Levitt le sugirió que se olvidase del asunto, dados los jugadores. Pero el modo de vida de estos consistía en aligerar el bolsillo de los más débiles del rebaño. En la mañana del 2 de diciembre, llamó por teléfono a George Piscitelle y tuvo que hacer frente a una frustrante barrera de indignadas negaciones y exigencias por las supuestas ganancias. Al final, Levitt dijo:

—Mira, ya estoy harto del tema. Voy a decirle a J. O. que te llame.

No hacía falta que nadie le dijese a George Piscitelle quién era J. O. Levitt le estaba pasando el muerto a Jack O'Hara, alias Jack Whalen, alias el Ejecutor.

Cinco minutos después, sonó el teléfono otra vez en el apartamento de Piscitelle.

Cuando Jack Whalen aceptaba un «caso», significaba que la deuda pasaba a debérsele a él, al igual que la pugna por ella, y no estaba dispuesto a oír tonterías. George Piscitelle dijo que el mensaje del «matón» fue al grano: «Más vale que paguéis lo que debéis, espaguetis de mierda».

El mundillo en Los Ángeles de finales de la década de 1950 era muy pequeño, todos se conocían, y Piscitelle estaba al corriente de los métodos del Ejecutor. Cuando Piscitelle trabajaba en el bar Turner's, en el Strip, vio cómo Whalen zurraba a tres hombres en la calle, enviando a uno a más de dos metros y estrellándolo contra unos cubos de basura. Piscitelle compartía, por aquel entonces, apartamento en North Hollywood con alguien que conocía personalmente a Whalen, el joven cantante de club Anthony Amereno, alias Tony Reno. Alguien había descrito a Tony como «metro y medio de nada» y «cincuenta y cinco kilos de pis con una erección», pero este había encontrado su sitio en Los Ángeles tras emplear un billete de autobús Greyhound para huir de Nueva York y sus usureros. El cantante se había convertido en la principal atracción del local adyacente al Turner's, el Melody Room, y pronto tendría una función en Glendale, lo que dio lugar a la fortuita llamada de Whalen. El hombretón era uno de sus mayores fans. «Allí donde he trabajado, cantando quiero decir, llamaba a Jack y él venía a verme, ya sabes, a gastarse el dinero… Siempre es bueno para un club tener clientela fija, ya sabes. A los jefes les gusta que te gastes el dinero y él venía e invitaba a copas a todos mis acompañantes.»

Es más, cuando Tony cayó en bancarrota, el Ejecutor le dio un trabajo de cinco meses atendiendo el teléfono en la trastienda de su local de apuestas hípicas. El cantante también conocía a su padre, lo suficiente como para referirse a él como «Doc», de doctor Whalen. Entonces, cuando Tony Reno se dio cuenta de quién estaba poniendo al tanto a George Piscitelle del tema de las apuestas, dijo: «Dame el teléfono, porque conozco a Jack».

—Tú mantente al margen, pequeño capullo —respondió Whalen a su antiguo administrativo de apuestas y cantante—. Quiero mis 900 dólares y no voy a tolerar un no por respuesta.

Whalen advirtió a los dos estafadores que tenían hasta mediodía para pagar, pero les dio un margen, hasta las doce y media. Enviaría a alguien a Salem Manor, en Sunset, para recoger el dinero. Llegado el momento, no fueron allí ni Lo-Cigno y Piscitelle, sino su representante voluntario: Tony Reno, que albergaba la intención de hablar un poco más. El emisario de Whalen puso a su jefe en contacto telefónico con Reno para volver a explicar lo obvio.

—Voy a partir el cráneo de esos dos espaguetis bastardos. ¿Es que se han creído que están jugando con un niñato? ¿No tienen el dinero allí en este momento?

—No, ya les he dicho quién eres.

—Me voy a cargar a esos dos.

No hacía falta que Jack Whalen preguntase dónde se escondían los dos estafadores.

Todos eran vampiros sociales; vivían para la noche y tenían por delante una noche típicamente completa. La fiesta empezaría con una cena en el que se había convertido rápidamente en su lugar de reunión, el Rondelli's, para subir luego hacia la colina, al Cloister, en el Strip, donde aquel día se ponía fin a la exitosa estancia del comediante Joey Bishop en dicho local. Bishop podría haber seguido allí, pero tenía que irse a Las Vegas para rodar una película de acción, una pequeña travesura llamada *La cuadrilla de los once*, con sus colegas Frank Sinatra, Dean Martin y Sammy Davis Jr. Mickey Cohen había reservado una mesa completa para la actuación final de Bishop en el Cloister, y el cómico, nacido en el Bronx, iba a cenar con ellos antes de empezar; le gustaban los ñoquis frescos que hacían en el Rondelli's todas las noches de miércoles. Compartía el gusto con el agente artístico, Joe DeCarlo, mánager de las estríperes favoritas de Mickey, encargado de llevar a Bishop al restaurante, hasta que decidió jugar nueve hoyos extra y se hizo de rogar. Pero no pasaba nada, porque cuando DeCarlo llamó a Mickey con la noticia, el pequeño mafioso le contestó: «Vale, pues tráeme a Sandy».

La parodia de compromiso de doce quilates con Miss Beverly Hills seguía aún vigente, aunque, durante los últimos diez días, él se había estado viendo con una joven de dieciocho años y melena rubia: Claretta Hashagen. Nacida en Saint Paul, Minnesota, adoptó el nombre de Sandy Hagen en Los Ángeles, donde aspiraba a triunfar como modelo. Tenía una caniche llamada *Brigitte* y un periquito de nombre *Blue Boy* en un apartamento con dormitorio de satén rojo y blanco, como una estampa de San Valentín. La policía descubriría más tarde que tenía doscientos noventa nombres apuntados en varias agendas; parecía que la joven belleza había conocido a mucha gente en la ciudad. Un amigo mutuo le había presentado a Mickey en un restaurante del Strip. Más tarde lo llamó por teléfono y ahora salían juntos. «Es un perfecto caballero», decía. «Nunca bebe. Nunca dice palabrotas. Nunca fuma.»

Tony Reno se había cortado el pelo esa tarde; todos esos hombres tenían unos pelos estupendos: oscuros, ondulados, ahuecados lo justo y perfectamente fijados con gomina. Sammy LoCigno no podía conducir, le habían retirado el carné, así que fue Joe quien se puso al volante del Caddy descapotable del 59, con George Piscitelle a su lado y Sammy relegado al asiento trasero de su propio coche. Tony iba detrás, con otro coche llamativo, propiedad de la novia de Piscitelle. George era atractivo; estaba a la altura del fallecido Johnny Stomp, y las chicas se le echaban encima. Tenía un T-Bird del 58. El grupo partió a las diez menos veinte de la noche.

Tal como Mickey había pedido, se dirigieron primero a la casa de Sandy Hagen, en la salida 101 de la autopista, frente al Hollywood Bowl. Pero cuando hicieron sonar el claxon desde la puerta, ella salió con una bata y dijo que no estaba lista, que mejor siguiesen adelante y que ella les alcanzaría en el Rondelli's.

Sammy LoCigno calculaba que, solo en el último mes, había comido quince o dieciséis veces en el Rondelli's. Le gustaba el establecimiento porque los camareros sabían que le gustaba la pasta sin esa salsa de tomate picante que le alteraba el estómago. Nick, el chef, cocinaba platos especiales para él, suaves, como él los quería.

LoCigno vestía uno de sus trajes perfectamente confeccionados para la ocasión, con un bolsillo lateral del tamaño justo para una 38. «Encajaba ahí maravillosamente», decía.

Por duro que fuese, Whalen no iba a ir solo a hacer el trabajo; al fin y al cabo era lo bastante listo como para haber pilotado bombarderos. Tras mantener una conversación telefónica con su viejo amigo de Inteligencia, exilado ahora en una cárcel, el grandullón consiguió la colaboración de un habitual, Rocky Lombardi, con quien se reuniría a las ocho y media en el Strip. A Whalen no le preocupaba nadie que estuviese delante de él; nadie a quien pudiera ver. «Quería que yo le vigilase la espalda», dijo Rocky. «Por si pasaba algo.»

Whalen no tenía prisa. Se metió media docena de chupitos en el lugar de reunión, el Rondelet de Sunset, mientras que Rocky solo se tomó una cerveza. Marinero Jack Woods se encontraba también allí, y en circunstancias normales se habría unido a los otros dos, como de costumbre. Pero Marinero Jack también estaba de apelaciones por su sentencia de uno a diez años, y no quería dar a las autoridades ninguna razón para que le revocasen la fianza. Así que solo se tomó unas copas con ellos.

Su siguiente parada fue el Melody Room, donde Tony Reno cantaba a menudo. Allí, Whalen se tomó otra media docena de chupitos; seguía sin tener prisa. Vestía de manera informal, para el trabajo, con unos pantalones holgados grises, camisa blanca desabrochada y chaqueta deportiva. Finalmente dijo que había llegado el momento. El destino no era ningún secreto; el rumor había llegado hasta el joven policía encubierto de Jersey, Quintín Villanueva, que estaba haciendo migas con la Banda de Halifax, en el Strip. «Me encontraba en uno de los clubes nocturnos», dijo. «El rumor más extendido allí era que Whalen estaba muy caliente y se dirigía hacia el Valle.»

Pero Whalen no fue directamente al Rondelli's. Rocky Lombardi y él hicieron una parada antes en un local mexicano, Casa Vega, para reunirse con un tercer compañero. José Sánchez Herrera, conocido como Big Joe por una buena razón: medía un metro noventa y uno, pesaba ciento cuarenta y cinco kilos y a veces conseguía pequeños papeles de extra como polinesio gigante.

El restaurante mexicano estaba a un breve paseo del Rondelli's, pero cogieron los coches. Rocky y Big Joe iban en uno. El Ejecutor conducía el suyo. Sus dos compañeros llegaron primero, a las once y veinticinco de la noche, y fueron directamente hacia la entrada principal, pasando debajo del baldaquín que anunciaba «COCINA NAPOLITANA». En el interior, giraron a la derecha, a la altura de la cabina telefónica, hacia la estrecha y penumbrosa zona del bar, donde los vendedores de la tienda de piscinas de al lado reían envueltos en la música reinante y dos mujeres charlaban con el barman. Rocky Lombardi y Big Joe Herrera tomaron posiciones en extremos opuestos de la barra y se pidieron una copa mientras esperaban. Parecía que lo hubieran hecho antes.

Rocky aún no había tocado su vaso cuando Jack Whalen irrumpió por la puerta batiente de la cocina a las once y veintiocho. Había entrado por el callejón trasero, pasando el edificio de Piscinas Anthony. No dirigió una palabra a Rocky mientras cruzaba la zona de la barra hacia la cabina telefónica, en la parte delantera del restaurante. Pudo ver al diminuto cantante, Tony Reno, el metro y medio de nada y cincuenta y cinco kilos de erección, en el interior de la cabina de cristal haciendo una llamada. El bar estaba atestado. Todos los taburetes estaban ocupados, al igual que las cuatro mesitas de cóctel. Varios parroquianos permanecían de pie con sus copas en la mano. Whalen conocía a las dos mujeres que estaban charlando con el barman, Ona Rae Rogers y Jo Wyatt (trabajaban ocasionalmente como camareras en el Strip), pero no habló con ellas tampoco. Apartó a una de ellas mientras se dirigía hacia Tony, en la cabina. «Sabía que no estaba allí por placer», diría Jo Wyatt más tarde.

El comedor no podía verse desde el bar. Las dos zonas estaban separadas por un biombo de plantas falsas, filodendros de plástico que casi alcanzaban el techo, iguales que los que tenía Mickey Cohen en el vivero que regentaba cuando salió de la cárcel.

Mickey había llegado entre las ocho y media y las nueve de la noche en su Caddy descapotable blanco y negro del 59, acompañado por su bulldog, *Mickey Jr.* El perro tenía su propio babero a cuadros para comer con estilo, de su propio plato, a los pies de su amo. En una vista, celebrada la semana anterior, en la que solicitaba una licencia para celebrar funciones en directo en el Rondelli's, Mickey se había acogido a la Quinta Enmienda más de cincuenta veces, las mismas que le preguntaron si era el propietario encubierto del local. «No tengo ninguna participación en ese restaurante», contestó. «No la querría aunque me la ofreciesen en una bandeja de plata.» Esa noche había llegado temprano al restaurante del que no tenía ninguna participación para reunirse con un hombre llamado Waders, que representaba a un dúo de cantantes negros y quería su ayuda. Waders y sus cantantes estaban esperando en el bar a que les diese audiencia. Mickey también tenía una reunión con su viejo amigo Roger Leonard, que estaba en el negocio de la exterminación y vendía equipamiento ultravioleta. Ahora Leonard se vendía como guionista y productor, como su hermano, que era uno de los protagonistas del drama policial de Hollywood *La ciudad desnuda*, y estaba preparando otra serie, *Route 66*, acerca de dos jóvenes que exploraban la famosa autovía en un Corvette. El antiguo empresario de exterminación Roger Leonard esperaba, a su vez, convertirse en el productor de la historia de Mickey Cohen.

La mesa quince estaba reservada para ellos. Se encontraba en la parte posterior del restaurante, junto al carrito de postres. Uno de los hermanos Sica, Fred, estaba allí, pero se retiró pronto esa noche, justo cuando llegaba Mickey con su séquito.

Sammy LoCigno, el del estómago delicado, fue primero a la cocina a presentar sus respetos a Nick, el cocinero, y luego se sentó a la izquierda de Mickey. El expropietario de bar George Piscitelle estaba sentado al otro lado de la mesa redonda, desde donde podía ver a cualquiera que se acercase al comedor. Tony Reno, el imitador de Sinatra, era la nota discordante: llevaba un jersey de alpaca, en vez de traje, pero también contaba con un sitio en la mesa quince, al igual que Joe DeCarlo, el de las estríperes, y Roger Leonard, el que quería hacer una película. El asiento a la derecha del de Mickey estaba vacío, a la espera de la llegada de Sandy.

Había mucho movimiento; siempre alguien sentándose o levantándose de la mesa. Mickey salía constantemente a la oficina del restaurante para hacer llamadas, o al baño para lavarse las manos. Sammy LoCigno no paraba de ir a la barra para charlar con las chicas, Jo Wyatt y su compañera de habitación, Ona Rae Rogers. Conocía a Ona Ray especialmente bien (habían salido un par de veces), así que las invitó a ambas a unirse a la fiesta en el comedor. «Ya hemos cenado», le dijo Ona Rae, pero aceptaron la oferta para más tarde, en el Cloister, y disfrutar de la última actuación de Joey Bishop. Mientras, Tony Reno seguía con sus peregrinaciones constantes a la cabina telefónica en sus sucesivos intentos de localizar a su representante, decía (necesitaba un adelanto de dinero para sacar su ropa de la lavandería antes de la actuación en Burbank).

También estaban otros habituales del restaurante. A Harry Diamond lo trajo su hijo y se plantó en la barra a tomarse chupitos de whisky a palo seco. Era ciego de un ojo y el segundo ya empezaba a fallarle cuando intentaba leer la letra pequeña de la publicación más importante: la gaceta de las carreras. Diamond agitó la mano desde la barra para unirse a Joseph Friedman, alias Joe Mars, que tenía su propia cafetería en North Highland, pero prefería comer allí. No tardaron en ponerse a discutir sobre quién tenía que invitar a las rondas de la noche.

Michael y Toni Ross llegaron después de un accidente de tráfico; habían chocado contra un conductor borracho y necesitaban tomarse algo para recuperarse del susto. Michael Ross era un actor que vivía de papeles secundarios, uno en el clásico del cine negro de 1950 *Con las horas contadas,* la película que empezaba con Edmond O'Brien presentándose en una comisaría de policía para denunciar un homicidio, y al que se le pregunta: «¿A quién han asesinado?». «A mí», replica él. Ross y su mujer estaban sentados, cenando con Al Siegel, «Hollywood Al», que iba acompañado de su madre. Cuando la señora Ross se levantó para ir al servicio, se topó con Mickey saliendo y le saludó con una inclinación de cabeza.

La adolescente Sandy Hagen aún no había llegado, de modo que Mickey pidió a George Piscitelle que los llevase a él y a *Mickey Jr.* al local más cercano del Western Union, en Van Nuys Boulevard, adonde le estaban transfiriendo 800 dólares. Antes, cuando salía con la estríper Candy Barr, el dueño de un club de Florida había ido a Los Ángeles y había puesto sobre la mesa la posibilidad de llevarla en avión a Miami para actuar allí, preguntando, de paso, dónde podía hacer algunas apuestas mientras estuviera en la ciudad. Mickey le dijo que Sammy LoCigno podría ayudarle con eso. Ahora el tipo estaba pagando lo que había perdido y Mickey, con toda su amabilidad, iba a recoger la transferencia de Sammy.

El taxi con la joven rubia llegó por fin, justo cuando Mickey y el bulldog regresaban al Rondelli's. Sandy Hagen pidió un zumo de naranja y los escalopines de ternera, que apenas había empezado a saborear a las once y veintiocho de la noche. Sam LoCigno había terminado su ensalada y estaba listo para su pasta sin salsa de tomate. Mickey estaba de vuelta en su asiento, no lejos del agua y el jabón. El plato de *linguini* de su perro se encontraba debajo de la mesa, lamido hasta que había quedado reluciente. Tony Reno había vuelto una vez más a la cabina del teléfono de la otra parte, al otro lado del biombo de filodendros falsos. Allí estaba cuando una (enorme) figura familiar apareció por la puerta de la cocina y atravesó la barra en su dirección, con toda la pinta de no estar allí por el ambiente.

El coche camuflado de la policía llevaba aparcado enfrente del Rondelli's desde las ocho de la tarde; el teniente del turno de noche de Inteligencia había ordenado a los dos hombres de su interior que vigilasen el local. Estos habían aparcado en una calleja lateral donde su presencia no resultase demasiado llamativa mientras controlaban la entrada principal, la cinta de terciopelo y el cartel del aparcacoches. No podían ver el callejón o la puerta trasera.

Uno de los que estaban vigilando era Jack Horrall, el hijo del jefe de policía de la década de 1940 y antiguo compañero de Jerry Wooters. «Teníamos entendido que se iba a celebrar una reunión ahí dentro», fue todo lo que admitiría saber. Vieron a Mickey salir con el Cadillac de DeCigno y lo siguieron cumplidamente hasta el Western Union de Van Nuys Boulevard, registrando el trayecto en su diario. Cuando volvieron al Rondelli's, simplemente aparcaron el coche en la misma calleja para mantener vigilada la misma zona de la fachada del restaurante.

El otro policía de vigilancia era Jean Scherrer, que no había dejado de recibir encargos sensibles desde que se unió al Departamento de Policía de Los Ángeles. Cuando aún era un ingenuo novato, en 1949, la época en la que los escándalos azotaban al departamento, fue enviado al Coliseum, el enorme estadio, a lo que creía un control de tráfico rutinario. Sin embargo, un sargento le dijo: «Nos vamos a encargar de Antivicio». Así, Scherrer entró a formar parte de la pequeña fuerza operativa que asaltó el contaminado cuartel general de la unidad y encontró «ciertas cosas, como dinero, montones de dinero, y cosas así» en las taquillas. El público supo casi enseguida que muchos de los de Antivicio habían sido despedidos o trasladados, pero nunca lo del dinero. Algunas cosas era mejor mantenerlas en silencio, tanto entonces como ahora. Scherrer también intervino en el famoso caso Cahan, dirigido por el sargento Jerry Wooters. «Es el mejor investigador con el que nunca he trabajado», dijo.

Pero el 2 de diciembre de 1959, Scherrer no sabía quién había dado el soplo a los jefes que les mandaron al Rondelli's; y no lo sabría hasta pasados unos años. De haberlo sabido entonces, ese día quizá hubiese hecho algo más que calentar el asiento del coche.

No nos dieron demasiada información. Solo podíamos ver la fachada y no ocurría gran cosa. Pasamos allí varias horas aburridas. Alguien en la oficina decidió que probablemente seguiría siendo así, así que nos dijeron que nos marchásemos. Y lo hicimos, justo antes del tiroteo.

Tony Reno estaba introduciendo otra moneda en el teléfono público cuando una mano gigante le agarró de la pechera y, sin esfuerzo, lo levantó en el aire para sacarle de la cabina. Whalen le dijo: «¿Dónde están esos dos espaguetis amigos tuyos? Cuelga el teléfono y dime dónde están esos bastardos». O puede que fuese un «Hola, qué tal te va». El caso es que Tony Reno tuvo que contar la escena muchas veces posteriormente, así que, ¿quién iba a culparle por cambiar un poco los diálogos?

—¿A quién llamabas, Tony?
—A mi representante.
—¿Dónde están esos dos cabrones?
—Jack, cálmate…
—Van a llevarse lo suyo. ¿Están ahí dentro?
—Sí, en la parte de atrás.

Whalen empujó al pequeño Tony para que abriese camino por delante de él, rodeando las plantas falsas hasta la zona del comedor. Pero el grandullón aflojó la presa en cuanto vio quiénes estaban allí. Whalen siguió avanzando y Tony corrió a la seguridad de la barra, en la parte delantera, o eso dijo posteriormente; que estaba cerca de la cabina, desde donde no podía ver nada, aparte de oír los disparos. Uno, una breve pausa, y luego otro.

Tony Reno miró hacia el otro extremo del bar, donde se encontraba Tony Lombardi, el acompañante de Whalen. Tras el segundo disparo, Tony alzó los brazos en un gesto, como preguntando: «¿Y qué le vamos a hacer?».

Según Mickey, los disparos de esa noche procedían de otro reservado cercano, un poco más allá en la misma pared, y él no vio nada. Estuvo tranquilo toda la noche y no vio nada.

Luego cambió la versión, por supuesto. Vale, sí, los disparos salieron de su mesa, pero seguía sin haber visto gran cosa. Al final, Mickey relató que el bastardo de Jack Whalen se les acercó diciendo: «Buenas noches, señor Cohen», pero sin darle tiempo de responder, porque el Ejecutor puso su enorme mano izquierda sobre el hombro de George Piscitelle y preguntó: «¿Tienes algo para mí?». George respondió: «No tengo nada que hablar contigo, Jack», y devolvió su atención al plato. «¡Y, bingo! Golpeó a George con un fuerte gancho de derecha, y George cayó al suelo. Whalen cogió la silla que se había quedado vacía y se volvió hacia Sammy LoCigno, alzándola, como diciendo: "Espagueti de mierda, tú eres el siguiente", o algo así… Lo siguiente que oí fue un disparo, y eso fue todo. No llegué a ver ningún arma.»

Mickey insistió en que se había escondido bajo la mesa por la fuerza de la costumbre, allí, junto a *Mickey Jr.,* y, que cuando finalmente se asomó, el restaurante estaba vacío. Esa fue la versión oficial de Mickey Cohen; o te la creías o no te la creías, como con casi todo lo que decía. Pero lo básico, en la primera noche, fue que no había visto nada.

De todos los presentes en el restaurante aquella noche, solo Mickey y las dos jóvenes de la barra no huyeron. Entre los gritos de pánico y los que incitaban a huir, todos los demás, habituales, borrachos o vendedores de piscinas, habían salido como alma que lleva el diablo, la mayoría por la puerta de atrás, a través de la cocina, hasta el callejón trasero. Pero las compañeras de piso, Jo Wyatt y Ona Rae Rogers, se quedaron. Conocían al hombre desparramado sobre el suelo de sus días en el Strip. Jo Wyatt lo conocía muy bien. Corrió hasta el comedor y se encontró a Jack Whalen tendido sobre el costado derecho, cerca del carrito de los postres. El hombretón respiraba muy superficialmente y sangraba por la cabeza. Ella lo tumbó de espaldas, cogió manteles y servilletas y le pidió a su amiga Ona que trajese hielo. Tumbado de espaldas, los pies de Whalen apuntaban hacia fuera, quietos, y su mano izquierda quedó posada sobre el estómago, como si se la hubiese puesto ahí intencionadamente, como consciente de que ahí le había impactado la bala.

Al igual que prácticamente todo el mundo, el actor Michael Ross había salido disparado del comedor, arrastrando a su mujer por toda la cocina. Pero la pareja permaneció allí unos minutos, como paralizados por el miedo. Entonces se dieron cuenta de que Toni se había dejado el bolso atrás, con los cigarrillos y el encendedor. El actor volvió corriendo a su mesa para recogerlo, y entonces fue cuando vio a la joven Jo Wyatt sobre el cuerpo tendido. Le dio la sensación de que estaba arrodillada, pronunciando una plegaria sobre Jack Whalen.

Wyatt rogó a Mickey Cohen que llamase a un médico, y este lo hizo. Llamó a su médico personal, el doctor Max Igloe.

—A continuación —dijo Mickey—, me fui a lavar las manos.

Nadie llamó a las autoridades hasta las doce y cuatro de la noche, y quien lo hizo no fue nadie que estuviera en el restaurante. Rocky Lombardi realizó la llamada. Tras el segundo disparo y el gesto de manos en alto de Tony Reno, miró fugazmente hacia el comedor y vio a su amigo Jack tirado en el suelo. «No parecía estar muy bien. No se movía en absoluto. Me fui. Salí por la puerta con el resto de la gente.» Pero Rocky fue el único que se detuvo en la cabina y marcó el número de la centralita para que enviaran una ambulancia al Rondelli's, en Ventura Boulevard. «Han herido a un hombre.»

El agente James C. Newell recibió el aviso del hombre herido por radio a las doce y diez. Pertenecía a la división de Van Nuys, en el corazón del Valle. Él y su compañero llegaron al restaurante al mismo tiempo que la ambulancia.

Whalen ya estaba muerto. La primera bala había fallado, zumbando a través de dos hojas del filodendro artificial antes de atravesar el techo y acabar en el ático. La segunda sí acertó sobre la ceja derecha, casi entre los ojos, y se alojó en la parte posterior del cráneo.

Mickey Cohen estaba saliendo del aseo cuando el primer agente entró en el restaurante; era el único comensal que permanecía allí. Habían despejado la mesa. Todo había desaparecido: los platos, las servilletas y la vajilla que quizá tuviera huellas. Solo quedaba el mantel blanco, aún con el patrón cuadriculado de arrugas que delataban por donde había sido doblado la noche anterior. El camarero declaró que despejó la mesa por pura costumbre, que nadie se lo había ordenado. También retiró las bebidas de la barra, al otro lado de las plantas; tiró las bebidas de cada copa en persona. Había empezado por el vino de cocinar. Ese camarero no sentía remordimiento alguno.

El jefe Parker y el capitán Hamilton llegaron en menos de una hora. Era la mayor concentración de mandos de la policía en el escenario de un crimen desde 1950, cuando Sam Rummel, el abogado de Mickey, fue emboscado en el exterior de su casa de Laurel Canyon. Ese día, el jefe dijo: «Este caso puede resolverse, y así será, aunque requiera a todos los miembros del departamento de policía». Pero el asesinato nunca fue resuelto, al igual que muchos otros en Los Ángeles. Ahora parecía que volvían a movilizar a toda la fuerza… Todos los que estaban disponibles, desde Homicidios hasta Inteligencia, recibieron la orden de localizar a cualquiera que estuviera en el restaurante esa noche. Los propietarios legales, James y Hazel Rondelli, estaban por allí, con el camarero y un par de empleados más, y ayudaron identificando a algunos de los clientes habituales. Algunos estaban calle arriba, en otra cafetería. Otros se llevaron una sorpresa cuando la policía llamó a sus casas.

Mientras esos policías recorrían la ciudad, el honor de interrogar a Mickey recayó en Thad Brown, el jefe adjunto aficionado a masticar puros y supervisor de detectives. Brown había chocado con la brigada cuando participó en la investigación de la Dalia Negra, todo un insulto a sus muchachos de Homicidios, pero resultaba difícil no admirar sus redaños de la vieja escuela. A pesar de su rango, Brown era lo más alejado del típico burócrata de escritorio; arrestó personalmente a dos de las tres mujeres que fueron enviadas a la cámara de gas de San Quintín, incluida Barbara Graham, cuyo caso inspiró una película *(Quiero vivir)*, que sirvió para que Susan Hayward ganase el Oscar a la mejor actriz. En la vida real, llegado el momento de asaltar el comercio donde la asesina se había refugiado con dos hombres, Brown se hizo con una escopeta e insistió en entrar primero por la puerta trasera. El jefe adjunto conocía los aspectos más duros del mundillo, tanto como al hombre que yacía en el suelo del Rondelli's.

«Lleva tiempo flirteando con la muerte», dijo Thad Brown en referencia a Jack Whalen. «Era grande, duro y tan malo como pueda imaginarse.»

Brown mandó a un agente de uniforme que despejara el comedor para poder interrogar a Mickey a solas. El único testigo del encuentro fue el perro, *Mickey Jr.*

—Que Dios me asista, jefe, pero yo no le disparé —dijo Mickey.

—¿Y quién lo hizo?

—No lo sé.

—¿Quién más estaba sentado contigo a la mesa?

—Nadie.

A medida que iban localizando a los demás testigos de la noche, el relato fue cobrando forma. Uno de los vendedores de la tienda de piscinas cercana, Gerald Sumption, dijo que les comentó a sus compañeros que mejor se fueran, pero fueron bloqueados por Mickey, quien, por lo visto, no se había agazapado bajo la mesa tanto tiempo.

—¿Adónde vais?

—Afuera.

Entonces Mickey sacudió al vendedor en la mejilla derecha, fuerte.

Sumption pesaba ciento once kilos y estaba en forma (sabía judo), y, al parecer, Mickey lo confundió con uno de los acompañantes de Whalen, porque dijo: «Ibas con ellos, maldito…» y le volvió a dar en la cara. El corpulento vendedor podría haber lidiado sin problemas con el barrilete de Mickey, pero se lo pensó dos veces; le acompañaban dos tipos, y no eran pequeños precisamente. En cuanto Mickey derivó su atención a otra de sus acompañantes, una joven de larga melena rubia, Sumption salió corriendo por la puerta.

La policía localizó a Sandy Hagen en su apartamento cercano al Hollywood Bowl, al otro lado de la autovía. Estaba con su hermana mayor y otra chica, una bailarina que se encontraba de visita en Las Vegas. El Caddy de Mickey estaba aparcado fuera; había intercambiado con ella los coches cuando le dijo que se largase del Rondelli's. En el apartamento, su hermana mayor se resistió a los agentes que se la querían llevar, pero Sandy, a pesar de su adolescencia, mostró un aplomo digno de los diez días pasados junto al infame Mickey Cohen. De la noche dijo que oyó disparos, que se le arruinó la cena. «Tuve que soltar el tenedor.»

Otros testigos fueron de muy poca ayuda. El inestable bebedor de whisky, Harry Diamond, no vio gran cosa con el único ojo bueno que le quedaba. La mujer del actor, Toni Ross, había atisbado fugazmente la mesa de Mickey, pero poco más. «No vi ninguna cara.»

Tony Reno había salido huyendo en el sofisticado Thunderbird con George Piscitelle, colina arriba, hacia otro de los locales que frecuentaban habitualmente, el Carolina Pines, para tomarse un café. Los policías lo encontraron más adelante en el Melody Room (¿dónde si no?), pero juró que no había visto el tiroteo porque estaba en la barra.

A los que no pudieron localizar fue a Sam LoCigno, el del estómago sensible, y Joe DeCarlo, el de las estríperes. Una de las bailarinas de Joe, Miss Beverly Hills, tenía previsto reunirse con el grupo tras la actuación en el Largo, pero llegó al Rondelli's a medianoche, justo cuando se estaba produciendo la estampida.

—Joe DeCarlo me recibió gritándome varias veces que me fuese de allí, y eso hice, al igual que él.

La policía no averiguó gran cosa esa noche. El jefe Parker, no obstante, aseguró al enjambre de periodistas allí congregados que el departamento no se movía del todo a oscuras en cuanto a lo que había ocurrido en el restaurante. Comentó que la brigada del capitán Hamilton había recibido el soplo de que Whalen podría dirigirse hacia allí «para hacer una demostración de fuerza ante el mayor magnate de las apuestas de Los Ángeles y resolver una disputa».

Lo que no dijo Parker era de dónde procedía el soplo.

Una llamada telefónica a su casa de Arcadia despertó a Jerry Wooters un par de horas después de finalizar su turno en la cárcel. No fue una conversación amistosa.

Estaba en la cama, eran alrededor de las dos de la madrugada, cuando recibí una llamada de Hamilton. Me preguntó que dónde podía encontrar a la señora Whalen, la mujer de Jack. Vaya, de repente sabe que conozco a Whalen, como si no lo supiese antes.

Le recordé que estaba hablando con un sargento degradado. Que trabajaba con cientos de prisioneros y que no sabía esas mierdas. Para algo tenía a todos esos detectives tan competentes. Que la encontrasen ellos.

Entonces me dijo: «Escucha, te voy a contar algo. Maldita sea, te crees jodidamente listillo». Y, por Dios, que empezó a contar cosas de las que nunca había oído hablar.

Al final dije: «Escucha, doy por sentado que estás grabando esta conversación, y no quiero hablar más contigo. Esto ya son horas extra».

Se cagó en todo y siguió con la cháchara.

Pero yo no le dije nada.

Jerry Wooters tampoco recibió mucha más información. Solo más tarde averiguaría que habían mandado un coche camuflado al Rondelli's por su anterior llamada, pero que los dos agentes se habían limitado a aparcarlo en Ventura Boulevard y que nunca habían entrado. Lo supo de mano del teniente del turno de día. «¿Sabías que la noche del asesinato en el Rondelli's hubo un coche de Inteligencia aparcado delante del maldito local y que se largaron?»

Así habían acabado todos los años de secreta amistad con Jack Whalen: él degradado en una cárcel, el otro tirado en el suelo con una bala en la cabeza, y su propio departamento de policía dando vueltas por ahí sin la menor pista.

A la mañana siguiente, uno de los agentes que seguían en la escena registró el cubo de la basura del callejón y encontró una bolsa de plástico con tres revólveres del 38 dentro. Ese era el momento que uno de los miembros de la Brigada de Élite llevaba años esperando.

El sargento Jack O'Mara llegó al Rondelli's cuando el cuerpo aún seguía allí. Después le mandaron buscar a Joe Friedman, alias Joe Mars, el restaurador que había estado riñendo con el apostador medio ciego, Harry Diamond. El hombre estaba sentado a metro y medio de la mesa de Mickey, pero dándole la espalda, sin poder ver nada más que al grandullón caer al suelo, o en eso insistió esa noche. «No quería verme implicado», diría más tarde Friedman. «Yo tenía mi negocio.» Así que esa parte de la noche había resultado frustrante para Jack O'Mara.

Todo eso cambió a la luz de la mañana, a las seis y media, cuando el agente uniformado que llegó primero al restaurante realizó su descubrimiento. James C. Newell aprovechó las primeras luces para registrar el tejado de la tienda de piscinas, el aparcamiento y un cubo de cincuenta galones. *Voilà*. Entre los desperdicios había una bolsa de plástico con un trío de 38: un Colt, un Smith & Wesson y un pistolín de empuñadura nacarada de apenas cinco centímetros. Todas las armas estaban cargadas. El agente Newell corrió al interior del restaurante para informar a los jefes.

Cuando la noticia llegó a Jack O'Mara, salió disparado en busca del capitán Hamilton.

—Capitán, podrían ser las armas que cogí.

Parecía haber ocurrido hacía siglos, pero Hamilton lo recordaba bien. Era uno de los pocos que quedaban en la unidad conocedores del gran golpe de O'Mara, tanto años atrás, cuando convenció a un ratero para birlar siete armas de la casa de Mickey Cohen, en Brentwood, para luego calcar las iniciales bajo las empuñaduras con la esperanza de demostrar, algún día, que el tipo era un asesino. La Brigada de Élite lo había estado intentando, sin suerte alguna, desde 1946.

CAPÍTULO 34

«Soy el hombre…»

El 3 de diciembre de 1959, el mismo día que encontraron las armas, uno de los periódicos de Los Ángeles publicó un breve artículo con mención a Mickey Cohen. Las portadas, por supuesto, estaban plagadas de titulares que resaltaban el estallido de una guerra, en referencia al tiroteo en el Rondelli's. Se había metido a un mono en un cohete como parte del incipiente programa espacial nacional, pero costaba competir con cosas como «MICKEY COHEN PRESENCIA UN ASESINATO DE BANDAS EN UNA CAFETERÍA DE LOS ÁNGELES». Así, el *Herald-Express* titulaba en su segunda página: «LA VERSIÓN DE COHEN SOBRE EL TIROTEO DE LA CAFETERÍA», firmado por el propio Cohen.

Lo cierto es que Mickey no escribió nada, huelga decirlo; el artículo se basaba en sus confusas declaraciones de aquella noche. Pero, ya fuesen verbales o escritas, solo eran una comedia de mentiras, de principio a fin, con el acento puesto en la comedia. Casi al principio decía: «Sin duda me gustaría saber dónde está mi coche ahora», cuando de sobra sabía que le había dado las llaves del Caddy a la chica cuyo dormitorio parecía una postal de San Valentín. Cerca del final, ponía: «No me acompañaba nadie», cuando lo cierto era que jamás salía por ahí sin su séquito. Pero esas minucias no eran lo importante, sino el propio tono, que restaba importancia a aquella tontería. Porque todo lo ocurrido había sido una enorme tontería.

Entré allí con mi perro, Mickey Jr. *Me parece que voy a tener que buscarle abogado también...*

Estaba sentado a una mesa con mi perro, que comía lingui-ni *a mi lado (son esos espaguetis italianos con salsa de almeja).*

De repente oí disparos... Y vaya si me escondí bajo la mesa... Me volví hacia alguien que estaba detrás de mí y pregunté si veía que sangrase por alguna parte.

Lo primero que hice al esconderme fue quitarle [al perro] el babero; hay que ponerse uno cuando comes linguini...

Esconderse bajo una mesa no es nada agradable. Qué me van a decir a mí. Ya he pasado por muchas situaciones iguales...

Solo tengo una queja. No pude terminar mis linguini.

El 8 de diciembre de 1959, seis días después de que Mickey no pudiera apurar sus *linguini*, anunció al mundo que el asesino de Jack Whalen, alias Jack O'Hara, alias el Ejecutor, se iba a entregar. Dijo que había convencido al pistolero para entregarse y poner fin a la búsqueda «para ahorrar dinero a los contribuyentes».

Así, Sam LoCigno salió al fin de su escondite. Desde la fatídica noche en el Rondelli's, se había ocultado en el hotel Tropicana, cerca del Sunset Strip. Hizo una parada en Miramar, cerca de la playa de Santa Mónica, y recorrió doscientos cincuenta kilómetros al norte, hacia Santa María, donde un amigo de Mickey, que regentaba un club de juego de naipes, le escondió. El abogado de LoCigno medió para que saliese y se entregara en la central del Departamento de Policía de Los Ángeles, pero únicamente después de salir en televisión para dar su versión. Entonces Sam estaría listo para ponerse en manos de William H. Parker. El jefe de policía de Los Ángeles llevó consigo una grabadora para registrar la confesión. Dio un chasquido y Sammy dijo:

—Soy el hombre que disparó a Jack O'Hara en defensa propia.

CUARTA PARTE

Justicia

CAPÍTULO 35

Freddie pierde la cabeza

C uando el forense colocó el cuerpo de Jack Whalen sobre la camilla metálica, medía exactamente un metro ochenta y tres. Era más pequeño en la muerte que en vida. Pero seguía pesando ciento cuatro kilos. Tenía treinta y ocho años.

Para el certificado de defunción, la familia indicó que su ocupación era «actor» y que su oficio se circunscribía dentro de la «industria del cine». Se indicaba ahí que su último empleador había sido Revue Productions, responsable de una de las series semanales más vistas en su idealización de la imagen de la familia estadounidense: *Leave It To Beaver,* y *westerns,* como *The Restless Gun,* protagonizada por John Payne, el atractivo actor más conocido por su interpretación del abogado que salva a Santa Claus en *De ilusión también se vive.* En *The Restless Gun,* era un lacónico pistolero que vagaba por el Oeste y sobrevivía a todos los desafíos. Cada episodio requería unos cuantos actores capaces de montar a caballo, y en cuatro ocasiones durante el último año de emisión, contaron con el antiguo jugador de polo. Eran papeles pequeños, pero, a esas alturas, nadie podía considerar a Jack Whalen como un aspirante; murió con un carné del Sindicato de Actores de Televisión, gracias al guionista y productor David Dortort, que acababa de estrenar otro *western*, el primero jamás rodado en color. Todo el mundo decía que era una locura, dado que la mayoría de los televisores aún eran en blanco y negro. Pero es muy posible que Jack Whalen hubiera tenido un papel en esa arriesgada empresa de brillantes colores, la que el propio Dortort bautizó *Bonanza*.

—Lo contratamos a través de Revue Productions junto con un grupo de actores especializados en el género —explicó el guionista y productor—. No tenía ni idea de que fuese un gánster.

Los últimos días de 1959 estuvieron llenos de atrevidas conjeturas sobre el asesinato, incluida la insinuación de que la policía podría haber estado detrás de todo. La portavoz de la Fiscalía General de California reveló que alguien que decía hablar en nombre de Jack Whalen les tanteó meses antes, indicando que el grandullón, que se enfrentaba a diez años por robo, quería una reunión. «Dijo que Whalen había recibido presiones y que quería contar una historia que destaparía las vergüenzas del Departamento de Policía de Los Ángeles.»

Esta portavoz, Connie Crawford, dijo que, más tarde, el emisario les conminó a olvidar todo el asunto, que ya no iba a ser posible. Pero la fiscalía no había olvidado los acontecimientos de la década anterior, cuando el Departamento de Policía de Los Ángeles estuvo entre los cínicos cuando el fiscal general asignó a un gigantesco investigador para hacer de guardaespaldas de Mickey en el Strip. El jefe adjunto del departamento enviaba ahora al jefe Parker una nota sugiriendo que «sus» policías podrían haber estado tomando «zumo» a cambio de proteger los intereses de Whalen en el juego.

La inferencia era ridícula; el hombre había sido asesinado de un disparo delante de la mesa donde se sentaba Mickey con su nuevo séquito de sanguijuelas. Todos los que no eran nadie habían huido. ¿Y los polis mataron a Whalen para que no se fuera de la lengua? Era una soberana tontería, pero el jefe del Departamento de Policía de Los Ángeles susurró una respuesta a un reportero del *Herald-Express*, quien la resumió torpemente en un párrafo atribuido a un policía anónimo, fácil de extraviar en medio del drama del asesinato del Ejecutor. «Es bien sabido que se llevaba muy bien con al menos un agente menor de la policía», indicaba el *Herald-Express*. «Ese oficial fue presuntamente trasladado de su puesto de responsabilidad a otro menos relevante cuando fue forzado, por parte de otros oficiales del cuerpo, a admitir que había aceptado sobornos.»

Hasta el sargento Con Keeler, la encarnación de la decencia, se quedó desconcertado ante esa perla. Nunca hubo alegato de soborno, y mucho menos una admisión; lo único que ocurrió es que Jerry Wooters se comportó como Jerry Wooters e hizo algo fuera del tablero, forzando las reglas y puede que con la esperanza de recoger algún rédito al final, pero eso nadie podía asegurarlo.

El propio Jerry no estaba sorprendido ante esos rumores. No le nombraban, menos mal, y se negaba a creer que Whalen estuviera dispuesto a echarle un muerto así. Quizá su viejo, Freddie el Ladrón, hubiera acudido en su día al fiscal general con la esperanza de ahorrarle la cárcel a su hijo. Pero todo aquello carecía de importancia ya. Seguía estancado en la cárcel y Jack estaba enterrado. Jerry acudió al funeral, por supuesto.

Se celebró en el Forest Lawn Memorial Park, inaugurado por un tipo de Missouri que decidió que Los Ángeles debía tener un cementerio luminoso. Se encontraba al pie de una colina, cerca de donde Jack Whalen había llevado a los hijos de sus primos a montar en poni, desde donde se dominaba un terreno donde habían rodado varios *westerns*. El pastor anglicano que oficiaba el funeral admitió que no conocía al fallecido, pero, sin embargo, dijo a los trescientos presentes: «No hay razón para la amargura. No hay lugar para la desesperanza. Debemos rogar el perdón de Dios, en Su eterno poder. No podemos preguntar el porqué de las cosas…». Alguien creyó oír sollozar a la viuda: «Él no creía en Dios». Pero ¿quién sabe? Kay Sabichi no era la única mujer que lloraba por el muerto. Su cuerpo había sido identificado en el depósito por una rubia de veintitrés años que decía ser una buena amiga. En la ceremonia también estaba una misteriosa chica de diecinueve años, ataviada con un velo negro, a punto del desmayo, por lo que tuvieron que ayudarla a irse.

Hubo una inevitable especulación acerca de una de las coronas recibidas, firmada por «Nell, Fred y Mick», pero era del actor Mickey Rooney, su madre y su padrastro. Su madre, Nell, una antigua actriz de vodevil, había trabado buena amistad con la madre del fallecido, Lillian Whalen, que también tuvo que ser ayudada a salir de la capilla. Su marido, Freddie, la sostenía por el brazo izquierdo y su hermano, Gus Wunderlich, por el derecho. El antaño pirata del juego ahora parecía un patricio, con el pelo gris y un traje ligero del mismo color.

El sargento Jack O'Mara era uno de los agentes de Inteligencia de paisano asignados a vigilar el servicio, simplemente para ver quién pasaba por allí. No había mucho de qué informar, salvo que el corredor Al Levitt era uno de los plañideros, junto con uno de los acompañantes del difunto en la noche fatídica: Rocky Lombardi.

O'Mara vio a su recientemente desterrado compañero, Jerry Wooters, sentado entre los demás. Jerry nunca fue de los que se escondían, así que se levantó y se acercó para saludar a sus compañeros. O'Mara podría haberle preguntado en qué bando estaba, pero no lo hizo. Jerry fue el que llevó la iniciativa de la conversación cuando se estrecharon las manos.

—No te preocupes —dijo—. Los cogeremos.

Freddie el Ladrón estaba fuera de la ciudad la noche del asesinato. El patriarca de los Whalen había regresado al este con una maleta con la bata blanca y el estetoscopio. Tras volver a toda prisa a Los Ángeles, la sonrisa de vendedor se le había caído de la cara. También empezó a beber.

Acudió a todos los acontecimientos oficiales, a cada vista del gran jurado, a cada sesión judicial, y se mostró notablemente sincero en cuanto a su hijo, salvo por un ligero embellecimiento del trasfondo, elevando a Jack a graduado por Black-Foxe y estudiante de Derecho en Idaho, donde no había hecho más que tomar sus primeras clases de vuelo durante la guerra. La audiencia de Freddie, compuesta por periodistas y curiosos, no tenía ni idea de quién era. Aparte de que jugaba al billar (eso lo sabían todos) era un padre roto cualquiera, con su discurso, a veces repitiéndose y otras contradiciéndose.

Muchas veces intenté disuadir a Jack para que dejase los timos. Puede que no fuese una persona perfecta. Puede que hubiera tenido algún encontronazo. Pero cuando iba a algún sitio, lo hacía armado únicamente con sus puños. Sin pistolas, sin cuchillos, sin palos. Eso es lo que me quema por dentro cada vez que pienso que esos hijos de perra le han disparado.

Jack era un chico duro. Le encantaban las peleas. Era capaz de pelear contra ocho si era necesario, pero nunca usó pistolas o cuchillos. Puede que fuese un corredor de apuestas, no lo sé. Pero no era un asesino.

Su principal ambición en la vida era convertirse en actor.

Si supiera quién ha matado realmente a mi hijo, iría descalzo, si hiciera falta, a la comisaría más cercana.

Si lo supiera, iría a verlo con una pistola en la mano.

No soy ningún chaval y no pienso ir por ahí con una pistola buscando al que mató a Jack. Pero no pararé hasta verlo en la cámara de gas.

Y no me importa a quién tenga que pisarle los pies para conseguirlo.

Un periodista se dirigió a él con tono conspirativo, preguntándole por una reunión en el Supper Club de Larry Potter. El periodista afirmaba que tenía un informador dentro. «Tenemos pruebas de que lo mató la policía.» De nuevo esa majadería. Fred Whalen no era ningún ingenuo en lo referente a la policía, pero no los culpaba de la muerte de su hijo. La mera insinuación le hizo reaccionar así:

Mickey Cohen sabe cómo se aprieta un gatillo, y eso lo sabe todo el mundo.

La mafia se cargó a mi hijo.

Parker y Hamilton son hombres honorables. El jefe de policía Parker sabe quién es el asesino.

Conozco a esos muchachos. Tengo formas de averiguarlo.

Conozco la organización de Mickey Cohen. Mickey está rodeado de tipos muy duros: los Sica, Dragna y demás. Y todos se llevarán lo suyo con el tiempo.

La noche del 14 de diciembre de 1959, Freddie fue de club en club del Sunset Strip, poseído por la rabia. Una de las paradas fue en el Melody Room, donde encontró a Tony Reno, el cantante que supuestamente era amigo de su hijo, pero que no consiguió detener a Jack antes de llegar al comedor del Rondelli's, como si tal cosa fuese posible. Había allí un par de policías de paisano. Uno era Roger Otis, que fue reclutado por la Brigada de Élite porque era capaz de trepar a toda prisa postes telefónicos como un profesional. Puede que él le dijera a Freddie dónde encontrar al cantante que había formado parte del séquito de Mickey la fatídica noche; eso era lo que Tony Reno creía. Pocos minutos después de la medianoche, Freddie se le acercó y le preguntó que si era Reno. Luego le dio un golpe en el oído izquierdo; la segunda vez en dos semanas que un Whalen le daba.

No fue nada. Vino al Strip con dos polis. Lo recuerdo como si fuese ayer. Entró en el club, no le vi venir, y me dio de lado, y todo se fue a la mierda. Estaba borracho, presentándose así con dos polis, los dos asignados a la zona del Strip. Todos trabajaban para el jefe Hamilton, ¿se llamaba así? Otro capullo. En el Strip, en el Melody Room, todo el mundo iba por allí. Yo cantaba como Sinatra. Una tontería, ya sabes, para mantenerme lejos de los problemas. Era un bar con piano muy agradable. Por allí pasaban muchas zorras de clase alta. En esos días, 200 o 300 dólares era mucho dinero para zorras, y el maître era el que llevaba las cuentas. Era un buen sitio por el que dejarse caer.

Nunca conocí en persona al viejo, pero sabía que era un timador. Me dio sin más, un golpe de marica, y los otros intervinieron para separarnos. Porque le acompañaban dos polis maricones. Ellos sabían quién era yo (fueron ellos quienes le indicaron quién era, los muy cabrones, porque sabían que frecuento el Melody Room). Más tarde llamó y me pidió disculpas.

Cuando a Mickey Cohen le llegó la noticia de que el viejo Whalen había recorrido todo Sunset como un alma enfurecida y había golpeado a Tony Reno, él ya tenía la respuesta preparada. «Quince o veinte personas me han dicho que Freddie ha estado por el Strip presumiendo de que tenía carta blanca de la policía para matarme. Está invitado a venir a verme», dijo. «Cuando quiera.»

Al día siguiente, Freddie Whalen estaba ante el Tribunal Municipal, contrito mientras el juez le multaba con 25 dólares por agresión y le sometía a seis meses de libertad condicional. Habían pasado treinta y cinco años desde su última visita a un tribunal de Los Ángeles, por el robo en las tiendas con su mujer, cuando intentó salir airoso con buenas palabras y una absurda historia sobre una fiesta de cumpleaños. En esta ocasión, las únicas palabras que dijo fueron: «Lo lamento profundamente».

Jack O'Mara condujo hasta la Gran Casa Blanca que coronaba la colina en Los Feliz, el lugar que Freddie hacía pasar por suyo a ojos de todos, pero que en realidad era de su hija. O'Mara ya había estado allí antes, para celebrar los cumpleaños de Freddie, al menos los primeros. Por aquel entonces, se llevaba consigo a su hija Maureen, pero esta vez fue solo.

Freddie no parecía bebido. Estaba en el sótano, en su mesa Burnswick. Vestía con un informal suéter de cárdigan, pero no se había quitado la corbata desde la vista en el juzgado. Se había dejado un poco de bigote, como si se hubiese pintado el borde del labio superior, al estilo de los antiguos actores del cine mudo. O nadie le había dicho que parecía una reliquia, o le importaba un pimiento.

O'Mara nunca había visto de lo que era capaz Freddie con un taco, y no sabía qué esperar. Muchas de las cosas que veía y oía como policía eran pura mierda. El otro se lo tendió sin pestañear. Sin embargo, la forma de sostenerlo no era la de ningún aficionado; Fred Whalen fue metiendo una bola tras otra en los huecos, recorriendo el perímetro de la mesa como si así quisiera dejar claro su sitio.

Voy a pillar a ese hijo de perra, aunque sea lo último que haga, Jack O'Mara.

CAPÍTULO 36

Mickey testifica

Una semana después del tiroteo en el Rondelli's, *Los Angeles Mirror-News* publicó un editorial lamentando que la ciudad se hubiera visto arrastrada de nuevo a los lamentables días en los que Mickey era el gallito que más mandaba en el Strip. Había salido de prisión ofreciendo la cara cómica e inofensiva del gánster que había dejado atrás su oscuro pasado, pero se permitía, una vez más, amenazar y lanzar pullas a la policía; «la muerte le seguía como una criada».

Mickey Cohen, seguro y abiertamente desdeñoso, dominaba la investigación sobre el asesinato de Whalen... Desde el punto de vista de los gánsteres, el jefe se lo estaba pasando en bomba, desviando la atención y haciéndoles pasar por idiotas... Arrestado como sospechoso de asesinato, salió al día siguiente con el prestigio redoblado, sin escatimar en pavoneos.

Desde su ingreso en prisión por evasión de impuestos, Cohen ha proyectado deliberadamente una imagen a medio camino entre el duendecillo cómico y travieso, el mártir perseguido por la policía, el amante desfallecido rodeado de una sucesión de estríperes y el excéntrico e inofensivo exgánster.

El mito acaba de estallar. El Mickey Cohen de 1949 ha vuelto, metiendo las narices en el Departamento de Policía de Los Ángeles alegremente mientras el asesinato le sigue como una sombra, como pasó hace diez años, cuando el Sunset Strip era como un campo de tiro.

En resumen: 1959 de repente se parecía mucho a 1949.

Al menos las ruedas de la justicia giraban deprisa. A los tres meses, en marzo de 1960, todo estaba listo para la celebración de un juicio. Pero este fue tan extraño que solo se imputó a Lo-Cigno. Los fiscales estaban convencidos de que lo ocurrido aquella noche había sido un plan urdido por el entorno de Mickey para deshacerse del molesto Ejecutor. Pero no estaban seguros de quién había apretado el gatillo y carecían de testigos que contradijesen la confesión de LoCigno: «Soy el hombre que disparó a Jack O'Hara en defensa propia».

El testimonio de Sandy Hagen fue de lo más previsible. Ella estaba sentada junto a Mickey y, por desgracia, estaba buscando un cigarrillo en su bolso cuando alguien sacó un 38 Especial que ella nunca vio. Tony Reno se mantuvo fiel a su historia: por desgracia estaba en el bar cuando pasó todo, «Alguien me dijo que habían matado a Jack. Fui a ver y luego salí corriendo». Había un presente que, al parecer, había decidido que sí vio lo que ocurrió: el dueño de una cafetería,

Joe Friedman, alias Joe Mars, al que O'Mara había seguido la noche del asesinato. Aquel día había dicho que su línea de visión estaba bloqueada por la espalda de Mickey. Ahora declaraba que había visto los disparos y repitió exactamente la versión de Mickey y sus hombres.

Uno tras otro, los comensales relataron las amenazas de Jack Whalen y cómo primero pegó al pobre George Piscitelle, que estaba tan tranquilo comiéndose su pasta, para levantar después una silla por el aire y decir al pobre Sammy: «¡Tú eres el siguiente!». El hombre estaba pidiendo a gritos que le pegasen un tiro, aunque nadie vio desde qué arma se hizo, ni siquiera la propia arma. A medida que los muchachos pasaban por el estrado, aquello parecía una competición de ver quién mentía con la expresión más impasible, y nadie era muy consciente de la presencia de Mick en el Rondelli's, a pesar de que habían hecho una parada para recoger a su chica. Luego estaba LoCigno admitiendo que había sido él, sí, pero incapaz de recordar si había sacado después su 38 Especial. «Era una de esas cosas brumosas.»

Oh, había comprado el arma por 35 dólares, cargada, al entrenador de boxeo Willie Ginsburg, quien afortunadamente había muerto de un infarto desde entonces, lo que significaba que el bueno de Willie no podía confirmarlo…

… Oh, y había salido con su 38 Especial guardada en el bolsillo derecho porque estaba aterrado por las reiteradas amenazas del Ejecutor, aunque eso no le impidió charlar despreocupadamente con las chicas de la barra y preparar la cita posterior en la función. «No voy a dejar de vivir porque tenga miedo», diría Sammy…

… Oh, y no podía recordar quién lo ocultó al norte durante más de una semana…

Y así continuamente.

Si la defensa tenía a sus embusteros, la acusación tenía sus insinuaciones, como cuando insistieron en el tipo de gente que frecuentaba el Rondelli's, cuántos tenían dos nombres y se conocían entre ellos o cuántos pertenecían a esa misteriosa sociedad de desempleados propietarios de Cadillacs. Sammy LoCigno era la Prueba A, comiendo en ese local tres o cuatro veces por semana, mientras se quejaba de que no encontraba trabajo como barman; menos mal que el bolsillo de su chaqueta tenía las dimensiones justas del 38 que le había comprado a un muerto.

Luego los dos fiscales interrogaron a una cascada de testigos que no habían visto nada, ni tan siquiera oído algo, como a Mickey gritar: «¡Ahora, Sam, ahora!», justo antes del fatal disparo. «¡Ahora, Sam, ahora!» suena más bien a película de boxeo en la que el luchador está siendo apaleado durante catorce asaltos hasta que su entrenador, desde la esquina, le hace la señal secreta para lanzar un *uppercut,* y ¡BUM! «¡Ahora, Sam, ahora!» Los fiscales preguntaron por esas tres palabras tantas veces que el jurado debió de pensar que alguien tuvo que oírlas de verdad. Sin embargo, cuando se les presionó para revelar la base de esa línea de interrogatorio, los fiscales finalmente admitieron que una prostituta se lo había dicho a uno de los investigadores, que a su vez se lo había oído decir al *maître,* quien ahora no admitía nada.

—Usted sabe que es falso —dijo Mickey cuando le llegó el turno de hablar—. ¿Se me está juzgando a mí o qué?

Pues claro que sí.

Fue llamado como testigo de la defensa, pero eso solo era el principio. Esta vez le fue mejor con su nombre, sin intentarlo con el completo Meyer Harris Cohen que le había hecho dar un traspié en su juicio por evasión de impuestos. El abogado de Sam LoCigno, Norman Sugarman, llevó de la mano a Mickey a lo largo de los inocentes eventos de aquella noche: su llegada temprano para reunirse con el agente de color y su dúo de cantantes y su entrevista con el antiguo exterminador de plagas para hablar del libro y la película basados en su vida. Las conversaciones en su mesa se centraron en las trivialidades más normales; nadie mencionó sus diferencias con el Ejecutor o cómo este prometió que les partiría la crisma. Ciertamente, Mickey relató al jurado que, si bien había oído hablar de ese violento individuo, jamás había tenido ocasión de conocerle en persona. Puede que alguna vez hubieran coincidido en el mismo club, pero esa era su única relación con «O'Hara, o Whalen, o comoquiera que se llamara». El testimonio de Mickey para la defensa se realizó en un abrir y cerrar de ojos, llenando apenas veinte páginas del acta.

La réplica del adjunto al fiscal del distrito, James C. Ford, duró seis veces más, llegando a las ciento catorce páginas durante dos días enteros en la sala del juez Clement D. Nye, en el Tribunal Superior de Los Ángeles. Todo eso fue necesario para superar la barrera de insultos de Mickey y llevar al feliz gánster aficionado a los titulares directo a la trampa que le habían preparado.

Fiscal: ¿Tenía usted una cita para acudir a ese local aquella noche?
Mickey: ¿Con quién?

Juez Nye: Es una pregunta fácil de responder, me parece a mí.

Cohen: Sí, pero no confío en este hombre, y tengo derecho a saber lo que quiere de mí.

Ford: El sentimiento es mutuo… ¿Utilizaba usted el restaurante Rondelli's como sede para sus negocios?

Cohen: No.

Ford: ¿Tenía usted la costumbre de hacer llamadas desde la oficina…?

Cohen: No más que cualquier otro cliente.

Ford: Llegó usted al Rondelli's en su propio automóvil, ¿no es así?

Cohen: Sí.

Ford: ¿Qué tipo de automóvil es?

Cohen: Un Cadillac.

Ford: ¿Conducía usted?

Cohen: ¿Y de qué otra manera iba a llegar, si no? El perro no sabe conducir, desde luego.

Ford: ¿Podría el jurado no tener en cuenta esta última respuesta?

Juez Nye: Que el jurado desestime esta declaración voluntaria del testigo.

Cohen: ¿A qué se deben estas preguntas puntillosas? No lo comprendo. ¿Que cómo llegué allí? Pues conduciendo… Este hombre me quiere liar.

Juez Nye: Nadie le quiere liar…

Ford: ¿A qué hora de la noche vio usted por primera vez a Jack O'Hara…? ¿Lo conocía como Jack O'Hara o Jack Whalen?

Cohen: No lo conocía de nada.

Ford: Está bien, lo llamaremos Jack O'Hara.

Cohen: *La única vez que lo vi fue cuando se acercó a nuestra mesa.*

Ford: *¿Lo había visto alguna vez anteriormente?*

Cohen: *No, que yo recuerde.*

Ford: *¿No es cierto que mantuvo usted algunas conversaciones con él antes de la noche de autos?*

Cohen: *Eso es absolutamente falso… Estoy convencido de ello. No es que lo crea, sino que es un hecho…*

Ford: *¿Alguna vez mantuvo usted una conversación con el señor O'Hara en el Formosa Café?*

Cohen: *En absoluto.*

Ford: *¿En el Hotel Jardín de Alá?*

Cohen: *En absoluto.*

Ford: *¿Alguna vez ha amenazado a Jack O'Hara?*

Cohen: *¿Cómo iba a amenazarlo si nunca he hablado con él?*

Ford: *¿Estaba usted mirando al señor O'Hara cuando se produjeron los disparos?*

Cohen: *Cuando se disparó no estaba mirando a nadie, estaba agachado… al primer disparo. Me escondí tan pronto como lo oí… Creí que fueron tres o cuatro…*

Ford: *¿Oyó usted cuatro disparos?*

Cohen: *No suelo tomar notas de cosas así.*

Ford: *¿Cuánto tiempo pasó escondido bajo la mesa?*

Cohen: *Después de las estampidas y las carreras, cuando parecía que todo se había calmado, me levanté.*

Ford: *¿No vio usted nada?*

Cohen: *No recuerdo si vi algo. Estaba oscuro, el restaurante es oscuro y yo estaba bajo una mesa. Intentaba comprobar que no me hubiera alcanzado ningún disparo… No vi a nadie, salvo a Sandra Hagen…*

Ford: ¿Regresó ella a la mesa?

Cohen: Cogió su bolso y lo que sea que hubiera allí... La llevé hasta la entrada delantera... Le dije que se fuera a casa para no verse envuelta en ese embrollo.

Ford: ¿Qué fue lo siguiente que hizo cuando ella se marchó?

Cohen: Me fui a lavar las manos.

Ford: ¿No llamó a la operadora del departamento de policía o los bomberos?

Cohen: Nunca llamo al departamento de policía.

Ford: ¿Sabe si alguien limpió la mesa quince?

Cohen: No.

Ford: ¿Cuántos años hace que conoce al señor LoCigno?

Cohen: Desde hace muchos. Lo conocí cuando boxeaba en Cleveland.

Ford: ¿Sabe a qué se dedica desde el 2 de diciembre de 1959?

Cohen: No. Sé que hace alguna que otra apuesta, pero no recuerdo su ocupación... Nunca hablo de esas cosas con Sammy...

Ford: ¿Trabajaba él para usted?

Cohen: No, nunca ha trabajado para mí.

Ford: ¿A qué se dedica usted, señor Cohen?

Abogado defensor Sugarman: Protesto. Irrelevante para los hechos contemplados en la causa...

Ford: Cuando llegó la policía, señor Cohen, mantuvo usted una conversación con el jefe adjunto de la policía Thad Brown?

Cohen: Solo hablé de generalidades con el jefe adjunto Thad Brown.

Ford: ¿Le preguntó en esa ocasión si había disparado usted a O'Hara y respondió usted que no?

Cohen: Me hicieron esa pregunta cuarenta veces... No respondí a ninguna, señoría.

Ford: Bien, inmediatamente después del tiroteo, ¿vio usted al señor LoCigno colocar una pistola sobre la mesa?

Cohen: No vi ninguna pistola.

Ford: ¿Iba usted armado cuando Jack O'Hara se aproximó a su mesa?

Cohen: Nunca he ido armado en mi vida...

Ford: Esa noche, la del 2 de diciembre de 1959, ¿vio algún arma en algún momento?

Cohen: No vi ningún arma.

Ford: ¿Oyó alguna discusión acerca de algún arma?

Cohen: No se habló de ningún arma. Era una fiesta alegre y la gente pensaba ir a otra después.

Ford: Señor Cohen, le voy a mostrar la prueba número dieciocho, un revólver Smith & Wesson de cañón largo, calibre 38... Podría describirse que tiene una empuñadura de marfil. ¿Podría examinarlo y decirnos si lo ha visto antes?

Cohen: No confío en usted. No le pondría la mano encima ni por un millón de dólares. ¿Bromea?

Ford: Solicito que no conste, señoría.

Juez Nye: Solicitud concedida.

Cohen: Me está pidiendo que lo toque, señoría.

Juez Nye: Le está preguntando si había visto ese revólver alguna vez.

Cohen: No estoy seguro... He tenido muchos.

Ford: Creo que podría usar un pañuelo si de veras teme tocarlo.

Cohen: No me importa tocarlo.

Juez Nye: ¿Sabe si lo había visto antes o no?

Cohen: Las únicas armas que he visto son las que se subastaron antes de que ingresara en la cárcel por el caso de evasión de impuestos... Había varias. Tengo entendido que las adquirió el departamento de policía. Solía coleccionar armas antes de ser encarcelado; todo mi mobiliario, todas mis armas, todo fue subastado.

Ford: ¿Ha tenido muchos revólveres del calibre 38?

Cohen: No entiendo de calibres. Solo sé que tenía unas armas y que se subastaron...

Ford: ¿Ha poseído alguna vez un revólver Smith & Wesson de cañón corto, calibre 38?

Cohen: A ver, entré en la cárcel en 1950... Todas las armas que poseía en ese momento fueron subastadas...

Ford: ¿Ha vendido algún arma desde dicha subasta?

Cohen: En absoluto. Nunca he tenido armas desde entonces.

Ford: ¿En algún momento de la noche de autos dijo usted las palabras: «Ahora, Sam, ahora»?

Cohen: ¿Cómo puede usted preguntarle a alguien algo que es completamente falso?

Ford: Señor Cohen, ¿cuál es su dirección?

Cohen: El 705 de South Barrington.

Ford: El 2 de diciembre de 1959, ¿tenía usted algún domicilio de actividad económica?

Cohen: No.

Ford: ¿A qué se dedica?

Cohen: Soy autor asociado.

Ford: ¿Está relacionado con los negocios de apuestas?

Cohen: No, no lo estoy.

Ford: Usted ha practicado la lucha, ¿no es cierto? ¿Está usted familiarizado con el arte de las peleas a puñetazos?

Cohen: No era muy bueno.

Ford: ¿Ha practicado el boxeo profesional?

Cohen: Oiga, ¿se me está juzgando a mí, o qué? ¿Qué demonios quiere?

Juez Nye: Un momento. Señor Cohen, absténgase de realizar declaraciones voluntarias de ese calibre.

Ford: Antes de la llegada de la policía, la mañana del 3 de diciembre de 1959, ¿sacó usted de su bolsillo algún objeto de su propiedad y se lo entregó a un tercero?

Cohen: No sé de qué me está hablando, señor Fart*.

Juez Nye: Absténgase de emplear lenguaje inapropiado, señor Cohen. Podemos proseguir sin él.

Cohen: No uso lenguaje inapropiado. No pienso dejar que pisoteen mis derechos como ciudadano, se lo digo aquí y ahora, juez Nye.

Juez Nye: Lea la pregunta...

Cohen: ¿Quiere decir que si presté dinero a alguien, o qué?

Juez Nye: ¿Se sacó usted algo del bolsillo y se lo entregó a un tercero?

Cohen: Puede que le diera a alguien un billete de 5 o 10 dólares, no lo sé.

El testigo estrella de la defensa era un «autor asociado» que condujo su propio coche hasta el Rondelli's porque el perro no podía hacerlo, que no vio ni poseía arma alguna. Le dieron una docena de oportunidades de decir algo más sobre el 38 de la mesa, pero declinó cada una de ellas. Mickey Cohen dijo: «Nunca he tenido armas», dando pie a un par de testigos sorpresa de la parte contraria que volverían a llevar al tribunal y la ciudad en un viaje hasta el pasado.

---

* «Pedo», en inglés. Cohen hace un despectivo juego de palabras con el nombre del fiscal *(N. del T.)*.

CAPÍTULO 37
El turno de O'Mara

Conformaban las pruebas del Pueblo número dieciocho, diecinueve y veinte, y la acusación las mantuvo
a la vista del jurado, cerca de la bolsa de plástico donde fueron
encontradas. Sin embargo, un drama judicial hollywoodiense habría retocado algunos de los detalles relativos al hallazgo de las armas en un cubo de basura, resaltando una de ellas
como el arma del crimen. Un guión se habría asegurado de
que el arma fuera descubierta con el cañón aún caliente y la
última recámara sospechosamente vacía; *zoom* sobre la recámara mientras aumenta el volumen de la música.

En la vida real, las dos balas disparadas en el Rondelli's se
encontraron rápidamente; una alojada entre las baldosas acús-
ticas del ático, tras atravesar el falso filodendro, y la otra en
el cráneo de Whalen. Pero en el momento de celebrarse el juicio a Sam LoCigno, el arma con la que se habían disparado

esas balas no aparecía por ninguna parte, ya que alguien la había tirado a saber dónde. «Una de esas cosas raras que pasan», diría LoCigno.

Aun así, la acusación podía demostrar que Mickey y los suyos eran mentirosos de cierto calibre, literalmente, si eran capaces de permanecer a la expectativa de que relacionasen el 38 con él.

Casi enseguida supieron que dos de las tres armas eran suyas (se encontraban entre las que O'Mara había robado de la casa de Mickey Cohen, en junio de 1950). Los números de serie lo revelaban. O'Mara y su colega, Neal Hawkins, los habían apuntado en los sobres que contenían los casquillos de las pruebas balísticas de cada arma. Diez años después esos sobres seguían guardados en la caja fuerte del Departamento de Policía de Los Ángeles, pero los casquillos no.

Solo un puñado de miembros del departamento (el jefe Parker, el capitán Hamilton y un par de tenientes) conocían los archivos secretos de O'Mara. Pero este sabía que uno de los tenientes podría haber permitido inadvertidamente que Homicidios tomase los casquillos en su desesperación por relacionar un asesinato con Mickey. «Los detectives de Homicidios acudieron a nosotros porque teníamos todos los archivos. Y un maldito gilipollas les dio acceso a los archivos secretos y vieron mi informe. Algunos no eran muy leales al departamento de policía.» O puede que ocurriera cuando el laboratorio criminológico se trasladara a la Casa de Cristal y el botín oculto fuese víctima de las labores de limpieza. «Aquello estaba lleno de mierda pasada, como balas, y también tiraron mis malditas pruebas de balística.» Lo que más enfurecía a O'Mara era que, con los años, a Mickey le había llegado la noticia de que su guarda de seguridad era un informador de la policía.

Es posible que Mickey no supiera exactamente lo que Neal Hawkins había hecho en su casa, pero cuando se reveló su tapadera, este tuvo que esconderse y salir a toda prisa de la ciudad. Ahora O'Mara tenía que encontrarlo.

Joe Busch era el fiscal del distrito y lo conocía muy bien. Cuando recuperaron las pistolas y le dije al capitán que podía tratarse de las que yo había sacado, Busch se empecinó en ir a por Mickey. Queríamos pillarlo. Joe me llamó para reunirme con él en su despacho y me dijo: «Ya tenemos las pruebas materiales. Ahora tenemos que encontrar a Hawkins. ¿Dónde se ha metido?».

Joder, el tipo había desaparecido años antes. Ya no era mi informador. Nos pusimos a buscarlo. Al final lo localizamos en el desierto, casado y con dos hijos en la zona de Lancaster, trabajando como mecánico de aviones. Tuve que husmear mucho, pero al final conseguí una dirección y me presenté allí a las nueve de la noche. Llamé a la puerta y me abrió.

—Dios, O'Mara, ¿de dónde sales?

—Neal, mira, tenemos que hablar.

—¿De qué? ¿De lo de Cohen? Mierda, paso.

—Sé que te pido demasiado.

—Joder, los chicos de Mickey habían puesto precio a mi cabeza.

—¿Podemos tomarnos una cerveza en alguna parte?

Se tomaron unas cuantas y brindaron por la guerra, por cuando O'Mara estuvo en Alaska interceptando comunicaciones japonesas, mientras Hawkins se jugaba el pellejo colocando explosivos en puentes tras las líneas enemigas. Luego rieron a cuenta del día en que Mickey hizo poner una puerta supuestamente a prueba de bombas en Brentwood. La parte inferior estaba reforzada, pero no la superior, donde estaba la mirilla. Una de las tareas de Hawkins había sido abrir la puerta cuando alguien llamaba, de modo que Mickey no se expusiera a un potencial peligro. Si los chicos de Dragna hubiesen puesto otra carga de dinamita, no sería su culo, sino su cabeza lo que hubiese volado.

O'Mara aseguró a Hawkins que, si decidía acompañarle a Los Ángeles, su testimonio sería rápido y fácil, al grano; ni siquiera tendrían que decir explícitamente que la policía le había pagado por espiar a Mickey Cohen. O'Mara tuvo que procurar no parecer muy ansioso ante su antiguo informador, dado lo que estaba en juego. Era una oportunidad, la última, de enchironar a alguien importante siguiendo las reglas. Había estado aplicando métodos muy alejados del manual policial como policía encubierto. Ahora tenían pruebas sólidas, un testigo, una cadena de custodia intacta, testimonios públicos y quizá un sospechoso esposado al final del camino; auténtica labor policial, como enseñaban en la clase de Cívica. Aun así, debía ser sincero con el otro.

—*Sin ti, no hay caso.*
—*Tengo que consultarlo con mi mujer.*

Joe Busch salió al estrado para el último interrogatorio de la fiscalía, tras el descanso de la defensa, y la acusación tuvo oportunidad de refutar ese cuento de hadas titulado «Yo no he visto nada». Lo de que Mickey había subastado todas sus armas era otro disparate. Había vendido algunas, junto a sus demás posesiones, en 1951, pero aquellas eran antigüedades, casi todo viejos Colts. La policía de Los Ángeles no había adquirido ninguna, pero contaba con los números de serie; ninguno correspondía a las armas encontradas en la basura del Rondelli's. En cuanto al trío hallado en la basura, la acusación dio impulso a sus refutaciones el 21 de marzo, el segundo día de primavera, y las cosas fueron rápidas y amenas para el antiguo guarda de Mickey Cohen, cuyo testimonio a menudo tuvo que hacerse oír por encima de las protestas de un segundo abogado de la defensa: William Strong.

Adjunto al fiscal del distrito Busch: Señor Hawkins, ¿conoce usted al hombre llamado Michael Cohen?

Hawkins: Sí.

Busch: ¿Trabajó para él a lo largo de 1950?

Abogado de la defensa Strong: Protesto...

Juez Nye: Entiendo que tiene relación.

Hawkins: Trabajaba para él como guarda... En la casa.

Busch: Y en tal calidad, señor, ¿hizo algún trabajo relacionado con algún arma para el señor Cohen?

Strong: Protesto, es irrelevante, insustancial y no afecta al caso.

Juez Nye: Se rechaza la protesta.

Strong: El mero hecho de que el señor Cohen tuviese esas armas en 1950 no tiene nada que ver con algo ocurrido en 1960, ni con su credibilidad.

Juez Nye: Yo creo que sí.

Busch: ¿Tenían más de dos armas esa noche?

Hawkins: Sí, teníamos siete.

Busch: ¿Adónde las llevó?

Hawkins: Al campo de tiro del oeste de Los Ángeles.

Busch: Al llegar a ese sitio, ¿se reunió con el señor Jack O'Mara, del Departamento de Policía de Los Ángeles?

Hawkins: Así es...

Busch: Señor, ¿qué hizo con las armas tras reunirse con el señor O'Mara?

Hawkins: Las recuperé y las devolví a la casa del señor Cohen.

Busch: ¿Se las entregó personalmente?

Hawkins: Así es.

Strong: ¿Ha visto alguna de esas armas desde entonces?

Hawkins: No, no las he visto.

Strong: Usted no tiró ningún arma al cubo de basura del Rondelli's, ¿no es así?

Hawkins: No.

Strong: Tampoco sabe quién lo hizo, ¿verdad?

Hawkins: No.

Strong: Solo dos preguntas más. ¿Habla usted de O'Mara? ¿No se referirá a O'Hara?

Hawkins: Hablo del señor O'Mara. El sargento O'Mara.

Jack O'Mara solía escoger personalmente la ropa que se ponía cuando acudía a un evento público. No era de esos hombres que dejaban que su mujer lo hiciera por él, o siquiera que le comprase la ropa. A ella le decía en broma que compraba sus trajes en J. C. Penny, pero no lo hacía (él era un fiel cliente de Richard's, una exclusiva tienda de ropa de caballeros en el valle de San Gabriel). Connie podía observar, desde la distancia, mientras él se vestía y podía preguntar: «¿Está bien así, jefa?», pero eso era todo. Él sabía perfectamente lo que mejor le sentaba, gris o azul, los colores que acentuaban sus penetrantes ojos. Para un evento social, podía permitirse añadir un pañuelo decorativo en el bolsillo de pecho, pero no para una comparecencia en el estrado. Acudió con un traje gris ese mismo segundo día de primavera de 1960, muy consciente de que el comerciante de ropa masculina más famoso de la ciudad podía esta observándolo en la sala. Sabía que Fred Whalen estaría allí.

Desde el primer día, la norma de los soldados rasos había sido la de mantener un perfil bajo, lo más invisible posible. Si los jefes querían jactarse ante el alcalde (o un periodista) sobre cómo habían conseguido ocultar un micrófono en el televisor de Mickey, era su prerrogativa, no la de los demás. O'Mara disfrutaba de un ego sano y le habría encantado gritar a los cuatro vientos cómo él había conseguido la proeza... Y cómo él había conseguido meter a un soplón en la casa de Mickey durante su mayor esplendor. Pero las normas del oficio, y del tribunal, indicaban lo contrario. Al igual que Hawkins antes que él, tenía que ceñirse a la esencia de las armas, específicamente las dos que se podían vincular a ese presumido gánster de tres al cuarto. El revólver del 38 con empuñadura nacarada y balas *dum-dum** estaba registrado a nombre de Johnny Stompanato, antes de que lo apuñalaran hasta matarlo en la casa de Lana Turner. El revólver del mismo calibre y cañón de cinco centímetros fue vendido originalmente en Nashville, Tennessee, y puede que fuese propiedad de un policía de allí. Pero Mickey los obtuvo en junio de 1950. Eso era fácilmente demostrable mediante los números de serie. Pero había una mejor forma de convencer al jurado, mucho más dramática, y es posible que se admitiera su despliegue.

---

* Se trata de un tipo de munición expansiva que se deforma al impacto y deja esquirlas, provocando mayores daños que las balas normales *(N. del T.)*.

Adjunto al fiscal del distrito Busch: ¿Cuánto hace que es oficial de policía?

O'Mara: Más de diecinueve años.

Busch: ¿Conocía usted al señor Neal Hawkins?

O'Mara: Así es.

Busch: En algún momento de 1950... ¿tuvo algún arma en su posesión?

O'Mara: Sí, siete.

Busch: Bien, ¿hizo usted algo con esas armas?

O'Mara: Las marqué personalmente.

Busch: ¿Y dónde las marcó?

O'Mara: En el interior de la placa de la empuñadura.

Busch: Quiero que preste atención a la prueba número dieciocho... ¿Tendría que tomar el arma para comprobar las marcas que le puso?

O'Mara: Sí, debería.

Abogado de la defensa Strong: ¿Dijo el señor Hawkins de quién eran las armas?

O'Mara: Me dijo que eran las armas de Mickey Cohen.

Strong: ¿Las volvió a ver después de ese momento?

O'Mara: Sí... El 21 de enero, en la oficina del Secretario del condado.

Strong: ¿Diez años después?

O'Mara: Correcto.

Strong: ¿Hay alguna razón concreta por la que usted marcó las armas?

O'Mara: Bueno, al comprobarlas, ninguna estaba registrada a nombre del señor Cohen, y a tenor de dichas circunstancias creímos que...

Strong: Creyeron...

O'Mara: … que esas armas podrían utilizarse en futuros homicidios o ser desechadas, y así podríamos rastrear su procedencia hasta el dueño.

Siguieron con los tanteos preliminares hasta el mediodía, momento en el que todos fueron a almorzar y O'Mara en busca de un destornillador. Cuando se reanudó la sesión, los abogados debatieron a puerta cerrada si el jurado debía oír (o ver) más.

Fiscal Busch: Bien, creemos que esta prueba es determinante, de ahí su relevancia, para saber si Sam LoCigno actuó realmente en defensa propia o si se había producido un acuerdo para que los presentes fuesen armados y disparasen al señor O'Hara.

Fiscal Ford: Estas armas fueron halladas en un cubo de basura, en la parte de atrás del Rondelli's, cerca del aparcamiento… Dos de las tres pertenecieron, en algún momento, al señor Cohen… De ahí se infiere que hubo al menos cuatro armas en la mesa… Es una llamativa casualidad que coincidiesen en la misma mesa cuatro hombres armados, con resultado de una muerte, y que todos ellos se sorprendan ante tal hecho…

Abogado de la defensa Strong: Hablemos de lo razonable, como hace el señor Ford. ¿Cree realmente el señor Ford que el señor Cohen, de haber ido armado, habría tirado esas armas al cubo de la basura del Rondelli's?
La policía siempre es meticulosa con sus registros. Es obvio que registraron el interior y el exterior, pero por alguna razón no descubrió las armas hasta pasadas cinco o seis horas del

tiroteo. *Creo que es igualmente razonable asumir que alguien, deseoso de alimentar la causa, hubiera colocado allí esas armas.*

Creo que sería razonable deducir que fue la propia policía quien colocó las armas en el escenario.

Así, el policía sometido a juramento regresó al estrado.

Busch: ¿Ha recabado un destornillador de algún tipo durante la hora del almuerzo, señor O'Mara?

O'Mara: Sí.

Busch: ¿Querría examinar las pruebas dieciocho y diecinueve en busca de las marcas que mencionó? Que conste en acta que ha quitado los precintos de la prueba número dieciocho, señoría.

O'Mara: Está marcada con una «K».

Juez Nye: ¿Solo una «K»?

O'Mara: Una «K».

Juez Nye: ¿Puso usted esa marca?

O'Mara: Sí, la raspé en el centro.

Busch: De acuerdo, señor. ¿Tendría a bien coger la prueba número diecinueve y examinarla, por favor? ¿Qué ve ahí, señor O'Mara?

O'Mara: «CX».

Juez Nye: ¿«CX»?

Strong: ¿Se refiere «CX» a Cohen?

O'Mara: ¿Disculpe?

Strong: Que si la marca «CX» se refería a Cohen.

O'Mara no se acordaba. Sabía que había marcado sus propias iniciales, JOM, en la primera arma sacada de casa de Mickey, pero nunca encontraron ese 38. ¿Era la K de Keeler?

¿O de Jumbo Kennard? ¿Era CX por Connie, más un beso? Después de diez años, O'Mara no se acordaba. Pero tenía que decir algo.

O'Mara: No, «CX» era una marca aleatoria.

Durante el juicio apenas hubo el más leve intento de humanizar la figura de Jack Whalen. Lo más parecido pudo ser el testimonio del médico que lo examinó, que resaltó las arrugas que rodeaban sus ojos, lo cual podría indicar que los cerró con fuerza al oír la primera detonación, la del disparo que falló. Durante ese momento, al menos, el jurado pudo ponerse en la piel de Jack Whalen.

La acusación no quiso satanizar a la víctima en sus alegatos finales. «El hecho de que Jack Whalen muriese esa noche no nos afecta directamente de ninguna manera. No perdimos nada», dijo el adjunto al fiscal del distrito, James C. Ford, para arrancar el discurso. «No lo lamentamos.» Y dijo:

Jack Whalen, Jack O'Hara, era un hombre violento. Nadie va a negar ese hecho. Era un hombre corpulento. Un hombre musculoso y… podemos decir tranquilamente que Jack O'Hara era un hombre duro y violento… Podía enfrentarse a cualquiera y derrotarlo. Esa es la verdad, era uno de los hombres más duros de la ciudad. Un hombre poderoso, alto y pesado… Podría haber aspirado al título mundial de los pesos pesados.

Pero no solía llevar armas encima, ni siquiera cuchillos, sino que… era lo bastante hombre como para defenderse con sus propios puños y… nunca mató a nadie, ni usó arma alguna, ni siquiera una silla.

De hecho, los fiscales tenían una teoría acerca de la fatal noche tejida alrededor de la proeza de Whalen: si era tan fuerte como una mula, ¿cómo era que la cara de George Piscitelle no presentaba el menor rasguño o ni siquiera le había saltado un diente? La respuesta: no lo había derrumbado, sino que este se había echado al suelo para despejar la línea de tiro. ¿Y era verdad que Whalen llegó a amenazar al pobre Sammy con una silla, o acaso la estaba retirando para tomar asiento? ¿Por qué se volvió Tony Reno corriendo a la zona del bar después de que el grandullón lo llevara a empujones hasta el comedor? Porque sabía lo que iba a ocurrir, por eso.

La acusación enumeró trescientas diez mentiras entre los testimonios de la defensa, cien de las cuales salieron de la boca de Mickey Cohen, que nunca había poseído o visto un arma, incluidas las tres que hizo que sus muchachos arrojasen a la basura por la puerta trasera. Joe Busch tuvo que culminar la demanda de un veredicto de culpabilidad diciendo:

Si se hubiera cometido un crimen en el infierno, no esperarían que los testigos fueran los ángeles, ¿verdad?

Es muy difícil llegar a la verdad de este caso visto el desfile de mentirosos que han testificado. Es como un desfile de desechos humanos.

En cuanto ese hombre entró en el restaurante aquella noche, fue directamente hacia su ejecución.

La defensa ofreció una respuesta teñida con un toque de filosofía. William Strong, el abogado de LoCigno, dijo: «Sabrán que no existe eso de que "el bien es bueno y el mal es malo".

Todo es relativo en este mundo, por supuesto. Y, bajo ciertas circunstancias…». Traducción: puedes matar a un tipo y no tiene por qué ser un crimen. Del fiscal Busch, Strong dijo:

No ha querido que se juzgue al señor LoCigno en absoluto, sino al señor Cohen. Creo, francamente, que sería más feliz si este fuese el juicio del pueblo contra Mickey Cohen. Entonces apretaría los dientes y no lo soltaría. Pero me temo que esa causa no existe…, así que tiene que contentarse con lo siguiente. Ha convertido a Sam LoCigno en un cabeza de turco. Arremeterá contra él tanto como pueda porque es incapaz de fundamentar una causa contra Mickey Cohen.

Si el señor Cohen no hubiese estado allí esa noche, estoy seguro de que hoy no estaríamos aquí.

Pero diré una cosa más: un caso cobra interés cuando encuentras tres armas en un cubo de basura de la calle… seis horas más tarde, damas y caballeros. Eso fue lo que tardaron en encontrarlas… en ese lugar, repleto de policías… ¿De verdad se creen que hasta entonces no se molestaron en salir a comprobar la basura?

O'Mara estaba sentado un par de filas por detrás de la mesa de la acusación, y se lo tomó por lo personal. El abogado había dicho: «No pretendo sugerir…». ¿Ah, no? Estaba muy claro lo que estaba sugiriendo: que Jack O'Mara, el joven policía con ambiciones, el descifrador de códigos durante la guerra, el primer ujier de la iglesia, uno de los primeros integrantes de la Brigada de Élite, había colocado las armas en el cubo de basura del Rondelli's. Podía irse al demonio.

CAPÍTULO 38

Jethro a la caza

El jurado comenzó a deliberar el jueves 24 de marzo, y a la noche siguiente Mickey llevó a los suyos al Cloister, donde su reserva para ver la actuación del comediante Joey Bishop había quedado en papel mojado la fatídica noche. Esta vez sí pudo asistir, pero le ocurrió algo terrible: alguien le robó el perro. En realidad, un borracho le robó el Cadillac, y *Mickey Jr.* iba en la parte de atrás. Cuando Mickey y sus acompañantes abandonaron el club a las tres menos cuarto de la madrugada, vieron cómo el coche se alejaba a toda velocidad por Sunset. Menos mal que por allí andaba otro «Junior».

Max Baer Jr., hijo del antiguo campeón de los pesos pesados, era un tipo robusto que aún no había sido descubierto por Hollywood y acabaría convirtiéndose en el Jethro de *Los nuevos ricos*. Acababa de llegar a la ciudad y, casi instantáneamente, había pasado a formar parte del séquito de

Mickey, donde trabaría conocimiento con todos los muchachos (y las muchachas).

Estaba solo, no era más que un crío y acababa de licenciarme del ejército. Aún no había encontrado trabajo. Oh, mierda, él siempre conseguía las mejores mesas, siempre iba rodeado de chicas atractivas, siempre pagaba la cuenta, así que, ¿qué no me iba a gustar de él cuando era solo un crío sin blanca? En otras palabras, y odio decirlo: yo era un gorrón.

Mickey iba acompañado de un montón de gente. Cuando salimos, de madrugada, el coche había desaparecido, y allí estábamos, preguntándonos qué demonios había pasado. Era un Cadillac Eldorado negro del 60, con un suelo de acero inoxidable. Yo tenía un Pontiac Chieftain, azul, de dos puertas. Mientras estábamos allí, de pie, Mickey no estaba tan molesto por lo del coche como por lo del perro, y, de repente, el coche apareció a toda prisa delante del club. Yo estaba en mi coche, y él me gritó: «¡Max, atrapa a ese tipo!», así que pisé el acelerador y salí detrás de él. Debíamos de ir a cien por hora por el Strip y el tipo, por alguna razón que nunca conoceré, giró bruscamente en Wilcox, que no tiene salida y acaba directamente en la comisaría de policía de Hollywood. Allí lo atraparon. No me lo podía creer. Estaba delante de la misma comisaría de policía.

El borracho ladrón de coches, y secuestrador de perros, se había entregado solito en la comisaría de policía de Hollywood, todo un símbolo, si es que podía haber uno, de que la policía de Los Ángeles siempre atrapaba al mahechor.

Tres días después, el jurado del Tribunal Superior de Los Ángeles declaró su veredicto y consideró a Sam LoCigno culpable de asesinato en primer grado. Los miembros del jurado solo deliberaron once minutos más para recomendar la cadena perpetua. La fiscalía no había exigido la pena de muerte por el asesinato de Jack Whalen. «Había flirteado con la muerte durante mucho tiempo», indicó el jefe adjunto de la policía.

Horas después del pronunciamiento del veredicto del 29 de marzo de 1960, el *Mirror-News* salía a la calle con un titular que incluía el nombre que no era el del condenado en el juicio.

«AMIGO DE COHEN CONDENADO POR ASESINATO EN PRIMER GRADO»

El público tendría que esperar un día para entender la auténtica relevancia de ese momento. El titular de *Los Angeles Times* no iba a toda plana y era fácil de pasar por alto, pero también se hizo eco:

«PRIMERA CONDENA A UNA BANDA EN DIECINUEVE AÑOS»

En su elogio a los fiscales adjuntos, el Fiscal del Distrito en funciones, Manley Bowler, señaló que era el primer éxito judicial de Los Ángeles contra la violencia de bandas en veinte años. Había razón doble para descorchar el champán.

Pero era más que eso. La última condena se había debido al asesinato de otra figura del mundo de las apuestas en un restaurante, el 25 de octubre de 1937, cuando un par de pistoleros irrumpieron en la cafetería The Roost y descargaron una cortina de plomo sobre George «Les» Bruneman, que controlaba el juego de la zona de la playa pero no se molestaba en compartir sus ganancias con Bugsy Siegel o Jack Dragna. En ese caso, las autoridades tuvieron que esperar dos años para detener al expresidiario Pete Pianezzi, gracias al soplo de un informador y al tembloroso, pero emocional, testimonio de la esposa del propietario de la cafetería. «Sus fríos y acerados ojos… Nunca los olvidaré.»

La gente de Dragna se carcajeó durante años del pobre tonto que se estaba pudriendo en la cárcel de Folsom por un asesinato llevado a cabo por un auténtico profesional, Leo «Labios» Moceri, el asesino a sueldo que luego fue detenido colando arandelas en un teléfono público. Pasarían años hasta que Pianezzi fuese exonerado y declarado oficialmente como el hombre equivocado. Si el Fiscal del Distrito lo hubiese sabido en 1960, quizá hubiera dado a sus dos colaboradores todo el mérito que se merecían. Descontando el desafortunado caso Pianezzi, su condena a Sam LoCigno podía considerarse la primera relacionada con un asesinato de bandas en lo que iba de siglo XX.

Era el momento perfecto para brindar por el fin de una larga cadena de frustraciones y el de toda una era. Una nueva década, la de 1960, había empezado. Solo tenían que declarar la victoria e irse a casa, antes de que su propio caso, el del asesinato de Jack Whalen, acabase como las historias del género negro.

CAPÍTULO 39

El alarde de Mickey

Las apelaciones van despacio, por lo que se tardó un año en que un tribunal superior tildase la acusación de culpabilidad por asociación como «extremadamente perjudicial», «absolutamente injusta» y «vituperante», antes de desestimar la condena de Sam LoCigno. Él era el acusado oficial, pero jamás se hubiera deducido eso habida cuenta de lo que ocurrió en la sala del juez Nye.

«El caso que estamos revisando podría llamarse en realidad "El juicio de Mickey Cohen"», declaró el trío de jueces en el fallo emitido el 26 de junio de 1961. Su decisión unánime, sustantivada en un escrito de sesenta páginas, hacía que lo del caso Cahan pareciese una simple amonestación con el chasquido de la lengua. Los jueces que revisaron la condena de LoCigno no toleraban la obsesión de las autoridades con alguien que ni siquiera estaba imputado.

Podemos asumir que los miembros del jurado, durante el curso del juicio, averiguaron suficientes cosas sobre Mickey Cohen como para considerarlo un exgánster y estafador. Su mala reputación fue exhibida por la acusación como la prueba más irrefutable de que la muerte de O'Hara fue premeditada. En el informe del fiscal general se dice: «Mickey Cohen es una personalidad notoria. Si aceptamos la teoría del apelante (la mala reputación de Cohen), entonces admitimos que el "malhechor" ha hecho lo que debía, a saber, planear un asesinato, asociarse con un gánster y llevar a cabo el asesinato estando a su lado...».

Sería justo decir que, durante el proceso, la acusación trató al señor Mickey Cohen como la figura capital del asesinato, y a los demás, incluido el señor LoCigno, como meros comparsas sometidos a sus directrices y control...

Eso era precisamente lo que los fiscales y la policía pensaban. Creían que era tan obvio que se refirieron a ello del siguiente modo en su declaración final: «Este asesinato se cometió para favorecer los propósitos del crimen organizado». Pero las reglas del juego estipulaban que no se podía encerrar a alguien por lo que uno creía, sino únicamente por lo que uno podía demostrar. Los jueces de la apelación no apreciaron la descripción que hizo la acusación de los presentes en el Rondelli's como «un desfile de desechos humanos», ni tampoco el modo en que se le preguntó a LoCigno si alguien le había pagado por disparar a O'Hara. Los jueces de la apelación también rechazaron dos de las tácticas judiciales para prolongar la condena. La primera era su insistencia en preguntar a los testigos si Mickey había ordenado explícitamente los disparos con las palabras «¡Ahora, Sam, ahora!»; un testimonio basado en la declaración diferida de una prostituta no identificada.

El segundo defecto fatal del proceso, según los jueces, fue el uso de las tres armas recuperadas de la basura. Los jueces no eran tan ingenuos; entendían que Mickey o cualquiera de sus acompañantes podían haber arrojado allí los revólveres del 38, pero ninguno de ellos había sido utilizado para asesinar al matón de Jack Whalen, alias O'Hara, por lo que ¿qué pruebas los relacionaban con el acusado?

Las pruebas, tanto directas como circunstanciales, indicaban que el acusado estaba a la defensiva, que no solo no quería encontrarse con O'Hara, sino que albergaba un intenso deseo de evitar cualquier encuentro con él... El mero hecho de que el acusado tuviese amigos que portasen armas no demostraba ningún hecho material o relevante y no debió ser admitido... Si bien el hecho de que tantas personas sentadas a la mesa fuesen armadas suscita grandes sospechas, no demostraba, de ninguna manera, conspiración alguna para disparar contra O'Hara... El disparo contra O'Hara se presentó como un «crimen de bandas», la liquidación de un gánster por otro rival en el curso de una actividad ilícita...

Las tres armas no eran admisibles como pruebas en ningún caso.

De ese modo, el preciado logro de Jack O'Mara (marcar en secreto las armas de Mickey, diez años atrás) sirvió para dar la vuelta a un veredicto de culpabilidad y dejar a un preso en libertad.

Las autoridades de Los Ángeles no se rindieron ante el vuelco judicial. Si los jueces se quejaban de que el juicio a Sam LoCigno se había parecido, de facto, al de Mickey Cohen, ¿por qué no quitarse las caretas e ir a por él de verdad? Cuatro meses después de anulada la sentencia, presentaron otra acusación de asesinato con agravante de conspiración contra Mickey, LoCigno y tres de sus acompañantes en aquella cena: George Piscitelle, el del bar, Roger Leonard, el exterminador metido a productor y Joe DeCarlo, el de las estríperes.

Las autoridades tenían una nueva prueba de la que echar mano. Desembriagado ante la perspectiva de tener que pasar la vida en la cárcel, LoCigno superó su amnesia en relación con el arma del asesinato y habló a los mandos de la prisión de un amigo que podría llevarles hasta ella; habían arrojado el revólver Smith & Wesson del 38 entre unos arbustos que bordeaban Mulholland Drive, la tortuosa carretera que ascendía por las colinas, desde donde se disfrutaba de una panorámica perfecta de las luces de la ciudad, las joyas sobre el pecho de una ramera.

Cuando los investigadores de la Oficina del Fiscal del Distrito hallaron el arma, estaba demasiado oxidada como para poder cotejarla con la bala que mató a Whalen. Pero, dadas las circunstancias, creyeron al recluso Sammy, era el arma del asesinato, pero no había sido adquirida a un entrenador de boxeo muerto, tal como tan convenientemente había testificado con anterioridad. El 38 Especial fue adquirido en Arizona por otro de los comensales, Leonard, que supuestamente había ido al restaurante para hablar de la realización de la historia de Mickey Cohen. Al parecer, había vendido o prestado el revólver a LoCigno, si bien Sammy también decidió variar la segunda parte de su historia. Ahora ya no era el asesino, a fin de cuentas; fue otro el que apretó el gatillo. No dijo quién. Solo era un canalla a medias.

El caso era que las autoridades, por fin, contaban con una pieza clave del rompecabezas, la presunta arma del crimen, pero el propio caso seguía siendo, más que nunca, «una de esas cosas brumosas», por citar al propio LoCigno en referencia a su arma. El segundo juicio demostró ser un circo caro y una pérdida de tiempo (un jurado estancado), cuyo hecho más llamativo fueron los sarcasmos de Mickey mientras aguardaban un veredicto que nunca llegaría. Se encontraba en la barbería, sometiéndose al tratamiento completo (corte, manicura y brillo) mientras la radio ofrecía boletines sobre «el jurado del asesinato de Mickey Cohen», que llevaba cuatro días reunido, debatiendo sobre las turbias pruebas.

—Esta ciudad está loca —dijo Mickey—. Me acusan de liquidar a un tipo, ¿y qué hacen ellos? Me sueltan a mí y encierran al jurado.

Para él no dejaba de ser todo una enorme tontería.

Solo tras ese segundo ejercicio de futilidad judicial se animó la fiscalía a llegar a un acuerdo que les salvase la cara, según el cual LoCigno sería el único sometido a juicio, sin jurado y sin testimonios adicionales. El juez Lewis Drucker cimentaría su veredicto en las transcripciones ya disponibles y en los alegatos finales de las partes. LoCigno repitió que sí, que él lo había hecho, pero que no tuvo alternativa, y ahora lo único que quería era casarse con la chica del Rondelli's, Ona Rae, y llevarla de vuelta a Cleveland para montar una tienda de golosinas o de platos preparados con su padre.

—He ganado —le dijo al juez— algo que nunca había poseído anteriormente: el amor... Su fe y su amor me han ayudado a mantener la moral alta y me han aportado un profundo y genuino deseo de ser un mejor ciudadano.

El tortolito en busca de una vida mejor se presentó esta vez ante el tribunal con otro abogado para incidir en su defensa propia. Se trataba del extravagante Marvin Mitchelson, que se convertiría en el famoso (e infame) conductor de Rolls-Royce pionero en demandas relativas a pagos de manutención entre parejas no casadas. Pero en esa época no era más que un joven abogado ansioso por hacerse con un caso que le diese cierta notoriedad, después de que un amigo le presentase a LoCigno en la puerta de un bar. Por desgracia, Mitchelson no se encontró con un cliente tan ansioso por vivir una vida tan normal, vendiendo productos desde un mostrador:

Yo vivía en Sunset y conocía a los muchachos que frecuentaban el Turner's. Siempre se estaban amenazando los unos a los otros. Quiero decir que era un grupo de tipos duros, y todo el mundo llevaba un arma en aquella época. Una vez, vino a mi casa con muchas prisas, mirando furtivamente alrededor, ya sabe. Entonces escondió una pistola en el sillón en el que se había sentado. ¡En mi casa! Creo que intentaba esconderla de los polis, o algo así. Nunca lo superé.

Sí fue en defensa propia, pero también por miedo; por miedo de un tipo grande y fornido que fue directamente a por él. Sam sabía que Whalen iba a por él. Bueno, en realidad iba a por los dos. También creo que intentaba proteger a Mickey. Creo que aquello formaba igualmente parte del todo. Todos intentaban cubrirse los unos a los otros, eso es lo que hacen. Pensé que teníamos algo bueno.

Y vaya si lo tenían. De acuerdo con las nuevas bases del caso, el juez halló a LoCigno culpable de nada más que homicidio voluntario, con pena de uno a diez años de prisión, lo mismo que le cayó a Jack Whalen por sacarle 500 dólares a un aspirante a corredor de apuestas.

Mickey Cohen tendría que esperar a las memorias de sus últimos días para presumir de cómo se la había colado al sistema.

«Lo primero que tienes que comprender es esto: Sam Lo-Cigno, que fue acusado del asesinato, era incapaz de acertar en la pared de un auditorio», comentó Mickey acerca de la noche en el Rondelli's. «La persona que disparó a Whalen era un tirador experto. Este experto nunca había fallado, ¿comprende?» Según este relato, Sam cargó con unas culpas de «más de 25.000 dólares», si bien Mickey declinó revelar qué experto tirador se había cargado a Jack Whalen, ese cabrón de mierda. Pero Mickey sí que dejó caer alguna insinuación. Quería que el mundo lo supiese. «Se me daba condenadamente bien disparar… El asesinato no prescribe, así que no diré más.»

¿Cómo no iba el gran Mickey Cohen a aprovechar para ponerse las medallas por liquidar al temible Ejecutor? Esa era la historia de Mickey, para creérsela o no, como todo lo que decía.

Siendo justos, otro de los presentes aquella noche acabaría corroborando su versión, si bien cincuenta años después del tiroteo. Tony Reno, el rey del piano-bar Melody Room, juró en su vejez que se quedó un momento en el comedor del Rondelli's, después de que Whalen lo sacara de la cabina y lo empujara, rodeando el filodendro falso. Dijo que mintió cuando relató a la policía y al jurado que volvió corriendo al bar y no vio nada. Cincuenta años después, afirmó que mantuvo la mirada puesta sobre Jack Whalen mientras caminaba hacia su perdición.

Vamos a retroceder muchos años. Hasta el asesinato del restaurante, que fue en 1959. Todos creen que Sammy fue quien lo hizo. Y una mierda. Fue Mickey Cohen; ¿quién, si no, le hubiese disparado desde la propia mesa? El otro, Sammy, era un corredor de apuestas, incapaz de darle a un granero. Fue Mickey, ¿quién coño, si no?

Sam LoCigno cargó con las culpas porque le convencimos de que adujera defensa propia. Se imaginaba que sería un héroe, el que mató a Jack el Ejecutor. Conquistaría toda la ciudad, ¿entiende? Pero no salió así.

Jack era un buen tipo, solo que a veces demasiado torpe. Se metió en el restaurante equivocado, en el peor momento. Y ahí se desató toda la mierda. Era un amigo muy, muy bueno, un tipo majo, de los que no se amilanan, fuerte. Pero las cosas se le estaban complicando y decidió meterse con Mickey Cohen, y sabes que no puedes joder al canijo ese, porque te pega un tiro.

Entró cuando yo estaba en la cabina. Accedió por la puerta trasera con otro tipo, Rocky Lombardi, otro torpe. Jack me vio. Yo estaba hablando con mi chica, y me dijo: «¿Dónde están el judío y los espaguetis?». Intenté calmarle, pero me fue imposible porque iba bebido. Fue hacia la parte de atrás, y adiós a la fiesta. Le volaron la tapa de los sesos. Eso es exactamente lo que pasó.

Y claro que sabían que venía. ¿Para qué cree que había tantas puñeteras armas en esa mesa?

Pero le diré una cosa: si esa bala que acabó entre sus ojos hubiese fallado, serían ellos los que habrían tenido que despedirse. Así de fuerte era. Todos ellos habrían muerto. Jack no era ningún gallina. Era muy fuerte con las manos... ¿Bromea? Era un hijo de perra increíblemente fuerte. Jack O'Hara, sí. Un buen tipo.

¿Para qué iba a llevar un arma? No olvidemos. Era, ya sabe, una ciudad hasta arriba de mierda, eso es lo que era. Sí, una gran mierda. Mickey era el que cortaba la pana durante todos esos años. Para que vea lo malos que eran todos. Con todo lo que hizo y no fueron capaces de meterle en la cárcel, más que por la chorrada de los impuestos.

Las historias de tiroteos son como las historias familiares, o cualquier cosa que dijera Mickey, y así hay que tomarlas. Cuando Tony Reno contó esa versión de la noche en el Rondelli's, tenía cerca de ochenta años y buscaba dar un último golpe antes de que se le acabara el tiempo. Así funcionaba su mundo: a base de golpes. Todo lo demás era una mierda. Entonces, a lo mejor bastó con que alguien se acercara con unos billetes para que Anthony Amereno, alias Tony Reno, contase la historia de cómo Mickey disparó al grandullón entre los ojos y cómo se deshicieron del revólver. Y, ya puestos, a lo mejor también la verdadera historia de quién mató a Bugsy...

En cuanto a Mickey Cohen, cuando todo el mundo pensaba que él había matado a Jack Whalen..., bueno, Mick era poco más que un cascarón al que poco iban ya a poder procesar judicialmente.

CAPÍTULO 40
Déjà vu

Una parte de la historia de Tony Reno era incuestionable: la única forma que tuvieron de cazar a Mickey fue por evasión de impuestos. Dos veces. Cuando volvió a dar con los huesos en la cárcel, no fue por lo de Whalen ni por ningún otro crimen violento, sino, de nuevo, por su insistencia en vivir como un millonario con un sueldo (supuestamente) escuálido. Justo cuando terminaba el primer juicio a Sam LoCigno, un gran jurado federal empezó a citar a las consortes estríper de Mickey, sus socios de juego, sus embaucados socios e inversores cinematográficos para testificar sobre su tren de vida, lleno de Cadillacs y clubes nocturnos. Este era inconcebible con unos ingresos anuales de 1.200 dólares, derivados del vivero y la heladería desde su salida de la cárcel. Ese escepticismo venía alimentado por el hecho de que Mickey ya le había contado algunas mentiras a Hacienda.

¿Acaso no lo hacía todo el mundo? Pero las fuerzas policiales eran como los criminales: en cuanto daban con un método que funcionase, insistían en él.

El programa de televisión *This Is Your Life* llevaba diez años en antena y Mickey vivió su equivalente en el juicio que se inició el 2 de mayo de 1961. Se citó a ciento ochenta testigos, rellenándose ocho mil páginas de transcripciones con testimonios mayoritariamente centrados en sus ingresos y sus gastos desde que salió de la isla McNeil. La brigada había vuelto a ser de ayuda documentando sus visitas (y sus pagos) por los locales de moda del Sunset Strip durante los últimos años. Pero una parte de la imputación por trece delitos iba más allá de eso, acusándolo del impago continuado de cientos de miles de dólares en impuestos y sanciones que debía desde 1945, cuando aún jugaba a la sombra de Bugsy, tomando apuestas desde la trastienda de su establecimiento de pinturas y, de hecho, liquidando a un rival. El juicio repasó todo su reinado como jactancioso estorbo público en Los Ángeles.

Jim Vaus, el técnico de ciento treinta y ocho kilos que registró la casa de Mickey en busca de micrófonos en 1949 y fue a prisión por perjurar a su favor, subió al estrado para describir su posterior conversión al camino de Dios y cómo él y otros miles de devotos de Billy Graham emprendieron la labor de llevar a Mickey a «una completa ruptura con el pasado y una identificación positiva con Dios a través de Jesucristo». Billy Gray, propietario del Band Box, el club de comedias donde Mickey había conocido a su mujer Lavonne años atrás (y donde a menudo recibía su correo a nombre de O'Brien), testificó haberle prestado 69.000 dólares a través de cheques expedidos a nombre de su hermana, Lillian. La generosamente dotada Liz Renay contó cómo alguien depositaba dinero en su cuenta para que pudiera transferir hasta 3.500 dólares rápidamente a Mickey, igualmente en calidad de préstamo.

Un detective privado de Texas describió cómo Mickey le entregaba un sobre con 800 dólares por ayudar a la estríper Candy Barr a librarse de la condena por posesión de marihuana. La propia Candy, completamente vestida, testificó que Mickey le había entregado 1.700 dólares en metálico con una partida de nacimiento y una tarjeta de la seguridad social falsas para que pudiera atravesar la frontera con México. El *showman* que quiso llevarse a Candy («una propiedad de lo más caliente») a Florida aseguró haber colocado apuestas en una fuente muy recomendada por Mickey, su lacayo Sammy, transfiriendo a Mickey sus 800 dólares de pérdida la noche en que Jack Whalen fue asesinado. Un representante de Western Union detalló que Mickey había recaudado once envíos de dinero de todo el país.

El testimonio más dulce, con diferencia, fue el de la joven cantante de Cincinnati, Janet Schneider, que apenas tenía doce años cuando su padre la convenció de que podría convertirse en la próxima Judy Garland gracias a los contactos adecuados. Un promotor de boxeo local conocía a alguien en Los Ángeles que «conocía gente», pero que necesitaba una muestra de agradecimiento, llámese préstamo, de modo que el denodado padre hizo tres rápidos pagos de 500 dólares. El promotor de boxeo transfirió los dos primeros a Mickey, al Waldorf Astoria, en Nueva York, mientras él estaba en aquella ciudad hablando con Billy Graham acerca del futuro de su alma. Aquello podría haber acabado ahí, apenas unos cientos de más para la caja de Mickey (y mala suerte para los paletos), pero tuvo que hacerlo. Cumplió con el de Cincinnati y su inocente hijita rubia.

La chica condujo hasta Los Ángeles con sus padres y recibió las exquisitas atenciones de todo un caballero que la presentó a agentes y la llevó consigo a las mejores mesas, junto con su séquito, para escuchar a Bobby Darin cantar junto a Sammy Davis Jr. la comedia irreverente de Don Rickles y asistir al estreno de Jerry Lewis en el Moulin Rouge. Todas las estrellas iban a sus fiestas para saludar, con un toque extra en Villa Capri, donde Frank Sinatra besó la mano de la muchacha. Janet visitó la mansión de Red Skelton y conoció a su loro, que rehusó hablar («Hace lo que le da la gana», se disculpó el comediante), y casi consiguió una aparición en su programa televisivo, tanto como en el de Jerry Lewis. La muchacha cantaba muy bien, pero al final volvió conduciendo a Cincinnati con sus recuerdos y una informal foto de Mickey vestido con un polo de golf (no el habitual traje italiano hecho a medida) y una deslumbrante sonrisa (no la habitual mueca). La foto estaba firmada: «Para mi pequeña amiga Janet. Estoy convencido de que llegarás a la cumbre más alta...».

Pero las autoridades federales estaban menos interesadas en este atisbo de un Mickey diferente, el tío amable, que en los dólares que el padre de Janet había desembolsado al final: 2.350 dólares para que Mickey promocionara a su hija, y un adelanto de 2.500 para la futura estrella. El orgulloso padre de Jane Schneider también se prestó a ayudar a Mickey con el libro que estaba escribiendo: *The Poison Has Left Me**.

Todos sus pagos salieron en el juicio junto con toda una retahíla desglosada al centavo, como los 3.861,61 dólares en tapicería a medida, entre otras mejoras que encargó Mickey para su apartamento, después de salir de prisión, desde unas

---

* *El veneno me ha abandonado (N. del T.).*

ventanas con persianas (260,03 dólares) hasta una cubitera de hielo (13 dólares). Mickey nunca pagó a su decorador, pero contaba con 7.500 dólares para adquirir bonos de ahorro del Gobierno, presuntamente para Lillian. «Mi hermana es muy patriota», se justificó Mickey.

El anillo con el diamante gigante también figuraba en varios testimonios. Era de 12,36 quilates, según publicaron las autoridades, y servía como aval para una serie de los supuestos préstamos de Mickey cuando no estaba en alguno de los dedos de la mujer de turno que le acompañase. El anillo finalmente pasó a Sandy Hagen, la noche posterior al tiroteo en el Rondelli's, quien conocía a Mickey desde hacía once días enteros. A partir de entonces, su relación duró siete meses y Sandy estuvo al lado de él durante los cuarenta y dos días que duró el juicio por la evasión de impuestos, la primavera de 1961. «Sigo teniendo en mente casarme con él», decía.

Pero el proceso estaba más interesado en cómo había vendido la historia de su vida que en cualquier detalle de telenovela de la misma. Otro grupo de testigos afirmó que había comprado acciones de «La historia de Mickey Cohen», o comoquiera que la llamase en ese momento. Los inversores iban desde el dependiente de tienda hasta el psiquiatra ansioso por tumbar a Mickey en su diván. El guionista Ben Hecht aportó cierta perspectiva experta y recordó la fisura entre la ficción y su opuesto. En su película de 1932, *Scarface, el terror del hampa*, Hecht tuvo que elaborar un final adecuado para el protagonista, inspirado en Al Capone, que seguía vivo pero a punto de ingresar en Alcatraz, «La Roca», para cumplir su propia sentencia por evasión de impuestos. El Capone de la vida real acabaría saliendo, pero no recuperaría el poder, sino que se consumiría en la sífilis. No obstante, en la película, su personaje sale en medio del resplandor de los disparos, derribado por unos policías debajo del cartel de una agencia de viajes llamada «THE WORLD IS YOURS*». Por supuesto, cuando Hecht flirteó con la posibilidad de escribir el libro de Mickey Cohen, temió transmitir un retrato reformado, como si Mickey se hubiese convertido en un inofensivo monaguillo. Ahora, Hecht era testigo en un juicio que amenazaba con colgarle el cartel (por segunda vez) de evasor de impuestos, en parte por estafar decenas de miles de dólares vendiendo tajadas de la historia de su vida. Llegados a ese punto, Hecht dijo al jurado del tribunal federal: «No pensaba que hubiese nadie lo bastante tonto como para comprar porciones de un bien inexistente».

Cuando, más tarde, un tribunal de apelaciones echó un vistazo a la causa, también quedó asombrado por la estulticia de los benefactores de Mickey:

> … *durante los años 1957 y 1958 recibió sumas muy importantes de diversas personas, ricas y pobres, prominentes y sombrías. Demuestra un intento premeditado por su parte de traducir la mayor parte de estas transacciones en préstamos, muchos supuestamente avalados por «intereses» en la historia biográfica… No está claro qué magia empleaba para obtener ese dinero, pero sí es evidente que, en muchos casos, conllevaba el fraude.*

Y eso por decirlo con suavidad, pues el relato de la biografía de Mickey Cohen contado por el propio Mickey Cohen tenía un punto digno de los guiones de Hecht: en realidad,

---

* El mundo es tuyo (*N. del T.*).

Mickey no tenía nada que vender. Había cedido todos los derechos sobre su biografía una década antes, el 14 de junio de 1951, una semana antes de la primera vez que fue condenado por evasión de impuestos. Se los cedió a Henry Guttman, el decorador de su casa de Brentwood, la del maravilloso tocador con espejo para Lavonne y la preciosa camita para *Tuffy*. Meyer Harris Cohen, el muchacho de Brooklyn o Boyle Heights (que cada cual elija), había estado vendiendo participaciones de la más pura nada.

«No se me dan muy bien los negocios» fue la defensa más repetida por Mickey durante el juicio de 1961, juicio que pareció una broma en muchos aspectos, pero que resultó no ser una tontería, ciertamente no el día que fue sentenciado.

La primera vez, un juez amable había sentido lástima por él, considerándolo el resultado de una infancia difícil en el hervidero urbano. No pasó lo mismo con el juez federal de distrito George Boldt, quien no dudó en sermonear a Mickey cuando el jurado, compuesto por siete hombres y cinco mujeres, lo halló culpable de ocho delitos. Según sus propias impresiones del 1 de julio de 1961, «Desde mi regreso de prisión, he realizado todos los esfuerzos posibles para vivir una vida honesta», a lo que el juez Boldt replicó:

Al vivir rodeado de la opulencia, disponible solo para unos pocos afortunados, el señor Cohen carece de la noción de contribuir en cualquier medida al coste que supone mantener las bases materiales de las que se nutre su fortuna.

En la actual lucha por la continuidad en un mundo con un modo de vida libre, se requieren los más altos y denodados esfuerzos. La obstrucción y el contante peso que suponen para nuestra comunidad nacional Mickey Cohen y quienes son como él podrían decantar razonablemente la balanza hacia nuestra perdición.

Al menos, la amenaza de su conducta, por lo que considero un tiempo considerable, será cercenada.

Para el juez Boldt, poner fuera de circulación la amenaza de Mickey Cohen durante un tiempo considerable equivalía a tres penas consecutivas de cinco años, unos impresionantes quince años por no pagar sus impuestos; mucho más que lo que le había caído a LoCigno (de uno a diez) por matar a un hombre, y cuatro más que el propio Al Capone por no declarar millones en ingresos.

Quizá igualmente sorprendente era la edad de Mickey, apenas cuarenta y siete años. Daba la sensación de que llevaba allí desde siempre.

CAPÍTULO 41

La tubería de plomo

Jack O'Mara tenía cuarenta y cuatro años y ya no era policía. Se jubiló el mismo día que cumplió veinte años en el Departamento de Policía de Los Ángeles, poco tiempo después de su desafortunado paso por el estrado. El capitán Hamilton intentó convencerlo para que permaneciese en el cuerpo, y en la brigada, pero fue inútil. Entonces Hamilton lo llevó a ver al jefe, que estaba revisando su expediente. Whiskey Bill Parker dijo:

—¿Dos títulos?

—Así es, jefe.

O'Mara acababa de obtener su máster en Servicio Público por la Cal State, tres años después de completar sus estudios universitarios en Administración Pública por la USC. Sus títulos representaban un decenio de formación a jornada parcial para un policía a jornada completa, padre de dos hijos.

—¿Es ese tu anillo de la USC? —preguntó el jefe.

Así era. Si eras un combativo hijo de la Depresión procedente del Instituto de Oficios, especializado en formación profesional, obtener una licenciatura universitaria significaba no solo que te ganabas el anillo, sino que te lo ponías todo el tiempo, acudías a la ceremonia de graduación con toga y birrete, a pesar de doblar la edad de la mayoría de los estudiantes.

—¿Estás seguro de que quieres hacer esto? —preguntó el jefe.

—Sí, señor. Es un buen trabajo.

La Oficina para la Protección de Purasangres de Carreras le había invitado a supervisar a sus agentes uniformados en dos circuitos de Los Ángeles: Santa Anita y Hollywood Park. La Oficina se había fundado en 1946, el mismo año que la Brigada de Élite, para combatir la introducción de animales sin pedigrí y las crecientes estafas relacionadas desde las treinta y siete Asociaciones de Purasangres de Carreras de todo el país. Desde el principio, fue dirigida por el antiguo ayudante del propio J. Edgar Hoover, quien a su vez era un gran aficionado a las carreras. Es posible que Hoover se resistiera a admitir la amenaza del crimen organizado en Estados Unidos, pero sí veía la amenaza al mundo de las carreras hípicas. Su hombre, Spencer Drayton, inició la práctica de tatuar los labios de los animales para que los estafadores no pudiesen cambiar un animal rápido por un seguro perdedor. Cuando se trataba de esta amenaza a la seguridad, las diferencias entre el FBI y el Departamento de Policía de Los Ángeles se olvidaban enseguida. Drayton solicitó personalmente que O'Mara supervisara a casi ochenta hombres en Los Ángeles, incluidos capitanes retirados de la policía, así como agentes federales, una fuerza más numerosa que muchos departamentos de policía. O'Mara tendría su propio despacho y secretaria, como cabría esperar en un jefe.

Su alternativa era seguir dando caza a gánsteres como Mickey Cohen, a todas horas, y ver cómo abogados idiotas le acusaban de poner armas en el escenario de un crimen.

—Espero que lo comprendas —le dijo O'Mara al jefe de policía.

Luego charlaron sobre asuntos triviales. O'Mara quería que le diesen los días de libranza que le debían para empezar lo antes posible en su nuevo trabajo. Parker le dijo que no; al igual que muchos veteranos, O'Mara tenía todo el reconocimiento por su servicio en el ejército, pero no podía permitir que se retirase un segundo antes de cumplir los veinte años en el cuerpo.

—No tiene buena pinta —comentó el jefe Parker.

O'Mara ya había oído esa expresión antes, «No tiene buena pinta», pero no estaba seguro de quién la había pronunciado antes, si el jefe Horrall o su ayudante, Joe Reed. Uno de ellos ondeaba un titular, puede que el de «LA GUERRA POR LAS APUESTAS DEL HAMPA», de 1946, o el editorial titulado «NO HABRÁ RETIRO DE INVIERNO PARA LOS ESTAFADORES», que repetía un viejo temor anidado en la ciudad soleada: «Es la época del año en la que los fríos vientos y los nublados cielos del este y el Medio Oeste recuerdan a la gente el amable clima del sur de California y hacen que deseen venir hasta aquí, junto con un desproporcionado número de delincuentes entre ellos».

O'Mara nunca comprendió la preocupación que siempre había en Los Ángeles con la noción del mal que siempre viene de fuera y con la imagen. Era un hombre sencillo que veía el trabajo en plan: «Yo soy un poli, tú eres el malo, que cada uno haga su trabajo». Los políticos podían preocuparse por la estética de las cosas. El factor que lo complicaba todo era cómo querían ellos que defendieras el honor de su ciudad. Eso mismo transpiraba en el editorial que advertía de otra invasión invernal de Mickeys (evocaba abiertamente el nombre de uno de los criminales más representativos de Los Ángeles). «¡Que no se diga que el espíritu de Trifulcas Brown se ha desvanecido del departamento!»

Ah, sí, Edward Daniel «Trifulcas» Brown, el poli que se convirtió en héroe de la noche a la mañana por ser quien dio una patada en el trasero a Al Capone, en 1927. Lo que no decían era que Trifulcas había sido desterrado del departamento dos años después de su famoso encuentro con Capone, acusado de frecuentar el local de un contrabandista de licor. Trifulcas dijo que solo estaba investigando, pero no dejaron que volviese al departamento en seis años. Seguía en el cuerpo cuando O'Mara ingresó, en la oficina de negocios; un tipo al que le empezaba a fallar la vista, rodeado de un caos de papeleo y fuente de todo tipo de cuentos sobre los viejos tiempos.

Lo mismo había pasado con otro emblemático policía de Los Ángeles, Frank «Lefty» James, que recibió un disparo en 1913, cuando llevaba apenas una semana en el puesto, y luego se unió a la brigada de pistoleros durante la Prohibición. Lefty abandonó el cuerpo un par de veces, pero siempre volvía, hasta que al final lo trasladaron al Valle, y luego a la cárcel. Aún lo llamaban el «mítico agente» cuando murió en 1959.

O'Mara podía considerarse afortunado por haber logrado pasar veinte años en el cuerpo sin provocar una sola queja, si no tenemos en cuenta al borracho al que sacó de su coche en 1943.

Nunca se me ha reprendido. Nunca ha tenido nadie nada en mi contra. Pensé, bueno, hay veces en las que tienes que contenerlos y otras en las que tienes que someterlos. Vivíamos al límite. Muchas de las cosas que hacía surtían un gran efecto, pero con toda la presión que se nos venía encima... Los abogados, por así llamarlos, nos lo estaban haciendo pasar mal, y nos preocupaban los casos de abuso de fuerza y seguimiento. Estaban intentando obtener un mandamiento judicial que prohibiese los seguimientos porque suponía una invasión de su intimidad, una vulneración de sus derechos civiles. Teníamos encima a un montón de investigadores de la compañía telefónica para ver si estábamos interviniendo sus líneas. Al final todo acabó donde yo me imaginaba: «Demonios, he hecho mi trabajo, ahora mejor me largo». Ya no iba a ser tan divertido.

Solo dos de los miembros originales de la Brigada de Élite seguían en su puesto: Archie Case, que estaba a punto de jubilarse, y Con Keeler, el experto en micrófonos, la encarnación de la decencia, que pensaba seguir hasta no poder más. «Salid de ahí ya», fue el consejo de Jack O'Mara. Su tiempo había pasado, igual que el de Mickey.

Siguió el segundo juicio a Mickey por evasión de impuestos y se deleitó en la absurda condena de quince años por no pagar al fisco. Pero O'Mara no confundió aquello con justicia. La auténtica justicia es lo que le pasó a Mickey tras los barrotes.

Alcatraz solo había albergado a otro evasor de impuestos anteriormente: Capone. «Era una mazmorra que se caía a trozos», diría Mickey más tarde de la versión estadounidense de la Isla del Diablo, donde había goteras en unas celdas carentes de las típicas comodidades carcelarias. Nada de televisores, nada de naipes, nada de economato. «Allí no se veía ni un caramelo, salvo en Navidad.» Sus únicos entretenimientos diarios eran las partidas de dominó en el diminuto patio, pero allí también tenía que vigilar a los otros presidiarios que estaban deseando abrirle en canal con una navaja a la menor ofensa, ya fuese real o ficticia. Todo apestaba, literal y figuradamente. Uno de los consuelos era su trabajo en la lavandería, cerca de donde podía tomar duchas calientes para no perder la cordura.

También recibió un indulto único en la historia de Alcatraz, cuando el guarda le llamó y le dijo: «Bueno, creo que tengo buenas noticias». El juez del Tribunal Supremo, William O. Douglas, aprobó su puesta en libertad bajo fianza a la espera de la apelación. Mickey escribió al famoso juez una nota de agradecimiento («Le aseguré que no abusaría de su voto de confianza») y regresó a Los Ángeles para volver a disfrutar de los placeres de la libertad y la compañía de Sandy Hagen. Pero a las siete menos cinco del 30 de abril de 1962, les despertó una llamada con malas noticias procedentes del este: el Tribunal Supremo, unánimemente, había decidido no anular su condena. Sandy le hizo unos huevos revueltos con beicon, pero solo fue capaz de ingerir zumo y café. «Tengo que encargarme de unas cosas», dijo. Se pasó media hora cepillándose los dientes con dos marcas de pasta de dientes y cinco cepillos. Llamó a su hermana para tranquilizarla. Salió a una reunión en el Ambassador, donde una vez tuvo uno de sus casinos flotantes. Vio a su anciana madre rusa, aún viva. Hizo una parada en la heladería. Compró camisetas y calcetines nuevos. Fue a la barbería y pidió: «Hazme una manicura extracorta para que me dure varias semanas». A las siete de la tarde, concedió una entrevista a la televisión en la que resaltó la virtud de no haberse escapado. «No soy ningún fugitivo de la ley», dijo. Luego se fue a cenar por ahí con Sandy a un italiano, espaguetis, antes de que una muchedumbre se arremolinara frente a su apartamento una última vez, hasta la mañana, cuando su cruel degustación de la libertad tendría que tocar a su fin.

Tuvo el honor de ser uno de los últimos internos de La Roca, otra institución cuyo tiempo se había acabado. Alcatraz se clausuró como prisión el 21 de marzo de 1963, para convertirse en una curiosidad y atracción turística. Mickey fue trasladado a la penitenciaría federal de Atlanta, donde se le puso a trabajar en la tienda de electrónica, sustituyendo en el puesto a Vito Genovese, uno de los jefes mafiosos de Nueva York, distribuyendo herramientas a los demás trabajadores reclusos. Mickey se enorgullecía de que «Don Vito» le hubiera dejado su hornillo calentador en su pequeña oficina. Esas cosas cuentan, ¿vale?

El guarda dijo que fue allí, en la tienda, donde el enloquecido recluso Berl Estes McDonald asestó un golpe a Mickey en la cabeza con una tubería de plomo, la mañana del 14 de agosto de 1963. Mickey desmintió esa versión. «Yo sé exactamente dónde me golpeó ese bobo de Estes McDonald. Yo estaba en la sala de televisión, viendo las noticias del mediodía, dando la espalda al pasillo. No sabía si el maldito edificio se había derrumbado encima de mí o qué, y lo siguiente que supe era que salí de un coma de dos semanas.» El guarda David Heritage dijo que la verdad era que Mickey había estado en coma solo seis horas, pero sus heridas sí eran muy reales. Le había atravesado el cráneo y dañado el cerebro, paralizándole parcialmente la mitad izquierda. Le había golpeado tres veces con la tubería, PUM, PUM, PUM. El recluso Berl McDonald «le dio unos cuantos palos», dijo el guarda.

Casi todo el mundo coincidía en que se trató de la acción de un recluso perturbado, sin motivación racional. El individuo, de treinta y tres años, era falsificador de profesión y oriundo de Carolina del Sur, pero contaba con un historial de problemas psiquiátricos, además de antecedentes por apuñalar a otro recluso en la prisión federal de Leavensworth, Kansas. Ciertamente, le cayeron otros diez años por esa agresión y se suponía que debía estar en la sección de aislamiento de máxima seguridad en Atlanta. Sin embargo, se le permitía el acceso al patio de ejercicio sin vigilancia. Consiguió escalar un muro de ladrillo de cuatro metros y acceder al edificio de la radio y la televisión, donde Mickey estaba hablando con un instructor. Un guarda de la prisión que encontró a McDonald con la tubería ensangrentada en la mano dijo que presumió de «haberse cargado a Mickey Cohen».

Si bien a McDonald se le diagnosticó como «víctima de un estado psicopático», las autoridades federales tuvieron que valorar la posibilidad de que se tratara de un ajuste de cuentas por algún asunto relacionado con los bajos fondos. El año anterior, la penitenciaría de Atlanta había experimentado un caso similar, con tubería y todo, que tendría profundas repercusiones en dichos bajos fondos. Un soldado de Nueva York, llamado Joe Valachi, estaba convencido de que otro recluso del patio era un asesino a sueldo enviado por los peces gordos de la mafia, y lo golpeó hasta matarlo. Enfrentado a un cargo por asesinato, se decía ahora que Valachi, de cincuenta y ocho años, se había convertido en uno de los informadores de cabecera del FBI, compartiendo con ellos los secretos de una *Cosa Nostra* que campaba a escala nacional y extraños relatos sobre iniciaciones con juramentos de sangre y besos de la muerte en las mejillas...

El propio Mickey desechó la teoría de la conspiración. El hombre que le agredió era un bobo demente, dijo, «alguien totalmente ajeno a mi entorno vital». O, tal como lo veía su amiga estríper, Liz Renay, mientras rezaba por la recuperación de Mickey: «En la cárcel hay mucho chalado».

De vuelta a Los Ángeles, Jack O'Mara no se lo tragaba. Estaba convencido de que Fred Whalen estaba detrás de la agresión a Mickey Cohen en la cárcel.

O'Mara estaba fuera, disfrutando de sus vacaciones de agosto pescando truchas en la Sierra. Se encontraba lejos de las preocupaciones normales de la vida o titulares como «MICKEY COHEN AGREDIDO EN PRISIÓN, SE TEME POR SU VIDA», o el menos alarmante del día siguiente: «MICKEY COHEN VIVIRÁ». Solo a su regreso a la civilización, y a su trabajo en las pistas de carreras, recibió una llamada de uno de sus viejos colegas de la brigada, Jerry Greeley, que ahora estaba en Homicidios.

—¿Lo has oído? —preguntaba.

—Maldita sea —dijo O'Mara.

Comprendió que se trataba de otro juego psicológico, pensar que Freddie el Ladrón estaba detrás. Era como con el asesinato de Bugsy, siglos atrás, el caso de la Dalia, cuando O'Mara estaba convencido, absolutamente convencido, de saber quién lo había hecho. Uno puede estar ciegamente seguro de algo, y aun así equivocarse, o eso decía la gente.

Aun así, ¿no contaba Freddie con todo tipo de contactos merced a su prolongada carrera como estafador? ¿Acaso no había anunciado lo que haría? «Voy a pillar a ese hijo de perra, aunque sea lo último que haga, Jack O'Mara. Puede que me enchironen, pero al menos habré hecho lo que debía.»

En pocas palabras, así era su mundo. El ujier de iglesia Jack O'Mara quizá no la habría suscrito sobre el papel, pero la vivía: la verdad no se hallaba a la luz del sol, sino en la penumbra; la justicia no se encontraba en un tribunal, sino en Mulholland Drive, o en la tienda de componentes de radio de una cárcel. Jack O'Mara culminó sus años de servicio en la Brigada de Élite con un intachable broche, convencido de que el anciano y afligido Freddie Whalen se las había arreglado para que, al otro lado del continente, en una prisión de Atlanta, algún infeliz apaleara a Mickey por lo que le había hecho a su hijo; fantasía del género negro en estado puro, donde las hubiera. Salvo que quizá no fuese una fantasía.

CAPÍTULO 42

La visita

S i formabas parte del clan Whalen, se te educaba en el arte de la estafa. Solo que John von Hurst aprendió antes que muchos, al ser el niño que iba de paseo con su abuelo Fred, en 1948, cuando los secuestradores de Fresno amenazaron con arrojar a Freddie desde un avión. Años después, cuando el niño creció hasta convertirse en un robusto extremo de fútbol americano, el abuelo Fred siguió con su formación, utilizándolo como gancho cuando iba a los salones de billar y fingía estar ebrio. Freddie solía arrastrar las palabras y tambalearse en el taburete, dejando el dinero sobre la mesa para retar a los tipos duros con sus tacos:

—Oh, no sabéis jugar.

—Enseña lo que sabes hacer, viejo —respondía alguno.

La labor del nieto era intentar disuadir a su presuntamente borracho abuelo.

—Vamos, abuelo, ¡ya has bebido bastante!

Y eso atraía a más insensatos a una partida de billar que nunca podrían ganar.

De modo que, aunque John von Hurst estuviera destinado a convertirse en un modelo de honestidad en la vida (un arquitecto y, más tarde, un granjero en Oregón), Freddie el Ladrón no ocultaba al muchacho lo que era. Así, el abuelo Fred le permitió estar allí cuando dos hombres llamaron a la mansión que coronaba la colina en Los Feliz, poco después del ingreso de Mickey en la cárcel por evasión de impuestos, y no por lo que hizo en el Rondelli's. El joven Johnny oyó el timbre y fue a abrir. Los dos visitantes permanecieron bajo el pórtico de columnas de la Gran Casa Blanca.

Sí, yo estaba allí cuando vinieron esos dos, sí. No sabía quiénes eran. Nunca los había visto antes.

Llamaron a la puerta principal y, cuando la abrí, me preguntaron por Fred Whalen. «Un momento», les dije. Él bajó las escaleras y se sentó con ellos en el salón. Él lo hizo en el sofá y los dos en sendas sillas, cerca de él. Yo me quedé en el otro extremo de la habitación, observándolos. Mi abuelo se sentía cómodo con ellos, por lo que no me preocupé. Simplemente escuché.

Ellos empezaron:

—Hace mucho que no te vemos, ¿cómo estás?

—No me va mal —respondió mi abuelo.

—Sabes, Fred, nunca hemos cerrado como es debido lo que pasó con Jack. Nos gustaría, ya sabes, ajustar las cuentas.

Entonces le preguntaron si le suponía algún problema que hicieran algo con Mickey Cohen. Quizá pensaban que él preferiría que se pudriese en la cárcel, no lo sé.

Creo que la frase que utilizaron fue: «¿Te importa que
mandemos que alguien se encargue de él?».

Ya sabes lo que quiere decir «que se encarguen de él».
La idea era que iban a matarlo. Sí, de una paliza. Querían
saber si mi abuelo tenía algún reparo al respecto. Entendían
que era un asunto que le incumbía, porque era su hijo. «¿Te
supondría algún problema?»

Mi abuelo dijo básicamente: «No, qué demonios, me im-
porta un bledo lo que hagáis con ese hijo de perra. Por mí, que
maten a ese gordo cabrón».

John von Hurst dijo que su abuelo no volvió a mencionar
esa visita hasta que oyeron por la radio que Mickey Cohen
había sido agredido en la prisión el 14 de agosto de 1963.

Entonces, Freddie Whalen dijo:

—Supongo que esos tipos iban en serio.

CAPÍTULO 43

La canción de Sinatra

E l sargento Jerry Wooters, que siempre había vivido apostando al límite, acabó su carrera de policía en el turno de noche de la cárcel Lincoln Heights. «De allí no se escapaba nadie», decía.

Ni siquiera pudo salir de allí cuando el hombre que le condenó a ese destino, el capitán James Hamilton, dejó el cuerpo por un retiro dorado como jefe de seguridad de la NFL, que había experimentado un escándalo de apuestas y necesitaba protección contra su propia invasión de indeseables. «Ayudó a pescar a Mickey Cohen en dos ocasiones», escribió un columnista de deportes, pregonando los méritos de Hamilton. El jefe Parker designó entonces a su antiguo conductor, Daryl F. Gates, como nuevo jefe de Inteligencia, permitiéndole que saboreara la unidad secreta antes de ascender a jefe de policía. A veces da la sensación de que todo el mundo sigue avanzando mientras uno no va a ninguna parte.

Al menos Jerry tenía algo de autoridad como comandante de los guardias de la cárcel. De vez en cuando se llevaba a su hijo mayor para que uno de los internos le cortase el pelo. Solía hacer que su hijo paseara por delante de las celdas, donde los reclusos le silbaban y hacían chocar objetos contra los barrotes, una experiencia que Gerard Jr. nunca olvidaría.

Doblábamos la esquina y allí estaba la pequeña barbería. El tipo tenía mirada de loco y cara de pan y una maquinilla de cortar el pelo enfundada en el cinturón. Me sentaba bruscamente en la silla, me envolvía en una de esas capas de peluquería y mi padre le decía: «¡Dale un buen corte, Joe!».

Oye, al menos el corte gratis con máquina eléctrica le ahorró a Jerry unos cuantos pavos.

Intentó hallar momentos de solaz ejerciendo como buen padre de clase media, apuntando a uno de sus hijos al Programa de Guías Indios que animaba a padres e hijos a hacer excursiones por la naturaleza. «El resto de nosotros intentaba conseguir dormir sobre el duro suelo, en unos tipis de los que se nos salían los pies», recordaba el doctor Norm von Herzen, otro padre, «y a Jerry le solía costar un poco. Solía salir a hurtadillas del tipi cuando su hijo se quedaba dormido y se dormía sobre el suave colchón que había colocado en la parte de atrás de su camioneta. Así es Jerry».

Fue durante esas excursiones al campo donde Jerry le confió a su amigo médico lo receloso que era con todas las cosas tras una vida dedicada a la policía. Recordaba cómo los gánsteres se habían burlado de agentes como él, diciendo que no llegarían a mucho más que guardas de seguridad con sueldos de risa. «Nunca lo conseguirás, chaval», decían. Palabras salidas de la boca de escoria como Mickey Cohen, pero que le afectaban.

Más tarde, un antiguo compañero de la Armada le convenció para vender aspiradoras domésticas compactas. Jerry y su mujer tenían planeadas unas vacaciones en Hawái y decidió llevar una muestra del material para venderlo puerta a puerta. Cuando abría un ama de casa, se imaginaba que volvía a sus días de cortejo a las enfermeras durante la guerra. ¿Cómo no se dio cuenta de que podía vender cualquier cosa? «Dios, hice unos 4.000 dólares en una semana. A la vuelta, hipotequé la casa y el coche y me dediqué al negocio.» Empezó vendiendo puertas de garaje también, y se asoció con un tipo que había inventado un cacharro para la cocina con una hélice en la base que se encajaba en la encimera; una licuadora muy elegante, la verdad. Empezó a decir a los desarrolladores de grandes subdivisiones empresariales que él se encargaría de sus sistemas de intercomunicación, de los cierres de las puertas de sus garajes y de sus sistemas de alarma. No pasó mucho hasta que pudo mudarse con su familia a una casa en la costa de Newport Beach. Compraba dúplex a modo de inversión y construyó un parque empresarial. Había que ser muy tonto para no hacerse rico en el próspero condado de Orange de la década de 1960.

Por suerte, había dejado la policía y su fortuna daba sus primeros pasos cuando estallaron las revueltas de Watts, durante el verano de 1965. Los policías de su generación habían crecido en la época del dominio blanco, cuando podías volver a la comisaría y hacer un chiste sobre pegarle un tiro a un negro en el trasero. «Esa gente» no partía el bacalao, ni remotamente, sino que se les partía a ellos la boca. Pero O'Mara tenía razón: esos tiempos habían pasado, y las realidades del cambio alcanzaron hasta al jefe William H. Parker. Había sido un pionero de la policía profesionalizada, en parte gracias a su dureza, pero no le fue tan bien cuando las comunidades minoritarias estallaron y él dijo cosas como: «Una persona arrojó una piedra y entonces, como monos de zoo, le siguieron los demás».

Por muy amargo que fuese el sabor que dejaron a Jerry Wooters sus últimos años en el purgatorio, nunca cargó contra el jefe. «Un hombre asombroso», lo tildaba Jerry, y le dolía ver cómo atacaban a Parker cuando dijo de los latinos de la ciudad que «no han avanzado demasiado con respecto a las tribus salvajes de México», o cuando se refirió a que la mayoría de los negros de Los Ángeles venían de fuera (desde el sur). «Han anegado una comunidad que no estaba preparada para ellos», declaró Parker. «No hemos pedido que estas personas vengan…» Al parecer, las revueltas también eran una invasión de indeseables.

Después de aquello, el jefe perdió demasiado tiempo defendiéndose, cuando lo que tenía que hacer era cuidar de su salud. Finalmente cogió una excedencia tras someterse a una operación quirúrgica en la clínica Mayo para que le fuera extirpado una aneurisma de aorta, pero regresó a tiempo para el banquete de homenaje por parte de la Asociación de la Segunda División de Marines, celebrado el 16 de julio de 1966. Tras recibir la ovación de más de mil veteranos en el Statler Hilton, Parker volvió a su escritorio, se sentó allí y se murió. Tenía sesenta y cuatro años.

Su fiel mano derecha, el capitán Hamilton, murió cuatro meses después, un golpe que acabó de un plumazo con su férrea labor de mantener limpio el fútbol profesional. Tenía cincuenta y siete años.

Ninguno de ellos vivió lo suficiente para ver cómo la mafia de Los Ángeles era ridiculizada como una «Mafia a lo Mickey Mouse», a medida que la sociedad apreciaba el modo en que la ciudad no había seguido los pasos de Nueva York, Chicago o Filadelfia, donde el crimen organizado controlaba puertos enteros, sindicatos y empresas de la construcción. Se debía a todo tipo de razones, pero la Brigada de Élite, a pesar de todos sus excesos, era una de ellas. Habían conseguido hacer de la vida de gente como Mickey Cohen un verdadero infierno.

Sus inicios, con ocho hombres y dos coches que se caían a trozos, esforzándose en parecer invisibles, poco se parecían a lo que ocurriría años después, interviniendo las comunicaciones de un mafioso de tercera para cazar a sus compinches. En aquellos días, la *omertà* se aplicaba con sobrecogedora mano de hierro. Joe Valachi no quebró el código de silencio de la mafia hasta 1963, y no hubo ninguna deserción reseñable hasta 1978, cuando el mismo Jimmy el Comadreja de Los Ángeles confesó once asesinatos. Eso era otra cosa; tras la confesión de Fratianno, uno podía volver atrás en los fracasos. Podía repasarse el último medio siglo de asesinatos sin resolver y empezar a tacharlos de la lista.

«La gente de hoy no comprendería cómo eran las cosas entonces», dijo una vez Jerry Wooters. «Te los podías llevar al desierto, quitarles los zapatos y la ropa y darles una bolsa de papel. Y al día siguiente estaban de vuelta.»

En sus últimos años, bromeaba sobre el buen uso que había hecho de su pensión del departamento, los 332 dólares semanales con todos sus centavos. «Pago mis facturas alcohólicas», dijo. Se dejó una liviana barba blanca, como otros holgazanes multimillonarios de playa que mataban los días tomando chupitos en un patio trasero mientras contemplaban el paso de jóvenes californianas en bikini.

Una tarde de 1998, se presentó en las oficinas de Newport, donde su hijo Gerard ahora tenía un negocio. Este necesitaba un poco de tiempo para hablar con un amigo, así que le dijo: «Oye, papá, ¿qué tal si nos compramos unas cervezas?».

Me dijo que sí, así que, en cuanto mi amigo y yo terminamos lo que teníamos entre manos, él entró con las cervezas en la mano y, mientras nos las tomábamos, me dijo: «Sabes, durante veinte años tomé un quinto de whisky al día». Mi amigo levantó la vista y exclamó: «Todos los amigos que tenía que consumían whisky han muerto». Mi padre resplandeció y empezó a reírse a mandíbula batiente. No sé qué fue lo que le hizo tanta gracia, salvo que lo hizo tan histéricamente que no dijo una palabra más, se montó en su coche y se alejó mientras no dejaba de menear la cabeza, incapaz de dejar de reír. Debía de parecerle muy gracioso seguir vivo.

Esas Navidades, Jerry tropezó mientras se ponía los pantalones para la cena de Nochebuena. Le dijo a su mujer Jean, la antigua azafata, que le dolía la cabeza. Había sido herido en el Pacífico, había desenfundado un arma ante las narices de Mickey Cohen y estuvo a punto de entrar en el restaurante que no debía con Jack Whalen, pero la hemorragia cerebral se lo llevó sin mucho dolor por los pecados cometidos.

La breve nota necrológica de *The Orange County Register* describía a Gerard «Jerry» Wooters, de ochenta y un años, simplemente como el presidente de Sea Coast Security y decía que los oficios por el empresario local no se celebrarían en ninguna iglesia, sino en el Riverboat Café. Su certificado de defunción era más aséptico: «Sargento. Cuerpo de policía. Departamento de Policía de Los Ángeles».

Dos viejos policías iban en el barco que transportó sus cenizas hasta Catalina Island. Uno era Bert Phelps, cuya carrera en el cuerpo se había visto truncada por ser su compañero. Pero Bert nunca lo culpó, ni envidió sus postreros éxitos en la vida, puesto que a él tampoco le había ido tan mal. Tras la facultad de Derecho, Bert se había convertido en mucho más que otro poli metido a abogado; el antiguo experto en micrófonos se había convertido en juez, el juez del Tribunal Superior Beauford H. Phelps. Estudió Jurisprudencia en Oxford. Juzgó casos de asesinato.

A bordo también iba Robert Peinado, que trabajó en el departamento entre 1951 y 1963, y también terminó siendo abogado. Vivía también cerca de la playa y Jerry adoraba oírlo cantar. Peinado interpretó *Danny Boy* en el octogésimo cumpleaños de Wooters, tras lo cual Jerry le pidió un favor para cuando le llegase el día. Jerry tenía otra canción en mente, una que Sinatra había hecho famosa.

El barco estaba a medio camino de Catalina cuando empezaron a pelearse con la urna de las cenizas; les hacían falta alicates para abrirla. Cuando lograron sacar las cenizas, una racha de viento les echó una parte a la cara. Jerry estaba dispuesto a darles problemas hasta el final. Pero el viento acabó por calmarse y vertieron el resto sobre las olas mientras Peinado cantaba la última petición del difunto: *My Way*.

CAPÍTULO 44

La última carcajada de Freddie

F reddie Whalen bebió más de la cuenta durante los años 60; no supo cómo disfrutar de la vida tras la muerte de su hijo. Pero ya estaba mejor cuando conoció el anuncio del alcalde Sam Yorty que declaraba el mes de febrero de 1971 como «El mes del Billar» en Los Ángeles. El certificado grabado en relieve reconocía la contribución de Fred Whalen en la promoción del «Campeonato Mundial de Billar Americano» en la ciudad, si bien en realidad había tres competiciones: *Straight Pool*, Bola Ocho y de una tronera, con 40.500 dólares en premios. Muchos de los jugadores vestían de esmoquin y agentes del departamento fuera de servicio hacían las labores de seguridad. El campeón mundial Irving «el Diácono» Crane participó, al igual que varios contendientes japoneses. El programa incluía una nota de agradecimiento a Los Ángeles de parte de Freddie y dos fotografías suyas desplegando aquella sonrisa de vendedor.

El evento se celebró en el edificio Elks (sala número 99), una imponente construcción neogótica en el extremo superior de lo que antes era Westlake Park, cerca de donde el clan de Freddie se había establecido y abierto el negocio de alimentos no perecederos en 1922. Desde entonces, el parque había cambiado su nombre por el de General Douglas MacArthur, pero la torre Elks databa de los días de la inmigración en masa que trajo a Los Ángeles a los Whalen, los Wooters y los O'Mara. En la fachada del edificio estaba grabada la cita de Mateo 7:12:

Todas las cosas que queráis que
los hombres hagan con vosotros,
así también haced vosotros con ellos

Esa era la mejor referencia de la Biblia acerca de la Regla de Oro («Haz a los demás...»), pero alguien con especial inclinación podría estirarla un poco y decir también: «Ojo por ojo».

A Freddie el Ladrón le habría encantado que su hijo hubiera estado vivo cuando Disney le contrató unos años después para interpretar a un as del billar llamado Sarasota Slim en *El gato que vino del espacio*. Al año siguiente, cumplidos los ochenta y un años, regresó a su ciudad natal de Alton, Illinois, donde el periódico local publicó un reportaje sobre sus triunfos, citándole: «Hoy soy millonario». Al tiempo que mencionaba sus méritos en el billar, también refería que Freddie debía sus éxitos a la industria de la limpieza, de la que se acababa de jubilar. Seguía contando esa historia, el bendito.

De vuelta en Los Ángeles, continuó dando exhibiciones con su taco en tabernas y sedes de la Asociación de Veteranos de Guerras Extranjeras, golpeando las bolas por encima de botellas de Coca-Cola, como hiciera de niño. Cuando la gente se arremolinaba alrededor para ver el espectáculo, él se iba a su Cadillac y sacaba del maletero artículos para vendérselos, esencialmente juegos de cuchillos para ellos y frascos de Chanel N° 5 para ellas. Siempre guiñaba ante el escandalosamente bajo precio de la exquisita fragancia, a 5 dólares el frasco. Enseguida lo pillaban; era robado. Tenía que serlo.

Freddie contaba una historia diferente a los jugadores de billar profesionales a los que reclutaba para que vendiesen su mercancía. Era su forma de ganarse su favor y garantizar emparejamientos ventajosos en sus torneos: vender para él. Aseguraba a los genios del billar que los frascos de perfume no eran robados en absoluto, sino más bien «mezclados en la bañera», les susurraba. Claro que eso tampoco era verdad.

El lugar favorito de Freddie, durante los últimos años de su vida, era un almacén de Hollywood que antaño había utilizado Charlie Chaplin para rodar sus películas mudas. Ahora se llamaba Associated Consumers, y lo llevaba un viejo conocido de Brooklyn, Alan Grahm, que reconoció el potencial de los artículos falsificados décadas antes que muchos otros. Vendía relojes y mecheros falsos, así como plumas Mont Blanc y perlas Majorica, también falsas. Pero el perfume era el producto favorito de Freddie Whalen. Nunca superó que le pescasen en los años 30 por el impuesto de timbre del alcohol barato con que rellenaba botellas de Johnny Walker. Le seguía encantando esa estafa, la adoraba. El almacén vendía Chanel y White Christmas a sus habituales por 2 dólares la botella, y ellos lo revendían por 5, 10 o lo que les viniera en gana.

Freddie solía llegar el primero al almacén todas las mañanas, pero el resto de colegas no tardaban en unírsele. Entonces se iban a tomar café con rosquillas a un puesto regentado por un griego en la acera de enfrente. Era una convención de estafadores. Uno solía ir a locales de masaje y enseñar a las chicas perlas con una etiqueta de precio de 250 dólares diciendo: «Mira, dame 20 dólares y cuida de mí, y yo te regalo el collar». Conseguía un montón de masajes gratis (y más cosas) por esa alhaja falsa que apenas le había costado 3 dólares. Un habitual de Detroit nunca había conducido un camión en su vida, pero vestía como un camionero y anunciaba que tenía un cargamento de mercancía que nadie había reclamado. «Escuchad, vale más de mil, pero os lo dejo todo por un par de cientos; me lo quitan de las manos.» Uno de Las Vegas fingió ser un soldado de la Armada que necesitaba suelto para un billete de autobús que le devolviera a la base. Si le prestabas 25 dólares, él te dejaba su reloj de 300 como fianza. «Te devolveré el dinero cuando llegue.» Llegó a darse el caso de un par de detectives de policía que compraron artículos falsos, haciendo pensar luego que eran reales y que se los habían confiscado a unos ladrones. Así era le gente de Freddie, gente que se contaba entre los principales invitados a su fiesta anual en la Gran Casa Blanca.

Recibió otra mención especial del alcalde cuando él y Lillian celebraron sus setenta años de casados, pero ella estaba enferma. Freddie participó en una exhibición benéfica mientras ella estaba hospitalizada y realizó su truco de la bola y el pañuelo, ocasión en la que anunciaba: «Os voy a engañar», pero no dejaba de pensar en la anteriormente llamada Lillian Wunderlich, «una chica maravillosa». Cuando ella murió, él se mudó a Oregón para estar cerca de su hija Bobie y sus nietos, incluido Johnny. Freddie empezó a frecuentar un bar de allí que albergaba torneos de Bola Ocho todos los domingos, hasta que le pidieron que lo dejase. Nadie era capaz de hacerle sombra, a pesar de sus noventa años. Comentó a su familia que se estaba planteando repetir la estafa del *scamus,* volver a los hospitales con su bata blanca y el estetoscopio. «Ni se te ocurra, abuelo», le respondieron.

La noche antes de morir, jugó a las cartas con su hija, que ya había superado los setenta. Ella misma había intentado poner en práctica el *scamus* durante sus años mozos, haciéndose pasar por enfermera, y se salió con la suya. Era tan lista como su padre, una verdadera Whalen. Se dio cuenta de lo que hacía él en su última partida al Gin, sirviéndose cartas del fondo del mazo. Pero la hija de Freddie el Ladrón no dijo nada. Su vida se había estirado un siglo mientras Los Ángeles llegaba a la edad adulta. ¿Por qué no dejarle terminar de la misma manera que había empezado, haciendo trampas?

CAPÍTULO 45

El panegírico

Jack O'Mara no se tomó un día libre entre su último turno en el Departamento de Policía de Los Ángeles y su marcha a los dos hipódromos de la ciudad. Aquello dio lugar a una de las dos fotos de trabajo que estuvo colgada en la pared de su despacho durante el resto de su vida. La primera era de la Brigada de Élite en su picnic, alrededor de 1948 (quince tipos duros de paisano, algunos escondiéndose debajo de sus sombreros y un par con puros en la mano). En la segunda foto, O'Mara era el único con traje en medio de docenas de guardias uniformados frente a la tribuna de espectadores de Santa Anita.

—Creo que fuiste un bobo al no ir a por el puesto de jefe —le dijo un día Connie, su mujer, refiriéndose al departamento de policía.

—Me lo pasaba mejor que el jefe.

Pero ella le espoleó recordando lo lejos que habían llegado sus contemporáneos Tom Reddin y Ed Davis. ¿Acaso él no lo había hecho igual de bien en la Academia, o como Tom Bradley, su compañero de clase de 1940, que llegó a alcalde?

—¡Demonios, no, más alto! —dijo O'Mara, y ahí ella lo pilló.

Todos formaron parte de una generación que estaba llamada a transformar el Departamento de Policía de Los Ángeles. Pero ninguno de los demás recibió la tarea que se convirtió en una obsesión de la ciudad durante un siglo, la de proteger su paraíso de los malvados forasteros de los bajos fondos. Cada década, aproximadamente, se formaba otra unidad en las sombras para tomar el testigo que debía convertirte en héroe, solo para dejar por el camino un rastro de agentes de a pie machacados, incluidos los más célebres.

—Alguien tiene que hacer el trabajo sucio —dijo O'Mara, y para él eso es lo que era convertirse en jefe de dos hipódromos, donde seguiría buscando a maleantes y estafadores, pero también escoltaría a dignatarios en sus visitas a los establos de su residente más famoso: *Mister Ed,* el televisivo caballo parlanchín.

El loco de Jerry Wooters visitó los hipódromos unas cuantas veces con sus socios empresariales y Jack les reservó una cabina privada y una mesa en el Turf Club, unas cortesías ideales para impresionar a los clientes. No hablaban mucho de los viejos tiempos, sino que sellaban sus secretos con un firme apretón de manos. Fred Whalen también se dejó caer por allí, y a O'Mara le agradó ver que había dejado atrás su ira vengativa. Incluso traía consigo unas perlas que vendía a precios asombrosos. Por alguna razón, Connie O'Mara no las tenía todas consigo cuando Jack le regaló ese collar;

tantos años casada con un policía le había permitido desarrollar cierto instinto.

Las hijas de O'Mara también eran muy avispadas. Enseñó a conducir a la pequeña en el vasto aparcamiento de Santa Anita, y Martha (Marti) O'Mara resultó ser muy buena al volante. Bendecida con el parecido a su madre, a los dieciséis años la invitaron a participar en el concurso televisivo de emparejamientos *The Dating Game,* donde la rival era Maureen Reagan, la hija de Ronnie. Picados por el gusanillo de los concursos televisivos, el clan O'Mara se apuntó al *Family Feud,* donde Jack regaló al presentador Richard Dawson una fusta utilizada por Willie Shoemaker, el famoso *jockey.* Más tarde, Marti concursó en *Tic-Tac-Dough* y ganó 6.000 dólares. Lista, ¿no? La pequeña de los O'Mara obtuvo una beca para estudiar Sociología en la universidad y se doctoró por Harvard, donde impartiría clases en sus escuelas de diseño y negocios mientras realizaba labores de consultoría por todo el país. Maureen, la mayor, se sacó un máster en Administración sanitaria y enseñó enfermería prenatal y pediátrica en la Azusa Pacific University. Había bastantes chicas allí.

Puede que todo aquello, lo que O'Mara y el resto de antiguos integrantes de la Brigada de Élite habían hecho con el resto de sus vidas, fuese de justicia. Su experto en micrófonos no fue el único en llegar a juez. Lindo Giacopuzzi, el corpulento hijo de la familia italoamericana de primera generación que montó su lechería, se hizo casi tan rico como Wooters construyendo un centro comercial en sus cuatro hectáreas de terreno. Jack Horrall, el hijo del jefe, se convirtió en el enlace militar del gobernador. Otros dirigieron la seguridad del solitario Howard Hughes en Las Vegas; un tipo muy peculiar, pero pagaba bien. El gran amigo irlandés de O'Mara, Jerry

Greeley, por lo visto no había vivido bastantes aventuras como comandante de la Armada y teniente del departamento de policía, así que viajó al Sudeste Asiático para participar en una nueva guerra, trabajando presuntamente como asesor civil de la policía sudvietnamita. Todos sabían que Greeley trabajaba en realidad para la CIA, sobre todo tras el derribo de su helicóptero en Birmania. Sobrevivió, volvió a casa y se integró en un grupo llamado *The Spies Who Wouldn't Die**.

Todos vivieron para ver a un decrépito Mickey Cohen morir en 1976, a los setenta y dos años, dejando un patrimonio valorado en 3.000 dólares. Había salido de prisión cuatro años antes, encorvado y con la necesidad de ayudarse de un bastón de tres patas, con una toallita húmeda en la empuñadura para evitar el contacto con los gérmenes. Pero sus problemas físicos no fueron la razón por la que dejó a la muchedumbre de periodistas esperando en el exterior de la penitenciaría. «Necesita tres horas para vestirse», explicaría su hermano.

Tras la brutal paliza que casi acabó con su vida en Atlanta, Mickey fue trasladado a la instalación penitenciaria médica federal de Springfield, Missouri, donde se sometió a unas delicadas operaciones cerebrales y a una dolorosa terapia para recuperar el movimiento parcial de sus piernas. Obtuvo una victoria moral cuando el juez federal de Atlanta ordenó que los Estados Unidos le pagasen una indemnización de 110.000 dólares por la paliza en la cárcel. Por supuesto, gran parte de ese dinero volvió a las arcas públicas para pagar parte de las deudas fiscales insatisfechas.

---

* Los espías que no mueren *(N. del T.)*.

Tras la liberación, Mickey pasó la mayor parte del tiempo en casa, en pijama. Pero volvió a ganarse algún que otro titular, sobre todo cuando afirmó tener una pista sobre el paradero de la heredera de la industria periodística, Patricia Hearst, que había sido secuestrada por el radical Ejército Simbionés de Liberación, que le había lavado el cerebro para ayudarles a robar bancos. De hecho, los padres de Hearst volaron hasta Los Ángeles para reunirse con Mickey en uno de sus restaurantes favoritos. «Mientras cenábamos», dijo más tarde, «el dueño se nos acercó y me comunicó que la Brigada de Inteligencia de la policía estaba en el restaurante. Le dije que me importaba un comino; podían sentarse en la mesa que más les gustase.»

Al final sí que consiguió contar su historia, aunque sin la magistral ayuda de Ben Hecht. Era una de esas autobiografías referidas: *Mickey Cohen: In My Own Words**, y nunca llegó al éxito de ventas de los dos títulos publicados por su consorte estríper, Liz Renay. Pero Liz lo incluyó en su lista de «los hombres más excitantes» de una de sus memorias, y fue una de las personas que permanecieron junto a él hasta el final, a pesar de su hospitalización por cáncer de estómago en el centro médico de la UCLA. «Me estoy muriendo. Mala suerte», le dijo a ella. «Podríamos haber sido muy felices.» La llamativa pelirroja concluyó diciendo que Mickey poseía el poder para destruir, tanto a él mismo como a los demás. Pero también escribió: «vivió como un rey y murió como un hombre».

Las hermanas de Mickey lo enterraron como Meyer H. Cohen («Nuestro amado hermano») en la sección Nicho del

---

* *Mickey Cohen: con mis propias palabras* (N. del T.).

Amor del Hillside Memorial Park, rodeado por otros notables de Los Ángeles: Al Jolson, Eddie Cantor y George Jessel.

Tras la jubilación de su segunda carrera en los hipódromos, O'Mara cuidó de las rosas de su jardín y siguió pescando en las Sierras. También decidió que era hora de relatar los hechos de la Brigada de Élite, a pesar de que su mujer estaba convencida de que aquello era un error.

—A veces creo que hablas tanto que te cabría un zapato en la boca —le dijo Connie O'Mara, como si fuesen a meterle en la cárcel por haber llevado, en 1949, a algún que otro asesino hasta las colinas para mantener una charla—. Vamos, papá, no te metas ahí.

—Déjalo estar un poco, ¿vale, jefa? Todavía no he perdido la cabeza.

—A veces me lo pregunto —repuso ella.

Cuando Connie sufrió una apoplejía, él cuidó de ella en casa, la metía y la sacaba de la cama y la lavaba, ocupándose de todo, hasta que estuvo demasiado débil por culpa de su propia enfermedad: un linfoma. Solo entonces permitió que se la llevasen a una residencia, donde la visitaba todos los días. Años antes, había escogido una parcela en el cementerio Católico del valle de San Gabriel para los dos, en una colina con un árbol que daba una buena sombra las tardes de verano.

Allí fue donde su hija leyó el panegírico tras su muerte, en 2003, a la edad de ochenta y seis años.

Marti O'Mara sufrió un breve episodio de pánico al contemplar las extensiones de césped, antes de la ceremonia fúnebre. Pensó que su mente le había jugado una mala pasada, pero se sorprendió escrutando las lápidas aledañas. Algunas presentaban rostros perturbadoramente jóvenes tallados en el mármol, un tipo sonriente con una camiseta, muerto a los diecisiete años, o uno de dieciocho con bigote.

«Es un cementerio de pandilleros», dijo, temerosa por un momento de que su padre estuviese rodeado para la eternidad por una nueva generación de pillos. Las bandas callejeras de Los Ángeles se cobraban ahora cientos de víctimas al año, y nadie podía decir que esa amenaza proviniese del exterior. La «ciudad interior», así lo llamaban.

Luego se dio cuenta de que no importaba que esos pandilleros estuvieran enterrados en una colina tan idílica. Su padre sabría ocuparse de ellos.

Marti O'Mara tituló su panegírico «Una buena vida».

—Mi padre adoraba ser policía —dijo—. Formaba parte del equipo que mantuvo a raya el crimen organizado del sur de California. Mi padre creía en el bien y en el mal. Él se encargaba de combatir el mal.

Epílogo.
Tiroteos con ametralladoras
en la gran pantalla

*β*rigada de Élite, tanto el libro como la película, empezaron con una llamada telefónica hace veinte años. Un artículo de *Los Angeles Times*, del 26 de julio de 1992, informaba de una controversia acerca de una información sensible en los archivos del departamento de policía: trapos sucios esencialmente, sobre políticos, famosos y gánsteres. La unidad que conservaba los archivos se denominaba por aquel entonces División de Inteligencia sobre el Crimen Organizado (OCID, por sus siglas en inglés), pero el artículo afirmaba que sus raíces se remontaban a la División de Inteligencia, formada a principios de la década de 1950 por el jefe William H. Parker. Entonces, esa mañana sonó el teléfono y la voz al otro lado de la línea, de un hombre mayor a todas luces, me dijo que la información estaba equivocada. Las raíces se remontaban mucho más atrás, justo después de la

Segunda Guerra Mundial, a algo llamado la Brigada de Élite. Cuando le pregunté cómo sabía eso, mi interlocutor hizo una pausa y dijo: «Bueno, porque yo estaba allí».

Al día siguiente, estaba en el salón de la casa de un felizmente jubilado sargento Jack O'Mara, en el valle de San Gabriel, revisando los informes de cuando ingresó en el Departamento de Policía de Los Ángeles, en 1940. Su mujer, Connie, acechaba desde una distancia prudente, en la cocina, mientras preparaba un guiso de chile para nosotros sin perder palabra. En cierto momento, Jack arremetió contra la corrección de los métodos actuales de la policía, en relación con las numerosas denuncias de acoso sexual.

—Claro que los hombres no dejan de ser hombres, y se les va un poco la mano al trasero ajeno —dijo el fiel ujier de iglesia.

Una voz sonó desde la cocina, diciendo:

—¿No es un honor hablar con un hombre tan inteligente?

Ciertamente ella temía que derivase a asuntos más sensibles, porque Jack dijo:

—Hoy nos denunciarían cada dos por tres por cosas que hacíamos por rutina en mis tiempos.

Otra unidad del departamento de aquel entonces, un trío de Hurtos conocido como la Brigada del Sombrero, se ganó muchas atenciones a lo largo de los años; sus miembros eran sobresalientes, pero también se les daba muy bien vender la propia imagen. La Brigada de Élite, por contraste, había permanecido virtualmente invisible, tal como era la intención de sus fundadores. Algunos de ellos, en particular el experto en micrófonos Conwell Keeler, aceptaron el mismo código de silencio que la mafia, la *omertà*. A O'Mara, sin embargo, le encantaba contar historias, hasta el punto de que su familia ya las consideraba como propias; «Oh, eso otra vez». No obstante, se preguntaban razonablemente si Jack no habría embellecido algunas de ellas, hasta las más mundanas. Cuando el antiguo teniente del Departamento de Policía de Los Ángeles Tom Bradley fue elegido alcalde en 1973 (el primer negro en ostentar el cargo), O'Mara hablaba a menudo de su rivalidad con la antigua estrella de las carreras de la UCLA cuando eran novatos. Esas historias de «Yo lo conocía cuando…» suelen estirarse, y la familia de O'Mara pensó que le pillaría en uno de esos renuncios cuando, años después, lo llevaron a un espectáculo en el Ahmanson Theatre. Estaban ayudando a cruzar la plaza a otro anciano. Era Tom Bradley, ya retirado desde hacía muchos años. Un sobrino suyo, Jim O'Mara, recordaba haberle dado un pellizco a su canoso abuelo para que fuese a saludar, a ver si lo pillaba. Pero Bradley le ganó la carrera. Al ver un rostro familiar, dio un grito: «¡OOOOOMARA!» y los dos viejos lobos adoptaron posturas como si fuesen a competir en una carrera allí mismo.

Pasados los meses (y los años) de nuestro primer almuerzo con chile, O'Mara me ayudó a localizar a otros miembros supervivientes de la brigada secreta formada por el teniente Willie Burns. Con todo, solo uno de los ocho originales seguía vivo: el experto en micrófonos Con Keeler. «No creo que dijese una mierda aunque tuviese la boca a rebosar», advirtió el otro genio electrónico (y juez) Bert Phelps, y tenía razón. A pesar de la sucesión de visitas, notas y llamadas a la puerta de Keeler, solo recibí una brusca respuesta: «Teníamos un trabajo que hacer y lo hicimos. Eso, como dicen, es agua pasada». Y así durante diez años.

El juez Phelps fue el primero en sugerir que tenía que ir a ver a Jerry Wooters. Al igual que el ascenso de Bert hasta la judicatura, la vida de Wooters daba, ella sola, para una novela: de policía renegado a millonario que vive en la costa; aunque siempre que iba a verle tenía que extenderle un cheque. El canoso sargento Wooters solía cogerlo y tardaba un poco en empezar. «Así es Jerry», como solían decir. Pero su historia iba más allá de su éxito improbable. La mayoría de esos policías eran hijos de la Depresión y veteranos de la Gran Guerra; habían pasado por muchas cosas, y sus historias poco tenían que ver con lo que te encuentras en esta época de bombo y (constante) fama, cuando la gente ni siquiera parpadea antes de exhibir su heroísmo (inventado). Los policías de la Brigada de Élite, por el contrario, eran modestos y humildes, y Jerry se hallaba en el extremo de esto último, definiéndose como el que la fastidiaba en casi todas las anécdotas que contaba. Al cuerno con las medallas que había ganado en la guerra, en el fondo siempre había querido librarse del servicio militar; al cuerno con las descripciones que lo presentaban como el particular «Javert» de Mickey Cohen, los dos habían acabado en la misma condenada cárcel, ¿no?

Por supuesto, también me hice preguntas sobre algunas de las historias de Jerry, por muy mal que se pintase a sí mismo en ellas. Me encantaba el relato de que recibió un perro guardián de parte del temible Jack Whalen después de intentar, en vano, rechazarlo. «Se te mueren y luego lo pasas fatal.» Muchas de las historias que contaban los policías podían corroborarse con miles de páginas de polvorientos expedientes: transcripciones del gran jurado sobre el papel de la Brigada de Élite en la investigación del caso de la Dalia Negra, por ejemplo, o el testimonio de un antiguo guarda de la casa de Mickey, confirmando cómo robó las armas para dárselas a O'Mara. Pero ¿cómo confirmar que un policía recibió un perro de regalo por parte del Ejecutor, una persona que llevaba medio siglo muerta? Bueno, recuerdo que Jerry mencionó de pasada que la hermana de Whalen fue la que crió al gran danés, así que localicé a la vistosa Bobie von Hurst en Oregón. Con cierta trepidación pregunté a la mujer, que ya pasaba de los noventa años, si recordaba el episodio con ese animal en particular. Y dijo: «Sí, claro, *Thor*», y ese fue el principio de largas sesiones con la hija de Freddie el Ladrón, a las que se sumaron otros miembros de la familia que podían ayudar a juntar las piezas de su periplo por Estados Unidos, de estafa en estafa.

A pesar de que las libretas y las cintas de grabación se iban llenando de detalles sobre los viajes de Fred Whalen y los detalles de las misiones de la Brigada de Élite, aún no estaba seguro de qué hacer con todo ese material; me costaba vislumbrar cómo encajarlo en un periódico. Pero, a medida que se acercaba el quincuagésimo aniversario de la brigada, decidí, junto a mis editores, que la historia merecía ser contada, sacada a la luz de cualquier manera posible. Así que decidí ver a Jack O'Mara una última vez.

Habíamos mantenido el contacto durante la enfermedad de Connie, hasta su muerte, convencido yo de que sus cuidados hacia ella serían sus actos más elevados como persona, mucho más allá de cualquier cosa que consiguiera con la pistola. Pero con su propio linfoma cobrándose el precio en su salud, su familia decidió ingresarlo en una lujosa residencia para mayores en la zona de Laguna Beach. Aquello fue una historia en sí misma. Los demás residentes solían ser médicos o abogados, etc., pero el poli irlandés de ojos azules no tardó nada en convertirse en el gallo más grande del corral, siempre ganando los partidos de golf y croquet, vestidos todos de blanco para la ocasión. Sus historias tampoco encontraban rival en las de médicos y abogados, eso estaba claro. El viudo Jack O'Mara se animó y tuvo un par de novias guapas, créanlo, antes de que la salud le volviese a fallar. Por aquel entonces yo vivía en Nueva York, así que tomé un vuelo con la esperanza de hacerle una última visita que nunca se produjo… Jack O'Mara murió esa semana rodeado de tres generaciones de descendientes, incluido un bisnieto hecho un ovillo a su lado.

Dos días después, en junio de 2003, decidí hacer una última llamada antes de volver a la costa este. Quería volver a ver a Con Keeler, tras un decenio de desaires. Me encontraba celebrando una barbacoa en casa de un viejo amigo. A la puesta de sol, hice una llamada con el móvil y me respondió un escueto «¿Diga?». Entonces me limité a hacer una pregunta, sin preliminares, acerca de la lista de nombres de la brigada en 1946… Y Con respondió. Habló durante un rato sobre el duro de Willie Burns y repasó la lista de los miembros originales a lo largo de tres horas, hasta acabar con la batería del móvil. Cuando le informé de la muerte de Jack O'Mara, dijo: «Supongo que ahora solo quedo yo».

Después de aquello, hablamos o nos reunimos cerca de un centenar de veces. Con tenía mejor memoria que nadie para las fechas, las direcciones o los nombres… O para recordar con todo detalle cómo Burns exhibió su Tommy en la primera reunión. Tampoco duda en cuestionar los recuerdos de los demás acerca de los detalles. «Nooo, no lo creo», solía decir. Jamás reveló por qué había decidido hablar después de tantos años.

Que él fuese el último de los fundadores en seguir con vida desafiaba a toda lógica. Durante la Segunda Guerra Mundial había sufrido una infección, a raíz de una operación rutinaria realizada en un quirófano con serrín en el ambiente, y lo habían dejado en un «cuarto oscuro» para que muriese. Tras la guerra, durante una operación para retirar el tejido cicatrizado, el anestesista se pasó con la dosis y le provocó un coma de dos días. Algunos compañeros de la brigada pasaron por allí para decir su último adiós, pero volvió a burlar a la muerte. También estaba llamado a morir en 1965 por culpa de un infarto, durante las revueltas de Watts. Aquello terminó con su carrera policial, pero no con su vida.

A diferencia de otros miembros de la brigada, Keeler no se hizo millonario, ni juez, ni empresario de las carreras. Se dedicó parcialmente a la detección de micros por lo privado antes de decidir que podría vivir con su pensión. Haber sido policía era suficiente para él. Colgó una copia de su placa de sargento, número 2763, en su salón, frente al reloj de pared de 1883 que sus abuelos habían transportado en una carreta cubierta desde Iowa. «El tiempo se escapa», decía a medida que se acercaba su nonagésimo cumpleaños, cuando aún seguía milagrosamente vivo.

Fue más o menos entonces cuando me dijo algo así como: «Quiero enseñarte una cosa», y sacó la pequeña libreta que dio inicio a sus archivos, donde apuntaba con su fina caligrafía a pluma los datos básicos de «Accardo, Anthony», «Cornero, Tony» y «Cohen, Mickey» y su «Cad. 46. Sed. Neg. Brill. 3T9 364».

Pero Con tenía que tomarse siete pastillas cada mañana para la tiroides y sus ataques, así como para controlar el ritmo del corazón. A veces se desmayaba y una ambulancia tenía que llevarlo al hospital a toda prisa. De vuelta a casa, solía ir al garaje a buscar una herramienta y se olvidaba de por qué estaba allí. Siguió así durante varios años, hasta que su familia, como la de O'Mara, ingresó a su viejo guerrero en una residencia. Allí era donde esperaba verlo por última vez cuando me desplacé a la costa oeste el pasado otoño para el rodaje de *Gangster Squad (Brigada de Élite)*.

Estaba nervioso, he de admitirlo, por culpa del viaje que había hecho para ver a O'Mara, ocho años atrás, ese en el que llegué cuando él ya había muerto. No quería pasarle el mal fario a Con, ahora que estaba a un mes de un nonagésimo séptimo cumpleaños. Los productores de la Warner Bros. tenían la esperanza de llevarlo al plató de rodaje, una esperanza poco realista. Había hablado con su hija, Kathleen, retirada tras una vida de trabajo en el laboratorio del Departamento de Policía de Los Ángeles, y el marido de esta, Don Irvine, teniente, también retirado. Su nido estaba vacío desde que el hijo se había marchado a estudiar a Harvard (huelga decir lo orgullosos que estaban), así que se habían propuesto la tarea de sacar a Con de la casa que había construido con la ayuda de Benny Williams, otro de los originales de la brigada, fallecido desde hacía mucho tiempo.

Nos reunimos en la residencia de Con, donde un auxiliar le ayudó a salir de la habitación. Elegante con sus pantalones holgados y camisa gris, se mantenía casi recto, sin llegar del todo a su metro ochenta y cinco. Nos abrazamos y nos sentamos a una mesa, cerca de la cual había un mostrador cerrado con caracolas dispuestas sobre una cama de arena.

—Vas a ser el personaje de una película —arrancó la conversación su yerno, Don.

—Ya lo he sido —replicó Keeler—. En la de Webb.

Entonces nos recordó que el Jack Webb de *Dragnet* le había regalado una escopeta, no por la película de 1954, sino por trabajar como asesor técnico en varios episodios de la serie.

—Conservamos la escopeta —le dijo Don.

Con se encontraba en esa etapa de la vida donde no se puede dar por sentado un nuevo día, pero nosotros estábamos seguros de que tendría tiempo más que suficiente para contarnos alguna de sus historias. Probablemente se parecerían a muchas de las que había escuchado tantas veces, ya que su *omertà* había dado paso a una tremenda sed de comunicación. El caso es que nunca se sabe cuándo surgirá una historia inédita, y ese día ocurrió, el 7 de noviembre de 2011, aunque nada tenía que ver con Mickey Cohen. Trataba sobre cómo el jefe Parker, al igual que todos sus predecesores, no podía resistirse para usar la brigada para «otras tareas»…, en este caso para proteger a un dignatario, el presidente John F. Kennedy. La última historia de Con era así:

Parker siempre temió que algo pudiera pasarle en Los Ángeles y que ello supusiera una mancha para la ciudad, aunque esa actitud no abundaba antes del asesinato de Kennedy. Este vino en persona a la ciudad y le asignaron un coche para vigilarlo. En ese momento yo era una especie de supervisor, y los chicos respondían ante mí. Se inscribió en un hotel de bungalós, y los chicos le vieron luego salir trepando por una de las ventanas y coger un taxi. Un taxi… El mismísimo presidente de Estados Unidos. Ay, Dios. Así que me llamaron. «¿Qué hacemos?»
«Seguidlo.»
Lo siguieron… hasta la casa de Kim Novak.

Llamé al Servicio Secreto, que supuestamente debía protegerlo.

«¿Sabéis dónde está ahora vuestro hombre?»

«Está durmiendo.»

«Será mejor que comprobéis dónde.»

La película *Gangster Squad (Brigada de Élite)* fue rodada en localizaciones naturales, como suele decirse, y esa semana tocaba en el extremo norte de lo que solía ser el Westlake Park, ahora llamado MacArthur Park, que entonces estaba muy de moda. El vecindario había cambiado. Pero el edificio que estaban usando era un remanente de su época de mayor apogeo, la torre neogótica que originalmente albergó el Elks Lodge, entonces un hotel (el Park Plaza), que ahora se emplea mayoritariamente para eventos culinarios y rodajes. Era el lugar donde se produciría la escena más álgida entre Mickey y sus hombres por un lado y la Brigada de Élite, dirigida en la película por Jack O'Mara y Jerry Wooters. Habría balas silbando durante toda la semana, tanto en la calle, cerca del hotel, entre Cadillacs de época, como en el enorme vestíbulo, que estaba decorado por la Navidad. En una película de gánsteres, no se pueden guardar las Tommies debajo de las gabardinas en el momento de la gran confrontación.

«¡Críos con juguetes!», declaró Dan Lin, el productor, que dirigió la conversión de la historia real en película destinada a los multicines. Se estaba refiriendo a una docena de Tommies de coleccionista repiqueteando durante toda la semana, algunas lo bastante añejas como para haber reposado bajo la cama de O'Mara. El actor Ryan Gosling, que interpretaba a Wooters, se disponía a cargar contra el hotel donde Sean Penn, el Mickey de la película, estaba atrincherado.

«¿Murió alguno de esos chicos?», preguntó Gosling.

Le expliqué que dos de los componentes originales fueron abatidos y que otro perdió a su compañero, pero al principio de sus carreras. Jumbo Kennard murió, pero no por un disparo.

Gosling ya había recibido la visita en el set de los hijos del auténtico Jerry Wooters, Gerard y David, junto con el antiguo compañero de su padre, el juez Phelps, que seguía dando mucha guerra. Aquello abrumó al actor por la cantidad de pequeñas cosas que debía hacer, o dejar de hacer, para mantenerse fiel al verdadero Jerry. «Tienes que sacudir el cigarrillo de esta manera», le dijo uno de los chicos. «Así lo hacía el viejo.» El trío visitante se volvió loco cuando Gosling, en la escena del bar, pidió un Nehi, o algo igual de flojo.

«¡Creo que nunca vi a vuestro padre pedir un refresco en su vida!», dijo el juez a los chicos. ¿Y Jerry con polainas?

Muy agradecido por los comentarios, Gosling explicó que su Wooters era el bebedor que se ve al principio de la película. Pero Gosling consideraba que dejar la bebida era una forma de señalar la transición hacia el cinismo, a medida que se empeña en la misión de atrapar a Mickey Cohen.

Los actores tomaban decisiones de ese tipo. Sean Penn consideró innumerables formas de abordar el personaje de Mickey, cuya personalidad fue cambiando con el tiempo, desde el matón implacable del principio hasta el *showman* de sus últimos años. Si hoy siguiese vivo, no me cabe la menor duda de que tendría su propio *reality*. Pero la película transcurre en 1949, cuando estaba causando serios problemas en la ciudad y las balas volaban, si bien la mayoría de ellas en su dirección. Penn decidió que la clave de ese Mickey se hallaba en un momento anterior de su vida, cuando tenía que medir a sus oponentes, establecer una estrategia e infligir el daño de una manera distinta. «Todo está en el boxeo», explicó el director Ruben Fleischer mientras observaba en los monitores a Gosling y a Josh Brolin irrumpiendo finalmente en el hotel, con las Tommies escupiendo fuego. Brolin estaba interpretando a un O'Mara *berserker,* uno de esos guerreros nórdicos que cargan contra el enemigo sin demasiadas contemplaciones por su propia seguridad.

Durante un descanso, anoté mentalmente que debía calcular lo cerca que estábamos de donde los Whalen habían abierto su pequeña tienda en 1922. Me dije que serían unas ocho manzanas. El imponente edificio Elks, donde estaban rodando, era donde Freddie el Ladrón organizaría sus campeonatos de billar en años postreros, eventos en los que policías de la ciudad proporcionaban las labores de seguridad.

Había otro delicioso cruce entre la ficción y la realidad: el equipo de producción recreó el Slapsy Maxie's para rodar la escena en la que Wooters echa el ojo a Mickey por primera vez y conoce a la mujer que acabaría entre los dos, un personaje ficticio interpretado por la joven actriz Emma Stone, que se tiñó el pelo de su rubio natural al rojo del papel. Caddies, pelirrojas, aquello también conformaba su mundo. En fin, durante esa parte del rodaje, se encontraron con un antiguo bombero que conoció los días de gloria del restaurante, así que Gosling empezó a hacerle preguntas.

Dijo un par de veces que conoció al auténtico Mickey Cohen allí y yo le pregunté que cómo era. El hombre me dijo: «Estaba justo en esa mesa», y señaló una. Añadió: «Siempre contaba chistes muy malos, pero todo el mundo se los reía».

Entonces, Emma Stone salió de su caravana, lista para rodar una escena, y Gosling le dio la bienvenida con una pregunta:

Pregunté a Emma: «¿Qué tal en la caravana?». Y dijo ella: «Oh, Sean no para de contar chistes malos y todo el mundo se los ríe».

Dos días más tarde, el rodaje junto al parque atrajo a más visitantes que habían participado en la historia real. Uno era Lindo Giacopuzzi, el primer fichaje de la Brigada de Élite después de los ocho originales y que se convirtió en el residente italiano del grupo. Ahora, con noventa y cinco años, el antiguo primera línea de fútbol americano había acudido al rodaje de la mano de su nieta, pero daba toda la impresión de que podía darte una paliza. Llevaba consigo un álbum con recortes de algunos de sus casos, incluida la redada de 1947 sobre los seis tipos del Medio Oeste que iban en el coche de unos de los matones de Mickey. Justo en ese momento, dos de los actores que interpretaban a los matones de Mickey se acercaron y se sentaron en sendas sillas de lona, cerca de Jaco. Entonces él les explicó cómo había sido trasladado fuera de la brigada sin explicación alguna, cuando el jefe Parker tomó posesión de su cargo y colocó al capitán James Hamilton al mando.

—Creía que era más italiano que policía —les dijo a los actores—. Me quitaron de en medio porque lo era y porque lo hablaba, pero sobre todo porque lo era.

—¿Cómo es que los hombres eran más duros en sus tiempos? —preguntó Holt McCallany, un chico robusto que en la película intentaba matar a los compañeros de Jaco.

—Solíamos decir «duros a medias» —dijo el anciano—. Jumbo Kennard era un duro a medias.

En los monitores de todas partes se veía la escena en la que Sean Penn se pone la gabardina y sale de su suite para el enfrentamiento con O'Mara y los demás. En otro momento en el que la realidad se da la mano con la ficción, el guión fue escrito por Will Beall, un policía metido a novelista que trabajó en la división del departamento de policía de la calle Setenta y siete, medio siglo después de que la Brigada de Élite fuera creada allí mismo. Pero cuando contratas a un actor como Penn, sabes que al final hará suyo el guión; intentará varios enfoques una vez se meta dentro del personaje. Una de esas veces, se dirigió hacia el enfrentamiento sin decir una sola palabra, poniendo todo el peso de la interpretación en su lenguaje corporal. Otra, no dijo más que una palabra: «Increíble». Una tercera vez, se prepara para el tiroteo, mentalizándose porque sabe que va a haber muertos, murmurando: «Tengo que arreglarme la corbata; no puedo salir a la calle con la corbata así». Una cuarta vez le dio por el melodrama: «Se acabó; esto es el final».

La hija de Jack O'Mara también vino a visitar el rodaje esa noche, pero no fue ninguna sorpresa. Maureen O'Mara Stevens solía pasarse varios días a la semana, para animar. «Sé que creen que estoy loca, pero me da igual», dijo. «¿Cuántas veces van a hacer una película donde aparece tu padre?»

Las dos hijas de O'Mara representan una división clásica. Marti, la más joven, era la hija pródiga, la que pasaba por todos los concursos de la televisión y luego se inscribió en Harvard para obtener tres licenciaturas. La doctora O'Mara sigue viviendo en Cambridge, Massachusetts, y es experta en bienes inmuebles corporativos, recorriendo el país como directora de su propia consultora cuando no está en casa, cuidando de sus tres hijos. La hija mayor, Maureen, nunca se alejó demasiado del nido familiar. Mientras enseñaba enfermería y cuidaba de la familia (ya es abuela), Maureen se encargó del cuidado de sus padres. Tras la muerte de su padre, rehusó colaborar en mis investigaciones durante varios años (la pérdida era demasiado dolorosa para ella), mientras Marti se mostraba ansiosa por ver cómo compartíamos con el mundo las vivencias de su padre. Las dos hermanas tenían una perspectiva del rodaje completamente distinta.

En Cambridge, Marti no estaba muy entusiasmada con la violencia. Que ella supiera, su padre nunca usó su arma. Bueno, una vez, pero ahorró los detalles a sus hijas. También le molestó la elección de Brolin para interpretar a su padre. Hasta la elección del vestuario (un traje marrón) la incomodó, ya que su padre siempre prefería los tonos azules y grises, a juego con sus ojos. Pero lo que más le fastidiaba eran todas esas escenas de tiroteos, de las que su hermana mayor no se perdía ninguna. «No paraba de decirle que solo era una película», dijo Maureen, asistiendo a otro día de rodaje.

Ella no creía que mi padre fuese demasiado violento, pero lo lamento... Yo veía todas esas armas bajo la cama de mi padre, en su armario, y yo me quedaba fascinada por ellas, y él tenía que cambiarlas de sitio sin parar. Sé que no parecen los típicos papá y mamá. Bueno, él lleva anillo de casado y papá nunca se lo puso. Pero es una película.

Dicho eso, a la hermana mayor le decepcionó una ligera variación de la realidad: cuando Jack y Connie O'Mara tienen a su hija en la película, su habitación en la casa de Sueño

Americano de postguerra es azul. «Ahí nazco yo, aunque pongan a un chico», les dijo a los actores que interpretaban a los matones de Mickey.

Entonces se produjo el milagro. Estaba observando el rodaje de una escena y una de las tomas le puso la piel de gallina. Brolin interpretaba a su padre y la actriz Mireille Enos a su madre. Enos dijo: «Oh, Jack», y la pareja de ficción intercambió una mirada que la convirtió de repente en sus auténticos padres.

En lo sucesivo, el rodaje supuso para ella una oportunidad para hacer las paces, por fin, con la muerte de su padre. Maureen O'Mara Stevens empezó a visitar todos los lugares emblemáticos de su vida y la de sus padres, acabando en el cementerio, por primera vez desde que habían enterrado a su padre.

Hice un pequeño mapa de todos los sitios que quería visitar. Quería ver las casas en las que vivimos. Simplemente quería verlo todo otra vez. La casa en Pedley, la de El Monte. Luego fuimos a sus tumbas y nos dimos cuenta de por qué las habían comprado allí: el cementerio no está ni a cinco minutos de su primera casa. Y tiene las mismas vistas preciosas del pie de la colina. Compraron el terreno de sus sepulturas donde compraron su primera casa. Papá siempre miraba hacia el futuro, por lo que pudiera pasar.

Fui hacia la tumba de mis padres y les conté lo de la película. No creo que a mi padre le importe que quieran hacerlo parecer más duro de lo que era en realidad. Bueno, cuando oyes hablar de cómo se llevaba a esos tipos a las colinas, yo sí que creo que era bastante duro.

La culminación para Maureen llegó en Halloween, cuando su nieto escogió su disfraz. Se caló un sombrero y amenazó a todo el barrio con «truco o trato», encarnando a Jack O'Mara, de la Brigada de Élite.

El esperado correo electrónico del yerno llego el 31 de enero de 2012. Fue por un fallo orgánico masivo. Don Irvine mandó la noticia al departamento de policía. «Lamento informarles de que el sargento retirado Con Keeler, uno de los últimos miembros vivos de…»

El último de los ocho miembros originales se había ido. Solo quedaban sus historias.

Agradecimientos

Debo empezar dando las gracias a Jack O'Mara, por hacer esa llamada telefónica en 1992, y a Connie O'Mara, por compartir tan generosamente todas esas historias de la guerra; a las hijas O'Mara, Maureen y Marti, por ofrecer una cariñosa, y no por ello menos objetiva, perspectiva de sus padres; y a los miembros del resto de la familia por rellenar los huecos hasta los años 20. A los hijos de Wooters, Gerard y David, por su sincera guía en mi investigación del «viejo», cuando Jerry ya no estaba para contar las historias por sí mismo.

Desearía que Con Keeler hubiera vivido para cumplir el siglo de edad y me hubiese revelado por qué decidió romper un silencio que había durado diez años, pero me siento en deuda con él por recordar cada detalle desde 1946, sesenta y cinco años después. A los dos veteranos del Departamento de Policía de Los Ángeles que puede que rompan el récord del siglo, Lindo Giacopuzzi y el juez Phelps, que mantuvieron el buen humor mientras les acosaba para repasar, una y otra vez, los mismos acontecimientos. A otros miembros de la Brigada de Élite que compartieron sus historias con el mismo fervor, especialmente a Jack Horrall, William Unland y John Olsen, aunque sean figuras secundarias en esta obra. Muchos han sido los familiares que han ayudado a traer de vuelta a numerosos policías veteranos que ya no se encuentran entre nosotros. Gracias a los tres hijos Greeley, a la hermana de Jumbo Kennard, al nieto de Willie Burns y a Buzz Williams, un policía que cuenta con un abuelo (Benny) y un padre (Dick) entre los miembros de la Brigada de Élite.

Muchos de los miembros del amplio clan Whalen-Wunderlich también me han ayudado, pero mis agradecimientos han de empezar por Bobie von Hurst, que formó parte, en su niñez, de la expedición familiar a la costa oeste en 1922 y vivió hasta 2011. Ella estableció el tono con su voluntad de hablar de las extraordinarias (y muchas veces ilegales) bromas de su padre, Fred Whalen. Su hijo, John von Hurst, puede que fuera el más honesto de su clan, pero gracias a Dios mostró buena disposición a soportar interminables interrogatorios en calidad del historiador oficioso de la familia.

Gracias también a los lectores que han compartido sus propias experiencias con la Brigada de Élite, o con Mickey Cohen y los otros gánsteres, tras la publicación de *Tales from the Gangster Squad*, en siete partes, en *Los Angeles Times*. Al músico Bill Peterson, que accedió a compartir un encuentro en el Strip de sus propias memorias, *Show Biz from the Back Row*, mientras que la familia Grahm compartió los entresijos del almacén de Hollywood que suministraba a Fred Whalen y a los demás pintorescos estafadores de Los Ángeles. Gracias, también, a la Biblioteca Newberry, de Chicago, por darme acceso a los documentos de Ben Hecht.

En cuanto a la redacción de esta obra, dos editores de *Los Angeles Times*, Marc Duvoisin y Rick Meyer, me ayudaron a dar forma a la primera formulación de esta historia. Pero los activos más valiosos del periódico han sido los investigadores Tracy Thomas y Maloy Moore, que excavaron en miles de páginas y documentos que permitieron ampliar y verificar los relatos verbales. Nona Yates exhibió la misma altura y celo profesional mientras me ayudaba a encontrar más testigos y documentos, esenciales todos ellos para escribir este libro.

En Los Ángeles, gracias a Peter Nelson, que me ayudó a dar más vida a todo este material, y a Jim Ehrich, que posibilitó todo esto, al tiempo que Dan Lin y Jon Silk convirtieron las palabras en imágenes vivas, a pesar de los muchos quebraderos de cabeza. En Nueva York, gracias a Jake Elwell, que me ayudó también en la realización de este libro, y a Peter Wolverton y a Anne Bensson, que trabajaron sometidos a durísimos plazos para llegar a tiempo a las imprentas de Tomas Dunne Books.

Y, por último, gracias por el apoyo moral a mis sospechosos habituales: Joan, M. T. y el doctor C., así como a la celestial Heidi, por supuesto, por trabajar con tanta entrega con su ordenador en el Man Cave.